KB069407

무토시대

無土時代

Published by arrangement with People's Literature Publishing House Co., Ltd. China.

This book has been supported by 中国国家新闻出版广电总局 through "China Classics International Project".

無土時代

무토시대

자오번푸 지음
문희정 옮김

學古房

출판 설명

'문고' 형식으로 본 출판사에서 다년간 출판된 우수한 작품을 한데 모으는 것은 국제적인 지명도를 갖춘 저명 출판사의 관례이자 통상적인 방식이다. 신중국 건설의 가장 초기부터 최대의 규모와 독자들에 대한 지명도를 갖춘 국가급 전문 출판기구로서, 인민문학출판사의 60여 년의 역정 중에 출판한 고금과 중외의 문학 도서가 이미 1만 3천여 종에 달하고, 풍부한 정신적 자원도 함께 쌓였다. 우리가 자체적으로 '문고'를 출판한 것은 시기적인 호황 때문만은 아니며, 광대한 독자들의 수준 높은 독서에 대한 요구를 만족시키는 데 더 큰 목적이 있었다.

'朝內166人民文庫'라는 이름에 대해서는 간략한 설명이 필요하다.

'朝內166'은 우리가 반세기 이상 머물렀던 소재지다. 이곳에서 한 분 한 분의 거장이 걸어 나갔고, 한 줄기 한 줄기의 책 향기가 퍼져나갔다. 이곳은 우리의 정신적 고향이자 영혼의 지표다. '인민문고'는 사족에 가까운 말이다. 하지만 일정 분야의 도서를 모으고 채택한 것에 대해 굳이 문고라는 말로 묘사한 것은, 우리의 묘사가 객관적이고 소박하다는 것을 보여준다. 여타 '경전(經典)'이나 '대전(大全)', '보전(寶典)' 등의 화려한 수식어는 모두 우리의 선택을 받지 못했다.

'문고'는 부문별로 나눠 출시했다. 뛰어난 판본과 우수한 품질이야말로 우리가 추구한 바이며, 분류의 기준에 있어서는 하나의 격식에 구애되지 않았다. 장정 또한 굳이 일치시키려 하지 않았다. 결론적으로, 우리는 수십 년의 노력 끝에 광대한 독자들 앞에 정성스럽게 만든 개방적인 문고를 선보이고자 한다. 많은 독자들의 아낌없는 조언과 질책을 기대한다.

인민문학출판사편집부

2012년 5월

목차

화분은
흙바닥 그리고 선조들의 경작에 대한
도시 사람들의 잔존 기억이다.
— 책머리에

제 1 편

유소씨 [1]
有巢氏

밤하늘 아래의 무청(木城)은 늘 불타고 있다.

그것은 오랜 세월을 이어온 하늘을 향해 치솟는 거대한 불길이다. 수십 년이 지났지만 거대한 불길은 조금도 꺼질 기미가 보이지 않았으며 오히려 점점 더 거세졌다.

거대한 불길은 황혼 무렵 타오르기 시작한다. 태양은 이미 저물었고, 하늘은 점점 어두워지기 시작하면서 도시의 빌딩과 거리는 모두 흐릿해진다. 순간 어디서 뚫고 나왔는지 모를 수천수만 마리의 박쥐들이 거리의 상공과 빌딩 사이를 깍깍거리며 비행하고 음산한 바람이 휘몰아친다. 이 무시무시한 용모의 괴물들은 주로 낮과 밤이 교차하는 찰나에 조용히 나타나 낮을 밤으로 인도하고, 다시 밤을 새벽으로 인도한다. 이 신비로운 사자들은 늘 두려움과 놀라움을 유발한다. 마치 무언가 알 수 없는 어떤 불길함을 예고하고 있는 것 같기도 하다.

이는 무청 사람들이 하루 중 가장 기분 나쁘게 여기는 시간이다.

그러나 이런 시간은 아주 빨리 지나가 버린다. 사람들이 조금 망설이

---

1 고제(古帝)의 이름, 사람에게 집을 짓는 법을 가르쳤다고 함.

고, 조금 두려워하고, 조금 기가 꺾이고, 조금 갈팡질팡하는 순간, 순식간에 거대한 불길이 온 도시 곳곳에서 훅하고 솟구친다. 거리 하나가 곧 한 마리의 화룡이 되고, 한 무더기의 건물들은 거대한 빛의 바다로 변하며, 밤의 색이 짙어질수록 불빛은 더욱 환하게 빛난다. 눈부신 불빛이 도시의 구석구석에서 어둠을 몰아내 깊은 밤하늘까지 쫓아 버리면, 별과 달은 모두 뒤덮이고 만다.

하루 또 하루, 한 해 또 한 해, 무청은 매일같이 똑같은 장면을 반복한다.

무청 사람들은 이를 자랑으로 여기고, 밤마다 등불이 휘황찬란하다며 찬탄했다.

무청 사람들은 어둠을 무서워한다. 밤을 무서워한다. 그러나 그들은 별과 달에는 관심이 없다. 별과 달은 진즉 도시인의 삶에서 퇴출되었다. 그들은 전기와 전등만으로도 충분했다. 각양각색 아름다운 모양의 조명을 집과 도로, 빌딩과 공공장소에 설치하자 화려하고 오색찬란한 불빛이 별이나 달보다 훨씬 아름답고 밝게 빛났다. 무청 사람들 눈에 별과 달은 모두 케케묵은 시골의 것이라 현대화된 도시에서는 이미 그 지위가 사라진지 오래였다.

물론 무청 사람들은 사계절에도 관심이 없었다. 그들은 심지어 사계절을 싫어했다. 계절의 변화란 도시인에게 있어 계속해서 다른 옷으로 갈아입어야 한다거나 여러 번거로운 일들을 동반한다는 것 말고 다른 의미는 없었다. 이를테면 시골 사람들이 봄에 비가 충분히 내리면 기뻐하는 이유는 그들이 파종을 해야 하기 때문이다. 도시 사람들은 바로 몸서리를 친다. 비옷을 입고 장화를 신어야 집 밖에 나갈 수 있으니 어찌 번거롭지 않겠는가? 거리에 나서면 곳곳이 물바다가 되어 있고 차들은 엉망으로 뒤엉켜 꽉 막혀 버리니 교통사고가 증가하여 차는 부서지고 사람은 죽어나간다. 그러니 도시 사람들이 왜 봄비를 기다리겠는가? 여름이 오면 혹서를 견디기도 어렵거니와, 거리에서는 빌딩에서 햇빛이 반사되고 수백만 대의 차들이 도로와 골목에 용처럼 길게 늘어서 열기를 뿜어낸다. 온 도시는 커다란 대나무 찜통처럼 변해 한번 찌기 시작하면 몇 달씩 계속되니 무청 사람들이 여름을 저주하는 데는 다 그만한 이유가 있는 것이다. 일조량이 농작물에 미치는 영향은 도시 사람들과는 아무런 관계도 없다. 가을은 더욱 쓰잘머리 없는 계절이다. 강우량이 봄보다도 더 많으니 불편함도 당연히 더욱 커진다. 금방 추웠다가 또 금방 더웠다가 하는 날씨는 사람들이 갈피를 잡지 못하게 만들고, 무엇을 입어야 할지 종잡을 수 없게 만든다. 병원은 장사가 특히 잘되기 시작하고 안팎으로 한기가 든 사람들로 넘쳐나는데, 재채기에 콧물, 위장병에 설사, 두통, 요통, 관절염까지 어디 한군데 성한 곳을 찾을 수가 없다. 시골 사람들에게 있어 가을은 수확의 계절이지만, 도시 사람들의 수확물은 질병뿐이다. 겨울이 다가오면 잇달아 몰아치는 북풍에 사람들은 허수아비가 된다. 어른들은 그렇다 치더라도 아이들은 학교에 가는 것만으로도 충분히 고생스럽다. 갑자기 큰 눈이라도 내리면 새벽에 설경을 보고 좋아하는 것도 잠시, 그 뒤에 남는 것은 골칫거리뿐이다. 희고 깨끗하던 눈은 순식간에 도시의 매연에 시커멓게 오염되고, 더러운 물로 변해 사방으로 흘러내린다. 그리고는 다시 딱딱하고 미끄럽게 얼어붙는다. 사람들은 아차 하는 순간 미끄러져 동서남북도 분간하지 못하게 된다.

하지만 달리 말하면 도시 사람들은 벌렁 나자빠지지 않았을 때도 동서남북을 분간하지 못한다. 무청 사람들은 방향 감각이 없다. 동서남북은 별이나 달, 사계절과 마찬가지로 자연계의 범주에 속한 것이다. 그들은 일평생을 인공적인 대도시에서 생활하다 보니 이미 자연계에 대한 의존성이 대거 감소했다. 동서남북을 판별하는 능력이 퇴화하는 것 또한 지극히 정상적인 일이다. 무청 사람들이 방향을 표시하는 언어는 앞으로 가, 뒤로 가, 좌로 돌아, 우로 돌아 따위인데, 이는 동서남북을 운운하는 것보다 훨씬 편리하고 더 정확했다. 무청 주위의 3000제곱킬로미터는 하나의 거대한 미궁과 같다. 고층 건물과 빌딩이 숲처럼 빽빽이 늘어서 있고, 도로와 골목이 거미줄처럼 얽혀 있어, 외부인이 안으로 들어오면 머리가 어지러워 방향을 분간할 수 없게 된다. 그래서 시골 사람들이 도시에 들어와 웃음거리가 되는 이야기들이 그처럼 많이 생겨난 것이다. 그러나 무청 사람들은 물고기가 물을 만난 듯했는데 이는 그곳이 그들의 공간이기 때문이다. 그들이 고층 건물과 빌딩과 도로와 골목 사이를 누비는 것은 농민이 수수밭 사이를 누비듯 자유로웠다. 고층 건물과 빌딩이 도시 사람들에게는 수수밭이다. 아, 이 말은 별로 적절하지 않다. 무청 사람들은 이처럼 촌스러운 비유에 동의하지 않을 것이다. 고층 건물과 빌딩이 어째서 수수밭이란 말인가? 일단 고층 건물은 수수가 아니다. 이는 아주 명백한 사실이다. 또한 '밭'과도 털끝만큼도 관계가 없다. 수수밭의 땅은 흙바닥이지만, 무청은 어딜 가나 시멘트 바닥이니, 분자의 구성이 완전히 다르다. 게다가 시멘트 바닥은 흙바닥보다 훨씬 값어치가 나간다. 예를 들면 도시에서 1킬로미터의 길에 시멘트를 깔면 최소 4000만 위안짜리가 되는데, 이것이 창조하는 효과와 수익까지 더하면 그 가치는 추산이 불가능하다. 다시 1킬로미터의 길을 10묘(畝)[2]의 흙바닥이 차지하고 있다고 해 보자. 이 10묘의 흙바닥을 밀을 심는데 쓴다면 아마 6000에서 7000근을 수확할 수 있을 테니, 이를 팔면 4000위안쯤 될 것이다. 4000위안과 4000만 위안이면 차이가 만 배에 달하는데, 무슨 염치로 더 비교를 하겠는가? 여기서 알 수 있듯 무청 사람들은 별과 달과 사계절에 무심한 것과 마찬가지로, 흙바닥에도 관심이 없었다.

사실상, 무청 사람들은 이미 흙바닥에 대한 기억을 잃었다.

다시 비가 많은 계절이 돌아왔다.

부슬부슬 내리는 가을비가 무청 전체를 뒤덮자, 무청에는 위태로운 기운이 감돌았다.

곧이어 건물들이 젖었고, 차들이 젖었으며, 당연히 거리도 젖었다. 행

---

2 중국 논밭넓이의 단위로 1묘는 약 666.67평에 해당한다.

인들도 모두 축축하게 젖었는데 마치 재난이라도 당한 듯 불안해 보였다.

스퉈(石陀)는 몹시 기분이 좋았다. 심지어 남의 재앙을 보고 기뻐하는 것 같은 모양새가 흡사 아웃사이더 같았다.

그리하여 스퉈는 비바람 속을 기개를 드높이며 걸어 다니다가 툭하면 길가의 나무를 툭툭 건드렸다. 우수수 물방울이 흩어졌다. 그는 나무도 자신처럼 즐거워한다는 것을 알고 있었다.

매번 비바람이 무청을 습격할 때마다, 스퉈는 하던 일을 내려놓고 바깥으로 뛰쳐나갔다. 설령 원고를 보고 있을 때라고 해도, 누군가 "비 온다!" 하고 말하는 순간 스퉈는 곧바로 자신의 장화를 신고 우산을 든 채 비틀비틀 계단을 내려가 거리로 뛰어들어 빗물에 몸을 적셨다.

스퉈는 거리에서도 우산을 펴는 법이 없었다. 그저 지팡이처럼 손에 든 채 땅 위에 '탁!'하고 내리치면, 몸은 이미 저만치 멀어졌다.

부는 바람과 내리는 비에 몸을 맡긴 채.

그의 푸른색 장삼이 소용돌이치며 흩날리다가 점점 아래로 처지더니 묵직해지면서 곧 물방울을 떨궜다.

맞은편에서 묘령의 여인 하나가 걸어왔다. 가을이 깊었는데도 뜻밖에 여름옷 차림이었다. 그녀는 비취색 긴치마를 온몸에 휘감고, 역시 우산을 쓰지 않고 하얀 어깨를 반쯤 드러낸 채 비바람 속을 유유히 걷고 있었다. 마치 아무도 없는 것처럼.

종종걸음으로 발길을 옮기던 행인들이 끊임없이 그녀에게 눈길을 주었다. 어떤 이들은 기괴한 표정을 지었다. 그러나 역시 종종걸음으로 아주 빠르게 멀어졌다.

비는 갈수록 거세져 추위에 몸이 부들부들 떨릴 지경이었다.

여인은 몸매가 완전히 드러났다. 여름 치마는 이미 흠뻑 젖어 몸에 딱 들러붙었다. 가녀린 허리, 풍만한 엉덩이와 가슴이 드러나 보였고, 심지어 분홍색 유두까지 보일 정도였다.

그녀는 분명 브래지어를 입지 않았다!

그리고 아래쪽에는…… 팬티를…… 세상에! …… 아, 입었구나, 아이보리색으로.

스튀는 알아차렸다. 그녀는 무청에서 가장 패셔너블한 축이다. 일부 대담하고 자신감이 넘치는 젊은 여성들 사이에서 브래지어를 입지 않는 것이 유행하고 있었다. 그녀들은 브래지어를 입는 여자는 모두 늙었다고 생각했다. 게다가 그녀들은 옷을 입는 데 계절을 구분하지 않았다. 기꺼이 겨울에 여름 치마를 입고 삼복더위에 패딩점퍼를 입었는데, 이를 역시즌 패션이라 불렀다. 마치 역시즌 채소처럼.

스튀는 전혀 놀라지 않았다. 오히려 그는 무청에서 이런 새로운 종족을 보는 것이 좋았다.

여인은 마치 노천욕을 즐기듯 차가운 가을비를 조금도 개의치 않았으며, 걸음걸이에는 일말의 조급함도 없었다.

스튀는 다시 한 번 쳐다보았다. 하지만 그녀는 확실히 브래지어를 입지 않았다. 가슴은 우뚝 솟았고 빗물은 봉긋한 가슴 끝에서 물길을 따라 흘러내리고 있었다. 그 모습이 마치 두 개의 분무기가 물을 뿌리는 것 같았다.

이때 비가 더욱 세차게 쏟아졌다.

스튀는 그녀의 앞에 멈춰 섰다. 이는 굉장히 보기 드문 광경이다.

그는 그녀의 생김새가 베트남 아가씨와 비슷하다는 점을 발견했다. 두 눈은 크고 반짝거렸으며 쑥 들어간 편이었다. 왼쪽 눈썹 안에는 작은 점 하나가 숨어 있었고, 윤기가 흐르고 생기가 도는 것이 아주 예뻤다.

베트남 아가씨가 걸음을 멈췄다.

그녀는 누군가 자신의 길을 가로막은 것을 알아차리고는 약간 놀란 듯 고개를 들었다. 그녀의 앞에 서 있는 페인트공 같은 사람은 키가 크고 몸이 부실하고 등이 약간 구부정했으며 두꺼운 근시용 안경을 걸치고 있었다. 그의 푸른색 장삼은 조금 헤졌으며, 아래쪽으로 떨어지는 물은 한 줄기 작은 폭포를 이뤘다.

그녀가 그를 뚫어지게 쳐다보았다. "왜 남의 길을 가로막아요?"

스튀는 눈을 깜빡거렸다. "이론의 기본 속성이 뭔지 아십니까?"

베트남 아가씨는 잠시 멍하게 있다가 돌연 웃음을 터뜨렸다. 새하얀 치아가 드러났다. "남자와 여자의 근본적인 차이가 어디에 있는 줄 아세요?"

스튀는 놀랐다.

베트남 아가씨는 이미 느릿느릿 걸음을 옮기고 있었다. 그녀는 몇 걸음 가다가 고개를 돌려 그가 멍하게 거기 있는 것을 보고는 소리쳤다. "저기요! 페인트공 아저씨, 저 아저씨가 연설하는 거 본 적 있어요. 언제 저한테 차 한잔 사세요. 저도 아저씨랑 이론을 논하고 싶으니까!"

스튀가 소리 나는 쪽으로 시선을 돌렸다. 소리는 아득하게 흔들렸고, 비바람 소리는 너무 요란했다. 베트남 아가씨의 뒷모습과 아름다운 엉덩이가 빽빽한 빗줄기 속으로 사라지고 있었다.

큰길은 이미 온통 파도 소리에 휩싸였다.

도로 양쪽으로 난 인도 위로 오동나무 잎이 떨어져, 장화발로 밟으면 푹신푹신하면서 물거품이 일고 절벅절벅 소리가 났다.

스튀는 여기에 깊이 도취되었다.

오동나무 잎 위를 밟는 느낌은 마치 푹신푹신한 흙바닥을 밟는 것과 같았다.

그는 몸을 웅크리고 앉아 오동나무 잎을 헤치고 품 안에서 꺼낸 망치로 시멘트 벽돌 한 덩이를 몇 차례 두들겨 부숴 검은색 흙바닥을 조금 노출시켰다. 그리고는 망치를 품 안에 감추고 몸을 일으키며 웃었다.

그는 며칠 내에 이곳에서 한 줌의 풀, 한 줌의 파릇파릇한 풀이 자라날 것을 알았다.

스튀의 흙바닥에 대한 미련은 병적인 상태에 가까웠다.

그는 늘 웅대한 계획을 품고 있었는데, 바로 무청 사람들에게 흙바닥에 대한 기억을 되살리는 것이었다. 그는 작가 차이먼(柴門)이 한 산문에서 "화분은 흙바닥 그리고 선조들의 경작에 대한 도시 사람들의 잔존 기억이다"라고 말한 것을 기억하고 있었다. 이 말이 그에게 자신감을 주었다. 그는 차이먼을 숭배했고, 이 말의 근사함에 탄복했다. 결국 도시 사람들에게도 아직 희망이 있다는 말이다. 그러나 출판사의 편집장 신분으로, 흙바닥과 아무런 관련도 없는 사람이 무엇을 할 수 있겠는가? 매일 작은 망치를 들고 남몰래 도로를 두드리는 것이 매우 즐겁기는 하지만, 아무래도 큰일을 성사시킬 수는 없다.

마침 스튀는 무청 정치협상회의의 위원이라 정치에 참여하여 정무를 논의할 수 있었다. 그래서 매년 정치협상회의 때마다 빠지지 않고 장문의 의안을 내놓았다. 핵심 내용은 이러했다. "…… 고층 건물을 허물고 시멘트 바닥을 뜯어내서 사람들이 진짜 흙바닥을 밟을 수 있게 하고, 수목과 화초가 자유롭게 자랄 수 있게……" 이 말은 바보 천치의 잠꼬대와 다를 바 없어서 채택이 되지 않는 것은 물론이고 줄곧 사람들의 비웃음을 샀다.

그러나 스튀는 낙심하지 않고 그다음 번 정치협상회의에서도 거듭 같은 의안을 내놓았고, 발언을 통해 자신의 관점을 꿋꿋하고 고집스럽게 알렸다. 무청 사람들의 모든 신체와 정신적 질병, 식욕 부진, 하품 연발, 조급증, 긴장과 초조, 불안과 불면, 정신 이상, 의심증, 우울증, 유언비어와 모함, 상호 비방, 정탐, 밀고, 히스테리 등등은 모두 땅의 기운을 받지 못한 데 원인이 있다. 대지는 만물을 흡수하고 포용하고 해소시킬 수 있는 무엇과도 비할 수 없는 거대한 자기장이다. 그러나 도시에서는 두꺼운 시멘트 바닥과 고층 건물들이 사람과 대지를 갈라놓았다. 이는 마치 전류가 끊어진 것과 같다. 모든 더러운 기운과 불쾌한 기운, 원한 어린 기운, 사악한 기운, 이름 모를 기운들이 대지에 흡수되거나 해소될 방법이 없어 가닥가닥 모락모락 뭉게뭉게 도로와 골목을 떠돌고, 흔들리고, 모이고, 맺히고, 발효되고, 장기(瘴氣)처럼 사람들을 어리벙벙하게 만들고, 오장 육부에 흡수되고, 핏속에 유입되어 갖가지 도시의 문명병이 생겨나고 추한 도시인이 생겨나는 것이다.

스튀의 발언은 황당한 정도가 아니라 그야말로 개소리였다. 특히 그가 무청 사람들을 추한 도시인이라 칭한 대목은 순식간에 공분을 불러일으켰다. 정치협상회의의 위원들은 분분히 자리에서 일어나 비난을 쏟아냈다. 그를 편집증 환자라고 하거나, 그가 도시인을 모독했다고 말하거나, 그가 도시의 건설과 현대 문명을 부정하려 한다는 등……

난장판이 된 회의장을 보면서도 스튀는 자신은 무고하다는 표정이었다. 시 정치협상회의 의장 마완리(馬萬里)가 황급히 몸을 일으켜 두호에 나섰다. 그는 웃으면서 사람들을 향해 손을 내저었다. "위원 여러분께서는 지나치게 정치적으로 해석하셔서는 안 됩니다. 스 위원은 마음씨가 착한 사람입니다. 그는…… 이분은…… 아아…… 다들 꼭 그러실 것까지는…… 없지 않을까요?…… 아아…… "

회의 후에도 많은 사람들이 왈가왈부했으며 여전히 의분에 가득 차 있었다. 누군가 말했다. 스튀는 미국에서 박사를 했는데, 미국에는 고층 건물과 빌딩이 우리보다 더 많잖아. 그렇게 발전한 국가에서 배웠는데 어째서 이런 촌놈이 된 거야? 미국사람들이 얼마나 못돼 먹었는지 딱 드러나잖아. 자기들은 현대화시키고 우리는 옛날로 되돌아가라니. 그때 누군가 재빨리 의안 하나를 제출했다. 《젊은이들이 미국에 유학을 가는 것에 신중을 기해야 한다.》

시 정치협상회의에서의 스튀의 언행이 출판사까지 전해졌다. 사장 다커(達克)는 어깨를 으쓱하고는 아무 말도 하지 않았다.

다커도 자주 해외를 들락거리는 사람이라 제법 그럴싸하게 어깨를 으쓱거릴 수 있었다.

스튀가 매년 같은 의안을 제출할 때마다 관련 부서에서 예의 바른 답변이 돌아왔다. 물론 내용도 늘 같았다. 대강 이런 내용이었다. 스 위원의 의안은 아주 창의적이지만 현재 도시의 주택과 주민 취업, 도로 교통, 위생 상태 등을 감안할 때 여러 방면에서 상당한 불편이 예상되어 단시간에 고층 건물을 허물고 도로를 뜯어내는 것은 불가능합니다. 후에 조건이 허락할 때 다시 고려하겠습니다. 스 위원께 양해를 구하며 스 위원께서는 계속해서 무청시 건설에 관심을 가져 주시기를 바랍니다. 어쩌고저쩌고.

고위 관계자는 결코 스퉈의 생각이 불량하다고 여기지 않았다. 그저 책에만 파묻혀 시대에 뒤떨어지고, 국내 현대화 건설의 필요성과 시급성을 이해하지 못하며, 중국이 현대화 건설에 박차를 가해야만 중화민족이 강대해진다는 것을 이해하지 못하고, 소위 현대화 건설 과정이란 도시화 과정이라는 것을 이해하지 못하며, 중국의 도시화 건설은 도가 지나치다거나 고층 건물을 허물고 도로를 뜯어내야 한다고 할 문제가 아니라 이제 막 걸음마를 시작했으니 장차 도시화 건설에 박차를 가하며 더 많은 땅에 길을 닦고 건물을 세울 문제라는 것을 이해하지 못하는 것뿐이다……

시 정치협상회의의 마완리 의장은 스퉈를 몹시 아꼈다. 매년 회의를 열 때마다 진지하게 그의 의안을 읽은 뒤 관련 부서에 전달했고, 그 뒤에는 찻잔을 들고 고개를 저으며 탄식했다. 스퉈야 스퉈야, 다른 얘기 좀 하면 안 되겠니?

그러나 스퉈는 융통성이 없는 사람이었다.

사실 마 의장이 걱정하는 것은 스퉈뿐이 아니었다. 다른 위원도 있었다. 정치협상회의에는 시대에 뒤떨어지는 샌님이 드물지 않았다.

정치협상회의 위원 중 다수는 각계의 명사나 특정 영역의 권위자였다. 그들이 제출한 건의 사항 중에는 좋은 것도 적지 않았다. 건의 사항 하나가 수백만의 이익을 창출하기도 하고, 서민들의 박수와 환호를 이끌어 내는 일도 자주 있었다. 하지만 어떤 의견은 현실과 맞지 않아 다루기가 쉽지 않았다. 이를테면 한 노시인은 학교 교육이 응당 사숙제로 돌아가야 하고, 아이들의 뛰어난 기억력을 이용하여 전통문화를 더 많이 익히게 해야 한다고 주장했다. 경서, 역사서, 제자, 시문집 따위를 외고, 외지 못하면 회초리를 들어야 한다는 것이다. 한 성병 예방 치료 전문가는 매춘부의 합법화를 주장했다. 홍등가를 개설하고 특별 허가 근무를 하게 해서 지금처럼 도로와 골목이 온통 사창가인데도 모르는 체만 하지 말자는 것이다. 고대 로마는 성병 때문에 망국에 이르렀는데, 선인의 실패를 교훈으로 삼아야 하지 않겠는가! 한 환경 보호 전문가는 대기 오염의 심각성을 감안하여 거대한 유리 덮개를 만들어 무청 전체를 덮어씌우고 대형 환풍기 몇 대를 설치하자고 건의했다. 한 땜장이 출신의 정치협상회의 위원은 교외의 정유 공장에서 굴뚝 모양의 물체가 밤낮으로 뿜어내는 불길을 보고만 있는 것을 몹시 안타까워했다. 그는 자신이 주도하여 커다란 찻주전자를 만들어 그 위에 설치하고, 그렇게 끓인 물을 도시 전체에 무료로 공급하자고 건의했다. 한 사회 과학 전문가는 '문화대혁명'에 대한 연구가 국외에서는 이미 유명한 학파를 이루었으니 우리도 '문화대혁명'을 이대로 매듭지어 결론을 내릴 것이 아니라 학술적 영역에서 8억 인구가 어떻게 하룻밤 사이에 미쳐 버릴 수 있었는지 자세히 탐구해야 옳다고 주장했다. 어떤 사람은 무청에 자동차를 없애고 마차를 복원하면 오염을 줄일 수 있을 뿐 아니라 김이 무럭무럭 올라오는 말똥으로 생활에 향기를 더할 수 있다고 제의했다. 한 양식업계의 거물은 정부에 홍두문건[3] 발행을 요청하면서 모든 시민들에게 매일 전갈 세 마리를 먹게 하면 정력 증진과 양기 보충으로 건강에 도움이 될 것이라 말했다. 이처럼 그야말로 가지각색에 천태만상이니 그중에 적지 않은 중대한 일들에 대해서는 대답조차 해 줄 수가 없었으며 정치협상회의에서도 논쟁이 분분하여 회의장이 아수라장으로 변하기 일쑤였다.

　마 의장은 통상 아무 말 없이 찻잔을 든 채 인내와 포용의 자세로 그들의 각종 기상천외한 주장을 들었다. 표정은 시종 유쾌했고, 때로는 참지 못하고 크게 웃음을 터뜨리기도 했다. 그는 진심으로 그들을 좋아했고, 그들의 발표를 듣는 것을 즐겼으며, 그들이 대단한 상상력을 가졌다고

---

3 중화인민공화국 당정 지도부에서 공포한 문건

생각했다.

하루는 시 회의에서 시 기율 감사 위원회의 서기 톄밍(鐵明)이 마 의장에게 주의를 주었다. "마 의장님, 그 보물들 조심하십시오. 무슨 분란 일으키지 마시고요."

마완리는 무슨 말인지 알아들을 수가 없었다. "우리 쪽에서 무슨 분란이 일어나겠소?"

톄밍이 말했다. "들리는 말에 그쪽에서 말을 너무 함부로 한다던데요."

마완리는 깜짝 놀랐다. "누가 고발을 했단 말이오?"

톄밍이 고개를 끄덕였다.

마완리는 큰 소리로 웃었다.

톄밍이 말했다. "마 의장님, 왜 웃으십니까?"

마완리가 말했다. "큰 상이 있으면 반드시 용기 있는 자가 나선다더니! 톄밍, 그쪽에 아직도 고발장이 그렇게 많은 게요?"

톄밍이 말했다. "적게 잡아도 하루에 세 자루는 됩니다."

마완리가 톄밍의 어깨를 두드렸다. "아주 대단한 기세로고!"

톄밍은 어찌할 도리가 없다는 듯 고개를 내저었다. 그는 마 의장의 말이 반어법이라는 것을 잘 알고 있었다. 사실 이 문제에 대해 톄밍과 마완리는 같은 인식을 가지고 있었다. 언젠가 두 사람이 한담 끝에 이 문제에 대해 이야기하게 되었는데, 톄밍이 약간 걱정스러운 듯 말을 꺼냈다. 우편함에 고발장이 끝도 없이 쌓이는데, 그래도 우리가 위대한 민족입니까? 마 의장이 말했다. 밀의나 고발은 배고픔을 면하려고 독초를 먹는 것이나 갈증을 면하려고 독주를 마시는 것과 다를 바 없소. 우리 민족을 망가뜨리는 것이지요!……

스퉈와 그의 무청출판사는 출판빌딩 99층에 있어 창문 앞에 서면 무청 전체가 내려다보였다. 하지만 시 전체가 깨끗하게 보이는 경우는 매우 드물었다. 무청 상공이 늘 희뿌옇기 때문이었다.

스튀의 편집장실로 들어가면 항상 텅 비어 있는 책상 뒤편으로 정교하고 아름다운 가죽 소파가 앉은 사람 없이 방치되어 있는 모습이 눈에 들어왔다. 하지만 고개를 홱 돌려 보면 벽 모퉁이에 놓은 나무 의자에 앉은 그를 발견할 수 있었다.

스튀는 늘 그 나무 의자에 앉아 있다.

책을 읽고, 원고를 검토하고, 졸기도 하면서.

편집자들은 그를 유소씨라 불렀다.

그의 널따란 사무실 네 벽에는 열 개가 넘는 키 큰 책장들이 늘어서 있고, 그 위에는 무청출판사와 형제출판사에서 새로 출판한 책과 각종 자료집, 사전들이 가득 꽂혀 있어서 위쪽에서 책을 한 권 꺼내려면 반드시 나무 의자의 도움을 받아야 했다. 이 나무 의자는 스튀가 직접 만든 것이었다. 스튀는 무언가를 직접 만드는 것을 좋아했는데, 목공 이외에도 우산 수리와 신발 수선, 차 수리가 가능했고, 고급 시계와 카메라 따위도 고칠 수 있었다.

그가 만든 이 나무 의자는 투박하고 둔중해서 사무실의 호화로운 인테리어와 전혀 어울리지 않았으며, 마치 인테리어를 하러 왔던 목수가 놓고 간 물건처럼 보였다. 다커는 여러 차례 사람을 시켜 이를 내다 버리려고 했으며 스튀에게 예쁜 스테인리스 의자를 사 주겠다고 이야기도 해 보았다. 그러나 스튀는 동의하지 않았다. 스튀가 말했다. 나는 그냥 이 의자를 쓸 겁니다. 스튀는 자신의 이 작품에 깊은 애정을 가지고 있었다. 그는 자주 사무실 안을 이리저리 옮겨 다니고 올라갔다 내려갔다 하다가 책 한권을 찾으면 그대로 걸터앉아 펼쳐 읽었다. 나중에는 아예 나무 의자에 앉아 업무를 보고 원고를 검토했다.

다커는 몹시 화가 났으며 이는 스튀가 일부러 시비를 거는 것이자 자신의 노동 성과를 깔보는 것이라고 생각했다. 무청출판사의 모든 인테리어는 다커가 주관한 것으로, 화려하고 웅장했다. 스튀의 편집장실은 100평이 넘었고 바닥에는 아름다운 대리석과 값비싼 카펫이 깔려 있었다. 사무실 책상은 두 사람이 자도 될 만큼 넓어 무청의 어떤 회사 사장의 책상과 견주어도 뒤지지 않았다. 그러나 스튀는 이러한 것들에 아무런 관심도 없는 듯했다. 그는 나무 의자에 앉아 이런저런 일들을 하는 것을 더 좋아했다. 밥을 먹고 화장실에 갈 때를 제외하면 하루 종일 그 위에서 내려오려 들지 않았다. 다른 사람이 그에게 의논할 일이 있어 찾아오면, 어쩔 수 없이 그를 올려다보아야 했다. 다커는 그가 최소한의 교양과 예의도 없다고 생각했다. 이 일은 출판국까지 알려졌다. 국장이 웃으며 말했다. 그 사람 원래 그래. 전에 내가 볼일이 있어 찾아갔을 때도 의자에서 안 내려 왔었잖아? 다커는 어깨를 으쓱하고는 자리를 떠났다. 그는 고위 관계자들의 지능 지수에 모두 문제가 있음을 깨달았다.

다행이 편집자들은 스튀를 오만하고 무례한 사람으로 여기지 않았다. 오히려 그들은 스튀와 접촉하는 것이 즐겁고 쉽다고 생각했다. 그를 대할 때는 상하 관계도 어떠한 세속적인 예의범절도 신경 쓸 필요가 없었기 때문이다. 어떠한 방식이든 상대방만 괜찮다면 그 역시 결코 따지는 법이 없었다. 예를 들어 상대방은 나무 의자 아래에서 그와 이야기를 나눌 수도 있지만, 그의 가죽 의자에 앉아 두 다리를 책상 위에 걸친 채로 원고에 대해 상의하는 것도 가능했다. 그럴 때면 상대방은 거드름을 피우는 편집장 같고, 스튀는 아랫사람 같았다. 스튀는 일을 결정하는 속도가 빨랐다. 타이틀을 선정할 때는 사전에 그에게 보고하고 그의 검토를 거쳤다. 그는 보고 적당하다 싶으면 곧바로 재가했으며 질질 끄는 법이 없었다. 책을 내는 데에 있어 스튀는 마치 특수한 후각을 가진 듯 그의 판단은 대부분 틀리지 않았다. 각 편집실에서 타이틀을 선정하여 보고하는 것 외에도, 스튀는 종종 직접 과제를 기획한 뒤 이를 실행할 것을 지시하기도 했다.

스튀는 국내 출판계에서 천재로 불렸다. 그가 기획한 책은 큰돈을 벌지는 못했으나 학술적으로 중요한 가치가 있었다. 이는 출판국이 그를 신임하는 이유이기도 했다. 물론 그들도 스튀가 시대에 뒤떨어진다는 것을 알고 있었다. 그가 늘 정치협상회의에서 고층 건물을 허물고 도로를 뜯어내야 한다고 떠드는 것도, 출판국의 고위 관계자는 재미있는 일이자 그냥 하는 소리 정도로 여겼다. 나무 의자에 앉아 근무하는 것은 워낙 대수롭지 않은 일이라 아무 문제도 삼지 않고 넘어갔다. 출판국에서 원하는 것은 자격을 갖춘 우수한 편집장이었다.

스튀에게도 물론 실수가 있었다.
차이먼의 책을 출판하는 일은 그에게 좌절을 안겼다.

차이먼은 그냥 평범한 작가였다. 미디어에 소개된 적도 거의 없고 국내의 각종 문학상과는 더욱 거리가 멀었다. 하지만 스튀는 그를 위대한 작가라고 생각했다. 스튀가 차이먼을 극력으로 숭배하는 이유는 그의 작품 속에 나타난 대지에 대한 잠재의식에 있었다. 이 차이먼이라는 작가는 주로 시골과 광야에 대한 글을 썼다. 도시에 관한 작품도 일부 있기는 했으나 그런 작품들도 사람들이 대지의 기운을 느낄 수 있게 하고, 사람들이 동경하는 도시 문명에 대한 비판 정신이 충만했으며, 사방 한 치의 땅에 빽빽이 들어차 살아가는 도시인에 대한 동정이 가득했다. 그들은 권력과 명예와 이익과 생존을 위해 필사적으로 싸우고 발버둥 치며 박해하고 배척한다. 괴로워하거나, 기진맥진하거나, 자만하여 자신의 처지를 잊거나, 남의 재앙을 보고 기뻐하거나, 온갖 꾀를 다 짜내거나, 파리처럼 성가시고 개처럼 구차하게 살거나, 수단과 방법을 가리지 않거나, 왜곡되고 변태적이거나, 아첨하고 비위를 맞추거나, 비관하고 절망하거나, 밤새 잠을 이루지 못하거나, 패거리를 짓거나, 홀로 외롭거나, 고상한 체하거나, 술 먹고 추태를 부리거나, 뒤에서 비웃거나, 풀이 죽거나, 너무 슬퍼 죽고 싶어 하는 등등의 모든 것들이 모두 도시 특유의 표정에 속한다. 도시는 사람들을 처참하게 망가뜨린다. 도시는 욕망을 배양하고 욕망이 과잉되는 공간이다. 도시인에게는 만족감도 없고 안정감도 없고 안전감도 없고 행복감도 없고 한가함도 없고 침착함도 없고 진정한 우정도 없다. 그래서 차이먼은 인류 발전사에서 최대의 실수는 바로 도시를 세운 것이고, 그것이 바로 죄악의 온상이라 여겼다. 그는 어느 글에서 이렇게 말했다. "도시에서 생활하는 사람들은 초야를 떠난 지 너무 오래되었다. 어째서 다시 대지로 돌아가 단순한 삶을 영위하지 않는가? ……"

스튀는 차이먼의 작품을 받쳐 들고 읽노라면, 얼굴이 온통 눈물범벅이 되기 일쑤였다.

그는 마음이 통하는 벗을 찾았다고 확신했다. 차이먼의 작품이야말로 스튀가 정치협상회의에 제출한 의안을 가장 잘 설명하는 것이었다. 스튀는 차이먼이 사람들과 다르다는 것이 놀랍고 신기했다. 거의 모든 정치인과 철학자, 경제학자, 작가, 수많은 중생들이 모두 도시 문명을 찬양했으며 도시 문명을 인류의 거대한 진보라고 칭송했다. 수많은 작가들이 쓴 도시를 찾은 시골 사람의 이야기에서, 시골 사람은 대부분 도시 생활에 대한 동경과 열망으로 충만한 모습으로 묘사된다. 도시를 마주하면 그들은 이를 우러러볼 수밖에 없고, 마음은 비굴해진다. 도시에 발을 붙이고 살기 위해 그들은 아마도 종이나 다름없는 대접을 참고 견뎌야 할 것이고, 음모자처럼 수단을 가리지 않아야 할 것이다. 그러나 뼛속 깊은 곳에서는 스스로를 멸시한다. 그들이 갈구하는 것은 언제나 동질감이다. 그러나 오직 차이먼만이 인류가 틀렸고, 도시가 틀렸고, 성벽에 첫 번째 돌을 쌓는 순간부터 틀려먹었다고 말한다. 도시는 인류 최대의 결점이고, 도시는 대지에서 생장하는 악성 종양이며, 도시는 결코 선망할 만한 곳이 아니다.

차이먼의 작품을 읽으면 스튀는 부끄러워졌다.

스튀는 도시에 몸을 담고 살아가면서 왜곡된 인간성과 각종 추잡함을 느꼈고, 자주 억제하기 힘든 경멸과 분노를 느꼈다. 그러나 차이먼에게는 그런 점이 없었다. 차이먼은 자신의 작품을 통해 이렇게 말했다. "그들을 너그러이 용서합시다! 이것은 그들의 잘못이 아닙니다. 모두 도시라는 괴물이 만들어 낸 것이지요. 그곳은 사람이 많고 너무 복잡합니다. 누구라도 그런 환경에 처하게 되면 변형되고 왜곡될 겁니다."

차이먼의 대지와 같이 넓은 가슴과 비교하자면, 스튀는 자신이 그저 속인에 불과하다는 것을 알고 있었다.

스튀는 차이먼을 위해 문집을 출판하기로 결단을 내렸다!

그는 더 많은 사람들이 이 작가와 그의 사상, 인류와 생명에 대한 생각을 알게 되기를 바랐다.

그러나 이 결정은 무청출판사의 많은 이들의 반대에 부딪혔는데, 특히 사장 다커의 반대가 극심했다. 손해를 볼 게 뻔한 장사였기 때문이다. 다커는 행정과 재무도 일부 담당하고 있었으므로 그의 반대는 당연했다.

무청출판사는 종합 출판사로, 줄곧 경제적으로 높은 수익성을 유지했으며, 1년에 1억 위안 이상의 이윤을 창출했다. 도리대로 말하자면 어쩌다 한 권쯤 손해를 보는 책이 나온다 해도 크게 문제될 것은 없었다. 예를 들자면 가끔 학술적 가치는 매우 높으나 수익성이 떨어지는 책도 낼 수 있다. 문제는 차이먼은 그 어디에도 해당되지 않는다는 점이었다. 문학계에서 무슨 역할을 하고 있다고 말하기도 애매한 데다 차이먼이 누군지도 아는 사람이 없을 정도였다. 무청에는 전국적으로 이름이 높은 작가들이 다수 있었는데, 그중에는 정부의 '프로젝트'에서 대상을 받은 사람도 있었다. 그들에게 차이먼에 대해 물으면 당황하여 고개를 가로젓거나, 어색하게 웃어 버렸다. 이런 사람은 '작가'라는 명색도 못 갖춘 자로, 그저 '저자' 정도로 간주하여 지지와 육성 차원에서 소책자 한 권 출간해 주는 것으로 충분했다. 문집까지는 무모한 일이었다.

만약 문제가 이 정도뿐이라면 또 괜찮다.

가장 황당한 것은 이 세상에 차이먼이라는 자가 존재하는지 여부도 확실치 않다는 사실이었다. 지금껏 누구도 차이먼을 봤다는 사람이 없었기 때문이다.

가장 단순히 이해하자면, 여러 해 동안 분명 '차이먼'이라는 유명인이 곳곳에 작품을 발표하기는 했으나 그를 본 사람은 없다는 것이다.

그러나 스퉈는 확고부동한 태도로 구쯔(谷子)에게 말했다. "나는 이미 오래전부터 그 사람에게 관심을 가지고 있었어. 반드시 그 사람을 찾아내!"

다커는 이를 듣고 몹시 화가 치밀어 스퉈를 찾아가 말했다. "당신 미쳤소?"

스퉈가 말했다. "미치지 않았습니다."

다커가 말했다. "어떻게 그 사람에게 문집을 내 준다는 거요?"

스퉈가 말했다. "어째서 그 사람에게 문집을 못 내 준다는 겁니까?"

다커가 말했다. "차이먼이 도대체 뭐하는 작자요?"

스퉈가 말했다. "차이먼은 위대한 작가입니다."

다커가 말했다. "황당한 소리! 아무 데나 위대를 갖다 붙여요?"

스퉈가 말했다. "그 사람이 유명하지 않아서 그러시는 겁니까?"

다커가 말했다. "차이먼이 누군지 아는 사람이 아무도 없잖소!"

스퉈가 말했다. "그건 사람들의 문제지 차이먼의 문제가 아니잖습니까? 제가 지금 하려는 것이 바로 사람들에게 그를 알리는 겁니다."

다커는 어깨를 으쓱하고는 최대한 말투를 누그러뜨리고 말했다. "스 편집장, 나는 출판사를 생각해서 이러는 거요. 솔직히 말하면 나는 차이먼이라는 저자에 대해 알고 있소. 그의 작품도 읽어 봤는데, 정말로 아무런 가치도 없더이다. 그야말로 미치광이에 편집증이에요. 당신보다도 더 편집증이란 말이오!"

스퉈가 말했다. "잘됐네요. 요즘 부족한 것이 바로 편집증입니다. 원만하고 만사에 능통한 사람들이야 이미 너무 많지요."

다커가 말했다. "스 편집장, 그 나무 의자에서 좀 내려오면 안 되겠소? 얘기 좀 제대로 해봅시다."

스퉈가 말했다. "지금은 화장실 갈 생각이 없습니다."

다커는 문을 박차고 나가 버렸다.

숙명처럼, 구쯔는 자신의 운명을 그 차이먼이라 불리는 작자에게 맡겨야 했다.

구쯔는 대학을 졸업하고 막 출판사에 배치된 지 얼마 되지 않았다. 하루는 스튀가 그녀를 사무실로 불러들이더니, 특별히 나무 의자에서 내려오는 각별한 대접까지 해 주면서 말했다. 구쯔 자네는 차이먼이라는 사람을 알고 있는가? 구쯔는 잠시 생각해 보고는 말했다. 들어 본 적이 있는 것 같아요. 작가분이시죠? 스튀는 곧바로 기분이 좋아졌다. 그래, 그래, 그래. 작가야. 그 사람 작품도 읽어 봤나? 구쯔는 조금 난처해하며 말했다. 읽어본 적은 없고, 전에 교수님께서 말씀하시는 것을 들은 적은 있어요. 스튀의 눈빛이 빛났다. 류톈샹(劉天香)이 자네들에게 차이먼에 대해 이야기했다고? 구쯔가 고개를 끄덕였다. 스튀가 말했다. 잘됐네. 여기 그 사람 작품이 좀 있는데 자네가 먼저 가져가서 읽어 보고 그의 작품을 찾아보면서 그를 모셔 올 방법을 좀 생각해 보게. 그 사람을 만나서 직접 가르침을 청할 문제들이 좀 있거든. 스튀의 말투는 진지하면서도 시원시원했다. 마치 차이먼이 바로 길 건너편 찻집에 있으니 가서 모셔오라는 식이었다. 다만 스 편집장이 그에게 직접 가르침을 청한다는 말이 그녀를 의아하게 만들었다. 출판사에 배치된 바로 다음 날 편집실의 쉬이타오(許一桃) 주임이 한 말 때문이었다. 스 편집장님은 학식이 풍부하고 대단한 분이라던데, 그런 분이 이처럼 허심자일 줄은 생각지도 못했던 것이다.

스 편집장이 그녀에게 임무를 주었을 때, 구쯔는 이를 조금도 어렵게 느끼지 않았다. 오히려 그녀는 자신이 몹시 운이 좋다고 생각했다. 문학을 좋아하여 출판사에 오게 되었고, 편집 일을 시작하자마자 작가와 교류할 수 있게 되었다. 그녀는 어떤 대학생들은 잡지사나 출판사에 배치된 뒤에도 몇 년간 등기 수발이나 잔심부름, 청소, 차심부름 따위의 잡무에 시달리며 수습생이나 다름없는 고생을 참고 견딘 뒤에야 원고 편집을 할 수 있게 된다는 이야기를 들은 적이 있었다. 구쯔는 스 편집장이 자신에게 이런 기회를 준 것에 가슴 깊이 감사했다.

그때만 해도 구쯔는 알지 못했다. 그녀가 대학을 졸업한 뒤 출판사에 배치된 것은 사실 스퉈가 자신을 직접 데려왔기 때문이라는 것을.

무청대학교 중문과 주임 교수 류톈샹은 스퉈의 대학 동창이었다. 스퉈가 그녀를 찾아가 말했다. 톈샹, 우리 쪽에 여자 편집자 한 명이 부족한데, 한 명 추천해 줘.

류톈샹이 말했다. 왜 꼭 여자 편집자여야 해?

스퉈는 순간 말문이 막혀 더듬거리며 말했다. 꼭 무슨 이유가 필요해?

류톈샹이 말했다. 말하기 곤란하면 억지로 할 필요는 없고.

스퉈가 말했다. 말하기 곤란할 것은 없어. 그냥 여자 편집자가 원고 의뢰하기 좋으니까. 남자 작가들이 좋아하잖아.

류톈샹이 웃으며 말했다. "너도 완전 속물이구나? 그럼 여자 작가한테 원고를 의뢰할 때는 어떡해?"

스퉈가 말했다. 내 밑에 남자 편집자는 충분히 있어. 다들 영리하고 재능도 있고 섹시하기도 해서 여자 작가를 잘 꾀어.

류톈샹이 말했다. 너희 출판사가 그런 식으로 원고 의뢰해? 진짜 역겨운데.

스퉈가 말했다. 네가 이유를 대라며? 이유를 설명하는 것도 이렇게 성가셔서야 원. 그래서 적당한 사람이 있는 거야 없는 거야?

류톈샹이 농담조로 말했다. 당당하신 무청대학교 중문과에 인재가 부족할 리가 있나. 너나 솔직히 말해. 여학생을 어디다 쓰려고?

스퉈가 그녀를 힐끗 쳐다보며 말했다. 톈샹, 넌 요즘도 그렇게 꼬치꼬치 캐묻는구나?

류톈샹이 말했다. 말하기 싫으면 관둬.

스퉈가 말했다. 다 말했잖아? 그냥 편집이야. 다만 완성해야 할 특수한 임무가 있어.

류톈샹이 다시 신경을 곤두세우며 말했다. 무슨 특수한 임무? 설마 접대를 해야 하는 건 아니겠지? 분명히 말해 두는데, 옳지 못한 일을 하는 거라면 내가 허락할 수 없어. 나는 우리 학생들을 보호할 책임이 있어.

스튀가 말했다. 걱정 마. 해치지 않을 테니까. 옳지 못한 일도 안 해. 무청출판사처럼 대형 출판사는 옳지 못한 일을 할 필요가 없어. 내가 중요한 자리에 앉히고 대우도 잘해 줄 거야.

류톈샹이 말했다. 좋아. 어떤 스타일을 원해? 예뻐야 해?

스튀가 말했다. 너무 예쁠 필요 없어. 몸이 좋아야 해. 고생도 하고 발로 뛰어다닐 수 있게. 연약하고 상스러우면 안 되고.

류톈샹이 웃음을 터트렸다. 몸이 좋아야 한다는 게 무슨 뜻이야?

스튀가 말했다. 아무 뜻도 아니야.

류톈샹이 말했다. 좋아. 생각 좀 해 보고 추천해 줄게.

스튀가 막 몸을 돌려 나가려다가 고개를 돌려 낮은 목소리로 말했다. 조건이 하나 더 있어. 가슴이 너무 크면 안 돼.

류톈샹이 깜짝 놀라 그를 쳐다보며 말했다. 왜? 가슴이랑 무슨 상관이야?

스튀가 말했다. 가슴이 너무 크면 민첩하게 뛰어다닐 수가 없잖아. 말을 끝낸 뒤에는 곧바로 몸을 돌려 자리를 떠났다.

류톈샹이 중얼거렸다. 저 인간은 여전히 이상하구나. 무슨 기준이 그래?

후에 류톈샹이 스튀에게 구쯔를 추천했다.

구쯔는 고아였고 성격은 다소 내향적이었다. 류톈샹은 그녀를 좋아했고 아꼈으므로 그녀에게 믿을 만한 곳을 찾아 주고 싶었다.

스튀는 류톈샹의 전화를 받자마자 급히 무청대학교를 찾았다. 류톈샹이 스튀를 대운동장으로 안내하며 말했다. 구쯔는 아마 거기에 있을 거야.

운동장에 도착하자마자 과연 스튀의 눈에 운동장을 뛰고 있는 건강미 넘치는 몸매의 키 큰 여학생이 들어왔다. 뜀박질을 하는 두 다리에는 힘이 넘쳤고 정신은 한곳에 집중하고 있었으며 얼굴은 온통 땀이었다. 크지 않은 두 눈에 약간 검은 피부가 몹시 섹시해 보였다.

류톈샹이 손가락으로 가리켰다. "바로 저 여학생이야."

스튀는 아무 말도 하지 않고 그녀가 운동장 두 바퀴를 다 돌도록 우두커니 지켜보았다. 그리고는 "껄껄" 소리 내어 웃더니 돌연 몸을 돌려 가 버렸다.

류톈샹이 황급히 뒤따르며 말했다. "스튀, 왜 가? 애로 할 거야 말 거야?"

스튀가 흥분한 목소리로 말했다. "해, 할 거야! 바로 저 여학생이야. 저 여학생을 우리 출판사로 보내 줘!" 그런 뒤 갑자기 변이 마려운 사람처럼 큰 걸음으로 교문을 향해 걸어갔다.

류톈샹이 길게 한숨을 내쉰 뒤 멈춰 섰다. 무슨 생각을 하는 녀석이야!

그녀는 조금 걱정이 되기 시작했다. 구쯔가 그의 손아귀에 들어가는 것이 복인지 화인지 알 수가 없었다.

구쯔는 임무를 받은 뒤 우선 스튀가 자신에게 준 작품들을 읽어 보았다. 대략 20만 자 정도의 분량인데 모두 각종 신문이나 잡지에서 수집한 짧막한 글들이었다. 보아하니 스 편집장은 오래전부터 차이몐에게 공을 들인 모양이었다.

차이몐의 작품 중에는 소설도 있고 산문도 있고 수필도 있었다. 하지만 또 그중 어느 것에도 해당하지 않는 것 같기도 했다. 어떨 때 보면 낙서 같고, 어떨 때 보면 잠꼬대 같고, 어떨 때 보면 참언 같기도 했다. 글의 길이는 일정치 않았고, 글의 분위기 또한 기묘하고 특이했다. 그러나 무엇에 대해 쓴 글이든 항상 아득하고 쓸쓸하며 신비로운 느낌이 전해졌다. 그는 마치 바람에 옷소매가 나부끼는 현자 같았고, 황량한 산 위에 서서 멀리 인간들의 화려한 도시를 내려다보는데, 그 눈빛에 동정과 무력감이 가득했다.

구쯔가 곧바로 차이몐의 작품을 좋아하게 되었다고는 말할 수 없었다.

그것은 생소한 독서 체험이었고, 작품에서 전달하고자 하는 관념이나 인식도 괴상하여 이치로는 설명할 수가 없었다. 또한 사람을 흥분시키고 어리둥절하게 만드는 것이 마치 인간세상을 벗어난 종교적 느낌까지 들었다.

구쯔는 그의 작품 세계가 얼마나 남다른지 분명히 느꼈다.

그녀의 독서 경력은 대부분 세속적인 색깔이 아주 짙은 작품들에 한정되어 있었다. 사회 변화나 세상사의 부침, 얽히고설킨 정, 달콤하고 순조롭다가도 의기소침하여 죽고 싶어지고, 서로를 속고 속이며 도처에 함정이 도사리고 있다. 가면 갈수록 무거워지고 음험해져 한마디로 세상의 온갖 풍파가 끝이 없고, 세속의 득실을 벗어나지 못했다.

대학에 있을 때 이러한 작품들은 구쯔로 하여금 미래의 삶에 대한 두려움에 사로잡히게 만들었다. 대학 졸업에 가까워질수록 두려움은 더욱 커졌다. 그녀는 자신이 어떻게 학교 밖으로 나가서 그 깊이를 헤아릴 수도 없는 사회와 대면해야 할지 알 수 없었다.

그러나 차이먼의 작품은 오히려 그녀에게 이렇게 말했다. "당신은 충분히 구원자가 될 수 있다. 고승이나 사제처럼 말이다."

이것이 가능하단 말인가?

구쯔는 이로 인해 그에게 관심을 가지게 되었다.

그녀는 그의 모든 작품을 읽고 싶었다. 차이먼이라는 사람을 만나고 싶은 마음은 더욱 컸다. 그녀는 그가 진정한 현자인지 아니면 가소롭고 위선적인 작자일 뿐인지 알고 싶었다.

그는 뭘 믿고 높은 곳에서 굽어보듯 도시와 도시 사람들을 대하는 걸까?

그 뒤로 구쯔는 도처를 수소문하여 그의 작품을 수집했다.

그녀는 한시도 지체할 수가 없었다.

도서관, 잡지사, 신문과 잡지 가판대, 서점.

구쯔는 뜻밖에 차이먼의 작품 수가 매우 많다는 것을 알게 되었다.

그녀는 전국 각지의 잡지사와 출판사에 전화를 걸고 편지를 썼다. 심지어는 전국 각지에 배치된 동창들까지 모두 동원하여 그들에게 차이먼의 이름을 외우게 한 뒤 그의 작품을 보는 즉시 자신에게 부치도록 했다.

구쯔는 동창들 사이에서 상당한 인맥과 호소력이 있었다.

그녀는 고아였으므로 어려서부터 고아원에서 생활했다. 철이 들 무렵에는 스스로를 돌보는 법과 자신의 방식으로 사람들과 교제하는 법을 배웠다. 구쯔가 다른 사람들과 함께 지내는 기본 방식은 조용히 경청하고 자신의 생각을 드러내지 않는 것이었다. 이는 그녀와 만났던 모든 사람들로 하여금 그녀가 남의 마음을 잘 이해해 주는 사람이라고 생각하게 만들었다.

사실 그녀의 속마음은 결코 겉으로 보이는 것처럼 평화롭고 여유롭지 않았다.

오히려 그녀의 마음은 두려움과 고독감으로 가득했다.

주변 사람들은 그녀에게 잘 대해 주었지만 그녀는 여전히 늘 겁에 질려 있었다. 때로는 한밤중에 깜짝 놀라 잠에서 깨기도 했다. 이 세상 수없이 많은 사람 속에, 부모도 없고 형제자매도 없고 친척도 없고 같은 핏줄이라고는 한 사람도 찾을 수가 없다. 그러니 매사에 기가 꺾이고 답답하고 이해할 수 없고 화가 나고 무기력하고 달갑지 않았다. 너는 누구인가, 너는 어디서 왔는가, 너의 조상은 어디 있는가, 너의 성은 무엇인가, 누가 너를 창조하고 또 버렸는가?

구쯔는 거리를 걸을 때면 북적이는 인파 속의 모든 사람들이 자신과 아무런 관계도 없는 것처럼 느끼다가도, 또 모두 자신과 관계가 있을지도 모른다고 의심하곤 했다. 간부, 군인, 상인, 거지, 문지기 노인, 대학교수, 우체부, 늙은 교통순경, 퇴직 노동자, 중고등학교 교사, 예술가, 가게 주인, 택시 기사, 심지어 범죄자까지도 모두 그녀의 친부일 수 있다. 모든 40세 이상의 여인들은 다 그녀의 친모일 수 있다. 이것은 그녀를 흥분시키면서도 그녀를 막막하고 두렵게 했다.

구쯔는 답답함을 견딜 수 없을 때면 운동장으로 나가 뛰었다. 그리고 한 바퀴를 돌 때마다 뚝뚝 떨어지는 땀방울과 함께 자신을 내려놓았다. 다행히 친구들은 이를 이상하게 여기지 않았다. 구쯔는 무청대학 육상부의 장거리 달리기 선수였고, 전국 대학생 체육 대회의 만 미터 경주에서 우승을 거머쥔 적도 있었다. 이는 그녀를 무청대학의 스타로 만들어 주었다.

구쯔는 예쁜 얼굴은 아니었으나 건강미가 흘렀고 눈길 닿는 곳마다 청춘과 햇살이 가득했다. 많은 남성들이 그녀를 좋아했다. 구쯔는 수없이 많은 구애 편지를 받았으나 누구의 구애도 받아 주지 않았다. 그녀는 자신의 인생이 아직 시작되지 않았다고 생각했다. 그녀의 일생에는 수많은 일들이 기다리고 있었으며 그중에서도 가장 중요한 것은 바로 자신의 친부모를 찾는 일이었다.

그것은 그녀의 생명의 근원이다.

이보다 더 중요한 것은 없었다.

구쯔는 차이먼의 작품을 수집하는 동시에 도처에 차이먼의 주소와 연락처를 수소문했다. 하지만 결과는 실망스러웠다.

어떠한 잡지사와 출판사도 그녀에게 답을 주지 못했다.

그 출판사들은 모두 차이먼의 작품을 발표하거나 출판한 적이 있었으나, 아무도 차이먼이 누구인지 몰랐다. 그러니 차이먼이라는 저자가 어디에 사는지는 더욱 알 리가 없었다. 그들은 그저 저절로 들어온 다량의 투고 원고 속에서 차이먼과 그의 작품을 발견하고, 특별한 데다 논쟁거리가 되겠다는 판단이 들자 이를 발표하거나 출판한 것이다. 요즘의 잡지사나 출판사는 논란이 되는 것을 겁내지 않았다. 논란이 생기면 더 많은 사람들의 관심을 끌 수 있고, 관심을 끌어야 시장이 생기며, 시장이 생겨야 이윤이 발생한다. 이는 일부 여배우들이 일부러 스캔들을 만들어 내는 것과 마찬가지의 이치다. 그러나 안타깝게도 차이먼의 작품은 그대로 묻혀 버렸고 아무런 논란도 불러일으키지 못했다. 베이징의 한 출판사에 근무하는 란(冉)씨 성을 가진 사내는 차이먼 작품의 담당 편집자를 맡은 적이 있었는데, 그는 통화 중에 구쯔에게 불평을 늘어놓았다. 요즘 사람들은 완전 발기부전이에요. 중요한 문제들은 내버려 두고, 허구한 날 고위지도자들이 잘 쉬어야 한다, 아니다 하면서 논쟁을 벌이니. 구쯔는 그가 무슨 이야기를 하는지 알아듣지도 못한 채 깜짝 놀라 서둘러 전화를 끊어 버렸다.

하지만 수많은 정보들을 통해 구쯔는 작은 희망을 얻었다.

이러한 정보들은 차이먼에게 확실히 비범한 데가 있음을 증명했다. 그 많은 간행물과 잡지 출판사가 산처럼 쌓인 투고 원고 속에서 그를 발견했다면, 그의 작품에 분명 눈길을 끄는 점이 있다는 뜻이고, 그렇다면 자신이 그에게 들인 노력도 가치가 있다는 의미가 된다. 이는 또한 스튀가 차이먼을 떠받는 것도 그리 무리가 아니라는 얘기도 된다.

잡지사 혹은 출판사 관계자들의 말에 따르면, 차이먼은 통상 원고를 보낸 뒤 아무런 소식이 없었으며 물어보는 일도 다그치는 법도 없었다. 원고가 나온 뒤에는 그것의 출판 여부나 혹은 출판을 희망하는지 여부 따위는 자신과 상관이 없다는 식이었다. 차이먼은 그 어떤 편집부에도 가 본 적이 없었고, 어떠한 형식의 문학 활동에도 참여하지 않았다. 결론적으로 아무도 그를 만나본 사람이 없었다.

잡지사와 출판사는 차이먼에게 원고료를 보낼 때마다 크게 골머리를 앓았다. 그는 애초에 원고를 보낼 때 봉투에 주소를 쓰지 않았으며 단서라고는 봉투 위에 찍힌 소인이 유일했다. 하지만 소인에 적힌 주소가 무슨 의미가 있겠는가? 어떤 잡지사는 소인을 통해 그의 주소와 연락처를 찾아보려 시도했으나, 우체국으로부터 찾을 방도가 없다는 대답만 돌아왔다. 매일 수많은 사람들이 와서 편지를 부치면 모든 우편물에 같은 소인을 찍기 때문이다. 그래서 많은 편집부들이 그의 원고료를 어디로 보내야 할지 몰라 오늘날까지 보관하고 있었다.

구쯔가 그들에게 차이면의 연락처를 물었을 때, 그들은 마치 조금 흥분하는 듯했다. 심지어 구쯔에게 원고료를 좀 전해 달라거나 자신들을 대신해서 차이면에게 원고를 부탁해 달라는 이도 있었다. 보아하니 그들은 여전히 차이면에게 흥미가 있는 모양이었다.

구쯔는 매일 전화기 앞에 붙어 앉아 100통이고 200통이고 전화를 돌렸다. 손이 마비되고 귀가 저렸으나 아무런 소득이 없었다.

그녀와 함께 제2 편집실에 있는 량차오둥(梁朝東)은 가엾은 마음에 구쯔에게 말했다. 구쯔 씨, 전화하지 마세요. 이건 사람이 할 일이 아니에요. 제 귀에도 굳은살이 박이겠어요.

구쯔가 황급히 말했다. 죄송해요, 량선생님. 제가 폐를 끼쳤네요. 그 말을 하는데 눈물이 흘렀다.

량차오둥이 서둘러 말했다. 구쯔 씨, 오해하지 마세요. 시끄러워서 그러는 게 아니에요. 스 편집장님이 왜 구쯔 씨한테 이런 일을 시켰나 해서 한 소리예요. 그 차이면이라는 작자는 무슨 외계인이라도 되나? 종적을 찾을 수가 없으니. 어쨌든 재미있는 사람이긴 해요. 아니면 나도 같이 걸어 줄까요?

구쯔가 황급히 말했다. 감사해요, 량선생님. 그러실 필요 없어요. 제가 걸면 돼요. 방해가 안 된다면요.

량차오둥이 말했다. 거세요, 거세요. 저는 좀 나갔다 올게요. 그러면서 그는 곧바로 가방을 집어 들고 밖으로 나가려다 고개를 돌리고 웃으며 말했다. 구쯔 씨, 쉬엄쉬엄 하세요. 일은 아무리 해도 끝이 없어요. 일을 즐기고 인생을 즐기는 법을 배워야죠.

구쯔는 한참 동안 움직이지 않고 멍하니 있었다.

그녀는 이 일이 너무 버겁게 느껴졌다.

구쯔는 결국 용기를 내어 사람 찾기의 고생스러움을 스튀에게 보고했다. 그녀는 스스로가 몹시 무능하게 느껴졌다. 상사가 맡긴 첫 번째 일도 제대로 해내지 못한 것이다.

그녀가 상기된 얼굴로 이야기를 끝냈을 때 얼굴은 부끄러움으로 새빨갛게 달아오르고 눈물은 후드득 아래로 떨어졌다.

그러나 스튀는 오히려 그녀를 칭찬했다. 그는 서랍에서 차이먼의 작품 한 뭉텅이를 꺼내며 말했다. 내가 다 봤네. 자네 제법이더군. 이 기간 동안 차이먼의 작품을 이렇게 많이 모으다니. 한 200만 자는 되겠지? 이제 그에게 문집을 내 줄 수 있겠어. 하지만 그래도 자네 꼭 그 사람을 찾아내야 해. 낙담하지 말고 찾을 때까지 계속 해. 차이먼을 찾아내기 전까지 자네에게 다른 일은 맡기지 않을 테니까.

구쯔는 스튀의 기대로 가득 찬 표정을 보았다.

그녀는 자신에게 이미 선택의 여지가 없음을 깨달았다.

사실 그녀가 이 일을 원치 않는 것은 결코 아니었다. 다만 스 편집장이 조급해하거나 자신의 작업에 진전이 없는 것에 실망할까 두려웠다. 구쯔는 그 사람을 꼭 만나고 싶었다. 차이먼의 행동 방식은 그저 하나의 행동 방식에 지나지 않지만, 이미 그녀를 흠뻑 빠져들게 만들었다. 또한 그의 작품도 갈수록 좋아졌다. 그녀는 이를 곧바로 이해하지는 못했으나 글을 읽을수록 편안하고 유쾌해졌다. 이는 이전의 글 읽기에서는 한 번도 겪어 보지 못한 일이었다.

구쯔는 정신을 다시 집중시키고 중국작가협회와 각 성의 작가협회에 차례로 전화를 걸어 문의했다. 대답은 한결같았다. 그런 사람 없습니다.

이는 즉 차이먼이 어떠한 조직이나 기구에도 속하지 않았다는 것을 의미한다.

차이먼은 그야말로 두서도 없고 과거도 없으며 본적이나 나이, 심지어는 남자인지 여자인지조차 알 수 없는 사람이다.

구쯔는 이따금 기이한 생각이 들었다. 차이먼이 여자는 아니겠지? 그런 생각을 하다가 웃음이 터졌다. 그녀는 자신이 차이먼의 일에 시달린 나머지 정신 착란 증세까지 나타나고 있음을 깨달았다.

차이먼은 이미 무청출판사의 뜨거운 이슈로 떠올랐다. 제2 편집실 쉬이타오 주임이 구쯔에게 격려의 말을 건넸다. 편집장님의 판단이 틀릴 리 없어요. 분명 시간을 들여 찾을 만한 가치가 있는 사람이에요. 문학 편집자 량차오둥이 말했다. 그 사람이야말로 진정한 창작자라고 할 수 있죠. 아예 바깥에 나오지도 않고, 창작 이외의 것에는 신경도 쓰지 않으니까요. 일부 작가들이 개똥 같은 글 좀 끄적거려놓고 나 잘났네 하면서 나대는 것과는 차원이 달라요. 혹은 이빨을 드러내고 발톱을 휘둘러서 나타났다 하면 다들 놀라서 도망치게 만들 거나요. 사람들이 자기를 못 알아볼까 두려운 거죠. 쉬이타오가 말했다. 량쯔(梁子),[4] 우리는 신경 쓰지 말자고요. 원고나 볼 줄 알지 사람 볼 줄은 모르잖아요. 살인이든 방화든 경찰이 알아서 할 일이죠. 미술 편집자 샤오자(小甲)가 훌쩍거리며 말했다. 그 사람 좀 이상해요. 왜 그렇게 신출귀몰하대요! 다커가 안으로 성큼 들어서며 말했다. 구쯔, 그렇게 부산 떨 필요 없어. 그 사람은 별것도 아닌 것을 대단한 것처럼 꾸미고 온갖 수를 써서 명예를 얻으려는 것뿐이니까. 그런 식으로 사람들을 미혹시키려는 거야. 길에서 벌거벗고 뛰어다니는 사람이랑 별로 다를 바 없어.

량차오둥이 말했다. "사장님, 말씀이 너무 지나치네요. 얼굴도 한 번 드러낸 적이 없는 사람더러 벌거벗고 뛰어다닌다니요. 차이먼은 확실히 작품으로 사람들을 매료시키는 작가예요!"

다커가 말했다. "량쯔, 웬 호들갑인가. 차이먼의 작품이 뭐가 대단하다고. 문학계에 그를 아는 사람이 하나도 없는데. 그의 말대로 광야로 돌아가서 원시인처럼 살기라도 할 건가?"

----

4 량차오둥의 별명

량차오둥이 소리 내 웃으며 말했다. "당연히 그렇게는 안 살죠! 도시에서 사는 게 얼마나 좋은데. 매일같이 맛있는 음식에 예쁜 여자에 좋은 차까지, 신선이나 다름없이 호강하고 살고 있으니 저야 광야로 돌아가고 싶지 않죠. 그래도 저는 그 사람을 존경해요. 몇 년째 은신하면서 밖으로 나오지 않는 건 보통 사람들은 할 수 없는 일이잖아요."

다커의 생각은 완전히 달랐다. "그런 사람은 존경할 것도 없어. 그가 속세의 화식을 먹지 않고 살 수 있다는 건 믿을 수 없어!"

쉬이타오가 말했다. "두 분은 차이면의 작품을 안 읽어 보셨나 봐요. 차이면이 탐구하는 것은 인류와 생명이지 중이 고기를 먹고 안 먹고의 문제가 아니라고요. 얘기가 어디로 빠지는 거예요?"

량차오둥이 히죽거리며 말했다. "누님, 맞는 말씀이세요. 저는 사실 차이면의 작품을 읽어본 적이 없거든요. 앞으로 구쯔 씨한테 가르침을 부탁드리려고요!" 그러면서 구쯔를 향해 허리를 굽혀 절을 올려 구쯔의 얼굴을 달아오르게 만들었다.

구쯔는 줄곧 이야기에 끼어들지 못했다. 이런 상황에서는 무슨 말을 해야 좋을지 알 수 없었으며 차이면과 그의 작품을 어떻게 평가해야 좋을지도 감이 오지 않았다. 그러던 차에 량차오둥에게 놀림을 당하고도 그녀는 여전히 무슨 말을 해야 좋을지 몰랐다.

다커가 말했다. "쉬 주임, 자네 관료주의자가 된 건가? 정말로 차이면의 작품을 봤다면 좋아할 리가 없어. 온통 현대화에 반대하고 문명에 반대하고 인류 발전에 반대하는 황당함의 극치라고!"

쉬이타오가 웃으며 말했다. "세상에나! 사장님, 너무 죄를 덮어씌우시네요. 30년 전이었으면 차이면을 찾는데 구쯔 씨를 동원할 필요도 없이 그냥 경찰을 부르면 끝났겠네요!"

다커도 웃었다. "내가 죄를 덮어씌우려는 게 아니라, 그 사람이 너무 역사를 모르는 거지. 인류가 발전하고 문명이 발달하는 것을 누가 막을 수 있겠나? 진짜 웃기는 사람이야!"

쉬타오가 한숨을 내뱉었다. "우스운 건 아마도 우리겠죠. 비통한 것은 문명의 발걸음을 막을 수 없다는 사실이고요. 사람은요, 지나치게 똑똑해요. 이런 곳에다가《홍루몽》에 나오는 구절을 써도 되려나 모르겠네요. 머리를 짜내서 일을 꾸미는 데 너무 뛰어나면, 도리어 목숨이 위태롭다!"

다커가 말했다. "쉬 주임, 자네 이미 그 사람에게 빠진 것 같구먼. 그러지 말고 그냥 차이먼의 작품을 집으로 가져가서 톄밍 서기에게 보여 주고 톄밍도 자네가 세뇌시키지 그러나."

쉬타오가 말했다. "말도 마세요. 제가 진짜로 차이먼의 작품 몇 개를 가져갔었는데, 톄밍이 엄청 좋아하면서 저에게 차이먼이 어떤 사람인지 묻더라고요."

다커는 몹시 놀랐다. "그럴 리가. 톄밍 서기가 좋아했다고? 자네가 잘못 알았겠지!"

쉬타오가 말했다. "사장님께서는 톄밍이 처벌이라도 할 거라고 생각하셨어요?"

미술 편집자 샤오자가 서둘러 농담처럼 말을 돌렸다. "사장님, 이슈가 너무 무겁잖아요. 계속 차이먼 얘기만 하면 재미없어요. 이제 곧 퇴근인데, 저희한테 한 턱 쏘시면 어때요? 제가 최근에 항저우 음식점 하나를 발견했는데, 엄청 괜찮더라고요!"

다커가 웃으며 말했다. "자네가 먹고 싶은 모양이네. 그럼 좋아, 몇 사람 불러 모아서 한 팀 만들어 보라고. 엥, 량쯔는?"

량차오둥은 눈 깜짝할 사이에 사라지고 없었다.

샤오자가 말했다. "신경 쓰지 마세요. 분명히 또 애인이랑 데이트하러 갔을 거예요. 맨날 바쁘잖아요!"

바로 그때, 문서 수발원 첸메이쯔(錢美姿)가 유령처럼 안으로 스윽 들어오더니 다커의 뒤에 서서 샤오자를 향해 눈신호를 보냈다.

다커는 몸을 돌리다가 그녀를 발견하고는 화를 내며 말했다. "무슨 짓인가. 걸핏하면 이렇게 사람을 놀래게 만들고!"

첸메이쯔가 히죽거리며 말했다. "양심에 찔릴 일을 안 하셨다면 뭐가 무서우세요? 사장님, 방금 말씀 나누시는 것 저도 밖에서 들었어요. 저는 사장님의 관점을 지지해요. 차이먼인가 하는 사람 현대화에 반대라니, 이런 사람은 고발해야 해요! 걱정 마세요. 이 일은 제가 나서서 처리할게요!"

다커가 말했다. "무슨 소리를 하는 건가? 자네랑 상관없는 일이니까 괜히 끼어들지 말게."

쉬이타오가 말했다. 저는 집에 일이 있어서요. 그럼 계속 말씀 나누세요. 그리고는 돌아서서 자리를 떠났다.

샤오자도 입을 틀어막고 떠났다.

첸메이쯔가 샤오자의 등에 대고 소리쳤다. "이게 우스워요?"

샤오자는 돌아보지 않았다.

다커도 가려다가 첸메이쯔의 팔에 가로막혔다. 그녀가 낮은 목소리로 말했다. "사장님, 어떻게 절더러 괜히 끼어들지 말라고 하세요? 저는 사장님을 도와 드리려는 거예요! 스 편집장님이 그 사람에게 문집을 내 주려는 거 아니에요? 사장님이 나설 필요 없이 제가 산통을 깨트릴 수 있으니 걱정 마세요! 오늘 저녁에 회식하러 가는 거 맞죠? 저도 참석할게요. 같이 의논해 보자고요."

다커는 그녀의 손을 밀어냈다. "오늘 밤에는 내가 일이 있어서 회식은 취소네." 그는 말이 끝나자마자 성큼성큼 걸어서 나가 버렸다.

첸메이쯔는 멍해졌다. 그리고는 한켠에 서 있던 구쯔에게 물었다. "구쯔 씨, 나 아까 문밖에서 저 사람들 오늘 회식한다고 얘기하는 걸 분명히 들었거든요. 그런데 어떻게 눈 깜짝할 사이에 취소된 거예요?"

구쯔는 고개를 내저었다. "저는 …… 모르겠어요." 그리고는 마찬가지로 서둘러 자리를 떠났다.

그날 저녁 회식이 있는지 여부에 대해 구쯔는 아는 바가 없었다. 그러나 그녀는 그날 저녁 한 가지 결정을 내렸다. 무청을 떠나 차이면을 찾아나설 준비를 하자. 그녀는 갑자기 두려워졌다. 출판사가 마냥 지내기 좋은 곳이 아니라는 것은 이미 어렴풋이 느끼고 있었다. 그녀는 어떻게 해야 그들과 잘 교류할 수 있을지 알 수 없었다.

그렇다면 차라리 떠나는 것이 낫다.

차이면을 찾는 것은 분명 아주 단순한 일이다.

얼마 전에도 스튀는 구쯔를 다그쳤다. 들어앉아서 전화만 돌려서는 안 돼. 나가서 찾아야지. 탐정들이 하듯이 조그만 단서도 놓치지 말라고. 현장에서부터 탐색을 시작해 봐. 돈은 문제가 아니야.

그러나 이 큰 중국에서, 이 많은 사람들 속에서, 도대체 어디부터 탐색한다는 말인가?

사실 차이면의 행방에 아무런 단서가 없는 것은 아니었다. 구쯔가 조사 중에 알게 된 바에 의하면, 어떤 편집부는 1~2년 혹은 3~4년 만에 갑작스럽게 차이면으로부터 자신의 원고료를 어떤 곳으로 부쳐 달라는 내용의 편지를 받기도 했다. 그곳은 작은 읍내일 수도 있고, 산촌일 수도 있고, 섬일 수도 있고, 항구일 수도 있고, 혹은 황량한 들이나 사막 근처의 작은 우체국일 수도 있었다. 때때로 지급 전보를 보내와 자신의 원고료를 어떤 지역의 구치소로 보내 달라고도 한 적도 있었다. 이는 사람들이 그가 무슨 일을 저질러 급히 돈이 필요한 것은 아닌지 의심하게 만들었다.

구쯔가 의외라고 생각한 것은 차이면이 원고료를 무청에 있는 한 작은 객잔으로 보내 달라고 한 적이 있었는데, 그것이 이미 7년 전의 일이라는 것이었다. 이는 차이면이 광야에만 있는 것은 아니고 때때로 도시를 유랑하면서 한동안 머물기도 한다는 증거였다.

몇 개월이라는 길지 않은 시간 동안 차이면의 작품을 대량으로 수집한 것 이외에도 그에 관한 이 많은 정보를 얻어 내기 위해 구쯔는 몸과 마음을 모두 바쳐야 했다. 이 정보들로 차이면의 생활 상태는 뚜렷해졌다. 바로 행적을 종잡을 수 없다는 것이다. 그는 마치 언제까지나 여행 중이고, 언제까지나 유랑 중인 것 같았다.

구쯔는 이를 토대로 추측했다. 차이먼은 집이 없고, 아내도 없고, 자식도 없는 사람이다.

마침 그 무렵 구쯔가 한 가지 소식을 입수했다. 허난의 한 잡지사에서 한 달 전에 차이먼으로부터 편지를 한 통 받았는데, 자신의 원고료를 간쑤 둔황의 한 작은 객잔으로 보내 달라고 했다는 것이다. 이는 매우 중요한 단서이자 차이먼의 행적에 관한 가장 최근 소식이었다.

구쯔는 흥분을 금할 수 없었다.

가만히 앉아서 이 좋은 기회를 놓칠 수 없다. 그녀는 바로 길을 떠나기로 결심했다!

길을 떠나기 전날 밤, 스퉈가 작은 식당에 그녀를 배웅하는 자리를 만들었다. 그 자리에서 구쯔는 스퉈를 떠보려고 한 가지 문제를 제기했다. 스 편집장님은 매년 정치협상회의에서 그 의안을 제출하신다고 하던데, 땅을 늘 편집장님 마음속에 품고 계시다니 …… 땅이란 정말 그렇게 성스러운 건가요?

스퉈가 잠시 생각한 뒤 말했다. 땅에 관한 세 가지 이야기를 해 주지. 첫 번째 이야기는 군벌 장쭤린(張作霖)이 한 술자리에 초대를 받아 참석한 이야기야. 술자리에서 한 일본인이 장쭤린에게 글씨 한 폭을 선물해 달라고 청했어. 그 사람은 장 총지휘관이 글을 몰라 사람들 앞에서 망신을 당할 거라고 생각했지. 그런데 뜻밖에 장쭤린이 흔쾌히 알았다고 하더니 탁자 앞에 앉아 '虎'자를 휘갈겨 썼지. 그리고는 '장쭤린수흑(張作霖手黑)'이라고 낙관을 새기고 그대로 붓을 던지고 자리에서 일어섰어. 사람들이 이를 보더니 어떤 사람은 박수를 치며 감탄을 하고 어떤 사람은 배를 잡고 웃어 댔어. 그때 장쭤린의 비서가 다가와 작은 목소리로 말했어. "총지휘관님, 낙관에 '장쭤린수묵(張作霖手墨)'의 '묵(墨)'자를 '흑(黑)'자로 잘못 쓰셨습니다. '黑'자 밑에 흙 토(土)자가 빠졌습니다." 장쭤린은 눈을 부릅뜨고 호통을 쳤어. 쥐뿔도 모르는 놈! 일부러 흙 토(土)자를 빠트린 것이다. 이것은 일본인에게 써 준 글자라는 것을 잊지 마라. '땅(土)'을 일본인에게 내어줄 수는 없다. 이런 것을 두고 뭐라고 하는 줄 아는가? 바로 한 치의 땅도 내어줄 수 없다고 하는 것이다! 알아들었나?

구쯔는 피식 웃음을 터뜨렸다. 두 번째 이야기는요?

스뮈가 말했다. 옛날에 한 이집트 국왕이 서양에서 조사원 몇 명을 불러다가 토지를 측량했어. 측량이 끝난 뒤에 국왕이 친히 그들을 접견하고 많은 금은보화를 하사하면서 이런 말을 했다고 해. 이집트를 떠날 때 신발을 벗어 그 안에 들어 있는 흙과 먼지를 모두 털어 내시오.

구쯔가 고개를 끄덕였다.

스뮈가 말했다. 세 번째 이야기는 아마 자네 취향이 아닐 거야. 전해오는 이야기에 따르면, 3000년 전에 두 유럽인이 부하들을 이끌고 배에 올라 아일랜드를 향해 출발했어. 두 사람은 사전에 이렇게 약속했지. 아일랜드 땅에 손이 먼저 닿는 사람이 아일랜드의 국왕이 되기로. 두 척의 배가 밤낮으로 질주하다 기슭에 닿을 무렵이 되었는데 뒤따라오던 배의 주인이 앞서가던 배가 곧 육지에 닿으려는 것을 보고는 조급한 나머지 칼을 휘둘러 자신의 손 하나를 내리친 뒤에 육지로 내던졌어. 선수를 쳐서 아일랜드 땅에 먼저 손이 닿았으니 결국 그가 국왕이 되었지. 그래서 오늘날까지 아일랜드의 국장에 붉은 손 하나가 남아 있는 거야.

구쯔가 말했다. 확실히 제 취향은 아니네요. 지나치게 잔혹하고 추악해요.

스뮈가 말했다. 사실 이 세 가지 이야기는 본질적으로 다르지 않아. 그저 인간과 인류가 하나같이 땅을 재산으로만 여긴다는 것을 증명할 뿐이지. 가치를 놓고 본다면 틀린 것은 아니야. 땅은 모든 재산 중에서 가장 가치 있는 재산이니까. 작게는 지주나 장원주가 수백수천 묘의 토지를 소유하는 것부터 크게는 천자와 제후가 온 천하에 왕토가 아닌 곳이 없다고 공언하는 것까지, 땅은 모든 사람들의 꿈이지. 고금과 국내외의 거의 모든 전쟁이 다 국가의 영토로 인한 분쟁이었으니, 잔혹하고 추악한 것은 피할 수 없는 일이야.

그렇다면…… 땅은 도대체 뭐라는 말씀이세요?

어머니!

어머니요?

인류와 만물의 어머니지! 무슨 말인지 알겠어?

스튀는 돌연 목소리를 높였으며 두 눈이 번뜩이며 빛났다, 흡사 누군가와 말다툼이라도 하는 모양새였다.

구쯔는 조금 감동을 받았다. 결코 새롭지 않은 이야기였지만 과거에 누군가 이런 말을 했을 때는 그저 노래 가사처럼 느껴졌다. 하지만 지금 스튀의 입에서 나오는 말은 가슴을 에는 듯한 느낌이었다.

…… 현대인은 토지를 대수롭지 않게 생각해. 도시 사람들은 이미 토지에 대한 기억을 잃었고, 시골 사람들마저 토지를 버리고 도시로 몰려드니, 너무 무서운 일이야……

구쯔는 무슨 말을 해야 좋을지 몰랐다. 그녀는 아직 그의 심각함을 완전히 이해할 수 없었다. 그러나 그녀는 그의 진실함을 믿었다. 이런 추세라면 더 나빠질 것이 있을까요? ……

스튀는 고개를 가로저었다.

그러니까 제 말은 편집장님과 차이먼은 모두 불가능한 일을 하고 있다고요.

자네는 지금 빠져도 괜찮아. 자네를 탓하지 않을 테니.

구쯔는 고개를 내저었다. 아니요. 저도 함께하고 싶어요.

차이먼을 찾는 것만 해도 여러 해가 걸릴 거야.

저 대학교 다닐 때 장거리 달리기 선수였어요.

스튀가 그녀의 손을 덥석 움켜쥐었다. "구쯔, 내가 사람을 제대로 찾았구먼. 내가 꿈에 차이먼을 찾아오라고 사람을 보냈는데, 꿈에서 본 사람이 바로 자네였어. 완전히 똑같아. 그때는 자네를 본 적도 없었는데 말이야. 이상하지 않아? …… 그 꿈에서 자네는 벌판 위를 달려가고 있었고, 차이먼은 자네 바로 앞에서 도망치고 있었어. 마치 사슴이 늑대를 뒤쫓는 것 같았지. 자네 발이 워낙 빨라서 조금씩 그를 따라잡았고, 차이먼은 놀라서 수시로 뒤를 돌아봤는데 몹시 절망한 모습이었어. 자네는 속도를 늦추지 않고 끝까지 쫓아갔어. 머리카락은 바람에 휘날리고 옷은 가시덤불에 걸려 갈가리 찢어진 채로 너덜너덜 자네 몸에 걸려 있었는데 이미 자네 몸을 가릴 수 없었지 …… 자네 몸은 알몸이나 다름없을 정도로 드러났어. 그 드러난 몸이 눈부시게 아름다워서 벌판 위의 모든 동물들이 멈춰 서서 바라보고 있었어 …… "

스뛰는 자신의 꿈속 정경에 빠진 채 중얼중얼 혼잣말을 뇌까렸다. 구쯔는 그의 손바닥이 얼음처럼 차가운 데다 줄곧 부들부들 떨리고 있는 것이 느껴졌다. 구쯔는 천천히 손을 빼냈다. 속눈썹에는 눈물방울이 가득 매달렸다. 그녀는 붉게 상기된 얼굴로 웃으며 말했다. "스 선생님, 제가 그렇게까지 처참해질까요?"

스뛰가 그녀를 뚫어져라 쳐다보았다. "자네 …… 나한테 스 선생님이라고 했나?"

구쯔가 말했다. "그렇게 불러도 될까요?"

스뛰가 힘주어 고개를 끄덕였다. 그러다 돌연 자리에서 일어나 창문으로 밖을 둘러보았는데, 마치 어린아이처럼 놀라고 기뻐했다.

구쯔는 궁금한 듯 물었다. 선생님, 뭘 보세요?

스뛰가 말했다. 비 온다! 오, 비가 와! 그는 말이 끝나기도 전에 늘 몸에 지니고 다니는 우산을 집어 들고 밖으로 나갔다. 서두르는 통에 의자를 쳐 쓰러트릴 뻔했다. 그는 구쯔의 존재도 잊은 것 같았으며, 오늘 저녁은 자신이 마련한 자리니 응당 자신이 계산을 해야 한다는 것은 더욱 기억하지 못하는 듯했다.

구쯔는 서둘러 계산을 마치고 식당 밖으로 쫓아 나갔다. 과연 밖에는 가는 비가 내리고 있었다. 골목의 어슴푸레한 가로등 아래로 가는 비가 거미줄처럼 드리운 채 쉬쉬하는 소리를 내고 있었다. 스튀는 우산을 지팡이 삼아 기품도 당당하게 빗속을 걸어갔다. 이미 몇십 걸음쯤 멀리 떨어져 있었고, 그의 장삼이 한닥한닥 흔들리고 있었다.

구쯔는 따라가지 않고 우두커니 그 자리에 선 채로 그의 뒷모습을 멍하니 바라보았다. 조금 전까지 당당하고 차분하게 말씀하시던 선생님께서 돌연 사라졌다. 지금 그는 혼이 빠져나간 사람이었다. 그녀는 갑자기 깨달았다. 이 황당무계한 선생님을 이해하는 일도 쉽지 않겠구나.

다음 날, 구쯔는 결국 길을 떠났다.

혼자 몸으로.

그녀는 그 나이가 되어서야 처음으로 이 도시를 떠나게 되었다.

장거리 열차는 점점 무청을 떠나 광야로 들어섰다. 눈앞에 온통 낯선 광경이 펼쳐졌다. 구쯔는 혼자 창가에 앉아 멀리 하늘가를 바라보노라니 갑자기 기분이 아득해졌다.

사슴이 늑대를 쫓아가면……. 어떤 결말이 기다리고 있을까?

제2편
남아서 마을을 지키는 촌장

팡취안린(方全林)은 무청에 한번 다녀오기로 마음을 먹었다. 주요한 목표는 톈이를 찾는 것이었다.

사실 팡취안린은 자리를 비우기가 힘들었다.

한 마을의 촌장으로서 그에게는 처리해야 할 일이 수없이 많았다. 고작 몇 년 사이 차오얼와(草兒窪)의 젊은이들은 거의 다 마을을 떠났고, 그나마 건강 상태가 좋은 중년층 일부 역시 떠나 버렸다. 사람들은 말했다. 밖으로 나가서 일해 봤자 딱히 큰돈을 버는 것은 아녜요. 공사장에서 벽돌을 나르고, 밥을 하고, 경비라도 서면서 푼돈이라도 버는 거지요. 사실 하려는 사람이 없어서 그렇지 고물을 줍는 것이 농사를 짓는 것보다 나아요. 도시에는 사람이 많으니까 고물도 많거든요. 왕장구이(王長貴)가 그렇잖아요. 한쪽 다리가 불편한데도 1년간 고물을 수집해서 만 위안 정도 벌었대요. 갑시다. 가자고요. 모두들 그렇게 외치며 떠나갔다.

차오얼와의 사람들에게는 밖으로 떠나는 전통이 있었다. 해방 초기, 팡취안린의 조부 팡자위안(方家遠)이 촌장이던 시절에도 그렇게 밖으로 나가자고 외쳤다. 구걸이나 막노동을 하기 위해 사람들은 무리 지어 떠났다. 그 시절 마을 사람들은 한창 생활고에 시달렸다. 남자들이 떠나자 여자들도 떠났다. 여자들에게는 또 여자들의 방법이 있었으니, 허리끈을 풀면 배불리 먹고 돈도 몇 푼 벌어서 돌아올 수 있었다. 당시 샤오거쯔(小鴿子)는 바로 그런 방법으로 땅 열몇 묘(畝)[5]를 사들였다. 하지만 그때는 아직 사람들의 마음이 흩어지지 않았던 시절이다. 그들의 마음은 여전히 땅에 있었고, 밖에서 돈을 벌어 오는 것 역시 집을 짓고 땅을 사기 위해서였다. 차오얼와는 그들의 영원한 집이었다. 그러나 지금은 달라졌다. 밖으로 나가 일하는 사람들은 처음 몇 년 동안은 돌아와 집을 짓고 비료와 농기계를 사다가 나중에는 더 이상 집이나 토지에 돈을 쓰지 않게 되었다. 그들은 바깥의 도시를 본 뒤 점점 돌아가고 싶다는 생각을 하지 않게 되었다. 차오얼와로 돌아가지 않을 거라면 새 집은 지어서 무엇 하겠는가? 한 푼이라도 토지에 쓸 필요가 있겠는가? 차라리 모아서 언젠가 도시에 살림을 차리고 정착하는 것이 낫다. 거의 십년 가까이 차오얼와에는 한 집도 새로 이사를 오지 않았다. 마을은 폐허나 다름없어 보였다. 오래된 집들은 곧 쓰러질 듯 위태로웠다. 큰 바람이나 비가 닥치면 틀림없이 그들 중 몇 집은 쓰러질 것이다. 팡취안린이 가장 두려워하는 것 역시 그것이었다. 사람이 깔려 죽는 것은 결코 재미있는 일이 아니다. 그래서 그는 큰 바람이 불거나 비가 내릴 낌새가 보이면 즉시 집 안에 있는 부녀자와 노인들을 밖으로 나오라고 설득하고, 말을 듣지 않으면 억지로라도 끌고 나왔다. 살림살이는 임시로 장소를 구해 옮겨 보관했다. 큰비가 내릴 때 사람을 밖으로 끌고 나오자마자 집이 무너진 것도 수차례였다.

팡취안린은 몹시 바빴다.

마을의 젊은이들은 모두 떠나고, 늙고 병들고 몸이 불편한 사람들과 부녀자들만 남았다. 팡취안린은 수용대의 대장이 되었다. 병에 걸린 사람이 있으면 간호하는 데 신경을 써야 했고, 어르신이 돌아가시면 상을 치

---

[5] 중국식 토지 면적 단위

르는데 신경을 써야 했으며, 누구네 오래된 집이 무너지면 임시로 지낼 거처를 짓는 데 신경을 써야 했다. 그 밖에도 팡취안린이 차마 해결할 수 없는 난처한 일들도 많았다. 이를테면 걸핏하면 여자들이 한밤중에 문을 두드리고는 무슨 이상한 소리가 들리니 같이 집에 가 보자고 하는 것 따위였다. 여자가 놀라 떨고 있으니 팡취안린은 가 보지 않을 수 없다. 하지만 막상 가서 마당 안팎을 샅샅이 훑어보아도 그림자 하나 보이지 않았다. 팡취안린이 그 여자에게 말했다. 주무시게. 아무 일도 없으니까. 하지만 여자는 그를 못 가게 붙잡으며 말했다. 그래도 무서워요. 그리고 는 그의 팔을 붙잡고 집 안으로 잡아끌며 말했다. 촌장님, 저랑 같이 있어 주세요. 물론 팡취안린은 안으로 들어갈 수 없다. 그는 알고 있었다. 일 단 집 안에 들어가면 더 이상 같이 있고 말고의 문제가 아니라는 것을. 그는 재빨리 있는 힘을 다해 뿌리치며 말했다. 들어가서 잠을 청해 보게. 내가 밖에서 순찰을 돌 테니까. 그리고는 서둘러 자리를 떠났다. 하지만 집으로 돌아와 막 자려고 누웠는데 다시 '쾅쾅쾅!'하며 대문이 울렸다. 팡 취안린은 차마 이를 무시할 수 없었다. 혹시라도 어느 댁 어르신이 잘못 되신 것은 아닌가 싶어 황급히 옷을 입고 자리에서 일어나 문을 열고 내 다봤는데 또 다른 여자가 울고 있었다. 그녀는 누가 자신의 집에 들어왔 다고 했다. 팡취안린이 말했다. 문을 안 잠갔는가? 여자가 말한다. 잘 잠 갔어요. 안쪽에서 빗장도 걸어 잠그고요. 팡취안린이 말했다. 빗장을 걸 어 잠갔는데 어떻게 사람이 들어온단 말인가? 여자가 말했다. 제가 똑똑 히 봤어요. 시커먼 그림자가 제 침대 맡에 오더니 거칠게 숨을 헐떡거렸 어요. 제가 놀라서 비명을 질렀더니 시커먼 그림자가 침대 아래로 뚫고 들어갔어요. 팡취안린이 말했다. 사람은? 여자가 말했다. 제가 벌떡 일어 나서 그 사람을 집 안에 가둬놨어요. 팡취안린이 말했다. 희한하구먼. 가 보세. 내가 가서 보겠네. 그리고는 손에 잡히는 대로 몽둥이 하나를 움켜 쥐었다. 여자 집에 도착해서 온 집 안을 닥치는 대로 들쑤시고, 침대 아래 와 궤짝 뒤까지 구석구석을 다 찔러본 뒤 팡취안린이 한숨을 내쉬며 말했다. 헛것을 봤군. 아무도 들어오지 않았으니 혼자 놀라지 말게. 그리고는 빠른 걸음으로 집을 빠져나갔다. 여자가 쫓아 나오며 말했다. 촌장님, 가지 마세요 …… 아이고 촌장님, 도와주세요! …… 제 바짓가랑이 속으로 벌레가 기어들어 왔어요. 간지러워 죽겠어요. 팡취안린이 고개를 돌리고 몽둥이를 던져 주며 말했다. 이걸로 때리게. 간지러운 곳을 때리라고. 몇 번 때리고 나면 더 이상 간지럽지 않을 걸세. 그런 뒤 도망치듯 그곳을 떠났다.

차오얼와의 여자들은 모두 미쳐 버렸다.

그녀들은 미치지 않을 재간이 없었다. 남자들은 일을 하러 밖으로 나가 일 년 내내 집을 비웠다. 돈이야 몇 푼 벌어다 줬으나 그 이별과 그리움의 고통은 쉬이 견뎌지지 않았다. 게다가 그중에는 밖에서 몇 년을 떠돌다가 돌아오자마자 이혼을 하는 이도 있었다. 그런 치들은 돈다발만 하나 던져 주고 떠나 버린 뒤 다시는 돌아오지 않았다. 차오얼와에 있는 거의 모든 젊은 여자들은 고통을 견디고 위기를 감수하고 있었다. 그녀들은 변했다. 답답해하며 미쳐 날뛰고, 괴로워하고 분노했으며, 신중하면서 대담해졌다. 여자들의 성격은 완전히 달라졌다. 그녀들은 모였다하면 남자에 대해 이야기하고 남자를 비난했는데, 입만 열면 욕이었다. 그녀들은 서로를 동정하면서도 서로를 비웃고, 서로에게 흉금을 터놓으면서도 서로를 경계했다.

그녀들이 가장 경탄하는 남자는 바로 팡취안린이었다. 그는 좋은 촌장일 뿐 아니라 좋은 남자였다. 팡취안린은 부인이 죽은 지 20년이 다 되도록 재혼도 하지 않고 홀로 아들 위바오(玉寶)를 키웠다. 마을에서 스캔들을 일으킨 적도 없었다. 차오얼와의 여자들은 그에게 경탄하면서도 이해하지 못했다. 마흔 남짓의 홀아비가 어떻게 그렇게 참을 수가 있지? 그러나 그는 조금도 흔들림이 없었다. 이따금 여자들과 몇 마디 농담을 주고받기도 하지만, 대부분은 침묵하며 지냈다. 그에게는 굳이 말하지 않아도 느낄 수 있는 위엄이랄까, 그런 중후함이 있었다. 여자들은 그를 존경했고, 또 조금 무서워했으며, 그럴수록 더 그를 유혹하고파했다. 그는 충분히 유혹하고 싶을 만한 가치가 있는 남자였다. 마을의 가장 조신한 여자조차도 같은 마음을 품고 있었다. 팡취안린을 유혹하는 것은 차오얼와 여자들에게 최고의 목표였다. 물론 유혹하는 방식은 각기 달랐다. 괜히 치근거리거나 윙크를 보내는 사람이 있는가 하면, 마음을 숨긴 채 내색하지 않는 사람도 있었다. 하지만 팡취안린은 이에 걸려들지 않았으며, 몇 년째 금강불패의 몸을 지켜 왔다. 남자들이 하나둘 밖으로 일을 하러 나가면서 팡취안린은 확실히 느꼈다. 위협은 증가했고 여자들의 공격성은 더욱 강해져 갈수록 막아내기가 힘들었다. 그러나 그는 진정한 위험은 자신 안에 있음을 알고 있었다. 몇 년간 깊이 잠자고 있던 욕망이 되살아나는 것이 분명히 느껴졌다. 깊은 밤이 되면 차오얼와는 쥐죽은 듯 고요했다. 개 짖는 소리조차 들리지 않는 정적이 흘렀다. 그런 밤이면 그는 침대 위에 누워 이리저리 몸을 뒤척였다. 그는 자신이 자유롭게 마을을 돌아다닐 수 있으며, 그가 어둠 속에서 나타난다 해도 개들이 짖지 않을 것임을 알고 있었다. 마을의 모든 개들은 그를 알고 있고, 그와 관계가 좋았다. 개들은 그의 발자국 소리와 그림자와 냄새를 잘 알고 있었다. 녀석들은 마치 하인처럼 그에 대한 경의로 충만했다. 이는 그가 한 번도 이유 없이 개에게 발길질을 하거나 촌장의 위엄을 과시하지 않고, 주인처럼 아끼고 돌본 덕분이었다. 그러므로 그가 마을을 돌아다니는 데에는 아무런 장애도 없다. 노인들은 이미 너무 늙었고, 아이들은 죽은 듯이 잠들었다. 그는 마음 가는대로 여자를 하나 골라 그녀의 집 대문을 두드리거나 곧장 문을 열어 버릴 수 있다. 그녀들의 빗장은 천편일률적으로 왼쪽에서 오른쪽으로 밀어 열게 되어 있었다. 옛날식 나무문은 두 문짝 사이의 틈이 아주 커서 손가락이 충분히 들어갔으며, 아니면 되는대로 나무판자를 주워 쓰면 그만이었다. 왼쪽에서 오른쪽으로, 조금만, 밀어 젖힌다. 이때 당신은 갑자기 허벅다리 바깥쪽이 뜨끈해지는 느낌에 번뜩 고개를 돌린다. 알고 보니 이 집의 얼룩빼기 개가 당신의 바지를 핥은 것이었다. 마치 당신을 격려하는 것 같았다. 들어가세요, 들어가세요, 우리 집 여주인은 남자의 손길을 그리워하고 있거든요, 그녀가 자기 전에 엉덩이를 씻는 것을 제가 봤어요. 당신은 개의 뜻을 알아차리고는 허리를 굽혀 녀석의 머리를 쓰다듬어 준다. 그러면 개는 눈치껏 자리를 비켜 주면서 목소리를 낮춰 그르렁거린다. 저는 아무것도 못 본 겁니다. 그렇다. 녀석은 앞으로 일어날 모든 일에 대해 아무것도 모르는 체할 셈이다. 이는 다소 염치없는 일이긴 하지만, 그렇지 않으면 또 뭘 어쩌겠는가? 상대는 촌장이다. 심지어 좋은 촌장이다. 얼마 전에는 자신에게 뼈다귀도 하나 주었다. 남의 일에 너무 참견을 하면 화를 입는 법. 그러니 더는 어쩔 도리가 없다. 그리하여 당신은 문 열기를 계속했다. 살짝, 마치 쥐가 나무를 갉아먹는 듯한 소리와 함께 빗장 또한 얼룩개가 그랬듯 한쪽으로 물러난다. 이때, 당신은 휴, 하고 한숨을 내쉬고는 살며시 문을 밀어 젖힌다. 나무문은 구닥다리인지라 다소 보수적일 수밖에 없다. 불만스러운 듯 흠흠하는 헛기침 소리에 당신은 깜짝 놀란다. 하지만 다행히도 여자는 이를 알아채지 못했는지 집 안에서는 아무런 인기척도 없다. 여자는 밭에서 종일 바쁘게 일한 탓에 몹시 피곤하다. 이 집 남자는 집에 없다. 모든 농사일과 집안일은 다 여자의 몫이다. 여자는 몹시 깊은 잠에 빠졌다. 당신은 안으로 들어선 뒤 오른쪽으로 향한다. 당신은 그녀가 어디에서 자고 있는지 알고 있다. 당신은 모든 집의 배치를 훤히 꿰고 있다. 심지어 당신은 집집마다 놓인 가구들이 무슨 나무로 만든 것인지도 알고 있다. 침실로 들어서자 한 줄기 달빛이 창살 너머로 침대 위를 비추는 광경이 눈에 들어온다. 아이는 안쪽에서 한창 단잠에 빠져 있다. 여자는 거의 침대 끝에 붙어 자고 있다. 이불은 느슨하게 가슴께까지 덮여 있는데, 얇은 이불 한 장이라 손가락 두 개로 충분히 걷어낼 수 있다. 곧바로 따뜻한 이불 냄새가 당신을 취하게 만든다. 이런 냄새의 주요 구성 성분은 여자의 몸에서 나는 향기다. 당신에게는 너무도 오랜만의 냄새라 흠뻑 취하지 않을 수 없다. 차오얼와의 여자들에게는 옷을 입지 않고 자는 습관이 있는데,

이 여자도 예외가 아니다. 그녀는 겨우 서른 남짓으로 여전히 어려 보였으며, 특히 달빛 아래서는 더욱 그랬다. 달빛이 그녀의 비바람에 시달려 조금 거칠어진 얼굴을 곱게 다듬어, 비네트[6] 사진처럼 흐릿하고 아름답게 만들어 주었다. 그녀의 드러난 어깨와 가슴과 복부가 달빛 아래서 희고 보드라운 빛을 뿜어낸다. 이러한 분위기와 정경이 당신의 혈관을 불끈 솟구치게 만들어, 당신은 저도 모르게 손을 뻗고는 부들부들 떨리는 손길로 그녀의 몸을 살짝 쓰다듬어 본다. 따뜻하고 부드러우며 매끈한 손의 감촉이 마지막 남은 긴장까지 해소시킨다. 그녀의 눈살이 꿈틀했으나, 두 눈은 여전히 살며시 감겨 있다. 아직 잠에서 깨지 않은 것이 분명하다. 당신은 잠시 어떻게 다음 단계로 넘어가야 할지 몰라 망설인다. 조용히 그녀를 불러 깨워야 할까? 아니면 이대로 몰래 행동에 들어가나? 당신은 그녀가 깨어나도 거절할 리 없다고 믿고 있지만, 그래도 그녀를 귀찮게 하지 않기로 한다. 이를 두고 간음이라 치부할 수는 없다. 그녀는 정말로 너무 지쳤다. 당신은 촌장이다. 당신은 마을의 주민들에게 마음을 쓰지 않을 수 없으므로, 차마 그녀를 깨울 수 없다. 그냥 이렇게 하면 되는 것 아닌가? 어쨌거나 어색한 상황은 피할 수 있다. 그리하여 당신은 슬금슬금 그녀의 몸을 옮기고, 그녀의 두 다리를 끌어와 슬며시 벌린다. 모든 것이 순조롭다. 진짜 우라지게 순조롭다. 당신은 이루 형언할 수 없는 느낌에 빠져 연발 속으로 감탄을 퍼붓는다. 세상에, 세상에! 당신은 여전히 살며시 감긴 그녀의 두 눈가에서는 눈물이 흘러나오는 것을 보고 만다. 당신이 끝내 참지 못하고 최후의 일격을 가하는 순간, 여자는 소리가 새어 나오지 않도록 굳게 입술을 앙다문다. 결국 당신은 사실 그녀가 계속 깨어 있었음을 깨닫는다. 당신이 문을 열던 순간 그녀는 바로 잠에서 깼다. 처음에는 몹시 놀라 어찌할 바를 몰랐으나 당신이 안으로 들어왔을 때 그녀는 당신을 알아보았고, 곧 두 눈을 질끈 감은 것이다. 그녀는 긴장

---

6 사진의 가장자리를 둥그렇고 어둡게 만드는 효과

과 흥분, 그리고 불안 속에서 당신이 자신의 침대로 다가오기를 기다렸다. 아마도 그녀는 이미 셀 수 없이 많은 밤을 기다려왔는지도 모른다.

그리고 당신은 도망치듯 그곳을 빠져나간다……

당신은 새카만 어둠 속에서 자신의 뺨을 후려친 뒤 자리에서 벌떡 일어났다. 자신의 아랫도리가 엉망이 되었음을 깨달은 것이다. 당신은 방금 자신이 아무 데도 가지 않았으며, 줄곧 자신의 침대에 누워 있었다는 사실을 알고 있었다. 집 안은 텅 비었고, 여자의 흔적이라고는 찾아볼 수 없었다. 당신은 그 여자 집 문을 연 적도 없고, 어떤 여자를 간음한 일은 더더욱 없다. 하지만 당신은 스스로를 더럽다고 느끼며, 그곳에 간 것이나 다름없다고 생각한다. 당신은 침대에 누워서 마을의 모든 여자들을 다 떠올려 본 뒤, 최종적으로 마을에서 가장 용모가 빼어나고 가장 힘없는 여자를 고르고, 그녀와 꿈속에서 관계를 가졌다. 이 여자의 이름은 커우쯔(扣子)였다. 남편은 결혼한 지 얼마 되지 않아 세상을 떠났는데, 밖으로 나가 일을 하던 중에 기차에 치여 죽었다. 커우쯔는 재혼하지 않았다. 모든 사람들이 그녀가 재혼할 것이라 생각했으나, 커우쯔는 재혼을 원치 않았다. 그녀는 죽은 남편을 사랑했기에 그를 가슴 깊이 그리워하고 있었다. 반년 뒤 커우쯔는 유복자를 낳았고, 그 뒤로는 더욱 재혼을 원치 않게 되었다. 그녀는 평상시에 눈을 내리깔고 다녔고, 맞은편에서 남자가 걸어오면 늘 고개를 숙였다. 구설에 오르내리는 일도 전혀 없었다. 하지만 언젠가 촌장 팡취안린이 그녀의 집에 찾아갔을 때 커우쯔는 얼굴을 붉혔다. 바로 그 일로 인해 팡취안린은 그녀의 마음이 결코 고인 물과 같이 잔잔하지 않음을 알게 되었다. 많은 여자들이 드러내 놓고 집적거려도 팡취안린의 마음은 흔들린 적이 없었다. 하지만 커우쯔는 쉬이 잊히지 않았다. 그는 이미 여러 차례 상상 속에서 커우쯔와 잠자리를 가졌다. 머릿속으로 다른 여자와 잠자리를 가진 적도 있었다. 팡취안린은 스스로 알고 있었다. 차오얼와를 떠나야 한다. 요즘 들어 욕정의 불길이 너무 거세져 잠시 떠나 있는 것도 괜찮을 것 같았다. 그렇지 않으면 모두에게 면목 없는 일을 저지르게 될지도 몰랐다. 팡취안린은 사람들을 실망시키고 싶지 않았다. 남자들이 집과 여자와 아이들을 그에게 맡긴 것은 그를 믿기 때문이다. 그는 그렇게 돼먹지 못한 짓거리를 할 수 없었다. 그는 예전처럼 좋은 촌장이어야 했다.

하지만 팡취안린이 차오얼와를 떠나려는 진짜 이유는 톈이의 일 때문이었다.

이는 중대한 일이자 약속이었다.

톈이는 아주 오래전에 실종되었다. 그는 대와옥(大瓦屋)[7] 사람이었다. 톈이의 부친 차이즈추(柴知秋)가 살아 있던 시절부터 줄곧 그를 찾았으나 끝내 결실을 맺지 못했다. 대와옥 일가의 사람들은 이를 대수롭지 않게 여겼다. 그들은 말했다. 톈이는 어려서부터 얼이 빠져 있었어. 늘 넋을 놓고 다녔으니 행방불명이 되는 건 시간문제였지. 애초에 그 녀석을 현성에 있는 학교에 보내지 말았어야 해. 대와옥 일가는 식구가 많았다. 톈이 항렬에만 해도 당형제가 스무 명이 넘었다. 그중 하나가 없어지자 마치 양 떼 중에서 양 한 마리가 사라진 것 정도로 대단치 않게 받아들인 것이다. 비록 톈이는 종가의 증손자이자 스무 명 넘는 당형제의 맏형이었으나 실제로는 그렇게 중요한 인물처럼 보이지 않았다. 톈이는 어려서부터 당형제들과 동떨어져 있었고, 그들과 어울려 놀지도 않았다. 톈이는 기괴하고도 전기적인 뤄(羅) 영감과 함께 란수이(藍水) 강변에서 자랐다. 그와 그 요괴나 다름없는 노인 사이에는 일종의 타고난 인연과 묵계가 있는 것 같았다. 그와 뤄 영감은 모두 인간 세상에 살면서도 속세를 초월한 듯 생활했다. 다른 점은 뤄 영감은 1차 세계대전에서 승리하고 다시 2차 세계대전을 겪은 뒤로 세상사를 거들떠보지 않게 된 것이나, 톈이는 태어난 뒤로 줄곧 다른 세계에 속한 것 같았다는 것이다. 톈이는 총명하

---

7 큰 기와집이라는 뜻으로 차이씨 집안의 별칭

면서도 미련했고, 조숙하면서도 사리에 어두웠다. 그는 밤중에 별과 달을 쫓고, 란수이 강에 들어가 기기괴괴한 모양의 물고기들과 노는 것을 좋아했고, 땅에 엎드려 대지의 숨소리를 듣는 것을 좋아했다. 그는 그의 당형제들과는 거의 친분이 없었으며 나중에 그가 현성의 학교로 진학한 뒤로는 더욱 그들과 멀어졌다. 일부 당형제들은 톈이가 실종된 이후에 태어났으므로, 그들은 아예 톈이를 본 적도 없었다. 그저 조금 자란 뒤에 톈이의 일에 대해 듣고, 예전에 그런 형님이 있었다는 것을 알게 되었을 뿐, 톈이는 그들의 삶 속에 조금도 개입되어 있지 않았다.

하지만 대와옥 일가의 어른들은 그렇게 여기지 않았다. 톈이의 증조모는 바로 대와옥 일가의 조상인 차이구(柴姑)로, 생전에 이 증손자를 가장 귀여워했으며, 하루라도 눈에 보이지 않으면 걱정을 하곤 했다. 톈이는 자주 문설주에 기대 유유히 그녀를 관찰하곤 했는데, 그 눈빛은 그녀를 두렵게 만들었다. 그녀는 이 증손자의 핏속에 자신의 기질이 숨어 있다고 믿었다. 톈이의 조부인 차이 영감은 자신의 장남인 차이즈추를 좋아하지 않았다. 그가 포부도 없고 기개도 없다는 이유였다. 하지만 그도 장손 톈이는 좋아했다. 이는 장손이 책 읽기를 좋아하기 때문이기도 했고, 과묵하고 집중력이 있어서이기도 했다. 차이 영감은 톈이가 언젠가는 대와옥 일가에 영예와 존엄을 가져다 줄 것이라 굳게 믿었다. 차이즈추는 당연히 톈이를 몹시 아꼈다. 톈이가 자신의 아들이라는 것만으로도 이유는 충분했다. 차이즈추는 아들에게 많은 기대를 걸지 않았다. 그는 톈이가 어려서부터 몸이 허약하고 병치레가 잦으며 성격이 괴팍하고 걸핏하면 바보짓을 하며, 머릿속에는 온통 특이하고 기이한 생각들로 가득 차 있는 것을 알고 있었다. 그래서 그는 더욱 톈이를 아끼고 감쌌다. 그는 아들이 대단히 출세하기를 바라지 않았다. 그저 아들이 자신 곁에서 평안하게 일생을 보내기를 바랐다. 차이즈추가 평생에 가장 후회하는 일이 바로 아내의 뜻에 따라 톈이를 현성의 학교에 진학시켜 그를 자신의 시야 밖으로 멀리 보내 버린 일이었다. 애초에 왜 그를 현성의 학교에 진학시켰단 말인가? 학교에 다니고 말고가 뭐 그리 중요한 일이라고?

텐이는 베이징에서 실종되었다.

그때는 '문화대혁명'이 한창인 시기로, 전국적으로 정세가 몹시 어지러웠다. 텐이는 베이징 대연합(大串聯)[8]에 갔다가 그대로 사라져 버렸다.

텐이는 갑자기 사라졌다.

차이즈추 부부는 계속해서 그를 찾아 다녔다. 마치 정신 나간 사람들처럼.

차이즈추는 10년을 찾아 헤맸다.

차이즈추는 20년을 찾아 헤맸다.

차이즈추는 30년을 찾아 헤맸다.

그는 당시 텐이와 함께 베이징에 갔던 학생들을 거의 다 만나고, 대오를 인솔했던 지도자도 찾아가 봤지만 아무런 소득도 얻지 못했다. 차이즈추는 그를 찾으러 무청에도 다녀왔다. 러시아어를 가르치는 여선생이 그를 데려간 것 같다는 이야기를 들었는데, 그 여선생의 집이 바로 무청이었다. 하지만 당시 차이즈추는 무청에 가서 기차역 앞의 광장에서만 사흘 밤낮을 서 있었다. 거대한 도시는 그의 기를 꺾어 놓았다. 그는 어떻게 아들을 찾아야 할지 알 수가 없었다.

차이즈추는 나이가 들었고, 심신이 모두 지쳤다. 그는 더 이상 아들을 찾아다닐 수 없게 되었다.

차이츠추는 죽음을 앞두고 팡취안린을 자신의 침대 맡에 불러 이렇게 말했다. 큰조카, 나는 텐이 생각을 내려놓은 적이 없네. 텐이는 젊은 여자가 데려간 거야. 자네도 알겠지. 텐이는 어려서부터 어리벙벙했어. 그 아이는 분명 멀리 갔다가 집을 잃어버린 게야. 아니라면 왜 여태 편지 한 장 보내지 않았겠나. 텐이를 자네에게 부탁하세. 우리 두 집은 대대로 교분이 있으니 자네에게밖에 부탁할 데가 없네. 텐이의 당형제들에게는 말

---

8 문화대혁명 시기 특히 1996년 하반기에서 1967년 초반까지 홍위병 조직이나 개인이 주체가 되어 전국적으로 무료로 승차(혹은 도보)와 숙식을 제공받으며 상호연합, 교류 및 선전을 통해 조반 활동을 벌인 것을 말한다.

길 수가 없어. 그 녀석들은 대수롭지 않게 생각하는 것 같아. 내 기억으로는 톈이가 자네와 동갑이고, 자네가 톈이보다 3개월이 빨랐던 것 같은데, 그렇지? 팡취안린이 고개를 끄덕이며 말했다. 차이 아저씨, 걱정 마십시오. 제가 짬을 내서 꼭 톈이를 찾으러 가겠습니다!

하지만 팡취안린은 줄곧 짬이 나지 않았다. 그는 그저 톈주(天柱)와 톈윈(天雲)에게 부탁했을 뿐이었다. 자네들은 톈이의 동생이고, 일 년 내내 밖에 나가 일을 하고 있으니 항상 톈이의 종적을 알아보게. 톈주와 톈윈은 그렇게 하겠노라 대답하고 떠났으나, 시종 아무런 소식도 없었다.

차이즈추는 세상을 떠났다. 차이즈추의 부인은 아직 살아 있지만 그처럼 영리하고 일솜씨가 있던 여인에게 치매가 찾아오고 말았다. 그래도 그녀는 매일같이 팡취안린의 집을 찾아와 말없이 문밖에 앉아 있었다. 그녀는 아무 말도 하지 않았으나 팡취안린은 길을 나서라는 그녀의 다그침을 느낄 수 있었다.

팡취안린은 무청에 가기로 결심했다.

무청에는 자신의 마을 사람들이 모여 사는 집단 거주지가 있다.

그는 그들을 보러 가고 싶었다.

차오얼와는 사방으로 울타리를 친 커다란 마을로, 인구가 대략 4000명인데 일 년 내내 밖에 나가 일을 하는 사람들이 족히 1000명은 되었다. 막 사람들이 밖으로 나가기 시작하던 무렵에는 다들 비교적 무턱대고 덤벼들었으며 아무 곳에나 들어가 되는대로 일했다. 각지로 뿔뿔이 흩어지다 보니 많아도 서너너덧이 무리를 이루는 것이 고작이었다. 하지만 차츰 이대로는 안 되겠다고 느끼게 되었다. 일자리가 보장되지 않을 뿐 아니라 너무 무력해서 남에게 업신여김을 당하기 십상이었던 것이다. 이에 점차 서로 연락을 하면서 한곳으로 모이기 시작한 것이 지금은 무청 한곳에만 300여 명이 모여 있었다. 300명이 넘는 차오얼와 사람들이 한 도시에 모였으니 제법 상당한 규모였다.

팡취안린은 그들을 자랑스러워하면서도 한편으로는 무력함을 느꼈다. 이제 그들을 자신의 마을 사람이라고 말하기 힘들어졌기 때문이다.

하지만 어찌 됐든 팡취안린은 무청에 한번 가 보기로 마음을 먹었다. 그는 그들이 도대체 어떻게 지내고 있는지, 도시는 도대체 뭐가 그리 좋은지, 정말로 고향 땅을 버리고 갈 만한 곳인지 가서 보고 싶었다. 물론 그는 이 기회에 톈이를 찾아보고 싶기도 했다. 무슨 결과를 기대하기는 힘들다는 것은 알고 있었다. 이 큰 중국에서 사람 하나를 찾는 것은 말처럼 쉬운 일이 아니다. 그러나 찾아낼 수 있는지 없는지는 찾아보고 말고와 별개의 문제다. 이는 사람 된 도리이며 자신과 차이즈추가 약속한 일이다.

팡취안린은 떠나기 전에 톈주에게 전화를 걸지 않았다. 그는 몰래 무청으로 가서 갑작스럽게 그들 앞에 나타나길 원했다. 이것이 어떤 심리인지 설명할 수는 없으나 아마도 그들이 어떻게 살아가고 있는지 더 진실하게 살펴보고 싶기도 하고, 자신이 대단한 발걸음을 하는 것처럼 보이고 싶지 않은 것인지도 몰랐다. 그리고 그는 그들이 예전에 마을에 살 때처럼 자신을 존중해 줄지 확신할 수도 없었다. 어쨌든 그들은 이제 반은 도시 사람이었다.

팡취안린은 여러 차례 차를 갈아타면서 닷새째 되는 날 저녁 무렵에야 무청에 도착했다. 그는 톈주와 사람들이 도시 동쪽의 쑤쯔춘(蘇子村)이라고 불리는 곳에 살고 있다는 것을 알고 있었다. 그는 서두를 것 없이 기차역 근처의 한 작은 숙박 시설에 묵기로 했다. 한 서른 남짓한 여자가 그를 기차역에서 데려오면서, 무슨 회사의 숙박 시설인데 숙식이 모두 깔끔하고 값도 저렴해서 하룻밤에 10위안밖에 하지 않는다고 말했다. 여인은 이런 이야기를 늘어놓으면서 잠시도 쉬지 않고 장황하게 지껄였는데, 자신이 입을 다무는 순간 손님이 도망이라도 갈까 봐 무서운 모양이었다.

팡취안린이 그녀를 따라 도착한 곳은 그녀의 이야기와는 완전히 딴판이었다. 지하실 복도를 따라 양쪽으로 열몇 개의 방이 늘어서 있는데, 더러운 냄새가 코를 찔렀다. 팡취안린이 물었다. 여기가 어딥니까? 여자가 말했다. 여기는 원래 인민 방공 공정이었어요. 엄청 튼튼하고 대문만 잠그면 아무도 못 들어와요. 안전하죠. 팡취안린은 조금 기분이 상했다. 나가서 다른 곳을 찾아보려다가 잠시 생각한 뒤 그만두기로 했다. 집 떠나 밖에 나오면 다 그렇지. 아쉬운 대로 하룻밤만 버티지 뭐. 여자가 그를 방으로 들여보냈다. 방은 작은 침대 하나를 겨우 놓을 수 있는 크기라 몸을 움직이기도 곤란했으며, 바닥에는 담배꽁초와 구겨진 종이 따위가 수북했다. 침대 위에는 기름때가 끼어 꼬질꼬질한 이불이 어지럽게 널브러져 있었다. 팡취안린이 눈살을 찌푸리며 말했다. 이렇게 더러운 데서 어떻게 자라는 거요? 여자가 웃으며 말했다. 이 아저씨 좀 보게. 보아하니 시골에서 온 것 같은데 뭘 그리 따져요? 10위안에 무슨 고급 호텔이라도 기대한 거예요? 팡취안린이 말했다. 시골이 당신네 지하실보다 훨씬 깨끗합니다. 여자가 말했다. 아저씨, 번거로우시겠지만 청소는 직접 하세요, 저는 또 손님을 데리러 가야 해서요. 그리고는 서둘러 나가 버렸다.

팡취안린이 고개를 빼고 문밖을 쳐다보았다. 복도 끝에는 차를 끓이는 화로가 하나 놓여 있고, 그 옆에 마흔 남짓 되어 보이는 남자가 앉아 있었다. 그는 말없이 얼이 빠진 채 앉아 있었는데, 아마도 그 여자의 남편인 듯했다. 팡취안린은 한숨이 나오면서도 측은한 마음이 들었다. 이 부부도 둘이서 벌어먹고 살기가 녹록치 않겠구나. 그는 문 옆에 놓인 빗자루를 발견하고 가지고 들어와서 바닥을 쓸었다. 팡취안린은 깔끔한 사람이었다. 평소에 집에서도 청소하는 것을 좋아했다. 집 안이든 마당이든 조금도 더러운 것을 그냥 두지 않았으며 매일 아침저녁으로 빗자루를 들고 집 안팎을 깨끗이 쓸었다.

팡취안린은 자신이 묵는 방을 깨끗이 쓸어낸 뒤 너저분한 복도를 바라보며 잠시 망설이다가 아예 쭉 쓸어 버렸다. 그 남자는 여전히 아무 말도 하지 않고 그저 팡취안린을 뚫어져라 쳐다봤다. 그 남자 근처에서 비질을 하는데 남자가 돌연 악마처럼 돌변하더니 팔을 뻗어 팡취안린의 손에 들린 빗자루를 뺏으려고 들다가 바닥으로 쓰러져 버렸다. 팡취안린은 깜짝 놀랐다. 자세히 보니 이 남자는 중풍이나 뇌성마비인 모양이었다. 황급히 빗자루를 내려놓고 그를 안아서 일으킨 뒤 원래대로 의자에 앉혔다. 남자는 팡취안린의 팔을 꽉 움켜쥐고는 입 속으로 끊임없이 뭐라고 웅얼웅얼거렸다. 팡취안린은 있는 힘껏 그의 손을 떼어 내고 서둘러 자리를 떠났다. 이 남자가 말은 못해도 분명 자신에게 우호적이지 않다는 것을 느낄 수 있었다.

그날 저녁 여자가 손님 몇 사람을 더 데려왔다. 그래도 여전히 방이 다 차지는 않았으나 그걸로 만족하는 수밖에 없었다. 여자는 몇 차례 역을 오가느라 지쳐서 곧 부서져 버릴 것 같았다. 남자는 집을 지키고 있을 뿐 아무 일도 할 수 없었다. 여자는 세수를 하면서 팡취안린을 불렀다. 제가 곧 밥을 할 테니까 다 같이 먹자고요. 밥은 한 끼에 2위안이에요. 팡취안린은 허둥지둥 둘러대며 거절했다. 난 배가 안 고파요. 나가서 좀 돌아다녀 보려고요. 그는 2위안이 아까워서가 아니라 그 여자가 한 밥이 불결할까 봐 겁이 났다. 그녀의 몸에서 나는 시큼한 땀 냄새가 그에게까지 느껴졌다.

팡취안린은 지하실을 나와 밖에 있는 작은 식당에서 국수 한 그릇을 먹은 뒤 발길 가는대로 역 앞 광장을 돌아다녔다. 곳곳에 불빛이 깜빡이고 사람들이 오갔다. 그중 다수는 농민공[9]으로, 짐 보따리를 맨 채 차에 타거나 내렸다. 팡취안린은 신기하기도 하고 어지럽기도 했다. 도시는 왜 이럴까? 어두워져야 할 시간에 어둡지 않고, 조용해야 할 시간에 조용하지 않으니. 이래서는 안 되지. 안 되고말고.

끊임없이 누군가가 그를 여관으로 이끌었다. 그는 하는 수 없이 반복해서 말해야 했다. 저는 숙소가 있습니다. 그러자 젊은 아가씨가 다가와서

---

9 농촌 출신으로 도시에 와서 일하는 노동자를 이름

낮은 목소리로 말했다. 아저씨, 같이 놀아 드릴게요. 팡취안린은 처음에는 이것이 무슨 뜻인지 몰랐으나 그녀들의 여우처럼 요염한 눈짓을 보고 곧바로 알아차렸다. 그는 당황스럽고 혼란스러워졌다. 알고 보니 기녀들이었구먼! 예전에 그는 마을에서 일하는 사람들의 이야기를 들은 적이 있었다. 도시에는 가는 곳마다 기녀가 있으니 참기 힘들면 하나 골라서 놀면 그만이라는 것이다. 보아하니 그 말이 정말인 모양이었다. 그래서 그들이 별로 집을 그리워하지 않던 것이다.

팡취안린은 광장에 오래 머물 수가 없었다. 연일 차를 탄 탓에 조금 피곤하기도 해서 서둘러 숙소를 찾아가 지하실로 들어갔다. 다른 손님들은 다 잠이 들었고, 얼이 빠진 남자도 보이지 않았다. 복도는 고요했다. 팡취안린이 자신의 방문을 열고 잠자리를 정돈하려는데 여주인이 물 한 병을 들고 안으로 들어오더니 히죽거리며 말했다. 아저씨 돌아오셨네요. 시설이 누추해서 죄송해요. 팡취안린이 말했다. 괜찮습니다, 아주머니. 하룻밤 자는 건데요 뭐. 여자는 물병을 내려놓고도 나갈 기색이 보이지 않았다. 찻잔 하나를 집어 들어 물로 헹궈 내고는, 다시 물을 따른 뒤 건네며 말했다. 아저씨, 물 좀 드세요. 팡취안린은 어쩔 수 없이 받아 들고는 그 자리에 서서 어찌할 바를 모른 채 그저 고맙다고만 말했다. 그리고는 더 무슨 말을 해야 좋을지 몰랐다. 그는 여자가 목욕을 하고 잠옷으로 갈아입은 것을 알아차렸다. 가슴과 목을 허옇게 드러내고, 몸에서는 희미한 향기마저 나는 것이 낮에 본 모습과는 전혀 딴판이라 새삼 어색하게 느껴졌다. 하지만 또 사람을 쫓아낼 수도 없었다. 게다가 그녀는 주인이 아닌가. 여자는 그가 쭈뼛쭈뼛하는 것을 보고는 웃으며 말했다. 아저씨, 앉으세요. 그러면서 자신이 먼저 침대 끝에 걸터앉았는데, 다리를 꼬는 순간 눈처럼 하얀 허벅지가 그대로 드러나 보였다. 작은 방 안에는 의자도 없어 팡취안린도 하는 수 없이 침대 끝에 걸터앉았다. 약간 떨어지긴 했으나 어차피 멀리 갈 수도 없는 상황이라 그저 온몸이 다 불편하게만 느껴졌다.

여자는 오히려 대범해 보였다. 그녀가 말했다. 아저씨, 제가 감사하다고 인사를 드려야겠어요. 복도가 이렇게 깨끗해지다니, 아저씨께서 청소하신 거죠? 팡취안린이 웃으며 말했다. 별일도 아닌데요. 하는 김에 한 겁니다. 저는 바닥이 더러운 꼴을 못 봐서요. 여자가 한숨을 쉬며 말했다. 제 팔자가 너무 고단해서 그래요. 남편은 중풍으로 불구가 되고 저까지 직장을 잃으면서 이 지하실을 떠맡아 조그만 여인숙을 차렸는데, 혼자 정말 손 쉴 틈도 없이 바빠요. 팡취안린이 고개를 끄덕거리며 말했다. 도시 생활도 만만치 않아 보이네요. 여자가 말했다. 도시 사람에게도 등급이 있어요. 천당에 사는 사람도 있지만, 저 같은 사람은 지옥에 사는 거죠. 그녀는 갑자기 눈물을 훔쳤다.

순간 팡취안린은 어찌해야 좋을지 갈피를 잡지 못했다. 그는 그제야 차분히 가라앉은 다소 상심한 이 젊은 여자가 뜻밖에 제법 용모가 훌륭하다는 것을 알아차렸다. 그녀에게는 일이 끝난 뒤 깊은 밤 인적이 끊기는 시각에야 자신의 용모를 드러낼 기회와 시간이 허락되었다.

여자가 고개를 들고 미안한 듯 웃으며 말했다. 아저씨, 제가 우스운 꼴을 보였네요. 그냥 답답해서 아무나 붙잡고 이야기하고 싶었어요. 팡취안린이 얼른 고개를 주억거리며 말했다. 그래요, 그래요. 여자가 말했다. 제 이름은 왕링(王玲)이에요. 아저씨, 여기가 더러워서 싫은 게 아니면, 다음에도 여기 와서 묵으세요. 돈은 안 받을게요.

팡취안린이 웃으며 말했다. 돈을 안 받으면 안 되지요. 아주머니도 먹고 살아야죠.

왕링이 말했다. 이보다 더 못 살아도 상관없어요. 어차피 10위안 8위안인데요 뭐. 아저씨는 부지런하시고 인정도 있으신 분 같아요. 깔끔하시기도 하고요. 저는 깔끔한 사람이 좋아요. 아, 침대에 이불이 너무 더럽네요. 빨아서 바꿀 틈도 없었어요. 제가 지금 바로 깨끗한 것으로 갖다 드릴게요. 그녀는 말이 끝나기도 전에 몸을 일으키더니 두어 차례 팔을 내저어 더러운 이불을 둘둘 말아서 밖으로 나갔다. 잠시 후 다시 깨끗한 이불을 안고 와 민첩하게 침대 위에 깔고 길게 한숨을 내쉬었다. 아저씨, 한번 앉아 보세요. 침대가 훨씬 부들부들해졌을 거예요. 팡취안린이 말했다. 고마워요, 왕 사장님. 시간이 늦었어요. 종일 일하느라 바쁘셨을 텐데 어서 가서 쉬세요. 왕링이 의아한 듯한 눈빛으로 그에게 눈을 흘기더니 웃으며 말했다. 아저씨, 아직 아저씨 이름을 안 알려 주셨잖아요. 팡취안린이 웃으며 말했다. 촌에서 온 뜨내기손님인데, 말 안 해도 그만이지요. 왕링이 뽀로통하게 눈을 치켜떴다. 그 말씀은 아저씨는 여기에 다시는 오고 싶지 않다는 거네요. 여기가 더러워서 싫으신 거예요? 팡취안린이 말했다. 그럴 리가요. 기회가 있으면 꼭 다시 오겠습니다. 팡씨라고 부르세요. 제 성이 팡입니다. 왕링이 피식 웃으며 말했다. 뭘 그렇게 긴장하셨어요? 제가 무슨 호랑이도 아닌데, 뭐가 무서우세요? 아이, 팡씨 아저씨는 집이 어디세요? 팡취안린이 말했다. 아주 멀어요. 왕링이 말했다. 무청에는 일하러 오신 거예요? 아니면 그냥 여기서 일하셔도 되는데. 제가 박대하지 않을게요. 팡취안린이 고개를 가로저으며 말했다. 저는 일하러 온 게 아니라 우리 마을에 무청으로 일하러 온 사람이 많아서 그 사람들을 만나러 온 거예요. 왕링이 탄성을 내뱉으며 말했다. 이제 알겠다. 알고 보니 마을의 간부시구나! 어쩐지 보통 농민들하고는 다르더라니. 팡취안린이 머리를 긁적이며 웃었다. 그가 말했다. 나 같은 작은 마을 촌장도 간부라고 할 수가 있나요? 뜻밖에 왕링이 큰 소리로 웃음을 터뜨리더니, 밖을 내다보며 황급히 입을 틀어막았다. 그녀가 말했다. 도시에는 이런 말이 있어요. 촌장을 간부가 아니라고 하면 안 된다! 촌장은 대단하다던데요. 온 마을 여자들 중에 아무나 골라서 잘 수도 있고요. 진짜 그래요? 팡취안린이 얼굴을 붉히며 말했다. 헛소리! 다 촌 간부를 모욕하는 소립니다. 왕링이 그를 바라보았다. 그 눈빛이 너무 뜨거워 화상을 입을 것 같았다. 그녀가 말했다. 다 큰 남자가 얼굴까지 빨개지는 걸 보니, 팡씨 아저씨는 분명 좋은 사람일 거예요. 팡취안린은 물론 그녀의 눈빛이 무엇을 의미하는지 알고 있었다. 그는 속으로 생각했다. 이 여자도 참는 게 보통 힘든 게 아니겠구나. 중풍 걸린 사람과 사는 것이 과부로 수절하는 것이나 마찬가질 텐데. 하지만 그는 자신이 거기에 장단을 맞춰 주면 안 된다는 것을 잘 알고 있었다. 무청에서 무슨 일을 당할지 모르는데 함정에 빠져서는 안 된다. 그는 일부러 하품을 하며 말했다. 왕 사장님, 시간이 늦었으니 가서 쉬시지요. 내일도 할 일이 많잖습니까? 왕링은 자신을 쫓아내려는 말투에 대놓고 실망스러운 기색을 드러냈다. 또한 매일같이 이어지는 바쁘고 피곤한 생활을 떠올리자 곧바로 마음이 착잡해져 자신도 모르게 한숨이 새어 나왔다. 그녀가 말했다. 아저씨가 자꾸 사장님이라고 부르시니까 저가 더 망신스러워요. 제 행색에 사장님이라는 말이 어울리기나 해요? 그야말로 하층 노동자지요. 팡취안린이 웃으며 말했다. 사장도 큰 사장이 있고 작은 사장도 있는 거지요. 오늘은 작은 사장님이지만, 나중에는 큰 사장님이 되실 겁니다. 왕링이 자리에서 일어나 쓴웃음을 지으며 말했다. 덕담대로 됐으면 좋겠네요. 네네, 팡씨 아저씨, 아저씨도 쉬세요. 방해하지 않을게요. 그리고 그녀는 화가 난 듯가 버렸다.

　팡취안린은 침대 위에 누웠으나 잠을 잘 수 없었다. 그는 체계적인 사람이었으며 보통의 촌 간부들처럼 허술하지 않았다. 평소에 마을에 있을 때에도 매일 저녁 그날의 일을 정리하여 몇 가닥으로 총괄하는 습관이 있었다. 지금은 무청에 온 지 겨우 하룻밤밖에 되지 않았지만 이미 몇 가지 느낀 바가 있었다. 첫째로 무청은 너무 시끄럽다. 밤도 대낮 같고 주야의 구분이 없으니 이래서는 좋지 않다. 사계절과 마찬가지로 밤낮이 뒤죽박죽이 되어서는 안 된다. 사람도 응당 해가 뜨면 일을 하고 해가 지면 쉬어야 하는 법이다. 둘째로 무청은 천당이 아니다. 왕링은 천당에 사는 사람도 있다고 말했으나 그는 아직 보지 못했다. 하지만 왕링처럼 지하실에 사는 사람은 그도 봤다. 이런 식으로 사는 것은 시골에서의 편안하고 여유로운 삶보다 훨씬 못하다. 셋째로 사람이 도시에 오면 나빠진다. 예전에 마을에 있던 노동자들의 이야기에 따르면 도시에는 기녀가 아주 많은데, 대부분 시골 아가씨들이라고 했다. 오늘 밤 자신이 만났던 기녀도 아마 그럴 것이다. 원래 시골에 있을 때는 모두 착한 아이들이었을 텐데 도시로 오자마자 변한 것이다. 돈을 벌기 위해 모르는 남자에게 허리끈을 내맡기다니, 도무지 말이 되지 않는 이야기다. 넷째는 도시에서는 촌장에 대한 평판이 좋지 않다. 아무 여자나 골라서 잘 수 있다니, 팡취안린은 아픈 데를 들킨 듯 뭔가 켕기기도 하고 화가 나기도 했다. 젠장, 그렇게 쉬울 리가 있어? 구사회에서 보갑제의 보장[10]도 감히 그렇게 못 하겠네! 촌장도 여자를 원해. 어떤 남자인들 안 그렇겠어? 옛사람도 모든 죄악 중에 음란함이 으뜸이니 행동은 따져도 마음은 따지지 말라고 했거늘. 마음으로 따지자면 어떤 남자도 다 여자를 원하지. 문제가 있는 남자 빼고 말이야. 촌장만 여자를 원하고, 현장이나 성장은 그럼 여자를 원하지 않는다는 말이야? 시골 사람도 원하고 도시 사람도 원하고, 그렇게 많은 기녀들이 다 누구랑 자는데? 남자가 여자를 원하고 여자도 남자를 원하는 거지! 왕링 그 여자인들 안 원해? 나는 그 눈빛을 보고도 너랑 안 잤다고! 젠장. 팡취안린은 생각 끝에 화가 치밀었다. 무청에 도착한 첫날밤부터 기분을 잡치게 될 줄이야. 이것만 보아도 도시는 쉽게 사람을 조바심하게 만드는 곳이라는 것을 알 수 있다. 그는 차오얼와에서는 몇 달째 화를 낸 기억이 없었다.

팡취안린은 밤새 잠을 이루지 못하다 날이 밝기도 전에 자리에서 일어났다. 그는 최대한 빨리 그곳을 떠나고 싶었다. 계산을 할 때도 왕링은 여전히 히죽거렸다. 마치 어젯밤 무슨 민망한 일이 있었냐는 듯 말끝마다 팡씨 아저씨를 남발하며 더없이 살갑게 구는 통에 오히려 팡취안린이 조금 무안해졌다. 그는 속으로 생각했다. 내가 지나치게 진지한가? 상대방

---

10 중국에서 보갑법 실시와 관련하여 만든 제도. 보갑법의 말단 단위인 한 패 안의 주민들이 법을 위반하였을 때에는 함께 책임지고 공동으로 처벌받게 하는 제도였다.

이 농담 한마디 한 것을 가지고, 나는 밤새 화가 나 있었으니, 아니야, 그래서는 안 되지. 그는 알 수가 없었다. 차오얼와에서는 줄곧 그처럼 도량이 넓던 사람이 어째서 돌연 속이 좁아진 것일까? 왕링이 9위안만 받자 팡취안린은 다시 깜짝 놀랐다. 왕링이 말했다. 팡씨 아저씨가 어제 저녁에 저 대신 복도를 청소하셨잖아요. 공짜로 부려 먹을 수는 없죠. 적지만 1위안은 받아두세요. 팡취안린이 말했다. 계산을 그렇게 할 수는 없지요. 그리고는 10위안을 던져 놓고 서둘러 떠났다. 왕링이 뒤에다 대고 소리를 질렀다. 고마워요 팡씨 아저씨, 또 오세요!

팡취안린은 지하실을 나온 뒤로도 계속 만감이 교차했다. 그로서는 이도시의 사람들을 이해할 수가 없었다. 그녀를 좀스럽다고 말할 수 있을까? 바닥 좀 쓸었다고 1위안을 덜 받겠다니, 하루 숙박비가 고작 10위안이니 1위안도 적은 금액이라고 할 수 없다. 그렇다고 그녀가 통이 크다고 말하기도 어렵다. 1위안까지 따지면서 비질 몇 번까지 돈으로 계산하려고 들다니, 이는 시골에서는 굳이 입에 올리지도 않을 일이다. 이웃 간에 서로 집짓기나 농사일을 거드는 것은 흔한 일이다. 아무도 돈을 달라고 하지도 않고, 마찬가지로 돈을 쳐주겠다는 사람도 없다. 도시 사람들은 인정까지도 돈으로 환산하는구나. 이래서는 안 된다. 절대로 안 된다.

팡취안린은 무청에서 한참을 묻고 헤매고, 수도 없이 버스를 갈아탔으며, 몇 리 길을 더 걸었다. 쑤쯔춘에 도착했을 때는 이미 점심 무렵이었다.

쑤쯔춘은 삼면이 산으로 둘러싸여 있고, 한쪽 면으로는 물이 흘렀다. 작은 시내 위로 작은 다리가 놓여 있었는데, 이 역시 마을로 들어올 때 반드시 거쳐야 하는 길이었다. 팡취안린은 걷는 내내 이곳의 뛰어난 풍수에 대해 찬탄했다. 그는 톈주와 사람들이 어떻게 이처럼 좋은 곳에 들어와 살 수 있었을지 상상도 되지 않았다. 쑤쯔춘은 무청에서 어느 정도 거리가 있긴 했으나, 아주 멀다고 할 수도 없었으며, 몹시 조용했다. 한눈에 보아도 이곳이 농가가 있는 마을이라는 것을 알 수 있었다. 고층 건물이나 빌딩도 없고 그저 2층짜리 작은 건물들 몇 채와 단층집이 전부였다. 하지만 그 위에는 하나같이 석회수로 커다랗게 '철거'라는 글자가 쓰여 있었다. 이는 다시 팡취안린의 궁금증을 자아냈다. 그렇다면 그들이 이곳에 오래 머물 수 없다는 뜻일 것이다.

마을 안은 몹시 조용했으며 사람의 그림자도 보이지 않았다. 다들 일을 하러 간 모양이었다. 그렇다면 그가 혼자 여유롭게 마을을 둘러볼 수 있으니 잘된 일이었다. 골목에는 개 두 마리가 짖어 대고 있었다. 한 마리는 크고 한 마리는 작았다. 큰 놈은 셰퍼드로 50킬로그램은 족히 되어 보였고, 작은 놈은 고양이만 했는데 몹시 활발했다. 주로 작은 놈이 깡충거리면서 짖어 댔고, 끊임없이 셰퍼드에게 달려들었다. 셰퍼드는 못 이기는 척하는 것이 아주 관대했으며, 그저 작은 놈을 상대하는 시늉만 하고 있었다. 셰퍼드의 주의력은 분명 작은 놈을 향해 있지 않았다. 과연 셰퍼드는 팡취안린을 발견하자마자 돌연 펄쩍 뛰어오르더니 크게 짖으며 그에게 달려들었다. 셰퍼드의 소리는 아주 우렁차면서도 위엄이 있었다. 팡취안린은 물론 개를 겁내지 않았다. 차오얼와에는 집집마다 개가 있어서 개를 상대하는 일에 익숙했다. 그는 셰퍼드가 근처에 올 때까지 기다린 뒤 가방을 더듬어 하나 남은 찐빵을 집어 던졌다. 찐빵은 셰퍼드 근처까지 데굴데굴 굴러갔으나 뜻밖에 셰퍼드는 이를 거들떠도 보지 않고 더욱 흉포하게 달려왔다. 팡취안린은 조금 난처하기도 하고 또 조금 화가 나기도 했다. 하필이면 밀가루 찐빵일 게 뭐람! 하지만 그는 여러 생각할 여유가 없었다. 셰퍼드가 그에게서 겨우 몇 발자국 거리까지 다가왔을 때 팡취안린이 갑자기 바닥을 향해 웅크리고 앉았다. 이는 개에 대처하는 일종의 속임수로, 개는 상대방이 땅에서 돌멩이를 주워 자신을 공격하리라 생각하고 방향을 돌려 도망치는 것이다. 과연 셰퍼드는 급히 멈춰 선 뒤 고개를 돌려 달아났다.

이는 경험 많은 인간과 경험 많은 개 사이의 힘겨루기였다.

이를 두고 개들이 겁이 많다고 말 할 수는 없다. 개는 어쩔 수 없이 방어를 한 것이고, 게다가 이는 고작 첫 번째 라운드일 뿐이었다.

팡취안린은 웃었다. 그는 자신이 개에게 겁을 주었다고 생각하고 느릿느릿 자리에서 일어나 계속해서 앞으로 나아갔다. 그는 차오얼와에서처럼 어떤 개의 존재도 신경 쓸 필요 없을 거라 생각했다.

하지만 그의 생각은 빗나갔다. 셰퍼드는 멀리 가 버린 것이 아니었다. 녀석은 금방 그의 허장성세를 알아차리고 큰 소리로 짖으며 다시 달려들었다. 이때 팡취안린은 손에 짐 보따리만 하나 들었을 뿐 방어할 만한 물건이 아무것도 없었다. 그는 다시 갑자기 바닥을 향해 웅크리고 앉을 수밖에 없었다.

셰퍼드는 다시 고개를 돌려 달아났다.

팡취안린은 그제야 녀석을 다루기가 쉽지 않겠다는 것을 깨달았다. 그래도 그는 겁먹지 않았으며 그저 조금 분할 뿐이었다. 쑤쯔춘에 들어온 뒤 아는 사람은 한 명도 만나지 못하고 셰퍼드에게 먼저 길을 가로막히다니. 말도 안 되는 소리, 개가 어떻게 내 앞을 가로막을 수 있겠어? 팡취안린은 짐 보따리를 등에 메고 계속해서 앞으로 나아갔다. 셰퍼드는 약이 잔뜩 올라서 또다시 크게 짖으며 달려들었으며 그 기세가 더욱 흉포해졌다. 팡취안린은 하는 수 없이 다시 갑자기 바닥을 향해 웅크리고 앉아야 했다. 셰퍼드는 이번에도 달아나 버렸다.

그렇게 똑같은 행동이 수차례 반복됐다.

웅크리고, 달아나고.

사람과 개가 골목길 위에서 대치하고 있었다.

이때 근처의 마당에서 줄곧 이 광경을 지켜보는 사람이 있었다. 바로 몇 년 전 밖으로 나와 고물을 줍는 왕장구이였다. 그는 마당에서 고물을 정리하는 중이었다. 고물을 분류해서 팔 준비를 하느라 그날은 밖에 나가지 않았던 것이다.

그는 진즉 팡취안린을 알아보았으나 곧바로 인사를 하러 나가지는 않았다. 그는 팡취안린이 갑자기 쑤쯔춘에 나타난 것은 사람들을 만나기 위해서일 것이라 추측했다. 다소 의외이긴 하지만 기쁜 일이기도 했다. 하지만 그는 그래도 감정을 억누른 채 곧바로 나가 보지는 않았다. 셰퍼드가 팡취안린이 지나갈 수 없게 막아선 것을 보자 뜻밖에 묘한 쾌감이 느껴졌던 것이다. 그는 예전에 차오얼와에 살던 시절 자주 그에게 훈계를 듣던 장면이 떠올랐다. 그 시절 자신은 몹시 가난했고, 방 두 칸짜리 초가집이 전부였는데, 시집 온 여자가 반년도 안 되어 도망을 가 버렸다. 팡취안린이 그를 나무라며 말했다. 자네는 어째서 여자 하나도 제대로 데리고 살지를 못하는가? 왕장구이가 말했다. 가난하니까 그런 거 아닙니까. 팡취안린이 말했다. 자네는 가난이 문제가 아니야. 게으른 게 문제지! 매일 해가 중천에 뜰 때가지 늘어져 자고 몇 마지기 땅에는 잡초가 농작물보다 더 높이 자랐는데, 그러고도 가난하지 않으면 누가 가난하겠나? 팡취안린은 그의 부친 팡자위안과 마찬가지로 다른 사람 땅에 잡초가 자라 있는 것을 가장 못마땅하게 여겼다. 그는 이렇게 말하곤 했다. 땅에 잡초가 자라고 부엌에 땔감이 없는 사람은 분명히 다 가난뱅이야. 그런 가난뱅이는 조금도 동정할 가치가 없어. 게을러서 그런 거니까! 그때 왕장구이는 걸핏하면 팔푼이처럼 팡취안린에게 훈계를 듣다가 나중에는 아예 땅을 버리고 내빼 버렸다. 그는 팡취안린이 두렵기도 하고 밉기도 했다. 그에게 있어 팡취안린은 마치 큰 산과 같은 존재라 그 무게감에 숨도 제대로 쉴 수가 없었다. 왕장구이는 그런 연유로 살 길을 찾아 가장 먼저 차오얼와를 떠난 사람이 되었다. 처음에는 구걸을 하다 나중에는 고물을 주웠다. 하지만 그가 외지에서 자리를 잡고 살아가게 되리라고는 누구도 생각지 못했다.

왕장구이는 결국 마당을 나왔다. 자세는 마치 큰 어른처럼 거만했다.

그때 팡취안린은 웅크렸다가 일어나는 데 지쳐 제대로 서 있기도 힘들 지경이었다. 셰퍼드는 이미 사납게 그의 몸에 달려들어 큰 소리로 짖어 대며 물어뜯고 있었다. 하지만 팡취안린은 아무런 구조의 말도 외치지 않았다. 그는 소리 없이 셰퍼드와 격투를 벌였다. 쑤쯔춘은 몹시 조용했다. 비정상적으로 느껴질 만큼 조용했다. 그는 분명 어느 집 입구에서, 혹은 어느 집 마당에서 한 쌍 혹은 몇 쌍의 눈동자가 자신이 골목에서 셰퍼드에게 내리깔린 모습을 지켜보고 있을 것이라 확신했다. 하지만 그들은 꿈쩍도 하지 않았다. 그들은 팡취안린을 알아보고도 여전히 꿈쩍도 하지 않았으며, 심지어 남의 불행을 보면서 약간 고소해하기까지 했다. 이는 그의 자존심에 상처를 주었다. 네놈들이 반 도시 사람이 됐다 이거로구나. 그래서 이 촌장을 모른 체해도 된다 이거지? 내가 네놈들을 보겠다고 천리만리 길을 왔는데, 나를 이런 식으로 대접해? 사람이 이렇게 간사할 수가 있나? 오, 네놈들이 혹시 아직도 나에게 앙심을 품고 있는 게냐? 그래, 내가 20년이 넘게 촌장을 하면서 네놈들의 기분을 상하게 하고 나무란 적도 있겠지. 도둑질 하는 놈, 마누라를 때리는 놈, 게으른 놈, 땅에 잡초가 가득한 놈, 남의 여자 젖가슴을 만지는 놈, 더러운 놈, 도박하는 놈, 자식을 너무 많이 낳는 놈, 이런 놈 저런 놈, 하지만 내 말이 틀렸더냐? 그때는 네놈들이 내 면전에서 곤란을 겪었지만 오늘은 내가 이렇게 곤란한 꼴을 당하는 것을 구경하겠다는 것이구나. 네놈들은 내가 살려 달라고 애원하고 못난 꼴을 보이기를 바라고 있겠지. 천만에, 나는 그런 꼴을 보이지 않아. 나는 여전히 네놈들의 촌장이야. 내가 셰퍼드 한 마리도 못 이길 줄 알고. 내가 어떻게 일어서는지 똑똑히 보여 주마!

팡취안린은 하늘이 돕기라는 하는 듯 돌연 힘이 솟았다. 그는 몸을 돌려 셰퍼드를 눌러 제압하고 손을 뻗어 녀석의 뒷다리 하나를 움켜쥔 뒤 허리를 굽히며 일어서서 있는 힘을 다해 셰퍼드를 멀찌감치 내동댕이쳐 버렸다!

셰퍼드는 비명을 내지르며 나가떨어진 뒤, 데굴데굴 굴러 가 절름거리며 달아났다.

팡취안린은 다시 위풍당당하게 골목 위에 우뚝 섰다.

왕장구이는 깜짝 놀라 얼이 빠졌다. 50킬로그램이 넘는 개가 아닌가!

팡취안린에게 아직도 셰퍼드를 멀찌감치 내동댕이쳐 버릴 만한 힘이 있다니!

그 순간 왕장구이의 어깨가 다시 축 늘어졌다.

본래 그는 유리한 고지에서 아래를 내려다보겠다는 계획이었다. 가서 팡취안린을 곤경에서 구해 주고 그 김에 몇 마디 비아냥거리는 것이다. 이를테면 이런 식으로 말이다. "위대하신 촌장님 아니십니까? 여기는 언제 오셨답니까? 그런데 어째 오시자마자 개와 싸움질이십니까?" 하지만 정작 그는 껑충거리며 달려가서는 팡취안린을 부여잡고 울상이 된 얼굴로 말했다. 촌장님, 괜찮으세요? 다 제가 늦게 나온 탓입니다. 톈주네 셰퍼드가 아주 대단하거든요. 저도 저놈한테 물린 적이 있는데……

팡취안린은 왕장구이를 알아보고 웃으며 말했다. 왕장구이 아닌가. 어째서 자네도 여기 있는가? 팡취안린은 애써 아무렇지 않은 듯 굴었다. 그 정도는 되어야 촌장다운 것이다.

왕장구이는 촌장이 자신을 탓하는 기색이 없는 것을 보자 같이 웃었다. 그가 말했다. 저는 작년에 막 여기로 왔습니다. 톈주가 오라고 하더라고요. 톈주가 그랬어요, 모두들 함께 모여 살면 협력할 수 있다고. 아이참, 촌장님 일단 저희 집으로 가서 잠시 쉬고 계시지요. 톈주랑 사람들은 지금 없어요. 다들 촌장님을 엄청 그리워했어요!

팡취안린이 웃으며 말했다. 참말인가?

왕장구이는 팡취안린의 짐가방을 빼앗아 들고 앞장서서 길을 안내하면서 고개를 돌려 말했다. 당연히 참말이지요. 다들 항상 고향집을 그리워하면서 술에 취하면 울다 웃다 그럽니다.

그 말은 팡취안을 기분 좋게 만들었다.

두 사람이 함께 작은 마당 안으로 들어섰다. 시큼하고 고약한 냄새가 코를 찔렀다. 팡취안린은 마당 안에 가득 찬 쓰레기를 보고 이맛살을 찌푸리며 말했다. 왕장구이, 자네 어디서 이런 고물들을 가져왔나? 냄새 한

번 지독하구먼!

왕장구이가 히죽히죽 웃으며 말했다. 촌장님, 이 고물들을 우습게 보지 마십시오. 내다 팔면 제법 돈이 됩니다!

팡취안린이 말했다. 이런 쓰레기를 얼마나 쳐준다고?

왕장구이가 말했다. 만약 이대로 가져가면 한 1000위안쯤 쳐주겠지요. 분류한 뒤에 팔면 3000위안은 쳐줄 겁니다. 보세요. 그렇지 않아도 한창 분류하던 참이었습니다. 금속, 나무, 플라스틱, 포대 자루, 세세하게 분류할수록 더 좋은 값에 팔 수 있어요.

팡취안린이 웃으며 말했다. 장구이 자네 많이 발전했구먼.

왕장구이는 칭찬을 듣자 기분이 좋아져서 말했다. 촌장님, 예전에는 저만 보면 게으르다고 하셨잖습니까? 요새는 전혀 게으르지 않습니다. 근면이 곧 금전이지요! 나가서 고물을 줍는 것이 습관이 되어서 평상시에 매일같이 시내로 나갑니다. 무청은 워낙 커서 고물을 아무리 주워도 끝이 없거든요.

팡취안린은 고개를 돌리다 마당에 친 줄에 걸린 여자들 물건 몇 가지에 시선이 닿았다. 브래지어와 꽃무늬팬티, 치마 따위였다. 그는 깜짝 놀라며 물었다. 장구이 자네 장가를 들었는가?

왕장구이는 곧바로 난처해하며 말했다. 장가를 들긴요, 누가 저에게 시집을 오겠습니까? 이런 고물주이한테요.

팡취안린이 줄에 걸린 물건들을 가리켰다. 이 물건들은 그럼 누구 건가?

왕장구이가 더욱 계면쩍어하며 말했다. 촌장님, 비웃지 마십시오. 이 물건들은 다 주워 온 겁니다. 제가 골라내서 깨끗이 씻고, 재······ 재미 삼아서요.

팡취안린이 고개를 흔들며 말했다. 자네도 참!

왕장구이는 홀로 마당이 딸린 두 칸짜리 단층집에 살았다. 집은 제법 널찍했다. 마당에 고물이 가득한 것을 제외하면, 집 안은 그럭저럭 깔끔하게 정리되어 있었다. 팡취안린은 아쉬운 대로 그곳에서 점심을 먹었다. 또한 왕장구이의 거처에서 적지 않은 상황들을 이해하게 되어 감개가 무량했다. 원래 쑤쯔춘은 8년 전에 철거 및 이주가 결정되면서 마을 사람들에게 무청의 한 신개발 지구에 새집을 마련해 주었다. 마을 사람들은 비록 대대로 살던 곳을 떠나는 것이 서운했으나 이사를 하지 않을 수는 없었다. 당시에 철거와 이주는 매우 강경하게 진행되었고, 지정 기일 1개월 안에 반드시 모두 이사를 나가야 했다. 운 좋게 모두들 농민에서 도시인이 되었고 젊은이들에게는 직업을 배정되었다. 대부분의 사람들이 이에 만족했다. 소문에 따르면 무청 확장 사업 중에서도 쑤쯔춘 사람들의 조건이 가장 좋았다. 나중에 사람들이 들은 이야기는 이러했다. 한 대기업의 사장이 이곳의 풍수에 반해 리조트를 지으려고 했는데, 이 사장의 배후에 도시 건설을 관할하는 부시장이 있어 그처럼 빠르고 조건도 좋았던 것이다.

하지만 쑤쯔춘이 빈 마을이 되고 온통 '철거'라는 글자로 도배가 된 뒤에 그 사장은 한 형사 사건에 휘말렸고, 그 사장은 다시 부시장을 휩쓸고 들어갔다. 알고 보니 토지 징발을 처리하는 과정에서 부시장이 100만 위안이 넘는 뇌물을 받았다고 했다. 쑤쯔춘의 건설 계획은 그렇게 중지되었고, 그 뒤로 8년이 흘렀다. 원래 풍수를 논하던 쑤쯔춘이 시비를 따지는 땅이 되자 재수 없는 땅이라며 어떤 사장도 이곳에 와서 사업을 벌이려 들지 않았다.

톈주는 5년 전에 쑤쯔춘을 발견했다. 당시에 무청에서 일하는 차오얼와 사람은 40여 명이었는데 모두들 뿔뿔이 흩어져 살고 있었고, 곳곳을 다녀도 집을 구하기가 쉽지 않았다. 도시 사람들은 농민공에게 집을 임대하는 것을 불안하게 생각했다. 사흘이 멀다 하고 다른 곳으로 떠나기 때문이었다. 톈주는 쑤쯔춘을 발견했을 때 기뻐서 날뛰었다. 그는 차오얼와의 노동자들을 데려와 하룻밤 사이에 총 한 자루 총알 하나 들이지 않고 쑤쯔춘을 점령했다. 그는 어떤 기관에도 신청하지 않았다. 어디에 신청을 해야 하는 것인지도 몰랐다. 물론 누구에게 집세를 낼 필요도 없었다. 그러니 이보다 더 좋은 일이 또 어디 있겠는가? 하지만 그가 들어와 산 지 얼마 되지 않았을 때 다른 곳의 노동자 무리들이 들어오려다 톈주 일행에 의해 쫓겨난 일이 있었다. 후에 몇 차례 큰 충돌이 발생했으나, 톈주와 차오얼와의 노동자들이 뜻과 힘을 모아 주먹과 몽둥이로 자신들의 쑤쯔춘에서의 지위를 지켜냈다. 충돌은 모두 한밤중에 일어났다. 몇 차례 머리가 깨지고 피가 흐르는 싸움이 벌어졌으나 경찰에 신고한 사람은 없었다. 양측 모두 경찰에 신고하면 아무도 승자가 되지 못하는 것은 물론 이 도시에서 쫓겨나고 말 것이라는 것을 잘 알고 있었다. 이 전진과 후퇴의 과정 중에 톈주와 톈원은 도처에 전화를 걸어 각지에 흩어져 일하던 수많은 차오얼와의 노동자들을 불러들였다. 그리고 그들에게 살 곳과 할 일을 보장해 주었다. 고작 반년 만에 차오얼와 출신의 건장한 젊은이 300명 이상이 그곳에 모였고, 그 이후로는 누구도 감히 톈주와 쑤쯔춘을 다툴 엄두를 내지 못했다.

하지만 쑤쯔춘에도 외부인들이 일부 살고 있었다. 소수의 갈 곳도 없고 돌아갈 집도 없는 사람들로, 톈주가 특별히 허가한 일이었다. 그들은 차오얼와의 사람들에게 위협이 될 수 없는 사람들이었다.

톈주는 아주 수완이 좋았다. 그는 무청에 와서 일한 지 10년이 되도록 안 해 본 일이 없었고, 곳곳을 다 훤히 꿰고 있었다. 나중에 그는 무슨 연줄을 댔는지 단번에 무청 전체의 녹화 사업의 도급을 맡게 되었다. 나무 심기, 꽃 심기, 풀 심기 따위가 모두 그의 관리 하에 놓였다. 이는 그가 대담하게 그 많은 차오얼와 사람들을 모은 이유이기도 했다. 그는 뱃심이 있었다. 무청 전체의 연간 녹화 사업은 규모가 아주 커서 수백 명의 인원이 없으면 불가능했다. 그는 수백 명의 차오얼와 사람들을 수하에 두고도 많은 인원을 더 고용했다. 그렇지 않으면 일손이 달렸다. 연일 여러 곳에서 동시에 작업을 해야 할 때도 있었다. 톈주 본인은 주로 직접 일을 하는 대신 여러 현장을 오가면서 현장을 지휘하고 점검했다. 왕장구이가 말했다. 톈주는 너무 바빠요. 보통 한밤중에나 돌아오고요. 저도 며칠째 톈주를 못 봤습니다. 혹시 급한 일이시면 전화로 연락해 보시지요. 그는 그렇게 말하면서 허리춤에서 휴대 전화를 꺼냈다.

팡취안린이 깜짝 놀라며 말했다. 장구이 자네도 휴대폰을 가지고 있는가? 어디 좀 보세. 팡취안린은 휴대폰이라는 물건에 대해 알고는 있었으나 실물을 본 적은 없었다.

왕장구이는 으쓱해져서 휴대폰을 건네며 말했다. 한번 들어 보세요. 얼마나 가볍고 정교한지. 몸에 지니고 다니니까 아주 편리해요.

팡취안린이 이를 받아 들고는 한참을 들여다보았다. 그가 말했다. 자네들은 다 휴대폰을 가지고 다니는가? 그거 좋구먼!

왕장구이가 말했다. 다 가지고 있는 것은 아니고요. 각자 취향에 따라 다르겠지요. 그리고 필요한지 아닌지도 따져야지요.

팡취안린이 웃으며 말했다. 장구이 자네는 고물을 줍는데 핸드폰은 뒀다 어디 쓰는가?

왕장구이는 조금 겸연쩍어하며 말했다. 촌장님, 솔직히 말씀드리면 제가 만나는 사람이 있어서, 가끔 전화로 연락을 주고받습니다.

팡취안린이 말했다. 자네가 만나는 사람이 있다고?

왕장구이가 부끄러워하며 대답했다. 마, 마찬가지로 쓰레기 줍는 사람입니다. 마흔쯤 됐고요.

팡취안린이 말했다. 그럼 간단하구만. 결혼해서 한곳에 살면 좋지 않은가? 서로 돌봐 줄 수도 있고.

왕장구이가 고개를 가로저었다. 그럴 수 없어요. 그 사람은 고향에 남편도 있고 자식도 있어요. 몇 년 뒤에는 돌아가야 한답니다.

팡취안린이 고개를 끄덕이며 말했다. 그렇군. 장구이, 이런 일은 조심해야 하네. 둘이서 즐기고 말아야지, 진짜 이뤄질 수 없는 거라면 진지하게 생각해서도 안 돼. 속임수에 넘어가지도 말고. 어렵사리 모은 돈 아닌가.

왕장구이가 말했다. 맞습니다. 저도 조심하고 있어요.

팡취안린은 휴대폰을 그에게 돌려주며 말했다. 자네는 자네 볼일 보게. 나는 나가서 좀 돌아보겠네.

왕장구이가 말했다. 아니면 제가 톈주에게 전화를 걸어서 촌장님이 오셨다고 전하고, 일찍 들어오라고 할게요.

팡취안린은 잠시 주저하다가 대답했다. 그것도 좋지. 내 가방은 우선 여기 두세. 나는 마을을 좀 다녀볼 테니.

팡취안린은 쑤쯔춘을 한 바퀴 돌면서 이곳이 작은 마을이 아니라는 사실을 발견했다. 예전에 족히 수백 가구가 살았을 것이다. 다만 집들이 심하게 망가져 있었는데, 원래 주민들이 떠나면서 허문 것을 차오얼와 사람들이 수리한 모양이었다. 마당과 건물의 형체가 온전히 남아 있는 집은 많지 않았으나, 그래도 제법 몇 채가 있었다. 팡취안린은 한 온전한 모습의 집 밖에서 그 셰퍼드를 다시 발견했다. 하지만 녀석은 아까처럼 덤벼들지 않았다. 심지어 자리에서 일어서지도 않았다. 다만 입구에 엎드린 채 마치 관심 없는 듯 굴었으나 사실은 몹시 경계하며 팡취안린을 쳐다보고 있었다. 녀석은 이미 이 사람이 얼마나 대단한지 맛을 본 것이다. 그래도 주인집 입구에 엎드린 채 최후의 방어선을 꿋꿋이 지키며 마지막 남은 존엄성을 지켰다. 훌륭한 개다. 팡취안린은 녀석을 보며 웃었다. 화해의 뜻을 전한 것이다. 그는 생각했다. 셰퍼드가 톈주의 것이라면, 여기는 분명 톈주의 집이겠군.

"촌장님이세요? 어떻게 여길 오셨어요!"

팡취안린은 갑작스럽게 들려오는 여자의 목소리에 고개를 돌려 바라보았다. 바로 이 마을에 사는 류위펀(劉玉芬)이었다. 그녀는 집에서 달려 나오더니 허둥지둥 반갑게 그를 맞이했다. "위펀이에요!"

두 사람은 1미터 거리에 멈춰 섰다. 헤헤 하고 웃으면서도 악수는 하지 않았다. 그들은 도시 사람들 같지 않아서 아직 악수를 하는 풍습이 없었다. 하지만 친근한 정이 얼굴에 그대로 드러났다.

류위펀은 한 달 전에 이곳에 왔다. 팡취안린도 알고 있었다. 당시 그는 그녀에게 무청으로 안중화(安中華)를 찾아가라고 권하기도 했었다. 안중화는 위펀의 남편으로, 밖으로 나간 지 여러 해가 지났는데, 1년 넘게 이혼을 하겠다고 설치면서 설에도 집으로 돌아오지 않았다. 안중화가 이혼을 하겠다는 이유는 간단했다. 위펀이 아이를 낳을 수 없다는 것이었다. 두 사람 모두 서른 전이긴 했으나, 결혼한 지는 13년이 되었다. 위펀은 얼굴도 예쁘고 피부고 희고 눈이 조금 작긴 해도 아주 매력적인 여자였다. 중화는 원래 그녀를 아주 좋아했으며 비록 계속 아이가 없긴 했으나 이혼할 마음을 먹은 적은 없었다. 하지만 밖에 나와 일하게 된 뒤로 중화는 생각이 바뀌었다. 그는 바깥에는 예쁜 아가씨들이 널려 있으며 자신도 얼마든지 하나 새로 고를 수 있다는 것을 알게 되었다. 그는 외아들이라 대를 이어야 했다. 하지만 위펀은 이에 동의하지 않았다. 그녀는 팡취안린에게 눈물을 흘리며 하소연했다. 저는 열여섯에 시집 온 이후로 아무 잘못도 저지른 적이 없어요. 아이가 안 생기는 것은 그 사람 문제일 수도 있잖아요. 저는 아주 건강해요. 매달 월경 주기도 딱딱 맞고요. 그런데 무슨 문제가 있겠어요? 팡취안린이 말했다. 중화에게 검사를 한번 받아보라고 하지 그래. 그럼 확실하지 않겠나? 위펀이 말했다. 그 사람은 죽어도 검사는 안 받겠대요! 팡취안린이 말했다. 중화 이놈! 후에 위펀이 무청으로 남편을 만나러 가겠다고 하자 팡취안린이 말했다. 그래, 만나러 가야지! 무청으로 가면 환경도 좋으니 같이 검사를 받아 봐. 병이 있으면 치료를 해야지, 이혼을 왜 해? 중화 이놈!

쑤쯔춘에서 위펀을 만나자 팡취안린은 몹시 기뻤다. 그가 말했다. "위펀, 중화와는 잘 지내고?"

뜻밖에 류위펀의 낯빛이 어두워졌다. "잘 지내기는요, 아직도 이혼하자고 그래요. 한 달 동안 제 몸에 손도 한 번 안 댔어요."

팡취안린이 화를 내며 말했다. "중화 이놈, 내 눈에 띄면 가만히 두지 않을 테다!"

류위펀이 말했다. "며칠 동안 집에 들어오지 않을 때도 있어요. 어디 가서 자는지도 모르고요."

팡취안린이 말했다. "내가 쑤쯔춘도 찾아왔는데, 그깟 안중화 하나 못 찾을까 봐? 가당치 않지!"

두 사람은 길가에 서서 한참 대화를 나눴다. 주로 팡취안린이 그녀를 위로하는 말들이었다. 류위펀은 기댈 언덕을 찾아서인지 점점 표정이 밝아졌다. 그녀가 말했다. "촌장님, 저희 집에 가서 좀 앉았다 가셔요. 제가 차 한잔 대접할게요."

팡취안린이 말했다. "그럴 것 없어. 중화가 돌아오면 어차피 자네들 집에 가 볼 거야." 그는 신중한 사람이었다. 이처럼 심경이 불안정한 여인과는 단둘이 있지 않는 것이 최선이었다.

팡취안린이 문득 고개를 돌렸을 때 푸른색 지프차 한 대가 질주해 오는 것이 보였다. 어떤 놈이 저렇게 운전을 거칠게 해? 하고 생각하던 찰나 왕위펀이 말했다. "톈주 오라버니가 돌아왔네요!"

말이 끝나기도 전에 지프차가 끼익 하는 소리와 함께 팡취안린 앞에 멈춰 섰다. 톈주가 차 문을 열고 뛰어내리더니 들뜬 목소리로 소리를 질렀다. "취안린 형님, 왜 오신다고 전화 한 통 안 주셨어요? 제가 마중을 나갈 텐데!" 그는 달려와 팡취안린을 끌어안았다. 두 사람은 두 팔을 벌려 서로를 안아 주었다. 팡취안린이 그의 어깨를 두드리며 기분 좋은 듯 말했다. "톈주, 자네 제법이구먼!" 이때 차 뒤에서 톈원과 페이마오(飛毛), 원쉐(文學) 등 청년 몇 사람이 달려와 팡취안린을 끌어안으며 앞다퉈 소리를 질렀다. "촌장님, 오셨네요!" "촌장님, 저희 보고 싶으셨죠?" "촌장님! ……"

팡취안린은 한 사람 한 사람을 주먹 쥔 손으로 두드려 주었다. "자네들! 자네들이 보고 싶지 않았을 리가 있나? 온 마을 사람들이 다 자네들을 그리워하고 있어!"

톈주가 말했다. "자자! 취안린 형님, 일단 저희 집으로 가서 좀 앉으시지요. 저녁에는 무청의 식당으로 모시고 가서 식사를 대접하겠습니다!" 그리고는 손을 뻗어 팡취안린을 붙들고 자신의 집으로 향했다. 톈원과 일행들도 뒤를 따랐다. 팡취안린이 말했다. "식당은 뭣하러? 돈 낭비지! 그냥 집에서 몇 가지 마련해서 먹는 게 편하고 좋지."

톈주가 잠시 생각해 본 뒤 말했다. "그것도 좋지요. 집에서 날이 새도록 마셔도 뭐라고 할 사람도 없고요. 톈원아, 몇 사람 데리고 시내에 가서 안주거리 좀 사와. 저녁에 거하게 한잔 마셔 보자!"

입구에 도착했을 때, 셰퍼드가 벌떡 일어나 톈주를 반겼다. 하지만 조금 흥이 조금 덜 난 모양새였다. 톈주가 녀석의 머리를 두드려 주며 말했다. "차오랑(草狼), 손님이 오셨는데 인사도 안 해?"

팡취안린이 웃으며 말했다. 우리 이미 아는 사이야.

톈주가 말했다. 아, 알겠다. 저 녀석이 마을로 들어오시려는데 길을 막아섰군요? 그래서 둘이 한판 붙었다가 차오랑이 제대로 혼쭐이 났고요. 제 말이 맞지요?

팡취안린이 말했다. 싸움은 비겼어. 녀석이 나를 쓰러트리고, 내가 녀석을 자빠뜨렸으니까.

톈주가 웃음을 터트리며 말했다. 그래서 기분이 안 좋았구나. 차오랑에게 비기는 건 진 것이나 다름없어요. 아직 그렇게 혼쭐이 나 본 적이 없거든요.

팡취안린이 웃으며 말했다. 자네를 닮았구먼. 아이고, 어째서 개한데 그런 이름을 붙였나?

톈주가 웃으며 말했다. 집 생각이 나서요. 차오는 우리 차오얼와에서 따왔고, 랑[11]은 야생의 성질을 잃지 말라는 뜻이고요.

팡취안린이 말했다. 이름이 좋구먼! 그는 다가가서 차오랑의 머리를 두

---

11 랑(狼)은 늑대라는 뜻

드려 주며 말했다. 차오랑, 우린 같은 식구란다.

텐주가 차오랑에게 말했다. 이분은 우리 촌장님이시다. 이 바보야!

두 사람은 동시에 껄껄 웃었다.

그들은 마당에 들어섰다. 안쪽에는 2층짜리 작은 건물이 있었고, 아무런 소리도 나지 않았다. 팡취안린이 얼른 물었다. "텐주, 원슈(文秀)는? 출근했나?"

텐주가 말했다. "그 몸으로 어디에 출근을 하겠어요? 아마 위층에 누워 있을 겁니다. 자기 몸 제대로 건사하는 것만도 다행이지요."

원슈는 텐주의 부인으로 예전부터 몸이 약하고 아픈 곳이 많았다. 아들이 작년에 대학에 들어가자, 텐주는 그녀를 데리고 무청으로 왔다. 이 일은 차오얼와에서 큰 파문을 일으켰다. 특히 여자들 사이에서 그랬다. 다들 텐주가 양심이 있는 사람이라고 말했다. 밖에서 잘 지내면서도 여전히 조강지처를 잊지 않다니. 밖에서 몇 년 일하다가 이혼하겠다고 설쳐 대는 인간보다 훨씬 낫지 않은가. 팡취안린은 이를 특별하다고 생각하지 않았다. 그는 어려서부터 텐주와 함께 자랐으므로, 텐주의 인품을 잘 알고 있었다.

텐주가 막 열쇠를 꺼내려는데 갑자기 문이 안에서 열리더니 원슈가 아주 기뻐하며 손님을 맞았다. 옷매무새도 미처 정돈하지 못한 것이 아마도 막 자리에서 일어난 모양이었다. 원슈가 웃으며 말했다. 세상에나, 진짜 취안린 오라버니시네. 어떻게 오셨어요! 취안린이 말했다. 자네들을 보러 왔지! 원슈가 말했다. 위층에서 잠을 이루지 못하다가 아래층에서 이야기 소리가 나기에 들어 봤더니 오라버니 목소리더라고요. 진짜 생각도 못했어요!

텐주가 말했다. 어서 차를 끓여 와. 철관음[12]으로.

사람들이 집 안으로 들어섰다. 팡취안린이 잠깐 훑어보니 비록 낡은

----

12 우롱차의 한 품종

가구들이기는 하나 구색이 잘 갖춰져 있었다. 소파, 찻상, 장식용 탁자, 없는 것이 없었다. 그가 말했다. 자네들은 둘이서 잘해 놓고 사는구먼!

톈주가 웃으며 말했다. 다 주워 온 가구들인데요. 아쉬운 대로 쓰는 거지요.

팡취안린이 말했다. 원슈, 여기 생활에는 좀 적응했나?

원슈가 찻물을 받쳐 들고 나오면서 말했다. 저는 하루 종일 혼이 빠진 사람처럼 고향 생각만 해요. 온종일 아무 할 일도 없이 그저 먹고 자고만 하려니 잠이 올 리가 있나요? 취안린 오라버니, 며칠 계시다가 가실 때 저도 같이 가요!

팡취안린이 농담 삼아 말했다. 나도 여기서 일이나 해 보려고, 안 돌아갈 거야!

원슈가 말했다. 오라버니가 안 가시면 저 혼자라도 갈 거예요. 차오얼와로 돌아가야죠! 여기가 어디예요? 고향에서 몇천 리나 떨어져 있으니 사람이 구름 속을 헤매는 것 같고 마음이 안정이 안 되는 걸요!

팡취안린이 하하 소리를 내어 웃었다. 그가 말했다. 자네는 자기 복을 누릴 줄 모르는구먼?

톈주가 말했다. 어쩔 수 없어요. 하루 종일 고향에 돌아가겠다는 소리만 하고 있으니, 여자들이란!

팡취안린이 말했다. 인지상정이지. 차오얼와에서 반평생을 살다가 갑자기 타지에 나왔으니 고향이 그리운 것은 당연한 일이지. 톈주, 자네는 고향이 그립지 않나?

톈주가 머리를 긁적이며 웃었다. 저도 그립지요. 그저 일이 바쁘니 잊고 사는 거지요. 일이 너무 많아요.

팡취안린이 고개를 끄덕였다. 그는 톈주의 솔직한 대답을 높이 평가했다. 그는 톈주의 집에 앉아 있던 잠깐의 시간 동안 이미 조금은 가장이 된 듯한 느낌이 들었다. 톈주가 전화를 받고 이처럼 빨리 돌아왔다는 것이 그로 하여금 단번에 친근감을 느끼게 해 주었다. 예전에 차오얼와에 있던 시절처럼 친근했다. 톈주는 예전처럼 자신을 존중해 주었고, 이는 그를 아주 편안하게 만들어 주었다.

팡취안린과 톈주 부부는 한동안 일상적인 이야기를 나누며 서로의 근황을 물었다. 저녁 무렵이 되자 사람들이 커다랗게 무리를 지어 우르르 마당으로 들이닥쳤다. 모두 차오얼와의 젊은이들로, 팡취안린이 왔다는 소식을 듣고 그를 보러 온 것이었다. 마당은 온통 환호성과 웃음소리로 가득 찼다. 젊은이들은 갈수록 더 많아졌다. 마당 안팎은 모두 사람으로 가득 차서 설날이 따로 없었다. 팡취안린은 집 안에 앉아 있을 수가 없었다. 처음에 그는 집 안에서 마치 접견을 하듯 한 무리 한 무리씩 만나다가 결국 밖으로 나섰다. 그는 문밖으로 나와 사람들과 인사를 나눴다. 하나하나 주먹으로 인사를 나누는 모습이 어찌나 친밀하고 다정스러운지!

톈주는 다들 흩어질 생각이 없는 것을 보자 팡취안린의 옷자락을 끌어당기며 말했다. 취안린 형님, 회의 하십시다. 사람들에게 한 말씀 해 주세요.

팡취안린은 새삼 감격스럽기도 하고 곤란하기도 했다. 그가 말했다. 나더러 말을 하라고? 무슨 말을 해야 할지 모르겠는데.

톈주가 부추겼다. 아무 말씀이나 하시면 되지요. 마음대로요.

사람들이 소리치기 시작했다. 촌장님, 우리 회의합시다! 몇 년 동안 회의를 못 했잖아요. 회의, 회의합시다! …… 촌장님 회의를 열어 주시지요! 제기랄 몇 년째 회의도 안 했네, 회의를 안 해서야 쓰나! ……

마당 안팎에는 수백 명의 인파가 새까맣게 모여 있었다. 팡취안린의 눈가가 축축하게 젖어 들었다. 회의라, 그래그래, 몇 년째 회의를 열지 않았지. 집단 소유제로 생산하던 시기에는 사흘이 멀다 하고 회의를 열었다. 큰 회의 작은 회의, 나중에는 아무도 회의를 중요하게 생각하지 않았으며 사람들에게 노동 점수를 쳐주어야 겨우 참석하고, 참석해서는 시끄럽게 떠들었다. 남자들은 새끼를 꼬고 여자들은 구두 밑창을 박으면서 재잘거렸다. 그 와중에 매번 상급 기관의 지시를 전달했는데, 내용도 없는 시시한 말들을 늘어놓아 봤자 아무도 듣는 사람이 없었다. 톈주는 회의 때문에 팡취안린과 사이가 틀어졌었다. 그 시절 톈주는 한 생산대의 대장이었다. 한번은 차오얼와에서 전체 마을 회의가 열렸는데 톈주의 생산대가 모두 참석하지 않았다. 대장인 톈주마저도 나타나지 않았다. 팡취안린은 몹시 이상히 여겨 직접 사람들을 부르러 갔다. 그리고는 톈주가 논두렁에 앉아 사람들과 시끌벅적하게 포커판을 벌이고 있는 것을 발견했다. 팡취안린은 화가 나서 엄하게 꾸짖었다. 자네는 어째서 사람들에게 회의에 참석하라고 알리지 않았나? 톈주는 그를 올려다보지도 않은 채 대꾸했다. 시간이 없어서요. 팡취안린이 고함을 질렀다. 포커를 칠 시간은 있고? 톈주가 말했다. 맞아요. 포커 칠 시간은 있어요. 회의라면 진절머리가 나요! 팡취안린이 그의 패를 낚아채 내동댕이치자 톈주가 펄쩍 뛰어올라 주먹을 날렸다. 결국 두 사람은 논두렁에서 싸움을 벌였다. 이리 뒹굴고 저리 뒹굴고, 코에 멍이 들고 얼굴은 부어올랐다. 그래도 톈주는 끝까지 회의에 참석하러 가지 않았다.

그런데 이제는 톈주가 사람들을 데리고 회의를 하다니. 수천 리나 떨어진 무청에서. 사람들도 회의를 열어 달라고 소리를 질러 댔고, 수백 명의 사람들이 그를 눈이 빠지도록 기다리고 있었다. 팡취안린은 진정으로 감동을 받았다. 그는 그들이 집과 차오얼와, 차오얼와에 두고 온 가족과 땅을 그리워한다는 것을 깨달았다. 그러니 옛날 회의가 열렸을 때의 시끌벅적하던 장면마저 그리워진 것이다. 하지만 지금 그들은 떠들지 않았다. 촌장이 회의를 열어 자신들에게 무슨 이야기를 해 주기만을 기다리고 있었다.

톈주가 의자 하나를 가지고 나와 팡취안린을 앉힌 뒤 큰 소리로 선포했다. "일동 박수! 촌장님의 회의 개최를 환영합시다!" 그리하여 열렬한 박수 소리가 한참을 이어졌다. 마치 세찬 바람이 불어치는 듯한 소리였다 "와! ……"

장내는 엄숙하고 경건하기까지 했다.

팡취안린은 순간 어찌할 바를 몰랐다. 그는 사람들을 바라보며 몇 차례 입술을 달싹이다가 돌연 웃음을 터트리며 말했다. 몇 년씩이나 회의를 안 하다 보니 회의에 목이 말랐구먼? 솔직히 말해서 나도 회의를 어떻게 하는지 잊어버렸네. 커다란 웃음소리가 터져 나왔다. 팡취안린은 재빨리 냉정을 되찾았다. 그는 가벼운 분위기 속에서 고향 사람들을 대신하여 모두에게 안부를 물은 뒤 차오얼와의 현재 상황을 소개하고, 그들의 창업 정신을 격찬했다. 하지만 말이 끝날 무렵이 되자 분위기는 그리 가볍지 않았다. 팡취안린이 말했다. 아마도 이것이 자네들과 하는 마지막 회의가 될 것 같군. 자네들은 이미 반은 도시인이 되었고, 앞으로 고향으로 돌아갈 생각도 없을 테니, 나도 더 이상 자네들의 촌장이라 할 수 없지. 하지만 나는 여전히 차오얼와의 촌장이야! 젊은 사람들이 모두 떠나 버리고 차오얼와에는 예전과 같은 흥성한 기운이 사라진지 오래야. 남은 사람들이라고는 전부 노약자와 환자뿐이지. 그리고 수십 년 수백 년 묵은 오래된 집들이 무너지고 망가진 채 남아 있어. 내가 자네들에게 하고 싶은 말은 이걸세. 나는 차오얼와를 떠나지 않을 거야. 나는 이것들을 지킬 거야! 자네들이 오래된 집과 노약자와 환자들을 나에게 맡겼을 때 나는 다 받아들였어. 하지만 차오얼와에는 아직 자네들의 여자와 아이들이 남아 있으니, 나중에 자네들이 잘 살게 되면 그들을 도시로 데려오게. 툭하면 이혼하려고 들지 말고. 그들도 사는 게 녹록치 않아. 어린 것을 데리고 노인을 봉양하면서 땅까지 가꾸는 일이 쉽지 않지……

군중은 적막에 휩싸였다.

팡취안린은 누군가 흐느끼는 소리를 들었다.

팡취안린은 흐느끼는 소리에 몹시 만족했다. 그는 자신의 말에 무게가 있다고 믿었다. 흐느낌은 그에게 일종의 따뜻한 감각이 생겨나게 해 주었고, 그 순간 자신이 여전히 그들의 촌장이라고 느끼게 만들었다.

하지만 저녁에 술을 마실 때 다소 유쾌하지 않은 일들이 발생했다. 톈주가 먼저 말을 꺼냈다. 취안린 형님, 회의에서 이혼 같은 문제는 말씀하지 않는 편이 좋았을 텐데요. 팡취안린이 말했다. 왜 안 되나? 톈주가 말했다. 그건 개인적인 사정이니 회의에서 이야기하기에 적합하지 않지요. 게다가 차오얼와에서 나온 사람들이 1000명은 되는데, 그중에서 진짜 이혼을 하겠다고 드는 사람은 열몇 명에 지나지 않잖아요. 형님께서 그렇게 말씀하시면 더 심각한 것처럼 보이기도 하고요. 팡취안린이 말했다. 열몇 명이 안 심각한가? 톈주가 말했다. 신문에도 났어요. 무청의 젊은 사람들은 이혼율이 20퍼센트에 이른다고요. 우리는 고작해야 2퍼센트도 안 될 텐데, 높다고 할 수 없지요. 팡취안린이 말했다. 우리를 도시 사람들하고 비교하면 안 되지. 차오얼와 역사상 어땠는지를 따져 봐야지. 차오얼와의 수천 명 인구 중에 해방 이후에 이혼 한 부부는 단 한 쌍뿐이야. 그 수십 년 동안 단 한 쌍이라고. 그렇게 비교를 해 봐! 톈주가 말했다. 그렇게 비교할 수는 없지요. 시대가 다른데요. 게다가 이제 사람들이 도시에서 생활하고 있지 않습니까? 팡취안린이 말했다. 도시에서 생활을 하면 꼭 이혼을 해야 된다나!

톈주는 팡취안린이 조금 화가 난 듯 보이자 서둘러 말했다. 취안린 형님, 우리 술이나 마십시다. 이런 이야기는 그만하고요. 어쨌든 저는 이혼 안 할 테니까요. 그럼 된 거 아닙니까? 팡취안린이 웃으며 말했다. 자네가 이혼하면 원슈더러 자네를 고발하라고 할 거야. 함께 술을 마시던 톈원과 페이마오, 원쉐 등 몇 사람이 함께 웃었다. 원슈는 마침 음식을 들고 나오던 참이었다. 그녀가 말했다. 저 사람은 나랑 이혼 안 한다지만, 저는 저 사람을 떠나고 싶어요. 이게 어디 사는 건가요? 집도 버리고 이런 요상한 곳에 와서 하루 종일 집 안에만 틀어박혀 있으니 아주 미쳐 버릴 것 같아요. 톈주가 말했다. 무슨 소리야. 당신은 향수병이야. 향수병이랑 이혼은 별개지. 그걸 죄다 섞어 버리면 어째! 모두들 웃음을 터뜨렸다.

나중에 안중화가 나타났다,

안중화는 팡취안린에게 술을 권하려 했으나 팡취안린은 마시지 않았다. 팡취안린이 말했다. 중화, 자네 이혼하기로 마음을 정했나? 자네가 이혼하겠다면 나는 이 술 안 마시겠네. 중화가 말했다. 촌장님, 위펀은 아이를 낳지 못합니다. 어쨌든 저는 대가 끊기면 안 되지 않습니까? 팡취 안린이 말했다. 자네 그것이 위펀의 문제라고 단정할 수 있나? 자네에게 문제가 있을 수도 있는 것 아닌가! 안중화가 발끈하며 말했다. 제가 무슨 문제가 있다는 말씀입니까? 저는 한 끼에 찐빵을 네 개씩 먹고, 100킬로 그램짜리 마대도 너끈히 듭니다. 팡취안린이 말했다. 그건 마대 드는 것 과 관계가 없어. 안중화가 말했다. 그럼 말씀해 보십시오. 뭐랑 관계가 있습니까? 안중화의 얼굴이 붉으락푸르락 달아올랐다. 팡취안린은 그가 자신의 훈계를 받아들이지 않자 몹시 화가 났다. 뭐랑 관계가 있냐고? 자지랑 관계가 있지. 자네 자지에 문제가 있다고! 사람들은 웃음을 터뜨 렸다. 안중화는 들고 있던 술잔을 탁자에 쾅하고 내려놓고는 노발대발하 면서 말했다. 팡취안린, 네가 내 명예를 더럽히다니, 고소할 테다! 톈주가 서둘러 자리에서 일어나 안중화를 밖으로 끌고 나가며 말했다. 나가자, 나가자고! 안중화는 고래고래 소리를 지르며 밖으로 나갔다.

팡취안린은 녀석이 감히 말대꾸를 하며 덤벼들 줄은, 게다가 존칭도 없이 자신의 이름을 부를 줄은 상상도 하지 못했다. 그는 밖에다 대고 삿대질을 하며 말했다. 고소해라, 고소해!

모두들 다시 자리에 앉아 술을 마셨으나, 분위기는 조금 어수선해졌다.

원쉐가 말했다. 촌장님 화 푸세요. 요즘 위펀하고 중화가 계속 싸우는 통에 녀석이 기분이 좋지 않아요. 페이마오와 톈원도 거들었다.

팡취안린은 톈주를 흘긋 쳐다본 뒤 자조적으로 말했다. 내가 괜한 소리 를 한 모양이군. 내가 아직 뭐라도 되는 줄 알고. 개뿔도 아니면서! 그는 술잔을 집어 들고는 한 번에 목구멍에 털어 넣었다.

톈주가 웃으며 말했다. 취안린 형님, 언제 이렇게 속이 좁아지셨어요? 오늘 형님도 보셨잖아요. 다들 형님을 존경하고 있는 걸요. 저희는 나 몰 라라 하고 떠나면서 차오얼와 전체를 형님께 떠맡겼으니 형님이 얼마나 힘드셨을지 다들 속으로는 알고 있지요! 자, 다 같이 촌장님께 술 석 잔을 올립시다!

 술 석 잔이 뱃속에 들어가자 팡취안린의 감정도 훨씬 차분해졌다. 그는 일부러 화제를 바꿔 톈이를 찾는 일에 대해 이야기를 꺼냈다. 톈주가 말했다. 저도 줄곧 잊지 않고 있었지만 찾기가 너무 힘들었어요. 거의 불가능했어요. 톈이 형님의 어릴 적 모습이 기억나네요. 까맣고 말랐었는데. 하지만 이렇게 세월이 많이 지났으니 우연히 마주쳐도 알아보지 못할 것 같아요.

 팡취안린이 말했다. 이상해. 어르신께서 돌아가시기 전에 나한테 말씀하셨거든, 베이징의 대연합에 갔는데 한 젊은 여자가 데려간 뒤로 사라져 버렸다고. 들어 보니 꼭 호선(狐仙)을 만났다는 이야기 같더라고.

 톈주가 말했다. 당시에는 그 여자가 톈이 형님의 러시아어 선생님이 아닌지 의심했었어요. 성이 메이(梅)씨던가. 그 사람 집이 무청이고요. 그것이 제가 그렇게 오래 바깥에서 일을 하면서도 줄곧 무청을 떠나지 않은 이유이기도 하지요.

 팡취안린이 깜짝 놀라며 말했다. 어쩐지, 자네 계속 마음을 쓰고 있었군? 그렇다면…… 자네가 보기에는 가능성이 있겠나?

 톈주가 말했다. 저한테 단서가 좀 있긴 합니다만, 하늘이 도와야지요. 아마도 톈이 형님이 처음 차오얼와를 떠나 현성의 학교에 진학했을 때 이미 대와옥 일가와는 인연이 다한 모양이에요.

 팡취안린이 답답한 듯 말했다. 그 무슨 도사 같은 소린가? 인연이라니, 그건 또 무슨 뜻이고?

 톈주가 말했다. 터놓고 말씀드리겠습니다. 제가 룽취안사(龍泉寺)의 한 노스님께 물었습니다. 소문에 그 스님은 득도한 고승이라더군요. 스님 말씀이 톈이 형님과 대와옥 사이에는 세속적인 연이 없답니다. 그저 태어난 연만 있을 뿐 조금 크자마자 집을 떠났으니 형님에게도 본인이 할 일이 있을 거랍니다. 그런데 형님이 대와옥의 영혼을 가지고 가셨다는 군요.

팡취안린이 말했다. 톈주, 자네 이야기는 갈수록 더 어렵구먼. 스님 말은 또 무슨 뜻인가? 영혼이라니? 무슨 영혼 말인가?

톈주가 고개를 가로저으며 말했다. 그때는 저도 이해하지 못했어요. 스님도 설명해 주지 않으셨고요. 다시 물어봤지만 스님은 아예 눈을 감고 제 물음에 대꾸도 해 주지 않더라고요. 하지만 저는 이것이 보통 일이 아니라는 생각이 들어요. 이 말만으로도 제가 톈이 형님을 찾아내야 할 이유는 충분하지요! 뭘 믿고? 그 형님이 누구기에!

톈주는 이 말을 할 때 마치 누군가와 싸움이라도 하는 듯 보였다.

팡취안린은 톈주가 이미 그 일을 진지하게 고민하고 있으리라고는 생각지 못했다. 그는 톈주의 성격을 알고 있었다. 한번 진지해지면 무슨 수로도 그의 고집을 꺾을 수 없었다. 지금 톈주가 찾으려는 것은 이미 자신의 당형제나 혈육 간의 정이 아니었다. 그것은 도둑이고 사기꾼이었다. 그는 톈이를 찾아내서 대와옥의 영혼을 되찾으려는 것이다.

물론 영혼은 잃어버릴 수 있는 것이 아니다.

하지만 영혼이 무엇이란 말인가?

팡취안린이 말했다. 자네는 이제 이해했나?

톈주는 웃었다. 그리고 말했다. 자자, 술이나 드시지요.

그날 밤 그들은 날이 밝을 때까지 술을 마셨다. 하지만 톈주는 더 이상 톈이에 대한 이야기를 꺼내지 않았다.

팡취안린은 거나하게 취했다.

제3편
톈이 실종기

기차는 이미 몇 날 며칠을 달렸다.

가다가 멈추고.

멈췄다가 가고.

그전까지 대부분의 학생들은 기차를 타 본 적이 없었다. 그래서 처음에는 기차가 느리게 가고 있다는 것을 전혀 감지하지 못했다. 그들은 그저 기차란 원래 이렇게 가는 것인 줄로만 알았다. 이렇게 긴 기차가 움직이려면 분명 자주 쉬어 가야 할 것이다. 곤란한 상황이 자꾸 생기는 것인지도 모른다. 이를테면 자동차를 만나거나 사람을 만나거나 소를 만나거나 양 떼를 만나면 기차는 멈춰 서서 길을 양보해야 할 것이다. 그러나 학생들은 나중에 알게 되었다. 기차는 아무런 장애물을 만나지 않고서도 여전히 가다가 멈추고, 멈췄다가 간다는 것을. 그래서 학생들은 다시 한 가지 이유를 찾아냈다. 바로 기차가 너무 무겁다는 것이다. 사람을 너무 많이 싣다 보니 기차에는 실제로 무리한 하중이 가해진 상태였다. 기차의 낮은 헐떡임과 레일의 끽끽거리는 소리만으로도 기차는 조금만 움직여도 숨을 돌려야 한다는 것을 알 수 있었다.

텐이는 객실 중간의 복도에 앉아 있었다. 정확히 말하면 복도에 끼여 있었다. 앞뒤와 좌우는 모두 사람이었다. 모두들 끼여 있기는 마찬가지였으며, 그저 끼인 자리와 끼인 자세가 다를 뿐이었다. 서 있는 사람, 앉아 있는 사람, 의자 아래에 누워 있는 사람. 그러나 누구의 자세가 더 편하다고 말하기는 쉽지 않다. 서 있는 사람은 앉아 있는 사람이 편한 줄 알겠지만 한 자세로 몇 날 며칠을 앉아 있어 보라. 엉덩이가 마비되는 것은 물론이고 온몸이 저려 와서 일어나고 싶은 마음이 간절해지고, 일어설 수만 있으면 좋겠다고 빌게 될 것이다. 누워 있는 사람이 편할 것이라 생각해서도 안 된다. 의자 아래의 30센티미터 남짓한 공간에 누워 있는 것은 사실 무척 괴로운 일이다. 애초에 위를 바라보고 누운 사람은 계속 위쪽만 바라보아야 하고, 바닥을 보고 기어들어 간 사람은 계속 바닥만 보고 있어야 한다. 몸을 움직이고 싶어도 움직일 수 없다. 그랬다가는 얼굴을 부딪치거나 뒤통수가 부딪칠 것이다. 게다가 그곳은 공기가 가장 오염된 곳이자 빛이 가장 부족한 곳이라, 마치 동굴 안처럼 대낮에도 어두운 밤과 같았다.

서 있는 학생은 발목이 퉁퉁 부었다.

결론적으로 어떤 자세든 장시간 움직이지 않고 유지하는 것은 혹형이나 다름없었다.

하지만 참아야만 한다.

정원이 100명 남짓인 객실에 대략 500여 명의 사람들이 타고 있었다. 생각해 보라. 어떻게 탔겠는가? 의자 위, 의자 아래, 등받이 위, 선반 위, 창틱 위, 복도 위, 세면칸과 화장실 안, 어디 할 것 없이 빈틈이란 빈틈은 모두 대연합 학생들로 채워졌다. 500여 명의 젊고 유연한 몸은 마치 무한도로 압축이 가능한 것 같았다. 처음에 사람들이 발을 구르고 환호성을 내지르며 한꺼번에 객실로 밀려들었을 때는 펄펄 끓는 쇳물이 바다의 한 구석으로 흘러드는 것과 같았다. 하지만 후에 그곳에서 굳어 버린 뒤로는 두 번 다시 움직일 수 없게 되었고, 결국은 통째로 주물로 변해 버리고 말았다.

하지만 500개가 넘는 앳된 얼굴들에는 여전히 생기가 넘치고 표정도 풍부했다. 또한 그 표정은 갈수록 더 풍부해졌다. 흥분, 기대, 호기심, 불안, 근심, 피로, 인내, 고통……

텐이는 줄곧 왼쪽 다리를 펴고 싶었다.
아무도 그에게 다리를 펴지 못하게 하지 않았다.
다리는 자신의 것이므로,
왼쪽 다리 또한 그러하다.
텐이는 줄곧 왼쪽 다리를 펴고 싶었다.
왼쪽 다리가 계속 떨리고 있다.
왼쪽 다리는 이미 자신의 것이 아닌 것 같았다.
왼쪽 다리야, 왼쪽 다리 왼쪽 다리 왼쪽 다리 왼쪽 다리……

텐이는 왼쪽 다리는 구부리고 오른쪽 다리는 편 채 객실 바닥에 앉아 있었다.

텐이는 한참 전부터 왼쪽 다리를 펼 것인가 말 것인가에 대해 생각하고 있었다. 왼쪽 다리를 펴는 것은 그렇게 어려운 일은 아니지만 그리 쉽게 결정할 수도 없는 일이었다. 맞은편에 앉은 사람은 여학생이었고, 일단 다리를 펴고 나면 어떤 결과를 초래할지 추측하기 힘들었다. 기차에 사람이 그렇게 많은데, 만약 여학생이 뜻밖에 비명이라도 내지른다면 얼마나 곤란할지 충분히 미루어 짐작할 수 있었다.

텐이와 맞은편의 여학생은 모르는 사이였다. 그녀는 아마도 시골의 중학교에서 온 학생 같았으며 나이는 자신과 비슷해 보였다. 대략 열예닐곱 살쯤 되었을까? 머리카락을 양 갈래로 땋아 내리고 눈이 컸으며 동글동글한 얼굴은 웬일인지 누렇게 떠 있었다. 많은 학생들이 누런 얼굴색을 하고 있었다. 사실 이는 1960년대에 가장 유행한 얼굴색이었다. 텐이와 그 여학생의 거리는 몹시 가까워서 거의 얼굴과 얼굴을 마주대고 있다시피 했다. 두 사람의 네 다리는 다닥다닥 붙은 채 서로 교차하고 있었다. 사실상 객실 안의 500여 명의 학생들은 전부 그런 식으로 뒤엉켜 있어서, 도대체 누구의 팔이며 다리인지를 분간할 수 없는 형국이었다. 이와 같은 혼잡은 분명 인류가 기차를 발명한 이래 전례가 없을 것이다. 질식하는 것을 막기 위해 서 있는 학생들은 모두 팔을 가슴 앞에 모았다. 이렇게 하면 약간의 틈이 생겼다.

톈이의 오른쪽 다리는 맞은편 여학생의 왼쪽 엉덩이에 바짝 붙어 있었다. 솜바지를 사이에 두기는 했으나, 상대방의 체온과 부드러움은 그대로 느낄 수 있었다. 마찬가지로 여학생의 오른쪽 다리는 톈이의 왼쪽 엉덩이에 바짝 붙어 있었다. 상대방이 어떤 느낌일지 톈이는 알 수 없었다. 아마도 그녀는 딱딱하다고 생각할 것이다. 톈이가 너무 말랐기 때문이다.

그와 맞은편의 여학생은 서로를 피하려야 피할 수 없었다. 서로 간에 상대의 입에서 뿜어져 나오는 뜨거운 공기가 느껴질 정도였다.

그들의 오른쪽 다리는 그런 상황이었다. 계속 펴고 있는 것도 괴로운 일이었으나 그들은 감히 다리를 접을 수도 없었다. 일단 접고 난 뒤에는 다시는 펼 수 없기 때문이다.

지금 얘기하는 것은 왼쪽 다리다.

지금 가장 고통스러운 것은 왼쪽 다리다.

맞은편 여학생의 왼쪽 다리는 톈이의 두 다리 사이에 접혀 있었다. 톈이의 왼쪽 다리 역시 여학생의 두 다리 사이에 접혀 있었다. 만약 쌍방이 모두 왼쪽 다리를 쭉 편다면 상대방의 가랑이에 닿을 것이다. 그야말로 생각만 해도 귀가 달아오르고 심장이 두근거리는 곳이 아닌가.

가랑이라니. 생각해 보라.

톈이는 엄두가 나지 않았다.

비록 자신의 왼쪽 다리가 이미 참을 수 없을 만큼 괴롭고, 저리고, 얼얼하고, 부어오르고, 아프다 해도 어쩔 수 없었다. 게다가 무릎은 마치 산처럼 느껴졌다. 무릎이 어떻게 그처럼 무거울 수 있지? 두 사람은 왼쪽 다리를 구부린 채 서로에게 바짝 기대 서로를 지탱했다.

맞은편 여학생도 똑같은 고통을 견디고 있는 것이 눈에 보였다. 그녀는 이미 여러 차례 톈이의 얼굴을 쳐다보았는데, 마치 무슨 이야기를 할 것처럼 하다가도 이내 말문을 열지 않았다. 그녀는 재빨리 아무렇지 않은 척 그의 가랑이를 흘금거리다가 다시 재빨리 시선을 피했으며 얼굴을 붉히며 짐짓 고개를 돌렸다.

분명하다. 그녀도 톈이와 마찬가지로 왼쪽 다리를 뻗을지 말지 고민하고 있는 것이다. 뻗으면 어떻게 될 것인가. 열예닐곱 살짜리 여학생이 열예닐곱 살짜리 남학생의 가랑이를 향해 다리를 뻗는다면, 상대방이 어떻게 생각하겠는가?

그는 비명을 지르지는 않을 것이다.

일반적으로 남자들은 비명 쪽을 택하지 않는다.

하지만 만약 그가 고함을 지른다면? 이를테면 이런 식으로 말이다. "무슨 짓이야!"

아마 그러지도 않을 것이다.

그는 용맹스러운 사람이 아니었다. 키는 컸지만 딱 봐도 허약하고 내향적인 데다 숫기도 없었다. 한참 동안 꼭 붙어 앉아 얼굴을 맞대고 있으면서도 그는 감히 정면으로 그녀를 바라본 적도 없었다. 우연히 눈이 마주치면 곧바로 허둥지둥 시선을 피하거나 고개를 숙였다. 이런 까닭에 그녀는 속으로 톈이를 비웃기도 했다. 이 남자애는 소심하기도 하네. 무슨 염소도 아니고.

두 사람은 이처럼 대치하면서 누구도 감히 왼쪽 다리를 펴지 않았다.

두 사람은 마치 시합이라도 하듯 누구의 인내심이 더 강한지 겨루고 있었다.

하지만 그 신비로운 신체 부위는 이미 쌍방의 머릿속을 온통 차지했다.

텐이는 마음속으로 솔직히 인정했다. 그는 학교에 있을 때 여성의 가랑이에 관심을 가졌고, 터질 듯한 흥분을 느꼈다. 여성의 가랑이는 남성의 그것과 전혀 달랐다. 남성의 가랑이에는 덩어리 하나가 불룩 튀어나와 있기 마련이고, 그것이 어떻게 돌아가는 것인지는 그도 안다. 하지만 여성의 가랑이는 알 수가 없었다. 그곳은 어째서 그렇게 생겼을까? 물론 그가 뜻하지 않게 보게 된 것이긴 하지만, 그것을 본 이후로 그 광경은 결코 잊히지 않았다.

어느 체육 수업 시간이었다. 같은 반 학생 수십 명이 운동장을 따라 뛰었다. 선생님께서는 3000미터를 뛰라고 하셨다. 호루라기 소리가 울리자 남학생 대오는 순식간에 흩어졌다. 모두들 고삐 풀린 야생마처럼 앞다퉈 내달렸다. 여학생들은 달랐다. 십수 명의 여학생들이 마치 미리 짜기라도 한 것처럼 가지런한 대형을 유지한 채 남학생들 뒤를 따랐다. 그녀들은 달리는 자세도 거의 똑같았다. 다들 발바닥을 지면에 붙인 채 바닥과 평행으로 이동했다. 몸이 위아래로 움직이는 것을 최소화하려는 것이었다. 그래서 두 팔도 들어 올린 채 가슴 앞에 모았다. 나중에 텐이도 알게 되었다. 그녀들이 그처럼 보폭이 좁은 달리기 자세를 선택한 것은 오로지 유방의 흔들림을 감소시키기 위해서라는 것을. 오직 왕쉐하이(王雪海)라는 여학생만이 대오를 벗어나 남학생들을 죽어라 쫓아갔다. 왕쉐하이는 평소에 남학생들과 웃고 떠는 것을 좋아했으며 덤벙대는 성격이었다. 그녀가 겅중겅중 뛰면서 남학생들을 쫓아갈 때 그녀의 가슴은 북을 치듯 요동쳤다. 많은 학생들이 몰래 웃었으나 왕쉐메이는 전혀 깨닫지 못했다. 이렇게 몇 바퀴를 뛴 후 대부분의 여학생들은 기진맥진하여 잇달아 트랙을 벗어난 뒤 옆의 풀밭에 쪼그려 앉아서 숨을 헐떡였다. 왕쉐메이는 같은 시간 동안 다른 여학생들보다 한 바퀴를 더 달렸고, 기진해서 몸을 가누지 못할 지경이 되어 다시 여학생들의 무리 속으로 돌아왔다. 그리고 거기 쪼그려 앉아 입을 크게 벌리고 숨을 헐떡이면서도 끊임없이 깔깔거리며 웃어 댔다. 그때 텐이는 마침 여학생들 옆을 달리다가 뜻밖에 놀랍고 의아한 광경을 목격하게 되었다. 열몇 명의 여학생들이 삼삼오오 트랙 옆에 쪼그려 앉아 있는데, 가랑이가 전부 트랙 쪽으로 벌어져 있었다. 그곳은 널찍하고, 팽팽하고, 평평하고, 풍만하고, 매끄러웠다.

텐이의 머릿속에 천둥이 내리치고, 두 귀에서 날카로운 굉음이 울렸다.

바로 그 순간 이후로 텐이는 아이에서 소년이 되었다. 그해 텐이는 열다섯 살이었다.

그때부터 그는 더욱 내향적이고 과묵해졌다.

그는 여전히 남자와 여자의 차이를 알지 못했으나 신체에서 무언가 동요하는 것을 느꼈다.

맞은편 여학생의 왼쪽 다리가 결국 뻗어 나왔다!

텐이는 그녀의 굽혀 세웠던 무릎이 떨어지는 것을 보았다. 곧이어 발하나가 고양이처럼 파고드는 것이 느껴졌다. 바로 그 순간 텐이는 무척 감격했다. 마치 그가 오랫동안 간절히 바라던 일이 일어난 것 같았다. 그는 보았다. 여학생은 천천히 다리를 뻗는 순간 일부러 얼굴을 한쪽으로 돌렸다. 그녀는 이 일이 자신과 아무 상관없는 것으로 보이길 바랐으나, 그녀의 얼굴은 도리어 붉게 달아올랐다. 그래서 텐이도 얼굴을 한쪽으로 돌리고 아무 일도 일어나지 않은 듯 시침을 뗐다. 그는 속으로 말했다. 뻗어라 뻗어, 상관없으니까.

그 발은 격려를 받은 듯 허벅지를 따라 조금씩 안쪽으로 밀고 들어왔다. 조금씩 들어오는 순간마다 텐이는 이를 느낄 수 있었다. 비록 솜바지를 사이에 두긴 했어도 어쨌든 너무 딱 붙어 있었기 때문이다. 텐이는 얼굴에 피가 몰리고 호흡도 가빠지기 시작했다. 열일곱 살이 되도록 한 여학생과 그처럼 친밀한 육체 접촉을 가진 것은 그것이 처음이었다. 그는 그 과정을 여유롭게 누릴 수 없었다. 그저 신선하고 신기하고 자극적이고 긴장되고 불안할 뿐이었다.

톈이의 코끝에 땀이 맺혔다.

그는 꼼짝도 할 수 없었다. 조금이라도 움찔거렸다가는 요리조리 움직이는 그 신비로운 발을 놀래게 만들 것이다. 또한 여학생으로 하여금 자신이 무슨 불량한 생각을 품고 있다고 의심하게 만들까 두려웠다.

맞은편 여학생의 발이 결국 그의 가랑이에 도달했다!

그 순간, 톈이의 감각은 대단히 기묘했다. 극도의 흥분 속에 은밀한 부분에 접촉이 일어난 데 대한 당혹감이 뒤섞였다. 그의 몸이 부르르 떨리자 그 발은 순간 불에 덴 것처럼 움츠러들었다. 하지만 아주 약간 움츠러들었다가 이도 저도 아닌 위치에 그대로 멈췄다.

여학생은 물론 분명히 의식하고 있었다. 그녀는 자신의 뻗은 왼쪽 다리가 이미 어디에 닿았는지 알았다. 하지만 그녀는 더 이상 괜찮은 척하고 싶지 않았다. 계속 괜찮은 척하다가는 그 왼쪽 다리는 더 이상 자신의 것이 아닐 것이다. 그녀는 다리를 쭉 펴는 동시에, 참지 못하고 그를 흘깃 쳐다보았다. 그녀는 마침 자신을 쳐다보고 있던 그와 눈이 마주쳤으나 다행이도 아무런 적의도 없는 눈빛이었다.

여학생은 고개를 숙였다. 얼굴은 군고구마처럼 시뻘겋게 달아올랐다. 톈이가 어찌할 바를 모르고 있을 때, 여학생이 돌연 그의 다리를 잡더니 자신의 품을 향해 확 끌어당겼다. 톈이의 왼쪽 다리는 이미 그녀의 가랑이에 닿았다. 톈이는 본능적으로 황망히 다시 다리를 움츠리려고 했으나, 여학생은 도리어 힘을 줘 이를 붙잡은 채 움직이지 못하게 했다. 게다가 나직이, 하지만 단호한 어조로 두 마디를 내뱉었다. "가만히 있어!"

두 사람의 눈이 서로를 바라보았고, 수줍은 듯 미소를 지었다.

원래 이렇게 간단한 일이었다!

원래 이렇게 간단히 끝날 일이었던 것이다.

극심하게 혼잡한 열차 위에서는 모든 일이 다 간단해졌다.

물건을 잃어버릴 염려도 없었다. 그곳에는 결코 도둑이 존재할 수 없었다. 기차는 온통 뜨거운 피가 끓어오르는 학생들로 가득했고, 그들의 마음은 천사처럼 거룩하고 깨끗했다. 게다가 그들에게는 훔칠 만한 물건도 없었다. 그나마 가정 환경이 괜찮은 학생도 솜바지나 솜저고리 안에 2~3위안을 넣고 기운 것이 고작이었고, 가난한 집 학생은 그나마 한 푼도 가지고 있지 않았다. 어쨌거나 가는 내내 공공 수용 시설에서 먹을 것과 잘 곳을 대 주었고, 대부분의 학생들은 군용을 모방한 누런 자루를 짊어지고 있었는데, 안에는 비상식량과 어록집, 법랑 그릇 하나가 들어 있었다.

다른 사람과 부딪히거나 밟는 것을 걱정할 필요도 없다. 최대한 조심한다 해도 그래도 어딘가를 밟거나 부딪히거나 밀 수 있다. 하지만 그곳이 민감한 부위라고 해도 아무도 이를 두고 희롱하는 것이냐며 따지지 않을 것이다. 모두들 혁명을 위해 베이징으로 가서 마오 주석에게 검열을 받을 것인데, 이처럼 사소한 일을 문제가 되지 않는다. 게다가 절대 다수의 학생들이 같은 현 출신이라 다들 강렬한 공동체 의식을 가지고 있었다.

화장실에 자주 들락거릴까 걱정할 필요도 없다. 떠나기 전에 받은 비상식량은 대부분 밀가루 전병이나 잡곡 가루를 찐 것 따위라 뻑뻑하고 딱딱했다. 기차에는 마실 물도 없었다. 배가 많이 고프면 비상식량을 꺼내 몇 입 갉아 먹었으나, 삼키기가 어려워 다시 자루 안에 욱여넣어 버리기 일쑤였다. 뱃속에 든 것이 적으니 자꾸 대소변을 볼 필요도 없었다. 사실상 볼일을 보고 싶어도 감히 움직일 수가 없었다. 기차가 자주 멈춰 서는데도 제멋대로 내리는 사람은 없었다. 막 내렸는데 기차가 다시 움직이기 시작하면 황량한 교외에 버려질지도 모를 일이었다. 그러니 볼일을 보고 싶어도 참는 수밖에 없었다.

하지만 인내심이란 언젠가는 바닥이 나게 마련이다.

그날 오후, 열차가 전진하고 있을 때였다. 돌연 누군가 비명을 내질렀다. "오줌 마려워—!"

그때 객실 안은 고요했고, 꾸벅꾸벅 조는 사람도 있었다. 난데없는 비명 소리에 모두들 깜짝 놀랐다. 게다가 이는 낯선 남쪽 말투였다. 어떤 학생은 웃음을 터뜨리기도 했다. 이 객실 안에는 톈이와 같은 현 학생 말고도 열몇 명쯤 되는 남쪽 학생들이 타고 있었다. 그들은 일찍 차에 올라 한쪽 구석에 모여 앉아 있었는데, 세련된 옷차림에 비스킷과 바나나를 먹고 있었다. 그들은 이야기하는 것을 좋아했으나 주변에 있는 사람들은 한마디도 알아들을 수가 없었다. 나중에 누군가 어색하게 말을 붙이자 무리 속의 여학생 하나가 표준어로 자신들은 상하이 사람이라고 말한 뒤 거만하게 고개를 돌려 버렸다. 그들에게는 거만할 만한 이유가 있었다. 그들은 비스킷과 과일을 먹기 때문이다. 모두들 이를 몹시 부러워했으며, 몹시 탐냈다. 비스킷, 사과, 바나나, 이런 음식들을 마음대로 먹을 수 있단 말인가? 객실 안 학생들 중 절대 다수는 분명 이런 것들을 먹어 보지 못했을 것이고, 아직 본 적조차 없는 사람도 있을 것이다. 그래도 그들에게는 먹을 밥과 마실 물이 있다!

열몇 명의 상하이 학생들은 이 객실의 구경거리가 되었다. 근처의 학생들은 그들을 둘러싸고 쳐다보았고, 먼 곳에 있는 학생들은 고개를 쭉 빼고 바라보았다. 그들의 일거수일투족이 사람들의 관심을 끌었다. 그들은 차에 일찍 탔기 때문에 좌석의 한 구역을 차지할 수 있었다. 6인용 좌석에 열대여섯 명의 학생이 빽빽이 들어가 몹시 비좁기는 했으나 객실 안의 다른 공간과 비교하면 널찍해 보였다. 그들은 수시로 서로 자리를 바꿔서, 오래 서 있으면 잠깐씩 앉을 수 있었다. 사방 한 치밖에 안 되는 공간이지만 그들은 정교하고 치밀하게 계획을 세워 생활하고 있었다. 그처럼 태연하고 여유로운 모습 또한 사람들이 부러워하는 이유였다. 사람들의 부러움을 사는 데는 그들 목에 걸린 스카프도 한몫했다. 상하이 학생들은 옷을 잘 차려입었을 뿐 아니라 대부분 목에 털실로 짠 스카프를 두르고 있었다. 색깔은 빨간색도 있고, 갈색도 있고, 검은색도 있었다. 그것을 걸치기만 하면 남학생이든 여학생이든 아름답고 우아해 보였다. 게다가 그들의 새하얀 피부색이 어우러지니 그야말로 새끼 백조처럼 고귀해 보였다.

모두들 이를 멍청하게 바라보면서 자신의 초라한 행색이 부끄러워지지 않을 수 없었다.

하지만 바로 그때, 그들 중 한 남학생이 돌연 새된 소리를 지른 것이다. "오줌 마려워!"

이는 그야말로 갑작스러운 일이었다. '오줌'이라는 단어는 바나나, 사과, 눈처럼 흰 목덜미와 조금도 어울리지 않았다.

이 날카로운 외침은 모두를 꿈에서 깨어나게 만들었다. 오, 알고 보니 쟤들도 오줌을 싸는 모양이군.

학생들은 잠시 멍하게 있다가 다함께 웃기 시작했다. 그런 일을 어떻게 큰 소리로 널리 알린단 말인가?

하지만 그 상하이 남학생은 이를 널리 알려야만 했다. 그렇지 않으면 벽처럼 에워싼 사람들을 뚫고 나갈 수 없으며, 뚫고 나간들 화장실에 들어갈 수도 없었다. 화장실 안도 이미 사람들로 가득 차 있었다.

결론적으로 기차에는 볼일을 볼 만한 곳이 없었다.

그 상하이 남학생은 소변을 참느라 온통 벌겋게 달아오른 얼굴로 다시 사람들을 향해 새된 소리를 질렀다. "오줌 마렵다고—!"

이번에는 아무도 웃지 않았다.

이 새된 소리는 참으려고 악을 쓰다가 터져 나온 것이었다. 그것은 모든 사람들에게 소변에 대한 의식을 깨우치게 만들었다. 다들 너무 오랫동안 소변을 보지 않고 참았던 것이다.

상하이 남학생은 사람들을 오해한 모양이었다. 그는 무반응을 냉담함으로 받아들이고, 결국 애걸하듯 흐느끼며 다시 소리를 질렀다. "이건 생리적 욕구라고—!"

이는 굳이 덧붙일 필요도 없는 말이었다. 소변은 당연히 생리적 욕구이며, 이는 생리 시간에 모두 배운 것이다. 하지만 아무도 비웃는 사람은 없었다. 그의 처량하고 날카로운 울음소리는 강렬한 전염력을 가지고 있어서, 거의 모든 사람의 아랫배에 통증을 유발했다.

객실은 순식간에 술렁이기 시작했다.

기차는 달리고 있었다. 쿵쾅쿵쾅쿵쾅쿵쾅! ……

하지만 그 순간 사람들의 머릿속은 다른 소리로 가득 찼다. 방광방광방광! ……

방광이 터질 것 같았다.

한 여학생이 먼저 울음을 터트렸다.

연달아 다른 곳에서도 울음소리가 터져 나왔다.

마치 여정에서 쌓였던 모든 배고픔과 목마름, 피로, 혼잡, 고통을 더 이상 견딜 수 없어진 듯 객실 안은 순식간에 쑥대밭이 되었다. 함부로 밀치는 사람이 있는가 하면, 마구 소리를 질러 대는 사람도 있었다.

"기차 세워! 기차 세워!"

"나 내릴래!"

"오줌 쌀래!"

"똥 쌀래!"

"나 베이징 안 가!"

……

이러한 동요는 극도로 위험한 법이다. 창문 유리는 전부 눌려 뭉개져 버렸고, 창에 기대 있던 일부 학생들은 손으로 창 테두리를 움켜쥐고 있었는데, 거의 창문 앞에 매달려 있는 수준이라 조금만 더 밀렸다가는 기차 밖으로 떨어져 산산조각이 날 판이었다. 더욱 심각한 것은 물론 그들 방광 안에 든 오줌이었다. 창문 앞에 매달린 학생들이 매우 위험하기는 했으나, 그래도 소수에 지나지 않았다. 하지만 팽팽하게 부풀어 오른 오줌보는 누구나 다 가지고 있었다. 모든 사람이 소변으로 아랫배가 둥그렇게 부풀어 오른다면, 이렇게 사람들이 빽빽하게 들어찬 상황에서는 정말로 폭발해 버리거나 죽을 수도 있는 것이다!

줄곧 한쪽 모퉁이에 끼여 있던 팡(方) 부장이 돌연 소리를 질렀다. "학생 여러분, 밀지 맙시다! 이러면 위험합니다! 모두들 함부로 움직이지 말고 조금만 더 참읍시다. 기차가 멈추면 다들 내리게 해 주겠습니다! 학생 여러분, 우리는 마오 주석의 홍위병입니다. 규율을 지킵시다!……"

팡 부장은 현 위원회 선전부의 부부장이었다. 현에서는 여러 차례 비판을 당했으나, 그의 온화한 태도와 우아한 거동은 사람들로 하여금 그를 나쁜 사람이 아니라고 생각하게 만들었다. 학생들도 그에게 악랄하게 굴 수 없었다. 이번에 상급기관의 지시로 현 전체에서 1000명 이상의 학생들을 조직하여 베이징의 대연합에 참가하게 되었는데, 현에서 그를 인솔자로 파견했다. 가는 내내 모두들 그럭저럭 그의 지시에 잘 따랐다. 학생들은 학교를 벗어나면 이를 드러내고 발톱을 치켜세운다고 하지만, 어쨌든 열몇 살 먹은 어린아이라 일단 문밖에 나가면 겁이 나기 마련이고 주견도 없어진다. 팡 부장의 어른스러운 태도는 아주 빨리 모두의 신뢰를 얻어냈다.

객실 안은 조금 진정되었다.

하지만 복부의 넘쳐 오르는 고통은 이미 돌이킬 수 없는 상황이었다. 일부 학생들은 끝내 바지에 오줌을 지렸다. 오줌 지린내는 순식간에 퍼져 나갔고 공기는 더욱 혼탁해졌다.

톈이는 꾹 참았다.

그의 아랫배는 어마어마하게 부풀어 올랐다.

앞서 한바탕 소란이 일어났을 때, 그는 두 손을 뻗어 맞은편 여학생의 머리를 감싸 주었다. 그들은 그곳에 낀 채 일어설 힘도 없는 상황이었다. 만약 소란이 계속되었다면 그대로 발에 밟히고 말았을 것이다. 그들은 거의 서로를 꼭 부둥켜안은 채 누군가의 발에 밟힐 순간을 기다리고 있었다. 여학생은 울음을 터트렸고, 톈이의 솜저고리를 꽉 움켜쥐었다. 톈이는 후끈후끈한 오줌의 지린내가 훅 끼쳐 오는 것을 느꼈다. 그녀가 바지에 오줌을 싼 것을 알았으나, 톈이는 그녀의 어깨를 토닥여 주었을 뿐 아무 말도 하지 않았다. 그는 무슨 말을 해야 좋을지 몰랐다. 그는 어깨를 토닥여 주는 것으로 충분할 것이라 생각했다. 그들은 이미 서로를 신뢰하고 있었다.

대략 한 시간쯤 지난 뒤, 기차가 결국 멈춰 섰다.

이번 정차는 한바탕 환호성을 자아냈다.

곧이어 모두들 잇달아 문밖으로 뛰어나가거나 창문으로 기어나갔다. 사람들은 마치 개미처럼 한 덩어리로 뒤엉켰다.

마치 전염이라도 된 것처럼 톈이가 있던 객실에서 사람들이 뛰어나가자, 다른 객실 사람들도 환호성과 함께 밖으로 뛰어내리기 시작했다. 열차 전체에서 폭발이 일어난 것처럼 수많은 사람들이 터져 나왔다.

때는 이미 황혼 무렵이었다.

열차는 황무지의 철길 위에 멈춰 서 있었다. 앞뒤로 인접한 마을도 없이 몇 그루의 키 큰 백양목만이 앙상하게 가지를 드러낸 채 철둑 양쪽에 서 있었다. 화려한 저녁놀이 하늘을 오색찬란하게 물들였고, 대지 위는 고요하고 아늑했다.

바람은 불지 않았다.

비나 눈도 내리지 않았다.

그저 쏴쏴하는 물소리만 가득했다.

이는 보기 드문 장관이었다. 수천 명의 소년 소녀들이 아무런 부끄러움도 거리낌도 없이 철둑 위와 아래의 비탈길에 빽빽이 모여서 허겁지겁 바지를 내린 채 쪼그려 앉거나 서 있었다.

온 정신을 집중해서 오줌을 싼다. 오줌을 싼다. 오줌을 싼다……

온통 허연 궁둥이와 푹 숙인 머리들이었다.

더 이상 시끄럽지도 소란스럽지도 않았다.

그저 무수한 시냇물만이 졸졸 유쾌한 소리를 내며 흐르고 있었다.

톈이는 곳곳에서 터져 나오는 신음 소리를 들었다. 흐으흐으!……

톈이는 평생 그 장면을 잊지 못했다.

하루 밤과 낮이 더 지난 뒤, 기차는 드디어 베이징에 도착했다.

텐이와 함께 온 1000여 명의 학생들은 베이징 서부 교외의 시판(西范) 수용소에 배치되었다.

1000여 명의 학생들은 조직적으로 베이징에 입성했으며 현에서 파견한 선전부 부부장이 대오를 인솔했다. 이는 예전에 있었던 학생들의 대연합과는 큰 차이가 있었다. 예전 학생들의 대연합은 모두 자발적으로 이뤄졌다. 홀로 창을 들고 적진에 뛰어드는 사람, 삼삼오오 모인 패거리, 열 명도 좋고 여덟 명도 좋았다. 그들은 어디든 가고 싶은 곳이면 전국 곳곳을 가리지 않았다. 도보로 연합에 참석하는 사람도 있었으며, 붉은 깃발을 들고 산 넘고 물 건너 천산만수를 누볐다. 대부분의 목적지는 물론 혁명의 성지였다. 사오 산(韶山), 징강 산(井岡山), 옌안(延安) 등이 그랬다. 하지만 대연합을 핑계 삼아 각지로 유람을 다니는 학생들도 일부 있었다. 경관이 수려한 곳이나 문화 유적지 이를테면 어메이 산(峨嵋山), 황 산(黄山), 타이 산(泰山), 친화이 강(秦淮江), 우이 강(烏衣港), 한산 사(寒山寺), 시후(西湖), 셴양(咸陽), 친한무(秦漢墓)와 워룽강(臥龍崗) 등지가 그랬다. 이들은 혁명과 아무런 관련이 없는 지역이며 그런 곳에 가고 싶어 하는 치들은 대부분 소요파[13]로 혁명에 대한 열정이 부족한 학생들이었다. 텐이의 학교 친구인 톈팡(田方)과 줘밍(卓銘)은 그런 곳을 수없이 찾아다녔다. 하지만 어떤 쪽에 속하는 학생에게도 베이징은 반드시 가야 하는 곳이었다. 이미 여러 차례 마오 주석이 홍위병을 검열했는데, 이는 모두 톈안문 광장에서였다. 한 차례 검열이 끝나고 한 무리의 학생들이 떠나면, 다시 전국 각지에서 또 한 무리의 학생들이 조수와 같이 베이징으로 몰려들었다. 어느 누가 마오 주석을 만나고 싶지 않겠는가!

텐이와 1000명이 넘는 학생들이 베이징에 도착하기 전까지 마오 주석은 이미 일곱 차례 접견을 가졌다. 아무도 제8차 접견의 성사 여부를 알 수

---

13 정치행위에 소극적으로 대처하는 무리

없었다. 하지만 모두들 이를 바라고 있었으며 그 바람은 아주 간절했다.

이번에 조직적으로 베이징에 입성하여 연합에 참가하는 학생들은 학교에 있을 때 주로 분수에 만족하여 본분을 지키고 출신 성분 또한 중농이나 부농으로 그리 좋지 않은 축이었다. 그들은 대연합이 시작된 이후에도 감히 경거망동할 엄두를 내지 못했고, 그렇다고 감히 조반파에 참가하지도 못했다. 당시 가장 유행하던 구호는 "아버지가 영웅이면 아들은 호걸이요, 아버지가 반동분자면 아들은 개자식이다."였다. 그들에게도 혁명에 대한 열정이 있었으나, 감히 그것을 행동에 옮기지는 못했다. 그저 자신이 부모에게 재난을 초래하지는 않을까 노심초사할 따름이었다. 조반운동의 기세가 왕성하던 시기에는 그들은 대부분 구경꾼 역할을 했다. 그들은 베이징에 가고 싶어도 감히 그러지 못했다. 하지만 이번에 현에서 사람들이 모두 참석하도록 조직을 결성했으니 그들이 얼마나 기뻤을지 가히 짐작할 수 있었다. 이렇게 분석하는 사람도 있었다. 이번에 조직적으로 베이징에 입성하는 것은 대연합이 막바지에 달했다는 뜻이다. 분명 한 차례 더 접견이 있을 것이니 어떻게든 막차를 놓쳐서는 안 된다.

그날 저녁 시판수용소에 도착한 뒤 사람들은 모두 흥분으로 잠을 이루지 못했다. 여정에서 쌓인 피로도 깨끗이 잊은 듯 수많은 학생들은 아예 무리를 지어 그날 저녁 톈안먼 광장으로 향했다.

톈이는 가장 먼저 그곳을 빠져나왔다.

여태껏 그는 한 번도 학교를 벗어난 적이 없었다. 대연합이 시작된 이후 친구들이 전국 각지로 쫓아다닐 때에도, 그는 학교를 떠나지 않았다.

그는 줄곧 세상천지에 무슨 일이 일어났는지 잘 모르고 있었다.

그해 여름은 아무래도 평탄치 못할 운명이었다. 하룻밤 사이 학교 안을 뒤덮은 대자보와 함께 '문화대혁명'이 시작되었다. 그 사건은 갑작스러우면서도 필연적으로 일어났다. 모두들 처음에는 경악했다. 어떻게 그럴 수 있단 말인가? 하지만 금세 꺼림칙한 마음이 사라지고 너털웃음까지 웃게 되었다. 당연히 응당 그래야지, 왜 그렇게 못 하겠어! 이것보다 더 좋은 게 또 있겠어? 생각해 보라. 당신은 하루에도 몇 번씩 선생님께 인사를 드릴 필요도 없고, 교실에 틀어박혀 멍한 정신으로 공부할 필요도 없으며, 돼먹지 않은 일과표 따위를 지킬 필요도 없고, 교정의 정숙을 깨트릴까 조용히 다닐 필요도 없다. 당신은 얼마든지 밤낮없이 이야기를 나누고 밑도 끝도 없이 논쟁을 벌일 수 있다. 논쟁을 벌이다 배가 고프면 식당에 가서 찐빵을 가져다 먹으면 되고, 만약 찐빵이 없으면 식당의 노동자들에게 구수한 국수를 삶으라고 명령한 뒤 이를 후루룩 먹으면 된다. 당신은 커다란 소리로 웃고 떠들고 요란하고 방자하게 뛰어다닐 수 있고, 존칭도 없이 교장이나 선생의 이름을 부를 수도 있다. 처음에는 조금 겁이 나고 쑥스러울 수 있지만, 금세 아무렇지도 않게 큰 소리로 호통을 칠 수 있게 될 것이다. 당신은 종이 한 다발과 먹물 반통, 붓 한 자루면 마음대로 누군가에 대한 대자보를 쓸 수 있고, 울긋불긋하게 그린 누군가의 얼굴을 벽에 붙여 사람들이 감상하게 할 수도 있다. 당신의 젊고 얽매이지 않는 천성은 수 년간 감춰져 있다가 단번에 표출되어 나온다. 당신은 원래 착한 아이였다. 가장과 선생님의 가르침에도 당신은 늘 복종했으며, 복종을 미덕이라 여겼다. 예전에 당신은 스스로를 아무것도 모르는 존재이자 지도를 받아야 하는 신분으로만 여겼으나, 이제 당신은 자신이 매우 대단하다는 사실을 통보받게 되었다. 당신은 교장이나 선생과 평등한 지위를 가질 뿐 아니라 그들의 지도자가 되어야 한다. 그제야 당신은 과거가 얼마나 숨 막히는 나날들이었는지 깨닫고, 길고도 깊게 안도의 한숨을 내쉬게 된다. 제기랄! 이 욕설에 얼마나 많은 의미가 포함되어 있는지 모르지만 최소한 깨달음과 자부심이 들어 있는 것은 확실했다. 그리하여 당신은 처음으로 당신의 중요성을 발견한다. 당신은 과거에 늘 교장과 선생을 당 중앙의 대표로 여기며 그들에게 순종하고 반항해서는 안 된다고 생각했다. 하지만 이제 그들은 아무것도 아니고, 심지어 나쁜 놈일 수도 있으며, 얼마든지 땅에 쓰러트리고 한쪽 발로 밟고 설 수도 있다는 사실을 알게 되었다. 과거에 당신은 무엇인가를 심사하는 것에 대해 감히 상상할 수도 없고 상상이 되지도 않았으나, 지금 당신은 모든 것에 의심을 품을 권리가 있다. 이를테면 선생이 이 사이에 발신기를 감추고 있다면, 당신은 펜치로 그것을 비틀어 뽑은 뒤 검사해 볼 수 있다. 과거에 당신은 모든 기성의 것들을 받아들이기만 했으나, 지금 당신은 무엇이든 만들어 낼 수 있다. 여기에는 교장의 빡빡 깎인 머리 위에 매일 먹을 뿌려 그림을 그리는 것도 포함된다. 게다가 이 모든 것을 혁명의 이름으로 행할 수 있으니, 당신이 꺼림칙해하거나 너털웃음을 웃지 않을 이유가 어디 있는가? 그리하여 학생들은 모두 즐거운 혁명가가 되었으며, 본연의 억압감 또한 말끔히 사라졌다.

하지만 톈이는 이 모든 일들을 지켜보면서 완전히 얼이 빠졌다. 그는 과거의 어떤 때보다 더욱 당황했고 어찌할 바를 몰랐다. 친구들은 분분히 각종 전투대를 세우고 기세등등하게 혁명을 한답시고 나섰다. 하지만 그는 늘 혼자 텅 빈 교실에 앉아 교과서를 편 채 교단을 바라보았다. 마치 어떤 선생님께서 거기 서서 수업을 하시고 있는 듯 그는 여전히 꼿꼿한 자세로 공경심이 가득한 얼굴을 하고, 여전히 발표를 하거나 질문에 답하기 위해 수시로 손을 들어 올렸다. 그럴 때면 창밖에 몰려든 학생들이 이를 보고는 히죽거리고 손가락질을 해 댔다. 저 자식 바보잖아. 다들 와서 보라고. 여기 바보가 있다! 심지어 어떤 학생은 달려 들어가 톈이를 밖으로 끌고 나가며 말했다. 비판 투쟁하자. 이놈은 자산계급 노선의 온순하고 충실한 후계자다. 톈이는 책상을 끌어안고 놓지 않았으며, 아무 말도 하지 않았다. 그저 이상한 눈빛으로 그들을 바라보았으며, 도통 아무것도 모르겠다는 얼굴이었다. 한번은 한창 소동이 일어나는 중에 톈팡과 쥐밍이 쫓아왔다. 그들은 톈이의 같은 반 친구이자 가장 좋은 동무였다. 그들이 다른 학생들을 밀어내며 말했다. 너희들 얘한테 이러면 안 돼. 톈이는 기껏해야 자산계급 교육노선의 피해자일 뿐이야. 그런 애를 비판 투쟁해서 어쩌겠다는 거야!

톈팡과 쥐밍은 사실 집안의 출신 성분이 그리 좋지 않았다. 하나는 중
농이고, 하나는 소기업주였다. 그러나 그들은 정의감이 있고 주견이 뚜렷
했다. 나중에 톈팡과 쥐밍은 연합에 가면서 톈밍도 함께 가자고 설득했으
나, 톈이는 가지 않았다. 톈이가 말했다. 나는 공부할 거야. 그들은 하루
아침에 톈이를 바꿀 수 없다는 것을 알고 있었으므로, 더 기다리지 않고
대연합에 동참하기 위해 학교를 떠났다. 물론 그들은 출신 성분이 나쁜
탓에 남몰래 떠나야 했다.

더 이상 교실에 수업을 하러 오는 선생님이 없자, 톈이는 직접 도처를
찾아다녔다. 하지만 선생님들은 매일을 두려움 속에 지내고 있었다. 학교
전체는 이미 휴교 상태였고, 아무도 감히 수업에 관한 이야기를 꺼내지
못했다. 결국 톈이는 메이 선생님을 찾아냈다. 메이 선생님은 톈이의 러
시아어 선생님으로, 나이는 대략 스물한두 살쯤 되었고 생김새는 작고 깜
찍하면서도 세련되고 아름다웠다. '문화대혁명'이 시작된 뒤로 다른 선생
님은 놀라움과 당혹감으로 어찌할 바를 몰랐다. 하지만 그녀는 대자보에
거론되고 끌려나와 비판 투쟁을 당해도 오히려 당당하고 태연했다. 그녀
는 학교 내에서 벌어지는 일들이 마치 자신과 아무 관계도 없다는 듯,
매일 밖에 나가 채소를 사다가 직접 석유난로에 음식을 해 먹는 일을 제
외하고는 하루 종일 문을 걸어 닫고 나가지 않았으며, 자신의 숙소에서
책을 읽거나 음악을 듣거나 스웨터를 뜨면서 침착하고 여유로운 모습을
유지했다. 메이 선생님이 충격을 받지 않은 것은 아마도 그녀의 출신과
관계가 있을 것이다. 들리는 이야기에 따르면 그녀는 부친이 장군인 근정
묘홍(根正苗紅)[14]이라고 했다. 사실 또 다른 잠재적이고 말하기 곤란한
이유는 메이 선생님의 인기에 있었다. 예쁘고 남들에게 호감을 사는 러시
아어 선생님을 어떻게 함부로 끌고 나와 비판 투쟁을 할 수 있겠는가?
이는 시도조차 힘든 일이었다.

---

14 중국 공산당에서 노전사의 후손이나 혁명 선배의 후손을 이르는 말

텐이가 메이 선생님의 문을 두드렸을 때 메이 선생님은 깜짝 놀랐다. 그녀가 말했다. 텐이야, 네가 어쩐 일이니? 텐이가 말했다. 메이 선생님, 저 수업을 듣고 싶어요. 메이 선생님이 말했다. 학교 전체가 휴교 중이잖니? 텐이가 말했다. 저는 수업을 듣고 싶어요. 메이 선생님이 웃으며 말했다. 텐이야, 너 공부하고 싶구나? 텐이가 고개를 끄덕였다. 메이 선생님은 몹시 감동했다. 이런 시국에 공부하고 싶은 사람이 있다니, 그녀는 바로 그를 끌어당겨 집으로 들인 뒤 말했다. 텐이 넌 혁명하러 안 가니? 텐이가 말했다. 저는 수업을 듣고 싶어요. 메이 선생님이 손을 비비며 말했다. 그래, 그래. 내가 러시아어를 가르쳐 줄게. 다른 건 나도 할 줄 몰라.

그때부터 텐이는 메이 선생님의 유일한 학생이 되었다.

텐이는 평소 러시아어 성적이 출중했다. 그는 흡사 러시아어에 타고난 재능이 있는 것 같았다. 빨리 외우는 것은 물론 발음도 정확했다. 예를 들어 러시아어에는 자주 '얼'이라는 발음이 등장하는데, 가볍고 떨림이 있어 음악 소리처럼 듣기가 좋았다. 대부분의 학생들은 몇 년간 러시아어를 배워도 이 '얼' 발음을 '덜'로 읽어 마치 당나귀를 모는 듯한 소리를 내거나, 아니면 아예 소리를 내지도 못했다. 이 때문에 메이 선생님은 늘 골머리를 앓았다. 그녀는 늘 반복해서 학생들에게 발음을 가르쳐 주었으나 교실은 여전히 당나귀 모는 소리로 가득했다. 하지만 텐이는 단번에 이를 할 줄 알게 되었으며, 아무런 어려움도 느끼지 않았다. 러시아어 시험이 있을 때마다 텐이는 일등을 독차지했다. 메이 선생님은 그를 몹시 좋아했다. 한번은 농담 삼아 이런 말을 한 적이 있었다. 텐이 너 러시아 혈통이니? 텐이가 잠시 생각에 잠겼다가 대답했다. 네. 결과적으로는 메이 선생님이 화들짝 놀라고 말았다. 그녀가 말했다. 진짜로 그랬던 모양이네. 그렇게 안 보이는데. 텐이는 겸연쩍은 듯 웃음을 지을 뿐 아무 말도 하지 않았다. 그 순간 그는 증조모의 푸른 눈과 온통 붉은색의 수의를 떠올렸다.

현 일중고등학교(一中)의 교정은 아주 넓었다. 공자의 사당을 중심으로 건축하여 거의 구시가지의 4분의 1 가량을 차지하고 있었다. 교정 안에는 수많은 옛 건축물과 측백나무 고목, 홰나무 고목들이 있었다. 또한 연뿌리가 자라는 저수지도 몇 개 있었다. 교정 밖으로는 담이 둘러싸고 있었다. 공자 사당은 학교 안에 있었지만 한 채의 독립적인 집이라, 정원 속의 집을 이루었다. 공자 사당의 주전(主殿)과 주변 건축물들은 대부분 도서관으로 사용되어 평소에는 직원 몇몇만 상주했다. 메이 선생님은 가족도 없는 데다 책 읽는 것을 좋아해서 관리인을 자원하여 공자 사당에 살면서 홀로 방 한 칸을 사용했다. '문화대혁명'이 시작된 이후, 도서관은 학생들의 4구(四舊)[15] 타파의 대상이 되었다. 수많은 책들이 소각되었고 남은 일부는 그곳에 쌓인 채 아무에게도 관심을 받지 못했다. 도서 관리 원들은 모두 현지인이라 학생들이 난동을 벌이는 것을 보고는 무참히 파괴되어 황폐해진 도서관을 메이 선생님께 맡기고 각자의 집으로 돌아가 버렸다.

메이 선생님은 보기와 달리 연약하지 않았다. 어쨌거나 군인 집안 태생 인지라 혼자 텅 빈 공자 사당에 사는 것도 무서워하지 않았다. 톈이가 러시아어를 배우러 오는 것은 그녀를 몹시 기쁘게 했다. 매일 오전 그녀 는 톈이에게 러시아어를 가르치고, 오후에는 톈이를 데리고 도서관으로 가서 책을 정리했다. 바닥에 엉망으로 널브러진 책들을 한 권씩 다시 책 장에 꽂는 일이었는데, 톈이는 그 일을 아주 좋아했다. 메이 선생님과 함 께라면 그는 늘 즐거웠다.

아주 간단한 이치다. 그는 메이 선생님을 좋아했다.

이러한 감정은 안개와 같아서 몽롱하면서도 신비로웠다.

메이 선생님은 노래 부르는 것을 좋아했고, 학생들과 함께 게임을 하는 것도 좋아했다. 이를테면 '수건돌리기'나 '술래잡기'를 하다가 술래가 되면 노래를 부르는 식이었다. 메이 선생님도 술래가 되면 노래를 불렀다. 학 생들 사이에 서서 작고 유연한 몸을 흔들면 학생들은 리듬에 맞춰 손뼉을

---

15 문화대혁명 시기 4대 악으로 구사상, 구문화, 구풍속, 구습관을 말한다.

쳤다. 이른 봄추위가 끝나면 아가씨는 얌전하고 고운 목소리로 봄의 새벽을 깨우네. 꽃은 참으로 싱그럽고 향기는 참으로 좋아. 꽃 한 송이 사고 나도 봄은 아직 이르네. 이는 이탈리아 민요였다. 메이 선생님이 입을 삐죽거리며 웃었다. 그녀가 말했다. 끝났어. 그리고는 폴짝거리며 원 밖으로 뛰어나가 여학생들 틈에 웅크리고 앉았다. 그녀는 웅크려 앉을 때 치마를 두 다리 사이에 끼우는 것을 잊지 않았다. 학생들은 그녀의 노래를 듣는 것을 좋아했고 그녀의 활발한 모습을 보는 것을 좋아했다. 그녀는 보통 여자들보다 더 활발해 보였다. 여자들은 사람들 앞에서 지나치게 쭈뼛거린다. 하지만 메이 선생님은 솔직담백하고 구애됨이 없었다. 그저 약간 수줍은 듯 머뭇거릴 뿐이었다. 하지만 수줍어서 머뭇거리는 것과 쭈뼛거리는 것은 다르다. 그녀의 새하얀 바탕에 노란색 꽃이 그려진 하늘하늘한 치마는 사람들의 시선을 끌었다. 때로 그녀는 다른 색깔의 치마를 입기도 했는데, 하나같이 점잖으면서도 맵시가 있었다. 메이 선생님은 일 중고등학교의 수천 명의 교사와 학생 중에서 유일하게 치마를 입는 여성이었다. 그녀는 이로 인해 더욱 눈에 띄었고, 이로 인해 학교 중국 공산주의 청년단 위원회의 비판을 받기도 했다. 메이 선생님도 학교 중국 공산당 청년단 위원회의 선전위원이었다. 하지만 교장선생님은 이렇게 말했다. "치마를 입는 게 뭐 비판할 일인가? 젊은 여자라면 예쁘게 입고 싶은 게 당연하지. 지금은 어려운 시기지만 앞으로 잘살게 되면 젊은 여자들은 다 치마를 입을 거야." 이 교장의 이름은 추펑(秋楓)이었다. 그녀는 들리는 말에 의하면 국무원 문화부에서 하방된 음악가로, 학식과 덕망이 있는 사람이었다. 추 교장이 이렇게 말하자 학교 중국 공산당 청년단 위원회도 더 이상 얘기 할 수 없었다. 그렇다고 그녀를 따라 치마를 입는 여교사나 여학생도 없었다. 첫째로 형편이 어려웠고, 둘째로 치마를 입는 것은 아무래도 좀 거시기하기도 했다. 희고 보드라운 종아리가 드러날 듯 말 듯 하는 것이 쑥스러웠던 것이다. 하지만 메이 선생님은 이를 조금도 신경 쓰지 않는 것 같았다. 다만 자리에 앉거나 쭈그리고 앉을 때 늘 치마를 두 다리 사이에 잘 끼웠다. 그것은 절대 잊어버리지 않는 동작이자 가장 사람들의 상상력을 자극하는 동작이었다. 메이 선생님이 쭈그리고 앉을 때마다 남자들은 하나같이 이를 쳐다보았다. 톈이도 예외가 아니었다. 심지어 톈이는 남들보다도 더 좋아했다. 그는 여성의 가랑이를 발견한 이후로 그곳에 엄청난 호기심이 생겼다. 여성의 가랑이가 그렇다면, 여선생님은 어떨까? 아주 유치한 문제지만 톈이는 진심으로 그것을 알고 싶었다. 그는 생각했다. 분명 비슷하겠지. 하지만 메이 선생님은 그에게 이를 증명할 기회를 주지 않았으며, 그녀가 쭈그리고 앉을 때마다 치마에 가로막히고 말았다. 그녀가 치마를 가랑이 사이에 끼워 넣는 동작은 결과적으로 신비로움을 더했다. 톈이는 그것에 대한 호기심이 충만하긴 했으나 그렇다고 구체적이고 불경한 생각을 가진 것은 아니었다. 그는 마치 지식을 대하듯 갈망했고, 심지어는 학자가 증거를 찾을 때처럼 고집스러웠을 뿐이다. 다만 자신의 가랑이에서 곤란한 일이 일어났을 때, 이를테면 고추가 꿈틀꿈틀 움직일 때, 그제야 그는 이것이 그리 단순한 문제가 아니라는 것을 어렴풋이 깨달았다. 다만 조금 이해가 되지 않고, 어리둥절할 뿐이었다. 무슨 일이 일어난 거지?

메이 선생님의 방은 정갈하고 깨끗했으며 은은한 향기가 풍겼다. 처음에 톈이는 다소 어색했으나, 메이 선생님의 웃음소리가 곧바로 그의 긴장을 풀어 주었다. 메이 선생님은 그에게 낭송을 시키고, 독해를 시키고, 한 사람을 위한 숙제를 냈다. 톈이는 이를 모두 성실히 완수했다.

때때로 메이 선생님은 그에게 식사를 하고 가라고 권했고, 톈이도 사양하지 않았다. 두 사람은 함께 작은 식탁 앞에 앉아 맛있게 밥을 먹었다. 약간은 가족 같은 느낌이 들기도 했다. 메이 선생님은 요리 솜씨가 좋아서 국과 반찬이 모두 훌륭했다. 그녀는 음식에 약간의 설탕을 넣는 것을 좋아했다. 설탕은 워낙 귀했지만 그녀는 아끼지 않고 넣었고, 톈이도 이를 좋아했다. 메이 선생님은 그를 위해 음식을 집어 주고, 그를 위해 국을 덜어 주었다. 그녀의 눈에는 자애가 가득했으나, 어찌 보면 자애가 아니라 호감처럼 느껴지기도 했다. 그녀는 자주 젓가락을 내려놓고 오래도록 톈이가 밥 먹는 모습을 바라보았다. 톈이가 밥을 먹느라 코끝에서 땀이 배어 나오면, 그녀가 얼른 수건으로 닦아 주었다. 그러면 톈이는 얼굴이 붉어졌다. 한번은 메이 선생님이 톈이에게 물었다. 넌 어떻게 러시아 혈통을 가지게 되었니? 톈이가 잠시 망설이다가 증조모의 이야기를 들려주었다. 메이 선생님이 오, 하고 감탄한 뒤 톈이의 얼굴을 쓰다듬으며 말했다. 그래서 그렇게 러시아어에 대한 감각이 예민했구나. 메이 선생님이 얼굴을 쓰다듬자 오히려 톈이의 몸이 예민해지기 시작했다. 그는 조금 초조하기도 하고 어디엔가 힘을 쓰고 싶기도 했다. 그는 곧장 가서 책을 옮기고 책장을 옮겼다. 이런 육체노동은 모두 톈이가 했다. 노동으로 몸에서 땀이 흘러야만 그는 다소 편안해지고 차분해졌다. 톈이는 그곳에 서서 소매로 땀을 닦았다. 동시에 눈으로는 메이 선생님을 바라보았다. 메이 선생님은 마침 바닥에 쪼그려 앉아 책을 줍고 있었다. 톈이는 줄곧 그녀의 가랑이를 보고 싶었다. 지금은 한겨울이라 메이 선생님도 치마를 입지 않았으니 똑똑히 볼 수 있을 터였다. 하지만 메이 선생님은 계속 옮겨 다니면서 끊임없이 방향을 바꿔 가며 흩어진 책들을 주웠다. 게다가 가슴에 한 무더기의 책을 그러안고 있어서 여전히 제대로 볼 수가 없었다. 톈이의 눈이 줄곧 그녀를 쫓았다. 메이 선생님도 결국 무언가 눈치 챈 듯 고개를 숙여 스스로를 쳐다보고는 말했다. 톈이야, 너 뭐 보고 있어? 톈이가 허둥대며 말했다. 아아아아무것도 안 봤어요. 메이 선생님은 몸을 일으키고는 다가와 톈이에게 책을 건네며 말했다. 분명 뭔가를 보고 있었잖아, 말해 봐. 그리고는 얼굴 가득 웃음을 머금었다. 톈이는 몸을 돌려 책 무더기를 책꽂이에 놓았다. 메이 선생님이 돌연 뒤에서 그의 허리를 껴안고 그의 등에 고개를 파묻었다. 톈이는 깜짝 놀라 부르르 떨었다. 그대로 얼어붙은 채 감히 움직일 수도 없었다. 그는 왜 메이 선생님이 자신을 끌어안았는지 알 수 없었다. 메이 선생님은 아무 말도 하지 않았다. 그저 숨소리가 조금 거칠어졌다. 톈이는 자신의 부친인 차이즈추처럼 마르고 키가 컸다. 메이 선생님의 머리는 그의 어깨까지밖에 오지 않았다. 톈이의 마음이 다시 초조해지기 시작했고, 온몸에 열이 나면서 다시 어디엔가 힘을 쓰고 싶어졌다. 하지만 이렇게 메이 선생님이 뒤에서 끌어안고 있는 상태로는 조금도 힘을 쓸 수가 없었다. 그의 몸에서 분명하게 반응이 나타났다. 그것이 조금씩 부풀어 오르고 있었다. 그 순간 그는 분명해졌다. 몸을 돌려 메이 선생님을 껴안아야만 힘을 쓸 수 있다. 그는 몸을 돌리려고 해 봤으나 메이 선생님이 이를 알아차리고는 더욱 세게 그의 허리를 끌어안고 그가 몸을 돌리지 못하게 했다. 동시에 한 가닥 신음 소리가 새어 나왔다. 톈이는 그녀를 아프게 할까 두려워 감히 움직일 수가 없었다. 그는 너무 갑갑하고 괴로웠으며 호흡까지 가빠졌다. 그가 말했다. 메이 선생님, 저 괴로워요. 메이 선생님이 그의 등 뒤에서 말했다. 나도 괴로워. 톈이가 말했다. 선생님, 저 몸을 돌리고 싶어요. 메이 선생님이 말했다. 돌리지 마. 네 등에 기대고 있으니까 너무 좋아. 조금만 기댈게. 톈이는 움직이지 않았다. 마음속이 따뜻해지면서 감격스럽기도 했다. 마치 조금은 남자가 된 듯한 기분이었다. 메이 선생님은 지쳤다. 메이 선생님은 아마도 무언가 가슴에 담아 두고 있을 것이다. 하지만 그녀는 말할 수 없어 그저 고개를 그의 등에 파묻고 있는 것이다. 이는 매우 낯선 느낌이었다. 마치 긴 뼈의 양쪽 끝이 자라나고 있는 것 같았는데, 그 속도는 매우 빨라서 벅벅 하는 소리가 들릴 정도였다. 그런 뒤에 그는 자신의 강대함을 느끼게 되었다. 그는 갑자기 이런 생각이 들었다. 메이 선생님은 사실 자신보다 고작 몇 살이 많을 뿐이다. 게다가 남쪽에서 와 외따로 떨어져 지낸다. 그는 메이 선생님이 왜 혼자 이렇게 편벽한 현정부 소재지로 와서 학생들을 가르치는지 알지 못했다. 메이 선생님은 평소에 몹시 유쾌한 사람인데, 어째서 갑자기 기분이 나빠진 걸까? 톈이는 그런 생각을 하면서 무슨 말이든 하고 싶어졌다. 하지만 그는 결국 아무 말도 하지 않았다. 그는 무슨 말을 해야 좋을지 몰랐다. 그렇게 한참이 지났다. 아마 10분쯤, 아니 20분쯤이었을지도 모른다. 메이 선생님은 갑자기 손을 풀어 버린 뒤 고개를 숙인 채 뛰어가 버렸다.

이런 상황이 몇 차례 더 있었다. 톈이는 이를 몹시 기쁘게 여겼으며, 매일같이 그렇다면 얼마나 좋을까 하고 생각했다.

하지만 이처럼 서로에게 의지한 나날은 20일 남짓밖에 되지 않았다. 그들의 관계가 발각되자 학교에는 순식간에 커다란 파문이 일어났으며, 갖은 헛소문이 다 쏟아져 나왔다.

이 일은 확실히 사람들을 화나게 만들었다. 모두가 의기충천하여 혁명에 임하는 와중에 그들은 숨어서 공부를 하고 수업을 한 것이다. 그것도 러시아어를! 러시아어를 배운다는 것은 소련의 수정주의를 배우는 것이 아닌가? 더욱 중요한 것은 그들이 메이 선생님의 숙소에 숨어서 수업을 했다는 것이다. 숙소라니, 그곳이 뭐하는 곳인가? 잠자는 곳이 아닌가! 두 사람이 거기서 무슨 짓을 했는지 누가 알겠는가?

이 일은 대중의 분노를 샀다. 메이 선생님은 본래 모든 학생들에게 경애의 대상이었는데, 이제 톈이 혼자 그녀를 차지했으니 다른 사람들이 화가 나지 않을 수 없었다. 하지만 그들은 톈이가 무지렁이에 불과하며 아무 것도 모른다는 것도 알고 있었다. 또한 톈이 역시 학생인데 그를 데려다 어쩌겠는가? 그러니 메이 선생님을 탓할 수밖에! 분명 그녀가 톈이를 꾀었을 것이다. 그녀가 톈이를 꾀었다는 것은 다른 사람들을 내버린 것이고, 다른 사람들을 업신여기는 것이니, 이는 용서할 수 없는 일이었다.

그날 오후, 교내에는 세 장의 대자보가 붙었다. 제목은 각각 이러했다.

"메이핑(梅萍)은 혁명동학을 꾀어내지 마라!"

"메이핑의 아비는 국민당의 항장(降將)이다!"

"메이핑은 소련 수정주의 스파이다!"

이 세 장의 대자보는 세 개의 폭뢰와 같았다. 폭뢰는 깊숙이 숨어 있던 누구도 상상치 못했던 악당을 폭파시켰다. 하지만 마침 그 무렵 학교에서 베이징에 입성할 학생들을 대규모로 조직했고, 바로 다음 날 모여서 출발하게 되었다. 또한 앞서 대연합에 참가했던 학생들이 아직 타지에서 돌아오지 않으면서 학교는 거의 텅 비어 있었다. 학생들은 메이 선생님에 대한 비판 투쟁을 조직할 만한 여유가 없어 그녀의 숙소 입구에 '강제 명령'만 한 장 붙이는 수밖에 없었다. 대략 메이핑은 학교를 떠날 수 없으며, 혁명의 어린 용사들이 베이징에서 돌아 온 뒤에 비판 투쟁을 받아야 한다는 의미의 강제 명령이었다.

텐이도 이를 알게 되었다. 하지만 텐이는 여전히 어째서 이렇게 된 것인지 알 수 없었다. 저녁에 그는 메이 선생님의 거처를 찾아가 자신은 베이징에 가지 않고 남아서 그녀를 지키겠다고 말했다. 메이 선생님은 조금도 놀란 기색이 없었다. 그녀는 텐이를 안심시키며 말했다. 그래도 베이징에는 가야지. 마오 주석의 마지막 접견에 갈 수 있을지도 모르는데. 이번 기회를 놓쳐서는 안 돼. 텐이가 울면서 말했다. 메이 선생님은요, 선생님은 어떡해요. 메이 선생님이 웃으며 말했다. 나는 괜찮아. 걱정 말고 가도 돼. 그러면서 20위안을 꺼내 억지로 텐이에게 쥐어 주며 말했다. 가지고 있다가 혹시라도 무슨 일이 생기면 써. 그리고는 텐이를 문밖으로 떠밀었다. 텐이는 20위안을 손에 쥐고 고개를 돌려 바라보았으나 메이 선생님은 이미 문을 굳게 걸어 잠근 뒤였다. 문 옆에 붙은 '강제 명령' 종이가 눈에 띄었다. 텐이는 그쪽으로 다가가 종이를 뜯어 버린 뒤 걸음을 옮겼다. 그는 이 '강제 명령'을 뜯어내면 메이 선생님에게 아무 일도 생기지 않을 거라 믿었다.

텐이는 베이징에 도착한 다음 날 텐안먼으로 갔다.

시판수용소를 나왔을 때는 원래 한 무리의 동학과 함께였다. 그들은 모두 웃고 떠들고 폴짝거리며 뛰어다니는 것이 몹시 흥분한 모습이었다. 텐이는 동학들의 뒤에서 걸었다. 아무도 그를 챙기지 않았다. 모두들 이미 그가 메이 선생님의 꼬임에 넘어간 남학생이라는 것을 알고 있었으며, 속으로 그를 비웃고 증오했다. 대자보에는 메이 선생님이 그를 꾀었다고 적혀 있었으나, 그가 메이 선생님을 꾀어서 그녀가 그로 인해 재수 없는

118

일을 당한 것인지도 몰랐다. 아직까지도 제법 여러 사람들이 마음속으로 몰래 메이 선생님을 좋아하고 있었다. 이러한 심리가 그들로 하여금 톈이를 적대시하게 만들었다. 톈이 또한 내향적이고 과묵한 성격이라 먼저 다가가 친한 체하는 법이 없었다. 나중에 동학들은 우르르 몰려가 버스에 끼어 타고 떠났고, 톈이는 걸어가는 쪽을 택했다. 톈안먼까지는 거의 두 시간 정도가 걸렸다. 걸어가는 내내 그는 모든 도로와 건축물에 크게 호기심을 느꼈다. 걸으면서 구경을 하다 보니 의외로 외롭다는 생각이 들지 않았다. 사실상 베이징 도심 곳곳에는 학생들이 널려 있었다. 톈이는 그 속에 휩쓸려 북적이는 사람들 사이에 함께 있는 듯 느꼈다. 그는 이를 다행스럽게 생각했다. 온통 모르는 사람뿐이니 가든 쉬든 마음대로 하면 그만이었다.

톈이는 톈안먼 광장에 오래도록 앉아 있었다. 그는 놀라서 얼이 빠졌다. 톈안먼에 놀랐을 뿐 아니라 베이징 도심에도 놀랐다. 세상에 이렇게 기괴한 곳이 있었다니, 이렇게 높은 건물이 있었다니, 이렇게 오래된 건축물이 있었다니. 이곳은 완전히 별세계였다. 그는 위엄과 감동을 느꼈으나 친근감은 느껴지지 않았다. 그는 이곳이 자신의 자리가 아님을 알고 있었다. 그는 톈안먼 광장에 앉아 있으면서도 여전히 그곳이 아주 멀게 느껴졌다.

이후 여러 날 동안 톈이는 거의 베이징 도심 전체를 두루 돌아다녔다. 물론 칭화대학과 베이징대학, 베이징사범대학도 가 보았다. 이런 대학들은 외지에서 대연합에 참가한 학생들에게 필히 가 봐야 할 곳으로, 취경(取經)[16]이라고 불렸다. 톈이도 그곳에 가긴 했으나, 이는 단지 이들 명문대학에 대한 호기심 때문이었다. 이들 대학은 그의 꿈속의 성전이었으며, 선생님이 늘 입에 달고 다니면서 학생들이 공부에 박차를 가하도록 격려하던 곳이었다. 하지만 교내에 들어선 뒤 그는 몹시 실망했다. 학교는 온

---

16 인도에 가서 불경(佛經)을 구해온다는 뜻으로 외지에 가서 좋은 경험을 배워 오는 것을 이른다.

통 혼란스럽고 난잡했으며, 대자보가 천지를 뒤덮고 있었다. 적지 않은 외지 학생들이 대자보의 내용을 베껴 쓰고 있었다. 톈이는 이를 훑어보며 지나갔는데, 시각적으로 가장 많이 등장한 것은 느낌표였다. !!!!!!!!!! …… 톈이는 쳐다만 보아도 가슴이 떨렸다. 마치 한 구절 한 구절이 화약통 같고, 대자보 한 장 한 장이 다 폭탄 같았다. 내용은 너무 많아서 톈이는 아예 기억조차 할 수 없었다. 하지만 그는 대자보 두 장의 표제만은 기억했다. 한 장은 "류샤오치(劉少奇)는 어떤 사람인가"였고, 다른 한 장은 "녜위안쯔(聶元梓)는 잡을 트집이 없다"였다. 톈이가 이 두 개의 표제를 기억한 것은 어투가 부드럽고, 느낌표가 없어서였다. 첫 번째 장은 사문(詞文)을 사용했고, 두 번째 장은 유머러스했다. 교문을 나서면서 톈이는 이를 여러 번 입 속으로 되뇌어 보았다.

동학들은 마오 주석의 제8차 접견을 애타게 기다리고 있었다. 시간은 하루하루 흘러가는데 아무런 동태도 없으니 모두들 근심에 빠졌다. 어쨌거나 그것은 자신들을 베이징에 오게 만든 가장 큰 소망이었다. 기다리는 중에도 사람들은 그저 빈둥거리고 있지 않았다. 무리를 지어 시판수용소를 떠나 베이징 도심으로 가서 곳곳을 둘러보다가 한밤중에야 돌아왔으며, 이런 저런 뉴스도 함께 가져왔다. 외진 현성에서 온 학생들에게는 베이징에서 발생하는 모든 것이 뉴스거리였으며, 하루하루가 놀라움의 연속이었다.

하지만 일부 학생들의 관심은 이런 일들에 있지 않았다. 톈이와 한 방을 쓰는 한 시골 중고등학교 학생 궁싼둔(鞏三墩)은 톈안먼에 한 차례 다녀온 뒤로는 아무 데도 가지 않고 매일같이 거처에 머물며 밥 먹는 시간만 기다렸다. 베이징의 밥은 너무 맛있었다. 끼니마다 하얀 밀가루 찐빵과 흰쌀밥, 돼지고기, 배추, 당면이 나왔고, 식사량의 제한도 없었다. 그야말로 먹고 싶은 만큼 먹고, 먹을 수 있을 만큼 먹는 식이었다. 생각해 보라. 그들은 모두 붉은 토란을 먹고 자랐으며, 흉년에는 나무껍질과 산나물을 먹기도 했다. 가끔은 설이나 명절이 되어도 찐빵과 돼지고기를 먹을 수 없을 때도 있었다. 어떤 학생은 열일고여덟 살이 될 때까지 찐빵과 돼지고기를 먹은 횟수가 몇 번인지 정확히 꼽을 수 있을 정도였다. 이는 많은 학생들의 얼굴이 누렇게 떠있는 것만 보아도 알 수 있었다. 그런데 지금은 매일같이 하얀 밀가루 찐빵에 쌀밥에 돼지고기 조림에 배추와 당면까지 있으니, 그야말로 매일이 설날이나 다름없었다. 찐빵과 돼지고기가 맛있다는 데는 다들 이의가 없었다. 심지어 배추와 당면이 맛있다는 데에도 논란의 여지가 없었다. 하지만 베이징에는 먹으려고 온 것이 아니라, 대연합과 취경을 위해, 혁명을 위해, 조반을 위해 온 것이므로, 학생들은 배불리 먹고 마신 뒤에도 중요한 일을 잊지 않았다. 하지만 궁싼둔은 마치 먹기 위해 온 사람 같았다. 혹은 찐빵과 돼지고기와 배추를 발견한 뒤로 다른 것은 다 잊어버린 것 같기도 했다. 그는 매일 아침을 먹은 뒤 곧바로 다시 잠이 들었다가 열 시쯤 일어났다. 그리고는 식당 부근을 어슬렁거리며 기다리다가 열한 시 반쯤 되면 식당으로 돌진해 한 번에 찐빵 네 개와 돼지고기와 배추와 당면을 한 그릇 푸짐하게 담아 한쪽 옆에 쭈그리고 앉아서 허겁지겁 눈 깜짝할 새에 먹어치웠다. 몸을 일으킨 뒤에는 걸어가 한 번에 찐빵 네 개와 돼지고기와 배추와 당면을 한 그릇 푸짐하게 담아 다시 아까 그 자리로 돌아가 쭈그려 앉았다. 그리고 허겁지겁 고개도 한번 들지 않고 눈 깜짝할 새 말끔히 먹어치웠다. 그런 뒤에야 그릇과 젓가락을 반납하고 식당을 떠났다. 궁싼둔은 먹는 것에 대해 깊이 깨달은 바가 있었다. 궁싼둔의 7남매는 일 년 내내 굶주림에 시달렸다. 한번은 궁싼둔이 모범학생에 선정되어 학교에서 상장을 주려는데 뜻밖에 그가 이를 거절했다. 교장이 그에게 물었다. 싼둔아, 그럼 뭘 원하니? 싼둔이 말했다. 저는 식량을 원해요. 교장은 눈물을 흘렸다. 그리고는 전례를 깨뜨리고 30근의 옥수수를 사서 그에게 상으로 주었다. 궁싼둔은 워낙 뱃속에 든 것이 없다 보니 먹는 것을 가장 중시했다. 점심을 먹고 나면 궁싼둔은 마당을 돌며 사람들이 농구하는 것을 바라보았다. 시판에는 7~8개 성에서 온 학생들이 2만 명 이상 묵고 있었다. 수용소에서는 농구공을 빌려 쓸 수 있었으므로 일부 밖으로 나가는 것을 원치 않는 학생들은 수용소에 남아서 농구를 했다. 때때로 시합이 벌어지기도 했는데, 성별 대항전이 있을 때면 그 기세가 하늘을 찌를 듯 드높았다. 궁싼둔은 농구를 할 줄 몰라 잠시 지켜본 뒤 곧바로 자리를 떴다. 속으로는 이렇게 생각했다. 농구공 하나에 우르르 몰려들어 싸우는 게 무슨 재미래? 저녁밥을 먹을 무렵이 되면 궁싼둔은 이미 점심에 먹은 것이 다 소화가 되어 또다시 네 개에서 여섯 개의 찐빵과 돼지고기, 배추, 당면 두 그릇을 먹을 수 있었다. 저녁에 잠잘 때가 되면, 한 방을 쓰는 학생들이 봉변을 당했다. 방 안에는 온통 커다란 군대식 침상이 놓여 있고 땅에는 카펫이 깔려 있었다. 수십 명이 들어가서 잠을 자는데 방귀소리가 끊이지 않았다. 톈이는 궁싼둔과 바짝 붙어 있었다. 궁싼둔은 워낙 많이 먹는 덕에 쉬지 않고 방귀를 뀌어 댔다. 뿡, 뿡, 때로는 소리가 한참을 이어지기도 했으며 마치 포탄처럼 쓩쓩 날카로운 소리와 함께 냄새까지 지독해서 모두들 이불을 뒤집어쓰고 잠을 설쳐야 했다. 날이 밝은 뒤 누군가 그에게 방귀를 너무 많이 뀐다고 지적하자 궁싼둔은 자못 진지하게 고개를 끄덕이며 말했다. 맞아, 맞아. 몇 년 동안 이렇게 요란하게 방귀를 뀐 적이 없었는데, 역시 잘 먹은 덕이야!

하지만 사람들이 궁싼둔에게 가지고 있던 나쁜 인상은 순식간에 바뀌었다. 얼마 지나지 않아 시판수용소에서 한차례 심각한 폭력 사건이 발생했다. 사건은 톈이의 십수 명의 동학들과 후난에서 온 십수 명의 남학생들이 농구장을 서로 차지하려는 다툼에서 시작되었다. 처음에는 서로 밀치락달치락하던 것이 주먹질로 이어졌고, 더 나중에는 쌍방이 지원군을 부르면서 패싸움으로 번졌다. 그때는 마침 저녁 무렵이라 외출했던 많은 학생들이 모두 돌아온 뒤였다. 쌍방은 든든한 지원군을 등에 업고 각각 수백 명이 가담하여 천 명 이상이 한데 뒤엉켜 싸웠다. 그러니 그 광경이 얼마나 처참했겠는가. 톈이가 살았던 현은 예로부터 문무를 숭상했으며 역사서에도 그 기록이 남아 있었다. "성정이 민첩하고 용맹하며 익살을 부리지 않는다. 태도는 호방하고 사소한 것에 구애되지 않는다." 하지만 후난 사람 역시 예로부터 용맹하고 마오 주석의 고향 사람이기도 했으니 쌍방은 자연적으로 물러설 곳이 없었다. 일단 싸움이 벌어지면 시시하게 끝나는 게 무섭지, 피를 보는 것은 무섭지 않았다. 시판수용소의 드넓은 마당 전체는 전장으로 변하고 말았다.

궁싼둔은 원래 공놀이를 구경하고 있었는데, 쌍방이 치고받기 시작하자 처음부터 끝까지 싸움에 가담했다. 어쨌든 체격이 크고 힘에서도 밀리지 않는 그였기에 싸우기 시작하자 대단히 용맹스러웠으며 줄곧 선두에 서 있었다. 후에 싸움이 거세지자 긴 걸상을 휘두르며 마구 내리치는 통에 상대방 여러 사람이 다치고 자신도 머리가 깨져 온 얼굴에 피가 흘러내렸다. 하지만 그는 전혀 개의치 않고 계속해서 앞으로 돌진해 나갔다. 다행히 이 소식을 들은 해방군이 달려왔고, 두 중대의 병사들이 뜯어말린 후에야 폭력 투쟁이 저지되었다.

톈이도 여기 참여했다. 톈이는 그날 열이 있어 밖에 나가지 않고 침상에 누워 잠을 자고 있다가 갑자기 누군가 고함지르는 소리를 들었다. 싸움이 났다. 빨리 가자! 톈이는 몸을 일으켰고, 얼결에 끌려 나갔다. 하지만 톈이가 싸움을 할 줄 알 턱이 없었다. 그는 어려서부터 늘 얻어맞기만 했을 뿐 한 번도 남을 때려 본 적이 없었다. 현장에 도착한 뒤 그는 일단 두 손을 뻗어 방어 자세를 취하고 허리를 숙인 채 제자리에서 맴돌았는데, 잔뜩 긴장해서 우스꽝스러운 모양새였다. 전체 과정을 통틀어 그는 한 사람도 때리지 못했다. 오히려 다른 사람에게 긁히는 바람에 얼굴이 찢어졌다. 혼란을 뚫고 한 용감한 여학생이 그를 끌고 나왔다. 사람들 사이를 빠져나온 뒤에야 톈이는 그녀가 기차에서 자신의 맞은편에 앉아 있던 그 여학생이라는 것을 알아보았다. 톈이는 그 여학생의 손을 붙잡고 아무것도 모르는 얼굴로 물었다. 쟤들 왜 싸우는 거야? 여학생은 그가 신기하기도 하고 우습기도 했다. 그녀가 말했다. 그걸 지금 나한테 묻는 거야? 너는 왜 싸웠는데? 톈이가 말했다. 나한테 가자고 소리를 지르는 바람에. 여학생이 말했다. 너 정말 바보구나. 됐어. 해방군 왔다. 빨리 가자! 그리고는 그를 끌고 보건실로 가서 소독약을 발라 주었다.

그날 밤 톈이와 그 여학생은 함께 밥을 먹었다. 그제야 그들은 서로의 이름과 학교를 물었다. 여학생은 생각대로 한 시골 중고등학교의 학생으로, 이름은 량옌옌(梁艶艶)이었다. 고등학교 1학년으로 톈이보다 한 학년이 낮았다. 하지만 그녀는 톈이보다 물정에 밝고 어른스러웠다. 베이징에서 열흘 넘게 지내며 잘 먹고 마신 덕에 량옌옌 얼굴의 누런빛은 말끔히 사라졌다. 대신 두 뺨이 발그레한 것이 윤기가 흐르고 커다란 두 눈에는 생기가 넘쳤다. 밥을 먹은 뒤 량옌옌이 대담하게 톈이에게 함께 나가자고 말했다. 톈이는 기쁘게 승낙했다. 그는 량옌옌과 이미 아주 가까워진 기분이었고, 마치 같은 마을에서 온 것 같았다. 두 사람은 시판수용소를 빠져나가 도로를 따라 걸었다. 량옌옌이 앞장서고 톈이는 그 뒤를 따랐다. 처음에는 무슨 말을 해야 할지 생각나지 않았다. 량옌옌이 앞에서 갑자기 키득거리며 웃었다. 그녀가 무슨 생각이 떠올라서 그런 것인지는 알 수 없었다. 톈이가 말했다. 량옌옌, 왜 웃어? 량옌옌이 말했다. 아무것도 아니야. 톈이가 잠시 생각한 뒤 말했다. 오, 알겠다. 네가 왜 웃었는지. 량옌옌이 몸을 돌려 그를 쳐다보며 말했다. 내가 왜 웃었는지 안다고? 말해 봐. 톈이가 말했다. 우리가 기차에서 다리를 뻗은 것 때문에 웃었지? 량옌옌이 말했다. 말도 마, 부끄러워 죽을 것 같아. 얘기 하지 마, 얘기 하지 마. 톈이는 그녀가 말을 돌리려 하자 더 이야기하고 싶어졌다. 그가 말했다. 솔직히 나는 진즉 다리를 펴고 싶었는데, 네가 소리를 지를까 봐 무서웠어. 량옌옌이 말했다. 소리 지르지 않았을 거야. 나도 다리를 펴고 싶었어. 다리를 뻗으면 얼마나 좋은데. 하지만 그녀는 곧바로 이것이 조금 애매한 말이라는 것을 깨달았다. 다리를 뻗는 것은 다리를 벌리는 것과 크게 다르지 않다. 시골에서는 여자가 다리를 벌린다는 말이 음탕한 여자를 의미했다. 그녀는 서둘러 말했다. 오해하지 마. 나는 다리를 쭉 뻗으면 편하다는 거지, 그런 뜻으로 한 말은 아니니까. 그렇게 말하고는 다시 키득거리며 웃었다. 톈이는 그녀가 도대체 무슨 말을 하고 싶은지도 모르면서 그저 오오 소리를 내면서 고개를 끄덕였다. 속으로는 생각했다. 그게 무슨 차이지? 그녀가 웃는 모습을 보자, 톈이는 바인(八哥) 숙모가 생각이 났다. 바인 숙모는 웃음이 많았다. 모두들 그녀가 음탕하고 말했다. 량옌옌도 음탕한 걸까? 그런 것 같기도 했다. 어쨌든 그녀는 제멋대로다. 그녀가 웃는 모습을 보노라면 약간 얼이 빠지는 것 같았다. 톈이가 손을 비비다가 갑작스럽게 말했다. 량옌옌, 나 너 안을래. 톈이는 그녀가 분명 이를 원할 것이라 생각했다. 량옌옌이 말했다. 무슨 소리야! 톈이는 약간 뜻밖이었다. 다시 손을 비비며 말했다. 너무 춥잖아. 량옌옌이 다시 키득거리며 웃었다. 그녀가 말했다. 날이 추우면 그냥 …… 갑자기 량옌옌의 얼굴이 확 굳어졌다. 그녀는 차 한 대가 톈이를 들이받을 듯 달려오는 것을 발견했다. 톈이는 아직 이를 알아차리지 못했다. 량옌옌이 비명을 지르며 달려들었고, 그를 끌어안고서 길가로 밀어붙였다. 두 사람 모두 가까스로 넘어지지 않았다. 자동차는 멀어졌지만 두 사람은 여전히 서로를 끌어안고 있었다. 누구도 풀어 달라고 말하지 않았다. 량옌옌은 여전히 숨을 크게 몰아쉬는 것이, 놀란 가슴이 쉽게 가라앉지 않는 모양이었다. 톈이는 있는 힘을 다해 그녀의 허리를 끌어안고 그녀를 커다란 나무 뒤의 검은 그림자 속으로 끌고 갔다. 힘껏 그녀를 품속에 껴안는 순간 가슴에 불룩한 덩어리 두 개가 느껴졌다. 그는 그것이 량옌옌의 젖가슴일 것이라 추측했다. 톈이는 자신도 모르게 더욱 세게 그녀를 껴안았다. 량옌옌을 껴안고 있을 때 톈이는 메이 선생님을 떠올렸다. 그는 예전에 메이 선생님을 끌어안는 장면을 수없이 상상했다. 하지만 메이 선생님은 매번 뒤에서 그를 껴안고 그가 몸을 돌리지 못하게 했다. 그럴 때면 그는 참다못해 불이라도 뿜어 버릴 것 같은 심정이었다. 지금은 좋다. 그는 드디어 힘을 쓸 수 있게 되었다. 량옌옌은 그의 포옹에 숨이 막혔다. 뼈 어딘가에서 뚝 하는 소리가 들렸고 몸을 흔들어 보기도 했지만 벗어날 수 없었다. 톈이의 온몸이 뜨겁게 달아올랐다. 한쪽 손이 아래쪽부터 그녀의 솜저고리 안을 파고든 뒤, 다시 홑저고리 안으로 들어갔다. 곧바로 따뜻하고 보드라운 감촉이 전해졌다. 그는 그녀의 가슴을 더듬고 싶어 허리를 더 숙이고 위쪽으로 손을 뻗었다. 량옌옌이 발버둥을 치며 말했다. 이러지 마, 이러지 마, 왜 이러는 거야. 톈이의 귀에는 아무 말도 들리지 않았다. 마치 미쳐 날뛰는 악당처럼 끝내 손을 뻗어 뜨끈하고 불룩한 그것을 움켜쥐었다. 아마 너무 세게 쥐었던 탓인지 량옌옌이 아야 하고 비명을 지르며 맹렬하게 그를 밀어냈다 그녀는 몸을 돌려 곧장 수용소의 대문을 향해 달아나 버렸다. 톈이는 품 안이 텅 빈 뒤에도 여전히 처음 자세 그대로 한쪽 손을 들어 올린 채 한참을 움직이지 않았다. 마치 무언가를 받쳐 들고 있는 것 같았다. 그는 조금 어지럽기도 하고 두렵기도 했다. 내가 몹쓸 짓을 한 걸까? 예전 같았다면 결코 그는 감히 그러지 못했을 것이다. 하지만 베이징에 온 뒤로는 마치 무엇이든 할 수 있을 것 같았다. 그는 자신의 대담하고 제멋대로인 모습에 깜짝 놀랐다. 량옌옌은 아마도 신고하러 갔을 것이다. 그녀는 팡 부장에게 신고할까? 량옌옌이 울고불고 소란을 피울까? 톈이의 머릿속이 혼란스러워지면서 후회가 되기 시작했다. 길에는 수많은 학생들이 드나들고 있었다. 모두들 몹시 흥분한 모습이었다. 그는 그들이 왜 흥분한 것인지 이해할 수 없었다.

톈이가 시판수용소에 들어서는데, 량옌옌이 갑자기 시커먼 그림자 속에서 번쩍 튀어나오더니 빠른 걸음으로 톈이 옆으로 다가왔다. 그녀가 작은 소리로 말했다. 톈이, 다른 사람에게는 알리지 마…… 내일 저녁 8시에 대문 밖에서 기다릴게. 그녀는 말이 끝나자마자 그를 향해 웃음을 짓고는 뛰어가 버렸다.

아무 일도 일어나지 않았다. 게다가 내일 저녁에도! 내일 저녁이라…… 톈이는 너무 흥분한 나머지 기다란 팔을 세게 휘둘렀고, 하마터면 지나가던 한 학생의 얼굴을 칠 뻔했다. 그 순간 그는 다시 메이 선생님을 떠올렸다. 마치 메이 선생님과 량옌옌이 한 사람이 된 것 같았다. 그는 메이 선생님에게 미안하지 않았으며, 감정적으로 메이 선생님을 배반했다고 생각하지도 않았다. 그는 아직 한 여자에게 충성을 다해야 한다고 생각해 본 적이 없었다. 그는 아무것도 몰랐다. 그저 생리적인 충동과 말로 표현할 수 없는 욕망을 느끼며 토끼처럼 깡충깡충 뛰었다. 메이 선생님도 몇 번이나 자신을 껴안지 않았는가?

텐이는 숙소로 돌아온 뒤에야 동학들이 이미 내일 새벽 2시에 일어나 집합하라는 통지를 받은 사실을 알게 되었다. 모두들 곧바로 직감했다. 분명 마오 주석의 접견일 것이다!

많은 사람들이 자지 않기로 작정하고 아예 둘러 앉아 밤새 수다를 떨었다. 사람들은 삼삼오오 무리를 이뤄 흥분하여 이야기를 나누거나 낮은 소리로 노래를 불렀다. "고개 들어 북두성을 바라보며, 가슴속으로 마오 쩌둥을 그리네……" 노래를 부르다 다함께 눈물을 흘리기도 했다. 그날 밤은 그렇게 신성하고 행복했다. 궁싼둔은 예전처럼 배불리 먹고 아무 생각 없이 잠드는 대신 사람들과 함께 둘러 앉아 노래를 불렀다. 궁싼둔은 그중에서도 가장 많은 눈물을 흘렸다. 나중에 그가 말했다. 그의 집은 몇 대째 거지로 살아왔다. 모친과 둘째 누나는 길에서 구걸을 하다 굶어 죽었다. 토지개혁으로 갑자기 여덟 묘의 땅이 배당되자, 식구들의 형편도 나아지기 시작했다. 부친은 마오 주석의 사진을 집 안에 모셔 놓고 신처럼 섬겼으며, 매일 향을 피우고 절을 올렸다. 궁싼둔이 말했다. 이번에 베이징에 오기 전에 아버지께서 말씀하셨어. 마오 주석을 실제로 보면 자신을 대신해 어르신께 세 번 절하고, 혹시 기회가 있으면 마오 주석에게 가까이 가서 이 말을 전하라고. 인민공사는 만들지 마세요. 인민공사는 땅을 지치게 만들고 사람을 게으르게 만듭니다. 처음에 사람들은 궁싼둔의 이야기를 듣고 감동했다. 하지만 이야기가 거기까지 이어지자 놀란 나머지 얼굴이 하얗게 질리며 소리쳤다. 궁싼둔, 너 반동하지 마! 한 학생이 달려 나가 궁싼둔의 입을 막으며 말했다. 싼둔, 넌 방금 아무 말도 안 한 거야! 자자, 자자, 다들 한숨 자자고! 그리하여 다들 흩어져 잠자리에 들었다.

텐이는 시종 동학들의 이야기와 노래에 끼지 않고 혼자 멍하니 침상에 누워 있었다. 정말로 그는 좀 멍해졌다. 이중의 흥분이 그를 어찌할 줄 모르게 만들었다. 그도 물론 자신의 흥분을 표현하고 싶었다. 이를테면 무슨 말이든 해 보는 것이다. 하지만 그도 이 일이 함부로 말해서는 안 되는 일이라는 것은 알았다. 내일 저녁 량옌옌과의 약속은 절대 말해서는 안 된다. 그렇다면 동학들에게 무엇을 이야기할 수 있겠는가? 기차에서 발을 그녀의 가랑이에 올려놓았다고, 오늘 밤 대문 밖 나무 아래에서 그녀의 가슴을 더듬었는데 량옌옌의 가슴이 얼마나 매끈하고 얼마나 부드럽고 얼마나 단단하면서도 따뜻했는지 모른다고, 내일도 나는 그녀와 만나기로 약속했으며 오늘 밤에 있었던 일을 반복하는 것은 물론 그보다 더 많은 일을 하게 될 것이라는 따위를 말할 수 있겠는가? 당연히 말할 수 없다. 량옌옌이 당부하지 않았는가. 이 일은 아무에게도 알려서는 안 된다고. 이것은 자신과 량옌옌 두 사람의 비밀이다. 어린 시절 바인 숙모를 신부로 맞았을 때 일어난 사건처럼. 그때 그는 가마 안에서 그녀의 붉은 머리 수건을 젖혔다. 머리 수건은 미리 젖혀서는 안 된다. 특히 남편 이외의 남자가 젖혀서는 안 된다. 설령 그것이 어린아이인 텐이라 할지라도 마찬가지였다. 그랬다가는 음탕한 여자가 되고 말 것이다. 하지만 당시 바인 숙모는 화를 내지 않았다. 다만 그를 품속에 끌어안고 아무에게도 알리지 말라고 당부했다. 그때 텐이는 새색시 바인 숙모의 품에 기대어 작은 머리를 그녀의 불룩한 젖가슴에 비비며 따뜻함과 신뢰로 인한 감동을 느꼈다. 그는 속으로 생각했다. 나는 영원히 이 비밀을 지킬 거야. 텐이는 어려서부터 뤄 영감 옆에서 자랐다. 그와 뤄 영감 사이에도 수많은 비밀이 존재했다. 이를테면 란수이 강의 깊은 곳에 오래된 배와 기관총이 있는데, 그는 이를 오늘날까지 누구에게도 알리지 않았다. 뤄 영감이 말했었다. 어떤 비밀들은 평생을 지키며 혼자만 간직해야 한다고. 지금 량옌옌과의 비밀도 마찬가지다. 이는 그가 평생에 처음으로 한 여자와 만나기로 한 약속이었다. 게다가 그녀 쪽에서 먼저 적극적으로 자신에게 만나자고 했으니, 그야말로 황홀한 일이 아닌가. 그는 다만 자신이 어떻게 그처럼 쉽게 한 여자를 좋아하게 되었는지 신기할 따름이었다. 지금껏 그는 메이 선생님을 좋아했으며, 아직도 여전히 좋아하고 있다. 그런데 이제 량옌옌까지 좋아하게 되었으니, 나중에는 또 다른 여자를 좋아할 수도 있는 것일까?

내일 만나게 될 그 위인에 대해서라면 그는 더욱 이야기할 수 없었다. 전국의 인민들이 모두 말했다. 그는 붉은 태양이다. 하지만 그런 표현은 사실 아주 간사한 것이다. 붉은 태양은 낮에만 밝게 빛날 뿐 어두운 밤에는 빛날 수 없다. 즉 모두들 낮에만 겉만 번지르르하고 눈에 훤히 보이는 일들을 하다가 밤이 되면 당신은 상관 말라는 식이다. 낮에는 붉은 태양의 소관이나 밤이 되면 자신의 소관이니, 할 일이 있으면 하고, 하고 싶은 일이 있으면 한다. 톈이는 속으로 감탄했다. 대중이 곧 성인이라더니, 전국의 인민은 참 똑똑하구나. 전국의 인민들은 말하지 않아도 다 통하는 모양이었다. 몰래 짜기라도 한 것처럼 죽이 맞아서 소리도 없이 절반의 시간을 자신의 몫으로 떼어 놓았다. 그것도 어두컴컴한 밤으로. 어두운 밤이란 얼마나 좋은가. 밤이 아니었다면 량옌옌의 가슴을 만지는 것도 곧바로 발각되었을 것이다. 그리하여 그는 믿었다. 가슴을 만지는 것 따위의 일은 대부분 밤에 이뤄지겠구나. 물론 톈이가 줄곧 이해하지 못했던 다른 일들도 대부분 밤에 하는 것이 적합할 것이다. 톈이는 자신이 발견한 사실에 이상한 기분이 들었다. 자신은 어째서 늘 이상한 일들만 발견하는 것일까?

이렇게 터무니없는 생각에 빠져 있다가 그는 돌연 내일은 사실 두 사람과 약속이 있다는 것을 깨달았다. 하나는 량옌옌이고, 하나는 마오 주석이다. 이 두 약속에는 공통점이 있었다. 바로 감정적으로 몹시 흥분된다는 것이었다. 다른 점이라면 량옌옌과는 약속은 그의 몸을 흥분시키고 온몸을 뜨겁게 달아오르게 만들며, 근육을 팽팽하게 조여서 마치 100미터 달리기 시합의 출발선에 섰을 때처럼 구령 한마디면 곧바로 튀어나갈 것 같다는 것이었다.

새벽 2시, 동학들은 다급한 호루라기 소리의 재촉을 받으며 자리에서 일어났다. 모두가 약간의 긴장과 혼란을 느꼈다. 하지만 그보다 앞서는 것은 흥분이었다. 질서는 전에 없이 정연했다. 아무도 떠들지 않았고, 심지어 말을 하는 사람도 없어서 모든 것은 철저한 고요 속에서 진행되었다. 한 줄씩 긴 행렬이 수용소의 대문을 걸어 나갈 때 어둠이 짙게 깔리고 북풍도 세차게 불었다. 사람들은 서둘러 솜저고리를 단단히 싸맨 뒤 대열을 바짝 따라붙으며 앞으로 나아갔다. 아무도 어디로 가는지 알지 못했다. 이는 분명 극비 사항일 것이다. 그 순간 사람들은 모두 신비, 신성, 그리고 알 수 없는 공포감을 느꼈다. 이치대로라면 두려워할 일은 없었다. 마오 주석의 검열을 받으러 가는 것이고, 게다가 이처럼 많은 사람과 함께였다. 하지만 모두들 조금 두려웠다. 2만 명이 넘는 긴 행렬이 총총히 어둠 속을 걸었다. 요란하고 무거운 발자국 소리와 숨소리를 제외하면 거의 아무 소리도 들리지 않았다. 가끔 인솔자가 낮은 목소리로 재촉했다. "따라붙어! 어서!" 이는 긴장감을 더욱 고조시켜 전쟁 시기의 한차례 심야 대이동을 방불케 했으며, 마치 멀지 않은 곳에 적군이 매복해 있을 것만 같았다. 게다가 앞으로 나아갈수록 이러한 공포감은 더욱 짙어졌다. 사람들은 대오가 점점 베이징 도심을 벗어나 광야로 접어들고 있다는 사실을 알아차렸다. 도시에 있을 때는 그래도 드문드문 어슴푸레한 가로등이 있었으나, 지금은 어떠한 불빛도 보이지 않았다. 그저 온통 시커먼 어둠 속에서 흐릿한 하늘빛만이 희미하게 대오를 감싸고 있었다. 인솔자는 길을 잃는 것을 막기 위해 뒤에 오는 사람에게 앞사람의 옷을 잡으라고 지시했다. 그럼에도 불구하고 걸려 넘어지는 사람이 속출했다. 게다가 더욱 사람들로 하여금 의심하고 불안하게 만든 것은 어디로 가는가 하는 문제였다. 왜 베이징 도심을 벗어나 어둠 속에서 광야로 가는 것인가?

사람들은 마오 주석의 앞선 일곱 번의 검열은 모두 톈안먼 광장에서 이루어졌다는 사실을 알고 있었다. 그런데 지금은 들판에서 무엇을 하려는 것인가? 이는 사람들로 하여금 영화 속에서 본 장면을 떠올리게 만들었다. 한 무리의 사람들이 밧줄에 묶인 채 광야로 호송되어 총살을 당한다. 베이징에서 너무 심하게 난동을 부려 끌려가서 총살을 당하는 것은 아니겠지? 그럴 리는 없어. 어떻게 그럴 수가 있겠어? 하지만 이는 정말로 무시무시한 광경이었다.

돌연 뒤에서 몇 사람의 비명 소리가 들려왔다. 모골이 송연해지는 소리였다. 다들 깜짝 놀라 솜털이 곤두섰다. 모두들 멈춰 선 채 뒤를 돌아보았으나 아무것도 보이지 않았다. 대오는 웅성이기 시작했으며, 너도나도 뒤에서 무슨 일이 일어났는지 알아보는 동시에 자신도 모르게 서로를 에워쌌다. 마치 용기를 내려는 듯 보였다. 한바탕 떠들썩한 소리가 지나간 뒤, 결국 뒤에서 이야기가 전해졌다. 몇몇 학생들이 개울에 빠져 옷이 몽땅 젖었다는 것이다. 이 추운 날씨에 버텨 낼 재간이 있을 리 만무했고, 한 학생은 몸이 얼어 부들부들 떨고 있었다. 팡 부장이 그들을 수용소로 돌려보내려 했으나 그들은 울면서 한사코 돌아가지 않겠다고 버텼다. 결국 해방군 몇 명이 다가와 군용 외투를 벗어 그들에게 주었다. 그들에게 솜저고리와 솜바지를 벗어 물을 짜내게 한 뒤 다시 입히고, 그 위로 군용 외투를 휘감았다. 비록 안에 입은 솜저고리와 솜바지는 여전히 축축했으나 체온으로 조금씩 말리는 수밖에 없었다. 그들은 스스로 이를 원했으며, 누구도 마오 주석을 만날 수 있는 기회를 놓치려 하지 않았다. 이는 일생에, 아니 몇 번의 생애에 한 번 찾아올까 말까한 큰일이 아닌가!

톈이는 키가 크고 보폭이 넓어 줄곧 침착하게 대오를 따라 전진했다. 그의 곁에는 여전히 궁싼둔이 함께 있었다. 궁싼둔은 걸으면서 음식을 먹었고, 먹으면서 톈이에게도 권했다. 그가 말했다. 먹고 치우자고. 계속 손에 쥐고 있으면 귀찮잖아. 전날 밤 일인당 한 개씩 식량 자루를 나눠 줬는데, 안에는 각각 빵 몇 개와 소시지 두 토막이 들어 있었다. 이는 다음 날 아침 식사였다. 빵과 소시지는 보기 드문 물건이라 모두들 처음 보는 것이었다. 어떤 이는 맛을 보려고 빵 한 입을 베어 먹고 다시 소시지 한 입을 베어 먹으며 진짜 맛있다는 말을 연발하기도 했다. 그런데 궁싼 둔은 당장 소시지를 던져 버렸다. 소시지는 붉으죽죽하고 거무튀튀하고 희끗희끗했다. 그는 그 물건의 생김새를 혐오스러워하며 말했다. 뭐야 똥 덩어리 같잖아! 사람들이 그를 나무랐다. 궁싼둔, 너 죄 짓는 거야. 소시 지도 먹어야지. 궁싼둔, 그거 주워! 하지만 궁싼둔은 기어코 이를 줍지 않고 말했다. 난 똥은 안 먹어! 그리하여 그는 모두를 구역질나게 만들었 다. 하지만 지금 궁싼둔은 배를 충분히 채우지 못한 상태인 것이 분명했 다. 그는 어둠 속에서 톈이의 옷을 잡아당기며 말했다. 톈이야, 너 안 먹 을 거야? 안 먹을 거면 내가 먹자. 들고 다니기 번거롭잖아. 톈이가 식량 자루를 그의 손에 넘겨주며 말했다. 너 먹어. 안에 소시지도 두 토막 들 어 있어. 너 안 먹을 거면 내가 먹게 놔 둬. 버리지 말고. 궁싼둔이 말했 다. 안 버려, 안 버려. 캄캄해서 소시지가 어떻게 생겼는지 보이지도 않 아. 내가 먹어 치울게.

대오가 갑자기 멈춰 섰다. 모두들 또 무슨 일이 일어난 것인지 알지 못했다. 대략 한 시간쯤 지난 뒤 다시 서서히 이동이 시작되었다. 앞쪽에 이르러서야 톈이는 대오가 다리를 건너고 있었음을 알게 되었다. 다리는 폭이 제법 넓었으나 건너려는 사람이 너무 많았다. 시판수용소의 2만 명 이상의 학생들은 물론이고 다른 지역에서 온 학생들도 이 다리를 건너려 는 모양이었다. 지난 경험에 따르자면 매 접견은 50만 명 이상이었다. 만약 50만 명이 다 이 다리를 건너려고 한다면, 얼마나 혼잡할지 짐작할 수 있었다. 다행히 대오는 해방군이 인솔하고 있었으므로, 모두들 줄지어 느릿느릿 다리를 건넜고, 사고는 일어나지 않았다.

서너 시간쯤 걸은 뒤 톈이와 동학들은 드디어 목적지에 도달했다. 알고 보니 그곳은 서부 교외 비행장이었다. 여전히 날이 밝지 않았으나 빛은 확실히 더 환해져서 조금 먼 곳까지 볼 수 있게 되었다. 톈이는 비행기를 보지 못했다. 다만 엄청나게 큰 개활지가 보였다. 그곳은 나무도 없고, 농가도 없고, 도랑도 없이 평탄하고 황량한 곳이었다. 하늘이 급속도로 밝아지기 시작하면서 주위의 모든 것이 또렷하게 보였다. 톈이는 문득 수많은 학생들이 새까맣게 끝도 없이 모여 있는 광경을 발견했다. 그는 진정 경악을 금할 수 없었다. 그는 한 번도 이렇게 많은 사람들이 한데 모인 것을 본 적이 없었다. 해방군 군사의 인솔과 지휘 하에 각각의 행렬이 예정된 구역으로 들어섰다. 이미 앉아 있는 사람들도 있고, 아직 자리를 찾고 있는 사람들도 있었다. 뿐만 아니라 더 많은 학생들의 행렬이 여전히 끊임없이 비행장으로 걸어오고 있었다. 이는 사람들을 흥분시키고 고양시키는 장면이었다. 톈이는 끊임없이 목을 좌우로 흔들며 사방을 살폈다. 곳곳에서 이미 노랫소리가 울려 퍼졌고, 붉은 깃발이 펄럭이고 있었다. 이른 새벽 서부 교외 비행장에는 생동적인 기운이 가득 흘러넘쳤다. 야간 행군 때의 초조와 불안이 이미 깨끗이 사라졌다.

순간, 톈이가 량옌옌을 발견했다. 그녀는 바로 20여 미터 떨어진 곳에 있었다. 사실 그는 야간 행군 때부터 그녀를 찾고 있었으나 안타깝게도 아무 것도 보이지 않았다. 하지만 그는 그녀가 분명 대오 속에 있다고 확신했고, 이는 줄곧 그에게 따뜻한 느낌을 주었다. 그는 다른 동학들처럼 어수선한 감정에 빠져들지 않았다. 다만 몇 사람이 도랑에 빠졌을 때 그는 그중에 량옌옌이 있는 것은 아닐까 걱정했었다. 지금 보니 그녀는 괜찮은 것 같았다. 량옌옌은 그곳에 앉아 주변의 몇몇 여학생들과 웃고 떠들고 있었는데, 기분이 좋은 듯 몸을 앞뒤로 흔들어 댔다. 만약 흠뻑 젖은 솜옷을 입고 있다면, 절대 지금과 같은 기분일 수 없을 것이다.

톈이는 오래도록 그녀를 바라보았다.

그는 그녀에게 다가갈 수 없었다. 그저 지시에 따라 온순하게 자리에 앉은 채 질서정연하게 대형을 유지했다. 해방군 군사는 숫자가 많았다. 그들은 학생들 사이에 서서 누군가 조금이라도 움직이려고 들면 곧바로 큰 소리로 제지했다. "앉아! 움직이지 마!" 보아하니 그들은 엄청난 책임을 지고 있는 모양이었다. 그들에게서는 학생들과 같은 편안함이나 즐거움이 조금도 느껴지지 않았다. 톈이는 큰 키 덕분에 그곳에 앉아서도 다른 사람들보다는 머리 반 개 정도가 더 컸고, 량옌옌도 똑똑히 볼 수 있었다. 량옌옌도 톈이를 찾고 있는 것 같았다. 그녀는 다른 여학생들과 웃으며 이야기를 나누는 동시에 끊임없이 좌우를 두리번거렸다. 톈이는 큰 소리로 나 여기 있어! 하고 소리치고 싶었다. 하지만 그는 소리를 질러서는 안 되고 소리를 지르는 순간 모든 것이 탄로 날 것이라는 것을 알고 있었다. 톈이에게는 아직 만인에게 그들 두 사람 사이의 비밀을 알릴 만한 배짱이 없었다.

하지만 량옌옌도 마침내 톈이를 찾아냈다. 톈이는 바로 그녀의 오른쪽 후방에 있었다. 량옌옌은 정말로 대담한 여자였다. 그녀는 고개를 돌려 톈이를 향해 웃으며 손을 흔들고는 다시 재빨리 고개를 돌렸다. 톈이는 그녀의 흥분으로 붉게 달아오른 얼굴을 보았다. 량옌옌이 오른쪽 후방을 향해 손을 흔들었을 때, 그 방향에 있던 학생들이 하나같이 고개를 두리번거렸다. 그녀가 누구를 향해 손을 흔들었는지 몰랐기 때문이다. 모두들 망연한 표정이었으나, 오직 톈이만이 미동도 없이 앉아 있었다. 사람들은 의혹에 사로잡혔다. 또 저 바보 녀석이야, 저놈은 도대체 무슨 복이야. 어째서 가는 곳마다 연애질이야! 모두들 귀에 입을 대고 쑥덕거리며 수시로 톈이를 향해 손가락질을 해 댔다. 하지만 톈이는 조금도 개의치 않았으며, 오히려 득의양양한 기색이었다.

왜 개의치 않은 것일까?

다들 추측할 수 있을 것이다.

해방군 군사의 지휘 하에 각지 학생들이 분분히 혁명가곡을 부르기 시작했고, 나중에는 아예 노래 시합으로 변했다. 누구도 패배를 인정하려 하지 않았으며, 모두가 목청껏 노래를 부르고 목청껏 소리를 질렀다. 고함 소리는 서부 교외 비행장 전체를 끓어오르게 만들었고, 끓어오른 물에서는 부글부글 거품이 일었다.

사람들이 죽기 살기로 소리를 지르며 노래를 부르고 있을 때 갑자기 왼쪽 전방에서 환호성이 터져 나왔다. "마오 주석 만세! 만세! 만만세!……"

　아무런 예고도 없이 마오 주석이 나타난 것이다.

　마오—주석님—오셨—다아!

　앞서 해방군 군사가 거듭 지시를 내렸다. 마오 주석님의 차가 도착하면 모두들 앉아서 움직이지 말라고. 그러면 모두가 다 볼 수 있다고. 하지만 이제 와서는 아무 소용도 없었다. 왼쪽 전방에서 환호성이 터져 나오기 시작했을 때 서부 교외 비행장 일대는 쥐죽은 듯 조용해졌다. 모두가 멍해진 것이다. 얼마나 많은 낮과 밤을 고대하던 순간인가. 그것이 결국 현실이 되어 눈앞에 마오 주석이 나타난다니, 이것이 진짜라는 것을 감히 믿을 수 없었던 것이다. 하지만 그것은 고작 몇 초에 불과했다. 사람들은 곧바로 펄쩍 뛰어올랐다! 그리고는 귀가 떨어질 듯 환호하고 울부짖었다……

　톈이의 반응은 약간 늦었다. 그가 자리에서 일어났을 때 이미 서부 교외 비행장에는 온통 산이 울리고 바닷물이 출렁이며 흙먼지가 휘날리고 있었다. 그가 왼쪽 전방으로 고개를 돌리자 차량의 행렬이 먼지구름을 헤치고 달려오는 것이 보였다. 속도는 빠르지도 느리지도 않았다. 톈이가 좀 제대로 보려는데 돌연 누군가 뒤에서 뛰어오르더니 그의 어깨에 올라탔다. 톈이는 하마터면 넘어질 뻔했다. 톈이는 버둥대며 어떻게든 등에 붙은 사람을 떼어 내려고 애를 썼으나 그 사람은 마치 나무 덩굴처럼 톈이의 목에 들러붙어 숨을 쉴 수 없을 정도로 목을 조르며 끝내 떨어지지 않았다. 어쩔 수 없이 톈이는 있는 힘을 다해 고개를 들고 앞을 쳐다보았다. 하지만 차량 행렬은 300여 미터 앞을 통과하여 순식간에 지나가 버렸다. 그는 아무도 보지 못했다!

　그처럼 눈 깜짝할 사이에 모든 것이 끝나 버렸다.

　나중에 톈이가 들은 이야기에 따르면 실제로 수많은 사람들이 아무것도 보지 못했다. 하지만 극소수의 사람만이 이 사실을 인정했으며, 절대

다수의 아무것도 보지 못한 학생들은 보았다고 주장했다. 그들은 이렇게 말했다. 어르신은 만면에 붉은 빛이 감돌고, 늠름한 자태에 상냥하고 친절하시며……

나중에 톈이가 들은 또 다른 이야기에 따르면 그날 서부 교외 비행장에서 검열을 받은 사람은 150만 명이었으며, 학생들이 서부 교외 비행장을 떠날 때 짓밟혀서 벗겨진 신발만 몇 트럭에 달했다고 했다.

그는 이를 믿었다.

접견이 끝난 뒤 대오는 온통 혼란에 빠졌고, 각자 알아서 돌아가야 했다. 그 돌다리를 지날 때 사람들은 한 덩어리로 변했다. 톈이는 여섯 시간 이상을 기다린 끝에 저녁이 되어서야 다리를 건널 수 있었다. 그때도 다리 위는 여전히 복잡하기 짝이 없어서 그는 거의 두 다리가 허공에 뜬 채 사람들에 떠밀려 다리를 건넜다.

톈이가 물어물어 수용소에 돌아왔을 때는 이미 한밤중이었다. 하지만 충격적인 소식이 그를 기다리고 있었다. 그들과 같은 현에서 온 동학 중에 두 사람이 돌다리를 건너다가 깔려 죽었다는 것이다. 하나는 남학생이고 하나는 여학생인데, 그 여학생은 바로 량옌옌이었다!

톈이는 정수리에 벼락을 맞은 듯 순식간에 정신이 혼미해졌다. 하늘과 땅이 빙빙 돌아가는 것만 같았다.

그가 정신을 차렸을 때, 동학들의 울음소리가 들렸다.

톈이는 다시는 량옌옌을 볼 수 없었다.

량옌옌과 그 남학생은 어느 병원 영안실에 있다고 했다. 팡 부장이 몇몇 학생을 데리고 가서 확인했다. 사람들은 며칠간 소란을 피우고 각처를 찾아가 청원했다. 그들을 혁명 열사로 추인해 달라고 요구했으나 아무도 상대해 주지 않았다. 나중에 전해지는 이야기로는 그날 깔려 죽은 사람 중에는 다른 성에서 온 학생들이 더 있었으며, 밟혀서 부상을 당한 사람도 부지기수라고 했다.

텐이는 후회했다. 서부 교외 비행장에서 흩어질 때 왜 량옌옌을 찾지 않은 것일까? 그녀를 데리고 같이 왔었더라면?

량옌옌과 그 남학생은 결국 화장되었다. 그날 저녁 무렵, 팡 부장과 몇몇 학생들이 두 사람의 유골함을 들고 돌아왔다. 대문에서 기다리던 동학들로 일대는 또다시 울음바다가 되었다.

유골함을 보자 텐이의 눈이 휘둥그레지고 입도 떡 벌어졌다. 그래도 그는 울지 않았다. 그저 가슴이 꽉 막힌 것만 같고, 온몸에 경련이 일어날 것 같은 느낌이었다. 저녁이 되자 그는 얼이 빠진 사람처럼 량옌옌을 껴안았던 곳으로 가서 돌연 그 나무를 끌어안고 큰 소리로 울부짖기 시작했다. 다른 성에서 온 수많은 학생들이 둘러서서 쳐다봐도 텐이는 아랑곳하지 않았다. 그는 한참을 목 놓아 울었다. 한 마리의 상처받은 늑대처럼.

바로 그날 밤, 텐이가 사라졌다.

그 일이 있은 후 사람들이 들은 바에 따르면 한 젊은 여자가 바로 그 나무 근처에서 그를 데리고 갔다고 했다. 그 여자는 생김새가 작고 깜찍하면서도 세련되고 아름다웠다. 그녀는 손수건을 꺼내 그의 눈물을 닦아 준 뒤 그의 손을 잡고 떠났다. 텐이는 혼이 나간 사람처럼 온순하게 그 뒤를 따라갔으며, 다만 걸음을 조금 휘청거렸을 뿐이었다.

동학들은 흩어져 베이징 도심을 샅샅이 뒤졌다.

하지만 일말의 단서도 찾을 수 없었다. 그 큰 베이징에서 그 많은 학생들 가운데 한 사람을 찾아내기란 너무 어려운 일이었다.

사람들을 답답하게 만든 것은 그 여자가 누구냐 하는 의문이었다.

수 일이 지난 뒤 동학들은 팡 부장의 인솔 하에 현으로 돌아가 학교에 복귀했다. 그제야 사람들은 발견했다. 메이 선생님은 집에서 학생들이 돌아와 비판 투쟁을 해 줄 것을 기다리고 있지 않았다. 그녀는 이미 학교를 떠나 어디론가 사라져 버리고 없었다.

제 4 편
차이먼을 찾아서

구쯔는 태어나 처음으로 무청을 떠났다. 말이 나온 김에 털어놓자면 기차 또한 처음으로 타보는 것이었다. 만 미터 경주에서 우승을 거머쥐었던 그 대학생 체육 대회도 무청에서 열렸으며, 성 밖으로 나가지 않다 보니 딱히 흥미로울 것도 없었다. 기차에 올라타니 모든 것이 신선하게 다가왔다. 여기를 쳐다보고 저기를 더듬어 보면서 스스로도 그런 자신이 우스웠다. 대학까지 졸업한 사람이 이렇게도 촌스럽다니. 굳이 비교하자면 저만치 있는 농민공보다도 못했다. 그들은 보따리를 짊어진 채 자리가 있으면 앉고, 자리가 없으면 보따리를 내려놓고는 거기 기대앉아 수다를 떨거나 졸았다. 여유롭고 편안한 모습이 마치 강호를 누비는 데 이골이 난 사람들 같았다.

출판사에서 그녀를 위해 침대칸 좌석을 끊어 주었다. 스뤼는 량차오둥에게 구쯔를 기차까지 바래다주고 자리에 들어가는 것까지 보고 내리라고 일렀다. 구쯔는 조금 겁이 났다. 이렇게 낯선 사람들이 가득한 사이에서 어떻게 지내야 할지 몰라서였다. 그녀의 침대는 가장 위층이었다. 올라가 확인해 보니 비록 공간이 협소하기는 했으나 누워 있기에는 그런대

로 아늑했다. 그녀는 그렇게 일찍 잠들고 싶지 않아서 다시 아래로 내려
왔다. 아래층 침대는 남자였고, 앉아 있는 남자도 한 명 더 있었다. 아마
도 중간 침대의 주인인 모양이었다. 두 사람은 모두 삼사십 대로 보였고,
서로 아는 사이 같았다. 아마도 함께 출장을 가는 것 같았다. 구쯔가 위
층에서 내려오자 두 사람이 고개를 들어 그녀를 쳐다보았다. 처음에는
그녀의 아름다운 두 다리를 쳐다보고, 다음에는 가슴, 그다음에는 얼굴로
요리조리 시선이 옮겨갔다. 구쯔는 곧바로 이 두 남자가 심상치 않음을
느끼고 조금 불안해졌다. 하지만 그녀는 애써 태연한 척하며 몸을 돌려
창가로 간 뒤 의자를 아래로 잡아당겨 자리에 앉았다. 바깥쪽을 향해 앉
아 차창 밖의 풍경을 바라보면서 등 뒤의 두 남자에 대한 생각도 점차
떨칠 수 있었다.

기차는 이미 광야를 질주하고 있었다. 가까운 곳은 푸른빛이 넘실거렸
다. 온통 높고 낮은 나무와 농작물들이 사람의 마음을 틔우고 기분을 상
쾌하게 만들었다. 먼 곳은 온통 광활하고 끝없이 펼쳐져 경외심을 자아냈
다. 이 광활하고 무한한 가운데 얼마나 많은 미지가 깃들어 있을까. 그곳
은 싱싱한 생명으로 충만한 세계였다. 침울한 건물로 가득한 무청에 비하
자면, 이곳이야말로 진정한 기적이었다. 그녀는 차이먼이 바로 이 광활한
곳 어딘가를 분주히 뛰어다니고 있으며, 다만 어디쯤 있는지 알 수 없을
뿐이라는 생각이 들었다. 구쯔는 감격했다. 원하든 원치 않든 자신은 이
미 학교를 떠나 사회로 나왔다. 사회라는 곳은 정말이지 학교보다 엄청나
게 거대한 세계다. 자신은 독립적으로 업무를 맡아서 처리해야 하며, 위
축되어 있는 것은 도움이 되지 않는다. 바깥으로 나가면 모든 것은 스스
로 대처하고 판단해야 한다. 결과가 어떻게 될지는 전혀 알 수 없다. 그
녀는 마음속으로 이번 여행에서 반드시 차이먼이라는 사람을 잡을 수 있
게 되기를 기도했다.

구쯔는 정신이 흐려졌다. 차창 밖으로 휙휙 소리를 내며 지나가는 풍경
을 바라보고 있기는 했으나 눈빛은 초점이 없이 아득했다. 손 하나가 그

녀의 가슴으로 파고든 뒤에야 그녀는 깜짝 놀라 비명을 지르며 꿈에서 깨어났다.

그제야 그녀는 객실 안이 새까만 어둠으로 뒤덮이고 다들 잠자리에 들었음을 알아차렸다. 그녀의 비명 소리에 여러 사람이 고개를 들고 술렁이며 무슨 일이 일어났는지 알아보기 시작했다.

그러자 열차의 여자 승무원 한 사람이 빠른 걸음으로 다가와 구쯔에게 무슨 일이냐고 물었다. 구쯔는 난처해져 횡설수설하며 대답했다. 아……아무것도 아니에요. 제가 방금 하마터면……넘어질 뻔했거든요. 그리고는 서둘러 위층으로 올라갔다. 그 순간 그녀의 귀에 아래층 남자의 과장된 코 고는 소리가 들려왔다.

구쯔는 거의 밤새도록 잠을 이루지 못했다. 그녀는 완전히 겁에 질렸다.

구쯔는 사흘 밤낮을 헤매다 겨우 둔황(敦煌)에 도착했다. 하지만 물어물어 그 객잔에 도착했을 때는 이미 한발 늦은 뒤였다!

차이먼은 이틀 전에 떠났으며, 어디로 갔는지 알 수 없었다.

사실 작은 객잔의 숙박계에 차이먼이라는 이름은 없었다. 다만 종업원의 말에 따르면 톈이라는 사람이 여기서 한 달 넘게 머물렀다고 했다. 그는 낮에는 모가오굴(莫高窟)과 웨야천(月牙泉), 양관(陽關), 위먼관(玉門關), 거비(戈壁), 황탄(荒灘) 등지를 돌아다녔는데, 낙타를 타고 다닐 때도 있고 당나귀수레를 빌려 타고 다닐 때도 있고, 어쨌든 신이 나서 도처를 돌아다녔다. 밤이 되면 돌아와 객실에 틀어박혀 글을 썼는데, 글쓰기는 한밤중까지 이어졌다. 가끔은 낮에도 밖에 나가지 않고 침대에 누워 드렁드렁 코를 골며 잘 때도 있었다. 평소에는 사람들과 별로 이야기를 나누지 않았으며, 머리카락과 수염이 덥수룩하게 자라 나이를 짐작하기 힘들지만 대략 서른몇 살, 혹은 마흔몇 살쯤으로 보였다. 키가 크고 말랐으며 발이 아주 컸다. 담배를 지독스럽게 피워 댔고 밤마다 길에서 산 돼지 귀와 땅콩 따위를 한 보따리씩 들고 와 천천히 술을 마셨다. 마시다 기분이 좋으면 노래도 불렀다. 손발을 흐느적거리며 춤을 추는 모습은 그야말로 미치광이 같았다.

평소 작은 객잔에는 손님이 매우 적었다. 톈이를 제외하고는 한 달 이상 연달아 숙박한 손님도 없었다. 구쯔는 이 톈이라는 사람이 아마도 차이먼일 것이라 추측했다.

하지만 그는 왜 또 톈이라는 이름을 쓰는 것일까? 차이먼은 그의 필명일까?

차이먼과 그녀는 간발의 차이로 어긋나 버렸다.

그녀는 손쉽게 그를 찾을 뻔했으나 그렇게 놓쳐 버린 것이다!

구쯔는 후회가 되지 않을 수 없었다.

구쯔는 그날 밤 그 작은 객잔에 묵었다. 차이먼이 묵었던 작은 방에 들어서자 마치 옅은 담배 냄새가 남아 있는 것 같았다.

방은 정말로 작았다. 침대 하나, 책상 하나, 의자 하나.

창가에 놓인 작은 책상 위에는 볼품없는 탁상용 스탠드 하나가 놓여 있었다. 켜 보니 불빛도 어둑어둑했다. 책상은 표면이 거칠고 평평하지도 않았으며 중간에 길게 갈라진 틈으로는 손가락 하나가 쑥 들어갔다. 구쯔가 손으로 어루만져 보니 촉감이 약간 까슬까슬했다. 책상 위에는 재떨이 하나가 놓여 있었다. 구쯔가 재떨이를 들어 살펴보니 원래 그것은 감색 도자기 그릇으로, 언저리에는 연꽃이 피어 있고 중간에는 작은 개구리가 엎드려 있었다. 테두리에는 연기와 불에 그을린 흔적이 남아 있고 오래되어 깨진 곳도 있었으며 마치 골동품 같았다. 연꽃은 불교의 도안에 자주 등장하는 무늬다. 이는 구쯔도 아는 바였다. 하지만 그녀는 왜 이처럼 정교하고 아름다운 도자기를 재떨이로 쓰는지는 알 수 없었다. 다만 이것으로도 둔황에 얼마나 많은 문화재가 있는지 짐작할 수 있었다. 이는 차이먼과 인연이 있는 도자기다. 구쯔는 순간 친근감을 느꼈다. 재떨이에는 담뱃재가 약간 남아 있었는데, 종업원이 담배꽁초만 쏟아 버리고 제대로 씻지 않은 것 같았다. 둔황에는 물이 부족하다더니 그 말이 사실인 모양이었다. 구쯔는 재떨이를 내려놓고 의자를 흔들어 보았다. 의자는 거친 나무로 만든 것으로 벌써 조금 비뚤어져서 곧 분해될 것 같았으며, 움직일 때마다 삐걱삐걱 소리가 났다. 구쯔는 차이먼이 어떻게 이런 데 앉아 글을 써냈는지 상상도 할 수 없었다. 게다가 그렇게 한 달 반을 쭉 앉아 있었다니. 그는 아마도 또 한 작품을 완성한 뒤에야 여기를 떠났을 것이다.

구쯔는 어려서부터 도시에서 자랐으므로 시골에 가 본 적이 없었으며, 이처럼 궁벽한 곳에 가 본 적도 없었다. 물론 혼자서 이렇게 허름한 작은 객잔에 묵어 본 적도 없었다. 하지만 이상하게도 그녀는 이것이 낯설지 않았으며, 외롭거나 무섭지도 않았다. 오는 길에 이미 크게 놀랐기 때문인지 지금은 오히려 마음이 편안했다. 이 작은 객잔, 특히나 이 작은 방은 그녀에게 따스한 느낌을 주었으며 마치 잘 아는 사람이 자신과 함께 있는 것 같은 기분이었다. 그 사람은 바로 차이먼이다. 그녀는 차이먼을 붙잡지 못했으나 그녀와 차이먼 사이의 거리는 이처럼 가까워졌다. 바로 이틀 전까지는 그는 이곳에 있었다. 이 방 안의 모든 것은 그가 사용했던 것들이다. 이 물건과 도구들을 통해 그녀는 그를 만질 수 있고, 그의 숨결을 느낄 수 있으며, 그의 발자국 소리를 듣고 그의 몸에서 풍기는 담배 냄새를 맡으며 한밤중에 책상에 엎드린 그의 뒷모습을 볼 수 있다.

구쯔는 침대 끝에 걸터앉아 맞은편에 놓인 볼품없는 책상과 의자, 탁상용 스탠드와 재떨이를 바라보았다. 그러자 차이먼이 어떻게 그런 작품들을 써낼 수 있었는지 이해할 수 있을 것 같았다. 다커 사장님은 그가 온갖 수를 써서 명예를 얻으려는 것이라고 말씀하셨지만, 온갖 수를 써서 명예를 얻으려는 작가 중에 이런 사람도 있을까? 실제로 차이먼은 세상만사에 무관심했다. 그는 고행승이면서 단순하고 가난하지만 생활에 대한 열정으로 가득한 사람이었다.

나무 침대는 매우 낮았으나 아주 튼튼했다.

구쯔는 몸을 일으켜 침대를 쓰다듬어 보고, 베개와 얇은 이불을 어루만졌다. 모두 차이먼이 사용했던 물건들이다. 구쯔는 갑자기 차이먼이라는 남자가 아직 떠나지 않은 것처럼 느껴졌다. 정신이 흐리멍덩한 가운데 그가 침대 위에 누워 있는 모습이 보이는 것도 같았다. 침대 위에 옆으로 누운 차이먼은 몸이 약간 구부러졌다. 그는 체격이 컸으나 아주 말라 보였고 담배를 너무 많이 피운 탓인지 줄곧 기침을 했다. 이불 밖으로 나와 있는 팔 하나는 얇고 길었다. 피부는 창백한 것이 영양 상태가 불량한 듯 보였다. 낮에 너무 많이 걸었기 때문이거나 너무 오래 밤잠을 자지 않은 탓인지도 몰랐다. 그는 완전히 지쳐 보였다. 잠을 잘 때는 낮게 코를 골았다. 두 손으로 머리를 감싸 쥔 모습이 마치 자신을 숨기려는 것 같았다. 나무 침대가 너무 작아서 그는 다리를 굽혔음에도 불구하고 커다란 두 발이 이불 밖으로 튀어나왔다. 어쩌다 움직이기라도 하면 쥐가 날 것 같았다. 구쯔는 갑자기 안쓰러운 마음이 들어 참지 못하고 손을 뻗었다. 밖으로 튀어나온 그의 큰 발을 이불 안에 넣어 주고 싶었던 것이다. 그녀는 손을 뻗은 뒤에야 그곳에 아무것도 없다는 것을 깨달았다.

구쯔는 얼른 손을 움츠렸다. 곧바로 얼굴이 화끈거렸다.

방 안에는 화장실도 샤워실도 없었으며 객잔 안에 공동욕실이 하나 있었다. 종업원은 남녀 공용이니 샤워를 할 때는 문을 잠그라고 말했다. 구쯔는 원래 가서 씻을 생각이었다. 그런데 그녀가 수건과 비누를 들고 문을 나서는 찰나 한 뚱뚱한 남자가 수건을 들고 욕실 안으로 들어가는 것을 발견했다. 그 사람은 정말로 심하게 뚱뚱해서 문을 통과할 때 몸을 억지로 구겨 넣는 것처럼 보였다. 안으로 들어간 뒤에는 돌아서서 문틀을 걷어찼다. 마치 문틀이 너무 좁아 화가 난 듯했다. 그녀는 기름이 뚝뚝 떨어질 것처럼 뚱뚱한 남자와 욕실을 공유하고 싶지 않았다.

하지만 며칠째 먼 길을 오느라 지친 데다 몸도 너무 더러워서 씻지 않을 수는 없었다. 구쯔는 머리를 굴리다가 대야에 물을 떠서 자신의 방 안에서 몸을 닦기로 결정했다. 그녀는 일단 대야에 물을 떠 손과 얼굴을 씻고, 다시 발을 씻었다. 물을 쏟아 버린 뒤 다시 대야에 물을 채웠다.

그곳의 공기는 여전히 서늘했으며, 물 또한 얼음처럼 차가웠다. 구쯔는 원래 보온병에 있는 끓인 물을 옮겨 부을 계획이었으나 잠시 생각해 본 뒤 이내 그만뒀다. 이유는 알 수 없으나 그녀는 그때 온몸이 뜨겁게 느껴져 차가운 물로 닦아 내는 것이 좋을 것 같았다. 그녀는 며칠 전까지 차이면도 차가운 물로 씻었을 것이라 믿었으며, 그런 느낌을 체험해 보고 싶었다. 그런데 그녀가 막 옷을 벗으려는 순간 갑자기 심장이 심하게 두근거렸다. 그녀는 본능적으로 사방을 둘러보았다. 문과 창문은 이미 꼭 잠겼고, 커튼도 굳게 닫았으니 아무 문제도 없었다. 하지만 그녀는 여전히 불안했으며 한 쌍의 눈이 자신을 지켜보는 것 같은 느낌이었다. 눈은 밖에서 그녀를 엿보는 것이 아니라 방 안에 있는 것 같았다. 누군가 의자 위에 앉아 있거나 빈 공간에 서 있거나 혹은 침대 위에 누워 있을지도 모른다. 틀림없다. 차이면의 눈이다. 그 눈은 따뜻하고 응원이 담긴, 흡족해하는 눈빛이었다. 어떻게 이럴 수가 있지? 구쯔는 자신의 의심이 지나치다는 것을 알고 있었다. 차이면이 떠난 지 이틀이나 지났고 지금 방 안에는 자신밖에 없는데 무엇을 겁내는 것인가? 구쯔는 속으로 스스로에게 용기를 불어넣는 동시에 다시 한 번 방 안 전체를 구석구석 살폈다. 아무런 문제도 없는 것을 확인한 뒤 천천히 옷의 단추를 풀고 윗옷과 바지를 벗었다. 몸에 팬티와 브래지어만 남았을 때 구쯔는 다시 손을 멈췄다. 그녀는 여전히 한 쌍의 눈이 자신을 바라보고 있는 느낌이 들었다. 진짜 귀신이 곡할 노릇이네! 볼 테면 보라지. 나도 옷을 다 벗은 것도 아닌데 뭐. 구쯔는 약간 화가 나기도 하고, 약이 오르기도 하고, 또 약간 시위하는 기분이기도 했다. 그녀는 다시 젖은 수건으로 몸을 닦기 시작했다. 차가운 물이 몸에 닿는 순간 온몸이 부르르 떨리며 추위에 몸서리가 쳐졌다. 멈추기에는 너무 늦었다. 구쯔는 하 하고 찬김을 불어 대고 발을 동동 구르며 몸을 문질러 닦다가 결국 소리 내어 웃기 시작했다. 그녀는 갑자기 이것이 아주 재미있는 일이라는 생각이 들었다. 사실 구쯔는 샤워에 대해 줄곧 심리적인 장애가 있었다. 예전에 학교에 다니던 시절에 그녀는 친구들과 함께 대중목욕탕에 가는 것을 가장 두려워했다. 비록 다들 여자긴 하지만 그래도 사람들 앞에서 옷을 완전히 벗어 버리는 것은 늘 거북하게 느껴졌다. 그래서 그녀는 항상 끝까지 버티며 사람이 없거나 적을 때까지 기다렸다가 씻곤 했다. 그러고도 조마조마하면서 한쪽 구석에 숨어서 서둘러 물을 뒤집어쓰고는 끝내 버리곤 했다. 그녀는 자신의 나체를 다른 사람들에게 보이는 것이 두려웠으며, 마찬가지로 다른 사람의 나체를 보는 것도 두려웠다. 누구든 다른 여성의 나체를 보고 다음날 학교에서 마주치기라도 하면, 무슨 옷을 입고 있어도 상대방이 나체로 느껴졌다. 그리고는 자신도 역시 벌거벗고 있는 것 같아 부끄러움을 견딜 수 없었고, 서둘러 고개를 숙인 채 황급히 자리를 피해 버렸다. 구쯔는 줄곧 자신의 심리 상태가 정상이 아니라고 의심했다. 그녀는 평소 자신의 내면과 신체를 모두 꽁꽁 감쌌지만 이상하게도 운동장에만 나가면 다른 사람으로 변했다. 수천수만 명의 함성 소리 속에 있으면 그녀는 온몸에 뜨거운 피가 끓어오르면서 자신의 운동복을 찢어 버리고 발가벗은 채 트랙 위를 달리고 싶은 충동을 느꼈다. 그럴 때면 그녀는 위축되지 않는 것은 물론 몹시 야만적이기까지 했다. 그녀는 자신이 아름답다는 것을 알고 있었다. 몸에 꼭 맞는 운동복은 온몸의 윤곽을 또렷하게 그려 내어 거의 나체나 다를 것이 없었다. 소리를 지르며 관람하는 학생들과 선생님들 앞에서 충분히 자신을 드러내 보임으로써 그녀의 내면과 육체는 완전한 해방을 얻었고, 매 차례 해방을 경험할 때마다 며칠간은 평온해지곤 했다. 하지만 그 뒤에는 다시 위축되고 부끄러웠으며 놀란 사슴처럼 두렵고 불안하여 어찌할 바를 몰랐다.

지금은 다르다.

이 작은 객잔의 작은 방은 오직 그녀만의 공간이다.

더 많아 봤자 그 한 쌍의 형체가 없는 눈이 전부다.

볼 테면 보라지. 난 네가 무섭지 않아!

빠른 속도로 몸을 닦아 내는 동안 구쯔의 희고 보드라운 피부는 점점 붉게 변했다. 열기가 밖으로 뻗치기 시작하자 그녀는 더 이상 추위가 느껴지지 않았다. 차가운 물을 몸에 뿌려도 그저 상쾌할 뿐이었으며, 일종의 피학적인 쾌감이 들었다. 나중에는 아예 팬티와 브래지어까지 벗어버리고 대야에 반쯤 남은 물을 받쳐 든 뒤 어깨에서부터 몽땅 끼얹었다. 구쯔는 유쾌하게 소리를 질렀다. 돌연《샘물》이라는 이름의 한 폭의 유화가 떠오르면서 온몸이 더없이 상쾌해지는 기분이 들었다.

그녀는 몸을 닦고 깨끗한 속옷으로 갈아입은 뒤 이불 속으로 파고들었다. 순간 혼탁한 남자의 향기가 코를 찔렀다. 그녀를 의아하고 부끄럽게 만든 것은 뜻밖에도 그녀가 그 향기에 매료되었다는 사실이었다. 예전에 그녀는 결코 이렇지 않았다. 예전에는 성인 남자, 특히 담배를 피우는 남자의 근처에만 가면 그녀는 늘 머리가 아프고 속이 메스꺼웠다. 그러니 그들이 썼던 이불은 더 말할 것도 없었다. 이게 무슨 일이란 말인가?

구쯔는 멍하게 얼룩얼룩한 천장을 바라보며, 입술을 꼭 깨물었다. 눈물이 방울져 흘러내렸다. 마음속에는 억울함과 슬픔이 가득 찼다. 그녀는 갑작스럽게 자신이 정말로 학생 시절과 작별했음을 깨달았다. 자신은 이미 그처럼 단순하지 않다.

구쯔는 곧 잠이 들었다.

아마도 오는 길이 너무 고단했던 탓인지 그녀는 아주 깊이 잠에 빠졌다. 하지만 한밤중에 한바탕 격렬한 말다툼 소리에 놀라 잠에서 깨고 말았다. 구쯔는 무슨 영문인지 몰랐으나, 아마도 한 남자와 한 여자 사이에 큰 싸움이 벌어진 모양이었다. 구쯔는 몸을 일으켜 문틈 사이로 밖을 내다보았다. 마당에 두 사람이 서 있었다. 한 사람은 남자, 한 사람은 여자였는데, 잘 보이지는 않았다. 말투를 들어 보니 여자는 아마도 종업원이고 남자는 투숙객인 것 같았다. 투숙객이 말했다. 당신네 침대가 너무 낡아서 내려앉은 걸 나를 탓하면 안 되지. 나는 허리까지 다쳤다고. 당신들이 내 치료비와 정신적 충격에 대한 배상금까지 물어야지. 여자가 말했다. 흥! 손님도 잘한 거 없잖아요. 그렇게 뚱뚱하면서 아가씨까지 불러들여 침대 위에서 돼지를 잡는 것처럼 엎치락뒤치락했으니, 무슨 침대인들 버티겠어요? 손님이 객잔에 물품 파손 비용을 물어 주셔야죠! 남자는 사나웠고, 여자도 사나웠다. 그들은 서로 손가락질을 해 대며 조금도 양보하지 않았다. 구쯔는 듣고도 알 듯 모를 듯했다. 대략 그 손님이 침대를 내려앉혔고, 허리까지 다친 것까지는 이해했다. 구쯔는 저녁 무렵 욕실을 비집고 들어가던 뚱뚱한 남자를 떠올렸다. 아마도 그 사람인 모양이었다. 하지만 여자가 그에게 잘한 게 없다고 말하고, 그가 아가씨를 불러들여 침대 위에서 돼지를 잡는 것처럼 엎치락뒤치락했다고 한 것은 무슨 뜻일까? 어쨌기에 침대가 내려앉은 것일까? 구쯔는 무언가 짚이는 것이 있기는 했다. 아마도 남자와 여자 사이의 일과 관계가 있을 것이다. 하지만 그녀는 여전히 이해가 되지 않았다. 자신이 몰래 다른 이들의 사적인 이야기를 엿듣는 것이 그저 우습고 신기할 따름이었다. 하지만 그런 일을 어떻게 저렇게 큰 소리로 떠벌린단 말인가?

구쯔가 갈피를 잡지 못하고 멋대로 추측하고 있을 때, 갑자기 마당에서 여자의 고함 소리가 들렸다. 그녀가 말했다. 행패 부리지 말고 같이 파출소에 가서 해결하자고요! 이상하게도 남자는 더 이상 대꾸하지 않고 몸을 돌려 방으로 돌아갔다. 싸움 소리도 뚝 끊어졌다.

구쯔는 잠이 오지 않았다.

그녀는 침대로 돌아간 뒤 가지고 있던 손전등을 켜 시계를 보았다. 아직 2시 17분밖에 되지 않았다. 날이 밝기에는 이른 시간이었다. 마당에서 싸우는 소리가 사라지자 다른 종류의 거센 소리가 들려오기 시작하더니 어둠 속에서 마치 파도처럼 용솟음쳤다. 소리는 작은 객잔을 집어삼킬 듯했고 창문마저 흔들렸다. 구쯔는 몹시 두려웠다. 그녀는 그것이 바람일 것이라 짐작했다. 이곳은 커다란 사막 옆이다. 설마 모래 폭풍은 아니겠지? 구쯔는 감히 불을 켜지도, 창문을 열고 밖을 내다보지도 못한 채 그저 창문이 제멋대로 내는 소리만 듣고 있었다. 타닥탁, 마치 수많은 사람들이 문을 두드리는 것 같기도 하고, 수많은 괴수들이 창문을 기어오르는 것 같기도 했다. 구쯔는 겁에 질려 머리를 감싼 채 꼼짝도 하지 않았다. 그녀는 진지하게 이 조그마한 객잔이 무너져 자신이 이 멀고 황량한 곳에서 죽음을 맞이하는 것은 아닐까 두려웠다. 그런 생각이 들자 구쯔는 온몸이 떨리면서 울음이 터져 나왔다. 그 순간 그녀는 자신이 그처럼 무력한 존재임을 깨달았다. 만약 차이먼이 아직 이곳에 있었다면, 그녀는 아무런 망설임 없이 그의 품에 안겼을 것이다.

날이 밝자 모래 폭풍도 완전히 잦아들고 밖에서는 아무런 소리도 나지 않았다. 구쯔는 잔뜩 경계하며 몸을 일으킨 뒤 커튼을 걷고 밖을 내다보았다. 하늘은 씻은 듯 푸르고 바람은 잔잔하고 고요하여 마치 밤새 아무일도 일어나지 않은 듯했다. 다만 길가의 나무 몇 그루가 쓰러지고 전신주 하나가 부러졌으며 바닥이 온통 어지러운 것을 볼 때 밤사이 모래 폭풍의 위력이 어떠했는지 짐작할 수 있었다. 고개를 돌려 이불 위를 바라보니 놀랍게도 모래흙이 두껍게 쌓여 있었다. 어디서 모래가 뚫고 들어왔는지는 알 수 없었다.

어둠이 사라지고 날이 밝았다. 밤사이 구쯔는 마치 다른 세상에 온 것 같은 기분이었다.

스퉈는 구쯔를 파견하여 차이먼을 찾아오게 한 뒤 본인은 남아서 차이먼의 문집 편선을 준비했다. 그는 직접 목차를 구성하고 구쯔와 량차오둥에게는 편집을 맡기기로 결정했다. 구쯔가 없으니 량차오둥이 기술적인 일들을 맡으면 될 터였다. 량차오둥이 말했다. 편집장님, 차이먼의 작품 수집은 구쯔 씨가 도맡아했는데, 구쯔 씨 혼자 편집을 담당하게 하시죠. 제 이름까지 올리지 마시고요. 그 밖에 기술적인 일은 제가 지시대로 처리하겠습니다. 스퉈가 말했다. 그렇게 말할 것 없어. 남은 일이 많으니까. 구쯔는 아직 잘 몰라서 여기 있어도 해낼 수 없었을 거야. 자네 이름을 올린 것은 그냥 이름만 걸어 두려는 것이 아니야. 실제로 일을 해 줘야 해. 량차오둥이 시원스럽게 대답했다. 좋습니다.

미술 편집자 샤오자가 은밀히 량차오둥을 찾아와 말했다. 량쯔, 웬만하면 그 일에 관여하지 마세요. 다커 사장님께서 그 문집 출판을 반대하시는 걸 모르는 것도 아니잖아요. 량차오둥이 말했다. 난 상관 안 해요. 편집장님께서 시키신 일이니 안 할 수 없죠. 샤오자가 말했다. 다커 사장님께 찍히는 건 두렵지 않으세요? 량차오둥이 웃으며 말했다. 다커 사장님이 그렇게 속이 좁으시겠어요? 샤오자가 말했다. 분명히 언짢아하실 걸요? 량차오둥이 말했다. 그래도 할 수 없죠. 샤오자가 말했다. 제가 보기엔 어떻게든 핑계를 대고 몸을 빼는 게 좋을 것 같아요. 량차오둥이 의심스러운 듯 말했다. 다커 사장님께서 시켜서 온 거예요? 샤오자가 황급히 부인했다. 아니요, 아녜요. 제가 사장님 뜻을 추측한 거예요. 량차오둥이 말했다. 샤오자 씨, 안 피곤해요? 나한테는 관여하지 말라더니 제가 보기엔 샤오자 씨가 남의 일에 함부로 관여하고 있는 것 같네요!

샤오자는 무안해하며 자리를 떠났다. 막 문을 나서다가 첸메이쯔가 문 밖에서 엿듣고 있는 것을 발견하자 화가 치밀어 올랐다. 샤오자가 말했다. 당신은 왜 허구한 날 남의 이야기를 엿듣는 거예요? 첸메이쯔가 조그만 목소리로 말했다. 샤오자 씨, 화내지 마세요. 저는 샤오자 씨를 응원하러 온 거예요. 량차오둥은 남의 호의도 몰라주는 사람이잖아요. 샤오자가 말했다. 그럴 것 없어요. 난 필요 없으니까! 그리고는 말이 끝나자마자 씩씩거리며 가 버렸다.

첸메이쯔는 잠시 어리둥절해하다가 곧바로 량차오둥의 사무실로 들어갔다. 그녀가 말했다. 량차오둥 씨, 차이먼의 문집 일은 량차오둥 씨 뜻대로 하세요. 제가 보기에는 사장님도 량차오둥 씨를 어쩌지 못할 거예요. 량차오둥은 그녀가 온 것을 알고도 고개도 들지 않고 말했다. 그쪽하고 관계없는 일이니까 참견할 것 없어요.

천메이쯔는 민망한 기색도 없이 말했다. 량차오둥 씨, 저한테 감정 있는 거 알아요. 분명 오해가 있을 거예요. 누가 우리 관계를 이간질했는지도 모르잖아요.

량차오둥이 고개를 들고는 또박또박 말을 내뱉었다. 우리 사이에 관계 같은 거 없어요. 그쪽한테 감정도 없고요. 지금 바쁘니까 가서 그쪽 볼일이나 보시죠. 저쪽 방에 누가 싸우는 것 같은데.

첸메이쯔가 말했다. 그래요? 가 봐야겠다! 그녀는 곧바로 바람처럼 뛰쳐나갔다.

첸메이쯔는 무청출판사에서 가장 귀가 밝고 발이 잰 사람이었다.

아침저녁으로 한 차례씩 문서나 우편물을 접수하고 발송하는 일을 제외하면 첸메이쯔는 대부분의 시간 동안 할 일이 없었다. 확실히 한가하다 못해 지루할 지경이라 가끔은 그녀도 책을 찾아서 읽곤 했다. 출판사에는 널린 게 책이니까. 하지만 책을 읽을라치면 금방 졸음이 쏟아져 도처를 돌아다닐 수밖에 없었다. 그녀는 천성적으로 심심한 것을 참지 못하는 사람이었고 늘 갖은 방법을 동원해 사람들의 주목을 끌었다. 첸메이쯔가 각 편집실을 순시하는 횟수는 다커나 스퉈를 훨씬 앞질렀다.

물론 각 편집실에서는 그녀를 반기지 않았다.

각 실 편집자들은 원고를 보다 지칠 때면 한담을 나눌 시간이 필요하기 마련이었다. 주로 사회적인 뉴스, 선정적인 이야기 따위를 가지고 한바탕 웃고 떠들면서 다시 정신을 가다듬는 것이다. 하지만 첸메이쯔가 문을 열고 들어오는 것을 보면 곧바로 쥐죽은 듯 조용해지면서 각자 고개를 숙인 채 원고를 쳐다보며 그녀를 못 본 체했다.

첸메이쯔가 가장 분통을 터뜨리는 것이 바로 그 점이었다. 그들은 늘 그녀의 존재를 무시하고 그녀의 자존심에 큰 타격을 입혔다. 이로 인해 그녀는 오랜 시간 동안 복도만 왔다 갔다 할 뿐이었다. 그럴 때면 그녀의 발걸음은 아주 가벼웠고 귀는 쫑긋 서 있었으며 각 편집실에서 나오는 소리를 세심하게 포착하는 모습은 마치 고도의 경각심과 집중력으로 무장한 어미 늑대 같았다. 그녀는 언제든 사냥감을 향해 덮쳐들 준비가 되어 있었다. 만약 어느 방에서 어떤 편집자가 실수로 찻잔 하나를 떨어트리면, 그녀는 반드시 가장 처음으로 사건 발생지에 도착했다. "무슨 일 있어요?" 그녀의 얼굴에는 흥분과 격정이 가득했다. 하지만 찻잔을 떨어트린 것이 뜻하지 않은 사고에 불과하고 데인 사람도 없고 찔려서 다친 사람도 없음을 알게 된 뒤에는 곧바로 실망스러운 기색을 드러냈다.

그런 연유로 다커는 여러 차례 그녀를 나무랐다. "자네 무슨 심본가? 허구한 날 남에게 무슨 일이 생기기만 기다리고 있으니!"

첸메이쯔는 때로 그런 생각이 들었다. 그래, 그래서는 안 돼. 그녀의 기억에 어릴 적 자신은 결코 그런 사람이 아니었다. 당시 그녀는 사람들에게 귀여움을 받던 꼬마 아가씨였다. 포동포동한 얼굴, 크지 않은 두 눈에 말도 곧잘 했으며 사람들을 보면 늘 웃어서 이웃 사람들이 모두 그녀를 예뻐했다. 학창 시절에도 남을 도와주는 것을 좋아해서 늘 연필이나 지우개 따위를 친구들에게 선물하곤 했고, 길에서 거지를 만나면 자신의 용돈을 다 줘 버렸다. 그때 그녀는 하루 종일 즐거웠고 그런 즐거움은 초등학교 시절 내내 그녀와 함께했다. 중학교에 들어간 뒤 그녀는 자신의 즐거움이 조금씩 줄어드는 것을 느꼈다. 옷의 좋고 나쁨, 용돈의 많고 적음, 가정 환경, 교우 관계, 그 모든 것들이 유쾌하지 않은 일을 일으킬 수 있었다. 특히 학업 상의 경쟁과 스트레스로 그녀는 매일을 긴장 속에서 보내야 했다. 첸메이쯔는 원래 매우 똑똑했다. 하지만 똑똑한 아이는 너무 많았다. 모두들 상위 10등, 3등, 1등을 놓고 싸웠다. 하지만 누구도 확실하게 그 앞자리 중 한 자리를 차지할 수 없었다. 이번 시험에서 1등을 해도 다음번에는 10등으로 떨어질 수 있다. 그러면 선생님은 비판할 것이고, 부모님은 잔소리를 할 것이며, 친구들은 비웃을 것이다. 그러니 죽을힘을 다해 공부를 해야만 했다. 모두들 굴대 속에 빠진 것처럼 석차 위를 이리저리 아래위로 굴러다니다 보니 그야말로 살갗이 한 껍데기 벗겨지는 것 같았다. 친구들과의 관계도 초등학교 때처럼 단순하지 않았다. 서로 경계하고, 서로 질투하고, 서로 배척하고, 서로 비웃고, 서로 조심하고, 서로 적대시했으며, 여기저기서 패거리까지 등장했다. 첸메이쯔는 이 과정에서 세 사람으로 구성된 작은 패거리의 우두머리가 되었다. 여학생 둘에 남학생 하나였다. 세 사람 중 누군가가 다른 사람과 다툼이 생기면, 첸메이쯔는 무조건 앞장서서 사람들과 언쟁을 벌이고 탁자를 치며 흥분했다. 첸메이쯔는 신체 발육이 빨라서 중학교 1학년 때 벌써 가슴이 봉긋 솟아올라 브래지어를 착용하기 시작했다. 체격도 건강해서 크고 훤칠했다. 그녀의 신체와 더불어 학교라는 작은 사회에서 그녀의 두뇌 역시 극히 빠르게 발달했다. 초등학교 시절의 단순하고 순수한 모습과 비교하면 전혀 다른 사람 같았다. 그녀는 경계를 알게 되고, 경쟁을 알게 되고, 질투를 알게 되고, 배척을 알게 되었다. 그녀가 속한 세 사람의 작은 패거리는 전체 중학교 시절에 가장 두드러지는 조합이었다. 첸메이쯔는 한바탕 필사적인 싸움을 겪은 뒤 감제고지를 점령한 듯했으나, 막 한숨을 돌리려는 차에 잇달아 심각한 공격을 당하고 말았다. 먼저 그녀는 자신의 학업 성적이 해를 거듭할수록 곤두박질치고 있는 것을 발견했다. 중학교 1학년 때는 10위권이던 것이, 중학교 3학년이 되자 이미 중위권으로 미끄러진 것이다. 이어서 자신이 속한 세 사람의 패거리에서 그 여학생과 남학생이 자신을 속이고 데이트 중이라는 사실을 알게 되었다. 이는 그야말로 배신이었다! 그녀는 몰래 그들을 미행했고, 뜻밖에 그들이 길모퉁이와 공원에서 끌어안고 입을 맞추며 서로의 몸을 더듬고 있는 모습을 목격했다. 첸메이쯔는 분노로 머리까지 어지러웠다. 그녀는 달려들어 두 사람의 따귀를 후려쳤고, 세 사람의 패거리는 그 자리에서 해체되었다. 이 일은 첸메이쯔의 자존심과 자신감에 엄청난 타격을 주었다. 이는 자기 집 뒷마당에서 불이 난 격으로, 친구들 앞에서 체면을 잃고 졸지에 외톨이가 되고 말았다. 그녀는 두 사람을 극도로 증오했다. 두 사람이 서로 끌어안고 입을 맞추며 서로의 몸을 더듬던 장면이 머릿속에 자꾸만 떠올랐다. 그녀는 도무지 납득할 수가 없었다. 그 남자애는 더듬을 데가 어디 있다고 그랬을까. 그 여자애는 너무 말라 피골이 상접했고 가슴은 평평하고 엉덩이에도 살이라고는 없는데. 그러면서 내 풍만한 몸매는 걔 눈에 들지도 않았다니. 첸메이쯔는 밤에 침대에 누워서도 분노와 상심에 시달렸다. 그 무렵 그녀는 이미 학습에 정신을 집중할 수 없었고, 성적은 일직선으로 떨어져 끝내 고등학교에 진학하지 못했다.

그때 겪은 인생의 좌절이 첸메이쯔에게는 결정적이었다. 그녀는 보름을 정신없이 잠만 자다가 침대에서 일어났다. 그 후 문밖을 나서면서 그녀는 정신이 조금 이상해졌다. 자주 혼잣말을 하고 다른 사람을 노골적인 눈빛으로 쳐다보는 모습은 약간 무섭기까지 했다. 하지만 정신이 돌아오면 또 보통 사람과 다르지 않았다. 다만 말투가 다소 과장되고 지나치게 의욕적이고 부자연스러울 뿐이었다. 그녀는 요조숙녀가 되고 싶었으나 아무리 애를 써도 그렇게 되지 않았다. 첫째로 그런 기질을 타고 나지 못했고, 둘째로 그녀의 내면에 있는 것들이 너무나도 거셌다. 그녀의 혼잣말과 초점 없는 눈빛, 과장된 웃음소리와 언행은 사람들을 겁에 질리게 만들었다. 사람들은 겉으로 그녀와 데면데면하게 지내기는 했으나, 사실 그녀와 상당한 거리를 유지했다. 첸메이즈는 똑똑한 데다 극도로 예민한 사람이라 이를 당연히 알고 있었다. 그러나 어찌할 도리가 없었다. 그녀는 주변 사람들과 좋은 관계를 유지하고 싶었으나 도대체 그럴 수가 없었다. 후에 첸메이쯔는 깨달았다. 사랑스러운 사람이 될 수 없다면, 아예 무시무시한 사람이 되자. 게다가 그녀는 금세 알아차렸다. 무시무시한 사람이 되는 것은 사랑스러운 사람이 되는 것보다 훨씬 쉽다는 것을. 사랑스러운 사람은 수시로 자신을 바로잡고 손해를 보아야 한다. 하지만 무시무시한 사람은 남의 꼬투리를 잡고, 그것을 가지고 협박할 수 있다. 요즘 같은 세상에서 남의 꼬투리를 잡기란 누워서 떡 먹기다. 유혹이 넘치고 성을 떠벌리는 이 사회에서는 원하기만 하면 주위의 어떤 사람도 약점을 꼬집을 수 있고, 문제를 삼을 수 있으며, 심지어 죄악을 잡아낼 수 있다.

정의의 이름으로 주위의 모든 사람을 살피고 까발리는 것, 이보다 더 합리적이고 수지가 맞는 일도 없었다.

첸메이쯔는 우연찮게 이를 상부에서 권장한다는 사실을 알게 되었다.

첸메이쯔는 무청의 크고 작은 부서마다 모두 고발함이 있다는 사실에 생각이 닿았다. 예전에는 왜 여기에 주의를 기울이지 않았을까?

고발은 영광스러운 일이다.

칭찬을 받을 수 있고,

표창도 받을 수 있다.

첸메이쯔가 막 이 명예와 이익을 함께 얻을 수 있는 일에 대해 자각했을 때, 무청에는 이미 규모가 방대하고 성과가 탁월한 '고발족'이 있다는 사실도 함께 알게 되었다.

수많은 죄악이 까발려졌다. 매음, 기생놀음, 마약 거래, 인신매매, 강간, 절도, 조직폭력, 독직……

수많은 비리 공직자들이 덜미가 잡히고, 수많은 범죄자들이 붙들려 나왔다.

그들 중에는 유기 징역에 처해진 사람도 있고, 단두대로 보내진 사람도 있었다.

신문, 방송국, 텔레비전에서 매일같이 위대한 고발 사례를 보도했다.

무청 사람들은 환호를 보내며 기뻐 날뛰었다.

그리하여 고발은 무청 사람들의 가장 대표적인 여가 활동이 되었다.

무청의 거리와 골목에서 가장 흔하게 접하는 풍물은 문화재나 고적이 아니고 화초나 나무도 아닌 바로 고발함이었다. 수천수만 개의 가지각색의 고발함이 모든 기관과 거리의 눈에 띄는 위치에 걸려 있었다. 그 속에는 기대와 유혹이 충만하여, 사람들로 하여금 무엇이든 고발하고 싶어 미치도록 만들었다.

사실상 이들 고발함은 매일같이 가득 찼다. 더 이상 담을 수 없을 지경이 되면 사람들은 이를 우체통 안에 쏟아 부었고, 그래서 결국 우체통도 고발함이나 다름없어지고 말았다.

첸메이쯔는 크게 고무되었고, 그때부터 고발에 대한 애착과 열정으로 충만해졌다.

첸메이쯔의 첫 고발장은 그녀의 작업장 주임을 고발한 것이었다. 첸메이쯔는 원래 작업장에서 자재 등록이나 제품 등록, 품질 검사처럼 좀 쉬운 일을 하고 싶었다. 그녀는 늘 스스로를 공장 노동자들 중에서는 지식인이라 생각했기 때문이다. 하지만 작업장 주임은 이에 동의하지 않았을뿐 아니라 그녀가 일을 할 때 넋을 놓고 멍하게 있다며 비난하기 일쑤였다. 그곳은 선반 작업장이라 넋을 놓고 멍하게 있다가는 생산 속도에 영향을 주는 것은 물론 위험에 처하거나 사고가 발생하기 쉬웠다. 예전에 어떤 노동자가 손가락이 잘리는 사고도 있었다. 첸메이쯔는 몹시 화가 났다. 작업장 주임이 자신 같은 지식인의 존재를 무시하다니, 그녀는 그를 주시하기 시작했다. 얼마 지나지 않아 그녀는 작업장 주임이 한 젊은 여공과 관계가 밀접하며 두 사람이 퇴근 후에 교외에서 만나기로 약속을 정했다는 사실을 알게 되었다. 그날 저녁 첸메이쯔는 그들의 뒤를 미행했고, 그들이 강가의 숲으로 들어가는 모습을 목격했다. 첸메이쯔가 주위의 경치를 둘러보니, 아름답기 그지없었다. 그녀는 속에서 질투가 솟았다. 당시 첸메이쯔는 결혼한 지 6개월쯤 되었는데, 남편은 중고등학교의 정치 교사로 낭만이라고는 없는 남자였다. 그는 한 번도 그녀를 공원 같은 곳에 데려간 적이 없었다. 섹스를 할 때도 분위기를 잡을 줄도 몰랐다. 그저 손을 뻗어 바지를 홀랑 벗기고 위에 올라타 세 번 들이박으면 무언가가 억수처럼 쏟아져 나왔다. 이는 아주 정확해서 더도 덜도 아닌 딱 세 번이었다. 그리고는 첸메이쯔가 아직 정신을 차리기도 전에 사람은 사라지고 없었다. 눈앞에 펼쳐진 한 편의 시와 한 폭의 그림과 같은 풍광이 첸메이쯔의 심리 상태를 더욱 불안정하게 만들었다. 그녀는 원래 그들을 따라 숲으로 들어가 자초지종을 보고 싶었다. 그녀는 궁금해서 속이 탔다. 작업장 주임과 그 여공이 어떻게 섹스를 하는지, 마찬가지로 세 번이면 끝나는지 보고 싶었다. 하지만 그녀는 끝내 용기가 나지 않았다. 그녀는 작업장 주임에게 발각될까 봐 빽빽하게 우거진 덤불 속에 쭈그리고 앉아 기다렸다. 그러고 있으니 억울한 마음이 들었다. 남들은 숲 속에서 섹스를 하는데, 자신은 덤불 속에 쭈그리고 앉아 기다리다니, 너무 처참하지 않은가. 그들이 섹스를 하는 광경을 상상하다가 그녀는 자신도 모르게 손이 치마 속으로 들어갔다. 그리고 그녀는 아랫도리가 이미 흥건해진 것을 발견하는 동시에 허벅다리에서 심각한 가려움을 느꼈다. 그녀는 생각했다. 젠장, 모기가 뚫고 들어왔네. 고개를 돌려 살펴보니 날은 이미 어둑어둑해지고 주변에는 그림자 하나 보이지 않았다. 그녀는 조금 겁이 났다. 모기는 너무 많아서 얼굴에 부딪힐 지경이었다. 그녀는 자위를 할 엄두도 낼 수 없었다. 서둘러 팔을 뺀 뒤 눈앞의 모기를 쫓아 보았으나 소용이 없었다. 수풀 속에는 모기가 너무 많았다. 그놈들은 빼곡히 그녀를 에워싼 채 물어뜯고 있었다. 더욱 무서운 것은 수많은 모기들이 치마 속으로 뚫고 들어온 것이었다. 그녀는 퇴근할 때 탈의실에서 치마로 갈아입은 것을 후회했다. 작업복을 입고 있었다면 좀 나았을 것이다. 그녀는 허벅다리와 종아리에도 온통 모기에게 뜯기는 느낌이 들어 다시 손을 치마 속에 집어넣고 휘둘렀다. 거의 한 번 쥐었다 하면 한 주먹씩 잡혔다. 손에서는 끈끈함이 느껴졌다. 피 같았다. 그때 첸메이쯔는 당장 도망치고 싶었다. 하지만 그녀는 이를 악물고 움직이지 않았다. 결정적인 순간이 오자 첸메이쯔는 독해졌다. 그녀는 생각했다. 기왕 왔고, 본 게 있는데 이렇게 포기할 수는 없지. 치마를 꽉 붙들어 매자 밖에 있던 모기는 쉽게 들어갈 수 없어졌으나, 원래 안에 있던 모기들도 빠져나갈 길이 막히는 통에 여전히 안에서 물어뜯고 있었다. 피부의 아프고 가려운 부위의 분포에 근거할 때, 첸메이쯔는 치마 속에 여전히 백 마리 이상의 모기가 있을 것으로 짐작했다. 지금은 이러는 수밖에 없어. 물어뜯을 테면 뜯으라지. 배부르면 더는 안 먹겠지. 그렇게 생각하자 첸메이쯔는 정말로 약간 비장한 느낌이었다. 그녀의 경험에 따르면 섹스는 그렇게 세 번이면 끝이 날 것이고, 거기에 옷을 벗고 입고, 또 입 맞추고 어쩌고까지 한다 해도 많이 걸리면 5분이었다. 그런데 그 기다림이 한 시간 이상 이어질 줄 누가 알았겠는가. 첸메이쯔가 모기에게 수천수백 군데를 물어뜯긴 뒤에야 작업장 주임과 여공이 허리를 끌어안고 밖으로 나왔다. 게다가 그 여공은 작업장 주임의 허리를 끌어안고 있었는데 마치 부축이라도 하는 모양새였다. 여공은 의기양양하고 작업장 주인은 완전히 지쳐 있었다. 이 나쁜 자식은 여간 피곤한 게 아닌 모양이었다. 섹스가 원래 그렇게 힘을 쓰는 일인가? 첸메이쯔의 기억에 그간 남편은 매번 딱히 힘을 들이지 않았다. 그저 팔굽혀펴기 몇 번 하나 싶다가 그대로 일어나 책을 보러 가 버렸던 것이다. 남편은 책 읽기를 좋아했다. 한번 읽으면 한밤중까지 읽었는데, 모두 정치 관련 책이거나 신문 따위였다.

첸메이쯔는 멀리서 작업장 주임과 여공의 뒤를 따라 걸었다. 강가를 벗어나 도시로 돌아간 뒤 그들이 한 갈림길에서 손을 놓고 각자의 집으로 돌아가는 것을 본 뒤에야 미행도 끝났다. 그날 밤 집으로 돌아간 뒤 그녀는 바로 고발장을 작성했고, 그것이 그녀의 처녀작이었다. 며칠 뒤, 과연 작업장 주임이 작업장에서 전출되었고, 직책도 부주임으로 강직되었다. 첸메이쯔가 당시 쓴 것은 익명의 편지였으므로 표창이나 상금을 받지는 못했다. 그래도 그녀는 아주 기뻤으며, 그 여공이 머리를 푹 숙인 채 감히 사람들을 쳐다보지 못하는 모습을 보는 것만으로도 속이 시원했다. 그때 첸메이쯔는 한 가지 결론을 얻었다. 한 사람의 운명을 결정하기 위해 굳이 벼슬에 오를 필요는 없다. 고발장 한 장으로 충분하다.

첸메이쯔는 그 이후 점점 더 돌이킬 수 없이 고발에 빠져들었다.

공장 세 곳에서 상점 두 곳에 이르기까지 가는 곳마다 고발이 이어졌다. 그녀가 고발한 사람은 모두 주변의 노동자나 동료와 같은 별 볼 일 없는 인물들이었다. 그녀는 공장장이나 사장과 같은 중요한 인물을 고발해 보고 싶었으나 그런 사람들과 접촉할 기회가 없었다. 대어는 아니더라도 새우 몇 마리를 낚는 것도 꽤 나쁘지 않았다. 사실상 첸메이쯔는 자신이 속한 직장의 모든 사람들을 다 고발했으며, 그중 몇몇은 여러 번 고발했다. 그녀는 놀랍고도 기쁜 사실을 발견했다. 고발이란 결코 어려운 일이 아니었다. 고발하고자 마음만 먹는다면 문제는 주변의 누구에게나 있다. 경제 문제, 남녀의 품행 문제, 작은 이득에 대한 탐욕, 지각과 조퇴까지. 확증이 있는 것도 있고 추측에서 나온 것도 있었으나 어쨌든 이를 고발인에게 추궁하는 법은 없었다. 고발의 결과는 가히 짐작할 수 있었다. 처벌을 받기도 하고 전출이나 강직을 당하기도 하고 비판을 당하기도 하고 보너스를 깎이기도 했다. 첸메이쯔도 적지 않은 상금을 받았다. 워낙 사안이 자잘하여 큰 금액은 아니었으나, 그래도 모으면 제법 한몫의 수입이었다. 첸메이쯔가 상금을 받을 때마다 가장 먼저 하는 일은 차가운 맥주를 한 병 사서 마시는 것이었다. 그녀는 가슴이 뜨거운 것 같고 불덩이가 위로 솟구쳐 오르는 것 같았다. 차가운 맥주 한 병이 뱃속에 들어가면 온몸이 편안해졌다. 첸메이쯔는 평소에는 술을 마시지 않았으나 그때만큼은 예외였다. 공돈도 생겼으니 자신을 위로해 주는 것이 당연하지 않은가. 게다가 그녀는 스스로 마음을 가라앉힐 필요가 있었다. 여유롭게 다음 목표를 선택하기 위해서.

통상적인 상황이라면 무청의 각 관련 부서들은 고발인에 대한 비밀 유지가 상당히 철저했다. 그렇지 않으면 고발업이 이처럼 발달할 수 없었을 것이다. 하지만 그래도 소문은 점점 퍼져 나갔으며, 사람들 사이에서 누가 누구를 고발했다는 추측이 나오기도 했다. 이는 어마어마한 혼란과 성가신 일들을 유발했고, 동료 간에 충돌이 발생하여 수습할 수 없어지면 결국 그들을 떼어 놓아야만 했다. 다행히 상급 지도자도 이 문제에 대해 빠져나갈 길을 터주었다. 그래서 무청에서 전근은 그리 어려운 일이 아니었으며, 이 또한 고발업의 발전에 따라 동반한 조치였다. 첸메이쯔는 십여 년의 시간 동안 다섯 차례 직장을 옮겼는데, 모두 원래 직장에서 계속 생활하는 것이 불가능했기 때문이다. 모두들 눈을 부라리며 서로를 경계하고 서로를 신고했으며 서로를 궁지에 빠트리고 서로를 적대시했다. 첸메이쯔는 출판사에 오기 전 한 육류 종합 가공 공장에서 일했는데, 한 여자 칼잡이가 고기도 훔치고 남자도 훔쳤다고 고발했다. 후에 칼잡이가 이 사실을 알게 되었고 뼈 바르는 칼을 들고 죽이겠다고 쫓아왔다. 칼잡이는 비판과 교육을 받았고, 첸메이쯔는 감히 출근할 용기가 나지 않아 그날로 직업을 잃었다.

첸메이쯔가 무청출판사에 들어가게 된 것은 다커 사장이 결정한 일이었다. 출판사의 나이 든 문서 수발원이 퇴직하면서 곧바로 인력 시장에 사람을 보내 직원을 구했는데, 인력 시장의 대다수는 농민공과 일부 무청의 퇴직한 노동자였다. 직원을 구하러 간 사람이 세 사람을 데려와 다커에게 보였다. 남자 두 명에 여자 하나였는데 두 남자는 모두 농민공이었고, 30대였다. 그들은 그래도 고등학교 졸업장은 가지고 있었다. 하지만 다커는 농민공에게 썩 좋은 인상을 가지고 있지 않았다. 무청은 원래 아주 깨끗했고 사람들의 옷차림도 깔끔했다. 하지만 많은 수의 농민공이 밀려들어오면서 도시의 질서는 뒤죽박죽이 되었다. 그들은 도로를 가로지르고 함부로 쓰레기를 버리고 길에다 가래를 뱉으며 큰 소리로 떠들고 누더기를 입은 채 여기저기를 돌아다녔다. 이는 다커를 몹시 불쾌하게 만들었다. 다커는 결벽증이 있는 사람이었다. 매일 아침저녁으로 두 번 샤워(목욕이 아닌)를 하고 하루 한 번 속옷을 갈아입었다. 밖에 나갈 때는 반드시 양복을 입고 넥타이를 맸다. 그런데 큰길에만 나가면 그처럼 많은 농민공이 도처를 쑤시고 다니는 것을 보아야 하니 어찌 불쾌하지 않겠는가? 가장 화가 나는 것은 그것이 그 정도에 그치지 않는다는 점이었다. 만약 그들이 그냥 큰길을 떠돌아다니는 것이라면 그래도 괜찮다. 문제는 그들이 점점 도시 내부로 침투하려는 것이었다. 예를 들면 식당이나 대중목욕탕 같은 곳이 그랬다. 그것도 뭐 괜찮다고 치자. 그 사람들도 밥은 먹어야 하고 목욕도 해야 하니까. 하지만 그들은 가라오케나 바, 공원에서도 심심찮게 눈에 띄었다. 이는 너무 지나치지 않은가. 한번은 다커가 외국 친구를 데리고 바에 가서 프랑스산 포도주를 즐기고 있는데 돌연 7~8명의 농민공이 몰려들어 왔다. 앞장 선 사람은 십장인 모양이었다. 그가 큰 소리로 말했다. 내가 살게, 내가 사! 다커는 곧바로 후끈후끈하고 시큼한 땀 냄새를 맡았다. 그들은 자리를 잡고 앉은 뒤에 한꺼번에 30병의 맥주를 주문했다. 한 사람이 한 병씩 잡고 입으로 뚜껑을 열더니 병에 입을 대고 마시기 시작했다. 동시에 쉴 새 없이 떠들어 댔다. 외국 친구가 이맛살을 찌푸렸다. 그가 이맛살을 찌푸린 데는 그럴 만한 이유가 있었다. 바는 조용하고 몽롱하고 애매한 장소인데, 어떻게 그처럼 소란을 피운단 말인가? 다커는 망신스러움을 참다 참다 결국 자리에서 일어나 그쪽으로 다가가 호통을 쳤다. 당신들 왜 여기서 이렇게 큰 소리로 떠드는 거요? 바는 조용한 곳이니까 떠들고 싶으면 공사장으로 돌아가서 실컷 떠드시오! 일군의 농민공이 순간 그대로 얼어붙은 채 멀뚱멀뚱 서로의 얼굴만 쳐다보았다. 그들은 다커가 높은 관직에 있는 사람 같아 감히 대꾸도 하지 못했다. 십장의 얼굴에 무안한 기색이 떠오르더니 자리에서 일어나 되받아쳤다. 당신이 뭔데 사람이 이야기도 못 하게 하는 거요? 다커가 말했다. 바 안에 당신네들처럼 이야기하는 사람이 어디 있소? 십장도 화를 내며 말했다. 당신네들처럼 쏙닥거리는 것도 이야기라고 할 수 있어? 완전 여편네들같이 말이야. 이 몸은 이렇게 이야기하실 테다! 그러면서 그는 다시 목소리를 높였다. 바의 사장이 소식을 듣고 급히 다가왔다. 이때 다커는 이미 십장의 멱살을 붙잡았고, 십장 역시 다커의 멱살을 붙잡았다. 바의 사장이 황급히 달려들어 그들을 떼어 놓고 말렸다. 몇몇 농민공이 말썽이 생기는 것이 두려워 십장을 떼어 내고 맥주를 든 채 밖으로 나가며 말했다. 길에서 마시자고요. 아무도 상관할 사람도 없잖아요! 후에 그들은 바 밖의 거리에서 바닥에 주저앉은 채 30병의 맥주를 다 마신 뒤 떠났다.

다커는 그때부터 농민공을 더욱 혐오하게 되었다. 그의 출판사는 농민공이 들어오는 것이 용납되지 않았으므로, 그는 손을 내저어 두 고등학교 졸업자를 내보냈다. 그리고 그는 다시 눈앞의 여인을 쳐다보았다. 서른 남짓의 여인이 간절한 눈빛으로 그를 바라보고 있었다. 다커는 그런 눈빛이 마음에 들었다. 게다가 그녀는 신체가 건장하고 튼튼했으므로 힘도 좋을 것이 분명했다. 출판사에는 원고와 서적이 많아서 이를 옮기기 위해서는 어느 정도의 체력이 필요했다. 하지만 다시 그녀의 학력이 중학교 졸업인 것을 보고는 곧바로 머리를 가로저었다. 그때 마침 문학 편집자인 량차오둥이 구경하러 왔다가 그녀의 학력을 뒤적여 보고는 생각 없이 한마디를 내뱉었다. "겨우 중졸?" 그 여인은 이제 끝났구나 하고 생각했다. 얼굴에는 절망적인 표정이 떠올랐다. 이는 그녀가 인력 시장에서 이미 3개월을 떠돌다가 겨우 잡은 기회였다. 하지만 그 순간 다커가 말했다. "자네 여기 남게." 그는 부하 직원이 함부로 말참견을 하는 것을 좋아하지 않았으며, 부하 직원이 자신 대신 결정을 내리는 꼴은 더더욱 볼 수 없었다.

첸메이쯔는 그렇게 채용되었다.

이는 참으로 의외의 결과였다. 당시 그녀는 너무 기쁜 나머지 다커의 목을 끌어안고 입이라도 맞추고 싶은 심정이었다. 그녀는 이곳이 출판사라는 것을 잘 알고 있었다. 오늘 이후로 책 그리고 지식인들과 교류하면서 자신도 그들 중의 일원이 되어야 한다. 그녀는 여러 차례 다커를 향해 감사하다며 인사를 했다. 그전까지 그녀는 계속해서 다커를 관찰하고 있었다. 한눈에 보기에도 그는 권력을 쥐고 사람들에게 자신의 권력을 보여 주려는 사람이라는 것을 알 수 있었다. 그녀가 평소에 고발 동호회원들과 교류한 바에 따르면, 이런 부류의 사람은 일반적으로 대부분 기대를 걸어 볼 만한 고발 대상이었다. 당시 첸메이쯔는 드디어 대어를 낚을 수 있겠다는 생각이 들었다. 이전까지 그녀가 고발한 인물들은 모두 피라미나 새우새끼뿐이라 고발 동호회원들 앞에서 체면이 서지 않았다. 첸메이즈는 몇몇 고발 동호회원들이 자신을 무시하며, 그녀가 가정주부식이거나 잘 봐줘 봤자 이웃집 아줌마식 고발 방법을 사용하여 자질구레하고 품위가 떨어진다고 평가하는 것을 알고 있었다. 그들 중에는 전문적으로 고위직만 고발하는 사람도 있었다. 하지만 고위직을 고발하는 것은 결코 쉬운 일이 아니었다. 예를 들어 부국장 이상의 관료를 고발하기 위해서는 필수적으로 많은 공을 들여야 하며, 음으로 양으로 조사하면서 미행과 정탐

등을 통해 장기간 다양한 유형의 정보를 수집해야 한다. 어떤 사람들은 이를 위해 일도 직장도 그만두었고, 수입이 끊겨 가난에 쪼들리다가 심지어 이혼을 당하기도 했다. 하지만 그들은 의지가 확고했다. 얼굴이 누렇게 뜨고 몸이 수척해져도 두 눈은 이글거렸고, 절대로 목표에서 시선을 떼는 법이 없었다. 3년을 장사를 쉬어도, 한 번 장사에 3년을 먹고산다는 말처럼, 언젠가 고위직 하나만 자빠트리면 어마어마한 상금을 거머쥘 수 있었다. 그런 성취감은 첸메이쯔가 얻을 수 있는 종류의 것이 아니었다. 첸메이쯔의 고발 동호회원 중에 류싼(劉三)이라는 사람이 있었는데, 나이는 마흔 남짓에 진즉 부인에게 이혼을 당하고 혼자 집을 세내어 살고 있었다. 그는 없이 지낼 때는 길에서 쓰레기를 주워 판 돈으로 입에 풀칠을 하고, 돈이 생기면 5성급 호텔 레스토랑에 가서 고급스러운 음식에 포도주까지 곁들여 혼자 음미했다. 그럴 때면 그 기품이 억만장자에도 뒤지지 않았다. 이런 사람들은 프로 고발인이라 불렸다. 하지만 첸메이쯔는 그럴 수가 없었다. 그녀에게는 가정과 직업이 필요했으며, 고발은 그저 부업이나 취미 생활일 뿐이었다. 또한 지금은 그녀에게 프로 고발인을 시켜 준다 한들 능력이 따라 주지도 않았다. 하지만 그녀는 류싼과 같은 프로 고발인을 숭배하고 있었다.

첸메이쯔는 출판사에 온 지 3개월 만에 고발을 시작했다. 처음 그녀에게 고발을 당한 사람은 다커가 아니었다. 이는 다커가 그녀를 채용해 준 것에 고마운 마음을 가지고 있어서가 아니라 아직 꼬투리를 잡지 못했기 때문이었다. 그녀가 먼저 고발한 것은 량차오둥이었다. 량차오둥은 그녀가 채용되던 날 이렇게 말했었다. "겨우 중졸?" 그 말로 인해 첸메이쯔는 그를 증오하게 되었다. 게다가 그녀는 금세 그 나쁜 자식이 근무 시간에 외출하는 것을 좋아하고 제멋대로 행동한다는 것을 알아차렸다. 이는 응당 고발해야 할 일이었다. 하지만 출판사는 공장이나 상점과 달라서 근무 시간에 어디든 오갈 수 있었다. 심지어 외출을 한다 해도 사장 다커나 편집장 스퉈 등이 크게 신경 쓰지 않았으며 편집자들이 자유롭게 들락날

락하도록 내버려 두었다. 첸메이쯔는 감탄했다. 역시 지식인들은 다르구나. 하지만 량차오둥은 유독 산만하고 지각과 조퇴를 일삼았다. 게다가 주야장천 핸드폰을 귀에 대고 걸어 다니면서 히죽거리고 농담을 하는 모양이 분명 상대방이 여자인 것 같았다. 그 나쁜 자식은 조금도 꺼리는 기색이 없었으며 남이 듣든 말든 신경도 쓰지 않는 것 같았다. 심지어 첸메이쯔가 앞에 있는데도 문서 수발실에서 우편물을 뒤적이면서 전화로 데이트 약속을 잡기도 했다.

며칠 뒤 첸메이쯔가 다커에게 이 일을 보고했다. 다커의 대답은 뜻밖이었다. 문서 수발이나 제대로 하게. 다른 일에 참견하지 말고! 온통 비난과 불만이 가득한 표정이었다. 첸메이쯔는 몹시 의외였다. 그녀는 다커가 량차오둥을 싫어한다고 생각했다. 채용이 진행되고 있을 때 량차오둥이 그녀를 낮게 평가하는 것에 아랑곳하지 않고 단호히 고용을 결정한 것이 명백한 증거였다. 또한 평소에도 량차오둥이 다커와 함께 있는 것을 본 적이 없었다. 하지만 다커는 왜 감히 량차오둥을 나무라지 못할까? 설마 량차오둥에게 무슨 든든한 배경이라도 있는 것일까? 첸메이쯔는 다커가 제2 편집실의 쉬이타오에게 유독 깍듯하게 대한다는 사실을 알아차렸다. 이는 쉬이타오의 남편이 무청시 기율 검사 위원회의 서기인 톄밍이기 때문이었다. 그녀는 오래지 않아 이러한 인맥에 대해 들어 알게 되었다. 하지만 량챠오둥에게 무슨 대단한 인맥이 있다는 소리는 들어 본 적이 없었다.

첸메이쯔는 다시 편집장 스퉈에게 량차오둥의 상황을 보고했다. 그녀는 한참을 말했고, 스퉈도 한참을 들었다. 그의 표정이나 태도는 몹시 집중하고 있는 듯 보였다. 하지만 그녀의 이야기가 끝나자 그는 이렇게 말했다. 미스 첸, 밖에 비가 오는 건가? 그는 아예 그녀의 이야기를 듣지도 않았던 것이다. 첸메이쯔는 스퉈가 기인이라는 것을 이미 들어 알고 있으므로 그리 개의치 않았다. 보아하니 그는 책밖에 모르는 책벌레인 모양이었다. 학식을 갖춘 이에 대해서 그녀는 여전히 존경심 같은 것을 가지고 있었다.

챈메이쯔는 더욱 정신과 체력을 집중하여 량차오둥을 주시하기로 결심했다. 고발 동호회원의 경험이 그녀에게 알려 주었다. 한 사람을 주시하되 절대로 놓쳐서는 안 된다. 시간이 길어지면 분명히 문제가 발견된다. 이 사회에 문제가 없는 사람은 없다.

후에 증명된 바에 따르면, 이 이치는 옳을 뿐 아니라 예상 외로 쉽기까지 했다. 량차오둥이라는 녀석은 여자 문제에 있어 조금도 숨김이 없었다. 그는 조금의 망설임도 없이 건성건성 거들먹거리며 여자들을 상대했다. 챈메이쯔는 몇 차례 그의 뒤를 밟았는데, 량차오둥이 건물을 내려갔다 하면 예쁜 아가씨가 다가왔다. 량차오둥은 남의 눈에 띨까 두려워하는 기색도 없이 여자에게 다가가 허리를 껴안거나 어깨를 감싸 안았다. 때로는 엉덩이를 두드린 뒤 함께 주차장으로 걸어가기도 했다. 주차장에는 그의 잘빠진 파란색 자동차가 있었다. 두 사람은 다정히 차에 오른 뒤 곧바로 차를 몰고 떠났다. 챈메이쯔는 그 광경에 눈이 번쩍 뜨이고 입이 떡 벌어졌다.

때때로 량차오둥은 아예 아가씨를 편집실에 데리고 오기도 했다. 게다가 며칠 만에 사람을 갈아 치웠는데 대부분 세련되고 예쁜 아가씨들이었고, 풍만하고 우아한 젊은 부인도 있었다. 후자는 챈메이쯔가 보기에도 량차오둥보다 나이가 훨씬 많은 것 같았다. 하지만 량차오둥은 그들을 사람들에게 소개할 때 일괄적으로 여자 친구라 불렀다. 게다가 하하호호 웃으면서 사람들에게 담배와 사탕을 나눠 주고, 상대방에게 곧 결혼할 것 같은 분위기를 풍겼다. 하지만 그는 누구와도 결혼하지 않았으며, 어느 정도 시간이 지나면 또 다른 여자를 만났다. 이것이 여성을 희롱하는 것이 아니고 무엇이겠는가?

챈메이쯔는 분노에 가득 차 고발장을 써 내려갔다.

이번에는 그녀도 더 똑똑해졌다. 그녀는 고발장을 곧장 출판국과 무청기율 검사 위원회로 부쳤다. 고발장에는 대략적인 통계도 들어갔다. 량차오둥은 여성을 가지고 놀다가 보름에 한 명씩 갈아 치우니, 1년이면 20명이 넘고 3년이면 6~70명에 달한다. 이는 그야말로 충격적인 일이다. 양아치! 이는 모범적인 윤리를 파괴하는 불온분자이므로, 실형에 처하거나 최소한 공직에서 면직시켜야 한다. 그녀는 도무지 납득이 되지 않았다. 출판사는 어째서 이런 사람이 편집자를 맡고 있도록 용인한단 말인가!

이 고발장은 효과가 있었다.

기율 위원회는 오히려 직접적으로 관여하지 않았다. 량차오둥은 졸때기에 불과했기 때문이다. 임원과 간부에 관한 조사도 끝이 없는데, 그런 졸때기의 일까지 관여할 여력이 있겠는가? 그들은 고발장을 출판국에 전달했다. 출판국도 량차오둥의 일에 대해 어느 정도 들은 바가 있었으나, 그 정도로 심각한 줄은 모르고 있었다. 게다가 시의 기율 위원회에까지 고발장이 접수되었으니 더 이상 내버려 둘 수도 없는 노릇이었다. 그리하여 처장 한 명을 무청출판사로 보내 이를 처리하게 했다.

다커도 량차오둥의 소행을 알고 있었다. 그는 량차오둥에게 여자 친구를 확실히 정하고 빨리 결혼할 것을 권했지만 량차오둥은 매번 웃으며 급할 것 없다고 말했다. 하지만 다커는 누군가 이런 일로 고발장까지 쓰리라고는 생각지 못했으므로, 다소 심기가 불편해졌다. 량차오둥은 출판사의 유능한 직원이었다. 출판사 내부의 일이 기율 위원회와 출판국에까지 가서 분란을 일으키자 자신이 몹시 소극적으로 느껴졌다. 다커는 영역 의식이 강한 사람이었다. 자신이 아랫사람을 비판하는 건 괜찮아도 다른 사람이 이러쿵저러쿵하게 둘 수는 없었다.

다커는 출판국에서 파견한 처장에게 말했다. 이 일은 한쪽의 말만 들어서는 안 됩니다. 반드시 상의를 해 봐야지요. 처장이 말했다. 상의할 것이 뭐가 있는가? 고발장이 시 기율 위원회까지 들어갔는데. 다커가 말했다. 고발장에 적힌 말이 다 사실이라고 생각하십니까? 제가 보기에 적어도 절반은 근거 없는 헛소리입니다. 처장이 말했다. 다커 자네가 방금 한 이야기야말로 근거 없는 소리니 함부로 얘기하지 말게. 우리 시가 중점적으로 보호하는 집단이 바로 고발 인원일세. 이런 말이 나왔다는 것 자체가 원칙적으로 잘못된 것이네. 다커는 그에게 한 방 먹은 뒤 강경하게 반박해서는 안 되겠다는 것을 깨달았다. 그가 적당히 기회를 보다가 말을 꺼냈다. 그렇다면 스 편집장과 이야기를 해 보시는 것이 어떻습니까? 량 차오둥은 편집자니까 그의 관할이지요. 처장이 생각해 보니 옳은 말이었다. 그는 곧바로 상의를 위해 스튀를 불러들이고 고발장 일에 대해 잠시 설명했다. 뜻밖에 스튀는 놀라움으로 두 눈이 휘둥그레졌다. 스튀가 말했다. 당신들 그렇게 한가하십니까? 이런 일까지 참견하시다니?

다커는 어깨를 으쓱했다. 그는 스튀가 그렇게 말할 것이란 것을 알고 있었다.

처장은 이 일을 놓고 스튀와 시비를 가릴 수 없다는 것을 깨달았다. 다커는 사장이자 최고 책임자이므로, 역시 그로 하여금 태도를 표명토록 해야 했다. 그는 곧바로 다커를 가두고 문밖에 나가지 못하게 했다. 다커는 어쩔 수 없다는 듯 말했다. 량차오둥과 먼저 이야기해 보시지요. 어쨌든 일단 실상부터 확인하셔야 할 것 아닙니까. 처장이 말했다. 그것도 좋지. 하지만 자네는 그 자리에 있어야 하네. 다커가 말했다. 저는 일이 있습니다. 인쇄공장과 약속이 되어 있어요. 오늘 그쪽과 협의할 업무가 있어서요. 그러면서 떠날 채비를 했다. 처장이 한 손으로 그를 막아서며 말했다. 이야기가 끝나면 가게. 어쨌든 자네는 자리에 있어야 해. 자네가 행정 책임자이니 자리에 없어서는 안 되지.

다커는 이 차장이란 자가 그처럼 질기게 나오리라고는 생각지 못했다. 원래 다들 잘 아는 사이인데 너무 상대를 난처하게 만들 수도 없었다. 그는 어쩔 수 없이 시키는 대로 자리에 앉았다. 그리고는 곧바로 제2 편집실 주임 쉬타오를 보내 량차오둥을 불러들였다. 량차오둥은 마침 막 새 여자 친구를 데리고 사무실로 들어오는 참이었는데, 자신을 부른다는 이야기를 듣자 서둘러 다커의 사무실로 달려갔다. 그는 처장을 보자마자 잔뜩 엄숙한 표정을 지으며 말했다. 일본놈이 또 중국을 침략한 겁니까? 제가 최전방에 지원하겠습니다! 다커가 말했다. 량쯔, 히죽거리지 말게.

처장님이 자네에게 심각하게 하실 말씀이 있으시다네. 곧바로 처장이 량차오둥에게 여자 친구와의 교제에 대해 물었다. 량차오둥이 말했다. 맞는 말씀이긴 합니다만, 처장님께서 언급하신 숫자는 틀렸습니다. 처장이 말했다. 어떻게 틀렸다는 건가? 3년에 6~70명이면 적게 쳐준 걸세. 량차오둥이 말했다. 왜 적게 치십니까? 그것도 저의 인생 역정인데요. 실제로 제가 만난 사람은 100명이 넘습니다. 처장이 아 하고 소리를 지른 뒤 말했다. 그렇게 많다고? 량차오둥이 웃으며 말했다. 100명 가지고 많다니요? 생각해 보십시오. 중국에 10억이 넘는 인구가 있고 여자는 그중에 절반이니 연애할 대상이 적어도 수억 명은 되지요. 저는 고작 100명밖에 못 만났어요. 그 정도로 저와 가장 잘 맞는 상대를 찾을 수 있다고요? 말도 안 되지요! 다커가 끼어들었다. 량차오둥, 자네 안 피곤한가? 량차오둥이 말했다. 안 피곤해요, 안 피곤해요. 솔직히 피곤하면 한 이틀 쉬기도 하니까 걱정 마세요. 처장이 몹시 화를 내며 말했다. 자네는 윤리 도덕에 위배되는 행동을 하고도 어찌 이렇게 천하태평인가? 량차오둥이 답답하다는 듯 말했다. 처장님, 제가 태평하지 못할 이유가 뭐가 있습니까? 처장이 말했다. 자네의 행동이 나쁜 영향을 미친다고 생각하지 않나? 량차오둥이 말했다. 어떻게 나쁘다는 말씀입니까? 제가 국가의 법규를 손상시켰습니까, 출판국의 규정을 어겼습니까? 연애를 할 때 상대는 최대한 몇 명까지라고 정해 놓은 규정이라도 있습니까? 처장은 순간 말문이 막혔으나 곧 입을 열었다. 당연히 규정은 없지. 하지만 세상에 자네처럼 연애를 하는 사람이 어디 있나? 량차오둥이 말했다. 그런 질문은 유치하네요. 제가 국법을 어긴 것도 아니고 규정을 위반한 것도 아니라면 저희도 더는 할 얘기가 없겠네요. 그는 말이 끝나자마자 몸을 돌려 자리를 떠났다.

처장은 분노로 새파랗게 질린 얼굴로 말했다. 다커, 저것 좀 보게. 당신이 데리고 있는 부하 직원일세. 저런 인간도 좋은 편집자가 될 수 있단 말인가? 다커가 말했다. 처장님, 그런 말씀 마십시오. 량차오둥은 원고 의뢰나 원고 편집 능력에 있어서는 단연 으뜸이고, 출판사에서도 손에 꼽

힙니다. 처장이 고개를 내저은 뒤 자리를 떠나며 말했다. 참으로 이상한 노릇이군. 다커는 어깨를 으쓱하며 말했다. 형님, 조심히 들어가십시오.

이 모든 과정 중에 첸메이쯔는 한 번도 모습을 드러내지 않았다. 하지만 그녀는 문 뒤에 숨어서 모든 것을 엿듣고 있었다. 그녀는 이런 결과가 있으리라고는 생각지도 못했다. 출판국조차 량차오둥을 어쩌지 못하다니. 량차오둥이 밖으로 나오면서 그녀를 발견했다. 첸메이쯔가 그를 향해 미소를 지었다. 그녀는 이 일과 무관한 척하기로 작정했다.

그 일이 있는 후로 다커는 사람들을 죽 줄을 세워 보았다. 그리고 이 일이 첸메이쯔의 소행이라고 확신하게 되었다. 비록 무청에서 고발이 보편적인 일이기는 하지만, 출판사에서는 한 번도 그런 일이 발생한 적이 없었다. 게다가 량차오둥은 출판사의 익살꾼이고 모두가 그를 좋아했으며 여자 문제에 대해서도 자주 그의 면전에서 핀잔을 주곤 했으므로 굳이 뒤에서 칼을 꽂을 가능성은 크지 않았다.

다커는 이 문서 수발원에게 그런 수완이 있으리라고는 생각지 못했다. 보아하니 그녀 역시 무청의 고발족 중 하나인 모양이었다. 예전에 다커는 이러한 집단에 대해 전혀 아는 바가 없었다. 비록 고발족이 무청에서 위풍과 기세가 당당하다고는 하나 그는 조금도 그들에게 관심이 없었다. 개인적으로는 그들을 한 무리의 밀고자로 치부했으며, 상종 못할 인간이라 여겼다. 한번은 쉬이타오와 이 일에 대해 이야기를 나눈 적이 있었다. 쉬이타오는 이를 다 똑같이 볼 수는 없다고 말했다. 고발자 중에는 상당한 소양을 갖춘 사람도 있고, 정의감이 넘쳐서 추악한 현상을 보고 참을 수 없어 고발을 하는 사람도 있어요. 심지어 그중에는 실명으로 고발해서 공명정대하게 처리한 뒤 모든 상금을 일절 거절하는 사람도 있고요. 다만 그들이 물고기와 용이 한데 섞여 있는 것 같은 형국이라는 게 문제죠. 상부에서도 이를 장려하니까 어떤 사람들은 개인적인 목적으로 고발 행렬에 동참하기도 해요. 정보의 진위를 가리기 어렵다 보니 기율 위원회에서도 골머리를 앓고 있나 봐요. 쉬이타오의 이야기라면 다커도 믿을 수 있었다. 그녀는 무청 기율 위원회의 서기인 톄밍의 부인이었다. 그녀의 관점은 아마도 톄밍의 관점이기도 할 것이다. 하지만 다커는 그 사람들에게 여전히 호감이 가지 않았다.

량차오둥이 고발을 당한 것은 다커를 몹시 노하게 만들었다. 하지만 그는 첸메이쯔를 해고하지 않고, 아무 일도 일어나지 않은 것처럼 대했다. 출판사의 사람들은 몹시 의아했다. 모두들 다커가 자신이 싫어하는 사람을 늘 엄중히 처리했다는 것을 알고 있었다. 예전에 출판사에 출납원 한 명과 행정 직원 한 명, 편집자 한 명이 무슨 이유에서인지 그에게 미움을 샀고, 얼마 지나지 않아 모두 전출된 적이 있었다. 다커의 눈에는 모래알도 용납되지 않았다. 스튀도 그랬다. 그는 진즉 스튀를 내쫓고 싶었지만, 출판국에서 그 바보를 좋아하니 다커로서도 어쩔 방법이 없었다. 그 일로 다커는 출판국에 대해 뱃속 가득 불만을 품고 있었다.

첸메이쯔가 남아 있는 것은 의외였다. 아무도 다커가 왜 갑자기 온화해졌는지 이유를 알지 못했다. 농담처럼 미술 편집자에게 묻는 사람도 있었다. 사장님이 그 여자애를 좋아하는 거 아냐? 샤오자가 말했다. 말 같지도 않은 소리! 사장님 같은 품격과 지위에, 그런 여자가 눈에 차겠어?

구쯔는 곧바로 둔황을 떠나지 않았다.

차이먼은 거의 그녀의 눈앞에서 다시 사라져 버렸고, 그녀를 낙담시켰다. 그녀는 어디로 가야 할지 몰랐으나 이렇게 빨리 무청으로 돌아가는 것은 더욱 싫었다. 그녀는 둔황에서 며칠 더 묵으면서 천천히 다음 일을 생각하기로 했다. 게다가 둔황은 워낙 볼 것이 많은 곳이 아닌가. 차이먼도 이곳에 끌려 한 달 이상을 머물렀는데, 이왕 왔으니 둘러보는 것이 당연하다.

그 뒤로 며칠 동안 구쯔는 둔황의 스쿠(石窟)와 밍사 산(鳴沙山), 웨야 천을 둘러보고, 위먼관과 황탄거비 사막에도 갔다. 역사적으로 그처럼 이름이 높았던 위먼관은 오늘날 그저 무너진 흙담장 몇 개가 남아 있을 뿐이었다. 황탄거비 사막 위에 우뚝 서 있노라니 세월의 무정함에 절로 탄식이 새어 나왔다. 위먼관 앞의 공터에 남루한 옷차림의 노파가 앉아 있었다. 노파는 머리카락이 바람 속에 흩날리고 얼굴은 검은색 도자기 같았으며 온 얼굴에 주름이 가득해 어디가 눈이고 어디가 입인지도 분간이 되지 않았다. 노파는 표정과 기색이 순박했고, 앞에는 낡은 사발과 접시 몇 가지가 놓여 있었다. 어느 조대의 것인지는 알 수 없었으나 팔려고 내놓은 것 같았다. 위먼관에는 관광객이 전혀 없었다. 구쯔는 낙타 한 필을 빌려 타고 갔는데, 반나절이 지나도록 한 사람도 만나지 못했다. 낙타를 끄는 노인만이 멀찍이 쪼그리고 앉아 꿈쩍도 하지 않고 담배를 피웠다. 그의 얼굴도 마찬가지로 검은 도자기 같았다. 이 노인은 분명 노파와 아는 사이일 것이다. 그가 낙타를 끌고 이곳에 온 것도 분명 이번 한 번에 그치지 않을 것이다. 하지만 그들은 인사를 나누지 않았으며, 서로 간에 낯선 사람처럼 굴었다. 표정과 태도도 몹시 냉담했다. 구쯔는 이 두 노인이 마치 점토로 빚어 구워 낸 사람들같이 느껴졌으며 위먼관과 마찬가지로 고대의 유물인 것만 같아 처량한 생각이 들었다. 구쯔는 위먼관이 한무제 때 설치되었으며, 서역에서 중원의 옥석을 수입할 때 거쳐 갔다 하여 이름 붙여진 곳이자 병법자가 반드시 확보해야 할 땅이라는 것을 알고 있었다. 또한 그녀는 "해마다 진허(金河)와 위먼관을 누비고, 날마다 말채찍과 칼코등이를 휘두르네."라는 구절도 기억하고 있었다. 이는 아마도 유중용(柳中庸)의 시 《정인원(征人怨)》에 나오는 구절일 것이다. 구쯔는 현대 문학을 공부했으나 고전 문학에 대한 기초 또한 훌륭했다. 그녀는 허망한 당시송사와 고대문선을 좋아했으며, 그 속에 깊이 빠져 있었다. 이는 그녀를 현실의 세계와 멀어지게 만들고 그녀의 내면을 고요하고 고독하게 만들었다. 그녀는 그런 느낌이 좋았다.

거의 2000년은 되었을 것이다. 위먼관은 완전히 버려졌다. 구멍투성이의 담장 몇 개가 남아 있는 것을 제외하면 아무것도 없이 텅 비어 있었다. 하지만 그곳에 깃들어 전달하고 있는 메시지는 주변의 퇴적물만큼이나 두터웠다. 멀지 않은 곳에 수친허 강(疎勤河)이 흐르고 있었다. 이는 위면관과 함께 이름이 났으나 역사는 더 오랜 강이니 분명 위면관의 번영과 몰락을 증언할 수 있을 것이다. 하지만 강 또한 냉담하기 그지없었다. 지척에 있는 위면관의 이야기도 강과 아무런 관련이 없다는 듯했다. 마치 앞에 있는 두 노인처럼. 그들은 분명 역사의 한 토막을 함께 겪었을 것이다. 서로가 서로를 볼 수 있고, 서로에 대해 잘 알면서도, 그들은 침묵을 지키고 아무 말도 하지 않았으며 인사조차 나누지 않았다. 세월은 그렇게 흐른다. 1000년, 2000년, 일어나야 할 일은 모두 일어났다. 무슨 할 말이 있겠는가? 말을 한들 하지 않은들 무슨 차이가 있겠는가?

위면관은 이미 역사의 잔재가 되었다. 차이먼은 이곳의 정경을 보고 어떤 감회에 잠겼을까? 그도 자신처럼 위면관의 남은 담장을 몇 바퀴 돌아본 뒤 덧없이 한 구석에 앉아 감개무량했을까?

구쯔는 다시 한 번 남은 담장에 다가가 이를 자세히 살펴보았다. 위에는 함부로 새긴 글자가 희미하게 남아 있었다. "××× 이곳을 유람하다" 구쯔는 순간 마음이 환해졌다. 그녀는 다시 다른 곳을 살펴보기 시작했다. 혹시 차이먼의 이름을 발견할 수도 있지 않을까? 하지만 그녀가 담장을 한 바퀴 돌도록 끝내 아무것도 발견되지 않았다. 이는 사실 충분히 짐작했던 일이다. 차이먼이 수준 낮은 관광객들처럼 아무 데나 함부로 낙서를 할 리 없다. 게다가 위면관과 같이 파괴되어 황폐한 곳이라면 하다못해 기와 조각으로 그어 낸 상처라 할지라도 치명적인 훼손이 될 수 있었다.

구쯔가 위면관을 떠나며 우울하게 노파 앞을 지나다가 그녀와 몇 걸음 떨어진 거리에서 걸음을 멈췄다. 이유는 알 수 없지만 구쯔는 노파가 조금 두려웠다. 만약 먼 곳에 쭈그리고 앉아 있는 낙타 끄는 노인이 아니었다면, 구쯔는 노파를 황탄거비 사막에 사는 여자 요괴라 생각했을 것이다. 구쯔는 노파에게 무언가 물어보고 싶어졌다. 혹시 노파는 차이먼을 만난 적이 있을지도 모른다. 하지만 망설이다 이내 그만두고 말았다. 만났다 한들 또 어쩌겠는가? 차이먼은 어쨌든 이미 떠났고 그림자조차 보이지 않는다. 노파는 구쯔가 거기 서 있는 것을 아는 것 같았으나 구쯔에게 관심이 없는 듯 눈을 치켜떴다가 이내 감아 버렸다. 노파는 이 젊고 아름다운 아가씨가 자신의 골동품을 사지 않으리라는 것을 대충 파악한 모양이었다.

구쯔는 입술을 깨물며 발길을 돌렸다. 눈에는 눈물이 맺혔다. 그녀는 돌연 울고 싶어졌다.

그런데 바로 그때 노파가 뒤에서 한마디를 내뱉었다. "그 사람 왔다 갔어." 목소리는 아득히 흩날리다가 곧바로 거비 사막의 바람에 쓸려 가 버렸다.

구쯔는 놀라 다시 걸음을 멈췄다. 그녀가 말했다. …… 누구요? …… 차이먼 말씀이세요? 만일 그렇다면 노파는 내가 차이먼을 찾고 있는 것을 어떻게 아는 것일까? 만일 그게 아니라면 그녀는 무슨 이야기를 하는 것일까?

구쯔는 머리카락이 곤두섰다. 구쯔가 고개를 돌려 노파를 바라보았다.

노파는 다시 눈을 감아 버렸다. 표정과 기색은 여전히 소박하면서도 기이했다. 마치 방금 아무 이야기도 하지 않았다는 듯.

위먼관을 떠나는 길에 구쯔는 낙타 위에 앉아 조금 후회했다. 왜 노파에게 몇 가지 질문을 해 보지 않았을까? 아마도 노파는 차이먼에 대해 더 많은 것을 알고 있을 텐데. 적어도 자신에게 차이먼의 나이나 생김새, 몸집에 대해 설명해 줄 수도 있을 테고, 객잔의 종업원이 알려 준 내용과 상호 검증해 보면 앞으로 그를 찾는 여정이 덜 무모할 수 있을 텐데.

구쯔는 낙타 위에 앉아 고개를 돌려 주위를 둘러보았다. 위먼관은 이미 멀어져 버렸다. 낙타를 끄는 노인이 그녀의 마음을 아는 듯 이렇게 말했다. "그 사람은 무당이오."

그리고는 더 이상 아무 말도 하지 않았다.

구쯔는 멍해졌다. 그렇다면 자신이 알 수 있는 것은 이 정도뿐이다. 무당은 모든 것을 알고 있지만, 자신이 해야 할 말과 하고 싶은 말만 하니까. 말하고 싶지 않은 이야기는 물어봤자 소용이 없다. 구쯔는 예전에 책에서 무당을 접한 것이 전부였으며 실제로 본 것은 오늘이 처음이었다. 그녀는 정말 이상하다는 생각이 들었다. 이렇게 먼 곳에서, 이처럼 황량한 사막에서, 어떻게 무당과 마주치게 되었을까. 게다가 그 무당은 자신이 누구를 찾고 있는지도 알고 있지 않은가? 낙타를 끄는 숯처럼 시커먼 노인 또한 이상하기는 마찬가지였다. 그야말로 반쯤 신선 같은 자태하며, 내가 무슨 생각을 하는지는 또 어떻게 안단 말인가? 구쯔는 갑자기 두려운 생각이 들었다. 차이먼을 찾는 것은 간단한 일이 아닐 것 같았다. 마치 무수히 많은 현묘한 이치가 감춰져 있는 것 같았다. 이제는 이미 팔괘의 형세에 빠져 모든 것이 복잡하게 뒤섞여 분명하게 구별할 수 없게 되었다.

그녀는 짐작도 할 수 없었다. 앞으로 어떤 희한하고 기괴한 일들과 만나게 될까.

둔황 객잔에 돌아오자마자 구쯔는 곧바로 그것과 맞닥뜨렸다.

그녀도 그처럼 빨리 맞닥뜨리게 될 줄은 생각지 못했다.

그녀는 원래 짐을 꾸려 다음 날 떠날 준비를 하고 있었다. 어디로 갈지는 아직 정하지 못했으나 어쨌든 둔황을 떠나기로 한 것이다. 그녀는 일단 란저우(蘭州)에 간 뒤 다시 생각해 보기로 했다. 란저우는 둔황과 마찬가지로 간쑤(甘肅)성에 속하면서 성정부 소재지이기도 해서 어디로 가든 거기서 차를 갈아탈 수 있었다.

대충 짐정리를 마친 뒤 구쯔는 다시 책상 앞에 앉아 지갑을 확인했다. 그녀는 몹시 풀이 죽은 모습이었다. 돈은 아직 충분했다. 무청을 떠날 때 스튀가 사람을 시켜 그녀에게 만 위안을 찾아 주었는데, 거의 건드리지도 않았다. 이렇게 많은 돈을 지니고 있으니 국내의 어디라도 갈 수 있다. 게다가 스튀는 외지에서 돈이 부족하면 전보를 치거나 전화를 하라고, 그러면 그가 곧바로 돈을 부쳐 주겠노라 말했다. 구쯔는 스퉈의 기대에 찬 눈빛이 떠올라 부담감에 사로잡혔다. 이렇게 돌아간다면 분명 그를 실망시키고 말 것이다. 그녀는 속으로 말했다. 반드시 기운을 차리고 계속 찾아야 해. 하지만 란저우에 간 뒤에는 또 어디로 갈 것인가? 구쯔는 한숨을 내쉬었다. 동전 하나를 손바닥에 놓고 만지작거리고 있는데 동전이 손을 벗어나더니 책상 위로 떨어졌다. 몇 바퀴를 구르던 동전은 돌연 책상 위에 난 틈을 타고 가다 책상 안으로 떨어졌다. 땡그랑 하는 소리가 들리는 것으로 보아 아마도 서랍 안에 떨어진 모양이었다. 구쯔는 우스운 생각이 들었으나 급히 찾으려 들지는 않았다. 책상 위의 틈을 보니 다시 차이먼이 그 낡은 책상 위에 엎드려 글을 쓰는 광경이 떠오른 것이다. 흐트러진 머리카락과 땟물이 흐르는 얼굴, 덥수룩한 수염, 담배 연기가 피어오르는 가운데 허리를 구부리고 책상에 엎드려 글을 쓰는…… 구쯔는 작가가 어떤 모습을 하고 있는지 본 적이 없으니 차이먼의 글을 통해 상상해서 그를 그려 볼 수밖에 없었다. 그런 모습일까? 그럴 수밖에 없을 것이다. 이는 이 방에 처음 들어온 그날부터 만들어진 화면이라 이미 바뀔 수 없었다. 이것으로 좋았다. 이 이미지는 구쯔를 감동시키고 또 가슴 아프게 했다. 구쯔는 다시 힘이 생겨나는 것을 느꼈다. 다시 찾아 나서야 한다. 갈 길이 아직 멀다. 고작 한군데 찾아본 것으로 낙담한다는 것은 말이 되지 않는다. 그녀는 스퉈가 그녀에게 차이먼을 쫓는 광경을 묘사해 준 것을 기억하고 있었다. 벌판 위에서 차이먼은 도망치는 한 마리 늑대와 같았고, 구쯔는 기를 쓰고 그 뒤를 쫓고 있었다. 옷은 벌판의 가시덤불에 걸려 갈가리 찢어져 나체나 다름없었고, 머리는 마구 헝클어진 채 기를 쓰고 쫓아갔다. 구쯔는 이런 생각을 하자 심장 박동이 빨라졌다. 이 얼마나 사람의 마음을 빼앗는 광경인가!

구쯔는 지갑을 챙겨 자리에서 일어나다가 다시 떨어진 동전이 생각났다. 그녀는 잠시 망설였다. 꺼낼까 말까, 그냥 동전 하난데. 그래도 그녀는 허리를 숙이고 서랍을 잡아당겼다. 막 방에 들어왔을 때도 구쯔는 이 서랍을 잡아당겨 봤었지만 모양이 변형된 탓에 꿈쩍도 하지 않았고 그 뒤로는 다시 건드리지 않았다. 그녀가 손잡이를 몇 차례 흔들자 우지직 하는 소리와 함께 결국 서랍이 열렸다. 그럼 그렇지, 과연 동전은 그곳에 있었다. 구쯔는 이를 집으려다 서랍 속에서 반쪽짜리 종이를 발견했다. 혹시 차이먼이 남긴 물건은 아닐까? 순간 구쯔는 흥분에 사로잡혔다. 만약 차이먼의 물건이라면 종잇조각 하나도 좋다. 분명 차이먼의 물건일 것이다! 구쯔가 손을 뻗어 이를 꺼냈다. 백지였다. 반쪽짜리 백지, 격자무늬가 없는 종류에 위에는 글자도 적혀 있었다. 글씨는 몹시 난잡했으며 성(省)의 이름과 지명들이었다. 그중 많은 이름은 들어 본 적도 없었다. 비교적 분명하게 보이는 것들은 아래에 적힌 지명들이었다. 아바(阿壩), 황허디이완(黃河第一灣), 주자이(九寨), 황룽(黃龍), 창자이(羌寨) ……그 외에 일부 지워진 글자들은 이미 잘 알아볼 수 없었다.

구쯔는 손에 종잇조각을 받쳐 들고 잠시 격정으로 몸을 떨었다. 이들은 모두 지명 같았다. 아마도 바로 차이먼이 가려는 곳일 것이다! 그녀는 이 반쪽짜리 백지를 차이먼이 남긴 물건이라 믿었다.

그렇다.

그의 것이 아니라면 누구의 것이겠는가?

아마도 실수로 빠뜨렸겠지. 그는 자신의 다음 여행을 계획하면서 아무렇게나 종이 위에 기록해 나갔다. 몇몇 장소들이 떠올랐으나 무슨 연유에서인지 다시 지워 버렸다. 그는 그 장소들을 지우면서도 어디로 가야 할지 갈피가 잡히지 않았고, 결국 지워 버린 장소들을 망설임 없이 덧칠을 해 지워서 무슨 글자인지 알아볼 수 없게 만들었다. 그제야 그는 종이 위에 적힌 장소들로 떠나기로 마음을 정하고, 이를 적어 내려간 뒤 아무렇게나 서랍 안에 넣어 버린 것이다.

만약 그렇게 된 것이라면 이상하게 생각할 것도 없다. 여행 중에는 늘 무언가 잃어버리기 마련이다. 심지어 가장 중요한 물건을 잃어버릴 때도 있다. 하물며 이런 반쪽짜리 백지는 이미 중요할 것도 없었다. 마음속으로 행선지를 정하고 확실히 기억해 두었다면 이 반쪽짜리 종이는 있어도 그만 없어도 그만일 터였다. 하지만 구쯔에게는 어두운 밤중에 등대를 만나 전진할 방향을 찾은 것과 다르지 않았다.

이는 또 하나의 기적이었다. 그녀로 하여금 최후의 순간에 가장 원하던 것을 얻게 해 준 것이다.

하지만 구쯔는 이 추측에 만족하지 않았다. 무당을 만나는 경험으로 인해 그녀는 차이먼이 이를 일부러 남겨 둔 것인지도 모른다는 의심을 갖게 되었다. 다시 말하면 그는 어느 여자 편집자가 자신을 찾는 것을 알고 있다. 하지만 자신의 생활이 방해받을까 봐 그녀에게 발각되는 것을 바라지 않는다. 하지만 그는 또 이상한 생각도 든다. 그는 줄곧 속세를 벗어나 홀로 생활해 왔는데, 이제와 속세에서 사람을 보내 자신을 찾는다니. 그는 그녀가 왜 자신을 찾는지, 게다가 왜 여자 편집자를 보낸 것인지 알 수가 없다. 그는 이 여자 편집자에게 약간의 호기심이 생기기도 한다. 그렇다고 꼭 그리 큰 관심은 아니다. 그래서 일부러 반쪽짜리 백지 조각을 서랍 안에 남겨 두었다. 이는 쉽게 발견될 만한 곳이 아니니 그녀와 인연이 있나 보려는 것이다. 설령 그 반쪽짜리 백지 조각을 발견한다 해도, 그 위에 적힌 그가 가려는 장소는 천산만수에 구름과 안개 속과 같아 그를 찾아내기란 결코 쉽지 않다. 이는 또한 그녀의 결심을 엿보기 위한 것이다.

구쯔는 차라리 후자의 판단을 믿고 싶었다.

차이먼, 나는 당신과 인연이 있어요.

차이먼, 나는 반드시 당신을 찾아낼 거예요!

구쯔는 그 반쪽짜리 백지를 잘 챙긴 뒤 다시 젖은 수건으로 몸을 닦고 침대에 누워 잠을 청했다. 그녀는 더 이상 걱정하지 않았다. 그녀는 그를 찾아 나서는 길이 어둠 속일지라도 누군가 그녀에게 방향을 알려 주는 이가 있을 거라 믿었다.

제5편
톈주의 우청

팡취안린은 톈주를 만난 다음 날 저녁, 이 도시에 그렇게 많은 고층 건물을 지어 올린 것은 벌 받을 짓이라는 결론을 내렸다. 이 사방 몇백 리를 망쳐 놓은 것이다.

그날 저녁 톈주는 그의 낡은 지프를 몰고 팡취안린을 데리고 시내에 들어가 바람을 쐬었다. 그가 말했다. 취안린 형님, 제가 모시고 여기저기 돌아다닐 테니 건물이며 거리를 둘러보세요. 우청은 야경이 아주 아름답거든요. 팡취안린이 웃으며 말했다. 톈주, 자네 꼭 우청이 자네 집 채마전인 것처럼 말하는구먼. 톈주도 웃으며 말했다. 우리 집 채마전은 어떻게 생겼는지 잊어버렸어도 여기 우청의 도로와 골목은 훤히 꿰고 있지요. 길 잃을 염려는 없으니 걱정 마세요.

톈주는 지프를 몰고 도시 곳곳을 돌아다녔다. 과연 도로와 골목마다 고층 건물이 즐비했다. 찬란한 불빛을 보고 있자니 팡취안린은 머리가 어지러울 지경이었다. 다시 무수히 많은 남자와 여자들이 개미처럼 빽빽이 몰려 있는 것이 보였다. 하나같이 바쁜 걸음에 표정 없는 얼굴이었다. 팡취안린은 감개했다. 도시에는 왜 이처럼 많은 사람들이 살며, 다들 여기에 끼여서 어떻게 사는 걸까? 톈주가 길가의 주택 건물들을 가리키며 말했다. 취안린 형님, 보세요. 다들 이런 건물에서 한 집에 한 식구가 살아요. 팡취안린이 고개를 들어 쳐다보며 말했다. 이것이 개똥지빠귀를 키우는 것과 뭐가 다른가? 톈주가 말했다. 개똥지빠귀를 키우는 것과 다를 바 없지요. 열쇠가 있어 자유롭게 드나들 수 있다는 것은 다르겠네요. 팡취안린은 문득 한 가지 문제가 떠올라 물었다. 저 사람들은 볼일을 보고 싶을 때는 어떻게 하는가? 위층에서 뛰어 내려가려면 한참 걸리겠는데. 톈주가 큰 소리로 웃었다. 집집마다 화장실이 있으니 볼일은 집 안에서 보면 돼요. 팡취안린이 화들짝 놀랐다. 집 안에서 대변을 보면 냄새가 지독할 텐데? 톈주가 말했다. 변기 안에다 싸고 버튼만 누르면 물이 쏟아져 나와서 하수도로 쓸려 내려가니 냄새도 안 나요. 팡취안린이 말했다. 대소변이 하수도로 내려간 다음에는 또 어디로 가는가? 톈주가 말했다. 저도 모르지요. 어쨌든 그렇게 쓸려 가 버려요. 팡취안린의 입에서 아까워라, 아까워라 하는 말이 연신 튀어나왔다. 그 좋은 것을, 만약에 모아서 밭에다 뿌리면 다 최상급 비료가 되는데. 수백만 명의 똥오줌이면 하루에 수백만 근은 될 텐데, 그게 얼마나 큰 재산인가! 톈주가 웃으며 말했다. 취안린 형님, 제 생각에 형님은 촌장을 하실 게 아니라 무청에 오셔서 시장을 맡으셔야겠습니다! 팡취안린이 말했다. 내가 만약 시장이 되면 가장 먼저 똥오줌을 모아서 차오얼와로 보낼 걸세. 우리 밭 몇천 묘가 기름이 절절 흐르도록 비옥해지게. 톈주가 웃어 댔다. 취안린 형님, 이야기를 해 보니 역시 형님은 촌장 자리가 맞겠습니다. 온갖 더러운 물건을 다 차오얼와에 가져다 놓으시고요. 팡취안린도 웃으며 말했다. 똥오줌은 도시에 있으면 더러운 물건이지만 밭에 뿌리면 보물이지. 톈주 자네 전국에 도시가 몇 개나 있는지 계산해 봤는가? 도시에 몇 억 명이나 살고? 만약 똥오줌를 모아서 전부 시골의 밭으로 보내면 돈을 아끼는 것은 말할 것도 없고, 토지까지 개량할 수 있어. 화학 비료는 돈도 들지만 밭을 망치니까. 이런 계산을 하는 사람이 아무도 없단 말인가? 톈주가 고개를 저으며 말했다. 똥오줌은 큰일도 아니지요. 도시인들에게는 낭비하는 물건이 너무 많아요. 식당만 해도 매일같이 쏟아 버리는 음식이 무수합니다. 닭 한 마리, 오리 한 마리, 생선 한 마리, 젓가락도 몇 번 대지 않은 것을 그대로 버리지요. 팡취안린이 말했다. 그걸 아무도 상관하지 않는단 말인가? 톈주가 말했다. 누가 그런 것을 신경 쓰겠습니까? 도시 전체에 가득한 불빛 좀 보세요. 오색찬란한 불빛이 아름답기는 하지만 얼마나 전기가 많이 들겠습니까? 여기 도시는 우리 시골 같지 않아요. 우리 시골에서는 밤이면 하늘빛과 별빛, 달빛을 조명으로 삼으니 돈 한 푼 들지 않고 보기에도 훨씬 편안하지요. 팡취안린이 말했다. 그렇지. 여기 도시에서는 어째서 별이며 달을 볼 수가 없는 건가? 톈주가 말했다. 전부 전등 불빛에 가려졌지요. 도시인들은 그런 것에 관심이 없어요. 아이, 취안린 형님 이런 이야기는 이제 그만하시지요. 제가 고층 건물 하나 보여 드리겠습니다. 팡취안린이 말했다. 고층 건물이 뭐 볼 게 있나. 오늘 저녁에 본 것이 다 고층 건물 아닌가? 도처에 널려 있으니 보는 것만으로도 눈이 핑 도는 구먼. 톈주가 말했다. 이 고층 건물은 달라요. 출판빌딩이라고 무청에서 제일 높은 건물이지요. 팡취안린이 말했다. 얼마나 높기에? 톈주가 말했다. 얼마나 높은지는 모르겠지만, 무청 사람들이 하는 이야기 중에 출판빌딩에서 떨어지면 세 번 죽는다는 말이 있어요. 팡취안린이 말했다. 세 번을 죽다니, 무슨 뜻인가? 톈주가 말했다. 이렇게 말하더라고요. 일단 놀라서 죽고, 그다음에는 배가 고파 죽고, 마지막으로 바닥에 부딪혀서 죽는다고요. 팡취안린이 큰 소리로 웃었다. 말도 안 되는 소리, 사람이 굶어 죽으려면 7~8일은 걸릴 텐데, 그렇게 오랫동안 떨어질 리가 있는가? 톈주도 웃으며 말했다. 무청 사람들은 허풍이 대단해요.

얼마 지나지 않아 차가 무청 출판빌딩 근처에 도착했다. 톈주가 주차한 뒤 두 사람이 차에서 내렸다. 톈주가 눈앞의 고층 건물을 가리키며 말했다. 취안린 형님, 한번 보세요. 저 정도면 충분히 높지요? 팡취안린이 고개를 젖히고 우와 하고 소리를 지르다가 하마터면 큰대자로 바닥에 뻗을 뻔했다. 빌딩은 하늘을 찌를 듯 높았고 빌딩의 몸체는 갖가지 색깔의 불빛으로 뒤덮여 번쩍거리며 빛나고 있었다. 그 형상이 약간 기괴했다. 톈주가 말했다. 건물 한 채가 마치 거대한 책을 펼쳐 쌓아 놓은 형상입니다. 저 위에 있는 불빛은 마치 책을 펼치는 것처럼 글자와 그림으로 끝없이 바뀌고요. 듣자하니 저 글자들은 모두 무슨 명저의 내용이라고 하더라고요. 그러니 빌딩 앞에 서서 책을 읽을 수 있는 거지요. 팡취안린이 실눈을 뜨고 한참을 바라보더니 말했다. 톈주, 나 소변이 마렵네. 톈주가 웃으며 말했다. 취안린 형님, 왜 그러세요? 팡취안린이 말했다. 나는 어디가 좀 안 좋다 싶으면 소변이 마려워. 톈주가 말했다. 이 근처에는 공중화장실이 없는데, 그냥 요 앞에 있는 작은 정원에서 소변을 보시지요. 안에는 나무도 있어 남의 눈에 띄지 않을 거예요. 팡취안린이 말했다. 그래도 되는가? 톈주가 말했다. 괜찮아요. 이 정원에 있는 나무도 제가 심은 거니까요. 거기 비료 좀 주는 셈 치지요. 아니면 제가 같이 가 드릴게요.

두 사람은 정원으로 들어가 나무 아래에서 소변을 보았다. 팡취안린은 소변을 보는 중에 흙냄새를 맡고는 허리끈을 묶은 뒤 허리를 숙여 흙 한 줌을 쥐고 손으로 조물조물 만져 보았다. 팡취안린이 말했다. 토질이 아주 좋네. 밀을 심으면 한 묘에 1000근 이상 나오겠고, 조를 심어도 500근 이상 거두겠는데. 제기랄, 이게 무슨 낭비야!

바로 그때 톈주의 한마디가 팡취안린을 충격에 몰아넣었다. "취안린 형님, 제가 언젠가 무청 전체를 농지로 만들겠다고 한다면 믿으시겠어요?"

처음에 팡취안린은 톈주가 농담을 하는 것이라 생각했다. 하지만 고개를 들어 바라보니 톈주의 얼굴이 제법 음흉했다. 그 표정이나 태도는 의외였다. 그는 톈주가 진중하며 실없는 소리를 하지 않는 사람이라는 것을 알고 있었다. 하물며 그것은 농담으로 할 수 있는 시시한 일도 아니었다. 이렇게 큰 도시를 농지로 바꾸다니, 어떻게 바꾼단 말인가? 무청을 폭파시켜 전체를 폐허로 만든다면 몰라도. 하지만 건물 하나만 폭파시켜도 잡혀갈 것이 빤하지 않은가!

팡취안린은 순간 어안이 벙벙해져 한동안 아무 말도 할 수 없었다. 그는 여전히 그 말의 함의를 헤아리면서, 한편으로는 톈주가 어째서 그처럼 느닷없는 이야기를 하는 것인지 생각했다. 그는 톈주가 무슨 뜻대로 되지 않는 일을 만나 마음속에 적의와 증오를 가득 숨기고 있지는 않은지 의심이 들었다. 만약 그렇다면 문제가 심각하다. 그는 촌장이다. 톈주가 어리석은 짓을 저지르는 것을 보고만 있을 수는 없다. 하지만 또 한편으로는 자신의 판단에도 확신이 서지 않아 조심스럽게 물었다. 톈주, 자네 방금 뭐라고 했나?

그런데 바로 그때 뜻밖의 일이 벌어졌다. 두 경찰관이 다가와서 정원에서 소변을 보았으니 벌금을 내야 한다고 말했다. 톈주는 토도 달지 않고 100위안을 꺼내 건네고는 팡취안린을 끌고 자리를 떠났다. 그가 말했다. 취안린 형님, 적당한 곳에 가서 한잔 하시지요. 팡취안린은 거절하지 않았다. 그는 그것도 괜찮겠다는 생각이 들었다. 술을 좀 마셔야 마음을 터놓고 이야기도 할 수 있는 법이다. 그는 어떻게든 톈주를 잘 타일러야 했다.

도로로 나왔을 때 팡취안린이 갑자기 멈춰 서며 말했다. 톈주, 저것 좀 보게. 저 사람 지금 뭐하는 건가? 톈주는 팡취안린이 손을 따라 작은 골목길 쪽으로 시선을 돌렸다. 그 골목길에는 오가는 사람이 없었다. 다만 한 사람이 바닥에 쭈그려 앉아 망치로 도로를 내리치고 있었다. 뚝딱거리는 소리도 들렸다. 톈주는 이상한 느낌에 조용히 다가가 살펴보았다. 그 사람은 안경을 쓰고 푸른색 장삼을 입었으며 몹시 집중한 표정으로 기다란 손잡이가 달린 작은 망치를 쥐고 아래위로 휘두르고 있었다. 입에서는 쿵쿵 하는 소리도 새어 나왔다. 톈주는 멀쩡한 도로가 이미 그의 망치질에 망가져 버린 것을 발견했다. 도로의 가장자리는 이미 10여 미터가 부서져 있고, 그 위로 시멘트 조각이 아직 붙어 있기는 했으나 수없이 균열이 생긴 상태였다. 톈주는 허리를 숙이고 부서진 시멘트 조각 하나를 집어 들었다. 밑으로 새까맣게 토양층이 드러났다. 그는 이자가 무엇을 하고 있는지 알 수 없었다. 도로 수리공처럼 보이지는 않았고, 오히려 도로를 부수고 있는 것 같았다. 톈주는 돌연 알 수 없는 흥분에 휩싸였다. 특히 시멘트 아래의 토양층을 보자 더욱 그랬다. 그는 허리를 숙이며 물었다. 선생님, 무슨 일을 하고 계신 건지요? 그 사람이 톈주를 흘끗 쳐다보았다. 처음에는 잠시 어리둥절했으나. 곧 오랫동안 알던 사람은 만난 것처럼 덥석 그의 손을 잡고는 잔뜩 목소리를 낮춰 말했다. 큰 소리로 떠들지 마시오. 그리고는 다시 주위를 한 번 둘러본 뒤에야 대단한 비밀 이야기라도 되는 듯 속삭였다. 시멘트를 부수고 그 밑에서 풀이 자랄 수 있게 해 주는 거요. 이해가 되시오? 그러면서 흙 한 줌을 파내며 말했다. 맡아 보시오. 얼마나 향긋한지. 좋은 흙이오! 내가 예전에는 구멍만 하나 내곤 했는데, 그렇게 하면 지나가는 사람이 발을 다칠 수 있소. 그러다가 시멘트 표면을 부수는 것으로도 충분하다는 것을 발견한 거요. 풀싹은 힘이 강해서 조금만 균열만 있어도 뚫고 나올 수 있소. 며칠이 걸리든 여기저기서 한 무더기씩 자라나다 보면 언젠가 온 도시가 푸른 식물로 가득해질 것이고, 그럼 아름답지 않겠소? 톈주가 흥분하여 고개를 끄덕였다. "아름답지요! 아름답고말고요!"

두 사람은 마치 오래전부터 한패였던 것 같았다.

톈주는 순식간에 정신이 아련해지고 가슴이 뜨거워졌다. 그는 자신의 앞에 있는 사람에게 친근감을 느꼈다. 그들은 분명 같은 것을 꿈꾸고 있다. 톈주는 격앙되어 그를 바라보았다. 형님, 성함이 어떻게 되십니까? 다음에 제가 찾아뵈도 될는지요? 그 사람은 연신 당연하지를 외쳤다. 내 이름은 스뒤요. 저 앞에 있는 출판빌딩에 근무하고 있소. 얼마든지 찾아오시오. 그쪽은 이름이? 톈주가 말했다. 저는 톈주라고 합니다. 무청 녹화 사업대 소속입니다. 저는 푸른 식물을 가장 좋아합니다. 무청의 수많은 나무와 화초들은 다 제가 심은 것들이지요. 제 밑에 일꾼이 1000명도 넘습니다! 스뒤가 말했다. 잘됐군, 잘됐어. 그러면서 허둥지둥 망치를 푸른 장삼 안에 감추고 몸을 일으켰다. 톈주가 돌아보니 경찰 두 사람이 천천히 다가오고 있었으나 딱히 이상한 낌새를 발견하지 못한 듯했다.

텐주가 서둘러 원래 자리로 돌아갔다. 마침 궁금해하고 있던 팡취안린이 물었다. 자네가 아는 사람인가? 텐주가 말했다. 아는 것 이상이지요. 팡취안린이 말했다. 그게 무슨 소린가? 텐주가 주먹을 휘두르며 흥분한 목소리로 말했다. 길에서 알게 된 사이요! 팡취안린은 가슴이 덜컥 내려앉았다. 그는 생각했다. 끝났어. 텐주가 암흑가에 발을 들였구나. 팡취안린은 그를 끌고 차 앞으로 가면서 물었다. 텐주, 우리 어디에 가서 마시나? 텐주가 말했다. 저만 따라오세요. 잘 아는 곳이 있습니다.

두 사람은 다시 차에 올랐다. 텐주는 이리저리 거리를 빠져나갔다. 속도는 조금 빨랐으나 팡취안린은 그를 저지하지 않았다. 그는 텐주의 가슴 속에서 무엇인가 용솟음치고 있는 것이 느껴져 조금 걱정스러웠다. 다소 늦은 시각이었으나 거리에는 행인이 적지 않았다. 팡취안린은 저녁 무렵 거리로 나와 산책하던 중년배와 노인들은 보이지 않고, 거리를 쏘다니는 사람들은 이제 주로 젊은이들이라는 것을 알아차렸다. 게다가 대부분 짝을 지어 다녔으며 걷는 속도도 빨랐다. 아마도 어딘가로 가고 있는 모양이었다. 특히 팡취안린의 시선을 끈 것은 젊은 여자들이었다. 솔직히 말해서 그는 귀가 달아오르고 심장이 두근거렸다. 그녀들은 옷을 거의 걸치지 않았다. 상반신을 드러내고 허벅지도 드러내고 심지어 배꼽까지 드러냈다. 피부는 하나같이 희고 부드러웠고, 가슴은 거의 가려지지 않았다. 짧은 뷔스티에는 타이트하게 달라붙어 두 가슴의 윤곽이 그대로 드러난 채 걸을 때마다 흔들렸다. 그녀들은 와자지껄 웃고 떠들면서 잔뜩 과장된 몸짓으로 거리를 활보하거나 술집이나 다방 따위로 줄지어 들어갔다. 팡취안린은 그곳이 건전한 곳이 아니라는 것을 대충 짐작할 수 있었다. 그는 텐주가 자신을 이런 술집으로 데려가는 것은 아닐지 걱정이 되면서도, 또 한편으로는 자신을 그런 술집으로 데려가 주기를 은근히 기대하고 있었다. 그는 그 안에 어떤 광경이 펼쳐져 있는지, 또 저들이 안에서 무엇을 하는 것인지 보고 싶었다. 갑자기 기차역 부근 지하 여관의 여주인이 떠올랐다. 이름이 왕링이었는데, 그녀는 한밤중에도 바쁘게 손님을 끌고 왔다. 그녀는 도시에는 지옥에 사는 사람도 있고, 천국에 사는 사람도 있다고 말했었다. 눈앞에 보이는 사람들은 아마도 천국에 사는 사람들일 것이다. 그런 생각이 들자 그는 왕링이라는 여인이 가여워졌다. 그는 속으로 무청을 떠날 때 다시 한번 그녀를 보러 가야겠다고 생각했다.

팡취안린이 한창 터무니없는 생각들에 빠져 있을 때 톈주의 차는 이미 한 좁은 골목 입구에 멈춰 섰다. 팡취안린의 눈에 골목 입구에 적힌 '위쓰 골목(雨絲巷)'이라는 글귀가 들어왔다. 톈주가 말했다. 위쓰 골목이라는 이름은 나중에 붙인 거예요. 원래 여기는 뤼스 골목(驢市巷)이라고 불렸지요.[17] 듣기로는 골목 입구의 이 일대는 원래 아주 넓은 땅이었대요. 몇백 년 된 가축 시장이었고, 당나귀를 파는 가게도 많았고요. 무청 사람들이 당나귀 고기를 좋아하고, 당나귀는 탈 것으로 쓸 수도 있어서 이 가축 시장은 거의 당나귀 시장이라 할 수 있었지요. 지금이야 무청이 도로마다 자동차로 가득하지만, 5~60년 전만 해도 거리는 말수레와 당나귀수레 천지에 도처에 말똥과 당나귀 똥이 널려 있었고, 이 주위도 채소밭이나 농경지였답니다. 팡취안린이 웃으며 말했다. 도시 사람들도 참 변변찮구먼. 그냥 뤼스 골목이라고 부르면 얼마나 전통이 있나! 톈주도 웃으며 말했다. 도시 사람들은 그게 병이지요. 쉽게 근본을 잊어버려요. 그들도 두 세대, 세 세대 전에는 촌에 살았으면서, 지금은 '촌사람'이라는 단어를 욕처럼 쓰는 것만 해도 그렇지요. 팡취안린이 말했다. 톈주, 자네는 근본을 잊지 않았겠지? 톈주가 웃으며 말했다. 저는 도시 사람도 아닌데요.

두 사람은 화기애애하게 이야기를 나누며 차에서 내려 골목 안으로 걸어갔다. 골목 안은 불빛이 어두컴컴했다. 그때 조금씩 가는 비가 흩날리기 시작했다. 석판이 깔린 길은 조금 미끄러워서 톈주가 팡취안린을 부축

---

17 중국어로 위쓰((雨絲)는 가랑비라는 뜻이고 뤼스(驢市)는 당나귀 시장이라는 뜻인데, 후에 뤼스와 비슷한 발음을 가졌지만 비교적 듣기 좋고 예쁜 위쓰로 이름을 바꿨다는 의미다.

하며 말했다. 조심하세요. 팡취안린이 그의 손을 밀어내며 말했다. 나 아직 늙은이 아니야. 여기에 술집이 있는가? 톈주가 말했다. 여기 오래된 술집 몇 곳이 있는데, 거리에 있는 술집처럼 소란스럽지 않습니다. 술을 마시러 오는 사람들도 다 단골이고요. 팡취안린이 좁은 골목길 양쪽을 쳐다보니 온통 낡은 집들이었다. 그가 말했다. 무청에 아직 이렇게 후진 곳이 있는가? 톈주가 말했다. 후지다니요, 보물이지요. 몇 년 전에 철거 이야기가 나왔을 때 노인들이 시청으로 몰려가 청원을 냈어요. 나중에 철거하지 않고 보존하기로 결정이 났고요. 요즘은 오래된 것들이 진귀하니까요. 여기도 수리를 하긴 했어요. 낡은 것을 고치되 예전 모습 그대로 유지한 것이지요.

톈주는 팡취안린을 데리고 '전통 양조장(老酒坊)'이라는 음식점으로 들어갔다. 내부의 꾸밈새는 단출했다. 낡은 계산대 하나에 팔선교자상 몇 개가 전부였으며, 하나같이 낡은 집기들이었다. 낡은 계산대 위에는 술독이 놓여 있었고, 술은 넉 량이면 넉 량, 반 근이면 반 근, 원하는 만큼 덜어 살 수 있었다. 또한 병에 담긴 술도 있었는데, 열어서 소량으로 팔 수 있으니 아주 편리했다. 양조장에는 볶거나 무친 안주는 없었다. 오직 삶은 누에콩과 삶은 땅콩 두 가지 회향콩이 전부였으며, 이를 접시에 담으면 바로 좋은 안주거리가 되었다. 가게 안에는 불로 익힌 음식의 기름진 냄새도 시끌벅적한 손님도 없었다. 그저 두 노인이 한 팔선교자상 옆에 앉아 술잔을 기울이고 있었는데, 대화도 거의 오가지 않았다. 가게 전체가 깔끔하고 조용한 느낌이었다. 전통 양조장의 주인은 쑨(孫) 씨로, 예순이 넘은 절름발이 노인이었다. 그는 톈주와 잘 아는 사이인 모양이었다. 톈주가 팡취안린을 그에게 소개했다. 고향의 촌장님이세요. 사람들을 보러 오셨지요. 사장 쑨 씨는 허둥지둥 두 손을 가슴에 모으고 절을 올리며 말했다. 제가 실례를 했습니다. 귀한 손님이 오신 줄도 모르고. 그리고는 얼른 딸 샤오미(小米)를 불러내 인사를 시켰다. 샤오미는 스물여덟이나 아홉쯤 된 나긋나긋하고 고운 처자였다. 다만 너무 야위고 허약했으며 병색이 역력했다. 보아하니 샤오미와 톈주 역시 잘 아는 사이인 모양이었다. 그녀는 문발 뒤에서 나오면서 톈주 오빠, 하고 부른 뒤 팡취안린에게 미소를 지었는데, 왠지 부끄럽고 무안한 얼굴이었다. 그리고는 서둘러 술과 안주를 가지러 가 버렸다.

톈주가 팡취안린을 창가에 놓인 한 팔선교자상으로 안내하며 말했다. 평소에 접대가 있을 때 시내에 있는 바에도 가 봤는데, 무슨 법도도 많은 데다 시끄럽기까지 하더라고요. 나중에 이곳에 전통 양조장이 있는 것을 발견하고는 마음이 편안해졌지요. 그래서 친구도 데려오고, 마을의 노동자들하고도 오고, 그렇게 시간이 지나다 보니 다들 아는 사이가 됐어요. 팡취안린은 계속해서 관찰하고 있었다. 이 술집은 그를 만족스럽고 편안하게 만들었고, 사장 쑨 씨 부녀도 친근하게 느껴졌다. 특히 톈주와 그들 부녀가 한 가족처럼 지내고 있는 것이 느껴졌다. 그는 생각했다. 녀석이 정말 보통 수완이 아니구나. 무청에서 큰 사업을 하는 것은 물론 도시 사람들과 이처럼 잘 어울려 지낼 수 있다니. 보아하니 예전에 생산대 대장을 한 경력이 그에게 도움이 된 모양이었다. 하지만 그는 톈주가 원래 가지고 있던 재능이 가장 중요한 역할을 했음을 인정했다. 자신이 그 오랜 세월 촌장을 맡았다고는 하나 정말로 몇백 명을 이끌고 무청에 와서 살아야 한다면 반드시 성공하리라고 장담할 수는 없었다.

얼마 지나지 않아 샤오미 처자가 술 한 주전자와 땅콩 한 접시, 누에콩 한 접시를 가지고 왔다. 그녀가 말했다. 톈주 오빠, 천천히 드세요. 필요한 게 있으시면 저를 부르시고요. 그러면서 팡취안린을 향해 선량한 웃음을 짓고는 돌아서서 떠났다. 팡취안린이 낮은 소리로 말했다. 샤오미라는 처자는 어찌 저리 몸이 허약한가. 무슨 병이 있는 것 아닌가? 톈주가 말했다. 쑨 씨 말로는 샤오미가 태어나자마자 어머니를 잃고, 그때부터 두 부녀가 함께 살았는데, 어려서부터 허약하고 병이 많아 죽을 뻔했던 적도 한두 번이 아니랍니다. 스물여덟아홉 살이 되도록 짝이 없으니 쑨 씨도 딸 이야기가 나오면 걱정부터 하고요. 팡취안린이 한숨을 내쉬었다. 도시나 시골이나 매한가지군. 집집마다 걱정거리가 없는 집이 없으니. 톈주가 말했다. 취안린 형님, 술이나 드시지요. 그러면서 술을 따랐다. 두 사람은 쉬지 않고 석 잔을 들이켰다. 팡취안린이 입가를 닦은 뒤 누에콩 하나를 집어 입에 넣으며 말했다. 톈주, 오늘 기분이 아주 좋네. 수천 리 밖 무청에서 옛 골목의 오래된 술집에 앉아 우리 형제가 이렇게 술잔을 기울이게 되다니. 너무 좋아서 꿈만 같구먼. 톈주가 웃으며 말했다. 그럼 가지 마시고 무청에서 일하시지요. 제가 무청 녹화 사업대 대장 자리를 형님께 넘겨 드리고 형님 밑으로 들어가겠습니다. 팡취안린이 웃음을 터트렸다. 톈주, 괜히 헛바람 넣지 말게. 자네도 내가 여기 있을 수 없다는 것을 알지 않는가? 차오얼와 사람들이 내가 돌아오기를 기다리고 있을 걸세. 하지만 자네가 그렇게 이야기해 주니 기분은 좋군. 자네가 나 팡취안린을 아직 자네의 촌장이자 형님으로 생각한다는 의미일 테니까. 참 고마운 이야기지. 다만 내가 꼭 알고 싶은 것이 있네. 자네는 무청에서 그 세월 동안 어려운 고비들을 어떻게 넘겼는가? 무청 전체의 녹화 사업을 자네에게 맡기고 시장은 걱정도 안 된다던가? 무슨 근거로 자네를 믿는가? 톈주가 한숨을 내쉬며 말했다. 취안린 형님, 솔직히 말씀드리지요. 몇 년 동안 고생이라면 할 만큼 했어요. 녹화 사업의 일꾼부터 시작해서 매일같이 사람들을 따라다니며 나무를 심고 흙을 나르고 구덩이를 파고, 더러운 일 힘든 일 안 해 본 일이 없어요. 하지만 저는 남들과 달랐습니다. 남들에게는 오로지 돈을 벌기 위해 하는 일이었지만 저에게는 즐거웠으니까요. 생각해 보세요. 우리 조상들은 다 농사를 짓는 사람이지 않습니까? 막상 땅을 떠나고 나니 마음이 너무 허전하고 괴롭고 온몸에 기운이 없었어요. 저도 다른 일을 해 봤어요. 물 배달, 인테리어, 공사장, 하지만 아무리 생각해도 제 일이 제가 하고 싶은 일이 아니고, 제 손도 제 것 같지가 않았어요. 나중에 녹화 사업대에서 사람을 구하더라고요. 대우도 형편없 고 대부분의 사람들이 기피했지만 저는 갔어요. 왜냐? 땅에 나무를 심고 씨를 뿌리는 일이니까요. 땅에 무언가 심고 뿌리는 일이야 말로 제가 하고 싶은 일이고 좋아하는 일이었어요. 비록 도시에는 반듯하고 너른 땅도 없고 여기에 손바닥만 한 땅 한 덩이, 저기에 흙 한 줌이 전부라 뭘 심어도 시원하지는 않지만 그래도 어쨌든 땅과 교감할 수 있지 않습니까? 게다가 땅이 귀하니 더욱 소중하게 느껴지고, 도시에 나무 한 그루 풀 한 포기를 심는 일이 얼마나 어려운지도 알 수 있지요. 때로는 낮에 심은 나무를 밤에 다시 가서 살피고 물을 뿌리고 흙으로 덮어 주면서 정말로 어린아이를 돌보듯 공을 들여요. 도시는 심각한 공기 오염과 토질 오염에 소음까지 심하니 나무와 화초들이 살아남기가 무척 힘들거든요. 우리 차오얼와에서 나무를 심는 것과는 비교할 수 없지요. 하지만 제 손을 거친 나무와 화초들은 거의 백이면 백 살아남았습니다. 마음을 쓰고 공을 들인 덕이지요. 후에 상부에서 조사를 했는데 매번 같은 결과가 나오니 조금씩 저를 불러 주기 시작했고, 그러다 보니 지금의 자리까지 오게 됐어요. 나중에는 아예 무청 전체 녹화 사업의 도급을 맡게 되었고요. 모르는 사람들은 아직도 제가 비열하게 적당히 뇌물을 주거나 연줄을 댔을 거라 생각하지만, 이건 제가 이뤄낸 겁니다. 맞아요. 도시 사람들은 인맥을 동원하고 연줄을 대는 일이 허다하지요. 관청과 상업계, 그리고 사소한 지위와 이익까지 서로 뒤죽박죽으로 엉겨 있는 일이 수없이 많습니다. 제가 들은 것도 적지 않고요. 그런 이야기를 들으면 제가 다 머리가 아파요. 하지만 녹화 사업대 일은 힘들고 더러우면서 딱히 떡고물이 떨어지지 않으니 도시 사람들은 관심이 없어요. 일반적으로 시골 사람들이 도시에 일을 하러 온 경우에도 이런 일에는 관심이 없고요. 공장이나 상점, 공사판, 회사에 들어가야만 도시에 들어간 것으로 여기고, 나무를 심고 씨를 뿌리는 것은 시골 사람이나 하는 일이라고 생각하니까요. 그래서 제가 녹화 사업대의 대장이 되는 것이 그리 어렵지 않았던 겁니다.

팡취안린은 그의 이야기를 꼼꼼히 경청한 뒤 기뻐하며 말을 꺼냈다. 뎬주, 자네 참 말도 잘하고 일도 잘하는구먼. 아주 존엄성을 가지고 살았어. 내가 자네에게 한 잔 올려야겠네. 자네는 차오얼와의 체면을 잃지 않앉어! 두 사람은 함께 술을 마셨다. 톈주가 흥분한 목소리로 말했다. 취안린 형님, 칭찬 좀 더 해 주세요. 요 몇 년간 제가 무청에 자리를 잡으면서 수백 명의 차오얼와 사람들을 한곳으로 모으고 무청의 거리와 정원을 모두 도급을 맡았습니다. 이 사업은 규모가 어마어마해요. 아무리 해도 끝이 없는 일이지요!

팡취안린이 끼어들었다. 톈주, 아까 출판빌딩에서 언젠가 무청 전체를 농지로 만들겠다고 하지 않았나? 그게 무슨 뜻인가? 톈주는 잠시 멍해지더니 곧 머리를 긁적이며 히죽거렸다. 그가 말했다. 제가 뭔가 삐딱한 생각을 하고 있을까 봐 걱정이세요? 정신 이상은 아닌가 싶으신 거죠? 걱정 마세요. 저 이상 없으니까. 농사꾼은 어디를 가도 농사지을 생각을 하는 법이고, 조그만 땅이라도 보이면 씨를 뿌리고 싶어지는 것이 당연한 이치지요. 그것이 왜 이상하겠습니까? 이상하다는 것은 정상적인 상태를 벗어났다는 뜻인데, 농사꾼이 더 이상 농사지을 생각을 하지 않는 것이야말로 이상한 것이지요. 취안린 형님, 제가 농사를 짓고 싶어 하는 건 정상입니다! 팡취안린은 웃었다. 역시 톈주야, 자네 말솜씨가 더 화려해졌구먼. 하지만 도시에서 농사라니, 어디서 짓는단 말인가? 톈주가 말했다. 도시에는 온통 고층 건물과 빌딩들만 가득해 보이시겠지만, 큰 땅은 없어도 작은 땅은 널렸습니다. 길가, 꽃밭, 뜰, 담 모퉁이까지 자잘한 공간들이 적지 않아요. 저는 예전부터 유심히 지켜보고 있었는데, 볼수록 도시의 땅이 소중하게 느껴지고 자꾸만 그곳에 뭔가를 심고 싶은 마음이 커져서 두 손이 근질근질합니다! 취안린 형님, 우리 같은 시골 사람들만 땅을 귀하게 여긴다고 생각하시면 안 됩니다. 도시 사람들도 속으로는 땅을 보물처럼 여기고 있어요. 팡취안린이 말했다. 그럴 리가? 톈주가 말했다. 낮에 고개를 들어 건물 위를 쳐다보면 바로 알게 되실 겁니다. 집집마다 베란다에 화분 몇 개를 놓아둔 것이 그 증거지요. 화분 속에 든 그 흙도 머리를 짜내서 구한 거고요. 공원에서 몰래 훔쳐 자전거에 싣고 집에 돌아와 조심스럽게 화분에 넣어 두는 식으로요. 또 베란다 위에 일정한 공간을 두고 흙을 채워 꽃밭이나 채소밭을 만들어서 화초, 고추, 오이, 수세미, 실파와 마늘 따위를 심는 사람들도 있어요. 마치 보물을 대하듯 틈만 나면 가서 농작물을 가꾸고 비료를 뿌리고 물을 주고 가지를 치고, 한쪽에 쭈그리고 앉아 한참을 바라보면서 즐거워한다니까요! 이게 뭐겠습니까? 제가 한참을 생각해 보았는데, 그것은 바로 기억이에요. 그들은 몇 세대를 지나오면서 스스로를 도시인이라 생각하고 땅과 농사를 잊은 줄로 알겠지요. 심지어는 시골 사람들을 무시하고요. 하지만 실은 잊지 않았던 거예요. 이런 기억이 여전히 혈맥 속에 남아 자신도 모르는 사이 표출되어 나온 겁니다. 그건 본능이에요. 남자와 여자가 성교를 하고 자식을 낳는 것과 마찬가지로 본능이지요! 이건 바뀔 수 없는 겁니다! 팡취안린은 눈이 휘둥그레져서 톈주를 바라보았다. 그가 놀란 표정으로 말했다. 톈주 자네 대단하군! 자네는 나보다 머리가 잘 돌아가는구먼. 예전에는 내가 차오얼와에서 제일 똑똑한 사람인 줄 알았더니, 내가 틀렸구먼. 자네 대와옥 사람들은 나보다 더 땅에 미련을 가지고 땅을 이해하고 있어. 도시 사람들의 집 화분에 든 흙마저도 자네 눈에 담아 두었다가 그런 이치를 밝혀내다니 말이야. 톈주가 웃으며 말했다. 저도 되는대로 생각해 본 것뿐인데요. 팡취안린이 말했다. 자네 말이 일리가 있네. 그 말이 맞는 것 같아. 하지만 자네가 무청의 거리에 농작물을 심으려고 해도 국가가 허락하지 않을 텐데, 그게 걱정이군! 톈주가 말했다. 저도 무청과 장난을 쳐 볼 생각입니다. 어느 날 무청의 거리와 골목 모퉁이 구석에서 돌연 수많은 농작물이 자라나는 모습을 생각해 보세요. 밀, 콩, 수수, 옥수수, 토란, 그 밖의 각종 과일들과 채소들을요. 어떤 광경일 것 같습니까? 무청 사람들이 얼이 빠지지 않겠습니까! 팡취안린은 잠시 멍하게 있다가 곧 큰 소리로 웃기 시작했다. 톈주도 큰 소리로 웃어 댔다. 팡취안린이 말했다. 톈주, 자네 이미 생각이 있구먼! 톈주가 말했다. 취안린 형님, 이 일에는 형님의 도움이 꼭 필요해요. 팡취안린이 말했다. 내가 무엇을 도울 수 있단 말인가? 톈주가 말했다. 차오얼와로 돌아가시면 씨앗을 좀 준비해 주십시오. 오곡과 잡곡, 과일과 채소 씨앗이오. 준비가 되면 제가 사람을 보내 가져가겠습니다. 팡취안린이 흥분으로 손바닥을 비비며 말했다. 그 정도야 일도 아니지!

두 사람은 담소를 나누며 어느새 세 주전자의 술을 비웠다 그 사이 사장 쑨 씨는 한 번도 얼굴을 비치지 않았다. 샤오미 처자가 몇 차례 와서 술과 안주를 채워 주었는데, 톈주를 볼 때마다 그녀의 얼굴이 붉게 달아올랐다. 그녀는 톈주가 와서 술을 마시는 것이 무척 좋은 듯했으며 마치 이웃집 여동생 같은 모습이었다. 팡취안린은 이를 눈에 새기며 속으로 생각했다. 샤오미라는 처자도 외로울 테지.

두 사람이 전통 양조장을 떠날 때 날은 이미 어둑해진 뒤였다. 차를 타고 돌아가는 길에 팡취안린은 돌연 한 가지 문제가 떠올랐다. 톈주, 노동자들이 무청에서 일을 하다 보면 1년이고 반년이고 집에 돌아가지 못하니 분명 외로울 텐데, 여자가 그리우면 어찌하는가? 톈주는 잠시 멍하게 있다가 대답했다. 어째서 그런 생각이 드셨어요? 팡취안린이 말했다. 아까 양조장에서 자네가 인간의 본능에 대해서 이야기하는데 문득 그것도 문제가 되겠다는 생각이 들더군. 톈주가 망설임 끝에 입을 열었다. 취안린 형님, 사실대로 말씀드리지요. 1년이고 반년이고 집으로 돌아갈 수 없고, 다들 젊은 사람이다 보니 참고 견디는 것이 쉽지 않지요. 물론 참고 견디는 사람도 있으나 역시 억지로 버티는 것일 뿐이고요. 또 참지 못하는 사람들은 도저히 못 참겠다 싶으면 매춘부를 찾아가기도 해요. 이는 팡취안린도 짐작했던 대답이었으나 그래도 막상 듣고 나니 가슴이 두근거렸다. 그는 한참을 침묵한 끝에 더듬거리며 말했다. 그런 데는 값이 얼마쯤 되는가? 톈주가 말했다. 퇴폐 이발소에 가거나 아예 역 근처의 싸구려 기녀를 찾아가면 크게 돈이 들지는 않습니다. 돈 버는 것이 쉽지 않으니 아껴 써야 한다는 것도 아는 것이지요. 팡취안린은 순간 가슴이 무너지는 것 같은 기분이 들었다. 그가 긴 한숨을 내쉰 뒤 말했다. 그러다가 만일 잡히면 어쩌는가? 톈주가 말했다. 보통은 잡는 사람이 없습니다. 경찰들도 보고도 못 본 체하고요. 도시에 수백만 명의 노동자가 있다는 것은 수백만 마리의 호랑이가 있는 것과 같다는 것을 그들도 알고 있으니까요. 만일 발정이 났을 때 갈 곳이 없다면 도시의 여자들이 봉변을 당하게 되겠지요. 실제로 무청에서는 거의 강간 사건이 일어나지 않아요. 이 또한 매춘부가 존재하는 이유라는 것을 다들 속으로는 알고 있지요. 경찰이 잡는다고 하더라도 완전히 소탕하는 것은 불가능해요. 매춘부가 너무 많기 때문이라는데, 그 말은 결국 잡지 않겠다는 뜻이지요. 듣자하니 해방 초기에 무청에는 기생집이 300곳이 넘었는데 하룻밤 사이에 싹 잡아들여 그 후로 몇십 년을 깨끗했대요. 그런데 지금은 왜 싹 잡아들이지 못하겠어요? 잡을 생각이 없는 것이지요! 잡을 수 없는 것이기도 하고요. 다 잡아들이면 천하에 대란이 생길 테니까요. 팡취안린이 말했다. 그리 심각한가? 톈주가 말했다. 그 정도로 심각해요. 저는 천몇백 명의 노동자를 데리고 있으니 누구보다도 이 이치를 잘 알지요. 팡취안린이 말했다. 자네 말대로라면, 그런 가게에 진열되어 있는 그 기녀들은 오로지 노동자들만을 위해 마련된 사람들이란 말인가? 톈주가 말했다. 그렇게 말할 수는 없지요. 오입질을 하는 것이 농민공뿐만은 아니니까요. 그중에는 도시 사람도 있습니다. 듣자하니 기녀가 생긴 뒤로 도시 사람들 중에 이혼을 하려는 사람이 오히려 줄었다고 하더라고요. 이상하지 않으세요? 사회는 늘 그랬어요. 사는 사람이 있으면 반드시 파는 사람도 있더라고요. 반대로 해도 마찬가지예요. 파는 사람이 있으면 사는 사람도 있지요. 그 가격이 다를 뿐. 이를테면 농민공이 찾는 것은 주로 싸구려 기녀들입니다. 나이가 좀 많거나, 생김새가 평범하면 싸요. 도시의 부자들이 찾는 것은 고급 기녀들이에요. 젊고 예쁘고 값도 훨씬 비싸고요. 팡취안린은 마음이 좋지 않았다. 그가 말했다. 그런 일을 하는 사람들은 다들 시골에서 온 처녀들인가? 톈주가 말했다. 대부분 시골에서 오기는 했으나 도시의 젊은 여자들 중에도 그런 일을 하는 사람이 있어요. 빨리 돈을 벌 수 있는 데다가 크게 고생스럽지도 않으니까요. 그중에는 대학생과 퇴직한 여공도 있다더군요. 각자 나름의 생각과 고충은 있겠지만 결국은 다들 돈을 벌려는 거지요. 팡취안린이 고개를 가로저으며 말했다. 다들 미쳤어. 하지만 그는 다시 질문을 이어 갔다. 우리 차오얼와 사람들은 말썽을 일으킨 적이 없겠지? 톈주가 말했다. 세 번 있었어요. 운 나쁘게 경찰의 단속에 걸려 잡혀갔지요. 팡취안린은 불안해졌다. 그래서 어찌 되었나? 톈주가 말했다. 간단하지요. 전화를 받고 황급히 그쪽으로 가서 벌금을 내고 사람을 찾아왔어요. 돌아와서는 그도 저도 서로 아무 말도 하지 않았고요. 날이 밝으면 다시 예전처럼 하던 일을 했어요. 마치 아무 일도 없었던 것처럼. 팡취안린이 말했다. 나무라지도 않았단 말인가? 톈주가 말했다. 왜 나무라지 않았겠어요? 나무라도 그뿐이지 통제할 수가 없어요. 젊은 사람들이야 혈기가 왕성한 데다 어쨌거나 강간보다야 낫지 않습니까. 취안린 형님, 이런 형편없는 일들은 돌아가셔서 절대로 말씀하지 마십시오. 아예 낌새도 흘리시면 안 됩니다. 그랬다가는 온 동네 사람들이 다 저를 욕할 겁니다. 팡취안린이 말했다. 톈주 걱정 말게. 말하지 않을 테니까. 하지만 이 일에 대해서는 자네가 어떻게든 챙겨 주게. 제멋대로 행동하게 둘 수는 없지 않은가. 그런 곳은 적게 갈 수 있으면 적게 가는 것이 좋지. 혹시라도 큰 말썽이 생기면 후회해도 늦지 않은가. 톈주가 말했다. 취안린 형님 말씀이 맞습니다. 오늘부터는 제가 더 확실히 챙기겠습니다. 팡취안린의 말은 촌장으로서 하는 이야기이자 윗사람으로 하는 이야기였다. 하지만 그도 이런 일은 챙기려고 해도 쉽게 되지 않는다는 것을 알고 있었다. 수백 명의 젊고 원기 왕성한 사내들이고, 하나같이 늑대와 호랑이처럼 기세가 등등했다. 그들을 데리고 있는 것은 톈주에게 부담일 수밖에 없다. 팡취안린이 그런 이야기를 꺼냈을 때, 그는 정말로 간절히 그들을 걱정하고 있었다. 하지만 속으로는 가식적이라는 생각이 들었다. 거의 동시에 자신이 차오얼와에 있을 때 한밤중에 꾸었던 꿈들을 떠올랐기 때문이다. 만약 톈주가 이를 알게 된다면 분명 자신을 도덕군자인양 점잔을 빼는 위선자라고 생각할 것이다.

밖에는 비가 갈수록 거세지고, 밤도 깊어졌다. 거리 위에는 이미 사람의 그림자가 끊어져 처량한 분위기가 감돌았다. 톈주는 절대 차를 급하게 몰지 않았다. 사고의 위험성 때문이기도 하려니와 그 또한 무언가 생각에 잠긴 것인지도 몰랐다.

팡취안린은 완전히 지친 듯 등받이에 기대어 앉았다. 수시로 자동차 바퀴에서 튀어 나온 물방울 소리가 들렸다. 거리는 여전히 환했으나 저녁 무렵처럼 휘황찬란하지는 않았다. 네온사인은 이미 꺼지고 고층 건물도 흐릿한 그림자를 드러냈다. 팡취안린이 창밖을 바라보았다. 도시는 아득히 멀고 낯설게만 느껴졌다. 그는 고개를 돌려 운전을 하는 톈주를 바라보았다. 뜻밖에 그마저도 생소하고 요원하게 느껴졌다. 톈주는 여전히 예전의 톈주지만, 그 시절의 톈주가 아니기도 하다. 예전의 톈주는 유능한 생산대 대장이었고 좋은 농사꾼이었으며, 밭에서 일을 하고 밭머리에서 노름을 했다. 한번은 회의 문제로 자신과 싸움을 벌인 적도 있었다. 하지만 지금 그는 자동차를 운전하고 있다. 비록 조금 낡긴 했으나 그래도 자동차다. 그는 낡은 지프차를 몰고 이 낯선 도시를 종횡무진 누빌 수 있다. 팡취안린은 그가 평소에 어떤 모습일지 상상할 수 있었다. 지프차를 몰고 온 도시를 돌아다니다가 녹화 사업 지점에 도착하면 소리를 지르고 손짓 발짓을 할 것이다. 그런 모습은 생산대 대장 시절 그대로였다. 한 곳의 점검이 끝나면 다시 차에 올라타고 다른 곳으로 갈 것이다. 무청시 전체가 그의 생산대인 셈이다. 그는 자신이 거느린 1000명의 노동자들에게 인자하면서도 엄격하며 절대적인 권위를 유지하고 있었다. 톈주는 그들을 이해하고 그들을 보호하며 그들을 적당히 풀어 주면서도 자신은 조금도 세속에 물들지 않았다. 그는 이 도시의 생존 법칙을 알았다. 그는 신중하고 조심스럽게 이 도시에 나무를 심고 꽃을 심고 풀을 심었다. 도시인들과 다툼도 없었다. 쑤쯔춘을 차지하기 위해 패싸움을 벌이긴 했으나, 머리가 깨지고 피가 흘러도 한 발자국도 물러서지 않았다. 톈주는 도시인의 만화경 같은 일상생활을 이해하지 못했고 이해하고 싶지도 않았으나 화분 속에서 도시인들의 땅과 농사에 대한 잔존 기억을 발견했다. 팡취안린은 자신이 톈주를 잘 모른다는 생각이 들었다. 그는 심지어 예전에 차오얼와에 있을 때조차 그를 제대로 알았던 것인지 의심스러웠다. 대와옥 사람들에게는 늘 일종의 신비롭고 짐작할 수 없는 무언가가 있었다. 톈주가 거느린 수백 명의 차오얼와 사람들에 대해서는 더욱 아는 것이 없었다. 그러나 한 가지 인정할 수 있는 것은, 자신이 더 이상 그들의 촌장이 아니며 이 아득히 멀고 낯선 곳 또한 자신과 상관없다는 사실이었다. 그 순간 팡취안린은 일종의 외로움을 느꼈다. 그는 고향이 그리웠다. 그는 최대한 빨리 차오얼와로 돌아가기로 마음을 먹었다. 그곳의 낡은 집, 진흙 향기와 풀이 썩는 냄새, 개 짖는 소리, 흐릿한 밤하늘의 별과 달, 밖으로 나가 별빛 아래 아무 데서나 소변을 보던 광경, 그리고 돌봐 줄 사람이 없는 노약자들과 환자들까지, 모두 너무나도 그리워졌다. 차오얼와에서 그는 중요한 사람이다. 하지만 이 낯선 도시에서 자신은 아무것도 아니었다.

돌아가자. 돌아가!

차오얼와로 돌아가자.

사흘 뒤, 팡취안린이 기차를 타고 쑤쯔춘과 무청을 떠났다.

떠나기 전에 그는 톈주에게 부탁해서 약을 잔뜩 사들였다. 모두 상비약이었다. 마을의 노인들 중에는 아픈 사람이 많았다. 머리가 아프고 열이 난다고 해서 다 병원에 모셔다 드릴 수는 없는 노릇이었다. 그는 무청에 오면서부터 이를 계획하고 돈도 가지고 왔다. 하지만 톈주는 한사코 그가 돈을 쓰지 못하게 했다. 팡취안린이 말했다. 나는 마을의 돈을 가지고 온 거야. 내 돈이 아니네. 톈주가 말했다. 누구의 돈이든 형님이 내시는 건 안 됩니다. 이것은 제가 내겠습니다. 팡취안린도 더는 고집을 부릴 수 없었다. 또한 더 고집을 부려 봤자 그냥 시늉만 하는 것처럼 보일 것 같았다.

팡취안린과 함께 돌아간 사람도 있었다. 톈주의 아내 원슈였다. 톈주는 그녀가 떠나는 것에 동의하지 않았으나 원슈는 기어코 가려고 들었다. 그녀가 말했다. 난 하루도 더 못살겠어요. 더 이상 여기 있다가는 미쳐 버릴 거예요. 톈주가 말했다. 당신 가고 나면 내가 다른 여자를 찾을까 겁도 안 나? 원슈가 말했다. 다른 사람 찾고 싶으면 찾으세요. 오입질을 해도 상관없으니까 나는 집으로 갈래요. 톈주는 어쩔 수 없이 허락하고 말았다. 그가 웃으며 말했다. 걱정 마. 오입질은 안 해. 그건 내 마지노선이야.

물론 류위펀도 팡취안린과 함께 떠났다. 그녀는 끝내 안중화의 마음을 돌리지 못했다. 한 달 남짓한 시간 동안 안중화는 단 한 번도 그녀와 잠자리를 가지지 않았다. 그는 거의 집에 와서 자지 않았으며, 어쩌다 한번 왔을 때도 류위펀은 침대에서 자게 하고 자신은 바닥에 이불을 깔고 잠을 잤다. 그날 밤, 류위펀은 그를 유혹하기로 작정하고 샤워를 마친 뒤 발가벗은 채 집 안을 돌아다녔다. 그녀는 안중화의 마음이 동하지 않을 리 없다고 믿었다. 일단 그가 마음이 동해 그녀의 몸에 올라타기만 하면 상황에도 호전의 조짐이 생길 것이다. 류위펀은 자신의 몸이 가진 매력을 굳게 믿었다. 그녀는 차오얼와에 시집을 오던 날 밤을 아직 기억하고 있었다. 신랑 신부를 놀리러 온 사람들이 떠난 뒤 안중화는 제대로 배웅도 하지 않고 그녀를 침대 위에 올린 뒤 옷을 벗겼다. 그해 류위펀은 고작 열여섯 살이었다. 당시 그녀는 놀란 나머지 두 손으로 그를 저지했다, 눈은 감고 감히 그를 쳐다보지도 못했으나 그래도 그가 자신에게 가까이 오지 못하게 했다. 하지만 안중화는 힘이 좋았다. 당시 안중화는 열여덟 살이었는데, 마르긴 했어도 아주 다부졌다. 그는 그녀의 손을 잡아 벌리고 그녀의 옷을 찢었다. 두 사람 모두 숨을 헐떡였다. 류위펀은 갈수록 기운이 빠졌고, 그는 허둥지둥 하나씩 그녀의 옷을 벗겨 옆으로 집어 던졌다. 그때 류위펀은 앞으로 어떤 중요한 일이 일어날지 어렴풋이 알고 있었다. 이는 결혼한 여자라면 피할 수 없는 일이다. 그녀가 마지막 남은 팬티 한 장이 벗겨지는 것을 느꼈을 때, 안중화가 갑자기 와 하는 소리와 함께 울음을 터뜨렸다. 나중에 그녀는 당시에 그가 운 이유를 물은 적이 있었다. 안중화가 말했다. 네 몸을 보고 너무 놀라서. 너무 예뻐서 깜짝 놀랐어. 류위펀이 웃으며 말했다. 예쁜데 왜 놀라? 안중화가 말했다. 너무 너무 예뻐서. 네 피부는 양의 기름처럼 희고 곱고, 봄날의 새싹처럼 신선했거든. 류위펀이 그를 때리며 말했다. 당신이야말로 사람을 놀래게 만들어 놓고. 몽둥이로 푹 찌르는 것 같아서 너무 아파 기절할 뻔했어. 안중화가 말했다. 그날 밤 내가 당신을 몇 번 안았는지 기억나? 류위펀이 말했다. 기억 안 나. 그저 정신도 없는 상태로 당신한테 밤새 시달렸다는 것밖에 모르겠어. 안중화가 말했다. 그날 밤에 여덟 번 안았어. 다음 날 완전히 뻗었다가 그다음 날 다시 일곱 번 안았고. 류위펀이 회상해 보니 결혼 후 십몇 년간, 그러니까 안중화가 이혼을 이야기하기 전까지, 그는 집에 있을 때면 매일 밤 그녀를 안았다. 간혹 하루 종일 일을 하느라 지쳤을 때도 잠자리에 들어 그녀의 곁에 가까이 오기만 하면 흥분을 참지 못했다. 그녀의 따뜻하고 매끄럽고 하얗고 부드러운 몸은 안중화를 정신없이 빠져들게 만들었다. 그런데 류위펀은 끝내 아이를 낳지 못하면서 안중화에게 실망을 안겼다. 그러니까 이런 느낌인 것이다. 농민이 비옥한 토지에서 고생스럽게 10년 이상을 땅을 갈고 김을 맸다. 얼마나 힘을 쓰고 얼마나 땀을 흘렸는지 모른다. 수도 없이 씨를 뿌리느라 허리가 쑤시고 다리가 저렸으며 온몸에 기운이 빠지고 얼굴이 누렇게 뜨면서 수척해졌으나, 끝내 땅에서 싹이 트는 것을 보지 못했다. 이는 도무지 납득할 수 없는 일이었다. 그리하여 그는 밖으로 일을 하러 나간 동안 실패의 아픔을 곱씹다가 결국 이혼을 결심한 것이다.

하지만 류위펀은 여전히 이 혼인을 만회하고 싶었다. 그녀는 안중화가 쉽게 자신의 몸을 포기할 수 있으리라 생각지 않았다. 게다가 그녀는 아직 자신이 아이를 낳을 수 있다고 믿었다. 심지어 그녀는 예전에 안중화가 그녀를 너무 자주 안은 탓에 그것이 영양가 없는 맹탕이 되어 임신이 되지 않는 것은 아닌지 의심스럽기도 했다. 무청에 온 뒤 류위펀은 갖은 애를 써 봤다. 이야기하고, 달래고, 울고, 소란을 피워 봐도 안중화는 꿈쩍도 하지 않았다. 그녀가 벌거벗은 몸으로 그의 눈앞에 나타났을 때, 안중화도 비로소 반응을 보이기 시작했다. 그의 표정에는 충격과 욕망, 고통이 섞여 있었다. 하지만 그는 끝내 말려들지 않았다. 다만 머리카락을 쥐어뜯으며 노기등등하여 그녀에게 명령했다. 옷 입어. 류위펀이 실실 웃으며 말했다. 벗고 있고 싶은데? 그러면서 두 손으로 가슴을 움켜쥐고 말했다. 안중화, 만지고 싶지 않아? 애들은 당신이 그립다는데? 안중화는 즉각 자리에서 튀어 올랐다. 눈에서는 퍼런 불빛이 뿜어져 나왔다. 류위펀은 단숨에 더운 피가 끓어올라 두 팔을 벌린 채 그를 맞이했다. 그녀는 그를 품에 안고 싶었다. 하지만 안중화는 잠시 넋이 나갔다가 돌연 다시 주저앉았다. 류위펀이 급히 다가가 그를 끌어당겼다. 그녀는 그가 뜨거워진 틈을 놓칠 수 없었다. 이대로 그가 식어버리게 놔둘 수는 없었다. 하지만 안중화는 단번에 그녀를 바닥으로 밀치며 소리를 질렀다. 꺼져!

그날 밤 류위펀은 머리가 부딪히며 깨졌고 온통 피가 흘러내렸다. 안중화는 이를 거들떠보지도 않고 고래고래 소리를 지르며 펄쩍펄쩍 뛰다가 늑대 새끼처럼 문을 박차고 나가 밤새 돌아오지 않았다.

류위펀은 철저하게 절망했다.

류위펀은 머리와 얼굴이 피범벅이 된 채 밤새 울었다.

류위펀은 벌거벗은 채 밤새 울었다.

류위펀은 옷을 입을 힘도 상처를 싸맬 힘도 없었다. 그녀는 생각했다. 피가 흐르게 두지 뭐. 다 흘리고 나면 죽으면 그만이니까. 그녀는 살고 싶지 않았다.

그녀는 줄곧 그 모습 그대로 바닥에 누워 있었다. 깨끗이 씻었던 몸은 핏자국과 눈물자국과 진흙으로 엉망이 되었다. 하지만 시간이 지나면서 피는 더 이상 흐르지 않았다. 피는 응고되었다. 그녀는 그저 머리가 너무 어지러울 뿐이었다. 분명 피를 너무 많이 흘린 탓일 것이다.

어쨌거나 안 죽었으면 됐어. 그래도 살아 보자. 류위펀은 혼미한 와중에 그런 생각을 했다. 밤이 더욱 깊어졌을 때 그녀는 천천히 일어나 앉았다. 손을 뻗어 머리를 더듬어 보니 아름다운 머리카락이 모두 피로 범벅이 되어 덩어리로 변해 버렸다. 그녀는 고개를 돌려 문 쪽을 바라보았다. 그녀는 여전히 발자국 소리가 들리기를 바랐다. 안중화가 돌아와 그녀를 위해 상처라도 싸매 주기를 바랐다. 하지만 아무런 인기척도 없었다. 그녀는 그놈을 원망하기 시작했다. 그녀는 더 이상 그와의 관계를 회복할 마음이 없었다. 그녀는 이 몰인정한 놈은 다시 돌아오지 않을 것이며, 자신은 십수 년간 그와 헛잠을 잤다는 것을 깨달았다. 십수 년? 열여섯에 시작해서 올해 서른이 되었으니, 아, 14년을 …… 14년 동안 그에게 몇 번이나 그 짓을 당했던가? 류위펀은 그곳에 앉아 어질어질한 가운데 계산을 시작했다. 집에만 있으면 그는 밤마다 그녀를 건드렸다. 평균 매일 밤 두 번에서 세 번이었으니, 1년이면 7~800번이고, 10년이면 7~8000번이다. 14년이면, 세상에, 다 합하면 만 번도 넘는다! 이런 천벌을 받을 놈, 만 번도 넘게! 류위펀은 다시 울기 시작했다. 하지만 한참을 울다 보니 다시 웃음이 나왔다. 문득 이것이 우습고도 황당한 일이라는 생각이 든 것이다. 그놈에게 만 번도 넘게 그 짓을 당했다니! 만 번이 넘는다는 게 무슨 뜻인가? 내가 엄청나게 손해를 본 것이다. 14년을 그놈에게 끌어안겨 그 몸뚱이 아래 깔린 채로 만 번 넘게 그 짓을 당했는데, 그놈은 이제와 썩은 고깃덩어리 버리듯 내다 버리려는 것이다. 하지만 예전에는 왜 손해라고 생각하지 못했을까? 그녀의 기억에 예전에는 할 때마다 좋았다. 너무 좋아 죽을 것만 같았다. 안중화는 매번 있는 힘을 다했다. 이를 악물고 머리가 땀에 흠뻑 젖을 정도였다. 게다가 마지막 대목에 이르면 큰 소리로 고함을 질렀다. "회의회의회의회의다회의회의회의다! ……" 그때마다 류위펀은 웃음이 터졌다. 그녀는 이게 회의야? 지금 회의하는 거야? 이런 회의가 있어? 왜 그런 생각이 난 거야? 그런 이야기를 하면서 떼굴떼굴 구르며 웃곤 했다. 그때쯤이면 안중화는 이미 눈이 뒤집힐 지경이 되어 두 손으로 그녀가 움직이지 못하게 누르면서 여전히 머리를 쳐들고 소리를 질렀다. "회의회의회의회의다 …… 회의야! …… "

나중에 류위펀이 그에게 물었다. 안중화, 간부가 되고 싶었던 거야? 안중화는 헐떡이며 고개를 끄덕였다가 이내 다시 고개를 내저었다. 류위펀은 이상하다는 듯 말했다. 왜 계속 회의라고 소리를 지르는 거야? 이게 회의랑 무슨 관계가 있다고. 내가 볼 때는 아직 간부가 되고 싶은 것 같은데. 안중화는 숨을 고른 뒤에야 대답했다. 간부가 되고 싶은 게 아니야. 내가 간부감도 아니고. 그냥 급할 때 무슨 말이든 큰 소리로 외쳐야 짜릿해. 류위펀이 말했다. 회의라고 외치면 짜릿하다고? 안중화가 말했다. 차오얼와에서 남자들을 제일 짜릿하게 만드는 일이 뭔지 알아? 류위펀이 말했다. 모르겠는데. 안중화가 말했다. 바로 회의야! 팡취안린처럼 수천 명을 한데 불러 모아 놓고 허리에 손을 얹고 이야기를 하는 거지. 무슨 이야기인지는 중요하지 않아. 중요한 건 그 이야기를 몇천 명이 거기 앉아서 듣고 있다는 거야. 사람들이 이야기에 귀를 기울이지 않는다 싶으면 그들을 나무랄 수도 있어. 지금 회의 중인데 거기서 무슨 잡담을 하는 거야! 이러면서 말이지. 또 거기 누군가, 자네는 왜 졸고 있나? 어제 밤에 뭘 했는데 이리 기운이 없어? 그러면 사람들이 웃으면서 조는 사람이 누군지 찾느라 두리번거리지. 이때 팡취안린이 다시 소리를 질러. 자자 웃지들 말고 회의 합시다 회의! 그러면 회의장은 훨씬 조용해지고 주의가 집중되면서 다들 고개를 들고 그가 회의를 열고 이야기를 하는 것을 쳐다보는 거야. 쥐 죽은 듯이 조용히! 와, 굉장하지 않아? 짜릿하지 않아? 류위펀은 놀랍고도 의아하다는 듯 말했다. 그런 거였구나. 그럼 내가 당신에게 밤마다 회의를 열게 해 줄게.

하지만 이제 류위펀은 깨달았다. 회의는 끝났다.

안중화는 두 번 다시 그녀를 위해 회의를 열지 않을 것이다

무정한 놈, 변변치 못한 놈. 네놈이 능력이 있으면 진짜로 가서 간부가 되고, 진짜로 사람들을 불러다 회의도 하겠지. 하지만 네놈은 간부가 될 수 없어. 네놈 말이 맞아. 네놈은 애초에 간부감이 아니야. 고작 밤에 나

하나 놓고 하는 회의에도 이를 악물고 머리가 땀에 흠뻑 젖었으면서, 네놈의 그 벌벌 떠는 꼴이라니! 진짜 팡취안린처럼 수천 명 앞이었다면 다들 우스워서 뒤로 넘어가고도 남지! 팡취안린을 좀 봐, 그 정도는 돼야 남자지. 온 마을이 울리도록 큰 소리로 회의를 하자고 사람들을 불러 모으는 것이 마치 닭을 부르고 오리를 모는 듯했잖아. 이야기를 하면 논리가 정연하고 기침 소리에도 메아리가 있었어. 눈으로 여섯 길을 보고 귀로는 팔방의 소리를 듣고, 누구든 꾸짖을 수 있으며, 이도 악물지 않고 땀도 흘리지 않고, 그 정도는 돼야 남자지 ……

류위펀은 의식이 혼미해지자 상황이 더욱 분명해지는 듯했다. 안중화 그놈은 미련을 가질 만한 가치도 없어. 나는 헤진 걸레도 아니고 썩은 고깃덩어리도 아니야. 나는 아직 향기롭고 아직도 부드러워! 나도 새로 남자를 찾을 거야! 이제 나를 위해서 회의를 열고 싶다고 해도 내가 허락하지 않아. 네놈은 만 번이 넘게 회의를 열고도 아직도 그 모양 그 꼴이야. 아이가 안 생긴 것도 분명 네놈 씨가 문제지. 내가 새 남자와 아이를 낳아서 네놈에게 보여 줄게. 나를 원하는 사람이 없을 리가 없어. 네놈도 실은 나를 안고 싶잖아. 네놈이 저녁에 늑대처럼 으르렁거리며 뛰쳐나가 밤새 돌아오지 않는 것도 내 희고 고운 몸이 두렵고, 나를 안으면 네놈의 이혼 결심이 흔들릴까 봐 무서워서겠지. 이 양심도 없는 놈, 오늘 밤부터는 어림도 없다. 다시는 내 몸에 손도 댈 생각 마!

다음 날 날이 밝자마자 톈주가 이 사건을 알게 되었다. 그는 안중화를 찾아내서 그를 걷어차 바닥에 내동댕이치고는 손가락질을 하며 말했다. 안중화, 네가 그러고도 사람이냐? 네가 이혼을 하든 말든 내가 상관할 바 아니야. 그건 너희 두 사람 문제니까. 하지만 위펀이 머리가 깨져 온 바닥에 피가 흘렀는데도 내뺐단 말이야? 위펀을 밤새도록 울게 내버려 두고, 네가 그러고도 사람이냐? 안중화는 스스로 잘못을 알고 있었다. 그는 몸을 일으키며 말했다. 제가 위펀을 병원에 데리고 가면 되는 거 아닙니까? 톈주가 말했다. 당연히 병원에 데리고 가야지, 어서 가!

안중화는 자전거 한 대를 구해서 류위펀을 병원에 데리고 가서 상처를 치료하려고 했다. 하지만 류위펀은 가지 않았다. 그녀가 말했다. 착한 척 하지 마. 나 안 죽으니까. 죽을 거였으면 어제 저녁에 죽었어. 그때 수많은 차오얼와의 노동자들이 입구를 에워싸고 이를 구경하고 있었다. 제각 기 한마디씩 안중화가 사람도 아니라며 욕을 해 댔다. 팡취안린도 그 자리에 있었다. 하지만 팡취안린은 입을 열지 않았다. 그는 여기서 또 무슨 말을 할 필요는 없다고 생각했다. 톈주가 걷어찬 것은 잘한 일이었다. 이 녀석은 맞아도 쌌다.

후에 원슈가 따뜻한 물로 류위펀의 머리카락에 묻은 핏자국을 닦아 주고, 집에서 가져온 약과 가제로 그녀의 상처를 싸매 주었다. 상처에서 피가 많이 흐른 것은 상처 부위가 머리였기 때문이며, 실제로 상처가 난 자국은 크지 않았다. 원슈는 위펀을 침대에 눕히고 움직이지 못하게 했으며 누워 있으면 괜찮아질 거라며 그녀를 위로했다. 위펀은 원슈의 손을 잡고 울음을 터뜨렸다. 위펀이 말했다. 형님, 저 집에 갈래요. 원슈가 말했다. 울지 마, 울지 마. 내일 촌장님이 차오얼와로 돌아가실 거야. 우리도 같이 가자. 나도 집으로 갈 거야. 여기 남자들은 다 미쳤어.

다음 날 촌장 팡취안린은 원슈와 류위펀을 데리고 무청을 떠났다. 떠나기 전에 류위펀이 안중화에게 말했다. 당신도 빨리 차오얼와로 돌아와. 이혼 수속을 해야지. 시간 끌지 않을게. 안중화가 울면서 말했다. 위펀, 당신한테 미안해. 류위펀이 말했다. 집어 치워. 당신 같은 남자한테는 더 이상 마음 쓸 가치도 없어. 빨리 돌아오기나 해. 차오얼와에서 기다릴 테니까. 그리고는 팡취안린과 원슈와 함께 톈주의 지프차에 올랐다. 차는 쑤쯔춘을 떠나 무청으로 향했다. 안중화는 오래도록 그 자리에 서 있었다. 그는 자신이 드디어 그녀를 벗어나게 되었다는 사실을 깨달았다. 하지만 마음속은 죄책감으로 가득했다. 후에 페이마오가 그를 잡아끌며 말했다. 안중화, 왜 아직도 그러고 있어? 심각한 척하지 말고 빨리 현장에 나가자고. 다들 갔어! 내일부터는 무청에서 짝을 물색할 수 있겠는데? 내가 하나 소개해 줘? 나 아는 여자 많아. 가슴 큰 여자 엉덩이 큰 여자 다 있어. 딱 봐도 애를 잘 낳게 생겼더라고. 안중화가 그의 손을 뿌리치며 말했다. 페이마오, 무슨 헛소리야. 나 지금 속이 복잡하니까 열 받게 하지 마. 페이마오가 웃으며 말했다. 열 받아? 너 내가 류위펀으로 보이나 본데, 너도 여자한테 함부로 하는 놈 아냐. 안중화는 체면이 깎이자 페이마오를 밀치며 말했다. 류위펀은 내 마누라야. 네가 무슨 상관이야! 페이마오는 되받아치지 않았다. 그가 말했다. 치지 마. 넌 나한테 안 돼. 류위펀이 네 마누라라고? 뻔뻔하게 그런 말이 나와? 이혼하면 누구 마누라가 될지 모르는데. 내가 보니까 촌장님 마누라가 될 수도 있겠는데. 촌장님이야 홀아비로 지낸 지 20년이 넘었겠다, 아들도 있겠다, 류위펀이 애를 낳을 수 있든 말든 상관없겠지. 류위펀은 젊지, 예쁘지, 희고 멀쑥하니 촌장님이 품에 안으면 좋아 죽지 않겠어? 안중화, 너 크게 손해 본 거야. 안중화 넌 멍청이라고. 촌장님이 가실 때 싱글벙글하는 거 못 봤어?

안중화는 페이마오의 말에 충격을 받았다. 순간 머리가 폭발할 것만 같았다. 그는 페이마오의 명치를 향해 주먹을 날렸다. 하지만 주먹은 마치 나무 그루터기를 친 것 같았으며 페이마오는 꿈쩍도 하지 않았다. 페이마오가 말했다. 안중화, 너 벌써 두 대나 쳤어. 네가 괴롭고 화가 나는 거 이해해. 풀고 싶으면 그렇게 풀어. 내가 오늘은 절대 되받아치지 않을 테니까. 해 봐, 해 봐!

하지만 안중화는 더 이상 주먹을 휘두르지 않았다. 그는 페이마오가 입이 걸어 자신이 당해낼 수 없다는 것을 알고 있었다. 페이마오는 무술을 연마한 적이 있으니 싸움으로도 그를 이길 수 없었다. 안중화는 큰 걸음으로 앞으로 걸어갔다. 마치 술에 취한 사람 같았다.

페이마오가 큰 소리로 말했다. 안중화, 너무 상심 말라고—!

톈주는 팡취안린을 배웅한 뒤 한시름을 놓았다. 그는 최근에 몹시 바빴으나 만약 팡취안린이 떠나지 않았다면 그를 모시지 않을 수 없었다. 어쨌거나 그는 촌장이고, 또 사람들을 보러 온 것이기 때문이다. 하지만 줄곧 그를 모시고 다니자니 그럴 시간이 없었다. 이제 됐다. 팡취안린도 떠났고, 원슈도 데리고 갔으니 그로서는 걱정거리가 다소 줄어든 셈이었다. 그리고 그 류위펀까지. 톈주는 그녀를 가엾게 여기기는 했으나 계속 버티며 문제를 일으키는 것도 좋은 방법은 아니었다. 이는 안중화의 정서에 영향을 줄 뿐 아니라 다른 노동자들을 불안하고 동요하게 만들었다. 안중화가 자주 밤에 집을 비우면서 류위펀이 혼자 집에 있게 되었고, 걸핏하면 노동자들이 밤중에 소란을 부리며 어떻게 한번 해 볼 수 있지 않을까 기대를 품곤 했다. 어쨌거나 안중화가 버린 여자니까. 류위펀은 자주 놀라 비명을 질렀고 날이 밝으면 톈주에게 와서 일렀는데, 하염없이 눈물을 흘리는 모습에 톈주도 마음이 답답하고 정신이 산란해졌다.

톈주는 기차역에서 돌아온 뒤 곧장 조경국으로 차를 몰았다. 톈원과 원쉐도 그곳에서 기다리고 있었다. 그들이 말했다. 토론회는 이미 시작했습니다. 톈주가 말했다. 빨리 들어가자! 톈원이 말했다. 형, 우리도 참석해야 해? 톈주가 말했다. 왜 안 해? 우리더러 참석하라고 초청했는데, 가자, 들어가 보자!

톈주 일행이 안에 들어갔을 때 토론회가 막 시작되었다. 사회자는 바로 조경국장 라오저우(老周)였다. 라오저우는 그들이 들어오는 것을 보고는 급히 손짓하여 톈주를 앞자리에 앉혔다. 탁자 앞에는 톈주의 지정석 팻말이 놓여 있고, 위에는 차이톈주라고 이름도 적혀 있었다. 톈원과 원쉐는 바로 뒷줄에 앉았다. 뒷줄에는 그들 말고도 수많은 시민들이 앉아 있었다. 마찬가지로 초대를 받고 온 사람들이었다. 이는 무청 쯔우로(子午路) 가로수 교체에 대한 토론회였다. 쯔우로는 무청의 중심 도로로, 도로 양옆의 가로수는 원래 플라타너스 혹은 버즘나무라고 불리는 나무였는데, 가로수로 아주 적합한 나무이기도 하고 한창 잎사귀가 무성하게 우거져 있기도 했다. 수령 또한 60년 이상이 되어 가지와 잎이 도로를 모두 뒤덮어서 양쪽에 가로수길이 만들어졌고, 한여름에 자전거를 타고 지날 때면 양산을 쓸 필요가 없어 모든 시민들에게 사랑을 받았다. 그런데 3년 전 무청에 100년에 한 번 있을까 말까 한 이례적인 장마가 쏟아졌다. 50일을 잇달아 비가 내렸고, 날마다 큰비가 아니면 중간 비가 내리면서 무청 전체가 물에 잠기고 하수도가 전부 막혀 버리고 말았다. 결과적으로 단층집 수천 가구와 복층집 수십 채가 잠기거나 무너지고, 깔려 죽거나 다친 사람도 수백 명에 달했다. 노인들의 기억에 따르면 쯔우 중심 도로는 쓸모 없는 강을 메우고 건설한 것이라 특별히 넓었다. 하지만 지반이 부실하여 도로가 해마다 가라앉다 보니 쯔우로의 지세가 몹시 낮아졌다. 그해 무청이 물에 잠겼을 때 쯔우로는 다시 한 줄기 강으로 변했다. 길 양옆의 플라타너스도 무더기로 쓰러지거나 죽어 버렸다. 남은 나무도 시들거나 딱딱해져 반쯤 죽은 것이나 다름없는 상태였다. 그리하여 시 조경국에서 쯔우로의 남은 플라타너스를 모두 베어 버리고 녹나무로 교체하려는 계획을 세웠다. 뜻밖에 이 소식이 알려진 뒤 무청에 큰 파문이 일었다. 많은 시민들이 강력히 반대했다. 그들은 사람들이 이미 플라타너스에 익숙해졌고 모두들 쯔우로에 녹음이 지붕처럼 우거져 있던 풍경을 그리워하고 있으므로 교체가 필요하면 다시 새 플라타너스를 심어야지 다른 나무는 안 된다고 주장했다. 이 일은 뉴스 기관의 대대적인 선전을 통해 순식간에 대사건으로 변했고, 무청 시민 전체가 이에 관심을 가지기 시작했다. 하지만 이렇게 주장하는 사람도 많았다. 기왕 원래 있던 플라타너스가 훼손되었다면, 굳이 플라타너스를 다시 심을 필요는 없다. 플라타너스는 물에 약하므로 만일 또 큰비가 내린다면 새로 바꾼 플라타너스도 죽어 버릴 텐데 굳이 그럴 이유가 있겠는가? 이렇게 말하는 사람도 있었다. 플라타너스는 몇십 년이 되었다. 아무리 좋은 물건도 심미적 피로감을 발생시킬 수 있다. 다른 종류의 가로수로 바꾸면 신선한 느낌이 생길 것이고 새로운 것을 접할 수 있으니 조경국의 계획은 나쁘지 않다. 또 이렇게 말하는 사람도 있었다. 플라타너스는 물에 잠겨 죽지 않았더라도 진즉 바꿨어야 했다. 이 나무는 엄청나게 성가시다. 봄에 꽃이 필 무렵이면 바람이 불때마다 온 도시에 꽃가루가 날려 도시인 모두를 기침하게 만들고, 도시인의 절반이 피부 알레르기, 3분의 1은 비염, 4분의 1은 폐렴에 걸리게 하니 진즉 바꿔야 옳았다! 또 누군가 말했다. 헛소리! 그런 병은 도시 오염으로 생긴 것이지 플라타너스와 무슨 상관이 있는가?

이런 관점과 의견들은 신문과 방송국을 통해 발표되었고 쯔우로는 만민이 주시하는 이슈로 떠올랐다. 매체의 토론에 참여한 사람들 중에는 전문가, 학자, 기관의 간부, 학생, 시민, 지식인, 도로 미화원 등이 포함되어 참여 대상이 매우 광범했다. 찬성 의견과 반대 의견, 오만 가지 의견이 다 나왔다. 원쉐도 글을 써서 의견을 발표했다. 원쉐의 이름은 란(冉)원쉐로, 차오얼와에 있을 때부터 글재주를 뽐내기를 좋아했다. 그는 시인이 되겠다는 일념으로 무수히 투고를 해 보았으나 한 편도 발표된 적은 없었다. 나중에 톈주를 따라 일을 하러 나왔고, 톈원과 함께 줄곧 톈주를 도와 동분서주했다. 톈주가 녹화 사업대의 도급을 맡은 뒤로 쭉 원쉐가 서기와 비서를 맡았으며 때때로 신문에 투고도 했다. 기본적으로는 무청 녹화 사업대의 성과를 알리는 내용이었다. 후자는 란원쉐가 자처한 일이었다. 그가 톈주에게 말했다. 우리는 말없이 일만 해서는 안 됩니다. 반드시 성과를 밖에 알려야 해요. 그러면 우리가 무청에서의 지위를 공고히 하는 데 도움이 될 겁니다. 톈주가 웃으며 말했다. 원쉐 네가 일머리가 있구나. 과연 지식인이야. 원쉐는 더욱 신이 나서 일했고, 신문지상에 두부만 한 크기의 짧은 글도 끊임없이 등장했다. 그는 그 정도로도 만족했다. 쯔우로 보행로의 가로수에 대한 토론이 시작된 후, 원쉐 또한 잇달아 몇 편의 글을 썼다. 물론 조경국의 의견을 지지하는 내용이었다. 이러한 관점은 톈주와 상의한 것이었다. 녹화 사업대가 조경국의 관리 하에 있으니 조경국을 지지해야 했고, 조경국의 의견이 이치에 맞기도 했다.

이런 논의들로 인해 시정부도 이를 몹시 심각하게 받아들였다. 조경국이 책임지고 주도하여 관련 전문가와 시민 대표를 초청하여 토론회를 열고, 최대한 빨리 의견을 통일하여 도로 보행로의 가로수 하나 때문에 온 도시가 혼란에 빠지지 않도록 했다.

시정부의 걱정은 기우가 아니었다.

요 며칠 논의가 확대되면서 많은 시민들이 쯔우로로 몰려들었다. 특히 저녁 퇴근 시간 이후에는 사람들이 무리를 지어 쯔우로에 몰려와 소식을 알아보고 진행 상황을 확인했다. 어떤 사람은 플라타너스를 지켜야 한다고 주장을 펼쳤는데, 목청이 터질 듯 소리를 지르고 감정도 몹시 격했다. 그날 밤 한 취한 사내가 식칼을 들고 와서 누구든 쯔우로의 플라타너스를 베어 가려고 하면 목숨을 걸고 싸우겠다고 말해 수많은 사람들의 구경거리가 되었다. 큰 소리로 갈채를 보내는 사람도 있었다. 다행히 파출소에서 경찰이 출동하여 사고는 일어나지 않았다. 하지만 이렇게 소란이 벌어지자 이를 구경하러 오는 사람들도 더욱 많아졌고, 40여 리의 쯔우로에는 매일 밤늦게까지 사람들의 발길이 끊이지 않았다. 물론 저녁에 사람이 가장 많았는데, 누군가 계산한 바로는 10만 명은 족히 될 것이라고 했다. 무청 전체가 영문을 알 수 없는 극도의 흥분에 빠졌다. 마치 이 일이 모두의 목숨과 관련이 있기라도 한 것 같았다.

그리하여 논의가 신문과 텔레비전에서 쯔우로까지 확장되면서 논의의 규모는 더욱 커졌다. 쯔우로에만 가면 누구에게나 의견을 발표할 기회가 생겼다. 밤이 되면 쯔우로에는 여기저기에 적으면 셋에서 다섯, 많으면 수십 명에서 수백 명에 달하는 사람들이 무리를 지었다. 조용히 논의하는 사람들이 있는가 하면, 격렬한 언쟁을 벌이거나 아예 주먹다짐을 하는 사람들도 있었다. 논의의 내용은 물론 플라타너스를 살리느냐 죽이느냐, 그것에 관한 문제였다.

하지만 갈수록 논의의 화제는 더욱 확장되는 듯했다.

심지어 부부간의 감정, 동네 사람들의 다툼, 상급자와 하급자의 갈등, 동료 간의 불화, 조직폭력배의 분규까지 오만 가지 화제가 다 나왔다. 하늘은 이 사람들이 어떻게 한데 모이게 되었는지 알고 있었다. 아마도 도시인들에게 너무 많이 누적된 갈등과 억압, 고통과 분노들이 모두 이를 핑계 삼아 발산되어 나온 것이리라. 가여운 플라타너스는 아마도 그리 중요하지 않았을 것이다. 그것은 사실 핑계거리에 지나지 않았다.

한 중년 부부가 이렇게 티격태격하고 있었다.

남자가 말했다. 이야, 쯔우로에 사람이 이렇게 많아?

여자가 말했다. 다들 플라타너스에 관심이 많나 봐.

남자가 말했다. 플라타너스를 베어 버리는 건 너무 아깝지.

여자가 말했다. 얼마나 좋았는데. 양쪽으로 나뭇가지와 잎사귀들이 쭉 이어져서 자전거를 타고 갈 때 햇빛도 가려 주고, 가는 곳마다 그늘이 져서 시원하고 말이야.

남자가 말했다. 그때 바로 이 가로수길 위에서 당신을 알게 됐었는데.

여자가 말했다. 그랬지. 그때는 당신도 참 철면피였어. 매일같이 자전거를 타고 나를 쫓아왔잖아. 어떨 때는 내 앞으로 자전거를 몰아서 일부러 내 길을 막아서기도 하고.

남자가 말했다. 그런 건 철면피였다고 하는 게 아니라 사랑했다고 하는 거야.

여자가 말했다. 철면피였지. 난 원래 만나던 사람도 있었는데, 당신이 억지로 뺏은 거잖아.

남자가 말했다. 그 기생오라비 같은 자식은 애초에 당신이랑 어울리지도 않았어.

여자가 말했다. 그 기생오라비는 이제 처장급이 되었다는데, 당신은 무슨 급이야?

남자가 말했다. 나는 아무 급도 아니고 퇴직한 노동자다, 어쩔래? 나 무시하는 거야?

여자가 말했다. 무시하는 거 아냐. 근데 당신도 그 사람 무시할 이유는 없다고.

남자가 말했다. 나는 무시할 거야. 그때 나한테 한 대 맞고는 저기까지 나가 떨어져서 혼비백산 일어나 도망쳤다고. 아예 나랑은 상대도 안 됐어.

여자가 말했다. 당신도 그래 봤자 필부지용이지. 왜 그 사람과 지식을 겨룰 생각은 안 해? 그 사람은 이제 해외에 나갈 때 통역도 데려갈 필요가 없다더라.

남자가 말했다. 당신은 어떻게 그렇게 잘 알아? 계속 그 자식이랑 연락하고 지낸 거 아냐?

여자가 말했다. 멋대로 말하지 마. 나도 들은 얘기야.

남자가 말했다. 그럴 리가. 내가 보니까 당신은 분명 그 자식을 만났던 거야.

여자가 말했다. 만났으면 만난 거지. 한 도시에 산 지 20년이 넘었는데, 우연히 한번 만날 수도 있는 거 아냐?

남자가 말했다. 만나서 무슨 얘기 했어?

여자가 말했다. 아무 말도 안 했어.

남자가 말했다. 아무 말도 안 하고 해외에 나갈 때 통역을 안 데리고 가는 줄 어떻게 알아?

여자가 말했다. 그냥 몇 마디 잡담만 했어. 웬 질투야?

남자가 말했다. 이것 봐, 얘기까지 했다 이거지? 나 질투하는 거 아니니까 당신이나 나 속일 생각 마. 이렇게 찔끔찔끔 실토하는 것 좀 보라고. 무슨 떳떳치 못한 일이라도 한 사람처럼.

여자가 말했다. 떳떳치 못한 짓은 당신이 했지!

남자가 말했다. 나는 떳떳치 못한 짓 한 적 없어. 하나도 걸릴 것 없어.

여자가 말했다. 뻔뻔스럽기도 해라. 그때 당신 버스에서 여대생 가슴을 더듬다가 현장에서 붙잡혀 놓고, 그러고도 걸릴 게 없다고?

남자가 말했다. 걸릴 것 없어! 술에 취했었잖아. 나는 불룩 튀어나와 있기에 손잡이인 줄 알았지. 그 여학생 가슴이 너무 불룩 튀어나온 바람에.

여자가 말했다. 극장에서 여자 허벅지를 더듬은 건?

남자가 말했다. 그건 영화에 너무 집중해서 엉뚱한 곳을 긁은 거고.

여자가 말했다. 진짜 뻔뻔스러워!

남자가 말했다. 어, 왜 가 버리는 거야? 어디 가?

부부는 감정이 상한 채 헤어졌다.

노인도 두 사람 있었다.

한 노인이 다른 노인을 발견했는데, 예전에 알던 사람 같아 가까이 다가가서 쳐다보았다.

다른 노인이 말했다. 이 영감님이 뭘 보시나?

앞노인이 의혹이 가득한 표정으로 말했다. 당신 마치(麻七)요?

뒷노인이 화를 내며 말했다. 당신 누구요? 나는 류더뱌오(劉德標)요.

앞노인이 큰 소리로 웃으며 말했다. 류더뱌오, 자네 아직 살아 있었구면. 내 자네 얼굴에 곰보 자국을 보고 알아봤지. 이거 뜻밖이군, 뜻밖이야. 진짜 뜻밖이구면! 류더뱌오라면, 그게 바로 마치 아닌가!

류더뱌오가 말했다. 당신 도대체 누구요? 어째서 내 젊을 때 별명을 아는 거요?

앞노인이 얼굴을 쭉 내밀며 말했다. 류더뱌오, 자세히 보게. 알아보겠는가? 40년 만에 만난 옛 동료일세! 어떤가, 이래도 모르겠나? 나 피단(皮蛋)[18]일세! 피량차이(皮良才)! 알겠나 모르겠나? 피량차이라고!

류더뱌오가 그의 옷깃을 덥석 붙잡았다. 네 이놈, 피단이구나! 네가 나에게 수수 댓 근을 빚졌겠다. 내가 40년 동안 네놈을 찾고 있었어! 너 이 개자식 살아 있었구나. 나는 네놈이 진즉 화장터로 들어간 줄 알았지! 하하하하하! ……

옛 동료 두 사람은 얼싸안고 한참을 웃었다. 많은 사람들이 둘러싸고 쳐다보았으나, 두 노인네가 무슨 영문으로 그러고 있는지 알 길이 없었다.

마치가 피단을 놓아주며 주위를 둘러싼 구경꾼들에게 쏘아붙였다. 뭘 보시오? 우리가 플라타너스도 아닌데, 저리들 가시오, 가, 가!

---

18 성 뒤에 알을 뜻하는 단(蛋)을 붙여 만든 별명. 삭힌 알 요리를 뜻하기도 한다.

사람들을 고개를 흔들며 흩어졌다.

피단이 말했다. 류더뱌오, 자네가 올해 …… 일흔둘이겠군, 그런가?

류더뱌오가 말했다. 피량차이 자네는 올해 일흔넷이겠군. 자네가 나보다 두 살이 많았지.

치량차이가 말했다. 자네는 어떻게 여기 올 생각을 했는가? 플라타너스를 보러 왔나? 아니면 오지랖이 넓어서 참견하러 온 건가?

류더뱌오가 말했다. 그때 우리가 쯔우로에서 당나귀수레로 손님을 실어 나르면서 여기를 얼마나 지나다녔나. 플라타너스에 정이 있는 게 당연하지!

피량차이가 말했다. 당나귀수레를 끈 건 자네지. 내가 끈 건 말수레고. 헷갈리지 말라고.

류더뱌오가 말했다. 내가 당나귀수레를 끌었다고 우습게 보지 마. 자네 말수레 속도에 요만큼도 뒤지지 않았으니까. 내 대청색 당나귀는 네 발굽을 힘차게 굴리면서 다그닥다그닥 달렸었지! …… 그 기운 찬 모습을 보고 있노라면 마음이 편안했어. 자네 그 붉은 말은……

피량차이가 말했다. 대추색 말이야! 반들반들 윤이 나서 보는 사람마다 좋아했어. 서로 내 말수레를 타려고 했었다고.

류더뱌오가 말했다. 자네 마누라도 자네 말수레를 탔다가 수작에 넘어간 거 아냐?

피량차이가 말했다. 누가 수작을 걸었다고 그래? 손님이 말수레에 탔으면 같이 이야기도 하고 그런 거 아닌가? 그 사람도 내가 농담을 잘하고 하니 늘 내 말수레를 탔고, 그렇게 친해지다 보니 정도 생긴 거지.

류더뱌오가 말했다. 웃기고 있네! 내가 모를 줄 알고? 자네가 한사코 돈을 안 받는 데다가 타고 내릴 때 부축하는 척하면서 그 틈을 타 간지러움을 탈 만한 곳에 손을 갖다 대서 웃게 만드는 것을 내가 다 봤다고.

피량차이가 말했다. 그건 나중의 일이야. 이미 정이 든 뒤에 그랬지. 모르는 손님이 타고 내릴 때 함부로 손을 댔다가는 욕만 진탕 얻어먹지.

류더뱌오가 말했다. 피량차이 자네는 어쨌든 좋은 놈은 아니었어. 여자 손님만 태웠다 하면 눈빛이 엉큼하게 변했지,

피량차이가 말했다. 류더뱌오 자네야말로 호인인 척하지 마. 그때 힘 좀 쓰는 것만 믿고 동료들을 괴롭히고 사업을 독점했잖아. 자네가 손님을 끌어오지 않으면 다른 사람들은 할 일이 없었어.

류더뱌오가 말했다. 피량차이 자네 솔직히 말해 보게. 내가 자네 괴롭힌 적 있나? 말해 보게, 입이 있으면 말해 봐!

피량차이가 말했다. …… 그런 적은 없지. 자네는 나를 도와줬어. 하지만 자네는 늘 다른 사람과 싸움을 벌였잖은가. 손님을 뺏으려고 남의 머리를 깨는 통에 열몇 바늘을 꿰매고 말이야.

류더뱌오가 말했다. 그건 그놈이 틀려먹어서 그랬지. 그놈이 먼저 손님을 뺏은 거라고. 나하고 이미 얘기가 끝나서 막 수레에 타려는 손님한테 그놈이 그러는 거야. 당나귀수레에 앉아서는 모양이 빠지고, 말수레에 타야 품위가 있다고. 게다가 내 대청색 당나귀는 가다가 뒷발질을 해서 사람이 다칠 수 있다나. 그게 사람이 할 말인가? 그래서 내가 그놈을 패 준 거야. 피량차이 자네 아직 그 일을 기억하고 있었구먼. 그런데 자네는 어째서 옳고 그름도 분간을 못 하는가?

피량차이가 말했다. 미안하네. 나는 그때 그 자리에 없어서 나중에 들은 걸세. 이제 보니 그자를 먼저 탓할 일이구먼.

류더뱌오가 말했다. 수십 년이 지난 일이야. 다 옛날 일이고. 누구 탓인지는 중요할 것도 없어졌지. 아이, 애초에 다 먹고살려고 한 일 아닌가. 그때 내 자식 넷 중에 제일 큰놈이 고작 다섯 살이었는데, 하루 종일 배를 곯다 보니 배가 고파 얼굴은 누렇게 뜨고 몸은 비쩍 말라서 …… 이런 얘기는 그만하세.

피량차이가 말했다. 더뱌오, 자네는 끝까지 버텼어. 자네가 무청에서 가장 마지막까지 당나귀수레를 끈 사람이었지.

류더뱌오가 말했다. 그렇고말고. 나는 끝까지 버텼어. 무청에서 가장

마지막으로 당나귀수레를 끄는 사람이 되고도 3년을 더 버텼지. 당나귀를 시내에 들어오지 못하게 하고, 쯔우로 위에는 자동차만 달리게 되었지만 말이야. 나중에 대청색 당나귀가 늙어 죽은 뒤에야 나도 손을 놓았지.

피량차이가 말했다. 그때가 너무 그립군. 말수레와 당나귀수레가 도시 곳곳을 달리고, 말똥과 당나귀 똥이 여기저기 한 무더기씩 쌓여 있었지. 김이 무럭무럭 나는 똥은 냄새도 얼마나 향기로웠는데.

류더뱌오가 말했다. 맞아. 향기, 정말로 향기로웠어!

피량차이가 말했다. 지금은 온 도로에 자동차가 가득 들어찼지. 배기가스 냄새는 정말로 지독해.

류더뱌오가 말했다. 정말로 지독하지! 내가 시장이 된다면 제일 먼저 자동차를 없애 버리고 말수레와 당나귀수레를 부활시킬 걸세. 그러면 도시에 이렇게 지독한 냄새도 나지 않고 이렇게 시끄럽지도 않을 테니까.

피량차이가 웃으며 말했다. 류더뱌오, 자네 시장이 되고 싶은가?

류더뱌오가 말했다. 그냥 하는 소리지. 자자 이 얘기 그만하세! 가자고, 내가 한잔 살 테니. 우리 옛 형제가 40년 만에 만났는데, 오늘 같은 날은 몇 잔 마셔 줘야지!

피량차이가 말했다. 내가 사야지. 나는 자네에게 수수도 몇 근 빚졌는데!

류더뱌오가 말했다. 쓸데없는 소리, 우리가 어떤 사인가!

두 사람은 서로를 부축하며 자리를 떠났다.

사실 그들은 그리 멀리 갈 필요도 없었다. 쯔우로의 양쪽 옆에는 곳곳에 커다란 노점이 있어 먹고 마시기에 아주 편리했다. 한동안 쯔우로는 밤이 되면 사람들로 북적였고, 덕분에 거리의 매춘부들까지 몰려들었다. 오빠, 같이 놀래요?

조경국에서 개최한 토론회는 이틀간 열렸다. 전문가, 학자, 시민 대표까지 100명 이상이 발언했다. 토론은 격렬했으나 쯔우로에서 벌어지는 논쟁에 비하면 훨씬 이성적이었다.

톈주는 줄곧 발언을 하지 않았다. 모두들 너도나도 먼저 말하려는 통에 아예 발언의 기회가 없기도 했고, 너무 나서고 싶지도 않았다. 그는 자신이 녹화 사업대의 대장에 지나지 않는다는 것을 잘 알고 있었다. 무청 사람들이 보기에 그는 그저 외부인이자 고된 노동을 하는 사람일 뿐이다. 그들에게 자신이 대단한 인물이라도 되는 양 느끼게 할 필요도 없고, 그래서도 안 된다. 조경국의 저우 국장이 자신에게 사람들을 데리고 토론회에 참석해 달라고 초청하고 앞줄에 자리까지 마련해 준 것을 보면 분명 자신의 의견을 들어 보고 싶을 것이다. 하지만 톈주는 조급하게 굴지 말고 저우 국장이 자신을 지목하면 이야기하자며 스스로를 자제시켰다. 톈주도 이야기를 들어 보고 이와 관련된 지식을 쌓고 싶기도 했다. 어쨌거나 토론회에는 각 방면의 전문가들과 학자들이 참석하기 때문이다. 이는 톈주가 무청에 온 뒤 처음으로 참석한 아주 수준 높은 회의였다.

톈주는 뜻밖에 스튀 또한 토론회에 참석했으며, 아주 눈에 띄는 자리에 앉아 있다는 것을 발견했다. 하지만 그는 조금도 관심이 없는 사람처럼 보였으며, 앞다퉈 발언을 하려고 들지도 않았다. 그는 대부분의 시간을 고개를 숙인 채 졸다가 이따금 고개를 들어 한참 동안 창밖을 바라보았다. 그의 모습은 현장의 격렬한 분위기와 전혀 어울리지 않았다. 다행히 사람들의 주의력이 그를 향해 있지 않았다. 왜인지는 모르겠으나 톈주는 한숨을 내쉬었다. 그는 스튀가 걱정스러웠으며 이런 자리에서 기괴한 짓을 벌이지는 않을까 두려웠다. 그날 밤 우연한 첫 만남에서 작은 망치로 도로를 부수는 모습을 보고 톈주는 이자가 기인임을 알아차렸다. 그는 생각도 행동도 일반인들과 달랐다. 그는 도시인이면서도 도시인 같지 않았다. 톈주는 그가 왜 땅과 나무와 화초에 마음을 빼앗겼는지 이해할 수 없었다. 바로 그 부분이 톈주와 그를 첫 대면부터 의기투합하게 만들기는 했으나, 톈주는 그에 대해 조금도 아는 바가 없었다. 그가 도대체 무엇을 하는 사람인지, 왜 그런 행동을 하는지도 몰랐다. 한밤중에 작은 망치를 들고 으슥한 곳에 숨어 도로에 망치질을 하다니. 그날 밤 돌아오는 길에 톈주는 이자가 정신병자가 아닌지 의심하기도 했다. 그러나 지금 토론회에 참석한 모습을 보니 그나마 마음이 놓였다. 이는 그가 정신병자가 아닐 뿐 아니라 무청에서 한 자리 하는 인물임을 의미했다. 그렇지 않으면 초청도 받지 못했을 것이고 저우 국장과 가까운 자리에 배치되지도 않았을 것이다.

하지만 회의에 참여하는 모습을 보니 다시 의혹이 들지 않을 수 없었다. 스퉈는 분명 마음이 다른 곳에 가 있었다. 그는 이 토론회에 흥미가 없는 것일까? 아마도 그런 모양이었다. 만약 흥미가 없다면 자리를 떠나면 될 텐데 그는 그러지도 않았다. 톈주는 도시인의 회의 규칙을 몰랐다. 아마도 차오얼와에서 하던 회의처럼 함부로 자리를 떠나거나 내키는 대로 할 수 없는 모양이었다. 왔으면 자리에 앉아야 하고, 괴로워도 앉아 있어야 하는 것이다.

순간 톈주는 스퉈가 눈을 크게 뜨고 자신을 쳐다보고 있다는 것을 알아차렸다. 마치 자신을 알아보기는 했으나 확신이 들지 않는다는 표정이었다. 톈주는 황급히 그를 향해 고개를 끄덕였다. 스퉈도 고개를 끄덕이기는 했으나 여전히 막막한 얼굴이었다. 톈주는 잠시 생각한 뒤 주먹을 들고 조그맣게 무언가를 부수는 시늉을 해 보였다. 그제야 스퉈도 알아차리고는 곧바로 웃음을 지었다. 이제 알겠다는 의미의 웃음이었다. 분명 그도 그날 밤의 일을 기억하고 있었다.

이제 톈주의 유일한 걱정은 그가 돌연 품에서 망치를 꺼내는 것은 아닌가 하는 것이었다. 만약 그렇게 된다면 끝장이었다.

다행이 그때 한바탕 박수소리가 울렸다. 사람들이 임업대학 린(林) 교수의 발표를 박수로 맞이하고 있었다.

스퉈는 마음이 끌리는 모양이었다.

이 린 교수라는 사람은 마흔 남짓 정도로 보였다. 저우 국장은 그가 외국에서 돌아온 지 1년도 채 되지 않았다고 소개했다. 린 교수는 발표에서 쯔우로에 무슨 나무를 심어야 하는지 명확히 밝히지 않고 도시 녹화 이론에 대한 이야기만 한바탕 늘어놓았다. 저는 무청에 온 지 얼마 되지 않아 도시 녹화 사업의 문제를 발견했습니다. 가로수를 지나치게 단일화해 도로 하나에 한 종류씩, 심지어 모두 교목으로만 심었다는 것입니다. 물론 이러한 현상은 해외에도 존재합니다. 그의 주장은 이러했다. 다양한 나무를 심어야 합니다. 숲처럼 다양한 나무들이 있어야지 품종을 통일시켜서는 안 됩니다. 교목이 있으면 응당 관목도 있어야 하고, 나무 아래에는 지면을 충분히 남겨 지면 위로 잡초가 자랄 수 있게 해야 합니다. 그래야만 생태의 평형을 유지할 수 있습니다. 그는 미국 백악관 부근의 한 숲을 예로 들었다. 숲 속에는 온갖 나무들이 다 있고 시들어 쓰러진 나무도 치우지 않고 넘어진 자리에서 썩도록 내버려 둡니다. 물론 낙엽도 치우지 않습니다. 시든 나무와 낙엽이 있어야만 미생물이 잘 번식할 수 있고, 미생물이 있어야만 벌레가 생길 수 있으며, 벌레가 있어야만 새가 살 수 있고, 새가 있어야만 숲을 보호할 수 있습니다. 이것은 하나의 생태계입니다. 우리의 도시에서는 새를 찾아볼 수 없습니다. 그 이유는 식물이 너무 단일해지고 지면이 온통 시멘트로 변했으며 너무 깨끗이 청소하기 때문입니다. 때로는 깨끗하면 깨끗할수록 좋다는 말이 완전히 틀리기도 합니다. 우리의 조상들은 예전부터 물이 너무 맑으면 고기가 살 수 없다고 말씀하셨습니다. 이는 옛말이지만 요즘에도 꼭 맞는 이야기입니다. 같은 이치로, 숲이 너무 단순하고 깨끗하면 새가 없고, 새가 없으면 나무들은 병충해가 생기기 쉽습니다. 홍수가 나서 나무들이 침수되어 죽은 것을 해결하기는 사실 어렵지 않습니다. 다시 플라타너스를 심을 것인가 아니면 녹나무로 바꿀 것인가 하는 것이 문제가 아닙니다. 우리가 생태의 평형이라는 중요한 문제를 등한시한다는 것, 이야말로 장차 큰 문제가 될 것입니다.

회의장은 쥐죽은 듯 고요했다. 사람들은 순간 핏대를 올리며 이틀 간 벌였던 논쟁이 아무 의미도 없는 것이었음을 깨달았다. 교수가 말한 이치는 사실 아주 간단했으며, 마치 창호지 한 겹처럼, 툭 건드리자 곧바로 찢어져 버렸다.

　문득 커다란 깨우침을 얻었다.

　스뭐가 가장 먼저 손뼉을 치기 시작했다.

　스뭐는 감격하여 얼굴이 붉게 달아올랐다.

　모두들 넋을 놓고 있다가 돌연 우레와 같은 박수를 보냈다.

　톈주는 손뼉을 치느라 손이 다 얼얼해졌다. 그는 린 교수의 관점에 완전히 동의했다. 린 교수의 이야기는 아직 끝나지 않았다. 그는 사람들의 박수 소리가 잦아들기를 기다렸다가 잔을 들어 물 한 모금을 마신 뒤 다시 이야기를 이어 갔다. 잔디밭에 관한 문제 또한 폐단이 있는 부분입니다. 모두들 보셨겠지만 우리 무청의 잔디밭은 여기저기에 한 때기씩 조성해 놓은 것이 그 숫자가 적지 않습니다. 그중 일부는 큰 대가를 치르기도 했습니다. 건물을 헐어 이전하고 잔디밭을 조성했으니까요. 시민들은 문밖을 나선 뒤 수백 미터 안에서 푸른색을 볼 수 있습니다. 이는 정부의 인간적인 배려가 구현된 것처럼 보이지만, 오히려 좋은 뜻으로 나쁜 짓을 한 것이나 다름없습니다. 그것의 문제는 역시 품종이 지나치게 단일하다는 것이며, 또 대부분 외국에서 맹목적으로 들여 온 서양 식물이라는 것입니다. 모두들 생각해 보셨는지 모르겠습니다만 무청의 모든 잔디밭에는 꽃이 피지 않습니다. 그저 짙은 녹색만 있을 뿐입니다. 현대의 최신 환경 보호 이론에서는 이를 가리켜 녹색 오염이라고 하지요! 자연계의 풀은 진녹색, 연녹색, 담녹색, 황록색 등등 응당 그 색깔이 몹시 풍부하며, 게다가 응당 꽃을 피우고 열매를 맺습니다. 꽃이 피고 열매를 맺어야만 벌과 나비가 날아들고, 새들이 찾아올 수 있습니다. 하지만 우리의 잔디밭에 갖가지 빛깔의 화려한 색과 꽃이 있습니까? 나비와 벌과 새가 있습니까? 없습니다! 그저 아무런 표정도 없고 아무런 친근함도 없는 짙은 녹색만 가득합니다. 마치 하루 종일 굳은 얼굴을 한 사장님처럼 사람들에게 재미도 없고 답답한 느낌만 주지요!

사람들이 왁자하게 웃어 댔다.

돌연 스뭐가 자리에서 일어서서는 이렇게 말했다. 린 교수님 말씀만으로는 설명이 부족합니다! 이 잔디밭의 가장 큰 문제 한 가지는 바로 일년 사계절을 시드는 꼴을 볼 수 없다는 것입니다. 이는 그야말로 황당한일이지요. 무청은 열대 지방도 아니고 예로부터 사계절이 분명하니 나무와 화초는 해마다 성쇠가 거듭되는 것이 당연합니다. 이 땅의 풀은 본디그러했습니다. 수천수만 년을 한결같았지요. 봄이면 싹이 트고 여름에는무성하게 자라며 가을에는 쇠락하여 겨울이면 시들어 죽습니다. 이는 모든 생명의 정상적인 상태입니다. 밖에서 들여온 외래종 풀은 확실히 사계절 내내 푸릅니다. 하지만 사계절 내내 푸른 것의 나쁜 점은 그것들 대신사람들이 너무나도 피곤하고 신경이 바짝 곤두서게 된다는 것입니다. 쉬어야 할 때 쉬지 않고, 겨울잠을 자야 할 때 자지 않으며, 한겨울에도 그처럼 꼿꼿하게 서 있으니 고생스럽지 않겠습니까? 또한 사시사철 늘 푸른것은 사람들에 일종의 착각을 줄 수도 있습니다. 바로 생명이 무한하며영원히 살 수 있다는 것이지요. 그리하여 재산, 여자, 권세, 지위를 끝없이 추구하면서 영원히 만족하지 못하는 겁니다. 이를 영원히 가질 수 있을 거라 생각하고요. 그로인해 사람들은 경솔하고 탐욕스럽게 변하고, 그런 것들을 얻기 위해 수단도 가리지 않게 되는 겁니다. 하지만 만약 가을에 쇠락하여 겨울에 시든다면 1년 중 한동안은 땅 위의 낙엽과 말라 죽은풀과 열매를 볼 것이고 우리도 생명을 소중히 여기며 죽음을 존중할 수 있게 될 겁니다. 생명이 촉박하고 미미한 것임을 깨닫고 세속적인 것들을 대수롭지 않게 여기게 될 것이며 감사하는 마음으로 우리의삶을 대하게 되겠지요. 사람도 이로 인해 평온하고 침착하고 여유로워질겁니다. 대자연은 사람에게 수많은 암시를 줍니다. 절대로 이러한 암시를얕봐서는 안 됩니다. 이러한 암시는 시원한 바람이나 가는 비처럼 우리의몸과 마음에 차츰 스며들어 부지불식간에 이미 우리를 바꿔 놓고 이 도시를 바꿔 놓았습니다. 지금 우리는 한 가지 선택 앞에 놓여 있습니다. 욕망이 끝이 없고 조급하고 불안한 도시를 택할 것인가, 평온하고 행복한 도시를 택할 것인가 ……

스튀의 이야기가 끝이 났다. 그는 이야기를 마치며 《레닌의 10월(列寧在十月)》식 손동작을 취했다. 그리고는 멋대로 회의장을 떠나 사라졌다.

현장에는 침묵이 흘렀다.

그의 이야기가 지나치게 심오하여 사람들이 알아듣지 못한 것인지 아니면 그가 인사도 없이 떠난 것에 놀란 것인지 알 수 없으나 토론회는 잠깐 동안 아무런 동정도 없이 모두들 돌부처처럼 그 자리에 굳어 버린 채 푸른색 장삼을 입은 사내가 회의장을 걸어 나가는 것을 쳐다만 보고 있었다.

저우 국장이 박수를 보냈다. 느리지만 힘이 있는 박수였다.

이어서 린 교수가 박수를 보냈다. 약하지만 성실한 박수였다.

톈주도 박수를 보냈다. 그러면서 자리에서 일어났다. 몹시 흥분하여 그를 따라나서기라도 할 것처럼 보였다.

그 뒤로 사람들도 박수를 보냈다. 박소 소리는 조금도 열렬하지 않으며 박수를 보내는 사람들의 낙담이 느껴졌다. 마치 이렇게 말하는 듯했다. 이 회의는 더 해서 뭐 해. 이런 이야기까지 나왔는데, 더 앉아 있어서 뭐 하겠어? 플라타너스를 심을지 녹나무를 심을지 토론하는 것은 그야말로 어린아이 장난이지.

자리를 떠나는 사람이 생기기 시작했다.

사람들은 분분히 일어나 밖으로 나갔다. 머릿속이 복잡한 듯, 난처한 기색이 역력했다.

저우 국장은 빙그레 웃으며 자리에서 일어나 말했다. 여러분 가지 마십시오. 토론회가 아직 끝나지 않았습니다!

누군가 대답했다. 저우 국장, 조경국에서 알아서 정하시오. 어떻든 상관없소!

톈주는 인파를 헤치고 큰 걸음으로 쫓아 나갔다.

제 6 편
스튀는 누구인가

그날 량차오둥은 또다시 젊은 여인을 편집부로 데려왔다. 그들은 막 엘리베이터를 나서는 순간 첸메이쯔에게 발각되었다. 첸메이쯔는 전갈에게 물린 것처럼 온몸을 부들부들 떨더니 펄쩍 뛰어오르며 복도로 돌진했다. 그녀는 양쪽의 편집실을 향해 고래고래 소리를 질렀다. "빨리 나와보세요, 대박 미인이에요! 대 …… 대박 미인! 대박대박대박 ……" 그것은 내면에서부터 우러나온 찬탄이었으며, 이로 인해 그녀는 놀라 허둥대며 어쩔 줄 모르고 말도 뒤죽박죽 제멋대로 튀어나왔다. 바로 그 순간 량차오둥은 자신을 고발했던 이 여인을 용서했다. 그는 이 여인이 천박하기는 하나 귀여울 때도 있다는 사실을 발견했다. 그것 또한 그녀의 본성이었다. 그저 알 수 없는 이유로 이 모양이 되었을 뿐이다.

첸메이쯔가 깜짝 놀라 소리를 지르는 통에 수많은 사람들이 사무실에서 달려 나왔다. 무슨 큰일이라도 생겼나 싶었던 것이다. 그러다가 량차오둥이 또 여자를 데리고 온 것을 발견하고는 그제야 한숨을 돌렸다. 누군가 첸메이쯔에게 핀잔을 주었다. 그게 뭐라고 큰 소리를 질러요? 귀신이라도 본 사람처럼!

하지만 복도는 곧바로 정적에 휩싸였다. 량차오둥의 뒤를 따라오는 그 여인을 발견하자 하늘과 사람이 함께 놀란 것이다! 그 여인은 키가 1미터 70쯤 되었다. 위아래로 선명한 남색 진도 그녀의 빼어난 몸매를 가리지 못했다. 걸음걸이에는 탄성이 넘치고 갈색 피부는 몹시 섹시했으며 긴 머리카락은 허리까지 내려와 몸의 움직임을 따라 이리저리 흔들렸다. 앞서 걷는 량차오둥은 작은 눈을 깜빡거리고 있었는데, 몹시 즐거운 얼굴이었다.

이 자식 정말 신의 경지다!

돌연 적막하던 복도가 다시 와자해지며 너도나도 한마디씩 거들었다. 량차오둥 자네 여복이 있구먼! 량차오둥, 이분은 누구신가? 량차오둥 히히히! 모두들 시끄럽게 떠들면서 량차오둥과 그 여자를 따라 사무실로 들어갔다. 점잖은 체면은 순식간에 완전히 사라졌다. 그 여인은 그저 예쁘다, 수려하다, 아름답다 등의 말로는 이미 형용이 불가능했다. 그런 말은 너무 속되고 평범하며 차분하기까지 하다. 그녀가 가진 이국적인 외모와 몸매는 남자의 우월감을 무너뜨리는 힘을 가졌을 뿐 아니라 모든 여자들에게 절망감을 안겨 주었다. 첸메이쯔처럼 질투심이 강한 여자마저도 손을 들고 투항하지 않을 수 없었다.

그때 다커도 소식을 듣고 찾아왔다. 그는 원래 사람들을 나무라려던 참이었다. 량차오둥이 출판사에 아가씨를 데리고 온 것이 처음도 아닌데, 무슨 희귀한 일이라고 하던 일도 내팽개치고 난리란 말인가. 하지만 그가 사람들 사이를 비집고 들어가 그 여인을 본 순간 혼란에 빠지고 말았다. 그는 여인을 향해 어색하게 웃어 보이고는 몸을 돌려 량차오둥의 어깨를 툭 치며 말했다. 자네 대단하구먼! 이제 더 이상 따지고 고르고 할 필요 없겠네. 어서 결혼하게. 내가 주례를 서 줌세!

모두들 다시 와자해졌다.

미술 편집자 샤오자가 말했다. 제가 신방에 걸 그림을 선물할게요! 쉬이타오가 말했다. 량쯔, 우리 제2 편집실 모두가 결혼식 준비를 도울게요! 첸메이쯔가 말했다. 초대장 보내는 것은 제가 맡을게요! ……

그 여인은 듣고 있기는 한 건지 마치 자신과 상관없는 일이라는 듯 그저 맑고 커다란 두 눈을 부릅뜨고 기다란 속눈썹을 위아래로 움직이며 이곳저곳으로 시선을 옮겼다. 출판사 안의 모든 것이 새롭고 신기한 것 같았다. 사람들이 하는 이야기는 귀에 들어가지도 않는 모양이었다. 그녀는 사무실을 가득 채우고 떠들어 대는 사람들에게는 조금도 관심이 없었다.

쉬이타오가 의심스럽다는 듯 량차오둥을 한쪽으로 끌고 가 속삭였다. 이 아가씨 왜 이래요? 정신에 이상 있는 거 아녜요? 두 사람 사귀는 거 맞아요?

량차오둥이 교활하게 눈을 찡긋하며 말했다. 누님, 제가 언제 사귄다고 얘기했어요?

쉬이타오가 말했다. 그럼 왜 출판사에 데려온 거예요?

량차오둥이 말했다. 출판사에 데려온다고 꼭 사귀는 건 아니잖아요? 그러면서 고개를 돌려 그 여인을 흘긋 쳐다보았다. 마음이 놓이지 않는 기색이었다. 첸메이쯔도 가까이 다가와 말했다. 그러게요. 아무리 봐도 저 사람은 고급 무용수나 그런 사람 같은데요.

량차오둥이 휴 하고 한숨을 쉬고는 말했다. 무슨 생각들을 하시는 거예요? 솔직히 말씀드릴게요. 이쪽은 황리(黃鸝), 경찰이에요!

이 말은 곧 온 사무실 사람들 귀에 들어갔고, 모두를 깜짝 놀라게 만들었다. 그녀가 어떻게 경찰일 수 있단 말인가! 눈앞에 있는 이 여인의 표정과 태도, 차림새, 분위기는 기억 속에 존재하는 경찰과는 까마득한 거리가 있었다.

량차오둥이 다시 반복해서 말했다. 경찰이라니까요. 스 편집장님을 찾고 있다면서 저에게 안내를 해 달라고 했고요.

사람들은 어리둥절하여 서로의 얼굴을 쳐다보다가, 눈 깜짝할 사이 사라져 버렸다.

다커는 다른 편집자들처럼 요란하게 흩어지지는 않았으나, 남아 있기

에도 좀 어색했다. 게다가 스튀를 찾아왔다는 사실이 그의 질투심을 유발
했다. 하지만 다커는 어쨌거나 사장이 아닌가. 그는 황리를 향해 웃음을
지으며 말했다. 황 경관님, 전혀 경찰 같지 않으십니다. 황리는 그를 흘긋
쳐다보고는 량차오둥에게 물었다. 이분은 누구시죠? 량차오둥이 서둘러
소개했다. 우리 출판사의 다커 사장님이세요. 황리는 그가 차려입은 양복
을 쳐다보며 말했다. 양복이 안 어울리시네요. 다커는 움찔했다. 그 말은
조금 경찰 같았다. 하지만 그 말은 그를 불편하게 만들었다. 이는 쉬이타
오도 했고 스튀도 했으며 많은 사람들이 했던 말이다. 다들 그에게 양복
이 어울리지 않는다고 말했으며, 너무 말랐다는 것이 그 이유였다. 다커
는 불쾌함을 애써 억누르며 그녀에게 농담을 해 보려고 했다. 그가 웃으
며 말했다. 황 경관님은 남성복에 대해 연구를 많이 하셨나 봅니다. 황리
가 말했다. 그까짓 게 연구할 필요나 있나요? 척 보면 바로 알죠. 다커는
머리가 띵해졌다. 이 여자는 얕잡아 볼 상대가 아니구나. 그리고는 웃으
며 말했다. 그러면 제가 어떤 옷을 입는 게 어울릴 것 같습니까? 황리가
다시 그를 흘긋 쳐다보고는 고개를 절레절레 흔들며 말했다. 뭘 입어도
안 어울리시겠네요. 다커가 갑자기 웃음을 터뜨리며 말했다. 그렇다고 옷
을 안 입는 것이 제일 낫지는 않겠지요? 황리가 진지하게 고개를 끄덕이
며 말했다. 꼭 그렇지도 않겠어요. 한번 시도해 보세요.

　량차오둥은 황리가 보통이 아니라는 것을 알고 있었으므로 서둘러 끼
어들었다. 미스 황, 무슨 농담을 그렇게 하세요? 우리 사장님께서 옷을
안 입고 거리에 나갔다가 파출소에 잡혀가시면 어쩌려고요? 황리도 웃으
며 말했다. 그러면 제가 꺼내 드릴게요!

　다커는 더 이상 농담을 이어 갈 엄두가 나지 않았다. 그는 자신이 아예
적수가 될 수 없음을 깨달았다. 이 경찰 아가씨는 옳으면서도 옳지 않았
으며, 말 속에는 냉담하면서도 기이한 힘이 있었다. 아무래도 멀리하는
것이 상책일 듯했다. 결국 다커가 웃으며 말했다. 량쯔, 황 경관님을 스
편집장에게 모셔다 드리게. 점심때까지 계시면 내가 점심을 대접하지! 그

는 황리를 향해 고개를 끄덕거린 뒤 서둘러 사무실을 나섰다.

미술 편집 사오자가 복도에서 다커와 마주쳤다. 그녀가 말했다. 사장님, 왜 이마에서 땀이 나세요? 다커가 그를 밀치며 말했다. 저리 가게, 가, 가!

다커는 자신의 사무실로 돌아와 문을 닫고는 돌연 의자를 걷어찼다. 그리고는 다시 제자리로 끌어당긴 뒤 무너지듯 주저앉았다.

무엇 하나 뜻대로 된 것이 없었다. 그는 화가 치밀었다.

사소한 일일 뿐이었다. 방금도 그렇다. 원래는 기분 좋게 농담이나 하려던 것인데, 뜻밖에 잘 알지도 못하는 여인에게 한바탕 멸시와 조소를 받은 것이다. 게다가 또 망할 놈의 양복이 문제다! 그는 자신이 양복을 입는 것이 남에게 무슨 피해를 주는 것인지 알 수가 없었다. 너무 마르면 양복을 입으면 안 된단 말인가? 그도 거울로 보았다. 활기차고 꼿꼿한 것이 자신의 눈에는 퍽 양호해 보였다. 게다가 솔직히 말해서 이는 사소한 문제다. 그냥 옷 입는 스타일이고 취향일 뿐이니 남들과는 아무런 상관도 없다. 하지만 그들은 거듭 당신에게 알려 준다. 당신은 양복이 어울리지 않아요! 이 얼마나 우스운 일인가. 이게 중국인이다. 다커가 마뜩찮은 일을 만났을 때 가장 잘하는 말이 바로 이것이었다. 이게 중국인이지! 중국인은 늘 남의 일에 참견을 하고 남의 일에 대해 이러쿵저러쿵한다. 이는 중국인 생활의 중요한 내용이 되었으며 결과적으로 남을 피곤하게 만들고 자신도 피곤해진다. 서양 사람들은 절대로 그렇지 않다. 서양 사람들은 남의 일에 별로 참견하지 않으며, 남을 존중할 줄 알고 남의 생활 방식을 존중할 줄 안다. 다커는 유럽에 갔을 때 단번에 서양 사람들의 단순함과 투명함을 좋아하게 되었다. 하지만 국내에 돌아오고 무청으로 돌아오면서 환경은 순식간에 달라졌다. 다커도 자주 트집을 잡으려는 눈빛으로 중국인들의 생활 방식을 바라보았고, 자신도 모르게 남에게 간섭하게 되었다. 이는 그를 몹시 성가시게 했다. 내가 어쩌다 이렇게 저열해진 것일까. 결국은 나도 중국인이구나. 이 밖에도 그는 자신의 내면에 수많은 욕망이 있음을 알고 있었다. 이는 보통의 중국인과 다를 바 없다. 이를테면 출판국 국장 따위에 발탁된다거나 아니면 최소한 부국장 정도는 맡게 되는 것이다. 그는 자신이 그럴 만한 이유가 있다고 생각했다. 그는 무청출판사에 근무한 지 이미 20년이 넘었고, 성과도 줄곧 괜찮았다. 뿐만 아니라 잠재의식 속에는 한 가지 이유가 더 있었는데, 바로 다커의 부친이 무청출판사의 창립자라는 것이었다. 부친은 해방 초기에 지극히 어려운 조건 하에서도 최선을 다해 사업을 일으켰다. 지금 출판계의 적지 않은 고위 관계자들은 모두 부친의 옛 부하 직원이었다. 터놓고 말하면 이곳은 본래 다시 집안의 기반인 것이다. 하지만 다커는 뜻을 이루지 못했다. 다커의 부친 다얼구(達尔古)는 문화대혁명 중에 스스로 목숨을 끊었다. 그가 목숨을 끊었을 때 그는 문화, 교육, 출판을 관장하는 부시장 자리에 있었다. 물론 나중에 명예 회복이 되었고, 다커 또한 순조롭게 출판사에 들어와 10년 뒤에 무청출판사의 사장 자리에 올랐다. 그때 그는 갓 서른을 넘겼고, 무청은 물론 전국 출판계에서도 가장 젊은 사장이었다. 사람들은 모두 그의 앞날이 창창할 것이라 생각했으며, 그 또한 그렇게 믿고 있었다. 하지만 그 이후로 그는 더 이상 앞으로 나아가지 못했다. 마치 모두가 그를 잊은 것 같았다. 다커는 출판국에 올라가 정무를 주관할 수 없으니 그저 출판사를 경영할 수밖에 없었고, 출판사를 자신의 기반으로 삼아 경영에 임했다. 다커는 알고 있었다. 자신의 많은 것들이 서로 모순된다는 것을. 이를테면 그는 서양식 단순함과 투명함, 생활 방식 등을 숭상하고, 자주 양식을 먹고 커피를 마시며 외국 친구들을 만나 어깨를 으쓱하면서 휘파람을 불고, 집에는 각종 브랜드의 양주와 식기, 촛대 등을 수집해 두었다. 하지만 동시에 권력과 지위에 몹시 연연했다. 이는 바로 중국인의 가장 핵심적인 욕망이다. 그는 이것이 아주 저열한 것임을 알고 있었다. 그러면서 그는 자신이 부친의 출판국에서의 지위를 이어 가지 못하는 것에 늘 연연했다. 그는 출판국 사람들을 모두 배은망덕한 소인배로 취급했고, 심지어 회의를 할 때도 국장들이 의장용 단상에 앉아 있는 것을 보면 속이 뒤틀렸다. 그의 눈앞에는 늘 정중앙에 놓인 자리에 그의 부친 다얼구 혹은 자신이 앉아 있는 환영이 나타났다. 그럴 때면 그는 마치 바늘방석에 앉아 있는 듯 초조하고 불안했으며 가슴이 답답하고 호흡이 가빠져서 돌연 자리를 떠나 버리곤 했다. 출판국 산하에는 8~9개의 출판사가 있었다. 아동, 과학기술, 교육, 외국어, 미술, 문예 등으로 각 출판사의 우두머리들이 출판국에 와서 회의를 여는데 어느 누구도 감히 중도에 떠나지 않았다. 오직 다커만이 그럴 수 있었다. 다커는 가장 나이 많은 사장이면서 옛 국장이자 시장의 아들이기도 했으므로 아무도 감히 그를 비판하지 못했다. 하지만 그를 상대해 주는 사람도 극히 적었다. 국장의 눈에 다커는 교만한 작자면서 서양식 생활 방식을 추구하고 건달기까지 다분한 사람이었다. 이런 사람은 반드시 내리눌러서 나서지 못하게 만들어야 한다. 그렇지 않으면 아무도 그를 감당할 수 없게 되고, 그는 모든 사람들을 자신의 발아래 두려 할 것이다. 이 정도면 됐다. 사장이라도 하고 있으니 옛 국장에게도 면목이 선다. 어쨌든 업무는 스퉈가 장악하고 있고, 스퉈가 끊임없이 좋은 책을 펴낸다면 무청출판사는 무너질 리 없다. 그들도 스퉈가 시대에 뒤떨어진다는 것을 알고 있었으나 그래도 스퉈를 좋아했다. 이 점은 다커도 충분히 느낄 수 있었다. 이야말로 다커가 가장 이해할 수 없는 대목이었다. 완전히 정신적으로 정상이 아닌 사람이 상부로부터 온갖 관용과 총애를 다 얻다니. 세상이 참으로 난장판이었다.

다커는 밤마다 불면증에 시달렸고, 수면제가 있어야만 잠을 잘 수 있었다.

아무도 그의 마음이 얼마나 답답한지 알지 못했다.

량차오둥이 황리와 함께 편집장실에 들어섰을 때 스퉈는 책상 위에 엎드려 구식 자물쇠를 만지작거리고 있었다. 이는 방금 골동품을 파는 노점에서 사온 것이었다. 스퉈는 평소에 별다른 취미가 없었다. 원고를 보다가 지치면 나무 의자에서 내려와 자물쇠나 구식 손목시계, 오래된 탁상시계, 옛날 카메라 따위를 조몰락거렸다. 그는 이런 물건들을 좋아했다. 이런 물건들에는 무수한 현묘한 이치가 숨어 있었다. 이는 그를 완전히 사로잡았다. 구식 자물쇠를 열거나 낡은 손목시계를 뜯어보는 것은 늘 그에게 극도의 쾌감을 주었다. 그는 이미 이런 물건들을 수도 없이 소장하고 있었으며, 진열장 절반은 족히 차지하고도 남았다. 사실 그는 이런 오래된 물건들뿐 아니라 신식 물건들도 즐겨 분해했다. 신식 손목시계와 신식 카메라 따위는 한눈에 봐서는 잘 알 수 없으니 그는 늘 분해해서 보는 것을 좋아했다. 출판사 사람 중 누군가 손목시계나 카메라가 고장 나면 모두 그에게 수리를 맡겼고, 그럴 때면 그는 마치 새 장난감이 생긴 어린 아이처럼 좋아하며 싱글벙글했다. 상대방 발이 문밖으로 빠져나가기가 무섭게 그는 문을 걸어 잠그고 책상에 엎드려 분해를 시작했다. 가끔 그의 선에서 수리할 수 없을 때는 분해한 것을 다시 조립하지도 못하고 다급한 마음에 머리가 땀으로 흥건해지고, 업무 시간이 끝난 후에도 집으로 돌아가지 않고 그저 책상 위에 엎드린 채 한참을 관찰하고 사색하거나 자료를 뒤적였다. 도저히 해결이 나지 않으면 다음 날 길거리의 오래된 수리점에 가져가 나이 지긋한 기술자에게 가르침을 청했다. 물론 모든 비용은 그가 부담했다. 그리고도 수리가 끝난 손목시계나 카메라를 주인에게 돌려줄 때면 도리어 주인을 향해 연신 말하곤 했다. 고맙네, 고마워!

스튀는 구식 자물쇠를 조몰락거리는데 지나치게 집중한 나머지 사람이 들어오는 것도 느끼지 못했다.

량차오둥이 스 편집장님, 하고 소리를 질렀으나 스튀는 역시 듣지 못했다. 황리는 황급히 손을 내저으며 더 이상 소리를 지르지 말라는 신호를 보냈다. 그리고는 손을 흔들어 량차오둥을 내보냈다. 량차오둥은 여전히 자물쇠를 고치는 데 정신이 팔린 스튀를 쳐다본 뒤 황리를 향해 눈짓을 보내고는 살그머니 밖으로 나갔다.

황리는 스튀를 방해하지 않고 벽처럼 높은 책장을 조용히 둘러보면서 조금 놀란 기색이었다. 이때 그녀가 책장 옆에 있는 둔중한 나무 의자를 발견하고는 슬며시 웃었다. 그리고는 조용히 다가가 살며시 흔들어 보았다. 의자는 튼튼하고 견고했다. 그녀는 살금살금 기어서 가장 높은 곳까지 올라간 뒤 자리를 잡고 앉았다. 나무 의자 양쪽에는 목판 두 개를 따로 덧붙여 놓았는데 마치 비행기 좌석에 달린 작은 테이블 같았다. 분명 물건을 놓기 위한 용도처럼 보였고, 원고나 찻잔을 놓을 수 있을 것 같았다. 황리는 제법 괜찮다는 생각이 들었다. 그곳에서는 그의 사무실 전체가 내려다보였다. 스튀는 여전히 아래쪽에서 무언가를 조몰락거리고 있었다. 그의 얼굴은 보이지 않았으며, 그저 봉두난발의 머리카락만 보였다. 변함없이 푸른색 장삼을 입은 페인트공 같은 모습이었다. 그녀는 그렇게 높은 곳에서 내려다보듯 그를 바라보았다. 가만히. 그는 조금도 변함이 없이 그 모습 그대로였다. 이 나무 의자는 아마도 그가 늘 앉아 있는 곳이리라. 그 위에 앉아 원고를 보고, 그 위에 앉은 채 멍하게 시간을 보낼 것이다. 좌석 뒤쪽으로는 등받이가 있어 아마도 잠깐 눈을 붙일 수도 있을 것 같았다. 이것이 그의 행동 방식일 것이다. 이러한 생활 방식은 그녀와는 거리가 멀었으며, 심지어 진부한 구석도 있었다. 하지만 이상하게도 그녀는 그와 몹시 가깝게 느껴졌으며, 어떤 기운이랄까 그런 것이 그와 연결되어 있는 것만 같았다.

황리는 예전부터 그를 알고 있었다. 그녀 또한 무청시 정치협상회의의 위원이기 때문이다. 그녀는 경찰을 대표하여 정치협상회의에 참석했다. 정확히 말하면 유별난 경찰로서 정치협상회의의 위원 자리를 꿰찬 것이었다. 그녀는 경찰 제복을 입고 한 구석에 앉아 있었으며 한 번도 발언하지 않았으므로 아무도 그녀를 눈여겨보지 않았다. 일상생활에서 눈에 띄고 특별한 외모로 순식간에 사람들의 뇌리에 각인되는 것과는 달랐다. 황리는 경찰이라는 직업과 사생활을 확실히 구분하는 여성이었다. 그녀는 시 공안국 형사부에 근무하면서 수많은 공을 세우고 길거리에서 살인범을 잡는 등, 경찰 제복을 입고 있을 때면 가히 그 기세가 주위를 압도했다. 하지만 일상생활 속에서의 황리는 몹시 매혹적이었다. 옷이나 화장, 행동 방식에 있어 최신 유행과 전위적인 것을 추구했고, 자신의 뜻에 따라 행동했다. 예를 들어 그녀는 평소에 브래지어를 입는 법이 없었다. 가을과 겨울에 두꺼운 옷을 입었을 때는 그나마 괜찮았으나, 여름이면 몹시 눈에 띄었다. 게다가 그녀는 계절이 가을이나 겨울이라 할지라도 여전히 여름 옷 입기를 좋아했으며 전혀 추위를 겁내지 않았다. 그녀의 가슴은 유달리 풍만하고 불룩해서 얇은 여름옷 너머로 두 유방의 윤곽과 색깔이 뚜렷하게 드러났으며, 지나가는 사람들이 곁눈질하게 만들었다. 이 때문에 형사대 대장이 수차례 그녀를 비판하면서 그녀의 행색이 도무지 말이 되지 않고 경찰 같지도 않다고 말했다. 그러나 그녀는 이렇게 반박했다. 제가 퇴근한 뒤에도 저한테 이래라저래라 하실 수 있는 건가요? 대장이 말했다. 퇴근 후에도 여전히 경찰이잖아. 황리가 말했다. 아니죠! 퇴근 후에는 그냥 일반인이죠. 그냥 꾸미기 좋아하는 여자일 뿐이에요. 대장이 말했다. 자네 직업은 어쨌든 경찰이야. 한 순간도 잊어서는 안 돼! 황리가 말했다. 대장님, 안 피곤하세요? 대장이 정색하며 말했다. 무슨 소린가! 황리가 말했다. 정색하실 것 없어요. 그래 봤자 겁도 안 나니까. 악당들이 칼을 휘둘러도 눈 하나 깜짝 안 하는 사람이 대장님께서 정색하신다고 겁먹겠어요? 대장은 하는 수 없이 한결 누그러진 말투로 말했다. 황리, 나는 자네를 생각해서 하는 소리야. 자네가 스스로 늘 경찰이라는 사실을 기억하게 되면 더 우수해지고 앞날도 창창할 거야. 내 말뜻 알겠어? 황리가 말했다. 알아요, 장차 간부에 발탁될 수 있다는 말씀이시죠? 그런데 저는 간부가 되고 싶은 생각 없어요. 저는 그냥 근무 시간에는 좋은 경찰이었다가 퇴근한 뒤에는 제 생활을 즐기고 싶어요. 여자는 간부가 될 수 없어요. 간부가 되면 몸매 라인이 무너지거든요. 대장이 책상을 쾅하고 내리치며 말했다. 지금 장난하나? 황리가 비아냥거리듯 말했다. 장난이라뇨? 매 순간 스스로 경찰임을 잊지 않는 게 가능한가요? 먹고, 자고, 화장실 가고, 물건 사고, 친구 만나고, 연애하고, 이 닦고, 샤워하고, 옷을 갈아입을 때도 계속 스스로 경찰이라는 것을 잊지 않는다는 것은 불가능한 데다 우스꽝스러운 일이죠. 대장님처럼 윗자리에 계신 분들은 왜 늘 이렇게 현실과 맞지 않는 말씀을 하실까요? 어떤 순간에도, 합심하여, 온 힘을 다해, 이런 아무짝에도 쓸모없는 이야기들을요. 아무도 할 수 없는 일이에요. 진짜 그렇게 하는 사람이 있다면 그 사람이야말로 무서운 사람이죠. 대장이 말했다. 뭐가 무서워, 그런 걸 사명감이라고 하는 거야! 황리가 말했다. 이를테면 이런 거죠. 경찰이 애인과 데이트를 하면서 위협적인 얼굴로 물어요. 당신 어제 저녁 9시부터 9시 45분 사이에 뭐 했어? 누가 그걸 증명할 수 있는데? 중의학 의사는 길을 가다가 눈에 보이는 사람마다 맥을 짚어본 뒤 혀를 내밀어 보라고 말하고, 도축업자는 돼지 잡는 칼을 들고 퇴근하면서 내내 사방을 두리번거리며 언제든 도살할 준비를 하고, 환경미화원은 빗자루를 끌어안고 밥을 먹고, 소방대장은 소화기를 메고 섹스를 하고, 간부나 높은 사람들은 목욕탕에 들어가서도 보고할 생각을 하는…… 황리가 말했다. 대장님은 이런 걸 사명감이라고 생각하시는 거예요? 완전 아이러니죠! 만약에 모든 분야의 사람들이 다들 이렇게 사명감이 투철하다면 도시는 미치광이로 가득할 거예요. 대장이 그녀를 뚫어지게 쳐다보며 말했다. 내가 보기엔 자네야말로 미치광이 같네. 황리가 말했다. 제가 왜 미치광이예요? 사실을 말한 것뿐인데. 대장이 말했다. 그런 식으로 예를 들어야겠나? 황리가 말했다. 저는 몇 가지 예를 든 것뿐이에요. 몇 개 더 들어 드릴까요? 대장이 손을 내저으며 말했다. 됐네, 됐어. 오늘은 더 이상 말하지 않겠네. 그냥 제안이나 하나 하지. 자네가 겨울에 여름 옷 입는 것은 상관하지 않겠네만, 브래지어는 좀 입는 게 어떤가? 황리가 말했다. 저는 브래지어를 항상 권총이랑 같이 둬요. 대장이 말했다. 그게 무슨 뜻인가? 황리가 말했다. 모르시겠어요? 권총을 차고 근무를 설 때는 반드시 브래지어를 착용하지만, 그게 아니면 안 한다고요!

바로 그 대화 이후로 황리는 정치협상회의의 위원이 되었다. 그녀는 이전에 수차례 공을 세웠으므로 대장은 원래 그녀를 전국인민대표대회의 대표 경선에 추천할 생각이었으나 고민한 결과 그녀에게 정치협상회의의 위원을 맡기는 것이 좋겠다는 결론을 내렸다. 황리는 몹시 좋아했다. 그녀는 정치협상회의란 재미있는 곳이라고 들어 알고 있었다. 그곳에는 기이한 인물들이 많고 다들 유명인이기도 했다.

과연 정치협상회의의 다수가 자주 신문지상에 출현하거나 텔레비전에 얼굴을 비치는 사람들이었다. 이제 그녀는 그런 사람들과 함께 앉아 회의를 하게 된 것이다. 황리는 결코 맹목적으로 누군가를 숭배하지 않았으며 자세히 살피고 들으면서 그들이 진짜 괜찮은 물건인지 따져 보았다. 며칠 뒤 황리는 진심으로 탄복했다. 그들은 각자 자신만의 장기를 가지고 있었고 제출하는 안건도 가지각색이었다. 그녀는 그들의 이야기가 모두 그럴듯하게 느껴졌으며, 정말 그들의 이야기대로 해 나간다면 도시 전체가 완전히 바뀔 수도 있을 것 같았다. 예를 들어 스튀가 원하는 것처럼 고층 건물을 허물고 도로를 뜯어낸다면 이 도시는 완전히 사라질 것이고, 이곳은 황무지로 변할 것이다. 황무지로 변하는 것이 정말로 좋은 것인지 어떤지는 그녀도 확신할 수 없었다. 하지만 황리는 끊임없이 변하는 것과 모든 기상천외한 것들을 좋아했다. 황리가 보기에 다른 사람들의 제출한 안건은 모두 부분적이고 개량된 것이었다. 오직 스튀가 제안한 안건만이 파괴력을 가지고 있었다. 그는 이 도시를 완전히 부숴 버리려고 한다! 이 사내도 생각이 아주 대담한 사람이다.

황리는 스튀에 대한 인상이 나쁘지 않았다.

스튀가 고개를 들어 황리가 자신의 나무 의자 위에 있는 것을 발견하고는 우선 화들짝 놀랐다. 그는 안경을 밀어내며 그녀를 바라보았다. 마치 이미 아는 사이 같기는 한데 퍼뜩 생각이 나지는 않는다는 표정이었다. 누구시더라?

황리가 눈을 깜빡거리며 말했다. 남자와 여자의 근본적인 차이가 어디에 있는지 알아내셨어요?

스튀는 잠시 멍하게 있다가 돌연 자리에서 일어나며 말했다. 이론의 기본 속성이 뭔지에 대해서는 연구해 보셨소?

황리가 손뼉을 치며 크게 웃었다. 그녀의 몸이 나무 의자 위에서 흔들렸다. 스튀가 황급히 소리쳤다. 조심하시오. 떨어지면 안 돼요!

황리가 웃음을 그친 뒤 말했다. 걱정 마세요. 그리고는 나무 의자에서 내려와 그의 앞까지 다가왔다. 그녀는 다시 몸을 돌리며 뒤쪽을 가리켰다. 그때 페인트공이라고 불렀는데, 제가 틀리지 않았나 봐요. 또 그 푸른색 장삼을 입고 계신 걸 보니까. 게다가 저 나무 의자까지. 딱 페인트공 느낌이잖아요.

스튀는 눈앞의 구식 자물쇠를 쳐다보며 말했다. 자물쇠 수리공이기도 하지요. 우산 수리공, 시계 수리공이기도 하고……

황리가 수리를 마치고 책상 위에 놓아둔 구식 자물쇠를 집어 들고 말했다. 모든 물건을 다 분해했다가 다시 조립하는 것을 좋아하시나 봐요?

스튀가 말했다. 나도 모르겠소. 그렇게 얘기하니까 그런 것 같기도 하군요. 나는 분해하는 것을 좋아하거든요.

황리가 웃으며 말했다. 그래서 정치협상회의에서 제출하는 안건도 늘 고층 건물을 허물고 도로를 뜯어내자는 얘기로구나.

스튀가 깜짝 놀라며 말했다. 어떻게 아시오?

황리가 말했다. 저도 시 정치협상회의 위원이에요.

스튀가 더욱 놀라며 말했다. 그렇소? 그런데 왜 나는 모르겠지?

황리가 말했다. 아는 사람이 있기는 해요? 제가 보니까 회의할 때 아무도 안 쳐다보고 늘 얼이 빠져 있는 것 같던데요.

스튀가 말했다. 성함이 어떻게 되시오?

황리가 웃으며 말했다. 말씀드려도 기억도 못 하실 거잖아요. 제 생김새가 베트남 아가씨 같지 않아요?

스튀가 그녀에게 시선을 고정한 채 고개를 끄덕였다. 많이 그래요. 처음 봤을 때부터 그렇게 생각했소. 어째서 베트남 아가씨 같은 거요? 베트남 사람이시오?

황리는 웃었다. 그리고 말했다. 저는 광시(廣西) 사람이에요. 집은 베이하이(北海) 근처고요. 베트남에서 가깝죠. 확실치는 않지만 혼혈일지도 모르고요.

스뭐가 그녀를 훑어보며 말했다. 광시 아가씨들은 다들 몸집이 작은 것 같던데.

황리가 말했다. 광시에 안 가 보신 모양이네요. 거기 가면 키가 늘씬한 아가씨들이 수두룩해요. 베트남 아가씨들도 그렇고요. 대부분 미인이죠.

스뭐가 놀라며 말했다. 당신처럼 말이오?

황리가 말했다. 네. 제가 안 예쁜가요?

스뭐가 고개를 가로저었다.

황리가 말했다. 눈빛이 왜 그래요? 제가 어디가 안 예쁘다고?

스뭐가 말했다. 그런 뜻이 아니오. 예쁘지 않은 게 아니라, 예쁘다는 말로는 설명할 수 없다는 거요.

황리는 또 웃었다. 그럼 어떤 말로 설명하실 건데요?

스뭐는 잠시 생각해 보더니 말했다. 갑자기 말하려니 적당한 단어가 떠오르지 않소. 이렇게 하시지요. 남자와 여자의 근본적인 차이가 어디에 있는지 같은 해결이 안 된 문제도 남아 있고 하니, 나에게 자세히 연구할 시간을 좀 주고 나중에 다시 대답하면 어떻겠소?

황리가 웃으며 말했다. 아첨하는 말을 달콤하게도 하시네요. 최소한 다시 한 번 보고 싶은 마음은 생겼어요. 그리고는 나갈 채비를 했다.

스뭐가 말했다. 나한테 차 한잔 사라고 했잖소? 나랑 이론을 논하고 싶다고도 했었고.

황리가 웃으며 말했다. 이번에 말고요. 이 아가씨께서 오늘은 다른 일이 있으셔서. 그런데 그때 그녀가 책장 위에 놓인 망치를 발견하고는 그쪽으로 다가가 손에 쥐고 무게를 가늠해 보더니 의심스러운 듯 말했다.

이 망치는 어디에 쓰는 거예요? 손목시계나 자물쇠를 수리하는 데 이렇게 큰 망치가 필요하지는 않을 텐데요?

스튀는 순간 말문이 막혔다. …… 이건 …… 말할 수 없소. 내 비밀이오. 표정은 극도로 부자연스러웠다.

황리는 그를 쓱 쳐다보더니 망치를 내려놓으며 말했다. 그래요. 사람은 누구나 비밀이 있는 법이죠. 들고 나가서 사람 머리만 내려치지 마세요. 그리고는 곧장 밖으로 나갔다.

스튀는 잠시 멍하게 서 있다가 그녀를 따라나가며 말했다. 아가씨, 성함과 직업을 좀 알려 주시면 안 되겠소?

황리가 고개를 돌리며 생긋 웃더니 말했다. 그건 제 비밀이라서 말씀드릴 수가 없네요. 그러면서 밖으로 걸음을 옮겼다.

량차오둥이 스튀의 사무실에 들어왔을 때 황리는 이미 떠난 뒤였다. 그는 스튀가 멍하니 서 있는 모습을 보고는 황급히 물었다. 스 편집장님, 황 형사는 갔습니까?

스튀는 충격에 빠졌다. 뭐? 형사라고?

량차오둥이 말했다. 네. 두 분이 한참 이야기를 나누셨으면서 이름도 모르셨어요? 저는 두 분이 예전부터 잘 아는 사이인줄 알았어요.

스튀가 말했다. 길에서 한 번 봤네. 얘기도 안 해 봤고. 자기가 정치협상회의 위원이라면서 회의에서 나를 봤다는데, 나는 전혀 모르겠어.

량차오둥이 말했다. 이름은 황리, 무청시 형사경찰대대 소속인데 경찰 쪽에서는 엄청 유명하대요. 범인도 많이 잡았고요. 오늘은 무슨 일로 편집장님을 찾아왔던가요?

스튀는 막연한 표정이었다. 나도 모르겠네. 그냥 한담 몇 마디 나눈 게 전부야.

량차오둥이 웃으며 말했다. 스 편집장님 뭔가 법을 위반하고 감시당하시는 건 아니죠?

스튀가 황급히 고개를 가로저으며 말했다. 헛소리 말게. 내가 법을 위반할 일이 뭐가 있나? 아 량쯔, 자네랑은 어떻게 아는 사이인가?

량차오둥이 말했다. 저도 우연히 그렇게 됐어요. 한번은 친구랑 같이 찻집에서 차를 마시고 있는데 어떤 사내가 다가오더라고요. 험상궂은 분위기에 뒤에는 두 사람이 더 있었고요. 그런데 그 사내가 대뜸 저한테 주먹을 날리더니 제가 자기 여자 친구를 뺏어 갔다는 거예요. 그래서 싸움이 붙었는데 저 혼자서 세 사람과 싸워야 하니 당연히 상대가 안 됐죠. 그래서 그놈들에게 얼굴이 피범벅이 되도록 얻어맞고 있는데 여자 경찰관 한 명이 달려들어 오더니 주먹을 휘두르고 발차기를 해서 그놈들을 고꾸라지게 만들었어요. 그리고는 제일 앞에 있던 놈을 끌고 가면서 큰 소리로 다른 두 명에게도 따라오라고 명령했고요. 저도 물론 불려갔지요. 같이 근처 파출소에 갔고, 그러면서 그때 알게 된 거예요.

스퉈가 놀라며 말했다. 그렇게 대단한 여자였나? 그래서? 자네 또 데이트 약속을 잡은 건 아니겠지?

량차오둥이 말했다. 왜 안 그랬겠어요? 그렇게 아름다운 여형사를 제가 쉽게 놓아줄 리가 없지요. 바로 전화를 걸어서 차를 마시기로 약속했는데, 뜻밖에 진짜로 나타났더라고요. 다만 평상복으로 갈아입었는데, 옷차림이 보통 여자들보다 대담했어요. 나중에 같이 무도회장에도 갔는데 황 형사 춤이 끝내줬어요. 룸바, 디스코, 스패니시 댄스, 탱고, 스탠다드 댄스, 심지어 민족 전통 무용까지 장르 불문하고 모든 춤을 다 출 줄 알더라고요. 황 형사가 일단 무대에 나갔다하면 모든 사람들의 시선이 황 형사에게 집중됐어요. 같이 술집에 갔을 때는 황 형사의 주량이 얼마나 센지 혼자서 포도주 몇 병을 거뜬히 마시던데요. 황 형사는 또 저를 도서관에 데리고 가서는 볼만한 책 몇 권을 빌려 달라고 하더라고요. 저는 괜히 하는 소린 줄 알았어요. 고상한 체하려고요. 그렇게 불같이 사나운 성격을 가진 사람이 책 읽기를 좋아할 리가 없잖아요? 그래서 일부러 어려운 철학서 몇 권을 가져다 줬죠. 헤겔이니 포이어바흐니 니체니 쇼펜하우어니 하는 책이오. 그랬더니 도서관에 앉아서 몇 시간을 읽고 있는데, 우아하고 조용한 모습이 여대생 같았어요. 도서관을 떠날 때도 집에 가져가서 보겠다고 하고요. 이 황리라는 아가씨는 진짜 종잡을 수가 없어요.

스튀가 말했다. 두 사람이 사귀는 사인가?

량차오둥이 웃으며 말했다. 원래는 저도 사귈 마음이 있었죠. 그런데 몇 번 만나본 뒤에 그런 생각을 버렸어요. 워낙 대단하고 이해하기 힘든 여자라서 말이죠. 1분 뒤에 무슨 짓을 할지 짐작도 할 수 없을 정도예요. 그래서 그냥 친구 사이로 지내는 것이 낫다 싶었죠. 제가 보기에 황 형사는 친구로 지내기에는 아주 좋은 사람이에요. 게다가 그쪽도 그런 뜻이 없었고요. 사실 저는 진짜 여자 경찰이랑 결혼하고 싶어요. 배게 밑에 권총을 놔둬도 눈 하나 깜짝 안 할 자신 있어요.

스튀는 듣는 둥 마는 둥 아예 정신이 나간 듯 보였다.

그때 퇴근 시간이 되었다. 복도에서는 저벅저벅 발자국 소리가 들리면서 다소 소란스러웠다. 편집자들은 웃고 떠들며 하나둘 건물을 빠져나갔다. 얼마 지나지 않아 99층 건물에는 쥐죽은 듯 적막이 흘렀다.

스튀는 눈을 비빈 뒤 긴긴 하품을 했다. 량차오둥은 자신이 그곳에서 나가 줘야 한다는 사실을 알고 있었다. 막 작별 인사를 하려는데 돌연 창문에서 탁탁하는 소리가 들려왔다. 얼른 고개를 들어 쳐다보니 밖에 비가 내리고 있었다. 갑작스런 소나기는 마치 빽빽하게 날아드는 화살촉처럼 비스듬히 유리창 위로 내리꽂히더니 산산이 부서져 흩어졌다. 유리창은 순식간에 사방으로 튀어 오른 물방울로 가득해지면서 요란하기 그지없었다.

스튀는 흥분으로 두 눈이 빛났다. 그는 몸을 홱 돌리더니 다시 서둘러 몇 걸음을 옮겨 창문 앞에 섰다. 마치 꽃불같이 흩어지는 물방울들을 바라보면서 손을 비비며 연신 이렇게 말했다. 좋다, 좋다, 좋다!

량차오둥은 그의 등에다 대고 큰 소리로 말했다. 스 편집장님, 밖에 비가 오니 제가 차로 댁까지 모셔다 드릴게요!

스튀는 돌아보지 않고 여전히 창밖을 바라보면서 손을 비비며 뭐라고 중얼거리고 있었다. 바깥의 빗소리가 너무 커 그가 무슨 말을 하고 있는 지 잘 들리지 않았으나 아마도 계속해서 좋다, 좋다, 좋다를 연발하고 있 는 것 같았다. 량차오둥은 그가 자신의 말을 듣지 않고 있으며 들었다 한들 자신과 함께 가지 않으리라는 것을 알고 있었다. 스뭐에게는 자신의 할 일이 있었다. 특히 저녁이 되거나 비가 오면 그의 행적은 묘연해졌다. 량차오둥은 스뭐의 일에 관심을 가진 적이 없었으나, 갑자기 약간의 동정 심이 생겨났다. 자신 앞에 있는 이 기이한 편집장은 생활 면에서나 정신 적으로나 너무나도 외로워 보였다. 아무도 그의 삶 속에 들어갈 수 없고 아무도 그의 내면세계를 알지 못했다. 그는 심지어 보통 사람들의 생활 방식도 갖추지 못했으며, 그에게서는 옷이나 미식, 여자, 자동차, 금전 등 에 대한 어떠한 세속적인 욕망이나 추구도 찾아볼 수 없었다. 일 년 사계 절 늘 그 푸른색 장삼을 입고, 사무실에서는 마치 유소씨처럼 나무 의자 위에 앉아 일했다. 고단한 줄도 모르고 원고를 검토하다 간혹 지칠 때면 나무 의자에서 내려와 낡은 자물쇠나 낡은 카메라 따위의 물건을 만지작 거린다. 그는 늘 가장 늦게 퇴근하고 가장 일찍 출근하는 사람이었다. 그 래서 아예 퇴근을 한 적이 없는 것처럼 느껴지기도 했다. 량차오둥은 그 저 스뭐가 출판사의 사람들과 함께 살지 않는다는 것만 알 뿐이었다. 도 대체 그가 어디에 사는지는 아무도 아는 사람이 없었다. 그에게 부인과 자식이 있는지도 마찬가지로 아는 사람이 없었다. 이를 놓고 이미 사람들 사이에서 이러쿵저러쿵 이야기가 오간 적이 있었다. 심지어 어떤 사람은 대놓고 물어보기도 했다. 하지만 그는 한 번도 이에 대해 시원하게 대답 한 적이 없었으며, 오히려 신기하다는 눈빛으로 상대방을 한참 동안 쳐다 보다가 이렇게 말했다. 말 안 해도 되나? 물론 그에게는 그럴 권리가 있 었으므로 다른 사람들도 더는 물어볼 수가 없었다. 다행스럽게도 그의 모든 행동에는 약간 비정상적인 면이 있어서 어디에 살든 가정이 있든 없든 딱히 비정상적으로 느껴질 것 같지 않았다. 오히려 그가 상대방에게 반문할 때의 눈빛과 말투는 상대방으로 하여금 그의 사생활에 대해 알아보려는 것이야말로 비정상적인 일이라고 느끼게 만들었다. 또한 다행스럽게도 무청에는 사람들의 관심을 끌 만한 화젯거리가 차고 넘쳤으며, 하나같이 스튀에 대해 이러쿵저러쿵하는 것보다 훨씬 재미있었다. 게다가 사무실에서 스튀가 비록 편집장의 지위에 있기는 하나 그야말로 소리도 냄새도 없는 존재였다. 그가 혼자 편집장실에 있을 때는 통상 아무런 소리도 새어 나오지 않았으며, 누구도 괴롭히는 법이 없었다. 오직 그가 가려운 곳을 긁을 때만은 예외였다. 스튀가 가려운 곳을 긁는 모습은 많은 편집자들에게 목격되었다. 그 모습은 결코 고상하지 않았다. 그는 나무 의자에서 내려오거나 자리에서 일어나 책상 좌측 전방으로 향했는데, 늘 같은 방향이었다. 그리고는 돌아서서 기마 자세로 쪼그리고 앉은 뒤 등을 책상의 좌측 전방 모서리에 대고 반시계 방향으로 돌며 한참을 비비다가 다시 시계방향으로 몇 바퀴 더 비볐다. 그럴 때면 그는 시원한 듯 입을 벌리고 기분 좋은 신음 소리를 냈는데, 문밖을 지나던 사람들이 방 안에서 누가 섹스를 하는 줄 오해한 것도 여러 번이었다. 이야말로 이상한 일이다! 그리하여 사람들은 서둘러 문틈으로 안쪽을 엿보다가 스 편집장이 기마 자세로 가려운 곳을 긁고 있는 것을 발견한 것이다! 그때 그 편안하면서도 괴로운 표정과 흉측하면서도 무시무시한 꼴은 섹스를 할 때의 그것과 별반 다르지 않았다. 미술 편집 샤오자는 이로 인해 한 가지 결론을 얻었다. 사람이 가장 편안한 순간이 바로 가장 추한 순간이다. 하지만 이 또한 사람들 사이에서 한바탕 웃고 떠드는 것으로 끝이었다. 스튀는 매일같이 가려운 곳을 긁어 대는데, 그런다고 매일같이 그것에 대해 논쟁을 할 수는 없다. 이로 인해 일반적으로 원고를 검토하는 일을 제외하면 완전히 그를 등한시하거나 심지어 아예 잊어버리게 되었다.

사람들의 마음속에 스튀는 천재이면서 동시에 백치나 다름없는 존재였다.

하지만 의심의 여지없이 그는 미스터리한 존재이기도 했다.

량차오둥은 그가 창문 앞에 서서 비를 쳐다보며 좋아서 어쩔 줄 모르는 모습을 보고는 갑자기 이 문제를 의식하게 되었다. 그래, 이 사람은 누굴까? 도대체 어떤 사연을 가졌을까? 일할 때가 아닌 일상생활에서는 어떤 모습일까?……

량차오둥은 결코 남의 일에 관심이 많은 사람이 아니었다. 하지만 순간적으로 그에 대해 알고 싶다는 강렬한 충동 같은 것이 생겨났다. 량차오둥은 원래 스스로 자신의 편집장님에 대해 잘 안다고 생각했으나, 지금 와서 보니 그에 대해 조금도 알지 못한다는 생각이 들었다. 한 사람의 은밀한 부분을 알지 못한다는 것은 그 사람의 절반은 모른다는 이야기가 된다. 한 사람의 내면을 알지 못하는 것은 그 사람을 전혀 모르는 것이나 다름없다.

량차오둥은 결심했다. 잠시 여자 사귀는 것을 중단하고 비밀리에 스튀를 따라가 보자!

그는 그 순간 자신이 내린 결정에 깜짝 놀랐다.

이는 황당하고 심지어 미치광이 같은 결정이었다.

량차오둥은 늘 광명정대하게 일했고, 이런 식으로 떳떳치 못한 짓을 하는 사람이 아니었다. 하지만 그는 자신이 스튀를 해치려는 것이 아니라는 것도 잘 알고 있었다. 아니다. 량차오둥은 그저 어렴풋하게 이런 느낌이 들었을 뿐이다. 이 스 편집장이라 불리는 사람이 사람들과 멀리 떨어져 있는 것은 분명 그의 뒤에 남모를 비밀이 있기 때문이다. 그의 기이한 일상과 행동에서는 한 줄기 처량함마저 느껴졌다. 량차오둥은 생각했다. 내가 그를 위해 무언가 해 줄 수 있을지도 몰라. 그는 마음속으로 바로 그런 생각을 품고 있었다.

량차오둥은 한 달 넘게 그의 뒤를 따라다녔고, 과연 뜻밖에 알게 된 사실도 아주 많았다.

스튀는 늘 어두워진 뒤에야 건물을 빠져나갔다. 그리고는 근처의 왕만두 가게에서 왕만두 두 개와 선짓국 한 그릇을 주문해 탁자에 앉아 먹어

치운 뒤 입가를 닦으며 자리를 떠났다.

그는 다시 도로에 멈춰 서서는 잠시 머뭇거리며 사방을 두리번거렸다. 마치 마음을 정하지 못한 듯한 모양새였다. 하지만 그는 결국 방향을 결정하고 성큼성큼 걸었다. 그가 걷는 모습에는 비범한 기개와 도량이 담겨 있었고, 특히 비가 내리는 날은 더욱 그랬다. 그럴 때면 그는 몹시 흥분한 듯 보였다. 손에 든 우산은 펴지도 않은 채 지팡이 삼아 땅을 짚을 때면 탁탁 소리가 울렸다. 그의 푸른색 장삼이 펄럭펄럭 밤바람 속에서 나부꼈다. 헝클어진 머리카락은 한 무더기의 시든 풀처럼 바람을 따라 이리저리 흩어졌다. 뒤에서 그가 걷는 모습을 바라보면 조금 우스꽝스러웠다. 그야말로 칠칠맞으면서도 자신감이 넘치는 모습이었다.

무청의 불빛은 갈수록 밝아졌다. 한 묶음, 한 줄기, 한 조각, 오색찬란한 빛을 쏘아 보내면 그 불빛들은 끊임없이 명멸하고 불어나면서 마치 마술처럼 끝없이 변화했다. 불빛 아래에는 각양각색의 사람들이 나타나고, 시간이 갈수록 더 늘어난다. 사람들은 거리를 누빈다. 여유롭게 걷는 사람이 있는가 하면 총총히 발걸음을 옮기는 사람도 있었다. 그들이 그 순간 무슨 생각을 하는지, 어디로 가는지는 알 수 없다. 량차오둥은 이런 밤풍경이 아주 익숙했다. 과거에는 그도 그들 중 한 사람이었으며, 관찰자로서 그들을 관찰해 본 적도 없었다. 지금은 달라졌다. 지금 그는 아웃사이더이고, 관찰자이자 추적자다. 눈앞에 보이는 개미와 땅강아지 같은 중생들이 오고 가는 모습에는 아무런 질서도 없는 것 같았으나 사실 그들은 모두 자신만의 운행 궤적을 가지고 있었으며 남모를 비밀도 얼마쯤 숨기고 있었다. 그 순간, 량차오둥은 마치 높은 곳에서 아래를 굽어보는 것 같은 쾌감을 느꼈다. 이는 과거에는 한 번도 느껴보지 못한 감정이었다.

스뤄는 계속해서 앞으로 나아갔다. 곁눈질도 하지 않았다. 마치 거리 위의 사람들이나 사정들이 그와 아무런 관계도 없다는 듯.

그러다가 그가 돌연 작은 골목으로 꺾어 들어갔다.

골목은 불빛이 조금 어두웠고 지나는 사람들도 많지 않았다. 골목으로

100여 미터쯤 들어간 뒤 스퉈가 걸음을 멈췄다. 량차오둥은 그가 품에서 망치 하나를 꺼낸 뒤 길가에 쭈그리고 앉아 길을 내리치는 것을 목격했다. 이는 량차오둥이 생전 처음 보는 광경이었다. 그는 약간 충격을 받았다. 스퉈가 무슨 짓을 하려는 것인지 알 수가 없었다. 길을 때려 부수려는 건가?

이때 어떤 행인이 스퉈 쪽을 바라보았으나, 잠시 걸음이 느려졌을 뿐 멈춰 서지는 않았다.

량차오둥은 스퉈에게서 10미터쯤 떨어진 곳에 서서 진심으로 스퉈를 걱정하고 있었다. 의심이 무성한 가운데 량차오둥은 돌연 스퉈가 정치협상회의에서 제출한 안건이 떠올랐다. 이는 출판사 사람이라면 다 아는 일이었으나 모두들 농담으로 여겼을 뿐 그가 지금껏 암암리에 실행에 옮기고 있으리라고는 생각도 하지 못했었다. 하지만 이는 괜한 짓이 아닌가? 이렇게 큰 도시에서 작은 망치 하나로 도로를 두드려 부수고 고층 건물을 헐어 없앨 수 있단 말인가? 보아하니 그는 정말로 완전히 무언가에 홀린 것 같았다.

그날 밤, 스퉈는 세 차례 장소를 옮겨 가며 두 시간 동안 망치질을 하다가 지친 몸으로 땀을 닦으며 몸을 일으키고는 자리를 떠났다. 다행히 그에게 신경을 쓰는 사람은 아무도 없었다. 아마도 이자가 도대체 무엇을 하는지 제대로 알지 못했을 것이다. 혹은 그를 정신병자라고 생각했는지도 모른다.

스퉈는 망치를 다시 품속에 감추고는 우산을 들고 떠났다. 얼굴에는 피곤한 기색이 역력했다.

나중에 일어난 일은 량차오둥을 더욱 경악하게 만들었다.

량차오둥은 원래 스 편집장 정도의 수입이라면, 그 오랜 세월 모은 돈으로 응당 별장 한 채쯤은 살 수 있으리라 생각했다. 량차오둥은 심지어 스 편집장에게 고상하고 아름다운 부인이 있을 것이며, 혹시 서양 여자일지도 모른다는 상상도 했다. 또한 자식이 둘은 되고 남녀 하인들을 거느렸을 것이며, 설령 별장은 없더라도 널찍한 고층 아파트 한 채는 있을 것이고, 안에는 마호가니 가구 세트가 놓여 있을 것이다. 물론 그에게는 단독 서재가 있을 것이고 안에는 마찬가지로 책장들이 줄지어 늘어섰을 것이며 그 위에는 무수히 많은 선장본과 중문 서적, 외문 서적 등이 놓여 있을 것이다. 이 정도는 되어야 그의 박사 신분에 걸맞다.

하지만 량차오둥의 생각은 틀렸다. 틀려도 완전히 틀렸다.

스퉈는 계속해서 걸으며 큰 도로와 작은 골목을 헤치고 나아갔다. 종종 걸음을 멈추고 길목을 살피거나 지나는 사람에게 길을 묻는 것 같기도 했다. 마치 어딘가에 가려고 하는데 가는 길을 잃어버린 것 같은 모양새였다.

무청의 길은 확실히 복잡했다. 큰 도로와 작은 골목이 마치 거미줄처럼 얼기설기 빽빽하고 구불구불하게 얽혀 있었다. 량차오둥도 가 보지 못한 거리들과 골목들이 수없이 많았다. 그는 스퉈의 뒤를 따라 이리저리 걷다 보니 자신도 어디에 있는지 알 수 없어지고 말았다.

스퉈는 분명 이미 가장 번화한 도심지를 벗어났다.

눈앞에는 허름하고 오래된 골목 하나가 놓여 있었다. 골목 어귀에서 한눈에 보아도 나지막한 개인 주택들이 전부였으며 겉모습도 몹시 누추했다. 이 골목은 위쓰 골목과는 또 달랐다. 위쓰 골목은 확실히 하나의 거리라고 부를 수 있었다. 비록 건물들이 낡고 오래되긴 했으나 그래도 품위가 있어서 량차오둥은 자주 여자 친구를 데리고 그곳에 가서 차를 마시거나 술을 마시곤 했다. 하지만 눈앞에 놓인 골목은 그야말로 공사장의 가건물이나 다름없는 집들로 가득했다. 스퉈는 왜 여기에 온 것일까?

량차오둥이 골목을 살펴보는 데 정신이 팔린 사이 문득 스퉈가 보이지 않는 것을 알아차렸다. 눈 깜짝할 사이 그가 사라져 버린 것이다. 이 사람이! 량차오둥은 그가 골목 입구에 들어서는 것을 똑똑히 보았는데, 그새 어디로 갔단 말인가? 량차오둥은 서둘러 몇 걸음을 옮기다 거의 뛰듯이 앞쪽으로 나아갔다. 허름하고 오래된 길이긴 했으나 오가는 사람은 제법 많았다. 골목 바닥은 시멘트로 덮여 있었는데, 적지 않은 곳이 이미 파손되어 울퉁불퉁했고 막 내린 비로 곳곳에 움푹움푹 물이 고여 있었다. 이미 많이 늦은 시각이었으나, 이 골목 사람들은 시간 개념이 없는 것 같았다. 여전히 바쁜 걸음으로 이리저리 오가는 사람들로 붐볐으며 택시도 쉴 새 없이 드나들었다. 짐을 실은 작은 화물차가 물웅덩이 위를 지날 때면 더러운 물이 튀어 올랐다. 길가에 선 채 짐을 부리거나 싣는 차도 있었다. 부려 놓은 화물 중에는 식량과 과일도 있고, 살아 있는 돼지와 닭, 오리도 있었다. 도처에 고약한 냄새가 풍겼다. 차에 싣는 물건들도 난잡하기는 매한가지였다. 예쁘게 포장된 상자가 있는가 하면, 큼직큼직하게 묶은 비닐 자루와 낡은 목기, 낡은 아이스박스, 낡은 텔레비전까지 뒤죽박죽 온갖 물건이 다 있었다.

량차오둥은 골목을 따라 걸어 들어가 보았으나 스뭐의 흔적은 찾을 수 없었다. 가슴속은 답답해졌다. 그는 왜 여기에 온 것일까? 설마 이런 해괴한 곳에 사는 것은 아닐 텐데. 이 골목은 량차오둥에게 무청의 또 다른 일면을 보여 주었다. 홍등녹주의 번화한 큰 거리 뒤편에 아직도 이런 빈민가가 남아 있다니. 이곳 사람들은 한밤중에도 여전히 생계를 위해 분주히 움직이고 있었다. 도시의 세련되고 고상한 삶은 그들과 아무런 관련이 없었다. 이런 생각이 들자 량차오둥의 마음은 더욱 무거워졌다.

어느 집 앞을 지나다가 한 일흔이 넘은 노부인이 와들와들 떨면서 더러운 물이 든 대야를 밖으로 옮기는 것을 발견했다. 량차오둥이 머리를 내밀고 쳐다보니 길가에 있는 그녀의 작은 집에 물이 들어온 모양이었다. 그는 안타까운 마음에 서둘러 그 더러운 물이 든 대야를 받아 길 위에 뿌렸다. 노부인은 연신 고맙다고 인사했다. 량차오둥은 이미 그만둘 수도 없는 상황이라 대야를 들고 노인에게 말했다. 제가 해 드릴게요. 노부인은 그의 깔끔한 차림새를 보고 말했다. 자네 옷이 더러워질 텐데. 량차오둥이 말했다. 상관없어요. 집 안으로 들어서니 곰팡이 냄새가 코를 찔렀다. 바닥에 고인 물은 적지 않았다. 서둘러 쭈그리고 앉아 손으로 더러운 물을 퍼서 대야에 옮겨 담았다. 노부인이 따라 들어와 말했다. 젊은이 손으로 하지 마. 물이 더러워. 그리고는 국자 하나를 가져와 량차오둥에게 건네며 말했다. 이걸로 물을 퍼. 량차오둥이 받아 들고 보니 음식 할 때 쓰는 국자 같았다. 그가 말했다. 할머니, 이걸 쓰시면 안 돼요. 음식 할 때는 어쩌시려고요? 노부인이 말했다. 괜찮아. 깨끗한 물로 헹궈 내면 말끔해지는데 뭘. 량차오둥은 하는 수 없이 국자로 지면에 고인 물을 퍼냈다. 조금씩 조금씩, 연달아 네 대야의 물을 쏟아 버린 뒤에야 집 안에 고인 물이 없어졌다. 다시 국자를 깨끗이 씻어 노부인에 건넨 뒤 작별 인사를 하고 문밖으로 나섰다. 노인은 입구까지 배웅하며 혼잣말처럼 중얼거렸다. 어느 집 자식인지, 암만 봐도 낯이 익은데.

량차오둥은 도망치듯 빠르게 걸었다. 노부인이 그에게 낯이 익다고 말한 것은 분명 노안으로 눈이 흐려진 탓이리라. 그는 자신이 이곳에 와 본 적이 없다는 것을 알고 있었다.

이유는 모르겠으나 노부인을 대신해 고인 물을 치워 준 뒤로 량차오둥의 기분은 훨씬 좋아졌다. 그는 빈민가를 걷는 동안 마음이 한결 편안해진 것을 느꼈다. 막 이 골목에 들어섰을 때 그는 약간 안절부절못하면서 이곳 사람들이 자신을 쫓아내지는 않을까 두려워했다. 그가 근사한 진을 빼입은 것만 보아도 자신을 침입자나 염탐꾼 또는 태생적으로 그들과 적대적인 관계의 인물로 보기에 충분했다. 이곳은 그들의 영역이며 근거지다. 량차오둥처럼 한눈에 보아도 알 수 있는 상류 사회의 사람은 이곳에 와서는 안 된다.

량차오둥은 여전히 사방을 두리번거리며 스튀를 찾고 있었다. 그는 스튀가 아직 이 골목에 있을 것이라 확신했다. 아마도 어느 집으로 들어갔을 것이며, 혹시 이미 씻고 잠자리에 들었을지도 모른다. 이는 충분히 가능한 이야기였다. 이렇게 늦은 시각에 그가 이 골목에 왔다면 그가 이곳에 산다고 말할 수밖에 없을 것이다.

하지만 그는 왜 이곳에 사는 것인가?

량차오둥은 그 골목 양옆으로도 수많은 작은 골목들이 존재한다는 것을 발견했다. 그중 적지 않은 골목들은 자전거 한 대가 겨우 지날 수 있을 정도로 좁았다. 집들은 낮고 누추했으며 빽빽하게 들어차 있었다. 예상컨대 이곳에 거주하는 인구의 밀도는 극히 높을 것이다. 거주 조건 또한 짐작이 가능했다.

작은 골목 입구의 어두컴컴한 가로등 불빛 아래에 한 여인이 서 있었다. 서른몇 살쯤 되어 보였고 화장은 괴상했으며, 저속하고 요사스러운 느낌이었다. 량차오둥은 그녀를 흘긋 바라보았을 뿐 전혀 관심을 두지 않았다. 그는 이곳의 여인들은 대개 이런 식으로 입고 화장을 하는 줄로 여겼으며 아마도 누구를 기다리는 모양이라고 생각했다. 그러나 량차오둥이 그 앞을 지나가는 순간 그녀에게 옷깃이 붙들렸다. 동시에 그녀가 낮은 목소리로 말했다. 오빠, 같이 놀아 드릴게요. 겨우 20위안밖에 안 해요. 량차오둥은 깜짝 놀라 황급히 그녀의 손을 뿌리치며 말했다. 당신 뭐요! 그제야 그는 알아차렸다. 그녀는 거리의 매춘부였다. 무청에서 가장 저렴한 매춘부였다. 그는 무청의 수많은 장소에 매춘부가 있으며 다양한 등급으로 나눌 수 있다는 것을 알고 있었다. 최고급은 4성, 5성급 호텔에 있으며, 고급 매춘부 한 명에 수천 위안 이상을 불렀다. 다만 이런 곳에도 매춘부가 있으며, 이렇게 헐값일 줄은 생각지도 못했다. 20위안을 벌기 위해서 한 여인이 아랫도리를 벗어 던질 수 있는 것이다. 하지만 현실적으로 이런 빈민가에 서 있는 이런 여인이라면 대략 그 정도 돈밖에 받을 수 없을 것이다. 량차오둥은 화내지 않았다. 다만 그녀로 인해 슬퍼졌다. 그는 견딜 수 없어 다시 그녀를 쳐다보았다. 여인은 여전히 그를 빤히 쳐다보고 있었다. 간절히 기대하면서 어떻게든 비위를 맞춰 보려는 눈빛이었다. 그녀는 손을 뻗어 다시 량차오둥을 붙잡았다. 그리고는 애처롭게 말했다. 오빠, 한번 놀다 가요. 15위안도 괜찮아요. 아니 그냥 10위안에 해 줄게요! 량차오둥은 그녀의 손을 뿌리치고는 품 안에서 100위안짜리 지폐 한 장을 꺼내 손에 쥐여 주며 말했다. 아가씨, 너무 늦었어요. 어서 집에 돌아가세요. 그리고는 성큼성큼 걸어서 왔던 길을 되돌아 나 갔다.

그는 오늘 밤 스튀를 찾는 것은 이미 불가능해졌다는 것을 알고 있 었다.

량차오둥은 돌아가는 길에 두 눈에 자꾸만 눈물이 고였다. 그는 어찌 된 영문인지 오늘따라 착한 사람처럼 굴고 있었다. 그는 자신에게 아직 동정심이 남아 있으리라고는 생각조차 해 보지 않았다. 더욱 그를 충격에 빠트린 것은 무청에 아직도 이런 골목이 남아 있고, 아직도 누군가 이렇 게 살아가고 있으며, 게다가 당당한 무청출판사의 편집장도 이런 곳에서 살고 있다는 사실이었다.

량차오둥은 머릿속이 복잡해졌다.

하지만 스튀를 미행해야겠다는 그의 결심은 더욱 확고해졌다.

그 뒤로 연이어 며칠 동안 량차오둥은 매일 밤 스튀를 미행했다. 앞에 는 그런대로 괜찮았으며, 그를 놓치지 않았다. 하지만 한 가지 발견한 것 이 있었다. 스튀는 길을 걸을 때 한 번도 뒤를 돌아보지 않았다. 그러니 그의 바로 2미터 뒤에서 걸어도 조금도 문제가 되지 않았다.

스튀의 앞의 행동 또한 거의 비슷했다. 큰길에서 작은 골목으로 꺾어 들어가 망치를 꺼내 도로를 두들긴 뒤 한참을 이리 돌고 저리 돌아 그 후미진 빈민가로 향하는 것이다. 하지만 일단 그 빈민가에 들어서고 나면 스튀는 마치 투명인간으로 변하기라도 하는 듯 감쪽같이 사라져 버렸다. 때로는 바로 몇 걸음 뒤에 서 있기도 했고, 거의 손을 뻗으면 잡을 수 있는 거리에 있기도 했으나 번번이 스튀는 행방이 묘연해져 버렸다.

빈민가는 버뮤다 삼각지대로 둔갑했다.

량차오둥의 마음에는 의혹이 생겨났고 약간 무서운 기분까지 들었다.

게다가 량차오둥을 더욱 놀라게 만든 일이 한 차례 더 일어났다.

그날 저녁, 그는 계속해서 스튀의 뒤를 쫓고 있었다. 스튀는 예전처럼 빈민가로 향하는 대신 곧장 도시를 빠져나갔다. 손에는 장미도 한 송이 들려 있었다. 당시에 량차오둥은 생각했다. 스 편집장님도 애인이 있었던 모양인데. 그는 스튀가 애인과 데이트를 하러 가는 것이라 확신했다. 누가 그를 책밖에 모르는 책벌레라고 했던가? 그는 애인도 사귈 줄 알고, 장미도 선물할 줄 아는 사람이었다.

량차오둥은 오늘 밤에는 수확이 있으리라 믿었다.

그러나 스튀는 도시를 벗어난 뒤에도 계속 앞으로 나아갔다. 빠른 속도로 도로를 벗어나 작은 길로 꺾어 들어갔는데, 이는 산속으로 향하는 길이었다. 량차둥은 이 산이 샹비 산(象鼻山)이라는 것을 알아보았다. 산 위로는 온통 숲이 우거져 있었다. 일부는 여전히 원시림의 모습을 유지하고 있었으며, 수백 년 수천 년 된 나무들도 있었다. 오랜 세월 현지인들은 샹비 산의 나무로 생계를 꾸렸고, 나중에는 도시가 되었다. 들은 바에 의하면 무청이라는 이름도 여기서 유래되었다고 했다.[19] 하지만 오랜 기간 벌채가 이어진 탓에 원시림은 이미 크게 줄어들었고, 재생림이 더 많은 부분을 차지했다. 이로 인해 평소 이 산 위는 몹시 적막했고, 저녁이면 극히 적은 수의 사람만이 이곳을 찾았다.

스튀는 애인과의 데이트 장소로 왜 이런 곳을 골랐을까?

산길은 어두컴컴했고 산속으로 들어갈수록 더욱 어두워졌다. 손을 뻗으면 손가락이 보이지 않을 정도였다. 량차오둥은 스튀를 따라 한밤중에 샹비 산을 오르게 되리라고는 상상도 하지 못했다. 다행히 스튀는 준비가 되어 있었다. 그는 앞장서서 걸으며 줄곧 손전등으로 길을 비추고 있었으므로 그를 잃어버릴까 걱정할 필요는 없었다. 하지만 량차오둥은 생고생이 따로 없었다. 길이 울퉁불퉁해서 걷기가 힘들다 보니 아차 하는 순간 발을 삐고 말았는데, 고통으로 이가 드러나고 입술이 일그러지는 와중에

---

19 무청(木城)은 나무의 도시라는 뜻

도 차마 소리를 낼 수 없었다.

산길의 왼쪽에는 나무들이 있었고, 오른쪽은 깎아지른 듯한 절벽이었다. 만일 헛발을 디뎌 넘어지기라도 하면 뼈도 추리기 힘든 상황이었다. 앞서가는 스튀는 마치 평지를 걷는 것 같았는데, 아마도 하도 많이 다녀서 이미 익숙한 모양이었다. 량차오둥은 다리를 절뚝거리면서 비틀비틀 그를 쫓아가느라 정말로 고생이 이만저만이 아니었다. 그는 거의 포기하기 직전이었다. 속으로는 이런 생각도 들었다. 무엇 때문에 이러고 있지? 편집장님에게 애인이 있는 것을 발견하면 또 어쩔 건데? 그야 얼마든지 추측할 수 있는 일이지. 스 편집장님의 신분이나 학식이라면 애인이 있는 거야 지극히 당연한 일이잖아. 량차오둥은 애초에 훔쳐보려는 마음은 없었다. 그는 발걸음을 늦췄다. 정말로 돌아가고 싶었다. 하지만 생각해 보니 또 차마 그럴 수가 없었다. 이렇게 긴 시간을 따라온 데다 발까지 삐었는데, 이렇게 돌아가는 것은 그의 스타일이 아니었다. 량차오둥은 일을 할 때 끝까지 매달려 최고의 경지에 이르는 것을 좋아했다. 연애관도 마찬가지였다. 연애 같은 것은 하지 않고 여자 하나 잡아서 결혼하고 치워버리면 모를까, 그게 아니면 200명쯤 사귀면서 요란하고 소란스럽게 연애를 해야 흥이 나는 것이다.

스튀를 향한 그의 관심은 이미 그 여인에게로 옮겨 갔다. 그는 이 여인도 이상하다고 생각했다. 무청에 널린 것이 공원이고 찻집이고 술집인데, 데이트할 곳이 없어서 굳이 한밤중에 스튀를 산 위로 불러들인단 말인가. 보아하니 이 여인에게는 엄청난 매력이 있는 모양이었다. 그러니 스튀처럼 책밖에 모르는 책벌레도 푹 빠지게 만들고, 장미꽃까지 한 송이 들고 졸랑졸랑 산 위에 올라가게 할 수 있는 것이리라. 이것이 사람을 놀리는 것이 아니고 뭐란 말인가?

량차오둥은 정신을 집중하고 아픔을 참으며 바싹 따라붙었다. 발목을 삔 부분이 화끈거리고 약간 저리기는 했으나, 그는 오늘 반드시 결말을 짓겠다는 생각이었다.

량차오둥의 잠재의식 속에서는 여전히 조금 걱정이 앞섰다. 그는 스튀가 위험에 처한 것은 아닌지 두려웠다. 만약 그들이 오래된 연인이고, 자주 이곳에 와서 데이트를 즐겼다면 그럴 수도 있다. 그저 이상한 사람들이라고 말하면 그만이다. 하지만 만약 새 애인이라면, 혹은 스튀가 어떤 여인에게 마음을 빼앗겼는데 그 여인이 나쁜 마음을 품고 일부러 이런 산귀신이라도 튀어나올 것 같은 곳을 데이트 장소로 정한 것이며, 기회를 틈타 그를 납치하거나 협박하려고 하는 것이라면 문제는 심각해진다. 아니면 혹시 스튀가 누군가에게 미움을 샀거나, 함정에 걸려들었거나, 누군가에게 속아서 산에 올랐다가 해코지를 당하게 생긴 것이라면……

량차오둥은 나쁜 쪽으로 생각이 기울자 순간 모골이 송연해졌다. 그래, 이건 도대체 정상이 아니잖아!

량차오둥의 머리카락이 곤두섰다.

순간, 그는 산바람이 음침하고 사방에 살기가 가득한 것처럼 느껴졌다. 숲 속에서 언제라도 악당들이 튀어나와 손에 든 칼로 스튀를 찌를 수도 있다.

량차오둥은 갑자기 피가 끓어올랐다. 그는 도망칠 마음은 들지 않았다. 참으로 이상한 일이었다. 평소 그는 결코 정의를 위해 용감히 나서는 사람이 아니었다. 이따금 길에서 누군가 싸우는 것을 보면 멀찌감치 몸을 숨겼다. 우연히 좀도둑이 도둑질을 하는 것을 보아도 괜히 참견하려 들지 않았다. 그때 그는 생각했다. 일 하나 더하는 것보다 일 하나를 줄이는 게 낫다. 도둑질이란 돈을 한 사람의 주머니에서 다른 사람의 주머니로 옮기는 것에 지나지 않으니, 물질은 사라지지 않고 마찬가지로 이동하고 소비될 뿐이다. 특히나 돈을 도둑맞은 사람이 부자처럼 보이면 쾌감까지 느껴졌다. 한번은 그가 감상하는 마음으로 좀도둑이 어떻게 실력을 발휘하는지 구경을 했는데, 이에 탄복하여 입맛까지 다셨다. 나중에야 그 순간에 자신의 지갑도 도둑맞았다는 것을 알게 되었다. 그는 쫓아가기는커녕 텅 빈 주머니를 뒤집어 보며 껄껄 웃었다. 그리고는 연신 이렇게 말했다. 자업자득이지!

하지만 그 순간, 량차오둥은 돌연 자신이 얼마나 중요한 사람인지 깨달았다. 자신은 스뮈가 다치지 않도록 지켜 줄 수 있는 유일한 사람이다. 물론 정말로 위험에 처한다면 자신 역시 스뮈와 마찬가지로 화를 입을 것이다. 그는 똑똑히 알고 있었다. 결정적인 순간 스뮈는 목숨 걸고 싸울 수 있는 사람이 아니다. 그는 망연자실하여 어찌할 바를 모를 것이다. 그때는 자신을 믿는 수밖에 없다. 심지어 량차오둥은 머리가 깨져 피가 흐르는 자신의 모습이 보이는 것 같았다.

량차오둥은 자신에게 말했다. 량쯔, 오늘 밤은 너만 믿는다!

량차오둥은 허리를 숙이고 모서리가 날카로운 돌멩이 두 개를 더듬어 집어 들었다. 손으로 무게를 가늠해 보니 하나는 한 근이 조금 넘고, 다른 하나는 반 근이 조금 넘는 듯했으며 손에 들기 딱 좋았다. 돌멩이 두 개를 손에 쥐고 있으니, 량차오둥의 배짱이 더욱 두둑해졌다.

스뮈는 이미 멀찌감치 가고 없었다. 하지만 번쩍, 또 번쩍하는 그의 손전등 불빛은 똑똑히 보였다. 보아하니 그는 배터리를 아껴 쓰는 법을 잘 알고 있는 모양이었다.

량차오둥은 숲 속에서 수상한 낌새가 있지는 않은지 예민한 청각을 유지하면서 걸음을 재촉해 스뮈와의 거리를 좁혔다. 그때 그는 자신의 발걸음이 원숭이처럼 날렵하고, 온몸에 기운이 넘치는 것을 느꼈다.

그럭저럭 나쁘지 않다. 잠깐 동안은 아무 일도 일어나지 않았다.

깊은 밤의 샹비 산은 몹시 고요했다.

밤바람이 숲 속을 온통 휩쓸었다. 파도가 치듯 울리는 선명한 바람 소리에 드넓은 산속의 적막이 더욱 두드러졌다. 만약 어떠한 위험이나 뜻밖의 사고가 없다면 이런 밤중에 이런 산속에서 애인과 함께하는 데이트는 분명 색다른 느낌일 것이다. 이곳에는 방해꾼도 없고 소음도 없으며 머리가 지끈거리고 눈이 어지러운 불빛도 없고 이상야릇한 특유의 냄새도 없다. 이곳에는 오직 산과 물, 숲과 나무, 달과 별, 둥지와 새들이 있을 뿐이다. 지나칠 정도로 조용하기는 하나, 그렇기에 진정한 두 사람만의 세계가 될 수 있는 것이다.

돌연 스튀가 손전등을 들고 캄캄한 숲 속으로 들어갔다. 량차오둥은 잠시 어리둥절해졌으나 역시 그를 따라 들어갔다. 숲은 아주 빽빽하게 우거져 조심하지 않으면 나무에 부딪히기 십상이었다. 량차오둥은 앞에서 비치는 희미한 불빛에 의존하여 발소리를 죽이고 살금살금 뒤를 밟았다. 마음속은 더욱 갑갑해졌다. 보아하니 스튀에게는 명확한 목적지가 있는 것 같았다. 정말로 애인이 여기서 기다리고 있는지도 모른다. 그가 앞서 했던 생각들은 더욱 복잡해졌다.

과연 앞쪽으로 작은 공터가 나타났다. 스튀는 걸음을 멈췄다. 하지만 공터에는 아무도 기다리는 사람이 없었다. 스튀도 이미 알고 있는 것 같았다. 그는 주위를 살피는 기색도 없이 한참을 숨을 헐떡이다가 돌연 손전등으로 곧고 단단하고 수려한 나무 위를 비췄다. 흐릿하여 그것이 어떤 나무인지는 잘 보이지 않았다. 손전등은 다시 위에서 아래를 향하며 나무 전체를 한 번 비춰 주었다. 량차오둥은 공터에서 멀지 않은 곳에 있는 커다란 나무 뒤에 숨어 숨도 크게 내쉬지 못했다. 그는 스튀가 한쪽 다리를 반쯤 굽힌 채 손에 들고 있던 장미 한 송이를 나무의 뿌리 부분에 놓는 모습을 지켜보았다. 아주 공손한 몸짓이었다.

량차오둥은 갈수록 더 영문을 알 수 없었다. 이 야밤에 나무 한 그루를 보려고 산에 올라왔단 말인가? 게다가 나무를 위해 한 송이 장미를 바치다니. 이 사람은 정말 정신적으로 문제가 있는 모양이었다.

스튀가 나무를 사랑하고 있다면?

그게 가능한 소린가!

혹시 이 나무에 무슨 사연이라도 있는 걸까?

이 나무가 한 여인의 화신인 걸까?

······

량차오둥이 오만 가지 생각에 빠져 있을 때, 스튀는 이미 그 나무에 등을 기대고 앉아 있었다. 그도 적잖이 지친 모양이었다.

그는 나무에 기댄 채 바닥에 주저앉아 조용히 아무런 소리도 내지 않았다.

량차오둥은 조급해졌다. 이런 바보, 왜 아무 말도 하지 않는 거예요? 그냥 한바탕 울기라도 해야지.

그는 이곳에 심오한 이야기가 숨겨져 있을 것이라 확신했다. 이는 분명 처량하면서도 감동적이고 곡절이 많은 이야기일 것이다. 량차오둥은 정말로 나무 뒤에서 뛰쳐나가 어찌 된 이야기인지 묻고 싶었다. 량차오둥은 들어 보고 싶었다. 더욱 듣고 싶은 것은 그가 털어놓는 속마음이었다. 량차오둥은 스뒤가 무언가 털어놓을 필요가 있다고 믿었다.

분명 그것이 아주 고전적인 이야기일 것이다. 자신이 여자 친구를 사귀는 것과는 완전히 다른 종류의 것이며, 오늘날 젊은 사람들의 연애와도 완전히 다를 것이다. 량차오둥은 스뒤가 마음속에 이런 이야기를 숨겨 두었으리라고는 생각지도 못했다. 그도 그럴 것이 평소 스뒤는 어쨌거나 기이하고 괴팍한 사람이었기 때문이다. 하지만 그는 결코 시골뜨기 같거나 보수적인 사람처럼 느껴지지 않았다. 서양 박사 출신이라는 배경, 출판사에서의 기획 능력, 부하 직원에 대한 관용, 정치협상회의에서의 안건 제출, 무엇 하나 그가 사실상 진정한 현대파임을 보여 주지 않는 것이 없었다. 심지어 스뒤가 빈민가에서 빈민들과 벗 삼아 지내는 것마저도 그가 겉치레에 얽매이지 않는 마음이 넓은 사람이라는 것을 설명해 주었다. 이런 사람도 사랑 때문에 괴로워할 수 있는 걸까?

량차오둥은 도무지 이해가 되지 않았다.

만약 스뒤가 한 여인을 애도하러 온 것이거나 잃어버린 사랑을 찾으러 온 것이 아니라면, 정말로 한 그루의 나무를 사랑하게 되었다는 뜻이 된다!

하지만 나무를 사랑하게 되다니, 이는 더욱 기괴한 일이며 더욱 이해할 수 없는 일이다. 량차오둥은 페티시즘에 대해 들어 본 적이 있었다. 하지만 그것 또한 옷, 신발, 양말, 브래지어, 팬티 등과 같은 여인의 물건에 집착하는 것일 뿐이다. 암양이나 암캐, 암퇘지를 사랑한다면 또 모를까, 나무를 사랑해서 어쩌겠다는 것인가?

이건 불가능하다. 절대 불가능하다!

량차오둥은 구름과 안개 속을 헤매듯 어지러운 추측으로 머리가 터져 나갈 듯했다.

그때, 스튀가 돌연 노래를 부르기 시작했다.

시작은 아주 가벼웠다.

가볍게.

아주 가볍게 노래를 불렀다.

량차오둥은 이것이 소련의 가곡 《모스크바 교외의 저녁》이라는 것을 알아들었다. 몹시 진부한 멜로디의 노래였다.

하지만 스튀는 분명 그 곡을 부르고 있었다.

처음에는 가벼웠으나 소리는 점차 커졌다. 게다가 러시아어로 부르니 더욱 우렁차고 묵직했으며, 선율도 아름다웠다.

이는 량차오둥을 몹시 놀라게 만들었다.

량차오둥은 스튀가 노래도 부를 줄 알 것이라고는 생각지 못했다. 게다가 이처럼 듣기 좋고, 심지어 러시아어로 부르다니!

그처럼 오랜 세월을 함께 지냈지만, 량차오둥은 생전 처음으로 그의 노랫소리를 들었다. 이 깊은 밤중에 무청 교외의 황량한 산 위에서 머리카락이 텁수룩한 남자가 곧고 단단하며 수려한 나무 아래에서 혼자 이국의 사랑 노래를 부르고 있었다.

    ......
    내가 사랑하는 당신은 내 곁에 앉아
    묵묵히 나를 바라보며 아무 말이 없네
    나는 당신께 말하고 싶지만

또 그러기가 어려워
수많은 말들이 가슴속에 남았는데
긴 밤은 재빠르게 지나가고 날은 부옇게 밝아 오네
진심으로 당신의 행복을 빌지만
또한 바라니, 오늘이 지나도
그대여 영원히 나를 잊지 않기를
모스크바 교외의 저녁이여
……

스튀는 여러 차례 노래를 불렀다. 노랫소리는 낮아지기도 하고 높아지기도 했다. 분명한 것은 어떤 창법이든 그가 심혈을 기울여 부르고 있으며, 노래를 부르느라 목이 다 잠겼다는 점이었다.

처음부터 끝까지 스튀는 단 한마디도 하지 않았다. 아마도 어떤 말도 군더더기에 지나지 않으며, 그의 감정을 담아낼 수 없기 때문이리라. 노랫소리는 마음을 고백하는 것이자 감정을 털어놓는 것이다. 이야말로 사랑하는 사람과 교류하는 가장 좋은 방식인 것이다.

그날 밤, 스튀는 밤새 산 위에서 머무르다가 날이 밝아올 무렵에야 산을 내려갔다. 그는 완전히 지쳐 보였고, 걸음도 휘청거렸다.

량차오둥도 그와 함께 산 위에서 밤새 머물렀다. 그는 줄곧 커다란 나무 뒤에 숨어 있었다. 그날 밤은 량차오둥에게 크나큰 고난을 안겼다. 그는 찬바람을 맞아 감기에 걸렸을 뿐 아니라 허리가 쑤시고 다리가 저리며, 코가 막히고 귀가 멍멍하고, 열까지 나기 시작했다. 더욱 고통을 받은 것은 정신이었다. 그는 스튀로 인해 머릿속이 뒤죽박죽이 되었다. 평소 단조롭고 무미건조해 보이던 편집장의 감춰져 있던 생활이 이처럼 복잡하다니. 량차오둥은 늘 자신감에 넘치는 사람이었으나, 그날 밤 산 위에서는 자신이 없어졌다. 그는 자신이 알던 무청, 자신이 알던 사람과 일들이 모두 수박 겉핥기식에 지나지 않는다는 것을 깨달았다. 이 도시에는 너무나도 많은 것들이 숨겨져 있다.

그날 산에서 내려오는 길에 또 한 가지 이상한 일이 일어났다.

스튀는 비틀거리며 산을 내려갔다. 량차오둥도 그 뒤를 따라 내려갔다. 그때 막 날이 밝아왔는데, 산 입구를 나설 때가 되어서야 빛이 조금씩 환해졌다. 순간 량차오둥은 산 아래 길목에 택시 한 대가 서 있는 것을 발견했다. 옆에는 서른 남짓한 여기사가 대기하고 있었는데 누군가를 기다리고 있는 듯 보였다. 날씨가 제법 쌀쌀해서 여기사는 이따금 손을 비비거나 귀를 가리고 발을 동동거리면서 때때로 산 쪽을 쳐다보았다. 그녀는 스튀가 비틀거리며 산을 내려오는 것을 발견하자 서둘러 달려가더니 허리를 굽혀 스튀를 들쳐 메고 빠르게 열 걸음쯤 가서는 조심스럽게 차에 태웠다. 그리고는 뒷문을 닫고 앞문으로 들어가 차에 시동을 걸었다. 차는 크게 방향을 꺾어 무청 쪽으로 떠났다.

이 광경에 량차오둥은 또다시 어안이 벙벙해졌다.

그때 그는 여전히 산 입구에 서 있었으며, 산 아래 길목에서 일어나는 일을 똑똑히 보았다. 참으로 기이한 일이었다. 분명 그 여인은 일부러 스튀를 기다린 것이다. 아마도 그녀는 스튀가 샹비 산에서 밤을 새울 것이란 것을 알고 있었을 것이다. 또한 그가 산에서 무엇을 하는지도 알 것이다. 아마도 그녀는 오래전부터 와 있었으나 산에 올라가 스튀를 재촉하지 않았을 것이다. 아니면 재촉해 봤자 소용이 없다는 것을 알고 있으므로 그저 끈기를 가지고 산 아래에서 기다렸는지도 모른다. 보아하니 그녀와 스튀는 아주 잘 아는 사이인 모양이었다. 그들은 서로 얼굴을 보고도 아무런 대화도 나누지 않았다. 그 여인은 그리 건장해 보이지 않았으며 그저 큰 키에 마른 몸이었으나 힘은 몹시 좋았다. 그녀가 허리를 굽혀 스튀를 들쳐 멨을 때도 스튀는 전혀 사양하는 기색이 없었으며, 그녀에게 업힌 채로 차 안에 구겨져 들어간 뒤 함께 떠났다. 모든 것이 그렇게 정해져 있었던 것처럼.

이런 일이 몇 번이나 일어났던 것일까?

그 여인은 누구일까?

가장 중요한 것은 이것이다. 스튀는 누구인가?

이는 가슴이 두근거리고 살이 떨리게 만드는 문제였다.

량차오둥은 조금 후회가 되었다.

그는 자신 역시 버뮤다 삼각지대에 빠진 것 같았다.

구쯔는 차이먼의 쪽지에 적힌 지명에 따라 쓰촨 청두에 도착한 뒤, '백
조'라는 이름의 작은 여관에 묵었다. 하룻밤에 고작 50위안인데도 깨끗하
고 개별 화장실까지 있었다. 방 안에는 등받이가 있는 대나무 의자 두
개와 작은 티 테이블 하나, 그리고 작은 탁자도 하나 있었다. 그 위에는
텔레비전도 놓여 있었다. 작기는 했으나 구색이 모두 갖춰져 있어 둔황에
있을 때보다 훨씬 좋았다.

구쯔는 먼저 시원하게 샤워를 한 뒤 나른해진 몸으로 대나무 의자에
걸터앉아 차를 마셨다. 며칠을 고군분투하다 그제야 조금 긴장을 풀 수
있게 되었고, 기분도 아주 좋았다. 그녀는 이곳에서 이틀이나 사흘쯤 쉬
었다가 다시 길을 나서기로 했다. 이제 그녀는 마음에 약간의 여유가 생
겼으며, 막 떠났을 때와 같은 긴장도 사라졌다. 출장이란 원래 이런 것이
리라. 이리로 갔다가 저리로 가고, 저리로 갔다가 이리로 가고, 여정에
있는 사람이 집에서와 같은 느낌일 수는 없다. 하지만 그녀는 떠나기 전
무청에 있을 때에도 집에 있다는 느낌을 받은 적은 없었다. 학교에 다니
던 시절, 친구들은 일요일이나 방학이 되면 집으로 돌아가 가족들을 만났

지만 구쯔는 그저 계속 학교에 남아 있어야 했다. 그녀는 갈 곳이 없었다. 사실 그녀는 일요일이나 방학이 돌아오는 것이 가장 두려웠다. 그것은 그녀를 특히 더 외롭게 만들었고, 그녀가 가장 많은 눈물을 흘리는 때이기도 했다.

어느 해 겨울 방학에 구쯔는 고아원으로 돌아갔다. 그녀는 원래 봉사활동으로 아주머니들을 도와 아이들을 돌볼 생각이었다. 그곳은 한때 그녀의 집이었다. 어린 시절의 모든 기억이 그곳에서 만들어졌다. 기억 속의 고아원은 따뜻한 느낌이었다. 부모님이 안 계시다는 것을 제외하면, 고아원에는 아무런 부족함이 없었다. 그녀는 특히 그 뚱뚱한 진(金)씨 아주머니를 잊지 못했다. 아주머니는 자신에게 아주 잘해 주었다. 다른 친구들이 괴롭힐 때면 항상 진씨 아주머니가 그녀를 보호해 주었다. 진씨 아주머니는 자주 밤에 그녀를 안아 재워 주었고, 낮에는 그녀의 손을 잡고 다녔다. 마치 그녀를 특별히 아낀 것 같았다. 또한 구쯔의 기억에 고아원을 떠날 때가 다가오자 진씨 아주머니는 몹시 많이 울었다. 아주머니는 구쯔에게 책가방을 사 주고, 새 옷을 지어 주었으며 구쯔를 끌어안은 채 입을 맞추고 또 맞추며 말했다. 아줌마한테 이미 자식이 셋이나 있지 않았으면 너를 데려다 키웠을 텐데. 아줌마는 일이 너무 바빠서 그럴 시간도 없어. 너는 이제 학교에 가야 하니까, 아줌마가 시간을 내서 보러 갈게.

하지만 무슨 이유에서인지 진씨 아주머니는 한 번도 그녀를 보러오지 않았다. 처음에 구쯔는 그녀를 많이 그리워했으나 나중에는 점점 기억이 흐려지면서 잊어버렸다. 초등학교에 입학한 이후로 구쯔는 더 이상 진씨 아주머니를 만나지 못했다. 구쯔는 이따금 그녀를 떠올리곤 했다. 아마도 진씨 아주머니는 전근을 갔거나 무슨 일이 생긴 걸 거야. 아니면 왜 나를 보러 오겠다고 말해 놓고, 초등학교와 중고등학교 시절을 통틀어 한 번도 안 나타났겠어?

그해 겨울, 구쯔가 고아원에 돌아갔을 때 뜻밖에 진씨 아주머니가 잘 지내고 있는 모습을 보게 되었다. 그녀는 전근을 가지도 않았고, 이미 고아원의 원장이 되어 있었다. 다만 서로 만나지 못했던 십수 년 사이 진씨 아주머니는 나이가 들었고 더욱 뚱뚱해졌다. 너무 뚱뚱해서 비둔해 보였고, 걸을 때는 숨도 헐떡였다. 십수 년 사이의 변화는 너무나도 컸으나 구쯔는 그래도 한눈에 그녀를 알아보았다. 하지만 진씨 아주머니는 구쯔를 알아보지 못했다. 변화는 구쯔에게 더 많이 일어났다. 고아원을 떠났을 때 구쯔는 고작 일곱 살짜리 꼬마 아가씨였으나, 지금은 이미 대학생이 된 것이다. 구쯔가 자신을 소개하고 진씨 아주머니가 그녀를 알아본 뒤, 아주머니는 순간 감격으로 온몸을 떨며 그 자리에 선 채로 구쯔를 바라보았다. 그리고는 입술만 부들부들 떨며 한참을 움직이지 않았다. 구쯔는 서둘러 그녀를 부축하며 말했다. 진씨 아주머니, 괜찮으세요? 진씨 아주머니가 눈물을 흘리며 말했다. 구쯔야, 아줌마는 네가 아직도 고아원을 잊지 않았을 줄 꿈에도 몰랐어. 후에 진씨 아주머니가 그녀에게 알려 주었다. 구쯔가 학교에 가던 해 가을, 아주머니의 남편이 교통사고로 세상을 떠났다. 자신과 세 아이, 그리고 시어머니를 남겨 둔 채. 살림은 극심하게 어려워졌다. 가장 힘든 시기가 지난 뒤 진씨 아주머니는 구쯔와 한 약속을 떠올리고 그녀를 보러 학교에 찾아갔다. 하지만 모습을 드러내지 않고 몰래 숨어서 그녀를 몇 차례 보기만 했다. 또한 구쯔의 선생님을 만나 그녀의 상황에 대해 물었다. 선생님께서는 구쯔의 성적이 매우 좋으나, 다만 성격이 조금 내성적이고 친구들과 잘 어울리지 못한다고 말씀하셨다. 진씨 아주머니는 원래 구쯔를 만나보고 그녀와 이야기를 나누고 싶었으나 나중에는 생각을 고쳐먹었다. 아주머니는 구쯔가 고아원을 잊고 자신이 고아라는 사실도 잊게 해 줘야 한다고 생각했다. 그래야만 그녀가 앞으로 성장하는 데도 좋을 것 같아 꾹 참고 그녀를 만나지 않은 것이다. 진씨 아주머니가 말했다. 이렇게 오랜 세월이 지났는데도, 구쯔 너는 아줌마를 원망하지 않은 거니?

구쯔는 눈물이 가득 고인 채 말했다. 진씨 아주머니, 저를 위해서 그러신 것 알아요. 하지만 어떻게 제가 고아라는 걸 잊을 수가 있겠어요? 어릴 때는 오히려 깊이 생각하지 않았어요. 그런데 크면 클수록 그런 생각이 더 강해졌어요. 철이 들면서 생각도 많아지고, 남들은 다 부모님과 가족이 있는 것을 보면서 나는 왜 고아가 되었을까 늘 궁금했어요. 내 부모님은 누구실까? 왜 나를 버렸을까? 지금은 어디 계실까? 그런 생각을 멈출 수가 없었어요. 생각하면 할수록 마음은 걷잡을 수 없이 더 괴롭고 마치 조롱박 안에 갇혀 버린 것만 같았어요.

진씨 아주머니가 한숨을 내쉬고는 말했다. 그래. 사람이 나이가 들고 철이 들면 고민도 더 많아지는 법이지. 인생이 다 그렇단다. 설령 부모님이 계신다 해도 늘 곁에 있을 수 없으니, 수많은 일들을 네가 직접 부딪혀야 해. 어쨌거나 혼자 사회생활을 해야 하는 거란다. 구쯔 너도 대학생이 되었으니 생각해 봤겠지만 네 부모님이 너를 고아원에 보냈을 때는 분명 어쩔 수 없는 사정이 있었을 거야. 네가 좀 더 넓은 마음으로 생각해 주면 좋겠구나.

구쯔는 오래도록 침묵했다. 그녀는 진씨 아주머니의 뜻을 알고 있었다. 그녀가 자신의 친부모를 원망하지 않고 강해지는 법을 배우기를 바라는 것이다. 하지만 그녀는 끝내 참을 수 없었다. 그녀는 진씨 아주머니에게 자신이 어떻게 고아원에 오게 되었는지, 누가 자신을 데려왔는지, 자신의 부모님을 본 사람은 없는지 물었다. 사실 이번에 그녀가 고아원에 봉사 활동을 하러 온 진정한 목적은 역시 자신의 출신에 대해 알아보는 데 있었다. 그녀는 눈물을 머금고 자신의 바람을 이야기했다. 또한 그녀는 결코 자신의 부모를 원망한 적이 없으며 그저 그분들이 누구인지 너무 알고 싶은 것이라는 뜻을 거듭 밝혔다. 이야기를 다 털어놓은 뒤에는 눈물방울이 후드득 굴러떨어졌다. 그때 그녀는 자신의 부모가 누구신지 알기 위해 남에게 사정을 해야만 했다. 이는 굽실거리는 것이나 다름없다. 그녀의 가슴이 찢어질 듯 아팠다.

진씨 아주머니는 깊게 한숨을 내뱉은 뒤 말했다. 구쯔야. 네 마음 이해한다. 하지만 고아원에서는 그 문제에 답을 줄 수가 없어. 내가 아는 것이라고는 이것뿐이야. 네가 고아원에 왔을 때는 어느 겨울밤이었어. 당시에 큰 눈이 내렸고, 고아원의 아이들은 모두 잠이 들었지. 그때 한 당직 아주머니가 밖에서 희미하게 아기 울음소리가 나는 것을 들었어. 그 아주머니는 직업적인 감각으로 바로 알아차렸지. 또 누군가 어두운 밤을 틈타 아이를 고아원 대문 밖에 버렸다는 것을. 그건 고아원 문밖에서 자주 일어나는 일이었어. 그 아주머니는 서둘러 문을 열고 뛰어나가 마당을 가로질러가서 대문을 열었대. 온통 함박눈이 쏟아지는데 과연 붉은 보따리 하나가 보였다는 구나. 아기 울음소리는 바로 그 보따리 안에서 나오는 것이었어. 그 아주머니는 황급히 아이를 끌어안고는 본능적으로 주위를 둘러봤단다. 그때는 이미 한밤중이라 길에는 아무도 없었고, 그저 공중에 흩날리는 눈송이들이 가로등 아래 모여들었다가 다시 한 뭉치씩 바닥에 떨어지고 있었대. 그날 밤은 눈이 정말 너무 많이 내려서 사람들이 깜짝 놀랄 정도였어. 마치 하늘이 무너지기라도 한 것 같았지. 너를 감싸고 있던 붉은색 보따리는 막 그 자리에 놓인 게 분명했대. 그게 아니라면 진즉 엄청난 눈에 파묻히고 말았을 테니까. 그 아주머니는 너를 끌어안고 사방을 둘러봤지만 아무도 보이지 않았대. 하지만 그 아주머니는 멀지 않은 곳의 어둠 속에서 누군가 고아원의 아주머니가 너를 주워 가는지 어쩌는지를 몰래 지켜보고 있을 것이라 확신했지. 나중에 그 아주머니는 눈이 쏟아져 내리는 밤하늘에 대고 소리를 질렀대. 여기 누구 아인가요? 당신 이러시면 안 돼요! 아이를 내버리고 나 몰라라 하면 안 된다고요. 아이를 그냥 고아원에 갖다 놓기만 하면 끝인 줄 알아요? 양심에 가책을 느낄 거예요. 평생을 가책을 느끼면서 살 거라고요! …… 하지만 거리는 적막했대. 오직 사락사락 눈이 떨어지는 소리만 들릴 뿐. 그 광경은 처량하고도 비참해서 마치 세상 사람들이 전부 죽어 없어진 것 같았대. 그 아주머니는 소리를 질러 봐야 소용없다는 것을 알고 있었어. 그 사람들도 아이를 고아원에 데려다 놓기 전까지 수없이 고민한 뒤에 내린 결정일 테니까. 하지만 그래도 화가 치밀고 분했대. 왜냐하면 그 아주머니는 죄 없는 아이가 이제 부모의 사랑을 받지도 못하고 외롭게 인생과 맞서야 한다는 것을 알고 있었으니까. 그러다 아주머니는 결국 어쩔 수 없이 너를 안고 고아원으로 돌아왔단다 ……

구쯔의 얼굴은 이미 온통 눈물로 범벅이 되어 있었다. 그녀는 어쨌든 자신의 배경에 대해 조금은 알게 되었다. 비록 아직 한참 부족하긴 했지만.

그날은 눈 내리는 밤이었다. 눈 내리는 밤이라니 좀 처연했다.

공중에 흩날리는 눈송이들이 가로등 아래 모여들었다가 다시 한 뭉치씩 바닥에 떨어졌다.

마치 하늘이 무너지기라도 한 것처럼.

그 아주머니는 사방을 둘러보았으나 아무도 보이지 않았다.

하지만 그 아주머니는 알고 있었다. 멀지 않은 곳의 어둠 속에서 분명 누군가 몰래 지켜보고 있다는 것을.

그는 바로 나의 아버지다.

혹은 나의 어머니다.

아마도, 그들은 둘이 함께였을지도 모른다.

하지만 그들은 구석진 곳에 숨어서 끝내 모습을 드러내지 않았다.

아주머니가 죽어라 소리를 질러 그들을 불러내 보려 했다.

하지만 거리는 적막했고, 오직 사락사락 눈이 떨어지는 소리뿐이었다.

마치 세상 사람들이 전부 죽어 없어진 것처럼.

……

그렇게 된 것이다.

대략 그렇게 된 것이다.

그날은 눈 내리는 밤이었다.

나는 고아원에 왔을 때 붉은색 보따리 안에 누워 있었다.

나는 그 눈 내리던 밤을 영원히 기억할 것이다.

그 눈 내리던 밤에 내 일생의 운명이 결정되었다.

구쯔는 울음을 그치고 눈물을 닦으며 진씨 아주머니를 향해 웃었다. 구쯔가 말했다. 진씨 아주머니, 나를 안고 고아원으로 온 사람이 바로 진씨 아주머니시죠?

진씨 아주머니는 눈물을 머금고 고개를 끄덕였다. 그녀도 웃으며 말했다. 구쯔 넌 참 똑똑하구나.

구쯔가 말했다. 진씨 아주머니, 제 이름도 아주머니께서 지어 주신 거예요?

진씨 아주머니가 말했다. 네가 추측한 대로야. 너는 큰 눈이 내리던 밤에 고아원에 왔잖니. 그날 밤이 너에게는 불행이겠지만, 수확을 위해서는 좋은 소식이었지. 마치 대지 위에 두꺼운 솜이불이 한 겹 깔린 것이나 다름없으니까. 서설은 풍년의 전조라고, 다음 해에 오곡이 풍성해질 것을 예시하는 것이거든. 나는 고향이 농촌이라 도시로 시집을 왔어도 여전히 내 사고방식은 대부분 땅에서부터 나온 거야. 그래서 너에게 구쯔[20]라는 이름을 지어 줬고. 이 이름에는 흙냄새가 있어. 흙냄새가 난다고 하면 남을 깎아내리는 말로 취급하는 사람도 있지. 하지만 '흙냄새'는 좋은 거야. 흙냄새가 난다는 것은 대지에 정신이 있고, 영혼이 있고, 생명이 있다는 뜻이니까! 그러니 '흙냄새'가 나는 사람은 두텁고 토대가 있고 영양이 있는 사람이고, 비와 바람도 두려울 것이 없단다. 얼마나 좋니!

구쯔가 고개를 끄덕였다. 고마워요 진씨 아주머니. 저에게 좋은 이름을 지어 주셔서. 마음에 들어요.

진씨 아주머니가 진지하게 말했다. 구쯔야, 돌아가. 고아원에서 봉사활동도 할 것 없어. 그 마음만으로도 충분 해. 넌 더 큰일을 해야지. 나는 네가 부모의 일을 계속 마음에 담아 두지 않았으면 좋겠구나. 그러면 슬프고 처량해져서 남들이 너를 연약한 사람이라 생각할 거야. 여자는 마음이 넓어야 해. 나는 이 오랜 세월 동안 혼자서 한 집안을 책임져야 했어.

---

20 구쯔(谷子)는 조, 조의 낟알, 벼의 낟알 따위를 이름

위로는 노인, 밑으로는 아이들, 게다가 고아원 원장까지 맡으면서 얼마나 많은 일이 있었겠니. 하지만 나는 힘들다는 말도, 지친다는 말도 하지 않고 이렇게 버텼단다. 여자는 어깨 위에 산도 짊어질 수 있어……

구쯔는 그 뒤로 다시는 고아원을 찾아가지 않았다. 그러나 그녀는 강해지는 법을 배웠다. 그때 진씨 아주머니는 그녀에게 많은 것을 가르쳐 주었다. 진씨 아주머니는 지적 수준이 높지 않으나 마음만은 넓은 사람이었다. 그녀는 상대의 마음을 넓고 환하게 만들 수 있는 사람이었으며, 그어떤 것도 그녀를 좌절시킬 수 없을 것 같았다. 다만 가끔 눈앞에 이런 광경이 떠오르곤 했다. 뚱뚱한 진씨 아주머니가 산을 통째로 짊어지고 길을 가는데, 머리에는 굵은 땀방울이 가득 흐르고, 숨소리는 거칠었으며, 머리카락도 너저분했다. 그 광경은 구쯔를 괴롭게 만들었다.

차이먼을 찾는 것 또한 구쯔에게는 산을 짊어지고 있는 것과 같았다. 비록 그 무게가 결코 가볍지 않았으나, 그렇다고 그리 무겁지만도 않았다. 그녀는 이미 스스로 부담을 내려놓는 법을 터득했기 때문이다.

구쯔는 청두에서 사흘을 묵으면서 도시를 돌아보았다. 그녀는 청두에 찻집이 많다는 사실을 발견했다. 많은 사람들이 퇴근길에 찻집에 들러 차를 마시며 이야기를 나누고, 마작을 하거나 바둑을 두었다. 심지어는 한낮에 찻집을 찾는 사람들도 있었다. 마치 출근도 하지 않고 아무것도 급할 것이 없는 듯 보였다. 이런 분위기는 구쯔에게도 전염되었다. 그녀는 청두의 명소 몇 곳을 찾아다니다 두보의 초당에서 반나절을 노닐었다. 두보의 초당은 주변 환경이 뛰어났으며 그윽하고 고요했다. 하지만 그 초당은 훗날 새로 지은 것이었다. 구쯔는 초당 앞 돌 위에 앉아 고개를 돌려 초당을 바라보았는데 조금 이상한 기분이 들었다. 원래 역사도 복제가 가능한 것이다. 온통 진짜와 가짜가 복잡하게 뒤섞여 있으니 분명히 구분할 수 없다.

그렇다면, 차이먼은?

구쯔는 모호한 가운데 다시 원점으로 돌아갔다. 이 세상에 차이먼이라는 사람이 있기는 한 걸까?

구쯔는 청두에서 무청으로 시외 전화를 걸었다. 그녀는 곧장 스튀의 사무실로 전화를 돌렸다. 그녀는 스튀에게 둔황에서 헛걸음한 일과 아바에 차이먼을 찾으러 갈 계획이라는 것 등을 보고했다. 전화의 연결 상태가 좋지 않은 것인지 아니면 다른 이유 때문인지 구쯔는 스튀가 하는 말을 한마디도 제대로 알아들을 수가 없었다. 그저 불분명하게 웅웅거리는 소리만 들리는 것이 감기에 걸린 것 같기도 했다. 전화는 계속해서 한참을 웅웅거리기만 하다가 이내 끊어지고 말았다. 이는 구쯔의 마음을 불안하게 만들었고, 기분은 순식간에 다시 가라앉았다. 떠나기 전 스 편집장님은 그처럼 열렬히 자신을 격려해 놓고, 떠나자마자 신경도 쓰지 않고 닥치는 대로 떠돌아다니도록 내버려 두다니. 막 대학 문을 나선 여자아이가 이처럼 동분서주하는데 당신은 마음이 놓이세요? 구쯔는 사실 위로와 격려의 말이 간절했다. 혹은 못 찾으면 할 수 없으니 그냥 돌아오라는 말이라도 듣고 싶었다. 그러면 그녀는 감동하여 더욱 힘을 내서 차이먼을 찾아 나설 것이다. 하지만 지금 구쯔에게는 적막과 냉대, 그리고 자신이 전혀 중요하지 않다는 느낌뿐이었다. 그녀는 심지어 차이먼을 찾는 일이 그리 중요하지 않을지도 모른다는 의문마저 들었다. 그래, 찾으면 또 어쩔 것인가? 못 찾으면 또 어떻고? 자신과 아무런 상관도 없고, 출판사의 생존과도 아무런 상관이 없다. 다커 사장님마저 반대한 일이 아닌가. 이는 그저 스튀가 강력히 원하는 일일 뿐이다. 하지만 자신이 그렇게 원해 놓고 왜 신경도 쓰지 않는 것일까? 전화를 하다가 말이 채 끝나기도 전에 끊어졌는데, 왜 다시 전화를 걸어오지도 않는 걸까?

구쯔는 여관방에 돌아온 뒤 덧없이 앉아 이런저런 터무니없는 생각에 빠졌다. 한참이 지난 뒤 다시 자신이 너무 생각이 많았음을 깨달았다. 아마도 전화 신호가 불안정했을 뿐인데 자신이 너무 복잡하게 생각한 것이리라. 이는 자신이 너무 고독하고 아무런 도움도 받지 못한 탓일 것이다. 그러다가 그녀는 또 스퉈가 걱정되기 시작했다. 그녀는 그의 행동이 늘 비정상적이라는 것을 알고 있었다. 평소에도 아무도 그에게 관심을 가지거나 챙기는 것 같지 같았다. 전화 속 목소리가 웅웅거리고 울린 것은 감기 때문인 듯했다. 그녀는 그가 무슨 큰 병에 걸린 것이 아니기를 바랐다. 구쯔는 다커 사장님께 전화를 걸어 볼까 생각도 해 봤다. 차이먼을 찾는 일에 대해 보고하고, 그러면서 스 편집장님의 건강이 어떤지도 물어보려던 것이다. 하지만 잠시 고민하다가 이내 생각을 접었다. 그녀는 다커가 줄곧 차이먼을 찾는 일에 반대 입장을 고수했다는 사실을 기억해 냈다. 또한 그에게 스 편집장님의 안부를 묻는 것 또한 생뚱맞게 느껴졌다. 그러다 그녀는 이번에는 량차오둥을 떠올렸다. 사람들이 량쯔라 부르는 그 사내는 늘 구쯔에게 좋은 인상으로 남아 있었다. 그의 지칠 줄 모르는 연애 방식도 그녀는 무척 재미있었다. 그녀는 그가 옳다고 말할 생각은 없었으나 그렇다고 틀렸다고 말하고 싶지도 않았다. 그녀는 그것이 그에게는 일종의 즐기는 방식일 뿐이라 생각했다. 그는 그저 즐기는 것일 뿐이다. 그는 그렇게 많은 여자 친구를 사귀었지만 성적인 침해나 낙태 따위의 추문은 한 번도 들어 본 적이 없었다. 이는 그와 그 여자들이 함께 즐기되 늘 정도를 유지한다는 것을 의미한다. 그는 연애를 아주 '깔끔'하게 하는 것이다. 구쯔는 심지어 량차오둥이 연애를 하는 것이 아니라고 의심한 적도 있었다. 그는 자신이 연애를 하고 있다고 생각하겠지만 사실은 그게 아니라 그저 여자와 함께 있는 것을 좋아하는 것이다. 마치 《홍루몽》의 고보옥처럼. 하지만 그는 고보옥과는 또 달랐다. 그는 평소에 아주 강건한 기질을 가지고 있었으며, 아주 남자다웠다. 의뭉스러운 다커 사장님마저도 량차오둥을 높이 평가했으며, 다커 뒤에서 거들먹거리는 샤오자도 그를 약간 두려워했다. 량차오둥은 어딘가 올바르지 않은 느낌을 풍기는 사내지만, 그녀는 그가 내면이 아주 바른 사람이라는 것을 느낄 수 있었다. 그는 구쯔에게 일종의 신뢰감을 주었다. 게다가 구쯔는 그와 스 편집장님의 관계가 나쁘지 않다는 것을 직감적으로 알았다. 만약 량차오둥에게 전화를 걸어 상황을 알아본다면, 분명 아무 문제도 없을 것이다. 그렇지, 량차오둥에게 전화를 거는 거야!

구쯔는 여관의 안내데스크로 달려가던 도중에 다시 걸음을 멈췄다. 그에게 상황을 알아본다고? 무슨 상황을 알아보려고? 스 편집장님의 건강 상태? 무청출판사의 상황? 넌 네가 뭐라고 생각하는 거야!

구쯔는 아바로 가기로 결심했다.

며칠간 그녀는 확실히 정보를 수집했다. 아바는 쓰촨성 서북부에 위치하며 면적이 아주 넓어서 거의 동부 연해의 성 하나와 맞먹을 정도였다. 자연 조건은 몹시 위험했다. 고산과 협곡, 급류와 험탄에 창강과 황허의 분수령, 원시대삼림, 만년설과 빙하, 그리고 끝없이 넓은 대초원까지. 여관의 사장이 그녀에게 알려 주었다. 당시 홍군의 장정 때 아바 경내에서 무수한 고난과 시련을 겪었어요. 몇 차례 격렬한 전투를 치르면서 사람도 많이 죽었고요. 맞아 죽은 사람도 있고 굶어 죽은 사람도 있었지요. 많은 지역들이 오늘날까지도 황량하고 인적도 드물어요. 여관 사장은 원래 겁을 주려고 한 말이었는데, 뜻밖에 구쯔는 이를 듣고 몹시 흥분했다. 그런 곳이라면 차이먼은 말할 것도 없고 자신도 관심이 솟았다. 차이먼은 대자연을 숭상하니 그곳에 가는 것은 충분히 가능성이 있어 보였다.

여관의 사장은 젊은 사람으로, 서른 살 남짓해 보이는 외모였다. 그리 크지 않은 키에 보통 체격이었으며 양쪽 입가에 각각 한 가닥씩 가느다란 콧수염이 있었다. 왼쪽 다리가 약간 불편해서 걸을 때 다리를 절었으나 이런저런 일을 하는 데는 아무 지장이 없었다. 구쯔는 며칠을 묵으며 그와 친해졌다. 가장 큰 이유는 그가 몹시 친절한 덕분이었다. 그는 자주 직접 찾아와 구쯔에게 필요한 것이 없는지 물어보았고, 그의 세심함에 구쯔가 오히려 미안해질 정도였다. 그는 자신을 류쑹(劉松)이라 소개했다. 이 작은 여관은 그가 차린 것으로 총 열두 개의 방이 있다고 했다. 그는 구쯔가 아바로 가려고 한다는 사실을 알았을 때 여러 차례 그녀를 만류했다. 그가 말했다. 그런 지역들은 저도 못 가 봤어요. 특히나 설산을 몇 개나 넘어야 하는데, 너무 위험하지요. 홍군이 그 설산을 넘어갔을 때도 얼마나 많은 사람이 죽었는지 몰라요. 구쯔가 말했다. 시외버스가 있잖아요? 저는 홍군이 갔던 그 길을 한번 가 보고 싶어요. 류쑹이 말했다. 어느 작가를 찾으러 간다고 하지 않았어요? 구쯔가 말했다. 맞아요. 류쑹이 말했다. 그 작가란 사람은 시외버스 노선을 따라갔을 리가 없어요. 구쯔가 말했다. 왜요? 류쑹이 말했다. 시외버스를 타고 다니면 무슨 재미가 있어요? 시외버스가 오가는 곳이라면 분명 평탄하고 다니기 좋은 길일 텐데. 그 작가라는 친구는 보통 사람들은 갈 수 없는 곳, 이를테면 높은 산과 험준한 고개, 설산과 우거진 숲으로 가겠지요. 또는 산골짜기의 민가 같은 곳으로 가서 민요를 수집하거나. 그래야 수확이 있지 않겠어요? 구쯔는 그를 새롭게 보지 않을 수 없었다. 그녀가 말했다. 류 사장님은 작가에 대해 잘 아시나 봐요. 류쑹이 겸연쩍은 듯 머리를 긁적이며 웃었다. 그가 말했다. 편집자님, 솔직히 말하자면 저도 예전에는 문학 소년이었어요. 시와 산문을 써 보기도 했고요. 안타깝게도 발표된 적은 없지만요. 아마도 견문이 좁고 생활이나 경험도 부족한 탓이겠지요. 그때는 언젠가 집을 떠나 여기저기 떠돌며 구경하겠다는 꿈을 품은 적도 있었어요. 옛사람이 하신 말씀 중에 만 권의 책을 독파하고, 만 리 길을 가 보라는 말은 불변의 진리지요.

구쯔가 고개를 끄덕이며 생각했다. 세상에는 정말 함부로 무시해도 되는 사람은 없구나. 그리고는 웃으며 말했다. 류 사장님은 왜 계속 시와 산문을 쓰지 않고 여관을 차리셨어요?

류쑹이 쓴웃음을 지으며 말했다. 한마디 말로 설명하기에는 부족하지요. 다음에 또 말씀드릴 기회가 있지 않겠어요?

구쯔가 말했다. 기회가 없을 것 같은데요. 저는 내일 아바로 갈 생각이거든요.

류쏭이 구쯔를 바라보며 말했다. 편집자님, 이러면 어떨까요? 내일 꼭 아바에 가셔야겠다면 시외버스표를 사지 마세요. 제가 모셔다 드릴게요!

구쯔는 몹시 뜻밖이었다. 그녀가 말했다. 저를 데려다 준다고요? 농담 아니시죠?

류쏭이 말했다. 농담 아니에요. 저도 아바 쪽에 가 본 적은 없지만 늘 가 보고 싶었거든요. 그러니 그냥 겸사겸사 데려다 드릴게요.

구쯔가 말했다. 여기 장사는 안 하시고요? 여관에 사장님이 안 계시면 어떡해요?

류쏭이 말했다. 지금은 완전히 자리가 잡혔으니 제가 있든 없든 상관없어요. 게다가 제 집사람 춘훙(春紅)도 있고요. 집사람이 있으니 여관은 문제없어요.

구쯔가 모르겠다는 듯 물었다. 집사람 되시는 춘훙 씨가 어느 분이세요? 여관 사람들은 다 합해도 얼마 되지 않아서 그녀는 대부분의 사람을 알고 있었다.

류쏭이 웃으며 말했다. 카운터에 있는 그 수납원이에요!

구쯔가 아, 하고 말했다. 알아요. 카운터의 수납원은 키가 크고 늘씬한 여인으로, 키가 1미터 70쯤 되어 분명 류쏭보다 몇 센티미터는 더 클 것이다. 피부도 희고 고왔으나 약간 아파 보일 정도로 가냘프고 약했다. 사람을 쳐다볼 때도 좀 삐딱한 것이 마치 이것저것을 재는 듯했다. 구쯔는 그녀에게 대한 인상이 결코 좋지 않았다. 하지만 그리 신경을 쓰지도 않았다. 자신은 그저 잠시 묵었다가 떠날 사람이니 인상이 좋든 말든 자신과 별 상관없었다.

원래 류쏭이 그녀를 아바로 데려다주겠다고 했을 때 그녀는 속으로 적잖이 감동을 받았다. 일면식도 없는 사이에 아바까지 함께 가는 것은 쉬운 일이 아니다. 하지만 그녀는 자신이 어떻게 처신해야 하는지 알고 있었다. 그녀는 웃으면서 말했다. 류 사장님 뜻은 감사하지만 폐를 끼치고 싶지는 않아요. 그녀는 괜히 문젯거리를 만들고 싶지 않았다.

류쑹이 말했다. 제 집사람이 딴생각을 할까 봐 걱정이 되시는 거예요?

구쯔가 웃으며 말했다. 저로서는 걱정이 되지요.

류쑹이 말했다. 걱정 마세요. 집사람은 저한테 어쩌지 못해요.

구쯔는 고개를 가로저은 뒤 말했다. 류 사장님, 이 이야기는 그만하는 게 좋겠어요. 저는 저를 바래다주신다는 데 동의할 수 없어요. 이 일은 애초에 사장님과 상관없는 일이잖아요.

류쑹이 웃으며 말했다. 혹시 제가 딴생각을 할까 봐 걱정하시는 건 아니죠?

구쯔는 얼굴이 붉어졌다. 그런 농담 마세요.

류쑹이 서둘러 사과를 했다. 편집자님, 죄송해요. 저는 그저 제 인격을 의심하지 말아 달라고 말씀드리려던 거예요. 제가 가는 동안 지켜 드리고, 안전하게 아바를 지나서……

구쯔가 그의 말을 잘랐다. 류 사장님, 뜻은 감사하지만 저는 정말 괜찮아요! 그러면서 자리에서 일어나 배웅하는 듯 모양새를 취했다.

류쑹은 잠시 어리둥절하게 있다가 결국 더 이상 이야기를 해 봤자 소용이 없다는 것을 알아차리고는 마지못해 자리에서 일어나 작별 인사를 했다. 그리고는 무안한 듯 방을 나섰다.

구쯔는 다시 문을 잘 걸어 잠근 뒤 길게 한숨을 내쉬었다.

그녀는 자신이 곧바로 상황을 분명히 정리하기를 잘했다고 생각했다. 혼자 집 밖에 나와 있을 때는 괜히 긁어 부스럼을 만들지 않는 것이 좋다. 그녀는 이 류쑹이라는 사람이 친절과 호의로 그러는 것이리라 믿었다. 혹은 문학에 대한 미련으로 그녀를 아바에 데려다주려던 것일 수도 있다. 하지만 그녀는 그를 알지도 못하는데, 여자가 낯선 남자와 그런 위험한 곳에 간다면 무슨 일이 생길지 그야말로 예상할 수도 가늠할 수도 없지 않은가.

다음 날 아침 날이 밝자마자 구쯔는 시외버스에 올랐다. 여관을 떠날 때 그녀는 류쌍을 보지 못했다. 다만 계산을 하면서 류쌍의 아내인 춘훙을 보았다. 춘훙은 마치 그녀가 떠나는 것을 알고 있던 듯 계산도 다 해놓은 상태였다. 태도는 냉랭했으며 아예 드러내 놓고 비우호적이었다. 아마도 춘훙은 류쌍이 그녀를 아바에 데려다주려고 했던 일에 대해 이미 알고 있는 모양이었다. 춘훙이 구쯔를 훑어보는데, 두 눈에서 못이라도 튀어나올 것 같았다. 마치 이 여자가 무슨 수로 자신의 남편을 빠져들게 하여 장사까지 내팽개치고 천릿길을 따라나서게 만들었는지 자세히 따져 보는 듯했다.

구쯔는 그녀의 눈빛에서 질투심을 읽고는 우습다는 생각이 들었다. 이 여자도 참 속이 좁다. 나는 그냥 지나가는 손님일 뿐인데, 그쪽한테 무슨 위협이 되겠어. 그리고 내가 진짜 연애할 상대를 찾는 거라면 절대 절름 발이를 고를 리가 없잖아. 구쯔는 계산을 마친 뒤 가방을 끌고 여관을 나오면서 하마터면 웃음을 터뜨릴 뻔했다. 문득 만약 앞으로 정말 류쌍 같은 사람을 사귀게 된다면 정말 웃길 것 같았다. 둘 사이에 다툼이 생겼을 때 자신은 그냥 내빼면 된다. 운동장에서처럼 날아가듯 내달리는 것이다. 그러면 그는 절대 쫓아오지 못할 것이다. 하지만 그녀는 끝내 웃음을 참았다. 너무 잔인하다는 생각이 들었던 것이다. 몸이 불편한 사람을 웃음거리로 만드는 것은 옳지 않다.

구쯔가 시외버스에 올라타자 차는 곧바로 출발했다. 좌석은 꽉 차지 않았으며, 기껏해야 예닐곱 명 남짓이라 휑뎅그렁해 보였다. 구쯔는 혼자 편안하게 2인용 좌석을 차지하고 앉았다. 옆자리에 사람이 없는 것, 특히 남자가 없는 것은 구쯔의 마음을 한결 편안하게 해 주었다. 구쯔는 기차 와 자동차를 막론하고 차를 탈 때마다 무청을 떠날 때 처음 기차에서 희롱을 당했던 장면이 떠올라 한참을 혐오감으로 치를 떨었다. 또한 그로 인해 남자를 몹시 경계하게 되었다. 전날 밤 그녀가 끝내 류쌍을 거절한 것도 사실 낯선 남자에 대한 경계심에서 비롯된 것이었다. 그의 아내가 질투를 하고 말고는 아무 관심도 없었으며 핑곗거리에 지나지 않았다.

구쯔와 복도 하나를 사이에 두고 나란히 위치한 좌석에는 젊은 남녀가 앉아 있었다. 아마도 연인 사이인데 다툰 모양이었다. 여자는 차에 올라탄 뒤로 남자를 상대도 해 주지 않았다. 굳은 얼굴로 입을 내밀고 눈에는 눈물도 글썽글썽했다. 남자는 그녀의 기분을 풀어 보려는 듯 몇 차례 그녀의 어깨를 감싸 안으려고 했으나 그녀는 번번이 이를 매몰차게 뿌리쳤다. 차 안의 사람들이 모두 보고 있는 터라 남자는 이러지도 저러지도 못하고 쩔쩔매고 있었다. 하지만 그는 화를 내지도 않고 인내심을 가지고 그녀를 달랬다. 처음에는 그녀에게 귤 하나를 까서 손에 쥐어 주었는데, 여자는 곧 껍질이 벗겨진 귤을 바닥에 던져 버렸다. 남자는 순간 멈칫했으나 허리를 굽혀 바닥에서 귤을 집어 올린 뒤 후후 불어 먼지를 털어내고 자신의 입에 집어넣었다. 그리고는 다시 바나나 하나를 까서 건넸으나 여자는 이를 못 본 척하며 눈길도 주지 않았다. 남자는 그녀의 손을 잡은 뒤 껍질을 벗긴 바나나를 쥐어 주었으나 여자는 곧바로 이를 바닥에 내던졌다. 남자는 쓴웃음을 지으며 고개를 절레절레 흔들고는 허리를 굽혀 다시 바나나를 집어 올렸다. 껍질을 벗긴 바나나는 부드럽고 연해서 바닥에 부딪히면서 형태가 변해 끈적끈적한 떡 덩어리처럼 변하면서 먼지까지 한 겹 들러붙었다. 남자는 이를 손에 쥐고 잠시 어쩔 줄 몰라 망설였다. 창밖으로 던져 버리자니 아깝고, 먹기에는 너무 더러웠다. 이때 근처 좌석의 사람들이 모두 고개를 돌려 그를 쳐다보고 있었다. 아무도 말은 하지 않았지만 그가 결정을 내리기를 기다리고 있었다. 구쯔도 이를 쳐다보고 있었다. 그녀는 처음에는 볼 생각이 없었다. 하지만 바로 옆에서 벌어지는 이 소리 없는 전쟁은 실로 흥미진진했다. 구쯔는 연애 경험이 없었으므로 이런 장면은 그녀에게 몹시 신선했다. 그녀는 다른 사람처럼 대놓고 관람하지는 않았다. 그저 약간 고개를 돌리고 거의 곁눈질에 가깝게 몰래 관찰하면서도 속으로는 당혹스럽기도 하고 불편한 마음도 들었다. 그녀가 받아 온 교육에 의하면 이는 예의에 어긋나는 행동이었다. 하지만 주위의 환경이 그녀까지 감염시켰다. 앞줄에 앉아 있던 사내

하나는 아예 자리에서 일어나 몸을 돌리고는 좌석 등받이에 기댄 채 눈을 동그랗게 뜨고 이를 쳐다보고 있었다. 이에 비하자면 구쯔는 그나마 가장 점잖은 축에 속했다.

남자는 모든 사람들의 관심이 자신에게 쏠린 것을 알고는 더욱 안절부절못하고 있었다. 손에 물컹하고 지저분한 바나나를 든 모습이 마치 어린아이의 똥 덩어리를 받쳐 들고 있는 것 같았다. 구경꾼들 중에는 입까지 벌린 채 그가 어떻게 하는지 지켜보는 사람도 있었다. 남자는 잠시 망설이더니 역시 이를 입 속에 집어넣고는 아무렇지도 않은 듯 우걱우걱 씹어 먹기 시작했다. 주위에서는 곧바로 누군가 쿡쿡거리는 소리가 새어 나왔다. 여자도 남자 친구가 사람들의 웃음거리가 된 것을 알고 있었는지, 화가 난 듯 몸을 돌려 그를 내리치면서 한 손으로는 그의 입에서 바나나를 파내려고 했다. 하지만 때는 이미 늦은 뒤였다. 남자는 목을 꼿꼿이 세우고는 바나나를 꿀꺽 삼켜 버렸다. 여자는 분한 듯 그를 확 밀쳐 버리고는 다시 그를 상대해 주지 않았으며, 창밖을 향해 돌아앉으면서 남자에게 등을 보였다.

누군가 웃음을 터뜨렸다.

구쯔도 슬며시 미소를 지었다.

그녀는 이 무언극이 끝이 났음을 깨달았다. 더 봐야 재미있을 것도 없어 시선을 거두고는 자세를 고쳐 앉아 창밖을 바라보았다.

창밖에는 별다른 경치랄 것이 없었다. 하지만 청두 평원의 풍요로움은 느낄 수 있었다. 마을이 오밀조밀하고 풀과 나무가 우거졌으며 공기 또한 유달리 촉촉했다. 류쑹은 아바 지역은 산이 높고 숲이 우거졌으며 공기도 희박하다고 했는데, 그곳은 정말 여기와 그렇게 큰 차이가 있을 수 있는 걸까? 아바에 대해 생각하기 시작하자 구쯔는 다시 서글퍼졌다. 어쨌거나 혼자 그처럼 인적이 드문 곳으로 가자니 절로 고독감 같은 것이 밀려왔다.

차이먼, 당신은 오랜 세월 바깥으로 떠돌았는데도 외롭다는 생각이 들지 않았나요? 하지만 누가 알겠는가. 그에게 동행이 있는지도 모를 일이다. 동행은 남자일까, 여자일까? 확실치는 않지만 여자일 것 같았다. 왜 여자 동행이 있으리라 생각하는지 설명하기는 어려웠으나, 구쯔는 그저 만약 그런 사람이 있다면 분명 여자일 거라는 생각이 들었다. 여자 동행은 그의 식사와 잠자리를 챙겨 줄 수 있고, 그의 빨래를 해 줄 수도 있으며, 또한 그런 쪽의…… 구쯔의 얼굴이 달아올랐다. 구쯔는 남녀 사이의 일에 생각이 닿았다. 그녀는 남녀 사이에 대체 어떤 일들이 일어나는지 전혀 아는 바가 없었다. 구쯔는 생리학을 배운 적이 있으므로 이론적으로는 알고 있었지만 실제로 어떤 일이 일어나는지에 대해서는 완전히 무지했다. 대학교 기숙사에 살던 시절에도 이따금 어떤 여학우가 이야기를 꺼내는 경우가 있기는 했으나 그 역시 구체적이지는 않았다. 중학교에 다니던 시절 옆 반에 한 여학생이 임신을 한 적이 있었다. 그 여학생은 고작 열 세 살이었다. 어떤 사람은 그 여학생이 학교 밖에서 한 남학생과 포옹한 뒤 곧바로 임신이 되었다고 말했고, 또 어떤 사람은 어느 비가 내리던 날 선생님께서 그녀를 집에 바래다주었는데, 같이 한 우산을 썼다가 임신이 되었다고 말하기도 했다. 이 일은 전교의 여학생들을 모두 겁에 질리게 만들었다. 당시 아무것도 모르던 그녀들은 결국 단체로 '남성 공포증'에 걸려 어떤 남자와도 접촉하려 들지 않았다. 남학생과 같은 자리에 앉아 있던 여학생들이 자리를 바꿔 달라고 요구하고, 남선생님이 큰 소리로 불러도 가까이 가지 않다 보니 학교에서는 도통 수업이 되지 않았다. 교장 선생님은 어쩔 수 없이 남녀 선생님들께 남학생과 여학생들을 분리하여 생리학 수업을 해 주고 남녀의 생리해부학 지식을 설명하고 여성이 어떻게 임신을 하는지 가르치게 했다. 구쯔는 대부분의 여학생들이 책상에 엎드려 얼굴을 가린 채 이를 듣던 모습을 기억했다. 그래도 다들 이를 듣고 이해했으며 공포심 또한 사라졌다.

후에 구쯔의 기억에 그 생리학 수업은 오히려 성을 일깨워 주는 계기가 되었다. 여학생이 단번에 부끄러움을 알게 된 것이다. 예전에는 모두들 선머슴이나 다름없었다. 남학생들과 함께 장난을 치고, 뛰어다니고, 놀이를 하고, 시끄럽게 떠들어 댔으며 심지어는 바닥에서 구르고 엎어지는 것도 서슴지 않았다. 하지만 그 순간 이후로 남학생과 여학생이 함께 소란을 피우는 일은 없어졌고, 교정은 단번에 눈에 띄게 차분해졌다. 남학생은 남학생끼리, 여학생은 여학생끼리 놀았다. 하지만 남학생과 여학생은 자주 서로를 몰래 바라보았고, 그러다 상대방에게 들키면 얼른 고개를 돌려 버렸다. 예전에는 결코 그렇지 않았다. 예전에는 남학생과 여학생이 서로를 바라보는 데 아무런 거리낌이 없었으며 눈빛 속에도 그 어떤 성별의 구분이나 거리감이나 신비감이 없었다. 하지만 나중에는 온갖 것들이 다 생겼다. 거리가 생기고 신비감이 생기고 환상이 생기고 아름다운 꿈이 생겼다. 평소 남학생들을 대할 때에도 약간 거리를 두고 서게 되고, 얼굴도 붉어지는 등, 부자연스러워지고 수줍어하며 우물쭈물했다. 그런 쪽으로는 남학생들의 반응이 좀 굼뜬 편이었다. 그들은 여학생들처럼 민감하지 않았으며 대부분 여전히 아무 생각도 없었다. 다만 소수의 남학생들만이 여학생 앞에서 자신을 드러내 보이는 것을 좋아했으며, 여학생의 환심을 사려고 고심하기도 했다. 개중에는 호감이 가는 여학생이 생긴 사람도 있었다. 물론 이런 호감은 아직 어렴풋한 것이었다. 하지만 여학생은 일반적으로 남학생보다 빨리 성숙해졌으며 생각도 많았다. 이러한 사고의 성숙은 아마도 신체적 성장도 촉진시키는 것인지, 그녀들은 키도 훌쩍 자라 버렸다. 지난해 여름만 해도 그녀들은 대나무 조각처럼 납작하면서 딱딱하고도 뻣뻣했다. 가을과 겨울까지도 별다른 변화는 없었다. 하지만 이듬해 봄이 되고 겨울 내내 입었던 솜옷을 벗고 봄옷으로 갈아입자마자 놀라운 변화를 알아차렸다. 이 열서너 살 먹은 소녀들은 키만 큰 것이 아니라 몸도 원숙하고 부드러워졌으며 얼굴의 피부도 보드랍고 윤이 났다. 더욱 우스운 것은 여학생의 가슴마다 두 개의 둥그런 봉우리가 솟아오른 것이었다. 이는 마치 방울 두 개를 숨겨 놓은 것 같았다. 여학생들은 서로를 쳐다보면서 놀라고 의아했으며, 신기하면서도 우스워했다. 어쩌다 이렇게 된 거지? 구쯔는 여학생 중에 두 사람이 눈물까지 흘리던 것을 아직 기억하고 있었다. 남학생들은 겨울을 한 번 나는 동안 대부분 여학생보다 한참 작아졌다. 그들은 곤혹스러운 표정으로 어리둥절해했고, 몇 번이고 신기하다는 눈빛으로 여학생들을 몰래 훑어보았다. 그들은 그녀들의 훌쩍 자란 몸집만 훑어본 것이 아니라 그녀들의 가슴에 둥그런 봉우리 두 개도 훑어보았다. 그것 참 희한하다. 저게 뭐람! 그리하여 여학생들은 남학생들의 질의와 조소의 시선 속에서 부끄러운 듯 고개를 숙였고 길을 걸을 때도 가슴을 웅크렸다.

당시 구쯔는 자신이 운이 좋다고 생각했다. 그녀는 그때 마르고 키도 작았으며 얼굴도 누렇게 뜬 것이 노상 영양실조에 걸린 듯한 몰골을 하고 있었다. 겨울이 지나고 여학생들은 모두 어린 백양목처럼 봄바람을 맞아 키가 크고 성숙해졌으나 그녀는 여전히 예전 모습 그대로였다. 키가 자라지도 성숙해지지도 않았으며 가슴도 여전히 평평했다. 아무도 그녀를 쳐다보지 않았고, 아무도 그녀를 조소하지 않았다. 그녀는 그런 자신이 다행스러우면서도 한편 더욱 외로움을 느꼈다. 그녀는 여학생과 남학생 모두가 관심을 가지지 않는 사람이 되었다.

그해 봄 학교 체육 대회가 열리면서 구쯔에게 자신을 한껏 과시할 수 있는 기회가 왔다. 당시 그녀는 학급 대표로 100미터와 400미터, 800미터 세 종목에 모두 이름을 올렸다. 매번 출발선에서 그녀는 가장 키가 작고 가장 머리카락이 헝클어진 조금도 눈에 띄지 않는 사람이었다. 하지만 출발을 알리는 총성이 울리고 나면 그녀는 한 마리의 토끼처럼 순식간에 튀어나갔다. 그녀의 달리기는 정말로 빨랐다. 처음에는 모두들 별로 관심을 보이지 않았으나, 구쯔가 남들을 저만치 앞질러 나가기 시작하자 돌연 박수 소리와 응원의 소리가 터져 나왔다. 이어서 온 운동장의 시선이 그녀의 왜소한 몸뚱이에 집중되었다. 그녀는 어쩜 그렇게 빨리 뛸 수 있을까! 가느다란 두 다리는 마치 프로펠러처럼 빠르게 돌아갔으며 100미터, 200미터는 눈 깜짝할 사이에 끝이 났다. 그녀는 그 정도로는 성에 차지 않는 듯했다. 그녀가 800미터 출발선 앞에 서자 운동장의 모든 선생님과 학생들의 관심이 그쪽으로 쏠렸다. 사람들은 조용히 기다리고, 기대하고, 격동했다. 그들은 모두 이 작은 정령이 어떻게 기적을 만들어 내는지 보고 싶어 했다. 그때 구쯔는 처음으로 사람들에게 관심을 받을 때의 흥분과 당혹을 경험했다. 심장은 두근두근 뛰었다. 출발을 알리는 총성이 울렸을 때, 그녀는 여전히 그 자리에 얼어붙었다. 다른 사람들은 이미 뛰어나간 뒤였다. 그러자 근처에 있던 선생님과 학생들이 다급하게 소리를 질렀다. 빨리 뛰어 빨리 뛰어! 구쯔는 고개를 돌려 사람들을 쳐다보고는 그제야 정신이 들었다. 그때 다른 사람들은 이미 10여 미터쯤 앞서 달려가고 있었다. 구쯔는 있는 힘을 다해 앞으로 내달렸다. 그녀의 프로펠러 같은 가느다란 두 다리가 다시 빠르게 돌아가기 시작했다. 거의 100미터쯤 갔을 때 그녀는 그들을 따라잡았을 뿐 아니라 오히려 초월하기에 이르렀다. 이와 동시에 장외에 있던 1000여 명의 선생님과 학생들이 모두 그녀에게 파이팅을 외쳤고, 운동장은 흥분으로 들끓었다! 구쯔는 달리면 달릴수록 힘이 솟았다. 그녀는 스스로도 자신이 그처럼 빨리 달릴 수 있을 줄 몰랐다. 마치 발바닥에서 바람이 나오고 구름과 안개 위에 올라탄 것 같았다. 그때 그녀는 얼마나 흥분했는지 모른다. 태어나 그때처럼 흥분한 적은 없었다. 귓가에 들리는 고함 소리는 파도와 광풍처럼 몰아쳤다. 그 모든 것들이 일종의 배경으로 바뀌고, 그녀는 달리는 희열 속에 완전히 도취되었다. 거대한 희열과 쾌감 속에서 그녀는 몸속에서 오랫동안 자신을 억눌렀던 것들로부터 해방되는 기분을 느꼈다. 마치 침전물과 같은 것들이 연기가 되고 안개가 되고 구름이 되고 비가 되어 끊임없이 밖으로 흩어져 버렸다. 그녀는 자신의 몸이 점점 더 가벼워지는 것을 느꼈다. 한 마리 제비처럼, 한 가닥 깃털처럼 그녀의 몸은 마치 날고 있는 것 같았다. 그녀는 자신이 가장 앞서가고 있으며 이미 다른 사람들을 저 멀리 따돌렸다는 것을 알고 있었다. 트랙 위의 하얀 줄이 그녀의 앞에서 뒤쪽으로 빠르게 사라지는 것을 보며 그녀는 몹시 기분이 좋았다. 그런데 그녀가 거의 700미터 지점까지 갔을 때 신발 한 짝이 벗겨져 나갔다. 이를 알아차렸을 때 그녀는 이미 몇 발자국을 더 뛰어나간 뒤였다. 구쯔는 본능적으로 걸음을 멈추고 방향을 바꿔 뒤쪽으로 뛰어갔다. 그녀는 그 신발을 주워야만 했다. 그 신발은 선생님께서 직접 그녀에게 만들어 주신 것으로, 발에 잘 맞기도 하고 튼튼하기도 했다. 그녀는 신발을 잃어버릴 수 없었다. 장외에 있던 선생님과 학생들은 그 장면을 보고 잠시 멍해졌다. 하지만 곧바로 누군가 고함을 질렀다. 신발 줍지 말고 빨리 뛰어! 빨리 뛰어! 또한 그때 멀리 뒤쳐져 있던 선수들이 빠른 속도로 따라붙으며 조금씩 거리를 좁혀 오고 있었다. 하지만 구쯔는 마치 아무것도 들리지 않는 것 같았다. 그 순간 구쯔에게는 오직 한 가지, 바로 신발을 주워 와야 한다는 생각뿐이었다. 그녀는 결국 허리를 굽히고 신발을 손에 쥐었다. 마치 다시 신으려는 모양새였다. 하지만 그녀가 고개를 드는 순간 선수들이 따라붙는 것을 발견하고는 신발을 든 채 몸을 돌려 달리기 시작했다. 한쪽 발에는 신발을 신고 한쪽 발은 벗었으며, 한쪽 손은 필사적으로 흔들어 댔고, 한쪽 손에는 신발이 들린 채로. 바보 같은 모습에 장외에 있던 1000여 명의 선생님과 학생들이 웃음을 터트렸으나, 곧바로 다시 그녀를 응원하기 시작했다. 이 작은 에피소드가 지나고 800미터 결승선의 테이프를 끊었을 때 구쯔는 여전히 2등보다 60미터쯤 앞서 있었다!

구쯔는 바로 그 순간부터 트랙을 좋아하게 되었다. 이후 매일 아침마다 다른 여학생들보다 일찍 일어나 간단히 세수와 양치질을 마친 뒤 대운동장으로 나가 달렸다. 400미터 길이의 타원형 트랙에는 신비한 힘이 있었다. 일단 트랙을 밟기만 해도 흥분이 느껴졌다. 트랙 위의 하얀 선은 직선과 곡선을 막론하고 모두 거침이 없고 단순했다. 그 위를 달리노라면 가슴속에 막혀 있던 것들이 모두 사라지고, 더 이상 생각도 고민도 하지 않게 되었다. 머릿속은 깨끗해지고 홀가분해졌으며 마치 맑고 투명한 물줄기 위를 거니는 듯, 아름다운 음표 위를 거니는 듯, 온몸과 마음이 편안해졌다.

구쯔의 키가 자란 것은 고등학교 1학년이 되던 해였다.

눈 깜짝 할 사이에 순간적으로 170까지 훌쩍 자랐는데, 그녀 스스로도 자신이 자라고 있는 것이 느껴질 정도였다. 마치 그 800미터 경주에서처럼 처음에는 그 자리에 멈춰 있다가 일단 내달리기 시작하자 모든 사람들을 따라잡고 빠른 속도로 모두를 앞질러 갔다. 그녀는 반에서 가장 키가 큰 여학생이 되었다. 구쯔는 조금 무서웠다. 이렇게 많이 이렇게 빨리 자라는 것이 무슨 병은 아니겠지? 담임선생님은 쉰이 넘은 여자 선생님이셨다. 선생님이 웃으며 그녀를 위로했다. 구쯔야, 겁낼 것 없어. 옛말에 남자는 스물셋까지 크고, 여자는 단숨에 큰다는 말이 있거든. 남자애들 키는 천천히 자라서 스물세 살까지 크지만 여자애들 키는 그렇게 순간적으로 자라고는 열몇 살이면 거의 멈춰 버려. 너는 다른 사람들보다 늦었지만 이렇게 단숨에 컸으니 앞으로는 더 자라지 않을 거야. 구쯔가 쑥스러운 듯 웃으며 말했다. 저는 앞으로도 계속 크면 어쩌나 했어요. 저는 그렇게까지 크고 싶지는 않거든요. 선생님이 웃으며 말했다. 걱정 마, 이 정도면 다 큰 거야.

과연 구쯔는 더 이상 키가 자라지 않았다. 하지만 170의 키도 그녀를 충분히 늘씬하게 만들어 주었다. 그녀는 여학생들의 부러워하는 눈빛을 똑똑히 느낄 수 있었다. 그해 구쯔는 열여섯 살로, 그야말로 꽃봉오리와 같은 나이였다. 몸은 봄날 버드나무 가지처럼 유연해서 한 줄기 바람으로도 그녀를 물결치게 할 수 있었다. 하지만 그녀는 부드러우면서도 강인하고 생기가 넘쳤다. 구쯔는 키가 자란 뒤에도 살이 찌지 않았다. 오히려 더욱 말라 보였다. 다른 여학생들은 이미 풍만해지고 여기저기 볼륨이 생기기 시작했으며, 운동이나 달리기를 더욱 싫어하게 되었다. 그녀들은 달릴 수가 없었다. 달리기 시작하면 젖가슴이 미친 듯이 흔들릴 테고, 이는 사람을 더없이 난처하게 만든다. 하지만 구쯔는 아니었다. 비록 가슴에 작은 봉우리가 생기기 시작했으나, 여전히 아주 건장했으며, 긴 두 다리 또한 튼튼하고도 힘이 넘쳤다. 그녀는 사람들에게 부드러우면서도 강하고 튼튼하며 탄력적이라는 느낌을 줬다. 체육 선생님의 과학적인 훈련을 거치면서 그녀의 달리기는 더욱 빨라졌다. 여학생은 말할 것도 없고 보통 남학생의 달리기로도 그녀를 이길 수 없었다. 그녀는 학교 운동부 훈련에서도 주로 남학생들과 함께 뛰었다. 그녀의 키와 다리의 특징, 지구력 등을 고려하여 체육 선생님은 그녀에게 장거리 달리기를 집중 훈련시켰다. 사실로 밝혀진 바와 같이, 이 훈련 방향은 완전히 적중했다. 무청시 중고등학생 체육 대회에서 그녀는 수차례 5000미터와 만 미터 달리기의 우승을 거머쥐었다. 장거리 달리기는 보통 사람들에게는 무료한 일이지만 구쯔에게는 더없는 즐거움이었다. 다른 학생들은 공부를 하지 않을 때 수다를 떨거나 장난을 치고 구경하는 것을 좋아했지만, 구쯔는 달랐다. 구쯔는 혼자 트랙 위에 있는 것을 좋아했으며, 운동을 좋아하는 다른 사람과 함께 트랙 위를 내달리는 것을 좋아했다.

달리는 것은 얼마나 좋은가.

달릴 수 있다는 것이 얼마 좋은가.

나는 남들과 한담하고 싶지 않다.

남들과 쓸모없는 이야기를 나눈 들 뭐하겠는가?

나는 장난도 치고 싶지 않다.

그게 무슨 재미가 있나?……

구경? 빽빽한 빌딩들,

빽빽한 거리와 골목,

빽빽한 사람들,

빽빽한 자동차 행렬,

빽빽한 광고,

이런 것들을 보겠다고?

트랙 위는 깨끗하고 말끔하다.

달리는 것이 얼마나 좋은가.

달릴 수 있다는 것이 얼마나 좋은가!

언젠가 늙으면,

나는 청춘이 약동하던 시절을 떠올릴 것이다!

하지만 구쯔는 명석한 사람이었다. 그녀는 인생은 기나긴 길이므로, 반드시 자신의 일생을 제대로 계획해야 한다는 것을 알고 있었다. 운동 성적이 아무리 좋다 한들 운동선수는 젊은 시절에나 할 수 있는 직업이고, 달리기는 그저 여가 활동일 뿐이다. 자신은 반드시 평생을 이어 나갈 만한 직업을 가져야 한다. 또한 그 직업은 자신이 좋아하는 것과 부합하는 것이 좋다. 고등학교를 졸업할 무렵 학교에서는 그녀를 체육 대학에 추천하려 했으며, 체육 대학에서도 그녀를 원했다. 하지만 구쯔는 고심 끝에 무청대학교의 중문학과에 지원했다. 그녀는 문학을 좋아했다. 문학 속에는 수많은 꿈이 있으니까.

구쯔는 몽롱한 가운데 시외버스에서 내렸다.

그녀는 차가 멈춰 선 뒤 허옇게 수염을 기른 노인 한 분이 차에서 내리는 것을 보았다. 그 노인은 그녀를 향해 미소를 지어 보였고, 그녀는 그를 따라 차에서 내린 것이다.

그녀는 그곳이 어디인지 알 수가 없었다. 정류장도 없고 표지판도 없는 민둥산이었다. 구쯔는 사방을 둘러보았으나 마을도 보이지 않고 사람도 보이지 않았다. 그녀가 내린 곳은 산기슭이었다. 고개를 들어 산 위를 바라보니 온통 괴석이 가득한 민둥민둥한 절벽 위로 나무 몇 그루가 드문드문 걸려 있었다.

구쯔는 겁이 났다. 여기가 어디인지 묻고 싶었으나 시외버스는 이미 산간의 자갈길을 따라 떠나고 없었다. 주위에는 물어볼 만한 사람도 없었다. 그녀는 문득 그 허옇게 수염을 기른 노인이 떠올라 서둘러 주위를 둘러보았다. 하지만 노인은 이미 산 위로 올라가 버렸는지 눈 깜짝할 사이에 사라지고 없었다.

이제 다른 선택은 없다. 그 노인을 쫓아가야 한다. 구쯔는 황급히 가방을 들고 빠른 걸음으로 산 위를 기어올랐다. 산은 그리 높지 않았으나 제법 가팔랐다. 다행히 구쯔의 몸은 잘 단련되어 있어 힘이 많이 들기는 했으나 아주 빠른 속도로 정상에 다다를 수 있었다. 하지만 어디에서도 노인의 흔적을 찾을 수가 없었다!

구쯔는 이상한 생각이 들었다. 그곳에 서니 아주 먼 곳까지 내다볼 수 있었다. 앞에는 온통 황량한 벌판인데, 어째서 노인이 보이지 않을 수 있지? 구쯔는 산 정상에서 한숨을 돌리면서도 마음속으로는 두렵기도 하고 실망스럽기도 했다. 그녀는 이제 어떻게 해야 할지 감이 오지 않았다. 하지만 그곳에 앉아 있는 것도 해결책은 아니었다. 어찌 됐든 어디로든 가야 한다. 그렇다면 앞으로 가 보는 수밖에 없다. 벌판으로 가 보자. 구쯔는 자리에서 일어나 조금 긴장된 모습으로 벌판 쪽을 멀리 바라보았다. 저 멀리 어두컴컴한 무언가가 보이는 것 같았는데, 숲 같기도 하고 마을 같기도 했다. 혹시 저기 인가가 있는 걸까? 구쯔는 더 지체할 수 없어 가방을 짊어지고 산을 내려가 벌판으로 들어간 뒤 그 어두컴컴한 곳을 향해 걷기 시작했다.

하지만 그곳은 마치 신기루처럼 눈에는 보였으나 도무지 도달할 수가 없었다. 구쯔는 벌판 위를 한참을 걸었으나 그 어두컴컴한 곳은 한결같이 저만치 앞서 있었다. 구쯔는 몹시 지쳤고 두 다리는 너무 아파 땅을 딛기도 힘들었다. 벌판 위에는 이따금 풀덤불과 관목림이 있기는 했으나 대부분 모래와 자갈이었으며, 길이라고는 찾아볼 수 없었다. 작은 오솔길이라도 하나 있으면 좋으련만. 결론적으로, 이곳은 아무도 와 본 적이 없는 곳이다. 구쯔는 자신이 궁지에 빠졌음을 깨달았다. 어쩌면 이곳에서 죽게 될지도 모른다. 그런 생각이 들자 구쯔는 울음이 터졌다. 처음에는 눈물이 뚝뚝 떨어지다가 이어서 큰 소리로 통곡하기 시작했다.

하지만 그녀가 철저히 절망에 빠졌던 그 순간, 갑자기 몹시 초췌한 행색을 한 사람이 저만치 앞서 모습을 드러냈다! 그 사람은 아마도 막 작은 산 뒤쪽에서 돌아 나온 것 같았다. 언뜻 시골 사람 같기도 했으나 그의 등에는 여행용 배낭이 걸려 있었다. 그는 성큼성큼 앞으로 걸어 나가고 있었으며, 구쯔보다 대략 300미터쯤 앞선 곳이었다. 구쯔는 너무 기뻐 까무러칠 지경이었다. 그녀는 문득 이런 생각이 들었다. 저 사람 혹시 차이먼 아닐까? 세상에! 만약 차이먼이라면 진짜 기묘한 일이야! 구쯔는 심장이 튀어나올 것 같았다. 그녀는 둔황에서 있었던 기이한 만남들을 떠올렸다. 이제 그녀는 자신에게 또 한 번 뜻밖의 만남이 찾아온 것이라 믿었다. 저 사람은 분명 차이먼 일거야! 그의 헝클어진 머리카락과 크고도 구부정한 몸, 그의 너덜너덜한 옷과 가방을 보라. 자신이 수없이 상상했던 모습과 완전히 일치하지 않는가! 그렇다면 자신을 차에서 내리도록 이끌어 준 그 허옇게 수염을 기른 노인은 어디선가 길을 안내하라고 보낸 사람일 것이다. 만약 그가 차에서 내리면서 자신을 향해 고개를 끄덕이며 미소를 짓지 않았더라면 자신은 차에서 내려야 한다는 생각을 하지 못했을 것이다. 그는 자신을 그 민둥산으로 안내하고 황무지를 보여 준 뒤 유유히 사라져 버렸다. 마치 그는 알고 있었던 듯했다. 황무지에서 자신이 찾던 사람을 만나게 될 것을.

설마 정말 신선이 존재하는 걸까?

구쯔는 모골이 송연해지면서 이 모든 것이 너무도 불가사의하게 느껴졌다.

하지만 그녀는 더 이상 깊이 생각할 겨를이 없었다. 오직 어서 그를 쫓아가 차이먼을 잡은 뒤 무청으로 끌고 가 임무를 완수하겠다는 생각뿐이었다.

하지만 사정은 그녀의 생각처럼 간단치 않았다.

그는 결코 쉽게 잡을 수 있는 상대가 아니었다. 그는 겉보기에는 서둘러 걷는 것 같지 않았다. 헝클어진 머리카락은 바람에 흩날리고, 배낭은 등 뒤에서 덜렁거렸으며, 옷은 너무 더러워져 색깔을 알아보기 힘들었다. 다만 그의 걸음은 보폭이 아주 커서 단번에 그가 야외에서 걸어 다니는 데 익숙한 사람이라는 것을 알 수 있었다. 그런 속도라면 아주 오랫동안 걸을 수 있다. 구쯔가 장거리 달리기 선수기는 하지만 이는 트랙 위에 있을 때의 얘기일 뿐, 이처럼 발길 닿는 곳마다 모래와 자갈이 가득한 황무지에서 먼 길을 가는 것과는 완전히 별개였다.

구쯔는 쫓아가느라 무진 애를 썼으며, 온몸은 진즉 흠뻑 젖어 버렸다.

다급한 마음에 구쯔가 소리를 지르기 시작했다. 차이먼 씨 잠시만요! 차이먼 씨 어디로 가시는 거예요? 목소리는 광야에서 메아리치며 쩌렁쩌렁 울렸다. 하지만 차이먼은 전혀 듣지 못한 듯 고개도 돌리지 않았다. 구쯔는 힘껏 달리기 시작했다. 그녀는 자신이 달리기 시작하면 그를 따라 잡을 수 있을 것이라 믿었다. 하지만 그녀가 한참을 달려 숨이 턱까지 차고 구토가 나올 지경이 된 뒤에도 두 사람의 거리는 여전히 아득히 멀었으며 조금도 가까워지지 않았다. 참으로 이상한 일이 아닌가!

하지만 구쯔는 분명히 보았다. 차이먼 곁에는 아무도 없었으며, 그는 혼자서 걷고 있었다. 그녀는 그의 곁에 여자가 있을 것이라 상상했으나, 이는 자신의 짐작이 틀렸다는 것을 증명하는 것이었다. 이유는 알 수 없으나 구쯔의 마음이 한결 후련해졌다. 그녀는 자신의 심경에 왜 이런 변화가 생긴 것인지 알 수 없었다. 그의 곁에 여자가 있고 없고가 자신과 무슨 상관이란 말인가.

하지만 곧이어 구쯔의 마음은 다시 근심에 휩싸였다. 차이먼이 양을 치는 여인을 향해 걸어가는 것을 발견한 것이다. 좌측 전방의 언덕 위에는 새하얀 양 떼가 흩어져 있었다. 대략 몇십 마리쯤 되거나 100마리 이상인 것 같기도 했다. 마치 하늘에서 커다란 구름이 떨어져 푸른 잔디 위로 하얀 구름이 아주 낮게 떠서 흘러가는 듯 보였다. 대략 서른몇 살쯤으로 보이는 여인이 주홍색 치마와 저고리를 입고 손에는 채찍을 든 채 양 떼를 따라 느릿느릿 이동하고 있었다. 그녀의 곁에는 검은 말도 한 필 있었는데, 말의 등에는 약간의 짐도 걸려 있었다. 그 말은 고개를 숙이고 풀을 뜯으면서도 수시로 고개를 들어 여주인을 쳐다보았다. 그 모습에서 검은 말의 여주인의 대한 애착과 충성을 짐작할 수 있었다. 얼마 지나지 않아 여주인도 분명 낯선 남자가 자신을 향해 걸어오는 것을 발견한 것 같았다. 그녀는 걸음을 멈추고 그 자리에 서서 그를 기다렸다. 그를 몹시 반기는 듯한 모습이었다.

구쯔도 멀리 떨어진 곳에서 발길을 멈추고는 관목 덤불 뒤의 가려진 곳에 서 있었다. 그녀는 차이먼이 무엇을 하려는지 보고 싶었다. 그녀는 궁금했다. 이처럼 인적이 없는 곳에서 저 여인은 두렵지도 않은 걸까? 낯선 남자가 다가오는데도 저 여자는 이를 위협적으로 느끼지 않는 걸까?

하지만 그 여자는 전혀 겁먹지 않은 듯 앞으로 몇 걸음을 걸어 나가 그를 맞이했다. 아마도 이곳이 인적이 드문 곳이라 그 여자도 방문자에게 친근감을 느끼게 된 것 같았다. 설령 그 대상이 낯선 남자라 해도. 이는 구쯔에게는 충격이었다. 무청에서는 그렇게 많은 사람들이 함께 생활하고, 사실은 대부분 아는 사이면서도 서로를 낯선 사람처럼 대한다. 하지만 이런 곳에서는 사람과 사람 사이에 오히려 경계심이 사라지는 것이다.

과연 차이먼은 그 여인 앞까지 다가가 허리를 약간 숙이는 것이 아마도 인사를 하는 듯 보였다. 여인도 곧바로 허리를 숙이며 답했다. 두 사람은 선 채로 몇 마디를 나눴고, 여인은 재빨리 몸을 돌려 말 등에서 물 한 병을 꺼내 오더니 차이먼에게 건넸다. 차이먼도 이를 거절하지 않고 물병을 받아 들더니 뚜껑을 열고는 고개를 젖혀 입 안에 쏟아 부었다. 그는 걷다가 목이 말라 여인에게 마실 물을 부탁한 모양이었다. 구쯔는 차이먼이 꿀꺽꿀꺽 물을 들이키는 소리가 들리는 듯했다. 구쯔로서는 그 광경이 부럽지 않을 수 없었다. 갑자기 그녀도 몹시 갈증이 났다. 그녀는 마치 목구멍에서 화염이 올라오는 것 같았다. 자신도 물 한 병이 있다면 분명 마찬가지로 단숨에 들이킬 수 있을 것 같았다. 그러면 정말 통쾌할 것이다.

차이먼은 물을 다 마신 뒤에도 바로 자리를 떠나지 않았다. 그는 다 마신 물병을 여인에게 돌려준 뒤 손을 뒤로 돌려 등에서 배낭을 내려 한쪽에 놓고 풀밭 위에 드러누웠다. 구쯔는 그 여인의 웃음소리를 들었다. 아마도 그의 망측한 모습에 웃음이 터진 모양이었다. 여인은 빈 병을 다시 말 등에 넣고는 몸을 돌렸다. 그리고 잠시 머뭇거리더니 이내 차이먼의 곁에 앉았다. 두 사람은 함께 이야기를 나누기 시작했다. 차이먼은 여전히 그곳에 누워 있었다. 그는 정말로 완전히 지쳐 버린 것인지, 그곳에 누워 여인과 이야기를 나눌 때에도 전혀 격식을 차리지 않았다. 구쯔는 생각했다. 차이먼은 어쩜 저렇게 제멋대로 할 수 있지?

하지만 그가 격식을 차리지 않는 것에도 그 여인은 조금도 불쾌한 기색이 없었다. 그들은 여전히 무언가 이야기를 나누고 있었고, 그 여인이 고개를 돌려 그를 바라보다가 이따금 입을 가린 채 웃는 모습이 구쯔에게도 보였다. 아마도 차이먼이 무슨 말을 해서 그녀를 웃긴 모양이었다.

구쯔는 생각했다. 저 여자 좀 헤픈 것 아냐?

저 여자는 도대체 몇 살일까? 성격은 어떨까? 다른 가족은 누가 있을까? 남편은 뭐 하는 사람일까? 아이도 있을까? 일련의 질문들이 구쯔의 머릿속에 떠올랐다가 이내 사라졌다. 그녀는 깊이 생각하지 않았다. 사실 생각을 해봐야 의미도 없었다. 어차피 답을 찾을 수 없는 문제였다. 그 여인은 구쯔로 하여금 약간의 불쾌감을 느끼게 했다. 차이먼이 누워서 당신과 이야기하는 태도도 너무 제멋대로이긴 하지만, 당신까지 그런 그의 자세에 맞장구라도 치듯 옆에 앉아 웃고 떠든다면 그것이 격식에 맞는 행동이랄 수 있나요? 그 사람이 당신한테 어떤 사람이기에? 당신은 그에게 어떤 사람이고? 당신들은 서로 모르는 사람이잖아요! 당신들이 서로 알게 된 지 얼마나 됐다고?

하지만 구쯔는 속으로 이처럼 따지듯 한바탕 퍼붓고 난 뒤 돌연 공허한 마음이 들더니 곧이어 얼굴이 붉어졌다. 그녀는 자신이 저 여인을 질투하고 있음을 깨달은 것이다!

수많은 산과 강을 넘어 찾은 차이먼이, 자신은 온몸의 힘을 다 쏟고도 잡지 못한 사람이 지금 이 우연히 만난 여인의 발아래 누워 있다. 고요히, 푸른 풀과 흰 양 떼에 둘러싸인 채. 그 주홍색으로 차려 입은 여인의 손에는 채찍이 들려 있었으나, 그의 몸에 가 닿지는 않았다. 그녀는 그저 상냥하게 그의 곁에 앉아 그와 이야기를 나누고 있었다. 이는 노래 속에 나오는 광경이자 사랑을 나누는 광경이며 따뜻하게 사람의 마음을 흔드는 광경이었다. 그 여인은 무엇을 믿고? 어쩌다 그녀는 그에게 물을 건넨 것일까?

구쯔는 조금 가슴이 아팠다.

하지만 그녀를 더욱 가슴 아프게 한 일은 그 뒤에 벌어졌다.

구쯔는 그 여인이 일어나 허리를 숙여 차이먼을 일으킨 뒤 다시 그의 낡고 헤진 배낭을 말 등 위에 던지고 양 떼를 한데 몰아 돌아가는 모습을 목격했다. 그 여인은 말을 끌고 앞서 걸었고, 차이먼은 빈손으로 그 뒤를 따랐다. 두 사람은 함께 걸었다.

두 사람이 함께 걷는다!

그 모습은 마치 한 쌍의 오랜만에 만난 부부 같았다. 남편은 멀리 떠난다. 몇 달, 아니 1년 혹은 몇 년 동안. 아내는 집에서 가축을 놓아기르며 매일같이 이 언덕에 와서 기다린다. 매일같이 애타게 기다린 끝에 마침내 남편이 돌아온다. 하지만 남편은 너무 지쳤으며, 남편의 모습도 변해 버렸다. 부부는 서로에게 약간의 서먹함을 느낀다. 격한 감동이나 과도하게 다정한 행동도 없다. 남자는 누워 있고 여자는 앉아 있다. 그들은 그럭저럭 이야기를 이어 간다. 원래 여인은 이렇게 오래도록 집으로 돌아오지 않은 그에게 할 말이 많았다. 하지만 결국 그가 돌아와 그녀 앞에 누워 약한 모습으로 엄살을 피우자 여인은 곧바로 그를 용서하고 기쁨에 휩싸인다. 어쨌든 남자가 집에 온 것은 굉장히 기쁜 일이다. 모든 불만은 일순간에 말끔히 사라진다. 그리하여 그들은 함께 집으로 돌아간다.

아마도 그렇게 된 것 같았다.

구쯔는 자신의 판단에 의문을 품기 시작했다. 이 남자는 차이먼이 아닐 수도 있다. 자신이 착각한 것이다. 그저 바깥으로 나가서 지내다가 다시 집으로 돌아온 사내일지도 모른다.

이는 실망스러운 일이었다.

하지만 구쯔는 그런 가능성을 받아들이고 싶지 않았다.

그것은 그저 가설일 뿐이다. 어떻게 그럴 수가 있는가? 이 사람은 분명 차이먼이다!

이는 분명 차이먼이 유랑하는 과정에서 자주 나타나는 광경일 것이다. 그는 정해진 거처 없이 온 천하를 다 집으로 삼는다. 때로는 도시나 읍에서 며칠을 묵기도 하지만 대부분의 시간을 아무런 목적도 없이 대지 위를 떠돌아다닌다. 수없이 많은 나날을 피로와 굶주림과 목마름에 시달리면서. 그는 약간의 건조식품과 물을 가지고 다니지만, 먹을 것과 마실 것이 떨어진 뒤에는 어떻게 하겠는가? 그 뒤에는 되는대로 임시변통을 해야 한다. 이를테면 시골에서 감자나 토란 따위를 캐서 한 끼를 때우거나 강으로 가서 두 손으로 물을 움켜 떠 마시고, 그 김에 세수를 하거나 목욕을 하는 것이다. 그리고는 너무 더러워 더 이상 더러워질 것도 없는 옷을 무심히 벗어서 강물에 씻은 뒤 강기슭의 풀밭에 늘어놓고 말렸다가 다시 입고 길을 떠나는지도 모른다. 하지만 만약 이런 벌판을 걷고 있다면, 훔쳐 먹을 옥수수나 토란도 없고 따먹을 야생 과일도 없다면, 그저 그곳에 사는 사람들, 누구든 만나는 사람에게 도움을 청하는 수밖에 없을 것이다. 여인은 그가 먼 길을 온 손님이라는 것을 알아보고 친절하게 자신의 물을 마시라고 건넨다. 그때 날은 이미 어두워졌다. 여인은 묻는다. 어디로 가세요? 차이먼이 대답한다. 모르겠어요. 여인이 웃으며 말한다. 진짜 재밌는 분이시네. 자기가 어디로 가는지도 모른다고요? 차이먼이 말한다. 정말 모르겠어요. 저는 그냥 발길 닿는 대로 가고 있어요. 여인이 말한다. 날은 벌써 저물었고 이 근방 몇십 리 안에는 인가도 없어요. 저희 집에 가셔서 하루 묵었다 가세요. 차이먼은 몹시 감동한 듯 말한다. 불편하실 텐데요. 여인이 말한다. 불편할 게 뭐가 있나요. 제가 괜찮다면 괜찮은 거지, 밖에서 떠도는 사람이 무슨 말이 그렇게 많아요? 자자 일어나세요. 계속 그렇게 누워 있을 수도 없잖아요. 너무 오래 누워 있으면 허리 아파요. 그리하여 손을 뻗어 차이먼을 일으키고, 그의 낡은 배낭을 말 등 위에 던져 올린다. 그 모습이 마치 포로를 붙잡아 집으로 돌아가는 듯하다.

혹시 그렇게 된 것은 아닐까?

분명 그럴 것이다.

이제 구쯔는 그 여인에게 감사한 마음까지 들었다.

그래, 차이먼은 너무 지쳤어. 저 여자 집에 가서 따뜻한 물이 담긴 대야에 발을 녹여 피를 돌게 하고 피로를 좀 풀어야지. 그런 뒤에 뜨거운 국과 뜨거운 물을 마시며 저녁을 먹고 직접 담근 술도 한잔 마신 뒤에 침대에 누워 한숨 자는 거야. 그것보다 더 기분 좋은 일은 없지.

구쯔는 줄곧 그의 뒤를 따라 몇 리 길은 족히 걸었을 것이다. 그 순간 그녀는 그들을 방해하고 싶지도, 그 여인을 저지하고 싶지도 않았다. 그녀는 느낄 수 있었다. 지금 차이먼을 가장 잘 돌봐 줄 수 있는 사람은 오직 그 여인뿐이라는 것을. 또한 자신은 그럴 수 없다는 것을. 구쯔는 이미 차이먼을 잡는데 그리 급급해하지 않았다. 어쨌든 그는 이미 달아날 수 없는 상황이고, 그에게는 한 여인의 보살핌이 필요했다. 결론적으로 그는 자신의 시야 안에 있을 뿐 아니라 그의 다음 행보 또한 자신이 예견할 수 있는 범위 안에 있다. 그녀는 언제든 그를 잡을 수 있는 것이다.

구쯔는 스스로에게 말했다. 오늘 밤은 차이먼을 푹 쉬게 해 주고 내일 아침 일찍 잡으러 가는 거야.

결국 목적지에 도착했다. 날은 이미 어둑어둑해졌다.

마을은 없었다. 그저 외딴 흙집 두 채가 전부였으며 지붕도 평평했다. 이런 집 모양은 구쯔로 하여금 이곳에 평소 비가 내리지 않으며, 내린다 해도 아주 적은 양일 것임을 짐작케 했다.

집 앞에서 몇십 걸음 떨어진 곳에 건초와 장작더미가 있었다. 구쯔는 이를 가늠해 본 뒤 그곳에서 밤을 나기로 결정했다.

사실 그녀도 그 흙집 안으로 걸어 들어가고 싶은 마음이 간절했다. 벌판에서 차이먼을 쫓으며 얼마나 많은 땀을 흘렸는지 모른다. 그녀는 완전히 지쳤으며 배도 고팠다. 그곳으로 들어가 차이먼과 같은 대접을 받는다면 더없이 좋을 것이다. 하지만 구쯔는 꾹 참았다. 무슨 이유 때문인지는 모르겠으나 그녀는 그 여인이 자신을 환영하지 않을 것이라 확신했다. 만약 흙집에 들어간다면 분위기는 어색해지고 말 것이다.

또 다른 중요한 이유도 있었다. 구쯔는 돌연 이를 엿보고 싶은 욕망에 사로잡혔다. 그녀는 한 쌍의 남녀가 무슨 일을 하는지 보고 싶었다. 그녀는 그것이 옳지 않다는 것을 알고 있었다. 그녀는 한 번도 다른 사람을 훔쳐본 적이 없었으며 이를 부끄럽고 창피한 일이라 여겨 왔다. 하지만 지금 이처럼 인적 없는 벌판에, 덩그러니 놓인 흙집 안에, 한 여인이 낯선 남자를 자신의 집으로 초대했다. 그들 사이에 무슨 일이 일어날까. 정말로 기대해 볼 만하지 않은가!

하지만 이러한 기대감은 몹시 복잡한 것이기도 했다. 궁금하기도 하고, 혼란스럽기도 했으며 두렵기도 했다.

구쯔는 짚더미 위에 엎드린 채 두 눈만 내놓고 있었다.

그녀는 흙집에 불이 들어오는 것을 보았다.

그녀는 차이먼이 집 안에서 문을 마주하고 앉아 담배를 피우는 것을 보았다.

그녀는 그 여인이 바삐 움직이는 모습을 보았다.

그녀는 그들이 앉아서 밥을 먹고 술을 마시는 것을 보았다.

그녀는 그 여인이 차이먼을 위해 대야에 발을 씻을 물을 떠오는 것을 보았다.

그는 차이먼이 대야에 발을 담근 채 다시 담배를 피우는 것을 보았다.

……

그녀는 흙집의 불이 꺼지는 것을 보았다.

그리고 그녀는 아무것도 보지 못했다. 그저 깜깜한 흙집이 바람 속에 흔들리는 듯한 광경만 보았다.

처음부터 끝까지 구쯔는 그들 외의 다른 사람은 보지 못했다. 다시 말해서 그 여인은 흙집의 유일한 주인이다. 남자도 없고 아이도 없다. 그녀에게는 오직 양 떼들과 말 한 필, 개 한 마리뿐이다. 그 개는 온순한 것인지 아니면 무심한 것인지 시종 문밖에 엎드린 채 꿈쩍도 하지 않았다. 또한 그것이 짓는 소리도 한 번 들리지 않았다. 아마도 그것의 임무는 흙집을 지키는 것뿐인 듯했다. 누가 그 흙집을 훔쳐 가지만 않는다면 그 것 또한 움직이지 않을 것이며 그 외의 모든 것은 그것과 무관한 듯했다.

날이 어두지면서 날씨는 차가워지기 시작했으며 낮과는 기온 차이가 상당했다. 구쯔는 견디기 힘들었다. 그녀는 짚 더미 위로 올라가 있던 몸을 다시 웅크린 뒤 짚 더미 속을 파 굴을 만들고 가방에서 스웨터를 꺼내 몸에 걸쳤다. 그런 뒤 다시 짚 더미의 굴속에 몸을 숨겼다. 조금은 몸이 따뜻해지는 것 같았다.

지금 그녀의 마음은 몹시 심란했다.

그녀는 마치 버려진 것 같았다. 마음은 더없이 처량했고, 동시에 몹시 무서웠다. 그녀는 이 벌판에 들짐승이 있을지도 모른다는 생각이 들었다. 구쯔는 짚 더미 속 굴에서 바깥을 둘러보았다. 벌판은 온통 캄캄했으며, 달도 없었다. 하지만 별들은 유독 촘촘했으며 유독 멀고 유독 차갑게 빛났다. 구쯔는 자신이 동굴 속에 사는 두더지처럼 느껴졌다. 어떤 위험이 발생할지 몰라 두려운 마음으로 끝없는 어둠 속을 헤아리는. 바람이 불었다. 구쯔는 이것이 둔황에서 만났던 모래 폭풍처럼 요란스럽고 모든 것을 휩쓸어 버릴 만한 바람은 아니라고 느꼈다. 오히려 이리저리로 당기는 듯 장력이 느껴졌다. 흡사 술에 취한 거대한 마귀가 당당하고 비범한 기세로 별빛 아래를 나아가는 듯했다. 그 발걸음은 느리고 무거웠으며, 푹 푹하는 소리까지 동반했다.

구쯔가 놀라서 벌벌 떨고 있을 때 돌연 어둠 속에서 여인의 비명 소리가 들려왔다. 구쯔는 화들짝 놀라며 몸을 떨었다. 순간적으로 이것이 어디에서 나는 소리인지 알아차릴 수 없었으며, 심지어 무슨 소리인지도 분간이 되지 않았다. 그녀는 그저 놀라서 얼떨떨할 뿐이었다. 하지만 여인의 비명 소리는 잇달아 들려왔다. 그 소리는 가슴이 찢어지는 것 같으면서도 방자하고 거리낌이 없었으며 호쾌하고 통쾌했다. 구쯔는 점차 정신이 들었다. 그것은 흙집에서 나오는 소리였다!

그렇다면······ 그렇다면······ 그들이 지금······ 하지만 차이먼은 어째서 낯선 여자와 이런 짓을 벌일 수 있는 거지? 저 여자는 어째서 저런 소리를 낼 수 있지? 너무 방탕하고 너무 수치스럽고 너무 천박하잖아! 그 순간, 그녀 마음속에 있던 차이먼의 이미지는 와르르 무너져 내렸다. 마치 신상(神像)의 칠이 벗겨지자 흙 인형이 그 모습을 드러낸 것과 같았다!

구쯔는 울었다. 가슴 아프게 울었다.

그녀는 문득 자신이 천신만고 끝에 그 사람을 찾아낸 것이 다 부질없는 일이었음을 깨달았다.

얼마나 울었을까. 구쯔는 결국 마음을 가라앉혔다. 흙집 쪽에서도 더 이상 아무런 소리도 들리지 않았으며, 주위는 다시 적막에 휩싸였다. 남은 것은 여전히 벌판 위를 맴도는 느리고도 묵직한 바람 소리뿐이었다.

일어날 일은 모두 일어났다.

그래, 일어날 일이었다.

이 순간, 이 장소, 이 분위기, 이 상황에서, 아무 일도 일어나지 않는 것이야말로 비정상일 것이다.

자신이 기대하던 것 또한 그것이 아닌가? 나는 어째서 이런 일에 관심을 가지는 것일까?

구쯔는 자신으로 인해 가슴이 아팠다. 그녀는 자신이 그들과 마찬가지로 더럽게 느껴졌다. 앞서 여인의 비명 소리 속에서 그녀는 자신도 함께 찢기는 듯 아랫도리가 아파 왔다. 자신은 이미 그 여인의 통쾌한 비명 소리 속에서 정절을 잃어버린 것이다.

구쯔는 또다시 참지 못하고 울음을 터뜨렸다.

그녀는 스스로에게 치욕을 느꼈다.

시외버스가 한바탕 격렬하게 요동치는 통에 구쯔는 잠에서 깨어났다. 그녀는 서둘러 의자를 붙잡으며 주위를 둘러보았다. 그리고는 수많은 승객들이 자신을 쳐다보고 있는 것을 발견했다. 모두들 몹시 의아해하는 모습이었다. 아마도 그렇게 추측하는 듯했다. 이 아가씨가 무슨 악몽을 꾸고 있나 보다. 저렇게 울면서 소리를 지르는 것을 보니. 왼쪽에 앉아 있던 그 연인들까지도 그녀를 쳐다보고 있었다. 여자는 남자의 가슴에 기댄 채 그녀를 똑바로 쳐다보고 있었다. 구쯔는 재빨리 무언가를 알아차리고는 황급히 얼굴을 문질러 보았다. 얼굴은 온통 눈물범벅이 되어 있었다. 구쯔도 결국 알아차렸다. 방금 자신은 시외버스에서 잠이 들었으며, 기나긴 꿈을 꾸었다는 사실을. 그녀는 여전히 꿈속에서 본 광경을 기억하고 있었으므로 곧바로 부끄러워 얼굴이 붉어졌다. 차에 탄 사람들의 의아해하는 시선에 구쯔는 쥐구멍에라도 숨고 싶은 심정이었으며, 당장이라도 차에서 내리고 싶었다!

하지만 시외버스는 여전히 달리고 있었고 다만 심하게 덜컹거릴 뿐이었다. 구쯔는 황급히 창밖을 향해 고개를 돌렸다. 그녀는 감히 사람들을 쳐다볼 엄두가 나지 않았으며, 가슴은 쿵쾅거리며 요동쳤다.

시외버스는 이미 험산준령으로 접어들었다. 산길은 구불구불하고 좁았으며, 한쪽은 산이요 다른 한쪽은 낭떠러지였다. 시외버스는 마치 꽈배기처럼 꼬불꼬불 돌아 들어갔는데, 그 광경이 몹시 위험해 보였다. 구쯔는 그제야 촉도(蜀道)[21]의 험난함을 체득했다. 산길 옆에는 눈이 잔뜩 쌓여 있고, 쌓인 눈을 뚫고 작은 풀과 꽃들이 수없이 돋아나 있었다. 그 꽃의 색깔은 기묘하면서도 아름다웠다. 특히 군데군데 무리를 지어 피어난 노란색 작은 꽃은 놀랍도록 아름다웠다. 나중에야 구쯔는 그 놀랍도록 아름다운 꽃이 야생 양귀비라는 사실을 알게 되었다.

시외버스는 그때 설산의 추운 고지대를 지나고 있었다. 마치 한겨울

---

21 통상 촉(蜀), 즉 중국 고대 쓰촨 성(四川省)으로 통하는 극히 험준한 길을 의미함

속으로 들어간 것처럼 청두와는 전혀 다른 계절이었다. 구쯔는 너무 춥고 호흡도 곤란해졌으며 심리적으로도 몹시 괴로웠다. 그녀는 그제야 자신이 해발 고도가 매우 높은 곳에 있다는 것을 깨달았다. 슬쩍 차 안을 살펴보니 차 안은 조용했고 아무도 말하는 사람이 없었으며, 하나같이 눈을 감고 안정을 취하고 있었다. 아마도 그것이 산소를 아끼는 가장 좋은 방법인 듯했다. 그녀는 또한 언제부터인지 알 수 없으나 적지 않은 사람들이 스웨터를 껴입고 있는 것을 발견했다. 심지어 솜저고리를 입은 사람도 있었다. 보아하니 그들은 진즉 단단히 준비를 한 모양이었다.

낡은 시외버스 곳곳으로 바람이 새어 들어와 차내의 온도는 더욱 차가워졌다. 구쯔의 몸은 얼어붙어 덜덜 떨렸다. 그녀가 여행 가방을 열어 스웨터를 꺼낼지 말지 고민하고 있는데 차가 돌연 크게 커브를 돌았다. 그렇게 기울어진 채로 날아가 버릴 듯한 기세에 차내에서는 온통 비명이 터져 나왔다. 바로 그때 낡은 녹색 지프 한 대가 오른쪽에서 낭떠러지에 바짝 붙어서 쫓아오다가 시외버스와 나란히 달리는 것이 구쯔의 눈에 들어왔다. 산길은 커브를 도는 곳이 비교적 넓어 원래라면 이곳에서 버스를 앞질러 갈 수 있을 터였다. 하지만 지프는 앞질러 가려는 뜻이 전혀 없는 듯 오히려 속도를 늦춰 시외버스에 바짝 붙었다. 언제든 까마득한 구렁텅이로 밀려 떨어질 수 있는 위험한 상황이었다. 구쯔는 속으로 생각했다. 저 차 운전사는 왜 저러지? 죽으려고 작정했나?

그런데 그때 지프차의 앞쪽 창문이 덜컹거리며 열리더니 차 안에서 사람의 머리가 튀어나왔다. 구쯔는 깜짝 놀랐다. 저 사람 류쌍이잖아?

류쌍이었다!

류쌍은 조금도 긴장하지 않은 모습이었다. 그는 이런 산길을 수없이 겪어본 듯 아무렇지도 않아 보였다. 그는 시외버스에 타고 있는 구쯔의 모습을 확인했는지 그녀를 향해 웃으며 손을 흔들고는 손가락으로 앞쪽을 가리켰다. 아마도 앞에서 그녀를 기다리겠다는 뜻인 것 같았다. 그리고는 쏜살같이 앞쪽으로 차를 몰고 가 버렸다.

구쯔는 입이 떡 벌어졌다. 그녀는 놀랍기도 하고 기쁘기도 했다. 그야말로 생각지도 못한 일이다! 그녀는 류쌍이 청두에서부터 자신의 뒤를 쫓아올 거라고는 상상도 하지 못했다. 하지만 그때 구쯔는 이미 더 이상 그의 뜻을 거부할 마음이 없었다. 오히려 감동적이기도 하고 가족을 만난 것 같은 기분도 들면서 자신도 모르게 두 눈에 눈물이 가득 고였다.

꿈속의 광경은 여전히 생생했다. 지금 그녀는 익숙한 사람과 함께하고 싶은 생각이 간절했다. 또한 이 어색하고 민망한 시외버스를 벗어나고 싶은 마음이 굴뚝같았다.

제8편
마 의장과 그의 위원회

그즈음 무청시 정치협상회의의 의장 마완리는 줄곧 침울한 상태였다. 정치협상회의가 오랫동안 열리지 않았기 때문이다. 그는 한참 동안 자신의 보물 같은 위원들을 만나지 못했다.

마 의장은 그들이 그리웠다. 때로는 그리움으로 잠을 이루지 못하기도 했다.

1년 중 대부분의 시간은 정치협상회의가 열리지 않는다. 비록 때때로 의장과 부의장 간에 회의가 열리거나 상무 위원회가 열리기는 하지만, 그는 그래도 정치협상회의의 전체 위원 회의가 열리는 것을 좋아했다. 그러면 시 전체의 정치협상회의 위원들이 모두 자신의 곁에 모여 각양각색의 의견을 발표하기 때문이다. 그 정치협상회의 위원들이야말로 진정한 인재이며, 각 분야의 전문가다. 그와 같은 의장이나 부의장 등은 그저 관직에 있는 사람일 뿐이며, 늘 틀에 박힌 말만 늘어놓는다. 이는 아주 올바르면서도 다 비슷비슷한 거의 다 쓸데없는 소리들이다. 위원들은 달랐다. 그들은 기본적으로 자신의 생각을 이야기하고 개성이 뚜렷하며 관점이 명확하여 쉽게 구분된다. 이는 매우 중요하다. 이는 너무도 중요하다. 만약 무청을 두루 돌아다녀도 수백만 명이 다 똑같이 말하고, 정해진 몇 마디만 되풀이한다면 도시는 죽은 것이나 다름없으며 뇌사 상태라 할 수 있을 것이다. 뇌사야말로 진정한 사망이다. 마 의장도 물론 그들이 하는 말들이 꼭 옳은 것은 아니라는 것을 알고 있었다. 하지만 누구의 말인들 늘 옳을 수 있는가? 세상에 성인은 없으며, 사람이 항상 옳은 말만 할 수는 없는 법이다. 중요한 것은 사람들이 말할 수 있게 하는 것이다. 사람들로 하여금 서로 다른 말, 특히나 그처럼 기묘한 아이디어가 번뜩이는 말들을 할 수 있게 해야 한다. 옳지 않다는 것은 중요치 않다. 누구에게나 말할 수 있는 길을 널리 열어 준다면 결국은 올바른 의견이 만들어질 것이고, 그렇게 되어야만 무청에도 희망이 있는 것이다.

정치협상회의가 열리지 않는 기간에는 마 의장은 늘 마음이 허전했다. 사무실에 앉아 있으면 넋이 나간 듯했고, 집으로 돌아가도 기운이 없었다. 그의 부인은 걱정 끝에 결국 어느 날 말을 꺼냈다. 당신 왜 그래요? 무슨 일이라도 있어요? 마 의장은 고개를 가로저으며 말했다. 아무 일도 없어. 하지만 여전히 얼이 빠진 모양새였다. 그의 부인은 더욱 의구심이 들었다. 그녀가 말했다. 당신 나한테 뭐 숨기는 거 있어요? 마 의장이 말했다. 내가 당신한테 숨길 일이 뭐가 있겠어? 그의 부인이 떠보듯 말했다. 보세요, 요즘 온종일 비리 공직자 잡는다고…… 마 의장이 펄쩍 뛰며 말했다. 당신 무슨 소리야! 내가 그런 사람이야? 그리고는 씩씩거리며 집을 나가 버렸다.

그날 저녁 마완리는 아무런 목적지도 없이 거리를 헤매고 다녔다. 점차 기분도 풀렸다. 거리는 사람들로 가득했다. 그가 어떤 영감인지 알아보는 사람도 없었다. 이제 그는 일반 시민들과 다를 바 없었다. 다 같은 평범한 시민으로서, 자유롭고 여유로우며 구애받지 않았다. 그는 한 골목에서 탕후루까지 하나 사 들고 걸어 다니면서 먹었다. 정말이지 기분 좋은 일이었다. 그의 기억에 따르면 자신은 벌써 몇십 년 동안 자유롭게 거리를 누비지 못했다. 그 오랜 세월 동안 승용차로만 오가다 보니, 거리를 지나

다녀도 사람들과는 떨어져 있을 수밖에 없었다. 자동차 안에서 보이는 것이라고는 바깥에 있는 사람들의 냉담하고 적대적인 눈빛뿐이었다. 그때 그는 위축되는 느낌을 받곤 했다. 그는 알고 있었다. 그 고급 승용차는 자신과 시민들 사이를 갈라놓았다.

한때 마완리는 무청에서 막강한 힘을 가진 인물이었다. 많은 사람들이 그의 차량 번호를 기억하고 있었다. 그가 10년간 무청시의 시장을 역임하던 시절 그의 차량 번호는 '02'였는데, 이는 몹시 눈에 띄는 번호였다. 차는 교차로를 곧장 내달렸고 교통경찰들은 차를 향해 경례를 했다. 다른 차들은 그곳에서 기다리면서 그의 차가 나는 듯 지나가는 것을 바라보았다. 마완리는 기사에게 운전을 빨리할 것을 주문했다. 당시 그는 해야 할 일들과 처리할 사건들이 너무 많았다. 회의와 연설, 새로 개업한 대기업의 테이프 절단식, 건설 현장 시찰, 분쟁 조정, 한도 끝도 없이 많은 갈등의 해결까지. 그는 제1서기보다도 더 바빴다. 그 10년은 바로 무청의 대규모 건설과 발전의 시기였으며 도시는 그 10년 동안 급속히 팽창했다. 마완리는 그야말로 녹화 영상 속의 퀵 모션처럼 바삐 움직였다. '02'번을 단 아우디 승용차는 거리와 골목을 질주했으며, 마완리는 발을 땅에 붙이고 설 새도 없이 차에서 내리자마자 곧장 뛰었다. 그 시절 그는 뜨거운 피가 끓어올랐으며, 온 마음이 다 무청의 건설과 발전에 가 있어서 넋 놓고 있는 시간은 거의 없었다. 이는 또한 그가 자신에게 내린 평가이기도 했다.

그러나 그는 자신을 만점짜리라 평가하지는 않았다. 그는 잘못된 정책 결정으로 6000만 위안에 달하는 프로젝트에 실패하여 원금을 회수하지 못한 적도 있었다. 돌이켜 보면 지나친 자신감으로 인해 다른 의견을 듣지 않은 탓이었다. 넋을 놓고 있었던 적도 있다. 비록 아주 적긴 하지만 그래도 분명 그런 적이 있었다. 10년간 시장 자리에 있다 보니 일부 중대한 과제의 경우 경쟁이 치열하여 누군가 뇌물을 주려고 했던 적이 수차례 있었으며, 한번은 100만 위안 이상을 건네받은 적도 있었다. 마완리는 대부분 탁자를 치며 일어나 상대에게 호통을 치고 내쫓는 것으로 끝냈다. 하지만 뇌물을 주려던 사람이 떠난 뒤, 그도 가끔은 그 뒷모습을 바라보며 속으로 이런 생각을 하곤 했다. 100만 위안이라니, 만약 나에게 100만 위안이 있다면…… 젠장, 무슨 생각을 하는 거야!

마완리도 가끔 그런 돈에 마음이 동요되기는 했으나 한 번도 손을 댄 적은 없었다. 또한 재빨리 그런 생각을 떨쳐 버린 뒤에는 놀라서 식은땀을 흘렸다. 여자에 대해서도 마찬가지였다. 있는 그대로 말해서 마완리는 수십 년간 배우자에게 매우 충실했으며 그런 쪽으로 부정을 저지르지도 않았다. 하지만 이따금 마음이 어지러울 때도 있었다. 한번은 테이프 절단식이 있었는데, 대기업에서 수십 명의 여성 도우미를 불렀다. 하나같이 젊고 예뻐서 보고 있으니 약간 눈이 어지러웠다. 테이프를 절단할 때 한 꿀벌처럼 허리가 가는 아가씨가 그의 곁에 섰다. 그는 몹시 당황하고 혼란스러웠으며 감히 고개를 들어 그녀를 쳐다보지도 못했다. 테이프 절단이 끝나고 아가씨가 떠나려는데 그녀의 풍만하고 둥그런 엉덩이가 마완리의 눈에 들어왔다. 순간 그는 가서 그것을 만지고 싶다는 생각이 치솟았다. 게다가 그 생각은 매우 강렬하여 자신도 모르게 한 걸음을 내딛고 말았다. 그러다 다시 문득 각성하고 황급히 걸음을 멈추다 하마터면 걸려 넘어질 뻔하고 말았다. 다행히 당시 주위가 너무 소란하여 아무도 그의 추태를 알아차리지 못했다. 나중에 마완리는 마찬가지로 놀라서 식은땀을 흘렸으며, 그 이후로 다시는 테이프 절단식에 참석하지 않았다. 그는 그저 조금 의문스러웠다. 자신은 한 번도 그런 적이 없었는데, 어째서 갑자기 길바닥의 건달들이나 품을 만한 생각이 튀어나온 것일까?

너무도 황당하고 우습지 않은가!

한동안 마완리는 자신이 수치스러웠다. 하지만 금전에 대한 욕망을 떨쳐 버렸듯 그렇게 젊은 여인에 대한 욕망을 떨쳐 버리지는 못했다. 공자께서 식욕과 성욕은 인간의 본능이라 하셨는데, 참으로 맞는 말씀이었다. 다행이 이러한 욕망은 불타오르지 않았다. 대신 끊어질 듯 이어지면서 계속해서 가슴을 간질이는 느낌이 참으로 미묘했다! 마완리는 돌발적으로 엉뚱한 아이디어가 떠올랐다. 그의 상사들, 즉 무청의 서기들도 자신과 같은지 보고 싶어진 것이다. 한번은 상무 위원회가 열렸는데 무슨 문제에 대해 토론을 하며 격렬한 발언들이 오갔다. 그때 여종업원 한 사람이 들어와 물을 따라 주었다. 여종업원은 고작 열여덟아홉 살쯤 되어 보였고, 크지 않은 키에 희고 고운 피부를 가졌으며 통통한 외모였다. 마완리는 몰래 서기의 반응을 살피다가 순간적으로 서기가 여종업원의 탱탱한 가슴을 스윽 훑어보고는 입술을 핥은 뒤 얼른 시선을 피하는 광경을 목격했다. 마완리는 몰래 웃음을 지었다. 짓궂은 장난을 쳤을 때처럼. 그 후로 그의 마음은 훨씬 편안해졌다. 더 이상 자책도 하지 않았다. 심지어 이따금씩 한가한 시간에는 이런 욕망을 즐기기도 했다. 그는 이것을 전혀 수치로 여기지 않았다. 비록 입 밖으로 꺼낼 수는 없지만 사실 이는 건강한 남성이라면 누구나 가지고 있는 욕망이며, 남자들은 모두 호색한이다. 여색에 대한 충동이야 제멋대로 찾아오지만, 여색을 밝힌다고 꼭 제멋대로 구는 것은 아니다. 적당한 때가 되면 그만두고 끝낼 줄 알아야 한다.

마완리는 같은 곳을 뱅뱅 돌며 혼자 생각을 정리했다. 그는 여전히 크고 막강한 힘을 가진 좋은 시장이었다. 그는 금전이나 미녀처럼 이따금 그의 넋을 빼놓은 것들에 붙매이지 않았다. 그가 시장을 맡았던 10년간, 무청의 경제 지표는 네 배나 뛰어올랐고 크고 작은 기업들이 수만 개가 늘었다. 맨땅에서 고층 건물과 빌딩들이 하나둘씩 솟아오르기 시작했고, 무청은 쑥쑥 더 위로 올라갔으며 옆으로도 더 커졌다. 정치협상회의로 이임하던 때에도 속으로는 몹시 우쭐했다. 그는 자신이 무청을 건설하고 수백만 시민을 위해 큰 업적을 세웠다고 생각했으므로, 스스로 양심에 비추어 부끄러움이 없었다.

하지만 정치협상회의에 온 뒤 위원들이 문제를 보는 시각에 커다란 차이가 있다는 것을 발견했다. 정부에서 일할 때는 모두가 성과를 중시했다. 하지만 정치협상회의에 와 보니 수많은 위원들은 부정적인 시각으로 문제를 보는 것에 더 익숙했으며, 사사건건 온갖 트집을 다 잡으려는 분위기였다. 처음에 마완리는 도무지 적응이 되지 않았다. 듣고 있으면 뱃속이 부글부글 끓었으나 그렇다고 화를 낼 수도 없었다. 그저 속으로 이렇게 말할 뿐이었다. 당신들은 그렇게 서서 떠들어 대면 허리도 안 아파? 당신들이 시장 한번 해 볼 테야? 예를 들어 스뒤의 고층 건물을 허물고 도로를 뜯어내자는 제안에 그는 화가 머리끝까지 치밀었다. 그는 생각했다. 저 인간은 무슨 외계인 같은 소리야! 하지만 마완리는 점차 정치협상회의의 기능을 이해하게 되고 정치협상회의가 일하는 방식을 알게 되었고, 그러면서 그의 마음도 점차 편안해졌다. 정치협상회의에 있는 것과 시정부에 있는 것은 큰 차이가 있었다. 시정부에서 시장을 맡으면 매일같이 태도를 표명해야 하며 어떠한 일에도 명확한 입장을 취해야 한다. 게다가 매일같이 결정을 내리고, 결정한 일을 실행에 옮긴 뒤 서둘러 완성해야 한다. 정치협상회의에서는 서두를 것이 없었다. 그저 참을성을 가지고 듣기만 하면 그만이었다. 서둘러 태도를 표명할 수도 없었다. 서둘러 태도를 표명하는 것은 언로를 막는 것과 다름없다. 위원들은 춘추전국시대의 문객들과 비슷하여, 얼마든지 허황되고 거창한 의론을 주고받을 수 있으며, 이를 꼭 진지하게 받아들일 필요도 없다. 집행하기 위해 무슨 결정을 할 필요는 더더욱 없다. 무엇 하나 서두를 필요 없이, 이번 회의에서 논의한 것을 다음 회의에서 또 논의하고, 올해 이야기한 것을 내년에 또 이야기한다. 그냥 그러면 된다. 이를 깨달은 뒤로 마완리는 화가 나지 않았다. 인내심을 가지고 경청하면서 점차 자신의 역할을 변화시켜 나갔다. 이 단계는 아주 중요했다. 또한 그는 인내심을 가지고 귀를 기울인 이후에야 그들의 이야기가 하나같이 일리가 있다는 것을 발견하게 되었다. 그들은 문제의 다른 한 측면, 아니 여러 측면을 발견했으며, 황당무계해 보이는 제안들에는 재치와 상상력이 넘쳐흘렀다.

마완리는 그들의 발언을 즐기기 시작했다.

그는 자신의 위원들이야말로 진정한 보물이라고 생각하게 되었다.

그가 정치협상회의의 의장과 정치협상위원들의 각도에서 정부에서 일하던 시절을 돌이켜 보았을 때, 마완리는 더 이상 편안하고 만족스러운 심정일 수 없었다. 그는 무수히 많은 문제들을 발견했다. 예전에 그가 자랑스러워했던 업적들은 일부 눈앞의 문제들이 해결된 것일 뿐 더 많은 문제들이 여전히 남아 있었다. 이를테면 수많은 건설 프로젝트에서 우리가 늘 요구한 것은 공정 및 공사 기간의 단축, 자재의 절약이었다. 하지만 한 정치협상위원은 이렇게 말했다. 유럽에서는 건설 공사를 진행할 때 공사 기간을 앞당길 수 없을 뿐 아니라 자재를 절약하는 것도 허용되지 않습니다. 엄격하게 설계한 대로 진행되어야만 하지요. 그렇지 않으면 공사의 질에 영향을 줄 수 있으니까요. 또 그는 이렇게 말했다. 우리의 건축물 대부분은 수명이 고작 30년에 지나지 않습니다. 마완리는 덜컥 걱정이 되었다. 30년 뒤에 건물이 무너진다면, 이 많은 건축폐기물들은 다 어디로 가야 하지? 10여 년 만에 도시는 40퍼센트 가량 더 확장되었고, 대규모의 농민이 도시로 유입되면서 인구도 300만 명이 증가하여 이미 800만에 이르렀다. 이 많은 사람들이 한데 모여 사니 얼마나 많은 문제들이 발생하겠는가? 취업, 교통, 환경, 인간관계 …… 맙소사, 생각할수록 문제가 한둘이 아니었다. 마완리도 당초에 이런 문제들에 대해 생각해 보지 않은 것은 아니다. 다만 깊이 고민하지 않았을 뿐이다. 그 시절 그가 관심을 가진 것은 규모와 속도였다. 이제와 꼼꼼히 따져 보니 자신이 복을 가져온 것인지 죄를 지은 것인지 도무지 분간이 되지 않았다. 한번은 스뤼를 찾아가 따로 담화를 가지고 가르침을 청한 적이 있었다. 스뤼는 마치 철학자처럼 한참을 심사숙고한 끝에 한마디를 내뱉었다. 개미야말로 지혜로운 존재지요. 그리고는 온다간다 말도 없이 자리를 떠나 버렸다.

마완리는 원래 대학에서 수학을 전공했으며, 계산과 논리에 강하고 특히 숫자에 대한 감각이 예민했다. 이러한 특기는 시장의 지위에서 충분히 발휘되었고 수많은 수치들을 즉석에서 줄줄 읊을 수 있었다. 하지만 정치협상회의에 온 뒤로는 이를 써먹을 데가 없다는 것을 알게 되었다. 이곳에는 숫자 개념이 없는 것은 물론 논리조차 통하지 않았다. 그저 개개인의 특출한 장점이 서로 연결되지 않고 서로 관계도 맺지 않은 채 이곳에서 반짝, 저곳에서 반짝 할 뿐이었다. 그 반짝임은 사람을 깜짝깜짝 놀라게 만들었으며, 멀찍이 떨어져 바라보면 온통 별빛을 수놓은 듯 눈부시게 반짝였다.

마완리는 조금 어지러웠다.

마완리는 몹시 흥분되기 시작했다.

마완리는 호기심이 가득한 소년이 어렴풋하고 신비로운 밤 고개를 들어 멀리 별빛을 바라볼 때처럼 마음속이 기쁨과 격동으로 가득 찼다.

마완리는 무청의 밤거리를 걸었다. 고개를 들어 밤하늘을 바라보았으나 별은커녕 달조차 보이지 않았다. 그가 헤아려 보니 오늘은 분명 상현달이 뜨는 날이다. 날씨도 이렇게 좋은데 어째서 별도 달도 보이지 않는 것일까?

마완리는 몇십 년 만에 처음으로 이 일에 관심을 기울였다.

이는 그를 깜짝 놀라게 만들었다.

마완리는 길가에 서서 주위를 둘러보았다. 우뚝 솟아오른 빌딩들은 마치 숲처럼 빽빽이 들어차 밤하늘이 비좁을 지경이었다. 네온등의 오색찬란한 불빛은 화염처럼 하늘로 치솟아 마지막 남은 밤하늘마저 조각조각 뒤덮었다. 그러니 어떻게 달과 별이 보이겠는가!

마완리는 돌연 빽빽이 둘러싼 빌딩들에 짓눌린 것처럼 가슴이 답답해졌다. 순간, 정신이 희미해지면서 이곳이 어디인지 알 수 없어졌다.

이것이 바로 자신이 10년간 필사적으로 지어 올린 무청이란 말인가?

그의 기억에 10년 전 무청은 결코 이런 모습이 아니었다. 그때 그는 무청대학 수학과 학생이었다. 일요일이면 그는 늘 친구들과 함께 밖으로 나가 놀았다. 당시 무청에는 고층 건물이 거의 없었으며, 제일 높은 건물도 4~5층에 불과했다. 도로 또한 널찍한 것이 자동차는 거의 찾아볼 수 없었으며 어쩌다 한 대씩 지나가는 것이 전부였는데, 그것도 푸른색 트럭이 대부분이고, 가끔 푸른색 지프차가 있는 정도였다. 오히려 말수레나 당나귀수레가 훨씬 많이 오갔다. 시내 지역 또한 훤히 트여 있었다. 대부분의 사람들은 여전히 단층집에 살았고, 집 앞에는 담장이 있었으며, 심지어 울타리가 쳐진 집도 남아 있었다. 담장 안에는 닭이나 오리, 개와 고양이를 키우고, 담장 밖 나무에는 소 한 마리 혹은 회색 당나귀 한 마리가 묶여 있기도 했다. 집 근처에는 커다란 채소밭이 있고, 더 밖으로 나가면 낡은 성벽이 나왔다. 성벽 위에는 드문드문 관목이 자랐고, 수많은 새들이 그 위를 오르내리며 머물렀다. 사람들은 자주 성벽 위에 올라가 놀았고, 때로는 밤에도 가서 높은 곳에 앉아 달을 바라보고, 하늘 가득한 별들을 바라보았다. 공기는 깨끗하고 상쾌했다. 그는 바로 그 성벽 위에서 아내와 결혼을 약속했다. 당시에는 대학에서 연애가 금지되어 있었다. 하지만 적지 않은 사람들이 암암리에 사랑을 나눴고 끝내 이를 밝히지 않을 뿐이었다. 동학들끼리는 서로 다 알면서 학교와 선생님을 속인 것이다.

당시 마완리는 공부벌레였다. 성적도 아주 좋았으나 더 발전하고자 하는 욕심이 없어 3학년이 되도록 중국 공산주의 청년단에 입단도 하지 않았다. 청년단의 지부 서기는 여학생이었으며 당원이었다. 그녀는 자주 그를 찾아와 마음을 터놓고 이야기했으며 그가 더 발전할 수 있도록 격려했다. 교실에서 시작된 이야기는 교정으로, 교정에서 학교 밖으로, 학교 밖에서 성벽으로 이어졌으며 낮부터 밤까지 계속되었다. 지부 서기는 정확히 알아보았다. 마완리는 다듬을 수 있는 사람이다. 원래 내향적인 성격 속에는 매우 강한 폭발력이 있는 법이다. 그는 사람들이 해내지 못할 것이라 여기는 많은 일들을 해낼 수 있을 것이다. 어느 날 저녁 무렵이었다. 두 사람은 나란히 성벽 위에 앉아 이야기를 나눴다. 지부 서기는 혁명 이론에 대해 이야기했고, 마완리는 그저 하늘의 달을 바라보며 평소와 같이 아무 말도 하지 않았다. 그는 지부 서기의 말에는 별로 관심이 없었다. 하지만 그는 지부 서기의 몸에서 나는 냄새를 좋아했다. 지부 서기는 전혀 화장을 하지 않았다. 당시 여대생들은 아무도 화장을 하지 않았다. 하지만 그녀는 배니싱 크림을 바른 듯 옅은 향기가 났다. 거기에 성벽 위로 자라난 풀 냄새까지 더해져 그를 흠뻑 취하게 만들었다. 지부 서기는 그가 달을 바라보면서 그녀의 이야기에 귀를 기울이고 있다고 생각했으나, 사실 마완리의 신경은 온통 그녀 몸에서 나는 냄새에 쏠려 있었다. 냄새는 아주 옅으면서도 아련했다. 배니싱 크림 냄새, 싱싱한 풀 냄새, 그리고 지부 서기 몸 냄새까지. 하지만 성벽 위에는 바람이 불었다. 그리 세지 않은 바람에도 냄새는 결결이 흩어졌다. 바람을 따라 사라지고 남은 향기 몇 가닥이 마완리를 안달하게 했다. 그는 조금씩 엉덩이를 움직여 지부 서기 쪽으로 다가갔으며, 거의 그녀의 몸에 닿을 정도로 바짝 다가앉았다. 지부 서기도 이를 눈치채고 속으로 중얼거렸다. 이 녀석은 이야기나 제대로 들을 것이지 뭘 이렇게 비비적거려? 그리고는 바깥쪽으로 몸을 움직여 다시 약간의 거리가 생겨났다. 하지만 그녀도 너무 멀리 떨어질 엄두는 나지 않았다. 성벽 위에는 아무도 없었고, 어렴풋한 달빛 아래에는 끝을 알 수 없는 적막이 감돌았다. 그 시절 무청은 몹시 조용했다. 특히 밤이 되면 시골 마을과 별반 차이가 없었다. 약간의 불빛이 있었으나 워낙 멀리 떨어져 어슴푸레하게 느껴졌다. 그녀는 어둠 속에 무언가 위험이 도사리고 있지 않을까 두려웠으나 선뜻 이를 입 밖에 내지는 못했다. 그녀는 자신이 이 사내 앞에서 겁먹은 모습을 보일 수는 없다고 생각했다. 자신은 지부 서기고 그는 아무것도 아니니, 지부 서기는 응당 일반 학생들보다 용감해야만 한다. 그런데 바로 그 순간, 마완리가 돌연 소리를 질렀다. "족제비다!" 지부 서기는 혼비백산하여 비명을 내지르고는 몸을 돌려 마완리의 품속으로 파고들었다. 마완리는 그녀의 머리를 꼭 끌어 안은 채 말했다. 겁내지 마, 겁내지 마, 내가 있잖아. 지부 서기는 너무 놀라 온몸이 떨렸다. 그녀가 말했다. 족제비 갔어? 마완리가 말했다. 움직이지 마, 족제비가 지금 줄을 서서 지나가고 있어. 족제비가 어쩜 저렇게 많지? 너도 좀 봐봐, 수십 마리는 되겠어! 지부 서기는 그의 목을 더욱 꼭 끌어안고 머리를 그의 어깨 뒤에 파묻은 채 반복해서 말했다. 난 안 봐, 난 안 봐!…… 그녀는 목소리까지 달라졌다. 마완리는 지부 서기를 끌어안은 채 꿈쩍도 하지 않았다. 그러면서 현장 생중계를 하듯 자신이 보고 있는 광경을 설명했다. 세상에, 족제비가 수십 마리가 아니었어! 관목 더미에서 빠져나오는데 일렬로 늘어서서 서로 꼬리를 물고 한 방향으로 가고 있어. 전혀 당황하거나 서두르는 기색도 없고. 지금 달이 구름 사이를 뚫고 나와서 달빛이 훨씬 밝아졌어. 족제비 몸에 덥수룩한 황갈색 털까지 보여 …… 커다란 족제비 한 마리가 입에 작은 족제비를 물고 있어 …… 어어 또 한 마리가 있네. 아마 새끼 족제비를 물고 있는 건가 봐. 또 한 마리! 또 한 마리!…… 우와, 진짜 많다! 다들 작은 족제비를 한 마리씩 물고 있어! 너도 좀 봐봐! 고개 들고 한번 봐, 어마어마하게 많아! …… 지부 서기는 그의 어깨 위에 엎어진 채 고개를 흔들면서 울먹거렸다. 난 안 봐, 난 안 봐! 마완리 우리 빨리 돌아가자!…… 마완리는 한 손으로 그녀의 어깨를 두드리면서 말했다. 울지 마, 울지 마. 지금은 움직일 수가 없어. 움직였다가는 족제비들이 놀랄 거야. 이 많은 족제비들이 놀랐다가는 큰일 나지! 예전에 시골에서 어르신들이 하시는 말씀이 날짐승이나 들짐승이 모이는 건 기이한 현상이래. 까마귀, 거북이, 족제비, 박쥐, 두꺼비, 뱀, 개미 …… 어떤 때는 수천수만 마리가 한데 모이기도 하는데, 그것들이 어떻게 모여드는지, 무엇을 하려는 건지, 그게 무슨 징조인지는 아무도 모른대. 어르신들이 그러셨어. 이런 작은 동물들은 다들 특별한 감지 능력과 음침한 기운, 그리고 신비롭고 불가사의한 계시를 가지고 있다고. 그래서 누구도 감히 그것들을 건드리지 못한대. 그랬다가는 큰 재앙이 일어날지도 모르거든 …… 지부 서기는 그 이야기를 듣고 솜털이 곤두서면서 온몸이 덜덜 떨리고 오한이 났다. 그녀가 떨리는 목소리로 말했다. 마완리 …… 우리 이제 어떡해? 그때 그녀는 마완리에게 탄복하지 않을 수 없었다. 이런 순간에도 그는 당황하거나 겁내기는커녕 이처럼 침착하게 상황을 분석할 수 있었다. 평소 같았으면 그녀는 분명 그가 제

정신이 아니고 미신적이고 낙후되어 있으며 고등 교육을 받고 이상과 교양을 갖춘 대학생답지 않다고 비판했을 것이다. 하지만 그때 그녀는 두려움으로 완전히 녹아웃이 되었고, 그녀가 평소에 마완리를 격려하고 가르쳤던 말들은 흔적도 없이 사라지고 말았다. 그녀는 더 이상 그를 격려의 대상이나 내향적이고 심약한 공부벌레로 보지 않았다. 오히려 그를 유일한 버팀목이자 완전히 신뢰할 수 있는 인물, 강하고 침착한 인물로 여겼다. 자신 또한 더 이상 높은 자리에서 아래를 내려다보는 지부 서기가 아니었다. 자신은 그저 겁 많은 여자에 불과했다. 그의 품에 안겨 있는 것이 부끄럽기는 하나, 그 순간 그곳은 가장 따뜻하고 안전한 곳이었다.

그렇게 안긴 채로 꿈쩍도 하지 않았다.

전부 그가 시키는 대로 하면 된다.

마완리는 그녀를 더욱 힘주어 끌어안고 다시 현장 생중계를 이어 갔다. 족제비 대열은 우리가 있는 곳에서 고작 10여 미터 거리에 있어. 아직도 관목 더미에서 끝없이 나오고 있어. 지금 나오는 것들은 다들 작은 족제비를 문 큰 족제비들이야. 거의 100마리는 되겠는데……오! 지금 또 변화가 생겼어. 작은 족제비를 물고 있는 대열은 다 지나가고, 이제 커다란 족제비들이야. 계속 다른 놈의 꼬리를 물고 줄줄 나오고 있어. 아주 질서 정연하고 아주 조용하게 전진해서 성벽의 갈라진 틈으로 향하고 있어. 거기는 구멍이 숭숭 나 있고 관목 더미도 많고 들풀도 빽빽하게 우거졌어 ……지금 나오는 족제비들은 색깔이 황금색이야. 달빛을 받아서 금색 비단처럼 너무 아름다워. 보고 싶지 않아? 거짓말 아냐! 얼른!……지부 서기는 단호히 고개를 내저었다. 눈은 굳게 감겨 있었다. 그녀는 족제비는 고사하고 그 무엇도 볼 엄두가 나지 않았다.

마완리는 타고난 현장 생중계 요원처럼 끊임없이 족제비의 숫자와 색깔, 크기와 진행 방향등을 전달했다.

시간은 지루하게 흘렀다. 족제비의 행진 대열은 조금도 끊어지거나 멈출 조짐이 보이지 않았으며, 계속해서 꼬리에 꼬리를 물고 관목 더미에서 빠져나와 앞쪽의 작은 수풀 속으로 사라졌다.

마완리가 대략 추산해 보니 빠져나온 족제비는 이미 1000마리를 넘어섰다! 처음부터 지금까지 이미 한 시간이 넘었으나 그는 이것이 얼마나 더 지속될 것이며 얼마나 더 많은 족제비가 있을지 짐작도 할 수 없었다. 마완리도 실은 조금 겁이 났다. 평소에 보던 족제비는 한두 마리가 고작이었는데, 지금은 어째서 이렇게 많이 나타난 것일까? 이 신비로운 현상은 공포심을 자아내지 않을 수 없었다. 그것들은 어디서 모여든 것일까? 어떻게 한곳에 모일 수 있는 걸까? 자기들끼리는 어떤 신호로 연락을 주고받을까? 한데 모여서 무엇을 하려는 걸까? 막 어딘가로부터 여기로 온 것일까 아니면 한창 이곳을 떠나 다른 곳으로 가는 중일까? 집회일까 도주일까? 한 마리씩 꼬리에 꼬리를 물고 가는 것은 어떤 의미일까? 낙오될까 두려워서일까 소리가 새어 나갈까 두려운 것일까? 이것은 비밀스러운 행동일까? 아마도 그럴 것이다. 그것들이 야간 행군을 선택하고, 달은 밝고 별이 드문 시간과 황량하고 낡은 성벽 위를 선택한 것은 모두 이를 인류가 눈치채지 못하게 하려는 것이다. 하지만 그것들의 행동은 마완리와 그녀의 바로 눈앞에서 벌어졌다. 그들과 10미터도 떨어지지 않은 곳에서 줄을 지어 이동하는 모습은 마치 실수로 인류에게 발각된 것처럼 보이기도 했다. 추측할 수 있는 것은 그들이 날이 밝은 뒤 사람들에게 어제저녁 본 광경에 대해 이야기할 때 이를 믿는 사람도 있고 믿지 않는 사람도 있으리라는 것이다. 믿는 것과 믿지 않는 것 사이, 이 세상에는 다시 그만큼의 신비감이 더해진다.

그날 밤, 족제비의 행렬은 한밤중이 되어서야 끝이 났다. 정말이지 손에 땀을 쥐게 하는 광경이었다. 마완리로서는 도대체 몇 마리였는지 헤아릴 방법이 없었다. 그는 최소한 몇만 마리는 될 것이라고 믿었다. 최후의 족제비 한 마리가 먼 곳으로 사라지는 것을 보았을 때는 상현달도 이미 넘어간 뒤였다. 깜깜한 밤중에 마완리는 이미 혼이 빠지고 맥이 풀린 지부 서기를 등에 업고 한 걸음 한 걸음 낡은 성벽을 내려갔다. 온몸에 식은

땀이 흘러내렸다.

다음 날 그는 이 일을 입 밖에 내지 않았다.

그는 이것이 비밀스러운 일일 것이라 믿었다. 아니 천기일지도 모른다. 천기라면 누설해서는 안 되는 것이다.

지부 서기 또한 이 일을 이야기하지 않았다.

그녀는 그 뒤로도 계속 두려움에서 헤어나지 못했다.

얼마 지나지 않아 그들은 연인이 되었다.

그런 뒤에 그녀는 그의 아내가 되었다.

그녀는 그와 떨어질 수 없다고 생각했다.

그녀는 그 후로 몹시 겁이 많아졌다.

그 사건은 그녀에게 일생일대의 악몽이었다.

그녀는 툭하면 한밤중에 화들짝 놀라며 잠에서 깨 고함을 질렀다. "족제비다! 족세비다!……"

마완리는 그녀를 껴안고 그녀의 얼굴을 쓰다듬으며 말했다. 괜찮아. 겁내지 마, 겁내지 마. 내가 있잖아……

마완리가 있으면 그녀는 안전하다는 느낌이 들었다.

그는 그녀의 보호자이자 버팀목이었다. 그녀는 늘 그에게 무슨 일이 생기지는 않을까 두려웠다. 하지만 마완리는 이미 그 시절 심약하고 내향적이던 대학생이 아니었다. 그는 강인하고 책임감이 강한 남자가 되어 있었다.

결국 그는 시장직을 안전하게 내려와 정치협상회의로 갔다. 그녀는 기쁘고 마음이 놓였다.

하지만 그녀는 알지 못했다. 마완리는 정치협상회의에 간 뒤로 조용히 또 한 번의 전환점을 맞았다.

그날 밤, 마완리는 길거리를 정처 없이 떠돌다가 아주 늦은 시각에야 집으로 돌아갔다.

바로 그날 밤, 그는 뜻밖에 스퉈의 비밀을 발견하게 되었다. 어느 작은 골목에서 스튀가 도로에 망치질을 하는 모습을 목격한 것이다. 그는 깜짝 놀라지 않을 수 없었다!

마완리는 스튀의 등 뒤에 서서 그의 망치질을 지켜보았다. 그를 저지하지도 않았다. 스튀는 도로가에 쭈그리고 앉아 있었고, 푸른색 장삼의 아랫단이 땅에 끌려 이미 진흙으로 범벅이 되어 있었다. 스튀는 망치질에 온 신경을 집중하고 있었으며 몹시 애를 쓰고 있었다. 길가에는 이미 수십 미터 길이의 홈이 파였다. 마완리는 스튀의 뒤에서 허리를 숙여 시멘트 조각 하나를 집어 들었다. 그것은 쇳덩어리처럼 딱딱했으며, 때려서 부수려면 제법 힘이 들 것 같았다.

보아하니 스튀는 이런 일이 처음이 아닌 모양이었다.

마완리가 의구심에 휩싸여 있을 때 돌연 스튀가 수차례 제안했던 안건이 뇌리를 스쳤다. 고층 건물을 허물고 시멘트 바닥을 뜯어내자.

이 제안이라면 마완리도 더없이 잘 알고 있었다. 스튀는 정치협상회의가 열릴 때마다 이 안건을 제출했다. 이는 물론 실행에 옮길 수 없는 제안이었고 실현 가능성이라고는 찾아볼 수 없었다. 하지만 스튀는 매우 고집스럽게 이를 거듭 제출했고 거듭 외면당했다.

결국 그는 이를 직접 행동에 옮기려는 것이다!

하지만 이를 행동에 옮긴들 무슨 의미가 있는가? 이 큰 무청을 혼자 작은 망치 하나로 산산조각 낼 수 있단 말인가? 무청을 조각낼 수 없는 것은 물론이고 자신도 잡혀 들어가고 말 것이다. 이는 도시의 공공시설을 훼손하는 것이며 법을 위반하는 행동이다!

마완리가 다가가 그를 저지하기로 마음을 먹었을 때 스튀는 힘겹게 몸을 일으키더니 망치를 푸른색 장삼 안에 감추고 절뚝거리며 걸음을 옮겼다. 그는 몹시 지쳐 보였다.

마완리는 그가 자신을 본 것은 아닐까 걱정하지 않았다.

그는 스튀가 길을 걸을 때 뒤를 돌아보는 법이 없다는 것을 알고 있었다.

길을 걸을 때 뒤를 돌아보지 않는 사람은 경계심이 없는 사람이며, 그런 이는 분명 마음이 맑고 깨끗할 것이다.

길을 걸을 때 뒤를 돌아보지 않는 사람은 분명 고집스러운 사람이기도 할 것이다.

마완리는 그가 더 이상 고집을 피우지 않도록 만들어야 했다. 하지만 이를 어떻게 이야기해야 할지 알 수 없었다. 설령 그의 이론이 아무리 이치에 맞다한들 시정부가 이를 수용할 리는 만무했다. 일반 시민들 또한 받아들일 리가 없었다.

이는 마완리의 골치를 아프게 만들었다.

스튀의 그림자가 작은 길모퉁이로 사라지는 것을 보고 마완리는 한숨을 내쉬었다. 하지만 마완리는 돌연 다시 걸음을 멈췄다. 스튀로 인해 문득 다른 위원들이 떠오른 것이다. 그들도 스튀와 같지 않을까? 제출한 안건이 받아들여지지 않는 상황에서 이를 직접 행동에 옮기고 있다면?

그렇다. 나는 왜 이 점을 생각하지 못했을까?

그들은 그럴 수도 있다.

분명히 그럴 것이다!

그들이 이를 행동에 옮긴다면 어떤 결과를 초래하게 될 것인가? 무청에 혼란과 말썽을 일으키지는 않을까?

마완리는 순간 온몸에 땀이 솟았다.

마완리는 다음 날부터 사무실을 나가 무청 각지에 흩어져 있는 정치협상회의의 위원들을 방문하기 시작했다.

그는 자신의 보물들이 무엇을 하고 있는지, 스튀처럼 멋대로 행동하고 있지는 않은지 직접 보고 싶었다.

방문의 결과는 예상보다 더 복잡했다.

마완리가 가장 먼저 찾아간 사람은 노시인이었다.

노시인은 일찍이 정치협상회의에서 학교 교육이 사숙제를 부활시켜야 한다고 제안했다. 이 이야기는 몇 년째 아무도 관심을 가지는 사람이 없었고, 이에 노시인은 몹시 화가 나 있었다. 노시인은 화를 잘 냈으며 성격도 급했다. 일단 화가 치밀면 말문이 막히고, 말문이 막히면 얼굴까지 벌겋게 달아오르면서 한마디도 내뱉지 못했다. 한번은 정치협상회의에서 한 관료의 독직으로 국가에 수억 대 자산 손실이 일어난 것에 대한 토론이 벌어졌고, 격분한 사람들로 인해 고성이 오갔다. 노시인도 발언을 하기는 했으나 말을 할수록 화가 나고 분통이 터지는 통에 마지막 한마디가 끝내 막혀 버렸다. "이 …… 사사 …… 사사사사람은 …… 바바반드시 ……" 그리고는 더 이상 소리가 나오지 않았다. 모두들 그의 발언이 끝났다고 생각했고, 얼마 뒤 다른 주제로 넘어갔다. 그리고 다시 얼마 뒤 또 다른 주제로 넘어갔다. 정치협상회의 위원들이 다들 회의에서 진지한 이야기만 하는 것은 아니었다. 때로는 한담이 나오기도 했다. 그때 한 이야기꾼 출신의 정치협상위원이 사람들에게 이야기를 하나 들려주었다. 그의 이야기는 이러했다. 어제 저녁에 교외에 사는 한 영감이 당나귀수레를 몰고 시내에 채소를 배달하러 왔답니다. 그 영감이 채소를 내릴 때 잠시 한눈을 판 사이에 당나귀가 도망을 가 버린 겁니다. 그 영감은 도로며 골목이며 밤새 찾아다녔지만 허사였고, 미치기 일보 직전이었지요. 그도 그럴 것이 그 당나귀는 단순히 그 영감의 자산이 아니라 동반자였기 때문입니다. 원래 동반자였던 할멈은 여러 해 전에 세상을 떠났고 자식들도 모두 분가하여 따로 살고 있으니, 그의 곁에는 그 당나귀뿐이었답니다. 영감은 고민이 있을 때면 당나귀에게 이를 털어놓았지요. 그런데 생각지 못하게 당나귀를 잃어버렸으니 그가 발을 동동 구를 수밖에 없지 않겠습니까? 나중에 들려온 이야기에 따르면 무청의 한 작은 골목 안에서 환경미화원이 그 지친 당나귀를 발견했답니다. 사실 당나귀는 무청의 거리와 골목을 밤새 뛰어다녔는데, 여러 사람이 쫓아가 봤으나 아무도 붙잡지는 못했지요. 당나귀는 엄청난 속도로 달렸습니다. 녀석은 집으로 돌아가고 싶었지만 집으로 가는 길을 찾을 수가 없었습니다. 어딜 가나 다 똑같은 곳처럼 보였던 게지요. 온통 고층 건물에 불빛도 번쩍거리고, 도로와 골목들이 다 비슷비슷하니 완전히 길을 잃어버린 겁니다. 더욱 개탄스러운 것은 그 도시 사람들이었습니다. 그들은 당나귀를 보자 무슨 괴물이라도 본 것처럼 놀라 펄쩍 뛰면서 쫓아가기 시작했습니다. 경찰에 신고한 사람도 있었습니다. 그러니 당나귀는 하는 수 없이 줄행랑 쳤는데, 도로에서 골목으로, 골목에서 다시 도로로, 어디로 달려가도 누군가 쫓아왔습니다. 하지만 도시 사람들은 감히 당나귀를 잡지 못했습니다. 당나귀가 발길질을 하거나 물까 봐 겁이 난 게지요. 사실 그날 밤 당나귀의 발길질에 다친 사람도 몇 명 있었습니다. 녀석은 밤새 쉬지 않고 달렸고, 날이 밝을 무렵에는 결국 완전히 지쳐 버렸습니다. 하지만 그때가 되자 더 이상 쫓아오는 사람도 없었습니다. 경찰 세 사람만이 여전히 곳곳을 돌며 녀석을 찾고 있었는데, 그들도 이미 지쳐서 다리가 풀릴 정도였습니다. 그 무렵 무청의 불빛은 한밤중처럼 그리 많지 않았고, 사람과 차들도 줄어들었습니다. 마치 사람과 도시가 모두 잠이 든 것 같았지요. 당나귀는 한 작은 골목에 숨어 있었습니다. 지치고 막막하여 잠시 쉬었다가 날이 밝은 뒤에 무청을 빠져나갈 계획이었지요. 녀석은 도시 밖의 들판까지만 나가면 집으로 돌아가는 길을 알아볼 수 있을 것이라고 믿었거든요.

　그곳은 버려진 작은 골목이었습니다. 아무도 살지 않고 온통 컴컴한 중에 커다란 쓰레기통이 하나 놓여 있었습니다. 바로 그때, 한 환경미화원이 나타났습니다. 그는 처음 당나귀를 발견했을 때는 약간 놀랐으나 이내 녀석이 어느 시골에서 도망쳐 나온 당나귀일 것으로 짐작했지요. 그 환경미화원은 쉰이 넘은 사내로, 20세기의 70년대에 농촌의 생산대에 들어가 생활한 적이 있어 시골에서 온 손님에게 몹시 친근감이 느껴졌고, 심지어 조금 감격까지 했습니다. 그는 다른 도시 사람들처럼 당나귀를 겁내지 않았습니다. 그는 그 당나귀가 이미 몹시 지친 것을 보고 밤새 겁에 질려 떨었나 보다 생각했습니다. 녀석이 밤새 미친 듯이 뛰어다닌 것은 몰랐으니까요. 환경미화원은 아주 노련하게 나지막한 소리를 냈습니다. "워……"

당나귀는 거기 선 채로 그를 돌아보았고, 곧바로 믿음이 생겼습니다. 밤새 뛰어다니는 동안 도시인들이 고함을 질러 댔으나 녀석은 한마디도 알아듣지 못했습니다. 심지어 녀석에게 영어로 소리를 지른 청년도 있었는데 녀석으로서는 더욱 이를 알아들을 길이 없었지요. 하지만 그때 이 "워"하는 소리에 녀석은 자신을 알아줄 사람이 온 것을 알아차렸고, 순간적으로 당나귀는 억울한 마음까지 들었습니다. 그리고는 마치 아는 사람이라도 만난 것처럼 꼬리를 흔들었습니다.

환경미화원은 곧바로 당나귀의 고삐를 낚아채는 대신 천천히 다가갔습니다. 계속해서 나지막하게 "워"하는 소리를 내면서요. 그렇게 한 걸음씩 다가가서……

이 이야기꾼 출신의 정치협상회의 위원은 거기까지 말한 뒤 이야기를 멈추고 뜸을 들였다. 그는 주위를 둘러보고 모두가 집중하여 자신이 결론을 이야기해 주기를 기다리고 있는 것을 확인하고는 그제야 미소를 지으며 말했다.

"환경미화원은 일단 녀석의 엉덩이를 어루만졌는데, 뜻밖에 땀에 흠뻑 젖은 것을 보고 깜짝 놀랐습니다. 그리고는 녀석이 밤새 혼비백산하여 뛰어다닌 것을 알게 됐지요. 그는 재빨리 당나귀의 엉덩이를 토닥여 주면서 위로의 뜻을 표시했습니다. 당나귀는 과연 고맙다는 듯 몸을 흔들고 고개를 내젓더니 콧김을 내뿜은 뒤 더 이상 움직이지 않았습니다. 환경미화원은 손을 당나귀의 몸에서 떼지 않고 등을 타고 어루만지면서 올라가 고삐를 잡고서야 마음을 놓았지요. 하지만 그러고 나니 다시 골치가 아파졌습니다. 당나귀를 잡기는 했는데 이제 어떻게 하나?……"

정치협상회의 위원들은 시종 진지하게 이야기를 듣고 있었다. 모두들 이야기에 깊이 몰입했을 뿐 아니라 한마음으로 당나귀의 운명을 걱정하고 있었다. 그래, 그런 뒤에는 어떻게 해야 하나? 회의장에는 적막이 감돌았다.

바로 그때, 노시인이 돌연 탁자를 치며 일어나 노기등등한 목소리로 외쳤다. "법정에 세워 심판해야 한다!"

사람들은 모두 놀라 멍해졌고, 일제히 고개를 돌려 노시인을 바라보았다. 노기가 채 가시지 않은 노시인의 모습에 다들 어안이 벙벙한 눈치였다.

법정에 세워 심판을 해?

죄 없는 당나귀를 심판하라고?

그럴 리가!

순간 회의장에서 떠들썩한 웃음소리가 터져 나왔다.

하지만 그때 또 다른 사람이 탁자를 치며 일어나 더 큰 목소리로 외쳤다. "이의 있소!!"

사람들은 웃음을 거두고 바라보았다. 그는 다름 아닌 스튀였다!

스튀는 귀밑까지 벌겋게 달아오른 채 노시인을 향해 눈을 부라리며 말했다. 왜 당나귀를 심판한다는 거요? 이런 황당한 일이 있나! 당나귀는 도시에 들어오면 안 된다는 법이라도 있소? 당나귀에게 무슨 죄가 있소? 그냥 길을 잃었을 뿐이니 불쌍히 여겨 잘 돌봐 주고 주인을 찾도록 도와 줘야지! ……

사람들은 잠시 어리둥절해졌다. 이 두 샌님이 뭘 다투고 있는 것인지 알 수가 없었다.

스튀가 노시인에게 장황하게 비난을 퍼붓고 있을 때 노시인은 한마디도 하지 않았다. 다만 벌겋게 달아오른 얼굴로 분을 참으며 몸을 들썩거렸다. 잠시 뒤 그는 돌연 자리에 앉더니 펜을 들고 책상에 엎드려 종이 위에 무언가를 빠르게 써 내려갔다.

그날 스튀는 유독 말이 잘 나왔다. 그는 한 번도 그처럼 유창한 말솜씨로 화를 내며 발언한 적이 없었다. 회의장에 있던 사람들은 모두 멍해졌다.

스튀가 막 비난을 끝냈을 때 노시인이 돌연 다시 자리에서 일어섰다. 손에는 종이 한 장을 들고 부들부들 떨며 이를 읽어 내려가는데 마치 한 편의 시를 낭송하는 것 같았다.

스퉈 동지

분노하지 마시오.

당신의 분노는

완전히 과녁을 벗어난 화살이오.

나는 당나귀를 탓한 것이 아니오.

당나귀는 분명 잘못이 없소.

그저 어쩌다 실수로 도시에 들어온 것이지요.

내가 심판하라 한 것은

앞서 말 했던

그 관료요.

그의 독직으로 인해

국가적으로

1억 위안의 손실이 났으니

그를 법정에 넘겨 심판을 받게 하라는데

이를 반대하신다니요.

노시인은 낭송을 마친 뒤 스퉈를 바라보고 다시 사람들을 바라보았다. 얼굴빛은 이미 완전히 정상으로 돌아왔다. 사람들은 그제야 깨달았다. 노시인이 법정에 세워 심판을 받게 해야 한다고 주장한 것은 당나귀가 아니라 앞서 이야기했던 그 관료였던 것이다!

사람들은 그제야 상황을 이해했다. 30분 전 그 독직한 관료에 대해 토론하고 있을 때 노시인은 화가 치밀어 말문도 막히고 숨도 막혔다. 그의 이야기가 끝나기도 전에 사람들은 몇 차례 화제를 바꿨고, 그러는 동안에도 그는 여전히 그 반 마디 말을 내뱉지 못하고 있다가 이야기꾼의 이야기가 당나귀를 잡았다는 부분에 이른 뒤에야 참았던 그 몇 글자를 뱉어낸 것이다. "법정에 세워 심판해야 한다!"

하지만 참아도 너무 참았다!

그러니 스퉈가 오해하고 그에게 이의를 제기한 것이다.

오해는 풀렸다. 회의장은 다시 웃음바다가 되었다.

모두들 그 이후로 노시인의 특징을 알게 되었다. 그는 화가 나거나 다급해서 말이 나오지 않을 때 하고 싶은 말을 한 단락씩 끊어서 시구처럼 만들고 이를 시처럼 낭송했다. 그러면 말문이 막혀 더듬거리지도 않고 숨이 막히지도 않았다.

마완리는 아무래도 노시인을 찾아가 이야기를 한번 해 보는 것이 좋을 듯했다. 그가 말했다. 내일모레면 일흔이신데, 이제 급하게 말씀하지 마시고 걸핏하면 화를 내지도 마십시오. 그러면 몸에 해롭습니다.

노시인이 말했다. 맞습니다. 맞습니다.

하지만 마완리는 알고 있었다. 막상 닥치면 그는 또 급해지고 화도 낼 것이다.

노시인을 찾는 것은 결코 순조롭지 않았다.

먼저 그의 집에 전화를 걸었으나 아무도 받지 않았다.

마완리는 하는 수 없이 자료를 뒤져 그가 정치협상회의에 남긴 주소를 확인하고는 곧장 그의 집으로 찾아갔다. 노시인의 집은 1970년대에 지은 중간에 복도가 딸린 기숙사식 건물이었다. 이런 스타일의 건물은 이제 무청에 거의 남아 있지 않았다. 마완리가 시장으로 재임하는 동안 허물어 버린 것도 수없이 많았다. 그는 노시인이 여전히 이런 누추한 건물에 살고 있을 것이라고는 생각지 못했다. 복도 양옆으로 못 쓰는 나무판과 틀, 알탄 따위의 잡동사니들이 잔뜩 쌓여 있어 길을 지나려면 몸을 옆으로 돌려야 할 지경이었다. 발자국 소리가 들릴 때마다 끊임없이 누군가 고개를 내미는 것으로 볼 때 이곳은 찾아오는 손님이 매우 적은 모양이었다.

마완리는 물어물어 노시인의 문패를 찾아냈다. 문을 두드려 보았으나 아무런 대꾸도 없었다. 다시 문을 두드렸을 때 옆집에서 한 중년 부인이 나왔다. 마완리는 황급히 다가가 그의 소식을 물었다. 중년 부인의 말에 따르면 그는 이미 몇 달째 집에 머물지 않으며 그 사이 두 차례 옷을 가지러 온 것이 전부라고 했다.

마완리가 재빨리 물었다. 그 댁에 다른 분은 안 계신가요?

중년 부인이 고개를 가로저으며 말했다. 혼자 사세요. 할머니께서는 돌아가신 지 꽤 됐어요.

마완리가 떠보듯 물었다. 그럼 그분이 지금 어디 사시는지도 아십니까?

중년 부인이 잠시 생각한 뒤 말했다. 위쓰 골목에서 무슨 학당 같은 것을 한다는 것 같던데, 저도 잘 모르겠네요.

마완리는 얼른 작별 인사를 하고 건물을 내려가 차에 올라탄 뒤 기사에게 곧장 위쓰 골목으로 가자고 말했다. 가는 내내 마음이 아렸다. 노시인이 아직도 이런 누추한 곳에서 혼자 고독하게 살면서 그처럼 천진하고 깨끗한 마음을 가지고 있다니. 그가 위쓰 골목에서 무슨 학당을 한다? 그렇다면 그것은 바로 그가 여러 해 동안 호소해 온 사숙이 아니겠는가? 만약 정말 그렇다면 좋은 일을 하는 것이기는 하나, 어떻게 하고 있는 것인지는 알 길이 없었다.

마완리는 위쓰 골목 입구에 도착해 차에서 내린 뒤 기사를 돌려보내고 혼자서 천천히 골목으로 걸어 들어갔다. 길 양쪽으로 늘어선 명청대의 건축물과 석판이 깔린 길이 눈에 들어왔는데, 이미 보수를 거친 뒤라 예스럽고 정갈한 것이 마음과 눈이 즐겁고 기분도 좋아졌다. 이 옛 골목도 그의 시장 재임 시절부터 보존해 온 것이었다. 당시 이곳을 광저우의 한 부동산 투자가에 팔아서 낡아빠진 옛 건물들을 밀어 버리고 큰 주택 단지를 세우려고 했다. 하지만 대중의 반발은 격렬했으며 민원이 빗발쳤다. 사회 각계도 매체를 통해 강렬하게 호소했다. 처음에는 마완리도 영문을 몰랐으나, 이 일이 그처럼 큰 반발을 불러일으키는 것을 보고는 황급히 진행을 정지시키고 공청회를 열어 사람들의 의견을 들었다. 그는 바로 그 공청회에서 노시인을 알게 되었다. 당시 노시인의 언사는 격렬했으며 마찬가지로 시를 낭송하는 방식이었다. 한 차례 서면 발언이 있었는데, 중간중간 경전의 어구나 고사를 인용하고 현대문과 고문을 함께 썼으며 몹시 당당했다. 마완리는 다른 부분은 기억이 잘 나지 않았으나 그의 마지막 몇 마디만은 기억하고 있었다.

	……
	도시의 건설을 볼 때는
	무엇이 더해졌는지만
	볼 것이 아니라
	무엇이 남았는지도
	보아야 한다.
	높으신 시장님께서도
	그리 생각하실지.

이 몇 마디 말은 열렬한 박수를 끌어냈다. 마완리 또한 박수를 보내며 좋은 이야기라 생각했다. 그 전까지 아무도 자신에게 그런 이야기를 하는 사람이 없었다. 그는 늘 건설이란 더하기라고 생각했으며, 도로를 확장하고 고층 건물을 지어 올리고 헐어서 다른 곳으로 옮기는 일이라 여겼다. 하지만 그것이 전부가 아닌 것 같았다.

바로 그 공청회로 인해 위쓰 골목의 명청 시대 건축물은 보존될 수 있었다. 오늘날 석판이 깔린 바닥을 걸으며 양쪽으로 늘어선 고대의 민가를 바라보니 그야말로 역사 속으로 걸어 들어간 듯 마음이 평온해졌다. 만약 노시인이 사숙을 열 장소로 이곳을 선택했다면, 더할 나위 없이 좋은 결정이었다.

마완리는 수소문을 통해 금방 그 장소를 찾아냈다. 골목의 많은 사람들이 노시인을 알고 있었으며, 어느 노인이 매일 밤 아이들에게 당시를 외우게 한다고 말해 주었다.

마완리는 사람들이 알려 준 대로 어느 집 마당 안으로 들어갔다. 고풍스러운 옛 모습을 그대로 간직하고 있는 그윽하고 고요한 뜰에 오래된 자등나무 한 그루가 서 있었는데 마당의 절반을 차지하여 더욱 예스럽고 우아한 분위기를 연출했다. 노시인이 걸어 나왔을 때 마완리는 하마터면 그를 알아보지 못할 뻔했다. 노시인이 머리부터 발끝까지 전통 의상을 갖춰 입은 때문이었다. 두루마리에 모자를 쓰고, 넓은 소매는 무릎까지 늘어져 있었다. 그는 마완리를 발견하고 순간 멍해졌으나 곧 공수(拱手)[22]하여 인사를 올렸다. "마 의장님! 여기는 어쩐 일이십니까?"

마완리도 그를 따라 공수하고는 웃으며 말했다. "선생님, 어쩌다 옛날 사람이 되셨습니까?"

노시인도 웃으며 말했다. "안으로 들어오셔서 차나 한잔 하시면서 말씀 하시지요."

두 사람은 앞뒤로 나란히 서서 응접실에 들어섰다. 노시인은 서둘러 차를 내왔고, 그제야 자리에 앉아 이야기를 나눴다.

마완리가 먼저 웃으며 이야기를 꺼냈다. 선생님, 방금 공수하시는 것을 보고 문득 공수가 악수보다 좋다는 생각이 들었습니다. 공수는 우리 중국 의 전통 예절이기도 하지만, 함축적이고 우아하면서도 위생적이기도 하 지요.

노시인이 웃으며 말했다. 우리 조상들에게는 좋은 것이 많지요! 제가 요즘 무얼 하면서 사는지 짐작이 되십니까?

그는 정말로 사숙을 차렸다. 그는 평생을 모은 저축과 원고료로 이 작 은 집을 빌렸는데, 수업에 필요한 설비와 서적을 사들인 뒤 돈이 바닥나고 말았다. 그는 다시 사방으로 다니며 여기저기 부탁하여 2만 위안을 꾼 뒤 에야 사숙을 시작할 수 있었다. 하지만 이번에는 학생을 모집하는 데서 어려움에 부딪혔다. 적지 않은 학부모들이 문의하러 오기는 했으나 정식 학교 설립 수속을 거치지 않았고 전통문화만 가르친다는 것을 알고는 다 들 고개를 가로저으며 가 버렸다. 결국은 세 학생만이 등록을 했는데, 그 중 두 사람은 농민공의 아이였다. 그가 학비를 받지 않기 때문이었다.

노시인은 어쩔 수 없이 야간반도 하나 개설했다. 정규 교육을 받는 아 이들이 저녁에 와서 전통문화를 공부할 수 있게 하려는 것이었다. 매주

---

22 두 손을 가슴께에서 맞잡고 인사하는 전통 인사법

세 번, 한 번에 1교시를 진행했는데, 좌우간 30명 이상의 학생들이 모였다. 노시인은 자신이 가르치려는 전통문화란 《삼자경》에서 시작하여 《사서》와 《오경》까지로, 차례대로 한 걸음씩 나아가며 조금씩 가르치고 싶다고 말했다. 그 외에도 강사를 초빙하여 학생들에게 거문고와 바둑, 글씨와 그림도 가르쳤다. 그는 본래 규율을 정하고 학생들이 제대로 공부하지 않거나 규율을 위반하면 매를 들 생각이었다. 그는 정말로 구리로 된 회초리까지 준비해 두었다. 하지만 부모들에게 이를 알리자 대부분 동의하지 않았으며, 7~8명의 부모들만이 아이들이 공부를 하지 않으면 얼마든지 때려도 좋다고 말했다. 노시인도 생각해 보았다. 아무래도 사회가 달라졌고 한 집에 자식이 하나뿐이니 애지중지할 수밖에. 와서 전통문화를 배울 수 있는 것만 해도 어딘가. 하지만 아이들이 열심히 공부하도록 하려면 매를 들지 않을 수는 없다. 그리하여 그는 학생을 때리려던 것을 자신을 때리는 것으로 변경하게 되었다. 그는 학생들 앞에서 선포했다. 너희들이 규율을 어기는 것은 선생이 잘 가르치지 못한 탓이니 내가 회초리로 나를 세 대 때리겠다. 다들 동의하느냐? 아이들은 이를 듣고 몹시 즐거워하며 입을 모아 대답했다. "동의합니다!" 노시인은 깜짝 놀라며 속으로 스승에 대한 존경심이라고는 없는 놈들이라고 생각했다. 하지만 이미 선포했으니 실행에 옮겨야 했다.

그때부터 노시인의 신세는 비참해졌다. 아이들은 선생님이 자신을 때리는 것을 보려고 일부러 규율을 위반했다. 수업 시간에 귓속말을 하거나 장난을 치고 쪽지를 전달했으며 심지어 낄낄거리며 소란을 피우기도 했다. 결과적으로 첫날 저녁 노시인은 스스로에게 70대 이상 매질을 하게 되었고, 맞은 손은 퉁퉁 부어올랐다. 그는 오른손에 회초리를 들고 있는 힘을 다해 왼손 손바닥을 내리쳤다. "퍽! 퍽! 퍽!" 학생들은 심지어 그에게 파이팅을 외쳤다. 노시인은 눈썹도 찡긋하지 않고 매질을 한 뒤 수업을 이어 나갔다.

그렇게 7~8일을 계속하다 보니, 그의 두 손은 모두 퉁퉁 부어 피떡이 되고 말았으며, 분필로 칠판에 글을 쓰는 것조차 손이 떨렸다. 하지만 그는 학생들을 단 한마디도 꾸짖지 않았다. 학부모 한 사람이 학생을 데리러 왔다가 창문 너머로 이를 보고는, 도저히 그냥 두고 볼 수가 없어 집으로 돌아가 아이를 꾸짖고 다시는 장난을 치지 못하게 했다. 아이들도 점점 측은지심이 들어 수업 예절이 나날이 좋아졌다. 이 소식이 알려지면서 적지 않은 학부모들이 자식들을 데리고 등록을 하러 왔다. 하지만 교실이 너무 작은 관계로 노시인은 50여 명의 학생을 받은 뒤 모집을 중지했다.

이런 상황은 노시인은 몹시 기쁘게 했다.

낮에는 여전히 학생이 세 명뿐이었으나 노시인은 수업을 계속해 나갔으며, 수업료를 받지 않는 것은 물론이고 도시락까지 챙겨 주었다.

평소 노시인은 명실상부를 실천하기 위해 전통 의상을 입는 것을 고집했다. 밖에 나갈 때나 안에 있을 때나 한결같은 복장이었다. 위쓰 골목 사람들은 처음에 그를 괴팍한 사람으로 여겨 이러쿵저러쿵 말이 많았다. 노시인은 이를 보고도 못 본 체했으며, 어기적어기적 팔자걸음을 걸으며 학생들을 맞이하거나 배웅하고, 도시락과 종이, 붓, 먹 따위를 사러 다녔다. 이따금 토요일 저녁나절에는 '전통주점'에 가서 술을 몇 잔 마시기도 했는데, 그때도 같은 차림새였다. 샤오미는 그가 정신병자인 줄 알고 겁을 냈다. 그에게 술을 따를 때면 살금살금 다가갔다가 술을 다 따르자마자 얼른 자리를 피했다.

한번은 마침 톈주도 와서 술을 마시다가 노시인의 차림새를 보게 되었다. 그도 이상하다고 생각은 했으나 한편으로는 재미있게 느껴지기도 했다. 톈주는 샤오미가 겁을 내는 것을 보고는 일부러 술을 들고 노시인의 맞은편으로 가서 껄껄 웃으며 말을 붙였다. 노선생께서는 어느 시대에서 오셨소이까? 노시인이 그를 흘깃 바라보았다. 한눈에 보아도 농민공이라는 것을 알 수 있었다. 그가 웃으며 말했다. 나는 송대에서 왔네만, 자네는 어디에서 오는가? 톈주가 말했다. 저는 시골에서 왔습니다. 천릿길을 왔지요. 그리하여 두 사람은 첫 만남부터 옛 친구처럼 친해졌고, 함께 앉아 술잔을 기울이며 이야기를 나눴다. 샤오미도 웃음이 나왔다. 그는 무서운 사람이 아니라 약간 특이한 사람일 뿐이었던 것이다. 그녀는 두 사람 모두 약간 특이하다고 생각했다. 한 사람은 송대에서 왔다고 말했다. 이는 시간적인 개념이다. 다른 한 사람은 시골에서 왔다고 말했다. 이는 공간적인 개념이다. 시간과 공간이 이곳에서 서로 교차하는 것이다. 뜻밖에 두 사람은 마치 오래전부터 알던 친구 같았다. 그녀는 조용히 톈주를 바라보며 훨씬 마음이 진정되었다. 샤오미의 부친 쑨 씨는 얼마 전 지병으로 갑작스럽게 세상을 떠났다. 샤오미도 쓰러지기 일보 직전이었다. 원래도 연약하기 그지없던 몸은 등의 심지처럼 말라붙었다. 그녀는 더 이상 주점을 열지 않을 생각이었으나 톈주가 그녀에게 계속 해 볼 것을 권했다. 몸이 한가해지면 마음이 더 심란해질까 염려한 것이다. 그는 자주 그녀를 보러 오겠다고 말했다. 톈주는 거의 매일같이 퇴근길에 이곳을 찾았으며, 샤오미에게 진정한 버팀목이 되었다.

노시인은 샤오미의 사정을 들은 뒤 톈주에게 말했다. 이렇게 하세. 자네가 나보다 바쁠 테고 거리도 있으니 매일같이 올 필요는 없네. 나도 바쁘기는 하지만 가까이 살고 있으니 별일 없으면 와서 들여다보고 샤오미와 같이 있어 주겠네. 톈주가 샤오미에게 물었다. 그래도 되겠어? 샤오미는 걱정스러운 듯 고개를 끄덕였다. 그녀는 그 괴상한 노인이 더 이상 두렵지 않았으며, 퍽 다정하게 느껴졌다. 하지만 여전히 낯설었으며 마음이 놓이지 않았다. 톈주는 이를 눈치채고는 노시인이 가고 난 뒤 말했다. 내가 내일 거들어 줄 사람을 구해 줄 테니 친구처럼 지내봐. 혼자서 하려면 너무 바쁘니까.

노시인은 그 후로 '전통주점'의 단골이 되었다.

노시인은 하루하루를 매우 충실하게 보내고 있었다.

마완리는 얼마 후 성병 예방 치료 전문가 류 선생을 찾아갔다.

류 선생은 수차례 매춘부를 근절할 수 없다면 아예 이를 합법화하고 정기적으로 매춘부들의 건강 검진을 진행해야 한다고 발의했으며, 그렇지 않으면 엄청난 대가를 치르게 될 것이라 말했다. 이런 방안을 정부가 수용할리 만무했다. 정부 관료들도 속으로야 그 의견에 공감했지만 그렇다고 감히 그런 천하의 몹쓸 짓을 벌일 수는 없었다. 홍등가를 차려 자격증을 주고 근무를 시키다니, 이런 엄청난 일에 누가 감히 태도를 표명하겠는가? 사실 마완리 자신도 그의 의견에 찬동했으나 실현 가능성이 없다는 것을 잘 알고 있었으므로 사적으로 그에게 권하기도 했다. 류 선생, 이 안건은 이제 그만 제출하시게. 적어도 중국의 현 단계에서는 아무도 감히 동의하고 나설 수 없을 걸세. 류 선생이 말했다. 그러면 통과 될 때까지 해마다 제출해야지요.

지금 그는 무엇을 하고 있을까?

마완리는 갖은 노력 끝에 류 선생을 찾아냈다. 그도 한가하지 않았다. 매일 밤 가라오케와 사우나, 여관, 퇴폐 이발소 등 유흥업소에 출몰하여 콘돔을 나누어 주느라 바빴다. 처음에 사람들은 그를 배척했다. 얻어맞은 것도 수차례였다. 하지만 그는 인내심을 가지고 끈질기게 설득했고, 심지어 돈을 주고 아가씨를 부르기도 했다. 물론 그는 매매춘을 하지 않았으며, 그저 가까이에서 그녀들과 접촉하여 그녀들을 성 노동자라고 칭하며 성병이나 에이즈가 얼마나 심각한 질병인지 알리려는 것이었다. 점차 그의 작업에 진전이 생겼다. 류 선생은 소개장을 가지고 산아 제한 부서 및 공안부에 연락을 취했으며 뜻밖에 지지를 받아 냈다. 이 일로 그는 몹시 기쁘면서도 한편 다소 의아하기도 했다. 그는 이를 통해 한 가지 깨달음을 얻었다. 중국에는 할 수는 있으되 말할 수 없는 일들이 많다. 그렇다면 천천히 해 나가면 되지 않겠는가.

류 선생의 대략적인 통계에 따르면 무청의 사창 인구는 대략 4~5만 명에 달한다. 이 숫자는 그를 충격에 빠트렸다. 다시 말해 4~5만 명이 성병 고위험군인 것이다. 만약 이들이 매일 한 명의 손님을 받는다면(물론 그 이상이겠지만), 또다시 4~5만 명의 남자들이 고위험군이 된다. 그렇게 1년이 지나면? 그 숫자는 연간 1000만 명에 이를 것이다. 무청의 인구는 고작 800만 명 남짓이 아닌가! 만약 이를 제대로 방비하지 않으면 무청이 고대 로마의 전철을 밟는 것은 시간문제다.

　류 선생은 윤리 도덕적 문제에 대해 연구하고 싶지 않았다. 그것은 너무 복잡한 문제였다. 그는 성병 예방 치료 전문가라 성병을 예방하고 치료하는 것에만 관심이 있었으며 무청에 성병이라는 커다란 화가 도사리고 있으니 그로서는 근심 걱정으로 애가 탈 따름이었다. 그는 일정 기간 독자적인 조사를 거친 뒤 전담팀을 조직하고 분담하여 성 노동자들과 접촉하고 그들을 도왔다. 병에 걸린 사람을 발견하면 즉각 치료를 받을 수 있도록 지원했다. 류 선생은 샤오젠(小簡)이라는 아가씨를 알게 되었다. 그녀는 고작 열아홉 살이었으며 한 가라오케에서 일했는데, 표면적인 일은 손님의 시중을 들고 노래를 부르는 것이었지만 암암리에 손님과 잠자리도 가졌다. 그는 암행 조사를 나가 손님으로 가장하고 미스 젠의 접대를 받았다. 미스 젠은 가녀린 몸매에 피부가 백옥처럼 깨끗하고 보드라웠다. 갈색 가죽 미니스커트를 입고 소파에 앉아 있는데 언뜻 자홍색 속옷이 드러났다. 위에는 그물 모양의 얇은 보라색 면 블라우스를 입었는데 검은색 브래지어가 훤히 들여다보이고 가슴도 반쯤 드러난 것이 마치 살이 통통하게 오른 백연어가 꿈틀거리는 듯했다. 그녀는 안으로 들어오자마자 류 선생의 허벅지 위에 앉더니 손을 뻗어 그의 목을 감싸 안으며 말했다. 오빠, 어떻게 놀고 싶어? 류 선생은 귀가 달아오르고 심장이 뛰면서 가슴이 요동쳤다. 그는 서둘러 그녀를 소파에 앉히고 자신은 한쪽으로 떨어져 앉아서 심각한 얼굴로 말했다. 나는 여기 놀러 온 게 아닙니다. 얘기를 하러 왔어요. 미스 젠은 이해하지 못했다. 그 돈을 쓰고 이야기를 하러 왔다고요? 제정신이 아니시네! 류 선생이 고개를 끄덕였다. 그런 셈이지요. 미스 젠이 말했다. 진짜 아무것도 안 하겠다고요? 내가 마음에 안 드는 거예요? 나는 그냥 가도 괜찮아요. 다른 사람으로 보내 드릴게요. 우리 쪽에 아가씨가 수십 명이에요. 류 선생이 황급히 말했다. 아녜요. 그쪽이 아주 마음에 들어요. 예쁘고 똑똑한 데다 사람 마음도 잘 헤아리고. 미스 젠이 웃으며 말했다. 진짜 이상한 분이시네. 아직 얘기도 안 해 보고 내가 사람 마음을 잘 헤아리는지 어떻게 알아요? 내가 무슨 정신과 의사도 아닌데. 까놓고 말할게요. 나는 그냥 몸 파는 사람이에요. 돈 받고 그럴싸한 이야기는 해도 속마음은 안 꺼낸다고요. 류 선생은 그런 아가씨들의 심리 상태에 대해 잘 알고 있었다. 그녀들은 열등감을 가지고 있지만 거만하기도 하다. 이런 고급 유흥업소에 재미를 보러 오는 남자들은 대부분 돈과 권세가 있는 사람들이다. 그녀들은 감히 그들의 기분을 상하게 하지는 못하지만 근본적으로 적대감을 가지고 있다. 이는 강자를 대하는 약자의 심리 상태다. 류 선생은 처음 만난 순간부터 최대한 불행한 사람인 체하면서 몸을 낮추었고, 그러면서 그녀들과 이야기를 나눌 수 있게 되었다. 류 선생이 말했다. 당신이 그렇게 해 준다면 돈은 똑같이 드리겠습니다. 미스 젠이 놀라며 말했다. 그래요? 그럼 당신한테 엄청 밑지는 장산데. 류 선생이 말했다. 나는 사실 불가능해요. 발기부전이거든요. 그 일을 할 수도 없어요. 실제로 그 순간 그의 마음 깊숙한 곳에서는 욕망이 꿈틀거리고 있었다. 그처럼 젊고 아름다운 여성이 눈앞에 있는데 아무런 느낌도 없을 리가 없었다. 미스 젠은 못 믿겠다는 듯 손을 뻗으며 말했다. 진짜 발기부전인지 만져 봐야겠어요. 난 못 믿겠어요. 류 선생은 황급히 그녀의 손을 막으며 말했다. 정말로 속이는 게 아녜요. 발기가 되는데도 안 할 리가 있어요? 그쪽은 이렇게 젊고 예쁜 데다 나는 돈도 똑같이 내는데요. 미스 젠도 어느 정도 수긍이 되는지 그제야 자리에 앉았다. 그녀는 한숨을 내쉬며 말했다. 그럼 좋아요. 하고 싶은 얘기나 해 보세요. 듣고 있을 테니까. 류 선생은 미리 준비한 이야기를 풀어 나갔다. 자신은 성병 전문의인데 아내와 줄곧 사이가 좋지 않고, 한번은 아가씨를 불렀는데 콘돔을 끼지 않아 성병에 걸렸으며, 그로인해 심리적인 장애가 생기면서 발기부전이 되었다는 내용이었다. 그가 말했다. 나중에 조사를 해 봤더니 남녀불문하고 성병에 걸린 사람이 수도 없이 많았어요. 서로 교차 감염시켜서 갈수록 그 수가 늘어난 것이지요.

326

게다가 섣불리 치료를 받으러 가지도 못하거든요. 남들이 알게 될까 두려워서요. 결과적으로 적지 않은 사람들이 심각한 후유증을 겪게 되는 겁니다. 어떤 아가씨들은 아이를 낳을 수도 없게 되고요. 미스 젠은 그 이야기를 듣고 덜컥 겁이 났다. 그녀가 말했다. 정말 그렇게 심각한 거예요? 류 선생이 말했다. 심각하고말고요! 더 심각한 것은 에이즈예요. 불치병이거든요. 에이즈에 걸리면 단시간에 사망에 이를 수 있어요. 미스 젠이 말했다. 에이즈가 뭐 그리 흔한가요? 겁주지 마세요. 류 선생이 말했다. 물론 일반적인 집단이라면 그런 병을 가진 사람은 흔치 않아요. 하지만 당신들처럼 이런 곳을 드나드는 사람들이라면 그 확률이 훨씬 높아지겠지요. 매일같이 새로운 사람들이 들이닥치는데 누가 그런 사람이고 누가 아닌지 무슨 수로 알겠습니까? 이런 일은 쉽게 생각해서는 안 됩니다. 만에 하나라도 당신이 당하게 된다면 어쩔 겁니까? 이건 마치 리볼버 권총으로 목숨을 걸고 내기를 하는 것과 마찬가지예요. 일곱 개의 탄창 안에 총알은 단 한 발만 들었지만, 그 한 발에 맞으면 그냥 죽는 겁니다! 미스 젠은 정말로 겁에 질렸다. 그녀가 말했다. 그럼 어떻게 해요. 너무 무섭잖아요! 류 선생이 말했다. 집이 어디세요? 미스 젠이 말했다. 무청이에요. 류 선생이 말했다. 아는 사람을 만날까 두렵지는 않아요? 미스 젠이 말했다. 우리 집은 남쪽이에요. 여기는 북쪽이고요. 이 큰 무청에서 아는 사람을 만날 일은 별로 없죠. 류 선생이 말했다. 가장 좋은 방법은 더 이상 이 일을 하지 않는 거예요. 집으로 돌아가서 다시 직장을 구하고 정정당당하게 돈을 벌고요. 미스 젠은 잠시 침묵한 뒤 고개를 가로저으며 말했다. 난 못해요. 난 열여섯에 집을 나왔는데, 노는 것을 좋아하고 고생스럽고 힘든 건 견디질 못해요. 처음에는 친구들과 어울려 되는대로 살면서 친구들에게 도움을 받았어요. 아르바이트도 해 봤고요. 그래도 수중에는 늘 돈이 없었죠. 나는 부자처럼 느끼면서 살고 싶었어요. 부모님한테 기대고 싶지도 않았고요. 나중에 소개를 받아서 이 업계에 발을 들였는데, 이 일을 하게 된 뒤에야 1년 수입이 20년 동안 아르바이트를 하는 돈과 맞먹는다는 걸 알게 됐어요. 나는 이미 2000명도 넘는 남자들을 상대했어요. 온갖 남자가 다 있었죠. 늙은이, 어린애, 추남, 미남, 중국인, 외국인, 고위 관료에 장사치까지 …… 온갖 직업이 다 있었어요. 정상도 있고 변태도 있고요. 나는 이미 섹스에 대한 환상이 없어요. 흥분도 안 되고 절정은 더더욱 없어요. 나는 그냥 따뜻한 고깃덩어리일 뿐이고 다른 따뜻한 고깃덩어리가 와서 삽입하고 마구 흔들며 쑤셔 대게 내버려 두었다가 돈만 받으면 끝나요. 나도 가끔 괴롭거나 비참할 때가 있어요. 남자들이 내 위에 엎어져 미친 듯이 흔들고 있는 걸 보고 있으면 단칼에 죽여버리고 싶은 생각도 들고요. 내가 왜 저놈들에게 능욕을 당해야 하나? 하지만 그냥 이를 악물고 눈을 질끈 감고 참아요. 왜냐고요? 그 사람들이 한 번에 1000위안씩 주니까. 내가 그 순간만 참고 버티면 한 달 반을 아르바이트 하는 것과 맞먹으니까. 그만한 가치가 있죠! 솔직히 말해서 나 이미 벌 만큼 벌었어요. 처음에는 1년 해서 몇십만 정도만 벌고 시집가서 잘 살려고 했어요. 근데 멈출 수가 없더라고요. 1년에 몇십만 위안이에요! 웬만한 중소기업 1년 수입에 맞먹는데, 그 유혹이 너무 컸어요. 나야 아직 젊고 신체적인 조건도 좋은데 이런 자원을 그냥 낭비할 수 없죠. 이제 겨우 열아홉이고 최소한 스물대여섯 살까지는 할 수 있잖아요. 그때 가서 손 털고 시집가도 늦지 않고요.

미스 젠의 이야기는 뒷부분에 이르자 다소 표독스러웠다. 그녀는 류 선생을 흘긋 쳐다보며 말했다. 내가 천박하다고 생각해요?

류 선생이 고개를 가로저었다. 나는 평가는 하지 않아요. 솔직히 말할게요. 나는 성병 예방 치료 전문가예요. 당신들이 성병에 걸렸는지 아닌지에만 관심이 있어요. 전문적으로 당신들 같은 성 노동자들을 위해 일하고요. 미스 젠이 피식하고 웃었다. 성 노동자는 무슨, 그냥 매춘부지! 난 그런 호칭 아무렇지도 않아요. 류 선생이 말했다. 그렇게 자신을 멸시하고 천대하지 마세요. 당신들이 존재하는 것이 사회적으로 볼 때 꼭 해롭기만 한 것은 아니에요. 당신들도 그 속에서 이익을 취하면서 마찬가지로 엄청난 대가를 치러야 하고요. 심리적인 것과 육체적인 것을 포함해서요. 나는 그저 사람들이 성병에 감염되지 않기를, 특히 에이즈에 감염되지 않기를 바랄 뿐입니다. 만일 그렇게 된다면 아무리 돈을 많이 번들 소용이 없을 테니까요. 미스 젠이 말했다. 당신 정말 성병 예방 치료 전문가예요? 류 선생이 손가방에서 콘돔 한 상자를 꺼내며 말했다. 이거 가지세요. 돈은 필요 없어요. 반드시 지속적으로 사용해야 해요. 한 번이라도 경계를 늦춰서는 안 돼요. 그는 다시 명함 한 장을 꺼내며 말했다. 여기에 내 전화번호가 적혀 있어요. 우리 사무실 주소도 있고요. 만약 나를 믿는다면 가능한 빨리 이쪽으로 연락해요. 당신은 이미 성병에 걸렸어요. 빨리 치료해야 해요. 미스 젠이 깜짝 놀라며 말했다. 내가 성병에 걸린 걸 어떻게 알아요? 류 선생이 말했다. 말했잖아요. 나는 성병 전문가라고. 당신 얼굴색만 보고도 알 수 있어요. 게다가 이미 아랫도리에서 특유의 냄새가 난다는 것은 상태가 아주 심각하다는 뜻이고요. 계속 그렇게 두면 남에게 해를 끼칠 뿐 아니라 본인에게도 해로워요. 미스 젠은 콘돔 상자를 손에 쥔 채 멍하니 류 선생을 바라보면서 한참을 말이 없었다. 마치 하늘 아래 그런 일이 일어나리라는 것을 믿을 수 없다는 듯이. 류 선생은 그녀의 의심과 근심을 알아차리고는 말을 이었다. 여기에 무슨 음모가 있는 것은 아닌지 걱정할 필요 없어요. 공안에 보고도 하지 않을 거고요. 내가 당신에게 준 전화번호는 사무실 번호예요. 우리 집 전화번호도 있고요. 여기 손님 중에 당신한테 그런 전화번호를 준 사람이 있어요? 고발하려는 사람이 자기 집 전화번호를 당신한테 알려 주겠어요? 며칠 조사부터 해 보고 연락해도 상관없어요. 하지만 어쨌거나 가능한 빨리 검사를 받고 치료를 해야 해요. 그리고 내 전화번호를 주위의 언니와 동생들에게 알려 주면 좋겠어요. 무슨 일이 있으면 나를 찾아와요. 내가 무료로 당신들을 검사하고 치료해 줄 테니까.

류 선생은 자리에서 일어나 떠나기 전에 물었다. 오늘 밤에 얼마를 드리면 되죠? 미스 젠이 냉랭하게 말했다. 1500위안이오. 류 선생이 의아해하며 물었다. 아까 그걸 하는 데 1000위안이라면서요? 미스 젠이 말했다. 그걸 하는 건 일반적인 서비스고, 당신이 한 건 특수한 서비스예요. 그래서 500위안이 추가로 붙었어요.

류 선생은 어쩔 수 없이 돈을 꺼냈다. 막판에는 동전까지 다 끌어 모아 겨우 1500을 만들었다. 미스 젠은 돈을 받으면서 조금도 망설이거나 미안해하는 기색이 없었다. 하지만 류 선생이 밖으로 나가려는데 그녀가 뒤에서 질문을 던졌다. 당신 진짜 발기부전이에요?

류 선생이 고개를 돌리며 웃었다. 네, 진짜 발기부전입니다. 당신 주변에 언니와 동생들에게 일러요. 발기부전에 걸린 류 선생라는 사람이 있는데, 성병 전문가고 좋은 사람이라고. 원하면 성의를 다해서 도와줄 거라고. 게다가 공짜라고요.

미스 젠이 말했다. 공짜고 말고는 당신 사정이고 여기는 공짜 서비스 같은 건 없어요!

류 선생은 그 가라오케를 벗어나며 등골이 오싹해졌다. 그는 정말로 발기부전에 걸릴 것 같은 기분이 들었다.

그런데 일주일 뒤에 미스 젠이 그를 찾아왔다. 심지어 1500위안까지 돌려주려고 했다. 류 선생은 이를 완곡히 거절했다. 나는 당신한테 이 돈을 지불하는 게 맞아요. 미스 젠이 말했다. 당신 나를 완전 변태로 보는 거죠? 돈만 밝히고 사람은 가리는? 류 선생이 말했다. 그게 정상이지요. 그때는 나를 알지도 못했는데, 돈을 밝힐 수밖에요.

미스 젠이 말했다. 안다고 해도 소용없어요. 예전에 손님을 하나 받았는데 우리 옆집 살던 사람이더라고요. 60이 넘은 노인네였는데, 내가 늘 아저씨라고 부르던 사람이었어요. 내가 어릴 때 그 아저씨가 자주 나를 안아 줬어요. 우리 집하고 사이도 좋았고요. 뜻밖에 어느 날 그 아저씨가 우리 가라오케에 아가씨를 구하러 왔는데 하필 내가 접대를 하게 된 거예요. 그때 그 아저씨가 엄청 난처해하면서 그러더라고요. 누굴 좀 찾으러 왔는데 장소를 잘못 찾았다고. 내가 그랬죠. 아저씨 상관없어요. 곤란해

330

하실 것도 없어요. 아가씨 구하러 오신 거잖아요. 제가 바로 그런 사람이
에요. 그 아저씨는 여전히 벌건 얼굴로 쭈뼛거리고 있더라고요. 하지만
눈은 내 젖가슴이 덜렁거리는 것을 보고 있었어요. 나는 문을 닫아 버리
고 먼저 옷을 벗은 뒤에 그 아저씨도 벗겨 줬어요. 그 아저씨는 곧바로
나를 부둥켜안고는 할퀴고 비비고 온몸을 더듬었어요. 흥분해서 온몸을
부르르 떨면서. 내가 그랬어요. 아저씨, 너무 흥분하지 말고 천천히 하
세요. 제가 어릴 때도 안아 주시곤 했잖아요. 오늘 실컷 안아 보고 만져
보게 해 드릴게요. 그 아저씨가 고개를 돌려 문 쪽을 바라보더니 와들와
들 떨면서 묻더라고요. 안전한 거지? 무슨 일 없겠지? 그래서 내가 말했
어요. 아저씨 걱정 마세요. 우리 가라오케에는 한 번도 경찰이 온 적이
없어요. 우리 사장이 정계며 암흑가며 다 꽉 잡고 있으니까 안심하세요.
그 아저씨는 아아, 하고 대꾸하더니 내 허리를 질러 안아서 소파 위에
앉혔어요. 그런데 너무 흥분해서 허둥지둥 땀을 한 바가지나 흘리고도
도무지 삽입을 못 하더라고요. 그 아저씨는 거기 주저앉아서 내 아랫도리
를 보면서 울음을 터뜨렸는데, 무슨 여편네처럼 울어 댔어요. 내가 일어
나 앉아서 위로했죠. 아저씨 울지 마세요. 너무 긴장하고 흥분해서 그런
거예요. 제가 도와드릴게요. 그리고는 손으로 천천히 주무르고 가슴으로
문지르고 입에 물고 자극을 줬더니 결국 벌떡 서더라고요. 그러자 늙은
수캐처럼 미친 듯이 40분 동안 그 짓을 했어요. 내 가슴을 깨물어서 부어
오르기까지 했고요. 일을 마치고 내가 5000위안을 달라고 했더니 그가
놀라 펄쩍 뛰더군요. 그러면서 한다는 말이, 나는 몇백 위안이면 될 줄
알았어. 그만한 돈은 없어. 그러더라고요. 제가 그랬죠. 안 돼요! 아저씨
는 나를 퇴폐 이발소에 삼류 매춘부로 아셨나 봐. 나는 고급 매춘부예요.
아저씨 이웃집 아이기도 하고요. 어려서부터 제가 아저씨라고 불렀잖아
요. 그런데 고작 그만큼만 내겠다니 창피하지도 않으세요? 아저씨는 잔뜩
울상이 되어서는 그러더라고요. 진짜 그런 돈은 없어. 500위안밖에 없는
데 다 줄게. 집에 갈 차비도 없어. 집까지 50킬로는 가야 하는데. 나는

400위안만 받고 말했어요. 100위안은 남겨 드릴게요. 택시 타고 집에 가서서 오늘 밤 안으로 돈을 만들어 오세요. 한 푼도 부족하면 안 돼요. 아니면 제가 내일 아침에 아저씨 집으로 받으러 갈 거예요. 아저씨도 어쩌지 못하고 돌아갔어요. 나는 그 아저씨가 안 올 수 없다는 것을 알고 있었어요. 내가 아저씨의 정액까지 가지고 있다고 말했거든요. 그 아저씨가 가서 무슨 거짓말을 했는지, 무슨 수로 돈을 만들었는지 모르지만 어쨌든 2시간 뒤에 돈을 가지고 왔어요. 한 푼도 부족하지 않았고요. 그날 밤에 큰비가 내렸는데, 그 아저씨가 왔을 때 머리카락은 다 젖어 있고 안색은 창백하고 걸음은 휘청거렸어요. 정말로 기진맥진한 것처럼 보였고요. 나는 그때 처음으로 기진맥진이 뭘 뜻하는지 알게 됐어요. 알고 보니 섹스랑 관련이 있는 말이더라고요.

류 선생은 말없이 듣고 있었다. 놀랍고도 살벌한 이야기였으나 최대한 내색하지 않으려 애썼다. 그녀의 이야기가 끝난 뒤에야 물었다. 왜 그 사람에게 그렇게 많은 돈을 받은 거예요? 원망 때문에? 미스 젠은 잠시 생각한 뒤 말했다. 나도 모르겠어요. 원망은 아니었던 것 같아요. 참 이상하죠? 그날 그 아저씨가 내 위에 엎어져서 그 짓을 할 때 나 쾌감을 느꼈어요. 예전에 다른 사람들이 나한테 그 짓을 할 때는 항상 눈을 감고 고통스러워했거든요? 그런데 그날은 눈을 부릅뜬 채로 그 늙은 얼굴이 쾌감으로 일그러지는 모습을 쳐다봤어요. 그랬더니 나도 너무 좋아서 소리까지 질러 댔고요. 그렇게 많은 남자를 겪어 봤지만 처음으로 쾌감이 무엇이고 오르가슴이 무엇인지를 몸소 느낀 거예요. 나는 어색하지도 않았어요. 마치 계속 그 아저씨를 기다리고 있었는데 드디어 그가 나타난 것 같았어요. 그래서 막 소리쳤죠. 아저씨 더요, 아저씨 더요, 아저씨 더 세게요, 아저씨 나 못 참겠어요! …… 아저씨도 숨을 헐떡거리면서 내 아명을 불렀어요. 우리는 그렇게 서로를 불러 댔는데, 그게 엄청 자극적이더라고요. 그때 내가 6학년 때, 그러니까 열두 살 때의 일이 떠올랐어요. 하루는 내가 저녁에 그 아저씨 댁에 가서 텔레비전을 보고 있는데, 아저씨가 예전처럼 나를 품에 끌어안았어요. 아저씨는 손을 가만히 두질 않았어요. 처음에는 내 허벅지를 만지다가 나중에는 내 배를 만지고 내 가슴까지 손을 뻗쳤어요. 그때 나는 아직 발육이 되기 전이라 젖꼭지가 마치 작은 콩알 두 개나 다름없었는데 아저씨가 만지니까 간지러웠어요. 나는 너무 놀라서 움직일 수도 없었어요. 아저씨가 뭘 하려는지도 몰랐고요. 그런데 기분은 엄청 편안하더라고요. 나중에 아저씨는 내 치마 속으로 손을 집어 넣었어요. 나는 아저씨의 신음 소리를 들었어요. 진짜 까무러치게 놀랐는데도 이상하게 편안한 기분이 들더라고요. 나는 몸을 흔들면서 발버둥 쳤지만 스스로 알고 있었어요. 거기서 놓여나고 싶은 마음이 없다는 걸. 나는 그런 편안함을 느껴본 적이 없었어요. 아주 낯선 편안함이었고 온몸의 피가 끓어오르는 것 같았어요. 나는 아저씨가 멈추기를 바라지 않았어요. 그런데 그 아저씨가 갑자기 오오, 하면서 몇 차례 신음 소리를 내더니 와락 저를 밀쳐냈어요. 나는 고개를 돌려서 그 아저씨가 괴로워하는 모습을 보고는 재빨리 집으로 뛰어갔고요.

그 장면은 절대 잊을 수가 없었어요. 자꾸만 다시 생각이 나더라고요. 밤에 잠들기 전에도, 수업 시간에도, 혼자 길을 걸을 때도 갑자기 떠올랐어요. 혼자서 만져 보기도 했지만 그런 느낌을 받을 수는 없었어요. 나는 마음이 어지럽고 생각이 산란해지면서 성적도 조금씩 떨어졌고, 고등학교 1학년 때 결국 학교를 그만뒀어요. 그때 나이가 열여섯 살이었어요. 우리 아버지는 나를 심하게 때렸어요. 아버지는 술주정뱅이였는데, 술만 취하면 나를 때렸어요. 엄마는 마작에 빠져 있었고요. 나는 그대로 거리로 나가서 친구들과 빈둥거리고 또래 아이들과 무리를 지어 놀았어요. 미친 듯이 놀거나 아니면 그 짓을 했어요. 나는 쾌감을 느끼지 못했어요. 그냥 너무 아프기만 했어요. 나중에 다른 남자아이들과 수도 없이 그 짓을 해 봤지만 그런 편안함을 느낀 적은 없었어요. 내가 매춘부가 되었을 무렵에는 이미 섹스에 아무 흥미도 없었어요. 그냥 지루한 일에 지나지 않았어요. 그런데 사람들은 이 일을 엄청 중요하게 여기더라고요. 부부,

연인, 남녀 사이에 셀 수 없이 많은 기괴한 모순과 다툼과 사건들이 발생하고, 사람 목숨이 왔다 갔다 하는 일도 끊임없이 일어나잖아요. 진짜 우스워요. 그게 뭐 대단한 거라고. 이렇다 저렇다 입씨름 할 거 없이 까놓고 말해서 남자 생식기가 여자 생식기에 들어가는 것뿐이잖아요. 그게 악수하는 거랑 뭐가 달라요? 사람 신체 기관이 접촉하는 건 매한가지 아닌가? 게다가 접촉하면서 쾌감도 느낄 수 있으니 그냥 접촉하게 놔두면 되지, 뭐 대수예요? 그냥 둘이 손 맞잡고 악수하는 셈 치면 되는데……

류 선생은 그녀의 이야기에 눈이 번쩍 뜨이고 입이 떡 벌어졌다. 그녀가 그런 기담괴설을 늘어놓을 줄은 상상도 못했다. 섹스는 참으로 복잡한 문제다. 하지만 그는 그녀와 그 화제에 대해 설전을 벌이고 싶지 않았다. 그녀의 이야기가 갈수록 종잡을 수 없는 방향으로 흘러가자 그는 서둘러 이야기를 끊었다. 미스 젠, 우리 그 이야기는 그만하고 어서 진찰부터 해요!

미스 젠은 그를 흘긋 바라보며 말했다. 당신이 진찰하는 거예요?

류 선생이 멈칫하며 말했다. 불편하면 여의사를 불러 진찰할 수도 있어요.

미스 젠이 말했다. 됐어요. 당신이 진찰해 줘요. 나는 당신을 믿어요!

류 선생이 말했다. 규정에 따라 내가 진찰을 해도 다른 의사가 함께 있을 거예요.

미스 젠이 웃으며 말했다. 당신은 발기부전이라면서요. 나는 당신이 강간을 한들 무서울 게 없고요. 설마 당신이 날 무서워하는 거예요?

류 선생도 웃으며 말했다. 무서워하고 말고의 문제가 아녜요. 이건 여기 규정이에요. 그런 뒤 급히 여의사를 불러 함께 그녀를 진찰했다.

진찰 결과 미스 젠은 심각한 성병과 부인병을 앓고 있는 것으로 밝혀졌다. 계속 치료하지 않고 둔다면 생식 능력을 잃을 수도 있었다. 미스 젠은 건성건성 하는 듯 보였으나 막상 진찰 결과가 나오자 깜짝 놀라며 눈물이라도 보일 듯했다. 그녀가 말했다. 선생님, 얼른 나 좀 고쳐 줘요.

돈 드릴게요. 많이 드릴게요! 나 결혼도 하고 자식도 낳을 거란 말예요. 나 아직 이렇게 어린데, 고작 열아홉인데……

류 선생이 황급히 그녀를 달래며 말했다. 당신 병이 심각하긴 하지만 치료가 가능하니 안심해요. 내가 무료로 치료해 줄게요. 하지만 조건이 하나 있어요. 당신 주변의 언니 동생들을 설득해서 콘돔을 쓰게 하고, 성병에 걸리면 빨리 여기로 와서 치료를 받게 하는 거예요. 할 수 있겠어요?

미스 젠이 고개를 끄덕이며 말했다. 꼭 그럴게요.

류 선생은 마 의장에게 자신이 이미 수많은 성 노동자들의 친구가 되었다고 말했다. 그녀들은 자신을 믿고 있으며 비공식적으로 자신을 '발기부전 류 선생'라고 부르면서 무슨 일이 있을 때면 자신과 이야기하기를 원한다고도 했다. 그러면서 그녀들은 매우 복잡한 집단이라 믿음을 얻기가 몹시 힘들다고 말했다. 그의 직업 때문에 그의 부인과 자식도 다 그를 떠났다. 그는 지나치게 많은 시간을 매춘부들과 교류하는데 할애했으며, 툭하면 사비를 털고 월급도 전부 거기에 갖다 부었다. 부인은 몹시 분노했다. 아예 그가 오입질을 하러 다니는 것으로 의심했으며, 그의 도덕적 결백도 믿어 주지 않았다. 류 선생은 자신이 심적으로 흐트러진 적은 있으나 성적으로 흐트러진 적은 없다고 고백했다. 하지만 아내는 믿지 않았으며 악을 쓰면서 소란을 피웠다. 두 사람은 결국 이혼에 이르렀고 자식들도 그를 외면했다. 그는 부인에게 말했다. 우리 일단 잠시 떨어져 있는 것도 괜찮을 거요. 사실 나는 집안을 돌볼 돈도 시간도 없으니까. 무청 성병 예방 치료가 정상적인 궤도에 오르면 재결합합시다. 부인이 말했다. 꿈도 크셔. 가서 그 매춘부들이랑 살아요!

마완리는 이야기를 듣고 몹시 마음이 무거워졌다. 그는 류 선생의 손을 잡고 말했다. 여러분들께 정말 미안합니다. 여러분은 행동에 옮기고 대가를 치르는데, 나는 뭘 한 걸까요?

그 후 마완리는 땜장이 출신의 정치협상회의 위원을 방문했다. 그는 한 작은 기계 공장의 공장장으로 일하고 있었다. 그는 교외 화학 공장의 밤낮으로 불을 뿜어 대는 굴뚝 위에 거대한 찻주전자를 설치하여 물을 끓인 뒤 이를 도시 전체에 공급하자고 제의했었다. 물론 그런 얘기가 나왔다는 것이지 실제로 이를 상대해 주는 사람은 아무도 없었다. 하지만 그는 이에 좌절하지 않고 직접 설계하고 제작한 찻주전자 모형을 들고 화학 공장에 교섭을 하러 갔다. 그는 십수 차례를 찾아갔으나 번번이 쫓겨났으며, 해괴망측한 짓으로 소란을 피운다고 비난을 당했다. 땜장이는 크게 상처를 받았다. 마완리가 그를 찾아갔을 때 땜장이는 의기소침해 있었다. 그가 말했다. 정치협상회의 위원은 아무 힘이 없어요. 자원이 낭비되는 것을 보면서도 가슴 아파하는 것 말고는 방도가 없네요. 나를 화학 공장 공장장으로 보내 주면 좋을 텐데. 마완리는 한참 동안 그를 위로한 뒤 작별 인사를 건네고 떠났다. 다음 날은 환경 보호 전문가를 만나러 갔다.

환경 보호 전문가는 일찍이 대기 오염이 갈수록 심각해지고 근본적인 해결 가능성도 없는 현실을 감안할 때 커다란 유리 덮개를 만들어 무청 상공을 덮은 뒤 도시 모퉁이에 큰 환풍기를 몇 개 설치하여 공기를 여과시키고 인공 산소 공급 시스템을 실행해야 한다고 발의했다. 그는 자신의 생각을 이미 행동에 옮기고 있었다. 그는 우선 모래판에 무청의 모형을 만들고 유리 덮개를 만들어 그 위에 씌운 뒤 드라이기와 산소 공급기 따위를 몇 대를 놓고 하루 종일 지치지도 않고 신나게 주물럭거렸다. 주위 사람들은 모두 그를 미치광이라고 말했다. 하지만 그의 강인한 정신력은 분명 그 땜장이를 초월했다. 그는 공격당하는 것을 두려워하지 않았으며 거듭 실패하면서도 거듭 실험에 임했다. 그는 자신이 지금껏 그 누구도 해 본 적 없는 사업을 하는 것이라 믿었다. 만약 성공한다면 무청에 행복을 가져다 줄 뿐 아니라 전국, 더 나아가 전 인류에 행복을 가져다 줄 수 있다. 그는 지구상의 모든 도시가 언젠가는 유리 덮개의 설치를 필요로 하게 될 것이라 생각했다. 이 발명과 상품으로 무청과 국가에 엄청난 금액을 벌게 해 줄 수 있다. 생각해 보라. 그 큰 유리 덮개라면 얼마나 거대한 상품이며 얼마나 비싸게 팔 수 있겠는가? 늙어 죽을 때까지 쓸 돈이 나올 것이다! 하지만 그도 이것이 결코 쉬운 일이 아니라는 것을 잘 알고 있었다. 모형을 가지고 실험하는 것과 정부와 국민들의 수락을 받는 것은 별개의 문제다. 생각해 보라. 이 큰 도시 상공에, 본래 가려진 곳도 막힌 곳도 없다가 갑자기 거대한 유리 덮개를 씌운다면 마치 새장에 갇힌 것 같지 않겠는가. 사람들은 분명 적응하지 못하고 답답함을 느낄 것이다. 하지만 그는 동시에 이런 생각이 들었다. 모든 것은 변할 수 있다. 습관 또한 변화시킬 수 있다. 이는 선전이 필요하며 인내가 필요하다. 콘돔도 마찬가지다. 처음에 사람들은 이를 낯설어 했다. 수천만 년간 인류의 성교는 아무것도 걸치지 않은 채 진행되었고, 나중에야 남자들은 콘돔을 끼고 여자들은 루프를 삽입하게 되었다. 처음에는 우스꽝스럽게 느껴졌으나 지금은 이를 우스워하는 사람이 있는가. 무청에 거대한 유리 덮개를 씌우는 것 또한 커버를 씌우는 것일 뿐 그리 특별한 일도 아니다.

마완리는 그가 만든 무청의 모래판 모형과 드라이기, 산소 공급기 모형을 참관하고 유리 덮개도 만져 보았다. 흡사 과피모[23] 같은 모양이었다. 마완리가 웃으며 말했다. 이게 될까요? 환경 보호 전문가가 말했다. 마의장님, 걱정 마십시오. 반드시 될 겁니다. 전도가 양양하지요. 당장은 몇 가지 기술적인 문제가 해결되지 않았을 뿐입니다. 이를테면 거대한 유리 덮개를 이용해서 태양 에너지를 흡수하는 것이라든가 설치 비용 등의 문제 말입니다. 일단 해결이 되면 곧바로 의장님께 보고 드리겠습니다! 저는 특허 신청과 '도시 상공 환경 보호 연구 개발 공사' 설립도 계획하고 있습니다!

---

23 중국식 모자의 일종. 여섯 조각의 검은 천을 잇대어 만든 것으로, 수박을 반자른 모양처럼 생겼고 차양이 없으며 정수리에 꼭지가 달려 있음.

전갈 양식 업계의 거물의 일은 진행상황이 그리 순조롭지 않았다.

당초 그는 무청 사람들이 매일 전갈 세 마리를 먹으면 건강에 도움이 될 것이라며 정부에 홍두문건 발행을 요청했었다. 정부는 질질 끌면서 이를 받아들이지 않았고, 그도 결국 행동에 나섰다.

그는 어마어마한 양의 전갈을 키웠으나 판로가 없었다. 당초 그 안건을 작성했을 때는 개인적으로 큰 이익이 생길 것으로 기대했다. 만약 무청 사람들이 모두 전갈을 먹는다면 순식간에 판로가 개척될 것이라 생각한 것이다. 하지만 정부가 이를 본체만체하니 자신이라도 나서서 내다 팔아야 했다. 그는 한 집 한 집, 한 골목 한 골목 찾아다니며 사람들에게 전갈은 온몸이 보물이라 먹으면 근육이 튼튼해지고 몸이 건강해지며, 암이 예방되고, 전갈을 먹은 사람은 최소한 여름에 모기는 안 물린다는 등의 내용을 알리며 판매에 나섰다. 하지만 전갈이라는 것은 결국 일종의 독충인 데다 생김새가 징그럽고 성미도 난폭하고 흉악하니 사람들은 대부분 그것에 공포심과 혐오감을 가지고 있었다. 그런데 그것을 먹으라고 하니 수긍하는 사람이 없었다.

전갈 양식업계의 거물은 영업 사원을 데리고 일일이 사람들 앞에서 시범을 보였다. 그들이 보여 준 것은 일종의 전갈 튀김으로 촉촉하면서도 바삭하긴 했으나 그 생긴 모양에는 변화가 없었다. 전갈 양식 업계의 거물은 사람들 앞에서 입을 크게 벌리고 전갈 튀김을 입 안에 집어넣고 미소를 머금은 채 맛있게 씹어 댔다. 근방에 있던 사람들에게 바삭거리는 소리가 들릴 정도였다. 사람들은 입을 일그러뜨리고 미간을 찌푸렸으며 심지어 격하게 토하는 사람과 고개를 돌린 채 도망치는 사람도 있었다.

이는 사실상 공포감을 조성했다.

이는 사실상 혐오감을 조성했다.

시범을 보인 결과는 결코 성공적이지 않았다. 극소수의 사람이 맛을 보고자 했을 뿐 사려는 사람은 거의 없었다.

일일이 시범을 보이다 보니 전갈 양식업계의 거물과 그의 영업 사원들은 너무 많은 전갈을 먹게 되었다. 결과적으로는 온몸에 열이 뻗쳐 코피가 터지고 근육이 당겼으며 피부가 거칠어지면서 종기까지 올라왔다. 정신적으로도 극도의 흥분으로 잠을 이루지 못했으며 감정을 조절할 수 없을 정도로 성미가 나빠졌다.

마 의장이 그를 찾아갔을 때 전갈 양식 업계의 거물은 마침 자신의 부하 직원들에게 비난을 퍼붓고 있었다. 목소리는 포효하는 듯했고 허리는 왕전갈처럼 구부러져 있었다. 그의 열 명 남짓한 영업사원들은 한 줄로 늘어서 있었는데 역시 노기가 등등했으며 하나같이 다섯 손가락을 펼치고 있는 것이 언제라도 달려들어 전갈 양식 업계의 거물을 갈가리 찢어버릴 기세였다.

며칠을 바삐 뛰어다닌 뒤 마 의장은 집으로 돌아가 이틀을 내리 잠만 잤다. 먹지도 마시지도 않았다.

그는 몹시 피곤했으며 몹시 걱정스러웠다.

그는 무언가 불길한 예감이 들었다. 이 도시는 붕괴되겠구나!

그 시절 청년단 지부 서기였던 그녀는 남편의 겁먹고 불안해하는 모습에 무척 걱정스러웠다. 그녀는 수십 년 동안 한 번도 그처럼 기가 꺾인 모습을 본 적이 없었다. 그녀가 물었다. 도대체 무슨 일이에요? 요 며칠 동안 대체 뭘 본 거예요?

마완리는 그저 고개를 가로저었다.

지부 서기는 가슴이 답답했다. 그때 성벽 위에서 그 많은 족제비들을 보았을 때도, 시장으로 재임하면서 그 많은 책임을 짊어지고 그 많은 사람들에게 미움을 사고도, 심지어 익명의 편지나 전화로 살해 위협을 당한 것도 한두 번이 아니었지만 남편은 한 번도 위축되지 않았다. 그런데 지금 도대체 무엇이 그를 이처럼 불안에 떨게 하는 것일까?

제9편
곧 사라질 마을

팡취안린은 무청에서 차오얼와로 돌아왔다. 마을에 들어서자마자 톈이의 모친께서 위급하시다는 이야기를 전해 듣고 집에 가 볼 틈도 없이 곧장 톈이의 모친을 찾아갔다. 그는 그녀가 자신을 몹시 기다리고 있으리라는 것을 알고 있었다.

톈이의 모친은 여든이 넘은 노령에 아들에 대한 그리움까지 겹쳐 팡취안린이 무청에 간 뒤 곧바로 몸져누웠다. 당시 차오얼와에서 가장 일솜씨가 있던 여인에게는 늙은 뒤 오직 한 가지 일만이 남겨졌다. 바로 톈이를 그리워하는 일이었다. 이 사라진 아들은 그녀의 유일한 근심이었다. 그녀는 더 이상 친정의 부모 형제들의 생사에 대해 생각하지 않았으며, 차이 집안 식구들의 중흥도 생각하지 않았다. 그녀는 다만 이따금 오래된 돌집 앞에 가서 거대한 경계석들을 바라보며 멍하게 있곤 했다. 반세기 넘는 시간 동안 그녀는 이곳에 아무렇게나 흩어져 있는 경계석들의 숫자가 얼마나 되는지 제대로 세어 볼 여유도 없었다. 당시 차이구는 도적에게 납치된 아들과 손자를 되찾아 오기 위해 번번이 땅을 팔아야 했다. 땅 한 뙈기를 팔 때마다 자신의 몸에서 살점 한 덩이를 떼어 내는 듯했다. 하지만 그녀에게는 선택의 여지가 없었다. 농사꾼 조상들이 믿는 관습에 따르면, 땅은 팔아도 지계는 팔지 않는다. 지계를 남겨 두는 것은 희망을 남겨 두는 것이다. 아들과 손자들이 하나씩 조모에 의해 죽음의 문턱에서 살아 돌아오는 대신 오래된 돌집 앞에는 경계석이 산처럼 쌓였다. 톈이의 모친이 막 차이씨 집안에 시집을 왔을 때, 패기만만하게 차이구에게 말했다. 할머님, 걱정 마세요. 제가 언젠가 이 경계석들을 우리 땅에 다시 옮겨 묻을 거예요!

후에 그녀와 남편 차이즈추는 기를 쓰고 돈을 모아 땅을 사들였다. 몇 년이 지나자 집안 중흥의 희망도 보이는 듯했다. 하지만 사회가 변했다. 더 이상 개인이 토지를 소유하는 것이 허락되지 않게 된 것이다. 그녀는 끝내 자신의 언약을 지키지 못했다.

반세기가 지났지만 거대한 경계석들은 여전히 아무렇게나 그곳에 쌓여 있었다. 그녀는 이제 더는 이 일을 할 수 없게 되었다. 남편은 세상을 떠났다. 그는 그녀의 가장 좋은 조력자였으며, 그녀의 말이자 소였다. 하지만 그는 세상을 떠났다. 그녀 또한 나이가 들어 꼴이 말이 아니었다. 바람 앞의 촛불처럼 얼마 남지 않은 여생에 더 무슨 웅대한 뜻이 남아 있겠는가. 그녀는 그저 톈이가 염려될 뿐이었다. 톈이는 어디에 있는 걸까?

그날 팡취안린은 고생스럽게 객지를 떠돌다 차오얼와로 돌아왔다. 그는 그녀의 침대 맡에서 톈주와 사람들이 무청에서 아주 잘 지내고 있다고 알려 주었다. 그리고 톈주와 사람들이 계속해서 톈이를 찾고 있고 벌써 단서도 확보했다며 그녀를 안심시켰다. 인내심을 가지고 기다리면 분명 좋은 소식이 있을 것이라고도 했다. 톈이의 모친이 팡취안린의 손을 잡고 말했다. 큰조카, 마음 쓰게 해서 미안하네. 나를 속일 생각 말게. 나도 톈주가 톈이를 찾고 있으리라는 것은 알지만 톈이를 찾는 일이 그리 쉽지는 않을 거야. 톈이를 찾는 것은 하늘의 뜻(天意)에 달려 있어. 이해하겠나? 그때 그 아이의 이름을 지어 준 사람은 바로 차이구 할머님이셨는데, 다들 두 글자 중에 어느 글자를 말하는 것인지 몰랐어. '톈이(天易)'일 수

도 있고 '톈이(天意)'일 수도 있으니까.[24] 어쨌든 다 그럴듯하게 들어맞기
는 해. 톈이는 하늘의 뜻이었거든. 톈이는 어려서부터 다른 아이들과는
달랐어. 시간이 지나고 거듭 생각해 보니 톈이는 이 세상에 태어날 때
길을 잘못 들어 차이씨 집안에 오게 된 아이 같아. 어려서부터 늘 얼이
빠진 것처럼 있다가 커서 행방불명이 된 것도 하늘의 뜻인 게야. 그래도
나는 그 아이가 아직 살아 있다는 걸 알아. 죽었을 리가 없어. 톈이는
다른 아이들보다 잘 참았어. 어려서부터 수없이 괴롭힘을 당하고 수없이
얻어맞고도 아파하지 않았어. 사람들이 신발 바닥으로 때리고, 발로 밟
고, 몽둥이로 내리쳐 몽둥이가 두 쪽이 나고, 머리를 맞아서 피가 흘러도
그 아이는 소리를 지르지도, 울지도, 앙심을 품지도 않았어. 마치 그런
것은 남의 일일 뿐 자기와는 상관이 없다는 듯이 말이야. 어떨 때는 얻어
맞고 있는 동안에도 정신을 놓고 있었어. 아무도 그 아이가 그때 무슨
생각을 하고 있었는지 몰라. 그 아이는 곧잘 오래된 돌집에 가서 문지방
에 기대 증조모가 졸고 있는 모습을 쳐다보곤 했어. 그 아이는 증조모와
이야기를 몇 마디 나누지 않았지만 두 사람은 서로 마음이 통하고 있는
것 같았어. 그 아이는 뭐 영감과 사이가 가장 좋았지. 가장 가깝기도 했
고. 많은 시간을 뭐 영감과 함께 란수이 강 근처에서 보냈어. 그 아이가
강에서 수영을 하면 온갖 기기괴괴한 물고기들이 그 아이를 둘러쌌어.
한번 물에 들어갔다 하면 반나절이었지. 그 아이는 자주 바닥에 엎드려
있었어. 대지의 숨소리를 들을 수 있다나. 그것도 한번 듣기 시작하면 한
밤중까지 이어졌어. 귀신에게 홀리기라도 한 것처럼 말이야. 톈이는 어려
서부터 말수가 적고 말주변이 없었어. 나는 그 아이의 어미지만 그 아이
를 잘 몰라. 톈이가 어렸을 때 내가 밭에 정신이 팔리고 집안을 일으키고
땅을 사들이는 데만 급급해서 자기는 돌봐 주지 않는다고 나를 원망한
적이 있었어. 그래서 자기가 그렇게 억울한 일을 당하는 거라면서. 나와

---

24 天易와 天意는 모두 발음이 톈이로 같다.

그 아이는 모자지간이지만 늘 무언가 가로막혀 있는 것 같았어. 나중에 도시에 있는 학교에 가면서 다시는 볼 수 없게 되었고 말이야. 따져 보면 같이 지낸 시간은 몇 년 되지 않아. 우리 모자는 인연이 깊지 않았던 모양이야. 그 아이가 돌아올 때까지 기다릴 수 없을 것 같아서 겁이 나. 그 아이는 분명 집으로 돌아오는 길을 잃어버린 거야……

그날 톈이의 모친은 정신이 아주 또렷했으며 팡취안린의 손을 잡고 많은 이야기를 했다. 그리고 일주일 뒤 그녀는 세상을 떠났다.

팡취안린은 큰 슬픔에 빠졌다.

그녀는 존경받을 만한 여인이었다. 그녀는 차이구 이후로 대와옥 일가에서 마지막까지 진정으로 토지를 위해 분투했던 여인이었다. 그녀는 포부가 컸다. 만약 사회가 허락했다면 그녀는 충분히 뽑힌 경계석을 다시 땅에다 묻고, 차이구와 마찬가지의 영예를 누릴 수 있었을 것이다.

그러나 그녀는 죽었다.

괴로움과 슬픔 속에서 죽었다. 당초 차이구가 증손자 톈이에게 그런 이름을 지어 주었을 때 설마 그녀는 이런 결말까지 예견한 것일까?

팡취안린은 톈이의 모친을 매장한 뒤 여러 날을 침울해하며 말을 잃었다. 최근 몇 년간 마을의 많은 노인들이 세상을 떠났으나 오직 톈이 모친의 죽음만이 그를 진정 고통스럽게 했으며 말로 설명할 수 없는 상실감과 허탈감을 느끼게 했다.

톈이 모친의 죽음은 하나의 상징과도 같았다.

무엇을 상징하는가?

팡취안린은 제대로 설명할 수 없었다.

무슨 연유인지 몰라도 팡취안린은 문득 사라진 거북이를 떠올렸다. 손을 꼽아 보니 그 거북이는 이미 서른두 해째 차오얼와를 찾아오지 않았다. 노인들의 이야기에 따르면 함풍년간에 황허의 제방이 터진 이후로 그 거북이는 10년에 한 번씩 차오얼와에 나타났으며, 그 간격도 아주 정확했다. 매번 나타날 때마다 차오얼와에 며칠간 머무르면서 이집 저집을 기어 다녔는데 아무도 감히 해코지하지 않았다. 그것은 1000년 묵은 거북이로 솥처럼 크고 까마귀처럼 윤이 났다. 모두들 그것을 차오얼와의 행운의 마스코트라 여기며 그 거북이에게 특별한 능력이 있다고 믿었다. 거북이가 찾아간 집에서는 향을 피우고 머리를 조아렸다. 거북이는 매번 갑작스럽게 찾아왔다가 신비스럽게 사라졌다. 하지만 10년 뒤에는 반드시 다시 나타났다. 팡취안린은 젊은 시절 두 차례 거북이를 본 적이 있었다. 하지만 서른두 해가 지나도록 거북이는 나타나지 않았다. 그는 이것이 무엇을 의미하는지 알 수 없었으나 어쨌든 불길한 느낌은 떨칠 수가 없었다. 이따금 이런 생각도 들었다. 누군가에게 잡혀간 것은 아니겠지? 아니면 도시의 공원 같은데 풀어놓고 사람들에게 관람을 시키거나 할지도 모르지. 만약 정말로 그렇게 된 것이라면 그런대로 나쁘지 않다. 하지만 그는 여전히 거북이가 오지 않는 것과 차오얼와의 쇠락 사이에 관련이 있을 것이라는 의심을 품고 있었다. 이는 그가 가장 두려워하는 일이었다.

하지만 팡취안린은 여전히 바빴다.

무청에서 돌아와 보니 마을에는 수많은 일들이 쌓인 채 그의 처분을 기다리고 있었다. 또 몇몇 오래된 집들은 쓰러질 위기에 처했다. 그는 서둘러 안에 있는 사람을 데리고 나온 뒤 임시 거처를 지어 주었다. 병에 걸린 노인도 10명이 넘었다. 그는 집집마다 들여다본 뒤 병세가 위중한 노인은 일일이 병원으로 모셨다. 초등학교의 교실에는 비가 샜다. 그는 급히 수리할 사람을 불렀다.

팡취안린은 한동안 쉴 새 없이 바쁘게 일한 뒤에야 산적한 일들을 적당히 마무리할 수 있었다. 막 한숨을 돌리려는데 몇몇 이웃 간에 싸움이 벌어졌다. 여자들 간의 싸움으로 서로 치고받고 욕설이 난무했다. 차오얼와의 여자들은 갈수록 성미가 고약해졌다. 마치 발정 난 암캐들처럼 조그마한 일에도 서로를 물어뜯으려 들었다. 팡취안린은 집집마다 찾아가 타일렀으나 아무도 듣지 않았다. 듣지 않는 것은 물론 그와도 싸우려고 들었다. 장씨 집 여자는 그가 리씨 집 여자 편을 든다고 말했고, 리씨 집 여자는 그가 장씨 집 여자 편을 든다고 말했다. 그들 이야기 속에 모종의 암시 같은 것이 묻어났고, 이는 팡취안린을 격노하게 만들었다. 그는 두 집 부엌으로 뛰어들어가 식칼 두 자루를 꺼내온 뒤 그녀들에게 던져 주었다. 자신은 기다란 걸상 한쪽 끝에 앉아서 말했다. 자네들 그렇게 싸우지 말고 찔러 버리게! 찔려서 죽으면 내가 책임질 테니까!

그녀들은 놀라 얼어붙었다.

그녀들은 팡취안린이 그처럼 크게 화를 내는 모습을 본 적이 없었다. 특히 여자들에게는 더욱 그랬다.

그녀들은 팡취안린의 마음이 몹시 괴롭다는 것을 알지 못했다.

직접적인 원인 중 하나는 커우쯔가 떠난 것이었다.

커우쯔는 자기 입으로 재혼은 하지 않겠다고 말했었다. 그녀는 자신의 남편을 깊이 사랑했으며, 남편이 죽은 뒤로도 그 마음에 변함이 없었다. 그녀는 고생스럽더라도 자신이 아이를 키우겠다고 했었다. 그런데 커우쯔가 돌연 마음을 바꾼 것이다. 아니 조금씩 바뀌고 있었으나 주위 사람들이 눈치채지 못한 것인지도 모른다. 변한 것이 문제는 아니다. 그처럼 젊은 사람에게 과부로 수절하라는 것은 잔인한 일이다. 하지만 울며불며 무슨 얘기라도 했어야 옳다. 촌장에게 시부모님을 잘 돌봐 달라고 사정하면 촌장으로서 이를 도와주지 않을 리가 있겠는가. 그러면 촌장은 분명 길게 한숨을 내쉰 뒤 자리에서 일어나 큰 소리로 말했을 것이다. 울지 마. 내가 도와줄 테니까. 시부모님 일은 나에게 맡기게!

하지만 커우쯔는 어떤 얘기도 하지 않았다. 한마디 말도 없이 떠나 버린 것이다!

팡취안린은 다음 날에야 다른 사람들이 하는 이야기를 듣고 알게 되었다. 커우쯔는 떠났다. 아이는 시어머니에게 떠맡기고 전날 밤 떠나 버렸다. 팡취안린은 깜짝 놀라 황급히 커우쯔의 집으로 향했다. 그곳에는 이미 사람들이 잔뜩 모여 있었다. 남자 여자 할 것 없이 마당에 서 있었고 너 나 할 것 없이 커우쯔가 앙큼하다며 비난했다. 그 여자는 평소에 눈을 착 내리깔고 얌전한 척하더니 뒤로는 사내 품이 그리웠나 봐, 지 새끼까지 버리고 혼자 가 버린 거 보면. 이렇게 말하는 사람도 있었다. 분명 애인이 생긴 거야. 눈이 맞아서 몰래 도망간 거지 뭐. 왈가왈부 하던 사람들은 팡취안린이 온 것을 보자 그에게 길을 터 주었다. 누군가 소리쳤다. 촌장님, 사람을 시켜 쫓아가게 하시지요. 아직 멀리 못 갔을 겁니다. 기껏해야 현성쯤 갔을 테니 충분히 잡아 올 수 있습니다.

　팡취안린은 아무 말도 하지 않고 곧장 안채로 향했다. 커우쯔의 시어머니가 마침 손자를 품에 안고 눈물을 흘리고 있었다. 시아버지는 한쪽에 앉아 담배를 피워 댔다. 아이는 울면서 젖을 달라고 보채고 있었다. 할머니는 어찌할 줄 모르는 모양이었다. 아이는 이미 세 살이었으나 여전히 매일같이 젖을 먹었다. 이는 시골에서는 흔한 일이었다. 심지어 여덟 살이 되어 학교에 다니면서도 집에 오면 젖을 빠는 아이도 있었다. 아이 입장에서는 응석이고 어미 입장에서는 위로였다. 그 무렵이면 어미의 젖은 이미 거의 말라 버리므로 젖을 먹는 것은 일종의 형식에 불과했다. 특히 아이가 울고 보채거나 잠투정을 할 때는 젖꼭지를 입에 물리는 것만으로도 금세 아이를 진정시킬 수 있었다. 젖은 아이에게 안정감을 준다. 팡취안린은 뒤로 물러나 마당에 대고 소리쳤다. 누가 젖이 있는가? 아이에게 좀 먹여 보게! 마당에 있던 부인들 중 몇몇은 아직 수유 중이라 가슴이 팽팽하게 부풀어 있었다. 그녀들은 조금 머뭇거리는 듯했다. 커우쯔에 대한 미움 때문에 아이에게 젖을 먹이는 것이 내키지 않았던 것이다. 팡취안린은 다급해졌다. 일단 커우쯔의 일은 생각하지 말고. 아이는 죄가 없지 않나! 얼쯔(二子) 어멈, 이리 오게! 아이한테 젖 좀 물리게. 얼쯔 어멈은 퉁퉁하고 조금 맹한 사람이었다. 그녀가 말했다. 왜 나더러 젖을 먹이래요? 팡취안린이 말했다. 자네 젖이 크니까!

　사람들이 웃음을 터뜨리며 말했다. 얼쯔 엄마 얼른 가 봐. 촌장님께서 신임하셨잖아.

얼쯔 어멈은 팡취안린을 쳐다보며 의심스러운 듯 물었다. 촌장님, 정말 저를 신임하신 거예요?

팡취안린이 말했다. 무슨 말이 그렇게 많아! 신임한 게 아니면 왜 자네를 부르겠어? 젖은 어디 자네만 있는 줄 아나! 왜 다른 사람을 안 불렀겠어?

얼쯔 어멈은 신이 나서 떠들었다. 촌장님 걱정 마세요. 보세요, 제 젖은 수도꼭지나 다름없어서 우리 애는 다 먹지도 못해요. 날마다 한쪽은 쓸 일이 없어서 얼마나 아까웠는지 몰라요.

팡취안린이 말했다. 어서 가 보게. 애가 울고 보채잖나.

얼쯔 어멈은 저고리를 풀어헤치면서 덤벙덤벙 안채로 달려갔다.

후에 팡취안린이 물어보니 커우쯔는 갑작스럽게 떠나겠다는 이야기를 꺼냈다고 했다. 밖에 나가 일을 하고 싶다며 아이도 데려가겠다고 했으나 시부모는 아무런 마음의 준비가 되어 있지 않아 경황이 없는 와중에 아이라도 두고 가게 했다는 것이다. 그들은 그녀가 떠나서 영영 돌아오지 않으면 집안의 유일한 자손도 잃을까 두려웠다. 다만 커우쯔가 왜 떠나려 했는지는 그들도 제대로 설명하지 못했다.

커우쯔가 떠난 것은 팡취안린을 허전하고 서운하게 했다.

그는 차오얼와의 많은 여자들이 자신의 관심을 끌고 싶어 한다는 것을 알고 있었다. 하지만 정말로 그의 마음을 움직였던 여자는 몇 사람 되지 않았으며 그중에는 커우쯔도 포함되어 있었다. 아니, 커우쯔는 그의 마음을 가장 많이 움직인 여자였다. 커우쯔가 젊고 아름다운 것도 이유가 되겠으나 커우쯔의 마음씨와 얌전한 몸가짐이 더 큰 이유였다. 그는 언젠가 그녀의 집에 갔을 때 커우쯔가 얼굴을 붉히며 수줍어하던 모습을 똑똑히 기억하고 있었다. 그녀는 여러 차례 그의 꿈속에 나타났다. 그는 그것이 자신의 일방적인 바람만은 아닐 것이라 생각했다. 그는 자신이 커우쯔의 마음속에 그저 좋은 촌장이 아닌 좋은 남자로 간직되어 있으리라 믿었다. 매번 커우쯔를 떠올릴 때면 팡취안린은 한 줄기 따스함이 느껴졌다. 그녀는 이미 자신에게 특별한 사람이 되어 있었다.

하지만 이제 커우쯔는 떠났다. 한마디 인사도 남기지 않은 채.

그 말인즉, 촌장으로서도 남자로서도, 그녀의 마음속에 그의 자리는 없었던 것이다.

이 일은 팡취안린을 충격에 빠뜨렸다. 이는 예상보다 훨씬 큰 충격이었다. 그는 분개하지 않았다. 현성에 사람을 보내 커우쯔를 잡아오게 하지도 않았다. 오히려 그는 자괴감을 느꼈으며 평소 가졌던 자부심은 순식간에 반 토막이 났다. 이는 정말 이상한 일이었다. 팡취안린은 경골한으로, 그 오랜 세월 촌장을 맡아 수없이 많은 장애에 부딪히면서도 자신감과 자부심을 잃지 않았다. 여자 하나 때문에 이처럼 의기소침해지는 것은 뜻밖이었다.

커우쯔가 떠난 것은 팡취안린으로 하여금 차오얼와가 더 이상 여자도 붙잡아 둘 수 없는 곳이라는 것을 예감하게 만들었다.

마을의 몰락은 이미 돌이킬 수 없는 일인 듯했다.

팡취안린은 불면증에 걸렸다.

이는 예전에는 한 번도 없던 일이다. 팡취안린은 불면증을 겪어본 적이 없었다. 바쁜 하루에 지쳐 집으로 돌아오면 자리에 눕자마자 잠이 들었으며, 몹시 깊고 달콤하게 잤다. 차오얼와에는 불면증이 없었다. 농사를 짓는 사람이 불면증이라니 우스운 일이 아닌가?

팡취안린이 무청에 있을 때 톈주가 이런 말을 한 적이 있었다. 무청 사람의 70퍼센트가 불면증을 앓고 있어요. 이 말은 매일 밤 수백만 명이 잠을 이루지 못한다는 의미이자 수많은 사람들이 일 년 내내 수면제를 먹고야 잠을 잘 수 있다는 뜻이지요. 당시 팡취안린은 이를 믿지 않았다. 자네가 어떻게 그렇게 잘 아나? 톈주가 말했다. 제 눈으로 직접 보고 제 귀로 직접 들었어요. 톈주는 부인 원슈가 무청에 온 뒤 향수병과 불안 증세로 밤마다 잠을 이루지 못하자 그녀를 병원에 데려갔다고 했다. 병원에서 그는 수없이 많은 불면증 환자들을 보았다. 하나같이 눈이 푹 꺼지고 낯빛은 흙먼지를 뒤집어 쓴 듯 회색빛이었다. 그중에는 노인도 있고 중년배도 있고 젊은이도 있었다. 심지어 초등학생도 있었다. 톈주는 줄을 서면서 사람들과 이야기를 나눴고, 이것이 경쟁이 너무 치열하고 업무의 스트레스가 너무 심하며 학업이 너무 버거운 탓이라는 것을 깨달았다. 톈주가 말했다. 보고 있자니 정말 불쌍하더라고요. 열두세 살쯤 먹은 여자애가 있었는데, 두꺼운 근시용 안경을 끼고 안색은 창백하고 콩나물처럼 말랐더라고요. 아이 엄마 말로는 아이가 승부욕이 지나쳐서 꼭 1등을 해야 직성이 풀린대요. 숙제도 많아서 밤늦게까지 숙제에 매달리다 보니 정작 자야 할 때는 잠을 못 자 침대에서 뒤치락거리고, 잠이 들어도 악몽을 꿔 고래고래 소리를 지르기도 한대요. 내가 2등을 했다면서요.

팡취안린은 당시 몹시 충격을 받았다. 도시 사람들은 눈을 부릅뜨고 밤을 새자면 얼마나 피곤할꼬. 그는 불면증에 걸린 뒤로 스스로에게 말했다. 이 병은 무청에서 옮아 온 거야. 괜찮아. 며칠 지나면 좋아지겠지. 하지만 여러 날이 지난 후에도 그는 여전히 잠을 이루지 못했다.

그날 밤, 팡취안린은 밤늦도록 잠들지 못하고 있었다. 바깥에는 바람이 불었다. 바람은 갈수록 거세져 창문까지 요란하게 흔들렸다. 얼마 지나지 않아 비까지 쏟아지기 시작했다. 쏴쏴 하는 빗소리가 창밖 세상을 가득 채웠다. 듣고 있자니 조금 두려운 생각마저 들었다. 돌연 팡취안린이 마치 조건 반사처럼 침대에서 뛰어내리더니 되는대로 옷을 주워 입고 도롱이를 걸치고는 문을 열고 밖으로 달려 나갔다.

그는 잇달아 네 집을 돌며 낡은 집들의 상황을 점검했다. 어떤 집들은 마치 살날이 얼마 남지 않은 노인처럼 한 줄기 바람에도 충분히 쓰러질 수 있었다. 이처럼 큰 비라면 이 낡은 집들에게는 치명적인 위협이 될 수 있다. 어느 집 손상 정도가 심각한지는 팡취안린이 훤히 꿰고 있었다. 이렇게 비바람이 몰아치는 밤이면 그는 편히 잠을 청할 수 없었다. 앞서 둘러본 몇 집은 다행이 괜찮은 편이었다. 며칠 전 그가 사람들과 함께 보강을 해 둔 덕에 큰 문제는 없어 보였다. 그는 하나하나 차례로 그 집들의 문을 열고 들어가 사람들에게 너무 깊이 잠들지 못하게 하고 집의 동태를 잘 살피게 했다. 그곳에 사는 사람들은 모두 노인과 부녀자, 아이들이었다. 그들은 그처럼 야심한 밤에 촌장이 비를 무릅쓰고 찾아오니 너무 고마워 몸 둘 바를 몰랐다.

팡취안린은 서둘러 다섯 번째 집으로 향했다. 가는 길에 맞은편에서 누군가 비닐을 덮어쓰고 비바람과 천둥 번개 속을 달려오는 것이 보였다. 심지어 큰 소리로 고함까지 지르고 있었다. "촌장님!…… 촌장님!……"

팡취안린은 어렴풋이 자신을 부르는 소리를 들었다. 게다가 그것은 여인의 목소리였다. 그는 깜짝 놀라 빠른 걸음으로 다가가 손전등으로 비춰 보았다. 류위펀이잖아! 그가 큰 소리로 말했다. 위펀, 나를 찾고 있었는가?

류위펀은 번개가 번쩍하는 순간 촌장을 발견하고는 그를 붙들고 울면서 소리를 질렀다. "촌장님 어서 우리 집에 좀 가 보세요! 집에 물이 새서 안에 있을 수가 없어요! 촌장님을 찾으러 갔는데, 댁에 안 계시더라고요. 그래서 저는……"

팡취안린이 말했다. 알겠네. 일단 먼저 집에 가 있게! 아직 위험한 집이 몇 군데 더 남았으니 거기부터 가 보고 자네 집으로 가겠네! 그리고는 그녀의 손을 뿌리치고 걸음을 옮겼다.

류위펀이 다시 그를 붙잡으며 말했다. 촌장님 왜 우리 집부터 먼저 안 가 주세요? 우리 집도 위험해요!

팡취안린이 말했다. 자네 집도 봤어. 벽에는 문제가 없지 않나! 기껏해야 지붕에 물이 새는 정도겠지. 어쨌든 지금은 고칠 수도 없으니 날이 개면 다시 얘기하세. 자네는 먼저 가 있게! 말을 마친 뒤 곧바로 몸을 돌려 뛰어가 버렸다.

류위펀은 화가 나 소리를 질렀다. "어째서 기껏해야 물이 새는 정도일 거라고 하세요? 우리 집 침실 위에 구멍이 뚫려서 지금 온 침실에 물이 가득 고였다고요!"

하지만 팡취안린은 이미 비바람 속으로 뛰어들어 그림자도 보이지 않았다.

돌연 번개가 번쩍이더니 이어서 천둥이 내리쳤다. 마치 머리 바로 위로 쏟아지는 것 같았다. 류위펀은 너무 놀라 비명을 지르며 진흙탕 위로 엎어졌다.

류위펀은 바닥에 엎드린 채 울부짖었다.

하지만 팡취안린에게는 이미 들리지 않았다.

팡취안린은 두 집을 잇달아 둘러보았다. 이들 또한 위험한 집이지만 다행히 그들은 미리 준비해 둔 것이 있었다. 사전에 초가집을 세운 것이다. 물론 팡취안린이 도와준 덕이었다. 폭풍우가 시작되자 두 집안 사람들은 서둘러 자리에서 일어나 가져갈 수 있는 물건을 들고 간이 초가집으로 피했다.

팡취안린이 일곱 번째 집에 도착했을 때 결국 재난이 일어났다.

그곳은 방 두 개짜리 흙집으로 여든을 넘긴 노인 한 분이 외롭게 지내고 있었다. 노인은 젊은 시절 방탕한 생활을 일삼았고, 마을의 수많은 여자들과 관계를 가졌다. 몇 년 전까지도 여전히 마작을 명분으로 할머니들을 꾀어서 차오얼와에서 평판이 몹시 나빴다. 그는 아들과 딸이 하나씩 있었는데 딸은 일찍이 다른 마을로 시집을 가 거의 찾아오지 않았다. 그녀는 아버지를 창피하게 생각했다. 아들 가족도 다른 곳에 살았으며 아들은 더욱 아버지를 싫어했다. 노인은 여러 차례 며느리를 집적거렸고, 놀란 며느리는 감히 그를 만나려 하지 않았다. 몇 년 전 아들이 가족을 데리고 밖으로 일을 하러 나갔다. 떠나기 전에 아들은 팡취안린에게 언젠가 노인네가 죽으면 사람을 시켜 묻어 버리면 그만이며, 자신에게는 알릴 필요 없다고 말했다. 당시 팡취안린은 몹시 화를 냈다. 자네 아버질세!

아들이 말했다. 나는 그런 아버지 없습니다!

팡취안린이 말했다. 자네에게 그런 아버지가 없다면, 나에게는 더더욱 없네!

아들이 말했다. 촌장님이잖습니까. 촌장님이 챙기지 않으면 누가 챙깁니까?

팡취안린이 말했다. 나는 그런 것까지 챙길 수 없네.

아들이 말했다. 마음대로 하십시오.

다음 날 그는 부인과 아들을 데리고 떠났다. 그 후로 다시는 돌아오지 않았으며 아무런 소식도 들리지 않았다. 팡취안린이 무청에서 톈주에게 그의 소식을 물어보자 톈주는 그 가족이 신장에 살면서 땅 몇백 묘에 면화와 멜론 농사를 지어 이미 부자가 되었다는 소문을 들었다고 말했다. 또한 그 자식은 인정도 의리도 없는 놈이라면서, 차오얼와 사람이 신장에서 일을 하다가 어느 읍에서 그가 멜론을 파는 것을 발견하고 다가가서 인사를 건넸는데, 그가 모른다고 딱 잡아뗐다고 했다.

팡취안린은 이를 듣고 그가 정말로 늙은 아버지를 자신에게 내맡겼음을 깨달았다. 팡취안린도 그 노인을 좋아하지 않았다. 하지만 좋아하지 않아도 자주 들여다보아야 했다. 그의 두 칸짜리 흙집은 60년 전에 지은 것으로 약간 금이 간 곳도 있었으나 벽 자체는 튼튼한 편이라 지붕 쪽에 비만 새지 않으면 크게 문제될 것은 없었다. 반년 전 팡취안린이 사람들을 데려가 수리도 했다. 당시 노인은 이를 반대했다. 자신의 집을 건들지 말라며 지팡이로 사람들을 내리치기까지 했다. 팡취안린은 아랑곳하지 않고 주저 없이 지붕 위로 올라가 수리를 마친 뒤에야 내려왔다.

그날 밤 팡취안린이 그의 집에 도착했을 때 그의 흙집은 이미 무너지고 누렁이 한 마리가 한쪽에서 짖어 대고 있었다. 그는 그것이 노인의 개라는 것을 알아보았다. 이는 몹시 뜻밖이었으며 충격적이었다. 서둘러 몇몇 이웃집을 열고 들어갔다. 제법 많은 사람들이 소식을 듣고 서둘러 달려 나왔다. 그들은 빗속에서 흙더미를 마구 파헤쳤다. 흙을 다 파냈을 때 이미 죽은 채로 흙벽 아래 깔려 피범벅이 된 노인이 발견되었다.

팡취안린은 몹시 후회했다. 조금 더 일찍 왔어야 했다. 하지만 이웃들의 이야기는 달랐다. 노인은 줄곧 직접 작은 주걱으로 벽을 파냈으며, 벽에 구멍이 나 바람이 통할 정도였으나 흙집은 무너지지 않았다는 것이다. 아마도 이번 비를 기다린 것이리라.

노인은 사는 것이 지긋지긋해진 것이다.

팡취안린이 이웃들을 나무랐다. 자네들은 그런 것을 빨리 나에게 보고했어야지!

이웃들은 코웃음을 쳤다. 무슨 보고요? 진즉 죽었어야 될 사람을.

다음 날 비가 그쳤다.

노인을 묻은 뒤 팡취안린은 폐허가 된 집터를 한 동안 파헤쳤다. 그는 무언가 비밀을 파낼 수 있기를 희망했다. 예를 들면 돈 같은 것을. 그런 일은 전에도 가끔 발생했다. 생전에 낡고 헤진 옷을 입고 다니던 노인들 중에 사후에 돈이 가득 든 단지가 발견된 경우도 있었다.

팡취안린은 과연 납작하게 찌그러진 깡통 하나를 파냈다. 안에는 돈 대신 누렇게 색이 바랜 땅문서 한 장이 들어 있었다. 해방 초기의 땅문서인 것으로 보아 5~60년 전 물건이었다. 그는 노인이 아직까지 그런 것을 간직하고 있다는 것이 놀라웠다.

팡취안린은 죽은 고양이도 한 마리 파냈다. 그는 마을 앞 란수이 강변으로 가서 이를 묻어 주었다. 그는 죽은 고양이나 개 따위가 돌림병을 퍼뜨릴까 두려웠다.

오늘날 란수이 강 양안은 숲이 되었다. 옛날 뤄 영감이 강변에 살던 시절 해마다 나무를 심은 것이 이미 상당한 규모가 된 것이다. 팡취안린의 부친 팡자위안이 촌장으로 있던 시절에는 온 마을 사람들이 무수히 나무를 심었다. 수십 년 전 차오얼와에는 나무를 심는 것은 괜찮으나 베는 것은 안 된다는 규정이 있었다. 나무 한 그루를 팔 때도 촌장의 허가를 받아야 했으며, 이는 이미 온 마을 사람들이 자각하고 있는 규정이었다. 나무가 많아지자 각종 새들도 날아들었다. 새들은 또한 다른 곳에서 수많은 씨앗을 물고 왔고, 이로 인해 다양한 원생 수목들이 자라났다. 교목도 있고 각종 관목도 있었다. 란수이 강 양안은 광대한 숲이 되었다. 팡취안린이 대략적으로 조사한 결과 나무의 품종이 거의 300여 종에 달했으며, 새들이 100여 종, 야생 동물이 20여 종, 각종 꽃들과 곤충들은 그 수를 헤아릴 수도 없었다!

평소 그곳을 찾는 사람은 매우 적었다.

과거에는 란수이 강이 너무 신비로운 데다 희한하고 기이한 일들이 많이 일어나 사람들이 감히 찾지 못했다. 수십 년 전에는 거의 뤄 영감 한 사람만이 그곳에 살았다. 나중에 톈이도 자주 그곳에 가서 수영을 하고 뤄 영감과 함께 지냈다. 톈이는 란수이 강변에서 자란 것이나 다름없었다. 뤄 영감이 세상을 떠난 뒤 톈이는 현성에 있는 학교로 진학했다가 사라져 버리면서 란수이 강에는 아무도 살지 않게 되었다. 뤄 영감과 톈이가 살았던 오두막은 아직 남아 있었으나 늘 빈집이었다. 그곳이 워낙 인적이 드문 덕에 란수이 강 양안의 숲은 늘 원시 생태림을 유지할 수 있었다. 근래 십수 년간 마을에 청장년층이 없어지면서 팡취안린은 더 이상 사람들을 모아 나무를 심지 않았다. 그런데 숲은 오히려 더욱 울창하게 우거졌다. 원래 있던 나무들이 가지가 많아지고 잎이 무성해진 것은 물론 이름도 알 수 없는 품종의 나무들이 수없이 자라고 있었다. 게다가 그 많은 새며 짐승이며 꽃들은 어디서 왔는지 짐작도 할 수 없었다. 팡취안린은 몹시 감격했다. 세상의 많은 일들은 꼭 애를 써야만 잘되는 것은 아닌 모양이었다. 어떤 일들은 잊어버리고 소홀히 하고 심지어 내버려 두는 것이 오히려 좋을 수도 있다. 대자연은 스스로 재생과 성장의 기능을 갖추고 있으므로 사람들이 관여하지 않는 것이야말로 진정으로 그것을 보호하는 일이다.

팡취안린은 란수이 강변에 더 이상 인공적인 식재가 필요하지 않을 것이라 확신했다. 커다란 숲은 이미 왕성한 생명력을 발산하며 살아 숨 쉬고 있었다.

그날 밤 팡취안린은 죽은 고양이를 묻은 뒤 발걸음이 내키는 대로 숲속을 돌아보았다. 그는 아주 오랫동안 그곳을 찾지 않았다. 전날 내린 비로 땅은 질벅하고 미끄러웠으며 물이 고인 곳도 적지 않았다. 하지만 숲속의 공기는 맑고 신선했으며 각종 새들이 즐겁게 노래를 부르며 뛰놀고 있었다. 붉은 앵무새 한 쌍이 작은 가지 위에 앉아 지저귀다가 팡취안린이 다가오는 것을 보자 깜짝 놀란 듯 날아올랐다. 여리고 부드러운 가지에서 튕겨 나온 물방울들이 팡취안린의 얼굴 위로 쏟아졌다. 그는 손으로 이를 닦아 낸 뒤 웃으며 핀잔을 주었다. 조그만 녀석들이!

팡취안린이 다시 걸음을 옮기다가 문득 숲 속에서 무언가 이상한 기운을 느꼈다. 마치 누군가 안에 있는 것 같았다.

그는 처음에는 옅은 향기를 맡았다. 향기는 나는 듯 나지 않는 듯 극도로 옅었고 순식간에 다시 사라져 버렸다. 이는 낯설면서도 익숙한 냄새였다. 그는 열심히 기억을 되짚어 보았다. 어디서 이런 냄새를 맡아 봤더라? 이는 시골 여인들의 냄새가 아니다. 시골 여인들의 냄새는 젖 냄새가 아니면 땀 냄새다. 막 목욕한 여인에게서도 살 냄새가 날 뿐이다. 아, 팡취안린은 기억이 떠올랐다. 도시 여인의 냄새다! 무청에 있는 동안 거리에만 나가면 이런 냄새를 맡을 수 있었다. 다만 다른 냄새들에 섞여 약간 혼탁했으며 이보다 훨씬 짙었을 뿐이다. 팡취안린은 몹시 의아했다. 마을에서 왜 이런 냄새가 난단 말인가? 내가 착각을 했나? 하지만 그의 직관은 그에게 이렇게 말하고 있었다. 숲 속에 낯선 사람이 있다. 게다가 그것은 여자다!

팡취안린은 자세히 탐색을 시작했다. 얼마 지나지 않아 과연 진흙 바닥 위로 이어진 작은 발자국들을 발견했다. 다섯 개의 발가락까지 선명한 것이 여자의 발자국이 분명했다!

발자국은 끊어졌다가 다시 이어졌으며 생긴 지 얼마 되지 않은 것 같았다. 팡취안린은 이를 따라가다가 발자국이 옛날 뤄 영감이 살던 오두막을 향하고 있다는 것을 깨달았다.

팡취안린은 이유 없이 긴장감에 휩싸였다. 이치대로라면 이곳은 자신의 영역이니 긴장할 필요는 없다. 하지만 그는 당혹스럽고 혼란스러웠으며 도무지 감이 오지 않았다. 그녀가 어떤 여자인지, 나이는 몇 살인지, 도시인인지, 이곳에는 왜 왔는지, 모든 것이 미지수였다. 그는 당혹스럽고 혼란스러운 와중에도 흥분이 되기도 하고 기대감마저 들었다.

나무숲 사이로 그 오두막이 보였다.

팡취안린은 걸음을 멈췄다. 더는 다가갈 용기가 나지 않았다. 그는 그 여인이 뭐 영감의 오두막 안에 있으리라 확신하고 쭈그리고 앉아 관목 덤불 뒤에 몸을 숨긴 채 작은 틈새를 통해 오두막을 관찰했다. 본래 오두막 문 앞은 오랫동안 사람이 살지 않은 탓에 잡초 덤불이 무성했으며 버드나무 덤불 등 관목들도 자라고 있었다. 지금도 버드나무 덤불은 남아 있었으나 문 앞의 잡초는 보이지 않았다. 자그마한 공터가 생긴 것으로 보아 누군가 정리한 것이 분명했다. 문밖에 놓인 푸른 받침돌 두 개는 원래부터 있던 것으로 지금도 여전히 그 자리에 조용히 엎드려 있었다.

이제 그는 오두막 안에 사람이 산다고 단정할 수 있게 되었다!

그때 팡취안린은 갑자기 소변이 마려웠다. 그는 급히 허리를 구부린 채 몇 걸음을 옮겨 소변을 보았다. 그가 바지를 추스르고 다시 원래 장소로 돌아왔을 때 오두막 문 앞 공터에 한 여인이 나타난 것을 발견했다!

과연 여자로구나!

팡취안린은 그녀와 고작 20여 미터 거리에 있었으므로 똑똑히 볼 수 있었다. 여인은 30대 정도로 보였으며 평균보다 약간 큰 키에 호리호리한 몸매를 가졌고, 말 꼬리처럼 묶은 긴 머리카락은 머리 뒤쪽에서 아무렇게나 흔들리고 있었다. 몸에는 보라색 가운 같은 것을 걸쳤다. 그녀는 막 잠에서 깬 듯 기지개를 켜며 하품을 한 뒤 두 손을 높이 들고 고개를 뒤로 젖히며 숲 속의 신선한 공기를 깊이 들이마셨다. 팡취안린은 그녀가 두 팔을 높이 들어 올렸을 때 희고 보드라운 두 팔이 넓은 소매 사이로 드러나는 것을 보았다. 그 모습에 팡취안린은 가슴이 쿵쿵 뛰면서 마치 도둑질이라도 한 것 같은 기분이 들었다. 그는 속으로 생각했다. 이러면 안 되는데. 이러다 들키면 무슨 망신이야. 바로 그때, 그 여인은 무언가 감지한 듯 그가 있는 쪽을 쳐다보았다. 팡취안린은 얼른 머리를 집어넣고 꿈쩍도 하지 않았다. 다행이 여인은 다시 고개를 돌렸다. 팡취안린은 그 틈에 재빨리 그곳을 떠났다.

팡취안린은 집으로 돌아오는 내내 가슴이 답답했다. 여자의 옷이나 꾸밈새로 볼 때 도시 사람인 것은 틀림없다. 무청에서 돌아온 뒤로 그는 한눈에 도시 사람과 시골 사람을 구분할 수 있게 되었다. 하품을 할 때 손으로 입을 가리는 동작만으로도 충분했다. 문제는 그 여인이 이곳에 무엇을 하러 왔는지, 어느 도시에서 왔는지, 혼자 온 것인지 아니면 동행이 있는지 등이었다. 만약 그녀가 혼자 겁도 없이 이처럼 마을에서 멀리 떨어진 숲 속에 사는 것이라면 보통 배짱이 아니다. 팡취안린은 문득 이런 생각이 스쳤다. 그 여자 혹시 탈주범 아닐까? 무청에서 톈이에게 들은 바로는 일부 도시 여자들이 저지른 범죄는 남자들과 비교해도 전혀 뒤지지 않는다고 했다. 치정에 얽힌 살인, 횡령, 사기 등등에 강간범까지 있다니 참으로 희한한 일이었다. 하지만 그 여인은 탈주범처럼 보이지는 않았다. 조금도 불안해하는 기색 없이 한가롭고 여유로운 모습만 봐도 그랬다. 그렇다면 놀러 온 것일까? 하지만 여기가 무슨 관광 명소도 아닌데 뭐하러 여기까지 왔겠는가?

팡취안린은 내내 고심했으나 끝내 생각이 정리되지 않았다. 하지만 한 가지는 분명했다. 팡취안린은 그 여인이 싫지 않았다. 그녀가 소리 소문 없이 자신의 영역으로 쳐들어 온 것 또한 싫지 않았다. 그는 이것이 좋은 징조라 생각했다. 숲이 커지면 각양각색의 새들이 모여든다. 이제 보니 사람도 불러들이는 모양이었다. 커우쯔가 떠나고 의기소침해졌던 그는 이제 다시 눈앞이 환하게 밝아오는 것 같았다. 차오얼와는 아직 막다른 골목이 아니다. 이곳은 사람이 모여드는 곳이다. 그것도 30대의 아름다운 여인이, 30대의 아름다운 도시 여인이 찾아오는 곳이다. 이런 것을 두고 인간미라고 하는 것이다. 차오얼와에는 인간미가 너무도 필요하다!

거기에 사시오. 팡취안린은 속으로 말했다. 나는 당신을 쫓아내지 않을 테니까. 만약에 쉬러 온 것이라면 얼마든지 재미있게 노시구려. 비록 우리 차오얼와가 관광 명소는 아니지만 나무가 있고 신선한 공기가 있고 꽃도 있고 새도 있고 나비도 있고 여우와 토끼도 있소. 아, 란수이 강도 있지. 그 강은 아주 오래되었으니 일종의 고적으로 칠 수 있지 않겠소? 이곳은 찾아오는 사람이 많지 않으니 당신은 귀한 손님인 셈이오. 실컷 놀고 돌아갔다가 도시에서 사는 것이 갑갑해지면 언제든 오고 싶을 때 다시 오시오. 나는 내쫓지 않을 테니까. 만약 당신이 탈주범이라고 해도 나는 당신을 붙잡지 않겠소. 혹시 한 순간 잘못된 생각으로 죄를 짓고 이곳에서 며칠 숨어 있는 거라면, 여기는 아무도 당신을 방해하지 않으니 잘 생각해 보고 생각이 정리되면 가서 자수하시오. 자수를 하면 감형될 것이오. 나는 당신을 잡지 않을 거요. 내가 당신을 잡으면 상황이 달라질 테니까.

팡취안린은 조금 기뻤다. 그는 비밀을 하나 안고 돌아가는 기분이었다. 그는 이 일을 당분간 다른 사람에게 알리지 않기로 결정했다. 그가 집으로 돌아가 대문을 열었을 때 류위펀이 그의 집에 앉아 자신을 기다리고 있는 것을 발견했다. 팡취안린이 황급히 물었다. 위펀, 자네가 왜 우리 집에 있나?

류위펀이 자리에서 일어나며 말했다. 촌장님 드디어 오셨네요. 우리 집을 고쳐 주시기로 하셨잖아요!

팡취안린은 그제야 전날 밤 그녀에게 한 약속이 떠올랐다. 그가 말했다. 자네 먼저 가 있게. 거들어 줄 사람을 구해서 곧장 갈 테니까.

류위펀이 말했다. 사람 구하실 필요 없어요. 제가 도와 드리면 돼요.

팡취안린이 미심쩍은 듯 그녀를 바라보았다. 자네가 정말 할 수 있다고?

류위펀이 웃으며 말했다. 저 다 할 줄 알아요! 못 믿겠으면 나중에 직접 보세요!

팡취안린이 웃으며 말했다. 잘났구먼! 다 할 줄 아는데 애만 못 낳는 거였군.

류위펀은 그 말에 버럭 화를 냈다. 제대로 된 남자만 있으면 애는 얼마든지 낳지요! 생사람 잡지 마세요. 안중화가 하는 소리를 다들 그대로 믿는 거예요?

팡취안린은 잘못 건드렸다 싶었다. 그가 말했다. 이 이야기는 그만하세. 자네 먼저 가서 준비하게. 나는 세수만 한 번 하고 바로 갈 테니까.

류위펀이 뾰로통해져 돌아갔다.

팡취안린은 고개를 절레절레 흔들었다. 그도 그녀의 기분이 좋지 않은 것은 알고 있었다. 며칠 전 안중화가 돌아와 후다닥 이혼 수속을 마쳤다. 그는 집이며 가구며 아무것도 요구하지 않고 몸만 빠져나갔다. 비록 안중화가 류위펀에게 가책을 느끼지 않은 것은 아니나 결국 이혼 결심을 꺾을 수는 없었다. 류위펀도 더 이상 아무 말도 하지 않았다. 다만 이혼한 날 저녁에 당장 안중화를 내쫓아 버렸다.

그날 밤 안중화는 잘 곳이 없었다. 하룻밤 지낼 곳을 알아보려고 열 집 넘게 찾아갔으나 번번이 쫓겨났다. 홀로 남겨진 여인들이 가장 증오하는 것이 바로 그 따위 인간이었다.

안중화가 초조하게 마을의 골목을 배회하고 있을 때 갑자기 누군가 뒤에서 그의 어깨를 툭 쳤다. 안중화는 깜짝 놀라 재빨리 고개를 돌려 바라보았다. 그리고 상대가 팡취안린인 것을 알고는 차마 말을 꺼내지 못하고 우물거렸다. …… 촌장님 …… 저는……

팡취안린이 어둠 속에서 잠시 그를 바라보았다.

한참이 지난 뒤 그가 입을 열었다. 나와 같이 가세.

그날 밤, 안중화는 팡취안린의 집에 묵었다.

안중화는 안절부절못하고 불안해했다. 팡취안린이 그에게 한바탕 욕을 퍼부을 것이라 생각한 것이다. 하지만 팡취안린은 그에게 욕을 하지도, 다시 훈계하려 하지도 않았다. 그저 굳은 얼굴로 그를 위해 잠자리를 마련해 준 뒤 말했다. 자고 내일 아침 날이 밝자마자 무청으로 돌아가게. 그리고는 더 이상 그를 상대하지 않았다.

안중화는 침대에 누워 있자니 마치 타향에 와 있는 듯 처량한 마음이 들었다. 그는 이 모든 것이 자신이 류위펀을 버렸기 때문이라는 것을 잘 알고 있었다. 10년 이상 쌓아 온 류위펀과의 정이 이렇게 끝이 난다고 생각하자 가슴속에 거대한 상실감이 밀려왔다. 그는 결국 베개에 고개를 파묻고 울음을 터트렸다. 그 순간 류위펀 또한 울고 있을 것이란 생각이 들면서 그의 울음은 더욱 격해졌다. 그는 몇 번이나 자리를 박차고 일어나 집으로 가서 류위펀에게 사죄하고 날이 밝는 대로 다시 이혼을 번복하러 가고 싶었다. 하지만 만약 그렇게 돌아간다면 몇 년간의 노력이 헛것이 될 뿐 아니라 자식을 낳고 싶다는 바람 또한 영원히 실현될 수 없다는 생각이 들어 몇 번을 일어나 앉았다가 다시 드러눕기를 반복했다.

안중화가 밤새 침대 위에서 뒤척이는 동안 옆방의 팡취안린은 침대에서 꿈쩍도 하지 않았다. 그는 촌장이 깨어 있을 것이라는 것을 알고 있었다. 하지만 촌장은 그를 상대해 주지 않았다. 그는 촌장이 일어나 자신에게 한바탕 욕이라도 퍼부어 주면 차라리 마음이 편해질 것 같았다. 하지만 촌장은 아무 말도 하지 않았다.

날이 밝을 무렵 안중화는 자리에서 일어났다. 그는 마을 사람들이 아직 잠들어 있을 때 떠나야 한다는 것을 알고 있었다. 사실 자신이 더 남아 있다가는 후회하게 될지도 모른다는 두려움이 더욱 컸다.

안중화는 팡취안린의 방으로 갔다. 작별 인사를 하려던 것이었다. 팡취안린은 침대에 앉아 담배를 피우고 있다가 안중화를 흘끗 바라보더니 말했다. 가는가?

안중화가 고개를 끄덕였다. 눈은 벌겋게 부어 있었다.

팡취안린은 안중화가 밤새 울었다는 것을 알고 있었다. 하지만 조금도 불쌍하게 느껴지지 않았다. 그가 말했다. 가 보게. 그는 배웅하는 시늉조차 하지 않았다.

안중화는 머뭇거리며 몸을 돌리고는 입을 열었다. 촌장님, 위펀을…… 잘 부탁…… 드립니다.

촌장이 말했다. 걱정 말게. 내가 색시로 들일지도 모르니까.

안중화는 순간 움찔하면서 피가 거꾸로 솟았다. 당장 그에게 덮쳐들어 목을 조르고 싶었다.

팡취안린은 그를 바라보며 천천히 담배 연기를 뿜어냈다.

안중화는 멍청하게 서 있다가 몸을 돌려 뛰쳐나갔다.

그는 알고 있었다. 자신은 도저히 촌장의 상대가 될 수 없다는 것을.

팡취안린이 사다리를 들고 류위펀의 집에 도착했다. 류위펀은 이미 진흙을 이기고 밀짚도 준비해 두었으며, 깨끗하고 민첩하게 하려고 맨발로 한 탓에 두 다리는 온통 진흙으로 범벅이 되었고, 머리 위에는 지푸라기가 덕지덕지 붙어 봉두난발이었다. 그녀는 낡은 옷으로 갈아입고 허리에는 끈을 묶었는데, 너무 바짝 졸라맨 탓에 가슴이 더욱 높게 도드라졌다. 류위펀은 평소 그런 모습이 아니었다. 그녀는 마을의 아기 엄마들과는 달랐다. 그녀들은 아이만 낳았다 하면 가죽과 살을 훤히 드러내고 다니고, 옆에 사람이 있거나 말거나 아무렇게나 옷을 걷어 올려 아이에게 젖을 먹였다. 류위펀은 아이가 없으니 자신을 꾸밀 시간도 있고 아무렇게나 가슴을 풀어헤칠 이유도 없었다. 또한 그녀는 인물이 좋고 살결이 하얘서 여전히 성숙한 미혼 여성처럼 보였다. 팡취안린은 다른 여인들과는 점잖지 못한 농담도 주고받곤 했으나 류위펀과는 한 번도 그런 적이 없었다. 그녀의 지나칠 정도로 단정하고 깔끔한 옷차림과 분위기에 거리감을 느낀 탓이었다. 그는 그녀에게 주로 큰 어른 혹은 큰오빠 같은 존재였다.

그날 팡취안린이 안중화에게 류위펀을 색시로 들일지도 모른다고 한 것은 일부러 안중화를 화나게 하려고 그저 되는대로 내뱉은 말에 지나지 않았다. 녀석은 객기가 지나쳤다. 무청에서 그 많은 사람들 앞에서 자신에게 말대꾸를 하고 고소하겠다고 고래고래 소리를 지르는 통에 그는 적잖이 난처했었다. 네가 무슨 수로 날 고소해? 내가 네놈 자지가 틀려먹었다고 한 것이 뭐 틀린 말인가? 아마 류위펀이 문제는 그 사람한테 있다고 한 말도 그 말이겠지. 류위펀은 말했다. 제대로 된 남자만 있으면 애는 얼마든지 낳는다고! 정말로 그 말이 맞을지도 모른다.

팡취안린은 사다리를 세우고 지붕 위로 올라가자마자 파손되어 물이 새는 곳을 찾아냈다. 류위펀의 집은 초가집이었으나 처마에 기와가 두 겹 얹혀 있어 보수만 자주 한다면 아직 쓸 만했다. 다만 안중화가 1년 내내 집을 비우면서 류위펀은 혼자인 데다 요령도 몰라 어려움이 많았다. 팡취안린은 생각했다. 이제 괜찮아. 두 사람이 이혼했으니 앞으로 무슨 일이든 나한테 맡기면 돼.

팡취안린은 지붕 위에 비스듬히 걸터앉아 밧줄을 내려보냈다. 류위펀은 잘 묶은 밀짚을 한 다발씩 비끄러맨 뒤 위를 향해 소리쳤다. "당기세요!" 팡취안린이 천천히 짚을 끌어 올려 한 층씩 나눈 뒤 지붕의 물이 새는 곳에 채워 넣었다. 그리고는 다시 섞어 둔 진흙을 끌어 올려 덧바른 뒤 단단히 눌러 고정시켰다.

두 시간도 채 지나지 않아 지붕 수리가 끝났다. 날은 곧 어두워질 것 같았다.

팡취안린은 사다리를 타고 내려와 고개를 들었다. 순간 류위펀이 수상한 눈빛으로 자신을 바라보고 있는 것을 발견했다. 그때 그녀의 얼굴은 땀으로 범벅이 되고, 머리카락에는 밀짚이 덕지덕지 붙어 있었으며 옷깃은 풀어헤쳐져 눈처럼 하얀 가슴이 다 들여다보였다. 가슴에는 진흙도 묻어 있었다. 팡취안린은 가슴이 덜컹했다. 그는 애써 감정을 감추며 황급히 몸을 돌려 사다리를 짊어졌다. 그가 말했다. 자네가 마저 정리하게. 나는 가 봐야겠어. 류위펀이 그를 붙잡으며 말했다. 취안린 오라버니, 제가 닭국 끓여 놨어요. 여기서 저녁 드세요. 팡취안린은 다른 사람의 집에서 밥을 먹은 적이 없었다. 이번에도 물론 전례를 깨트릴 수 없었다. 또한 남아서 밥을 먹는다면 무슨 일이 생기고 말 것이라는 예감이 들었다. 그는 그녀의 손을 뿌리치며 정색하고 말했다. 자네 나한테 촌장이라고 부르게! 그리고는 사다리를 짊어지고 자리를 떠났다.

류위펀이 갑자기 뒤에서 크게 소리를 질렀다. 취안린 오라버니!

팡취안린은 고개를 돌리지 않았다.

하지만 며칠 지나지 않아 팡취안린은 다시 류위펀의 집으로 갔다. 류위펀의 부뚜막이 망가지고 굴뚝도 무너진 것이다. 류위펀은 그를 두 번이나 찾아와 말했다. 취안린 오라버니, 저 밥을 먹을 수가 없어요. 와서 좀 고쳐 주세요. 팡취안린은 하는 수 없이 기와를 이을 때 쓰는 흙손을 들고 반나절을 낑낑거린 후에야 겨우 공사를 마쳤다.

이번에는 류위펀도 그를 붙잡지 않았다. 하지만 팡취안린은 떠날 무렵 그녀의 애처로운 눈빛과 뺨 끝에 매달린 눈물 두 방울을 보았다.

팡취안린은 심란해졌다.

그는 이 기댈 곳 없는 여인의 괴로운 마음을 느낄 수 있었다.

팡취안린은 자신에게 강하게 나오는 사람은 두렵지 않았다. 하지만 자신에게 약한 모습을 보이는 것은 두려웠다. 하물며 버려진 여인이 아닌가. 이 여인은 이미 그에게 모종의 정보를 분명히 전달했다. 눈빛, 두 방울의 눈물, 친근한 호칭, 이런 것만으로도 이미 충분했다. 그는 그것들 속에 담긴 의미를 잘 알았다. 그는 자신이 원하기만 하면 류위펀이 그에게 시집을 올 것이라 확신했다. 팡취안린은 더운 피가 끓어올랐으며 당혹스럽고 혼란스러웠다. 그가 안중화에게 자신이 류위펀을 색시로 들일지도 모른다고 한 것은 홧김에 한 말이었다. 하지만 지금 와서 보니 자신의 마음 저 깊숙한 곳에 숨겨 둔 생각인지도 몰랐다. 다만 그 깊이가 너무 깊어 자신조차 의식하지 못하고 있다가 그날 밤 입 밖으로 튀어나온 것이다.

내가 정말 재혼을 원하는 것일까?

팡취안린은 정말로 그 일에 대해 생각해 본 적이 없었다. 독신 생활은 20년이 지나는 동안 이미 그의 일상으로 굳어졌고, 원래 그렇게 사는 것이라 생각하게 되었으며, 무엇도 부족한 느낌이 없었다. 여자 생각이 날 때면 밤에 침대에 누워 몽상에 빠졌다. 그럴 때면 그는 수많은 여자들을 가질 수 있었으며, 누구든 원하는 여자와 잠을 잘 수 있었다. 그러나 낮에는 변함없이 사람들의 존경을 받는 좋은 촌장으로 살았다. 그것으로도 좋았다.

그는 정말로 누군가와 재혼하겠다는 생각을 해 보지 않았다.

이 결심은 애초에 그가 아내와 자신에게 한 맹세의 말에서 시작되었다.

아내가 세상을 떠날 때 아들 위바오는 겨우 여섯 살이었다. 아내는 죽음이 임박하자 팡취안린에게 말했다. 당신 다른 여자와 재혼한다면 위바오에게 잘해 줄 사람을 구해야 해요. 그러나 팡취안린은 그녀에게 이렇게 말했다. 걱정 말고 떠나. 나는 다른 여자랑 재혼하는 일 없을 테니까. 나 혼자 열심히 위바오를 키울 거야. 아내는 그의 말이 못미더운 눈치였다. 그러자 팡취안린은 자신의 어릴 적 경험을 들려주었다. 팡취안린 또한 어려서 모친을 잃었다. 후에 부친 팡자위안이 새로 아내를 얻었다. 그녀는 현모양처로 소문이 자자했으며 발자국 소리도 크게 내지 않는 조신한 사람이었다. 팡자위안이 촌장을 하는 동안 그녀는 직접 모습을 드러내는 법이 없었으며 오직 남편을 내조하고 땅을 관리하며 팡취안린을 보살피는 것에만 전념했다. 그녀는 밖에 나갈 때 양 한 마리를 끌고 가거나 팡취안린을 붙들고 갔다. 혹은 한 손에는 양을 끌고 한 손에는 팡취안린을 붙들고 갔다. 하지만 오직 팡취안린만이 그 여자의 성미가 매우 고약하다는 것을 알았다. 그녀는 감히 그를 때리거나 나무라지 못했다. 무슨 일로 때리고 나무라든 팡자위안의 간섭을 받게 되었기 때문이다. 팡자위안은 아들에 대한 애정이 각별했다. 그녀는 한 번도 그에게 손찌검을 하거나 욕을 하지 않았으나 사람들이 없을 때면 팡취안린의 얼굴에 침을 뱉곤 했다. 아무 말도 없이, 아무 이유도 없이. 그의 얼굴에 대고 "퉤!" 하고 침을 뱉었다. 나중에는 마치 습관이라도 된 것처럼 하루에도 몇 차례씩 침을 뱉는 통에 팡취안린의 얼굴은 미처 깨끗이 닦을 틈도 없었으며, 피하려도 피해지질 않았다. 이와 같은 사소하고 작은 상처들을 팡취안린은 끝내 잊지 못했다. 하지만 그는 이를 아무에게도 말하지 않았으며 부친에게조차 알리지 않았다. 그래서 팡자위안은 세상을 떠날 때까지 그녀를 현모양처로 여겼으며 마을 사람들 또한 그렇게만 생각했다. 오직 팡취안린만이 계모가 자신의 유년의 기억 속에 남긴 것은 온통 악몽뿐이라는 것을 알고 있었다.

팡취안린은 자신의 아들이 같은 설움을 당하는 것을 절대 용납할 수 없었다. 아내는 그의 말을 믿었다. 그녀는 임종 전에 팡취안린의 손을 잡고 말했다. 당신에게 미안하게 됐어요.

팡취안린은 자신이 한 맹세를 실천에 옮겼다. 그는 좋은 촌장이 되고자 했으며, 또한 좋은 아버지가 되고자 했다. 그는 원래 영리하고 손재주가 좋은 사람이라 목공과 미장이는 물론 바느질과 요리까지 마스터하여 아버지와 어머니의 역할을 두루 해냈다. 위바오는 사랑을 받으며 자랐고 대학에도 합격했다.

위바오는 이미 대학을 졸업하고 대도시에서 직장 생활을 하고 있었다. 게다가 벌써 결혼도 했다. 위바오는 그에게 편지를 보내와 며느리의 임신 소식을 알렸다. 여러 조짐으로 보아 손자인 것 같다고 했다. 아들은 그가 촌장 노릇을 그만두고 자신들에게 와서 아이를 돌봐 주기를 바랐다. 위바오가 말했다. 그 별 볼 일 없는 촌장 자리가 뭐 대단하다고, 차오얼와에는 미련을 둘 만한 가치가 없어요. 차오얼와는 곧 망할 거예요. 언젠가 차오얼와는 이 땅에서 사라질 거라고요.

아들이 보낸 편지는 팡취안린의 심기를 불편하게 했다.

그는 아들이 그렇게 변할 줄은 몰랐다. 아들은 차오얼와에 조금의 감정도 남아 있지 않았다.

그는 차오얼와가 쇠락하고 있음을 알고 있었다. 하지만 차오얼와가 지구상에서 사라질 것이라고는 생각지 않았다. 그는 그 예언을 받아들일 수 없었다.

며칠째 팡취안린은 마음이 몹시 심란했다.

그는 기분 전환을 위해 거의 매일같이 란수이 강변을 찾았다. 생명력이 왕성한 나무들은 그의 기분도 바꿔 주었다.

물론 그는 그 외부에서 온 여자가 떠났는지, 혹시 떠나지 않았다면 무엇을 하고 있는지 보고 싶기도 했다. 팡취안린은 결코 호기심이 많은 사람이 아니었다. 하지만 도시 여자가 황량하고 외진 차오얼와에 와서 란수이 강변에 자리를 잡고 살고 있으니 촌장으로서 이를 모르는 체할 수는 없는 노릇이었다.

팡취안린은 그 여자가 아직 떠나지 않았다는 사실에 의아했다. 그녀는 떠나기는커녕 몹시 편안하게 지내고 있었다.

여러 날에 걸쳐 몰래 관찰한 결과 그는 이 여자가 매일 아주 늦게 일어난다는 사실을 알게 되었다. 그녀는 점심 무렵에야 자리에서 일어났고, 일어난 뒤에도 여전히 축 늘어져 꾸물거렸다. 그런 뒤 란수이 강변에 가서 작은 양동이에 물을 길어와 이를 닦고 세수를 하고 밥을 지어 먹었다. 오두막 안에서 모락모락 밥 짓는 연기가 피어오르면 팡취안린은 정말로 안으로 들어가고 싶어졌다. 그는 그녀가 무엇을 해 먹는지 보고 싶었다. 그러나 그는 끝내 들어가지 않고 관목 덤불 뒤에서 몰래 지켜보기만 했다. 그는 그녀가 놀랄까 두려웠다. 팡취안린은 곧바로 쌀밥의 향긋한 냄새를 맡았다. 차오얼와는 잡곡 재배 구역이라 논벼는 생산되지 않았다. 하지만 팡취안린은 현성에서 열린 3급 간부 회의에서 쌀밥을 먹은 적이 있었다. 한 번에 세 대접을 먹어 치울 수 있을 정도로 아주 맛이 좋았다. 무청에 갔을 때 톈주의 집에서도 먹어 보았는데, 막 솥에서 나온 쌀밥에서는 바로 지금과 같은 냄새가 났다. 팡취안린은 입맛을 다셨다. 잠시 후 채소 냄새가 났다. 이는 그에게도 익숙한 냄새였다. 과연 얼마 지나지 않아 그 여인은 옅은 연잎색 잠옷을 입고 쌀밥 한 그릇과 국 한 그릇, 채소 한 접시를 들고 밖으로 나왔다. 고기는 없었다. 그래도 그녀는 아주 맛있게 먹었다. 작은 새 몇 마리가 날아와 그녀에게서 멀지 않은 나뭇가지 위에 내려앉았다. 여인은 이를 발견하고는 꼬마 손님들의 방문을 몹시 즐거워했다. 그녀는 그릇에 든 밥알 몇 개를 바닥에 뿌려 놓았다. 작은 새들이 고개를 삐딱하게 기울인 채 이를 바라보았는데, 마치 무슨 함정이 있는 것은 아닌지 관찰하는 듯했다. 그들은 위험하지 않다는 확신이 들자 한 마리씩 짹짹거리며 날아와 바닥에 떨어진 쌀밥을 쪼아 먹었다. 여인은 아예 식사를 멈추고 고개를 돌려 작은 새들이 먹는 것을 바라보았는데, 그 모습이 몹시 행복해 보였다.

팡취안린은 이를 지켜보며 마음이 평온해졌으며, 그 여인의 얼굴에 가득 담긴 다정함이 느껴졌다.

식사를 마치고 그릇을 정리한 뒤 여인은 운동복으로 갈아입었다. 흰색이나 밤색 옷을 입고 숲 속으로 산책을 나갔는데, 작은 대바구니와 작은 부삽을 가지고 가서 숲 속에서 나물들을 캐오기도 했다. 작은 나무들이 쓰러져 있는 것을 발견하면 쭈그리고 앉아 나무 위에 흙을 덮고 단단하게 다진 뒤 자리를 떠나기도 했다.

팡취안린은 몰래 그녀의 뒤를 따라가다가 이를 보고 감동을 받았다. 한편으로는 의심이 들기도 했다. 이 여자는 자신을 외지인이라고 생각하지 않는 모양인데? 아예 숲을 점령하고 왕 노릇을 하려는 것 같잖아. 설마 여기 눌러살려고 준비하는 걸까?

매일 오후 그녀는 란수이 강변으로 내려가 수영을 했다. 핫팬츠를 입고 손바닥만 한 천 조각 두 개로 가슴만 가린 채 인어처럼 물속을 파고들어가 물보라를 일으킨 뒤 팔을 휘저으며 거침없이 헤엄쳤다.

이 여자는 보통 배짱이 아니다!

란수이 강은 오래된 강이었다. 황허보다도 더 오래되었다. 당시 황허의 물줄기가 이곳을 지나갔을 때도 란수이 강은 그 자리에 있었다. 황허가 방향을 바꿔 흘러간 뒤에도 란수이 강은 여전히 이곳에 남았다. 황허의 제방이 터졌을 때 누런 흙탕물이 흘러와 온 천지에 넘쳤으나 란수이 강은 여전히 푸르렀다. 황허는 란수이 강을 뒤덮을 수는 있었으나 그것을 물들이지는 못했으며, 누런 물이 지나가자 란수이 강은 곧바로 그 오랜 시간 이어온 푸른빛을 회복했다.

란수이 강의 형상은 매우 기이했다. 강바닥은 넓어졌다가 좁아지면서 거대한 원시 도마뱀의 모양을 하고 대지 위에 엎드려 있었다. 아무도 그것이 어디에서 와서 어디로 가는지 알지 못했다. 그것은 수천수만 년째 대지 위를 기어가고 있었으며 그 속도가 너무 느려서 1만 년에 고작 한 치밖에 가지 못하는 듯했다. 하지만 그것은 살아 있었다. 다만 너무 오래되어 행동이 느려진 것뿐이었다. 란수이 강은 깊이를 측정할 수 없었다. 어르신들의 이야기에 따르면 그것은 바다 밑으로 통한다고 했다. 강 안에는 온갖 희귀한 물고기와 물짐승이 살았다. 팡취안린의 기억에 차오얼와에서 감히 강에 들어가 수영을 하거나 멱을 감는 사람은 톈이가 유일했다.

그런데 지금 저 여인이 감히 강에 들어간 것이다.

여자의 수영 기술은 분명 훌륭했다. 새하얀 몸뚱이가 강물 속에서 요동치면서 빠져 들어갔다 다시 뚫고나오고, 팔을 흔들며 빠르게 헤엄치다가 다시 고개를 뒤로 젖히고 반듯하게 누워 물 위를 떠다녔다. 팡취안린은 감탄을 금할 수 없었다. 예전에 낭리백조(浪裡白條)[25]를 들어 본 적은 있으나 오늘에야 이를 실제로 본 듯했다. 게다가 여자가 아닌가. 세상에 이처럼 수영 기술이 좋은 사람이 있다니. 여자는 거의 나체나 다름없었다. 그는 귀가 달아오르고 심장이 뛰었다. 그는 물론 가까이 다가갈 엄두가 나지 않아 그저 강가의 수풀 속에 숨어 멀리서 바라만 보았다. 여자의 몸매는 훌륭했으며 늘씬하고 호리호리했으나 결코 연약해 보이지 않았다. 가슴과 엉덩이는 풍만했고 움직임에 열정적인 에너지가 넘쳤으며 가

---

25 《수호전》에 등장하는 108인의 호걸 중 하나인 장순(張順)의 별호. 수군의 두령이다.

만히 수면 위에 떠 있을 때는 잠자는 미녀 같았다.

여인은 강물 속을 한두 시간 가량 헤엄친 뒤 육지로 올라와 길고 커다란 타월을 걸치고 느릿느릿 숲을 가로질러 오두막으로 돌아갔다. 옷을 갈아입은 뒤에는 책을 한권 집어 들고 문밖에 앉아 독서에 빠져들었다. 저녁이 되면 밥을 지어 먹고 일찍 잠자리에 들었다. 거의 매일이 똑같이 흘러갔으며 생활은 아주 규칙적이었다.

팡취안린은 몹시 궁금해졌다. 이 여자도 외로움이 싫지 않은 모양이군. 혼자서도 저렇게 즐겁게 살다니. 그런 생각에 빠져 있다가 다시 기분이 약간 찜찜해졌다. 당신은 어째서 이 숲이 누구의 것인지 물어보지도 않는 거요? 이 촌장에게 인사라도 왔어야지.

그날 저녁, 팡취안린은 한 가닥 불쾌감을 떨치지 못한 채 마을로 돌아왔다. 뜻밖에 톈원과 페이마오가 무청에서 돌아와 온 마을을 돌며 자신을 찾고 있다. 팡취안린은 곧바로 기분이 좋아져 골목길에서 그들을 맞이하며 말했다. 자네들 어떻게 왔나?

톈원이 말했다. 톈주 형님께서 저희 둘을 보내셨어요. 지난번에 촌장님께 곡식의 씨앗을 준비해 주십사 부탁해 놓았다면서 저희에게 운반해 오라고 했어요.

페이마오가 말했다. 촌장님 준비되셨어요?

팡취안린이 웃으며 말했다. 그까짓 것을 아직도 안 했을까 봐? 진즉 준비해서 우리 집에 보관해 뒀네. 자네들은 정말로 무청에서 농사를 지을 셈인가?

페이마오가 말했다. 그럼요! 톈주 형님께서 그 계획을 알리자마자 모두들 기뻐서 날뛰었어요. 너무 좋지 않습니까! 생각해 보십시오. 언젠가 무청 곳곳에 곡식이 자란다면 정말 우습지 않겠습니까! 톈주 형님은 정말 보통이 아니에요. 이런 생각을 어떻게 해냈는지 모르겠어요.

팡취안린이 말했다. 자네들이야 기쁘겠지만 도시 사람들이 이를 받아들이겠는가? 톈원이 말했다. 그 사람들이 받아들이든 말든 상관없습니다.

무청을 가지고 장난 한번 쳐보는 거지요!

세 사람은 웃고 떠들며 팡취안린의 집까지 걸었다. 팡취안린은 그들이 과자와 빵 따위를 커다란 상자로 몇 박스나 가져온 것을 알아차렸다. 상자들은 이미 마당에 놓여 있었다. 그는 깜짝 놀라 물었다. 이 많은 과자를 다 어쩌려고 사왔나?

톈원이 말했다. 톈주 형님께서 마을 어르신들과 아이들이 먹을 것을 사라고 하셔서요. 사람들에게 무청의 과자를 맛이나 보여 주라고요. 집집마다 좀 나눠 주세요.

페이마오가 말했다. 다 무청에서 제일 좋은 과자들이에요. 더 많이 가져오고 싶었는데 너무 무겁더라고요. 어르신들께서 좋아하시면 다음번에 더 많이 사 올게요.

팡취안린이 기뻐하며 고개를 끄덕였다. 많고 적은 건 중요하지 않아. 자네들의 그런 마음으로 충분해. 자! 우리 지금 나눠 주세. 집집마다 가져가자고!

그날 세 사람은 저녁 내내 분주히 돌아다닌 뒤에야 분배를 마쳤다. 각 집에 나눠 준 양은 많지 않았으며 몇 조각이 고작이었다. 하지만 노인들과 아이들 모두 몹시 즐거워했으며 손바닥 위에 과자를 올려놓고 혀로 조금씩 핥아 먹으며 아까워서 덥석 베어 물지도 못했다. 여자들도 좋아했다. 이는 바깥에 있는 사람들이 집을 그리워하고 있음을 의미했다. 특히 너나 할 것 없이 톈주를 칭송해 마지않았다. 줄곧 생기라고는 찾아볼 수 없던 차오얼와였으나 그날 밤만큼은 웃음소리가 가득했다.

팡취안린은 몹시 기분이 좋아져 톈원과 페이마오에게 말했다. 자네들 어서 집에 가 보게. 며칠 묵었다가 가지. 갈 때는 내가 현성까지 데려다 주겠네.

사실상 톈원과 페이마오는 차오얼와에서 이틀만 있다가 짐을 챙겨 떠날 생각이었다. 두 사람은 결혼 전이고 집안 어른들도 건강하셨다. 아무것도 걸릴 것이 없으니 그냥 서둘러 무청으로 돌아가려는 것이었다. 팡취안린도 어쩔 수 없이 그들이 뜻대로 하도록 내버려 두었다. 곡식의 씨앗을 챙기면서 팡취안린이 말했다. 내가 준비한 것은 열몇 가지로 1000근 정도 되는데, 그 정도면 충분하겠는가?

페이마오가 말했다. 겨우 1000근요? 한참 부족하지요! 무청이 얼마나 큰데요. 적어도 몇만 근은 필요할 겁니다.

팡취안린이 말했다. 부족하다면 더 준비할 수 있네. 다만 그걸 자네들이 무슨 수로 가져가겠는가? 그 많은 것을.

톈원이 말했다. 그럴 것 없어요! 성의만 보이면 돼요. 1000근은 어쨌든 우리 차오얼와에서 가져간 씨앗이니 상징적이잖아요. 나머지는 무청에서 사면 그만이고요.

팡취안린이 말했다. 무청에서도 씨앗을 살 수 있나?

톈원이 말했다. 분명 살 수 있을 거예요. 농산물 시장에서 본 적 있어요. 온갖 식량이 다 있었어요. 만약 안 되면 씨앗회사에 가서 사도 되고요. 거기서는 얼마든지 살 수 있겠죠.

페이마오가 말했다. 그럼 됐네. 일단 1000근만 가지고 가고, 무청에 가서 다시 생각하자!

팡취안린은 그제야 한숨을 내쉬며 말했다. 내일 내가 자네들을 현성까지 데려다주고 짐을 부친 뒤에 돌아오겠네.

두 사람은 괜찮다고 했으나 팡취안린은 끝끝내 데려다주겠다고 했다. 이게 얼마나 큰일인가. 우리 차오얼와의 농작물에서 얻은 씨앗을 무청으로 보내 번식시키는 것이니 딸을 시집보내는 것이나 다름없어. 그러니 반드시 내가 배웅해야지!

다음 날 날이 밝자마자 세 사람은 소형 트랙터에 씨앗을 실었다. 마대 위에는 빨간 리본까지 묶어 마치 큰 경사라도 난 듯 보였다. 팡취안린은 이를 몰고 함께 현성으로 향했다. 100리가 넘는 길을 달려 정오 전에 현성에 도착한 뒤 시외버스 터미널에서 짐을 부치고 톈원과 페이마오도 차를 타고 떠났다. 팡취안린은 그제야 차를 돌려 마을로 돌아갔다. 현성을 떠날 때 그는 한 식당에서 쌀밥 두 그릇과 양고기국 한 그릇을 샀다. 그는 쌀밥을 먹으면서 다시 란수이 강변에 살고 있는 그 도시 여인을 떠올렸다. 속으로는 언젠가 시간이 나면 그녀를 찾아가 물어보겠노라 다짐했다. 그녀가 도대체 무슨 꿍꿍이인지 확인도 하지 않고 계속 저렇게 애매모호한 상태로 지내게 둘 수는 없었다. 차오얼와는 외부에서 온 손님을 환영하며, 이것도 인간미라면 인간미인데, 얘기만 잘 끝난다면 얼마나 머물든 상관없다. 하지만 어쨌든 무슨 말이 한마디 있어야 하지 않겠는가?

팡취안린이 소형 트랙터를 몰고 차오얼와로 돌아오자 이미 날이 어둑어둑해졌고, 하루 온종일 뛰어다닌 탓에 약간 피곤했다. 그는 대충 허기를 채운 뒤 발을 씻고 잠자리에 들 준비를 했다. 팡취안린은 깔끔한 사람이었다. 오랜 기간의 독신 생활은 그에게 스스로 해결하는 능력을 키워 주었다. 그는 매일같이 마당과 집을 깨끗이 청소하고 침대의 매트와 옷가지도 가지런히 정리했다. 날이 더울 때면 남자들은 웃통을 벗고 일을 하거나 길거리를 돌아다녔다. 심지어 아이를 낳은 아낙들은 가슴을 풀어헤치고 더위를 식히기도 했다. 하지만 팡취안린은 그런 법이 없었다. 아무리 더운 날에도 그는 옷을 갖춰 입었고, 옷이 더러워지면 그날그날 벗어서 세탁했다. 땀을 흘린 뒤에는 집으로 돌아와 곧바로 몸을 씻었다. 매일 밤 잠들기 전 족욕은 빠트릴 수 없는 일과였으며, 이를 빼먹으면 영 찝찝하고 개운치가 않았다.

팡취안린이 막 직접 만든 등받이 의자에 앉아 발을 담갔을 때 류위펀이 갑자기 문을 두드리고는 안으로 들어왔다. 또 다급한 목소리였다. 취안린 오라버니, 돌아오셨어요?

팡취안린은 순간 어리둥절하며 말했다. 이 늦은 시각에 무슨 일인가?

류위펀이 말했다. 제 침대가 망가졌어요. 받침대가 반이나 내려앉아서 잠을 잘 수가 없어요. 와서 좀 고쳐 주세요.

팡취안린이 말했다. 어째서 그리 말썽이 많은가? 오늘은 내가 너무 피곤하니까 일단 오늘 밤만 어떻게 넘겨 보게. 내일 다시 이야기하세.

류위펀은 화를 내지 않았으나 돌아가려고 하지도 않았다. 그녀는 소매를 걷어 올리더니 갑자기 주저앉으며 말했다. 취안린 오라버니, 제가 발을 주물러서 혈액 순환 좀 시켜 드릴게요.

팡취안린은 소스라치게 놀라 발을 움츠리며 말했다. 그게 무슨 소린가?

류위펀은 그의 발을 붙들어서 다시 대야에 넣으며 말했다. 뭐가 그렇게 무서우세요? 그렇게 고생하셨는데, 게다가 제 일도 얼마나 많이 도와주셨는데, 제가 발 한 번 씻겨 드리는 것도 안 된다는 거예요?

팡취안린은 여전히 발버둥 치며 말했다. 하지 마, 하지 마, 하지 마! 류위펀은 있는 힘을 다해 발을 붙잡고는 화가 난 듯 말했다. 진짜 너무하신다. 왜 그렇게 사람 마음을 힘들게 하세요! 그 오랜 세월을 밖에서는 촌장으로, 집에서는 아버지이자 어머니로, 항상 남의 일에만 매달렸지 누가 오라버니에게 마음 써 준 적 있어요? 내가 한 번 헤아려 주겠다는데 그것도 싫다고 하고! 그녀는 이야기를 하던 중에 눈가가 축축해졌다.

팡취안린은 순간 멍해졌다. 더 이상 몸부림을 치지도 않았다. 그래, 위펀의 말도 맞구나. 그는 그녀에게서 뜻밖의 이야기를 듣고 순간 마음에 따뜻한 기운이 퍼지는 것을 느꼈다. 차오얼와에서 아내가 남편의 발을 씻겨 주는 것은 일상적인 일이었다. 하지만 팡취안린은 그런 복을 누려 보지 못했다. 본인이 너무 부지런하기도 했지만, 아내의 건강이 늘 좋지 않았던 탓에 그녀에게 자신의 발을 씻기지 못하게 한 것이다. 오히려 그가 아내의 발을 씻어 주고 목욕도 시켜 주었다. 아내가 병으로 누워 있던 몇 년간 그는 한결같이 아내를 극진히 간호했으며, 이는 그녀가 죽을 때까지 계속되었다.

그는 여인의 보살핌을 받지 못하는 세월에 익숙해져 지금 이 여인이 자신의 발을 씻겨 주는 것이 어색했다. 또한 이는 엄청난 충격이기도 했다. 그는 순간 억울한 마음이 들면서 마음이 약해졌다. 그는 고개를 숙여 자신의 발을 씻는 데만 집중하고 있는 류위펀을 바라본 뒤 눈을 감고 고개를 뒤로 젖혔다. 더 이상 발을 버둥거리지도 않았다.

여인의 손길은 확실히 달랐다. 가볍고 부드러운 손길이 발등에서 발바닥으로, 뒤꿈치에서 발가락으로 옮겨갔다. 그녀는 손가락을 그의 발가락 사이에 끼우고 천천히 문질렀다. 한쪽 발을 다 씻은 뒤에는 다른 한쪽을 씻었다. 아무 말도 하지 않고 고개를 숙인 채 씻기만 했다. 하지만 그녀의 마음속에 묻어 둔 수천수만 마디의 말들이 그 침묵 속에서 고스란히 전해졌다.

팡취안린도 아무 말을 하지 않았다. 그저 눈을 살짝 감은 채 가만히 그녀의 부드럽고 자상한 손길을 향유했다. 그 느낌은 아득하고 낯설고 따뜻했다.

류위펀은 그의 발을 다 씻긴 뒤 물기를 닦아 내고 작은 걸상 하나를 가져다 앉더니 그의 두 발을 자신의 무릎 위에 올리고 손바닥으로 가볍게 마사지했다. 팡취안린은 움직이지 않았다. 그는 꼼짝도 할 수 없었다. 그는 녹초가 된 듯 맥이 풀려 버렸다.

얼마나 시간이 흘렀을까, 류위펀은 옷 하나를 그의 몸 위에 덮어 준 뒤 떠날 채비를 했다. 떠나기 전 그녀는 몸을 숙이고 그의 귓가에 나지막이 속삭였다. "취안린 오라버니, 오늘은 피곤하실 테니까 내일 우리 집에서 기다리고 있을게요." 말을 마친 뒤 그의 귓불을 가볍게 깨물고는 살그머니 문밖으로 나갔다.

팡취안린은 계속 눈을 감고 있었다. 하지만 잠을 자고 있지는 않았다. 그는 그녀가 자신에게 옷을 덮어 준 것을, 그리고 살며시 자신의 귓불을 깨문 것을 알고 있었다. 그녀의 이야기와 현관문과 대문을 차례로 닫는 소리도 들었다. 하지만 그는 눈을 뜨지 않았으며 여전히 꼼짝도 하지 않았다.

갑자기 그는 인생의 기로에 선 듯했다. 이 일은 진지하게 생각해 볼 필요가 있었다. 그는 자신이 홧김에 안중화에게 던진 말이 예언이 될 줄은 몰랐다.

나는 정말 류위펀을 색시로 들이고 싶은 걸까?

내가 정말 다시 가정을 꾸릴 수 있을까?

아내의 임종 전에 그는 그녀의 손을 잡고 말했다. 걱정 말고 떠나. 나는 다른 여자랑 재혼하는 일 없을 테니까. 나 혼자 열심히 위바오를 키울 거야. 이제 위바오는 이미 다 컸고 대학도 졸업하고 자기 가정도 꾸렸는데 이 맹세를 더 지킬 필요가 있을까?

이제 류위펀이 자신에게 시집을 오고 싶어 하는 것이 분명해졌으니 자신만 동의하면 아무런 문제도 없을 것이다. 하지만 팡취안린은 여전히 재혼이 옳은 선택인지 아닌지 확실히 결론지을 수 없었다. 자신은 아직 충분히 마음의 준비가 되지 않은 것 같았다. 그녀를 색시로 들이는 것은 다시 가정을 꾸린다는 뜻이고, 원래의 옛 가정은 사라진다는 것을 의미한다. 그는 멀리 사는 아들 내외가 곧 손자를 낳는다는 사실이 떠올랐다. 숙은 아내에게 한 맹세의 말도 떠올랐다. 그는 마음이 착잡했다.

하지만 팡취안린은 자신이 이성적으로는 그 맹세를 지키고 독신 생활에도 익숙해졌으나 심리적으로는 오래전부터 흔들렸음을 알고 있었다. 그는 여러 해 동안 욕망을 억눌러 왔다. 하지만 그것은 밤만 되면 다시 타올랐다. 이러다 어느 날엔가 사람들에게 면목 없는 일을 저지르게 될지도 모른다. 그는 여자가 필요했다. 여자가 있으면 자신도 안정을 찾을 수 있을 것이고 마을의 여인들도 헛된 희망을 버릴 수 있을 것이다. 그렇지 않으면 서로 간에 유혹을 이기지 못해 언젠가는 무슨 일이 벌어지고 말 것이다.

팡취안린은 의자에 누워 밤늦도록 생각을 거듭한 끝에 결국 마음을 정했다. 모든 것을 순리대로 하자. 그는 아내에게나 아들에게 떳떳한 삶을 살았다. 그는 스스로에게 말했다. 여자가 있어야 해. 남은 세월도 어떻게든 살아야지.

한밤중에 그는 차오얼와를 나가 아내의 무덤가로 가서 그녀를 위해 향을 피웠다. 그리고는 무덤 앞에 한참을 앉아 있었다. 주위는 온통 깜깜했다. 그는 처량했다. 인생도 무상했다. 그는 아내에게 말했다. 내 죽은 뒤에는 당신과 함께 묻히리다. 하지만 지금은 나도 짝을 찾아야겠소. 나는 너무 외롭다오.

다음 날 아침을 먹은 뒤 팡취안린은 자신의 공구 상자를 메고 등에는 톱을 짊어진 채 집을 나섰다. 류위펀의 침대를 고치러 그녀의 집에 가려는 것이었다. 그는 집에서 공구를 챙기면서 잠시 쓴웃음을 지으며 이런 생각을 했다. 이것도 부질없는 짓인지도 모르지. 위펀의 침대를 굳이 수리할 필요가 있나? 오히려 내 침대를 손봐 둬야 될 것 같은데. 하지만 그는 그래도 가 봐야 했다. 그래 봤자 창호지 한 장 정도의 차이지만, 어쨌든 까놓고 하지 못한 이야기도 남아 있었다. 그는 류위펀과 대화를 해 볼 필요가 있었다. 그 창호지를 걷어 버리고 앞으로 살아갈 일을 상의해야 하는 것이다.

차오얼와는 매우 조용했다.

차오얼와는 늘 그처럼 조용했다. 너무 조용해서 침울하기까지 했다. 마을에 젊은 사람이 없어지면서 활기도 사라졌다. 노인들은 모두 외로웠고, 평소에는 늘 집 안에 머물렀다. 때때로 대문 앞에 앉아 있기도 하고, 몇몇 노인들이 다른 집 앞이나 골목 입구로 가서 모여 있기도 했으나 그저 그렇게 앉아만 있을 뿐 아무런 말도 원망도 없이 침묵을 지켰다. 이따금 마을 입구에 난 길 쪽으로 눈길을 주기도 했다. 멀리 바깥으로 이어진 길은 늘 텅 비어 있었고, 그림자조차 얼씬거리지 않았다. 노인들은 입을 꾹 다문 채 다시 고개를 돌려 서로를 바라보았다. 그 눈빛은 몹시 공허했다.

하지만 그들은 여전히 아무 말도 하지 않았으며 원망도 없었다.

팡취안린은 매번 그 모습을 볼 때마다 몹시 괴로웠다. 그는 노인들이 화를 내고 호통을 치길 바랐다. 적어도 무슨 소리라도 내 줬으면 했다. 하지만 그들은 그러지 않았다.

그들은 매우 조용했다.

마을 전체가 쥐죽은 듯 고요했다.

팡취안린은 골목 입구를 지나다가 또다시 7~8명의 노인을 보았다. 그들은 대부분 말라 죽은 나무 위에 앉아 있었는데, 마치 초등학생처럼 나란히 무리 지어 있었다. 오직 할머니 한 분만이 지팡이를 짚고 그 옆에 서 있었고, 발아래에는 누렁이 한 마리가 엎드려 있었다.

팡취안린은 그들을 향해 미소를 지으며 고개를 숙였다. 노인들은 멍하니 그를 쳐다보았을 뿐 아무런 반응도 없었다.

팡취안린은 빠른 걸음으로 그 앞을 지나갔다. 도둑이 제 발 저리다고, 마치 노인들이 자신의 마음속 비밀을 꿰뚫어 보는 것 같았다.

류위펀의 침대에는 큰 문제가 없었다. 팡취안린은 도착 후 못질 몇 번으로 수리를 끝내 버렸다.

이번에는 그도 서둘러 자리를 피하지 않았다. 그는 안채에 앉아 류위펀이 끓여 온 배꽃차를 마셨다. 맑은 향기를 입 속에 머금은 채 그는 그녀가 입을 열기를 기다렸다.

그는 류위펀이 분명 입을 열 것이라 생각했다.

류위펀은 오늘 예쁜 옷을 차려 입고 있었다. 푸른색 꽃무늬 천으로 만든 옷은 산뜻하고 자유로워 보였고, 넓은 소매 사이로 연뿌리처럼 희고 윤기 나는 팔목이 수시로 드러났다. 그녀는 당혹스러워했다. 또한 부끄러워서인지 쓸데없이 바쁜 척을 하며 설쳐 댔다.

팡취안린은 웃었다. 위펀, 앉아 보게.

류위펀은 자리에 앉아 팡취안린을 흘긋 쳐다보았다. 얼굴이 붉게 달아오르더니 이내 고개를 떨어트렸다.

팡취안린이 다시 웃었다. 위펀, 할 말이 있으면 해 봐.

류위펀이 고개를 들어 그를 똑바로 쳐다보았다. 돌연 눈시울이 붉어지더니 급히 손으로 입을 가리고는 다시 고개를 떨어트렸다.

팡취안은 가슴이 아파 왔다. 위펀, 말을 꺼내기 쑥스럽겠지? 됐네. 내가 얘기하지. 자네 나에게 시집을 오고 싶은 것 아닌가?

뜻밖에 류위펀이 당혹스러워하며 고개를 가로저었다.

팡취안린은 몸을 약간 뒤로 넘긴 채 탁자에 기대 앉아 있다가 순간 너무 놀라 꼿꼿하게 허리를 세워 앉았다. 자네 …… 아니라니 …… 그럼 무슨 뜻인가?

류위펀은 한참을 망설이다가 끝내 이야기를 털어놓기 시작했다. 그녀는 몹시 힘겹게, 완곡하게, 얼굴을 붉히며 이야기했다. 하지만 팡취안린은 다 알아들을 수 있었다. 그녀의 이야기를 알아들었다고 확신한 뒤 팡취안린은 안색까지 창백해졌다.

류위펀은 그에게 시집을 오려던 것이 아니다! 그녀의 이야기는 이러했다. 그녀는 홧김에 그에게 시집을 가려고 생각했었다. 하지만 그가 나이가 좀 많다는 생각이 들었고, 너무 미안하기도 했다. 그래도 그녀는 그와 한 번 혹은 몇 번 잠자리를 가지기를 원했으며 그럴 수 있기를 간절히 바랐다. 그녀가 임신할 때까지만. 그녀는 그를 통해 아이를 가지고 싶었다. 그녀는 줄곧 자신이 아이를 낳을 수 없다는 것을 믿을 수 없었으며, 지금껏 안중화에게 문제가 있다고 믿어 왔다. 그녀는 이로 인해 십년 이상 누명을 쓰고 살았으며, 자신이 마을 사람들 앞에서 고개도 들지 못하게 된 것이 너무 억울했다. 이제 그녀는 자신이 하자가 없는 여인이라는 것을 증명하고 싶었다. 마지막으로 그녀가 팡취안린에게 말했다. 취안린 오라버니, 걱정 마세요. 성가신 일 만들지 않을 게요. 만약 진짜 임신이 돼도 다른 사람들한테 오라버니 아이라고 말하지 않을 거예요. 저도 진짜 아이를 낳으려는 건 아녜요. 사람들한테 내 배가 불러오는 걸 보여 주고 내가 임신할 수 있다는 걸 알려 주기만 하면 돼요. 그런 다음에 바로 지우고 밖으로 일하러 나갈 거예요. 저 아직 서른밖에 안 됐잖아요. 앞으로 살아가야 할 세월이 길어요. 류위펀은 이야기를 이어 가면서 자신의 푸른색 꽃무늬 저고리를 풀어헤쳤다. 놀랍게도 안에는 아무것도 입고 있지 않았다. 두 개의 새하얀 유방이 보일 듯 말 듯 드러났다. 류위펀이 말했다. 취안린 오라버니, 우리 집은 워낙 외져서 아무도 찾아오는 사람이 없어요. 침대도 다 고쳐졌으니 바로 시작해요 ……

팡취안린은 질식할 듯 숨이 가쁘고 머리에 땀방울이 솟았다. 그는 기괴한 눈빛으로 류위펀을 노려보며 눈을 끔뻑거렸다. 그는 한마디도 하지 않고 자신의 공구 상자를 들고 자리를 떠났다. 문을 나서자 그의 두 다리가 부들부들 떨렸다.

사흘 뒤 류위펀은 차오얼와를 떠났다. 밖으로 일을 하러 나간 것이다. 그녀는 팡취안린에게 몹시 실망하여 그에게 인사 한마디 하지 않았다. 집을 돌봐 달라는 부탁은 더더욱 하지 않았다.

류위펀은 대문에 커다란 자물쇠를 채웠다

류위펀이 차오얼와를 떠나던 날 팡취안린은 란수이 강변으로 향했다.

팡취안린은 란수이 강변의 숲으로 가면서도 더 이상 호기심도 희열도 느낄 수 없었다. 그는 흉악한 악마 같은 모습이었다.

그는 그 여인을 쫓아낼 심산이었다.

그 여자가 누구든 상관없다!

이곳은 차오얼와의 영역이다. 허락도 없이 제멋대로 숲 속에 살다니, 촌장을 너무 우습게 본 것이다. 그는 이미 무슨 인간미니 30대 여자니 하는 것에는 관심도 없었다. 차오얼와는 원래 살던 젊은 여자도 붙잡아 두지 못하는데, 밖에서 온 사람에게 기대를 걸겠다고? 차오얼와도 망할 테면 망하라지. 그래도 싸다. 나도 이제는 지쳤다.

류위펀의 일로 그는 화가 머리끝까지 치밀었다.

그는 역사적이면서도 장엄한 결정을 내렸다. 그녀를 아내로 삼기로 마음을 정한 것이다. 하지만 그 여인은 한참을 우물쭈물하더니 그에게 일회용 인간 종자 노릇을 해 달라고 말했다. 마치 수퇘지나 수캐처럼. 촌장이 사람들 집을 봐주고 집채를 수리해 주고 노인들의 병문안을 하거나 장례를 치러 주는 것도 모자라 인간 종자까지 되어 줘야 한단 말인가? 이는 너무 모욕적이지 않은가!

팡취안린은 꼬박 사흘을 집에 틀어박혀 있었다. 이는 그가 이번 생에서 당한 가장 큰 모욕이었다. 노여움은 쉽게 떨쳐지지 않았고, 생각하면 할수록 분하고 억울했다. 그는 화를 풀 대상을 찾아야 했다. 그러던 중 문득 란수이 강변의 그 낯선 여인이 떠올랐다. 바로 그 여자다!

팡취안린은 이번에는 더 이상 숨지도 피하지도 않았다. 오히려 그녀가 숨어 있는 그 오두막으로 곧장 향했다. 그는 그녀를 쫓아낼 것이다!

하지만 오두막에는 아무도 없었다.

그녀는 분명 아직 떠나지 않았다. 집 안에는 여전히 상자, 옷가지, 취사 도구 따위가 놓여 있었다. 오두막 안에는 침대가 없었다. 예전에 뤄 영감이 사용하던 그 침대는 오래전에 이미 낡아서 못쓰게 되었다. 여자는 벽 모퉁이에 두툼하게 짚 멍석을 깔고 위에는 꽃무늬 담요를 깔아 놓았다. 담요 위에는 얇은 꽃무늬 이불도 한 장 개켜져 있었다. 멍석 위쪽 벽에는 고목 가지로 만든 옷걸이가 있고, 그 위에 빨아 놓은 옷과 팬티, 브래지어 따위가 걸려 있었는데, 집 안 곳곳에서 은은한 여인의 냄새가 뿜어 나왔다. 팡취안린은 숨을 깊이 들이마신 뒤 브래지어에 시선을 고정시켰다. 그는 손을 뻗어 만져 보고 싶었다. 손가락으로 그것을 만지려던 찰나 갑자기 손목을 뒤집어 손등으로 툭 건드려 본 뒤 다시 한 번 더 건드렸다. 마치 보드라운 껍데기 같았다.

팡취안린은 약간 어지러웠다. 하지만 그는 곧바로 스스로를 다그쳤다. 정신을 놓아서는 안 된다. 마음이 약해져서는 안 된다!

그가 다시 오두막을 나섰을 무렵에는 다시 예의 흉악한 악마의 얼굴을 회복했다.

여인은 어디로 갔을까? 분명 또 산책 중일 것이다. 숲은 끝없이 창망하여 천군만마도 얼마든 숨을 수 있었다. 처음부터 뒤를 밟지 않는 한 사람을 찾기란 결코 쉽지 않을 것이다.

팡취안린은 아직 시간이 이르니 강에 가서 목욕을 할 때는 아니고, 갈 곳은 숲뿐이라는 것을 알고 있었다. 그는 수풀을 헤치며 닥치는 대로 그녀를 찾아 나섰다. 하지만 아무리 찾아보아도 흔적조차 찾을 수 없었다. 하지만 그는 그녀의 숨결이 느껴지는 것 같았다. 숲 속의 공기는 워낙 깨끗하여 조금만 독특한 냄새가 섞여 들어도 이를 가려낼 수 있었다. 팡취안린은 그 여인이 이미 자신을 발견하고 자신과 숨바꼭질을 하고 있는 것은 아닌지 의심이 들었다. 그는 인내심을 잃었다. 내가 너랑 장난하러 온 줄 아나. 그리하여 그는 숲 속에 서서 큰 소리로 고함치기 시작했다. 여자는 나와라! 여자는 나와라! 여자는 숨지 마라!…… 고함 소리는 숲 속을 메아리쳤으며 그 기세가 몹시 당당했다.

사실 그 여인은 바로 근처에 있었으므로 그가 고함을 지르자마자 이를 들었다. 들은 것은 물론 수풀 사이로 그의 모습을 발견하기까지 했다. 그녀는 그가 자신을 찾고 있다는 것을 알았다. 이 숲 속에 다른 여자는 없었다. 그녀는 그의 태도와 고함 소리로 보아 그가 좋은 의도를 가지고 온 것이 아님을 알아차렸다. 하지만 그녀는 조금도 두려워하지 않았으며 외려 조금 우스운 생각이 들었다. 그리하여 그녀는 그를 좀 골려 주기로 마음먹었다.

그는 여전히 소리를 지르고 있었다. 여자는 어디 있느냐! 여자!…… 그녀는 대답하지 않고 빙 돌아서 오두막으로 돌아갔다. 그녀는 그가 다시 그곳으로 자신을 찾아올 것을 알았다.

팡취안린은 숲 속을 한참 동안 뱅뱅 돌았다. 란수이 강변에도 가서 살폈다. 하지만 그녀는 보이지 않았다. 그는 그 여인이 오두막에 돌아갔을지도 모른다는 생각이 들어 다시 그곳으로 돌아갔다. 가면서도 계속해서 소리를 질러 댔다. 여자는 어디 있느냐! 여자!……

팡취안린은 숲을 관통하여 오두막에 도착한 뒤 과연 그 여인을 발견했다. 그녀는 오두막의 푸른 받침돌 위에 앉아 책을 읽고 있었다. 한없이 한가롭고 차분한 모습이었다. 그녀는 고개를 들어 팡취안린이 걸어오는 것을 보고는 짐짓 화가 난 듯 자세를 취하며 말했다. 어이, 남자! 뭘 그렇게 소리를 질러요?

팡취안린은 그녀 바로 앞까지 다가갔다. 그제야 그는 이 밤색 운동복을 입은 여인이 마흔은 족히 되어 보인다는 것을 알게 되었다. 그녀는 강에서 수영을 하고 있을 때처럼 어려 보이지 않았다. 하지만 그것은 그녀의 아름답고 눈부신 미모에 아무런 영향도 미치지 않았다. 그녀는 연한 갈색으로 염색한 머리카락과 풍만한 몸매, 희고 섬세한 살결을 가졌다. 다만 얼굴에서는 들바람이 스쳐간 흔적이 느껴졌으며 옅은 갈색을 띠고 있었다. 그녀는 한 마리 요망한 여우처럼 눈을 반짝이며 그를 바라보았다. 마치 그를 놀리는 듯했다.

팡취안린은 문득 두려워졌다. 당신은 …… 누구요?

여자가 웃으며 말했다. 나는 도시 사람이에요. 왜요?

팡취안린이 버럭 화를 내며 말했다. 누구 마음대로 여기 온 거요!

여자가 말했다. 내가 오고 싶으면 오는 거죠.

팡취안린이 말했다. 여기서 살려면 응당 우리에게 동의를 구했어야지.

여자가 말했다. 당신이 동의한 거 아니었어요?

팡취안린이 말했다. 내가 언제 동의했다는 거요?

여자가 말했다. 여기 여러 번 오셨었잖아요. 반대하지 않으면 그게 동의죠.

팡취안린은 멈칫했다. 그는 더 이상 말려들어 분쟁을 일으키고 싶지 않았다. 그가 정색하며 말했다. 여기서 뭘 하는 거요?

여자가 말했다. 아무것도 안 해요. 그녀는 일부러 그의 말투를 따라하면서 촌스럽고 괴상한 말투로 '아무것도 안 해요'라고 말했다.

팡취안린이 차갑게 말했다. 이 사람이 배가 부른 모양이구만?

여자는 책을 무릎 위에 내려놓고 머리 뒤로 늘어뜨린 머리카락을 어루만지며 말했다. 틀렸어요. 요즘 도시 사람들은 안 먹는 게 유행이라 다들 굶고 있거든요.

팡취안린이 눈을 번쩍 뜨며 말했다. 무슨 소리요?

여자가 말했다. 도시 사람들은 입맛이 없어서 뭘 먹어도 맛이 없고 아무것도 먹고 싶지 않거든요. 도시 사람들은 다 식욕 부진이에요.

팡취안린이 말했다. 그럼 당신도 그냥 놀면서 아무것도 안 한다는 말이군.

여자가 말했다. 그것도 틀렸어요. 너무 지쳐서 여기 숨어 있는 거예요.

팡취안린은 그녀가 육체노동을 할 수 있는 사람이라는 것을 믿을 수가 없었다. 그가 말했다. 당신 탈주범 아니오? 무슨 짓을 벌이고 여기 숨어 있는 거 아니오?

여자는 깔깔 웃으며 말했다. 진짜 보는 눈도 없으시네. 내가 사장일 수도 있잖아요. 여기에 3000만쯤 투자해서 리조트를 지으면 어떨까요?

팡취안린이 말했다. 입김도 세네. 3000만이라니 은행이라도 털었소?

여자는 고개를 가로저으며 말했다. 됐어요. 이 얘긴 그만하고 우리 친구 해요. 그러면서 불쑥 손을 내밀었다.

팡취안린은 그녀와 악수를 하지 않았다. 그는 그녀를 내쫓으러 왔는데 어떻게 그녀와 악수를 하겠는가? 그는 몇 걸음 떨어진 다른 받침돌 위에 주저앉았다. 그는 조금 피곤해졌다. 보아하니 그녀를 쫓아내는 것은 결코 쉬울 것 같지 않았다. 인내심을 가질 필요가 있었다.

여자는 무안해하지도 않고 손을 집어넣은 뒤 말했다. 나랑 친구하기 싫어요? 후회하지 마세요.

팡취안린은 생각할 것도 없다는 듯 말했다. 남자와 여자가 친구가 될 수 있단 말이오?

여자가 말했다. 그럼요. 남자와 여자도 똑같이 친구가 될 수 있죠. 홍안지기(紅顏知己)[26]라는 말도 있잖아요.

팡취안린이 말했다. 나를 가지고 장난치지 마시오. 요즘 기분이 안 좋으니까.

여자가 말했다. 뭔가 안 좋은 일이 있으신가 봐요. 나한테 얘기해 주면

---

26 부인이나 애인은 아니지만 마음을 터놓고 이야기할 수 있는 매우 가까운 여자 친구를 이름

안 돼요?

팡취안린이 말했다. 내가 왜 당신한테 말하겠소? 당신이 내 대신 짊어
지기라도 할 거요?

여자는 그의 얼굴을 쳐다보고 다시 그의 몸을 쳐다본 뒤 고개를 끄덕이
며 말했다. 완전 남자시네요.

팡취안린이 말했다. 무슨 소리요. 왜 나더러 남자라는 거요. 내가 남자
지 그럼!

여자가 웃으며 말했다. 그런 뜻이 아녜요. 섹시하다는 소리예요.

팡취안린은 알아듣지 못했다. 뭐라고요?

여자가 말했다. 내 말은 당신이 마르고 단단하고 라인이 살아 있다는
소리예요. 요즘 도시 남자들은 하나같이 여자처럼 살이 붙어서 비둔하고
뚱뚱해요. 완전 밥맛 떨어져요.

팡취안린은 그녀가 왜 그런 이야기를 늘어놓는지 알 수 없었으며 짜증
스럽기까지 했다. 그가 몸을 일으키며 말했다. 이상한 소리 그만하시오.
분명히 말하는데 내일 반드시 여기를 떠나시오!

여자가 말했다. 왜요? 그녀는 다시 '왜요'라는 두 글자에 남북의 방언을
뒤섞었다. 분명 그의 말을 진지하게 받아들이지 않는 모양새였다.

팡취안린이 말했다. 왜요라니, 가라고 하지 않았소!

여자가 말했다. 말투를 들어 보니 촌장이신가 보네요.

팡취안린이 말했다. 내가 바로 촌장이오.

여자는 다시 그를 훑어보더니 돌연 큰 소리로 웃어 댔다. 깔깔깔깔
깔! ……

팡취안린은 화가 나서 말했다. 왜 웃는 거요? 뭐가 우습다고!

여자가 웃음을 그친 뒤 말했다. 어쩐지 엄청 안하무인이더라니. 그거
알아요? 도시에 촌장에 관한 유머가 무지 많은 거?

팡취안린이 말했다. 유머가 뭐요?

여자가 말했다. 이야기요. 수준 낮은 이야기.

팡취안린은 그녀가 무슨 말을 하려는 것인지 짐작할 수 있었다. 그는 무청 기차역 지하실의 그 여관을 하는 여자가 자신에게 들려준 이야기를 떠올렸다. 그는 그녀를 똑바로 노려보며 그녀가 어떻게 말하나 지켜봤다. 노여움이 쌓이면서 안색은 몹시 볼썽사나워졌다.

여자는 그의 안색 따위는 신경도 쓰지 않고 자신의 이야기에만 신이 났다. 유머는 많아요. 대부분 악질 토호 같은 촌장이 마을에 자고 싶은 여자가 있으면 그 여자랑 잔다는 식이에요.

팡취안린은 끝내 참지 못하고 성큼 다가가 그녀를 손가락으로 가리켰다. 당찮은 소리! 그건 당신네 도시 사람들이 아무렇게나 지어낸 이야기지! 당신들은 배 터지게 먹고 마신 뒤에 이를 쑤시면서 사람을 가지고 아주 각본을 쓰는구면. 당신들은 촌장이 그렇게 쉬운 줄 알아? 수천 명을 떠맡아서 한번 해 보라 그래!

여자가 말했다. 왜 열을 내세요? 어디 아픈 곳이라도 들킨 것처럼? 내가 보기엔 당신이 바로 그런 촌장 같은데요. 너무 포악하잖아요.

팡취안린은 이처럼 독단적인 여인은 본 적이 없었다. 그는 분노로 몸을 떨며 말했다. 그래! 내가 바로 그런 촌장이다. 자고 싶은 사람이 있으면 바로 자 버려. 내 영역에 있기만 하면!

여자는 겁을 먹은 듯 그를 쳐다보며 말했다. 이런 양아치 같은 촌장을 봤나, 설마 나랑 자고 싶은 건 아니죠? 당신은 나를 강간하면 안 되죠. 나는 힘도 없잖아요……

팡취안린이 그녀의 팔을 움켜쥐고 흉악한 얼굴로 말했다. 감히 나를 양아치 같은 촌장이라고 했겠다? 좋아. 양아치같이 굴어 주마! 내가 너랑 못 잘 줄 아는 모양이지? 그러면서 그는 다른 한 손을 뻗어 그녀의 윗옷을 거칠게 잡아당겼다. 윗부분의 단추가 모두 뜯겨 나가면서 두 개의 눈처럼 희고 동그란 가슴이 튀어나왔다. 팡취안린은 깜짝 놀랐다. 여자는 이를 가릴 생각도 하지 않고 손을 들어 팡취안린의 뺨을 후려쳤다. 어딜 감히! 이 양아치가 몇 번이나 내가 목욕하는 걸 훔쳐보더니, 내가 모를 줄 알았어? 팡취안린은 얼굴이 달아오르고 귀가 후끈거리면서 욕정을 참을 수가 없었다. 이성은 이미 사라졌다. 그는 허리를 숙여 그녀를 들어 올린 뒤 오두막 안으로 끌고 들어갔다. 여자는 필사적으로 발버둥 치면서 소리를 질러 댔다. 여기 좀 와 보세요! 여기 좀 와 보세요! 팡취안린은 그 순간 이미 한 마리 야수처럼 그녀를 집 안으로 끌고 들어가 멍석 위에 패대기쳤다. 여자는 일어나 밖으로 도망치려고 했으며 큰 소리로 살려 달라고 외쳤다. 어찌어찌하다 보니 그녀가 멍석 위를 한 바퀴 구르면서 윗옷이 벗겨졌다. 여자는 이를 줍지도 않고 상반신을 드러낸 채 몸부림을 치다가 곧바로 그의 몸과 충돌했다. 팡취안린은 그녀의 팔을 끌어당긴 뒤 다시 두꺼운 멍석 위에 내동댕이쳤다. 그는 한 손으로는 그녀를 내리 누르면서 한 손으로는 재빨리 자신의 옷을 벗어 던졌다. 여자는 계속해서 발버둥 치며 발로 차고 이로 깨물었다. 팡취안린의 손과 팔에서는 피가 흘러나왔다. 팡취안린은 아무 소리도 내지 않고 자신의 옷과 바지를 벗어 던진 뒤 여자의 치마를 벗겼다. 두 사람은 모두 아무것도 걸치지 않은 알몸이 되었다. 한 사람은 검고 한 사람은 희고, 두 벌거벗은 몸뚱이가 멍석 위에서 요동쳤다. 여자는 미친 듯이 고함을 질러 댔다. 빨리 여기 좀 와 봐요! 누가 강간을 하려고 해요!…… 팡취안린이 말했다. 목구멍이 찢어지게 소리를 질러 봐야 소용없어. 여기는 아무도 올 리 없으니까. 그 러면서 거칠게 그녀 위로 올라탔다. 여자는 마치 석판처럼 납작하게 깔려 순식간에 얼굴이 벌겋게 달아오르면서 온통 눈물로 범벅이 되었다. 그녀 는 그저 팡취안린의 뜻에 자신을 맡기는 수밖에 없었다. 팡취안린이 그녀 의 몸 안으로 들어오려는 순간 그녀는 비명을 지르며 고개를 들었다. 그 리고는 그의 어깨를 물어뜯었다. 팡취안린은 아, 하는 소리와 함께 그녀 의 몸 안으로 들어갔고, 이내 여자의 입이 벌어졌다. 그녀는 탈진한 것처 럼 온몸이 나른해지면서 마치 한 마리 벌레처럼 멍석 위로 무너져 버렸 다. 팡취안린은 이를 악물고 그녀의 몸으로 돌진했다. 여자는 두 눈이 게 슴츠레 풀리면서 중얼거리기 시작했다. 날 죽여. 난 죽어 버릴 거야. 당신이 나를 죽이지 않으면 내가 당신을 죽일 거야. 팡취안린은 아무 말도 하지 않고 헐떡헐떡 거친 숨만 몰아쉬며 자신의 일에 집중했다. 마치 숨이 넘어갈 듯 괴이한 표정으로 수백 년간 쌓인 분노와 욕정의 불길을 마음껏 발산했다. 여자는 끊임없이 웅얼웅얼 말했다. 촌장, 내가 당신을 죽일 거야. 촌장, 나는 죽어 버릴 거야…… 어느 순간 그녀는 더 이상 아무 말도 하지 않고 그저 두 눈을 감고 입을 크게 벌린 채 헐떡이며 신음했다. 팡취안린은 여자의 신음 소리를 듣고도 그녀가 괴로워하는 것인지 즐거워하는 것인지 판단이 서지 않았다. 하지만 그것이 무엇인지는 몰라도 그의 신경을 몹시 자극했으며 그를 더욱 흥분시켰다. 그 후 몇 시간 동안 그는 그녀를 세 번 더 안았다. 매번 절정에 이르면 두 사람이 한데 엉켜 고래고래 소리를 질러 대는 통에 집이 무너지고 천장이 내려앉을 것 같은 흥분의 도가니가 되었다.

팡취안린은 결국 일을 멈추고 옷을 챙겨 입었다. 오두막을 떠나는데 온몸에 맥이 풀리면서 휘청하고 기울었다. 여자는 뒤에서 가냘픈 목소리로 말했다. 촌장, 당신은 개잡종이야. 당신은 후회하게 될 거야. 가지 마. 내가 죽여 버릴 거라고!……

사실상 팡취안린은 집에 도착하자마자 곧바로 후회하기 시작했다. 그는 자신이 죄를 지은 것을 깨달았다. 그것은 강간이었다. 그는 그 여인이 분명 가만히 있지 않을 것임을 알고 있었다. 그는 자신이 어쩌다 그런 금수로 변해 버렸는지 이해가 되지 않았다. 그가 란수이 강변에 갔을 때는 그저 그녀를 쫓아내려던 것일 뿐 그녀에게 그런 짓을 할 생각은 아니었다. 그런데 어쩌다 보니 이야기가 오가다가 울화가 치밀어 오른 것이다. 팡취안린은 자신이 마을에서 언젠가 사고를 치진 않을까 걱정했었다. 하지만 낯선 여인을, 그것도 도시 사람을 능욕하게 될 줄은 생각지도 못했다. 팡취안린은 후회막심하며 자신의 뺨을 몇 대 후려쳤다.

팡취안린은 반쯤 초죽음이 되어 의식 불명으로 하룻밤을 꼬박 자고 난 뒤에야 조금 정신이 돌아왔다. 그는 아침 일찍 란수이 강변으로 갔다. 그녀 앞에서 잘못을 시인하고 용서를 구할 생각이었다. 하지만 그가 그곳에 도착했을 때 그녀는 이미 떠나고 없었다. 오두막은 그녀에 의해 깨끗하게 정리되었고 종잇조각 하나 남아 있지 않았다. 바닥에는 나뭇가지에 쓸린 흔적이 남아 있었고, 오직 건초와 나뭇가지로 만든 깔개만이 그 자리에 놓여 있었다. 깔개는 두툼하고 포근했다. 집 안에는 여전히 그 여인의 냄새가 서려 있었다. 담담하고 따스한 냄새였다. 팡취안린은 무너지듯 깔개에 주저앉아 한참을 멍하게 있었다.

그날 이후로 팡취안린은 다른 사람이 되었다. 그는 말이 줄었고 쉽게 놀랐다. 그는 언젠가 경찰이 들이닥쳐 자신을 잡아갈 것이라는 생각에 밤이면 바람결에 창문이 흔들리는 소리에도 흠칫 놀라 자리에서 일어나 곤 했다.

그는 자신에게 남은 시간이 많지 않다는 것을 알고 있었다. 그 기간 동안 그는 마을의 오래된 집들을 둘러보고 점검한 뒤 세 채의 집을 수리하고 노인 두 분을 마을 병원에 모셨으며 전담 간병인도 파견했다. 그는 본능적으로 이 일들을 처리했다. 할 일을 마친 뒤 그의 마음도 한결 홀가분해졌다. 이것도 괜찮아. 20년이 넘었으니 지칠 만도 하지. 감옥에 들어가 있으면 더 편할지도 몰라. 그는 그렇게 자신을 위로하는 수밖에 없었다.

그날 점심 무렵 팡취안린은 멀리서 제복을 입은 사람 둘이 오토바이를 타고 마을 밖 흙길을 달려오는 것을 발견하고 순간 마음이 덜컥 내려앉았다. 드디어 올 것이 왔구나. 그는 애써 마음을 진정시켰다. 그리고는 서둘러 집으로 돌아가 깨끗한 옷으로 갈아입고 낡고 허름한 집을 둘러본 뒤 문단속을 하고 밖으로 나갔다.

제복을 입은 사람들이 마을 입구에 도달한 뒤에야 팡취안린은 그들이 집배원이라는 사실을 알아차렸다. 교통이 불편하다 보니 집배원은 보름에 한 번밖에 오지 않았다. 예전에는 한 사람이었는데, 밖으로 나간 사람이 많아지면서 한 명이 더 늘어났다. 두 집배원은 크고 작은 우편물들을 짊어지고 마을로 들어왔다. 이미 노인들과 아낙들이 그들을 둘러싸고 있었다. 팡취안린은 한숨을 내쉬었다. 그 안에는 자신의 우편물도 있었다. 편지 한 통은 아들이 보낸 것으로 글씨체만 보고도 바로 알 수 있었다. 다른 하나는 소포였는데 위에는 ××성 ××현 ××향 차오얼와 촌장 귀하라고 적혀 있었다. 발신인에는 무청이라고만 적혀 있을 뿐 자세한 주소는 없었다. 팡취안린은 의아했다. 톈주가 보낸 것은 아니겠지? 만약 톈주가 보낸 것이라면 왜 받는 사람 이름도 없이 촌장이라고만 썼겠는가? 게다가 글씨체 또한 아주 생소했다.

어쨌든 팡취안린은 괜히 제 발을 저린 셈이었다. 그는 집배원과 인사를 나눈 뒤 서둘러 집으로 돌아왔다. 집에 도착한 뒤에는 아들의 편지를 먼저 뜯어보았다. 편지에는 기쁜 소식이 적혀 있었다. 아들은 며느리가 손자를 낳았는데 3.65킬로그램으로 하얗고 통통하다고 전했다. 또한 편지에는 어서 촌장을 그만두고 자신이 있는 곳으로 와서 손자도 보고 행복하게 지내시라고 적혀 있었다. 팡취안린은 아들의 편지를 내려놓자마자 서둘러 소포를 뜯어보았다. 소포 안에는 커다란 봉투만 하나 들어 있었는데 봉투 안에는 편지도 없고 다른 물건도 없이 오직 반듯하게 접힌 신문 한 부만 들어 있었다. 신문은 열몇 장에 불과했고 무청에서 발행한 석간이었다. 팡취안린은 어리둥절한 채 신문을 펼쳐 한 장 한 장 넘기다가 《원시로의 회귀》라는 제목의 글을 발견했다. 누군가 두꺼운 붉은 펜으로 동그라미를 쳐 놓았는데 아마도 특별한 의미가 있는 모양이었다. 팡취안린은 초등학교 교육을 받았고 수년간 간부생활을 하면서 적지 않은 글자를 익혔으므로 신문을 읽는 데는 문제가 없었다. 이 글의 작가는 마이쯔(麥子)라는 사람으로 글의 대략적인 내용은 자신이 일정 기간 대자연으로 돌아가 경험한 것을 회상한 것이었다. 마이쯔의 이야기는 이러했다. 자신은 10년 이상 상업계에 몸을 담고 분투하다 보니 몸과 마음이 피폐해지고 도시 생활에도 염증을 느꼈으며 돈, 사랑, 감정과 같은 말들도 지긋지긋해졌다. 그리하여 자신은 혼자 궁벽하고 먼 곳으로 떠나게 되었다. 그곳에는 숲이 울창하게 우거지고 온갖 새들이 모여들며 유구한 역사를 가진 란수이 강이 흐르고 있었다. 강물은 깊고 투명했으며 물속에는 기기괴괴한 물고기와 물짐승들이 가득했다. 하지만 그것들은 결코 사람을 해치지 않았다. 강물에 들어가 헤엄칠 때면 물고기들이 다가와 다정하게 인사를 건네고 자신의 몸에 입을 맞췄다. 그러면 온몸이 간질거리면서도 편안했다. 또한 그녀는 어떻게 그곳에서 스스로를 이완시키고 심신을 수양했는지, 어떻게 영혼을 해방시키고 건장한 토착민을 유혹하여 원시적이고 단순한 섹스를 체험하게 되었는지에 대해 이야기했다. 그녀는 가슴 깊이 그 남자에게 감사한다고 말했다. 그를 통해 뼛속까지 사무치는 완전한 쾌감을 느꼈다는 것이다. 또한 자신은 그 무고한 남자에게 몹시 미안하다고도 했다. 자신이 그를 속였기 때문이다. 그녀는 그가 자신을 용서해 주기를 바랐다.

팡취안린은 이를 다 읽은 뒤 처음에는 몹시 놀랐으며 바보 취급을 당한 것에 화가 났다. 자신은 평생을 똑똑하게 살아왔는데 한 여자의 장난에 놀아나고 심지어 토착민이라는 소리까지 들은 것이다. 하지만 한참을 침묵한 뒤 그는 결국 고개를 절레절레 흔들며 쓴웃음을 지었다. 비록 그 여인의 속임수에 걸려들기는 했으나 어쨌든 감옥에 가는 화는 면했다. 그는 다시 신문을 집어 들고 그 글을 한 번 더 읽었다. 그는 속으로 탄식했다. 이 여자도 불쌍하구나. 사내를 훔치러 시골까지 찾아오고 그걸 또 글로 써서 사람들에게 보여 주면서 자랑을 하고 있으니. 그는 정말로 이해할 수 없었다. 그런 일도 자랑거리가 된다는 말인가?

팡취안린은 그 마이쯔라는 이름의 도시 여인을 기억해 두었다.

후에 그 열몇 장짜리 신문은 팡취안린이 한가할 때 보는 심심풀이가 되었다. 그는 신문의 실린 모든 글들을 자세히 읽어 보았다. 내용은 천태만상이었으며 하나같이 신선했다.

마이쯔의 글《원시로의 회귀》에 대해서 말하자면, 팡취안린은 이를 거의 매일 밤마다 한 번씩 읽었으며 다 읽은 뒤에는 이불 속으로 파고 들어가 그날의 정경을 떠올리며 신음 소리와 함께 외쳤다. 마이쯔, 마이쯔,

마이쯔…… 그때 광야에서 불어온 바람이 창밖을 스쳤다. 차오얼와에서는 또 한 채의 낡은 집이 무너져 내렸다.

사실 신문의 한 구석에는 눈에 띄지 않는 짧은 소식도 끼여 있었다. 내용은 이러했다. 무청 동물원의 1000년 묵은 거북이 한 마리가 어제 밤을 틈타 도주했다. 온 도시를 뒤졌으나 행방을 알 수 없다. 안타깝게도 팡취안린은 이를 발견하지 못했다.

아마도, 언젠가는 결국 그의 눈에 띌 것이다.

제 10 편
361 개의 밀밭

   무청에는 수천 개 이상의 찻집과 술집들이 거리와 골목에 흩어져 있다. 인테리어와 장식도 각각의 특색이 있다. 중국식, 서양식, 고전, 현대, 도시, 전원, 아시아, 유럽, 아프리카…… 사람들은 얼마든지 자신의 취향에 따라 선택할 수 있으며, 서로 다른 찻집과 술집마다 갖가지 서로 다른 취향의 사람들이 모여든다. 물론 각양각색의 찻집들을 여기저기 옮겨 다니며 자주 기분을 전환하는 사람이 더욱 많다. 하지만 어떤 사람들은 비교적 고정적으로 한 가지 스타일의 찻집과 술집에 드나들고, 심지어 아예 한 집을 정해 눌러살다시피 하는 사람들도 있었다. 그러다 보니 고정적인 찻집 친구나 술집 친구가 형성되었다. 원래는 다들 모르는 사이였으나 약속이라도 한 듯 자꾸 나타나고, 그렇게 세월이 지나면서 친구가 된 것이다. 사실 찻집과 술집이 장식이나 스타일로 사람을 끌어들이는 것은 표면적인 것일 뿐이다. 이는 그저 사람들의 호기심을 유발하고 잠시 구경하게 할 수는 있지만 오랫동안 손님을 붙잡아 두지는 못한다. 손님을 붙잡는 심층적인 이유는 그것의 내용에 있다. 차나 술을 마시는 것 외에 특별한 이벤트가 필요한 것이다. 거문고, 바둑, 서예, 그림, 마작, 점술,

포르노, 도박, 수집, 의복과 장신구, 암, 남창, 에이즈, 동성애 등등, 그야말로 천태만상이었다. 어떤 술집은 조증 환자들의 모임 장소였다. 하나같이 벌겋게 달아오른 험상궂은 얼굴을 하고 두 손까지 벌벌 떨면서 부득부득 소리가 나게 이를 갈았다. 사람들은 그 안에서 끊임없이 움직이고 떠들어 댔으며 커다란 소리로 끝도 없이 주절거렸다. 회사, 동료, 아내, 남편, 일, 조지 부시, 사담 후세인, 대중교통, 도시 건설, 공기, 전등, 비리 공직자, 애인, 반려견과 반려묘, 모든 사람과 사물에 대한 불만을 마음껏 털어놓았다. 상대가 듣는지 마는지 혹은 듣고 싶어 하는지 아닌지는 조금도 개의치 않고, 무슨 얘기든 하고 싶은 대로 혼자 중얼거렸다. 이로 인해 이 술집 안은 매일 밤 사람들의 소리로 떠들썩했다. 시끌벅적한 가운데 사람들은 각자 떠들고 각자 술을 마셨다. 조증을 감당할 수 없을 때면 뭐든 잡히는 물건을 땅바닥에 내던지고 발로 짓밟을 수도 있었다. 물론 물건이 망가지면 가격대로 변상해야 했다. 그래도 술집은 장사가 몹시 잘됐다. 이와 대비되는 술집도 있었으니 바로 과묵한 사람들이 모이는 곳이었다. 술집 안에는 아무도 말을 하는 사람이 없었다. 종업원조차 말을 하지 않았다. 무슨 술을 주문할지 얼마나 주문할지 따위는 손짓으로 표시하거나 펜으로 전용 쪽지에 적었다. 말을 해 봤자 소용이 없어서인지, 위대한 주장은 말로 하는 것이 아니어서인지, 아니면 다른 무슨 원인이 있는 것인지 알 수 없으나, 어쨌든 그들은 단체로 실어증에 걸렸다. 이 술집에 와서 희뿌연 불빛 아래에 홀로 앉아 있는 사람들은 마치 한 무리의 깊은 생각에 빠진 철학자들 같았다. 하지만 자세히 한 사람 한 사람의 얼굴을 살펴보면 그들의 표정은 모두 달랐다. 평온하고 편안한 사람, 침착하고 여유로운 사람, 우울한 사람, 수심이 가득한 사람, 침울한 사람, 근육이 씰룩거리는 사람 …… 빛의 물결과 어둠의 그림자 속에서 사람들은 저마다 마치 조각상처럼 꿈쩍도 하지 않았다. 우연히 그곳에 들어가게 된 사람들은 이상한 느낌이 들 뿐 아니라 무섭고 음산한 기운까지 느꼈다. 곧이어 무슨 일이 일어날지 알 수 없기 때문이다. 과묵한 사람들이 모이는 술집보다는 오히려 조증 환자들이 모여 있는 술집이 더 안전한 느낌이었다. 호스트바는 속칭 오리[27]바라고도 불렀으며 가장 비밀스러운 곳이었다. 이곳에 와서 남창을 상대하는 사람은 대부분 화이트칼라 여성이나 남편이 외국에 나가 있는 사모님들, 소수의 여자 간부들로 보통 씀씀이가 매우 시원스러웠다. 술집 안에는 불빛이 매우 어두워 거의 사람의 형체가 보이지 않았으며 아는 사람을 만난다 해도 알아볼 수 없을 정도였다. 더욱 기괴한 곳도 있었다. 천족찻집이라는 곳이 있었는데, 사실상 발 씻기를 싫어하는 사람들이 모이는 곳이었다. 스튀도 그곳에 가서 차를 마신 적이 있었으나 자주 찾는 편은 아니었다. 그에게는 차를 마시는 것보다 더 중요한 일이 있기 때문이었다. 천족찻집 또한 찾는 사람이 적지 않았는데, 그들은 악취로 의기투합했다고 할 수 있었다. 다른 사람들은 멋모르고 들어왔다가 질식할 듯한 땀과 오줌과 발의 악취를 맡자마자 황급히 코를 막고 뛰쳐나갔다. 길을 가던 사람들은 이를 보고 비웃으며 말했다. 하늘 아래 이보다 더 노골적이고 진한 냄새는 없을 거야. 여기 있는 사람들은 다 코가 어떻게 된 모양이야.

무청 변두리에 얼랑 산(二郎山)이라는 지역이 있었다. 얼랑 산에는 사실 산이 없었으며 그저 아주 야트막한 언덕이 하나 있을 뿐이었다. 다만 수많은 찻집들과 술집들이 모여 있어 베이징의 싼리툰(三里屯)을 연상시키는 번화가였다. 원래는 여기도 누구나 자유롭게 드나드는 공간이었으며, 무청에 놀러 온 외지인들에게도 얼랑 산은 필수 방문 코스였다. 하지만 점차 변화가 생겼다. 언제부터인지 알 수 없으나 이곳은 고발인들의 고정적인 활동 장소가 되었다. 그들의 비밀스럽고 수상한 움직임은 이곳에서 한가로이 차를 마시던 사람들에게 의혹을 유발했고 이곳에서 무슨 일이 일어날 것 같은 예감이 들게 했다. 그들은 편안하게 여가를 즐기러

---

27 남창을 가리키는 은어

왔다가 괜히 성가신 일에 휘말리고 싶지 않아서 점점 이곳을 멀리하게 되었다. 하지만 얼랑 산은 이로 인해 매출이 감소하지 않았다. 더 많은 고발인들이 이곳에 와서 차를 마시고 모임을 가지면서 얼랑 산은 오히려 예전보다 더 북적였으며 사람들에게 고발 골목이라 불리기에 이르렀다.

소문에 따르면 은밀히 이 위업을 달성한 사람은 전문 고발인 류싼(劉三)이었다. 류싼은 줄곧 독자적으로 행동하면서 전문적으로 거물급 비리 공직자들을 고발했다. 그는 엄청난 압박을 받으면서 은밀한 위협과 미행을 당하기도 했으며 심지어 자신을 죽이겠다며 협박 전화를 한 사람도 있었다. 류싼은 위축되지 않았다. 하지만 부인은 그에게 이혼을 요구했다. 그녀는 그와 함께 있는 것이 두렵고 떨린다고 말했다. 류싼은 홀몸이 되자 더욱 마음대로 솜씨를 발휘하여 몇몇 거물급 비리 공직자들을 잡아냈다. 그중에는 부시장도 포함되어 있었다. 그는 또한 이로 인해 한몫의 재산을 챙겼다. 상금은 아주 두둑했다. 류싼은 가장 어렵던 시절에는 폐지를 주워 생계를 꾸렸다. 하지만 그는 천성적으로 스타 기질이 있는 사람이라 돈이 생기면 곧장 포도주를 마시고 양식을 즐겼으며, 무청의 대극장에 가서 오페라를 보고 소극장에 가서 곤곡(昆曲)[28]을 보았다. 그는 생활을 유지하기 위해 돈이 필요했으나 결코 돈을 중시하지는 않았다. 그는 자신의 의지에 따라 살았다. 양식을 먹고 포도주를 마시는 것도 고발을 하는 것도 모두 그가 인생을 향유하는 방식이었다. 류싼은 저축을 한 적이 없었다. 그는 고발로 상금을 탈 때마다 어려운 고발 동호회원들을 도와주었으며, 그 밖에도 가난한 초등학생 세 명을 장기간 후원해 주고 있었다. 처음 고발을 시작했을 때 류싼은 항상 자신의 이름을 숨겼다. 그러다가 나중에는 태도를 바꿔 실명 고발자로 변했다. 그때 류싼에게는 장엄함과 신성함이 있었고, 그는 스스로를 정의의 수호자로 여겼다. 류싼의 명성 또한 갈수록 높아졌으며 수많은 사람들이 그를 협객이라 불렀다.

---

28 중국의 고전 극 양식의 하나.

류 협객은 끝내 일을 당했다. 어느 날 밤 그는 누군가의 칼에 열몇 군데를 찔렸고 다리에 힘줄 하나가 끊어졌다. 입원 기간 동안 그의 병실 안팎에는 꽃바구니가 가득했으며 하루에도 수백 명의 사람들이 병문안을 왔다. 류싼은 몹시 의연했으며 눈물 한 방울 흘리지 않았다. 그는 고발 동호회회원들의 마음속에 영웅이자 지도자였다. 기율 위원회 서기 톄밍이 병원으로 찾아와 최대한 빨리 범인을 잡겠다고 전했다. 두 사람은 문을 닫아걸고 몇 시간 동안 이야기를 나눴다. 이 소식이 전해지자 고발 동호회원들의 사기가 크게 진작되었다.

하지만 류싼은 고발 동호회원들에 대한 불만이 쌓여갔다.

오랜 기간의 관찰과 접촉을 통해 그는 이 무리가 방대하기는 하나 물고기와 용이 뒤섞인 형국이며 올바른 군자도 있으나 후안무치한 소인배도 있다는 것을 발견했다. 정의를 추구하는 사람, 돈을 밝히는 사람, 복수하려는 사람, 순전히 모함을 하려는 사람도 있었다. 이는 무청에서 고발인에 대한 비방과 칭찬이 공존하는 이유이기도 했다. 다시 말해 이 무리에 대한 정비가 시급했다. 하지만 어떻게 정비한단 말인가?

병상에 누워서 류싼이 고민한 것은 모두 그런 문제들이었다. 눈앞에 닥친 통증이나 앞으로 맞닥뜨릴 장애는 그의 관심 밖이었다. 류싼은 초등학교 졸업에 그쳤으나 몹시 똑똑하고 강인한 사람이었다. 그는 똑똑함이나 강인함과 같은 품성은 교육 수준의 높고 낮음과 전혀 무관하다고 믿었다. 그는 더 이상 독자적으로 행동하지 않고 이 무리를 감응시키고 개조시킬 수 있는 길을 찾기로 결심했다.

예전에 그는 류싼이었다.

나중에 그는 류 협객이었다.

이제 그는 영웅이 되었다.

류싼은 자신의 상처를 어루만졌다. 열 군데 이상 칼에 찔렸으니 열 개가 넘는 구멍이 생겼고 힘줄까지 하나 끊어졌다. 이는 모두 그의 밑천이 되었다.

류싼은 비장해졌다.

한 달 뒤 류싼은 퇴원했다.

류싼은 불구가 되었다. 그는 왼손에 대나무 지팡이를 짚고 여기저기 고발 동호회원들을 만나러 다녔다. 자신에게 병문안을 와 준 사람들에게 감사 인사를 한다는 명목이었으나 사실상 사람들과 이야기를 나눠 보고 싶은 마음 때문이었다.

그는 얼랑 산이 외지고 조용해서 마음에 들었다.

류싼이 말했다. 얼랑 산이 참 좋더군요. 우리 종종 그곳에서 모입시다. 그리하여 많은 고발 동호회원들이 소식을 듣고 모여들었다.

류 협객과 알게 되고 친분을 쌓는 것은 매우 영광스러운 일이었다.

고발인들은 통상적으로 외로웠으며 보통 사람들과 생활 방식이 달랐다. 그들은 비밀리에 자료를 수집하고 단독으로 단서를 찾아다니며 소리 소문 없이 다른 사람들을 관찰한다. 그리고는 발견된 단서들을 바탕으로 추측하고 분석하고 판단하여 은밀히 고발장을 작성하고 몰래 발송한다. 이 모든 것은 남들은 물론 가족들에게도 감춰야 한다. 그 과정에는 은밀한 기쁨도 있으나 걱정과 두려움이 더 컸다. 그들은 보통 사람들과 다른 삶으로 인해 내면이 지속적인 고통에 시달리면서도 마음의 문을 활짝 열고 남들과 이야기를 할 수도 없다. 그래서 마음속에 쌓인 압박감으로 인해 이따금 코피가 터져 나오기도 했다.

이제 류 협객이 사람들과 이야기를 나누고 고발의 경험을 교류하며 내면의 고민을 털어놓고자 하니 이보다 더 좋은 것이 어디 있겠는가? 당연히 가야 한다!

불구가 된 류싼은 얼랑 산의 한 찻집에 앉아 있었다. 그의 옆에는 호랑이 문양의 손잡이 달린 지팡이가 놓여 있고, 탁자 위에는 찻주전자가, 그의 손에는 찻잔이 들려 있었다. 그의 눈빛은 형형했으며 위엄이 있으면서도 자애로웠다. 그를 처음 본 고발인들 중에는 울음이 터질 뻔한 사람도 있었다.

그 이후로 얼랑 산은 북적이기 시작했다.

고발 동호회원들은 이곳에서 서로를 알게 되고 서로 모임을 가졌으며 서로가 일찍 만나지 못한 것을 한탄했다. 그들은 경험을 교류하고 형세를 분석했으며, 서로에게 큰 의미 없는 단서(진짜 가치가 있는 단서는 꺼내서 교류할 리가 없다)들을 제공하면서 진실하고도 뭔가 감추고 있는 듯 웃었다. 얼랑 산은 고발족에게 즐거운 고향집 같은 곳이 되었다. 그곳에서만큼은 그들도 자신이 결코 외톨이가 아님을 느낄 수 있었다.

류싼은 열기가 어느 정도 달아오른 것을 보고는 저녁에 사람들에게 수업을 들려주기로 결정했다. 그는 사람들에게 설교를 늘어놓았다. 고발을 하는 사람은 먼저 확실한 인생관과 가치관을 수립한 뒤 숭고한 목적에서 출발하여 정의감을 가지고 임해야 한다. 오직 돈만 쫓아서는 안 되며 남에게 죄를 뒤집어씌우기 위한 고발은 더더욱 안 된다! ……

류싼은 사람들에게 교리를 전파할 수 있게 되자 저녁 내내 쉬지 않고 이야기를 이어 나갔다. 장내의 100명이 넘는 사람들은 아무도 입을 열지 않았으며 해산할 때도 침묵이 이어졌다.

그런데 다음 날 저녁, 그가 있는 찻집은 몹시 썰렁했으며 사람이 거의 없었다. 류싼은 이상해하며 물었다. 사람들은? 왜 오늘은 아무도 안 온 건가?

그때 류싼과 평소 가장 가까운 친구가 말했다. 안 온 게 아니라 다른 찻집으로 갔네.

류싼이 말했다. 왜?

친구가 말했다. 어젯밤 해산한 뒤에 의론이 분분했네. 자네 얘기는 전부 신문에 있는 거고 게다가 고발을 반대하는 사람들이 하는 소리라면서. 말투도 무슨 청장급 간부 같아서 다들 듣고 싶지 않다더군.

류싼은 너무 놀라 어안이 벙벙해졌다.

그때 첸메이쯔가 다가와 말했다. 류 선생님, 신경 쓰지 마세요. 사람들이 몰라서 그래요. 처음에 허울 좋은 이야기를 좀 하셔야죠. 그거야 사람들을 속이려고 하는 거잖아요. 특히 외부에서 몰래 섞여 들어와서 엿듣는 사람들을 막으려는 거고요. 이야기가 새어 나가면 안 좋으니까. 어떻게 하는지는 별개의 문제죠. 오늘 밤에는 진짜 노하우를 알려 주시는 거죠? 그렇죠?

류싼은 의아한 듯 그녀를 바라보며 말했다. 당신이 오늘 떠나지 않은 건 그 이유 때문이오?

첸메이쯔가 말했다. 그럼요.

류싼이 말해다. 그렇다면 굉장히 똑똑한 분이시군요?

첸메이쯔가 옆에 있는 사람들을 가리키며 말했다. 여기 계신 분들도요.

류싼이 말했다. 저 사람들은 당신과 달라요. 저 사람들은 내 오래된 친구들이오. 우리는 10년 이상 사귄 친구들이고, 나와 놀려고 온 사람들이지 수업을 들으러 온 것이 아니오.

첸메이쯔가 웃으며 말했다. 류 선생님, 그렇다면 제가 선생님의 유일한 수제자네요. 진짜 영광이에요!

류싼이 말했다. 그런 말씀 마시오. 나는 당신 선생도 아니고, 알려 줄 노하우도 없으니 돌아가시오.

첸메이쯔는 웃음을 터뜨렸다. 그렇게 말씀하실 줄 알았어요. 지금 저를 시험하신 거잖아요. 옛날에 손오공이 기예를 배우고 장량(張良)이 스승을 모셔 배울 때도, 사부들은 항상 일부러 현혹시키려고 진을 쳐 놓잖아요. 그래도 나중에는 다 진수를 전수받잖아요?

류싼도 웃음을 터뜨렸다. 아는 것이 참 많으시오!

첸메이쯔가 웃으며 말했다. 류 선생님, 제가 어디서 일하는 줄 아세요? 무청 출판사요! 거기가 어떤 곳이에요, 책을 내는 곳이잖아요! 널린 게 지식인이고 책이에요. 다들 학식 있는 사람들이고요. 학식이 없는 사람은 들어갈 수도 없죠!

류싼이 의심스러운 듯 말했다. 당신은 출판사에서 무슨 일을 하시오?

첸메이쯔는 잠시 망설이다가 말했다. 관리요. 관리를 맡고 있어요.

류싼은 반신반의하며 그녀를 훑어본 뒤 말했다. 첸 여사, 정말로 돌아가시오. 나는 그렇게 학식을 갖춘 분을 가르칠 깜냥이 못되오.

첸메이쯔가 말했다. 류 선생님, 비하하지 마세요. 한 자 길이도 짧을 때가 있고, 한 치 길이도 길 때가 있다고 하잖아요. 고발 쪽 일에 있어서는 정말 선생님의 가르침이 필요해요. 아무쪼록 몇 수 가르쳐 주세요! 제 고발 수준은 도무지 발전이 없어요. 어찌나 지지부레하고 돈도 안 되는지. 정말 고민이에요.

류싼은 결국 더는 참지 못하고 말했다. 첸 여사, 이제 그만하시지요. 나는 몸이 안 좋아서 가 봐야겠소.

첸메이쯔가 말했다. 그러세요. 다음에 다시 찾아뵐게요. 류 선생님, 건강 챙기세요. 진짜 걱정돼서 그래요. 그녀는 말을 마친 뒤 류싼을 향해 공손이 예를 갖춰 인사를 올리고 자리를 떠났다.

류싼은 그녀의 넓고 두터운 등을 바라보며 고개를 절레절레 흔들었다.

그의 친구가 말했다. 류싼 형님, 저 여자 질에 오리를 한 마리 집어넣어야 될 것 같습니다.

류싼이 말했다. 오리는 집어넣어서 어쩌려고?

그의 친구가 말했다. 어쩌긴 뭘 어째요. 그냥 오리 한 마리 집어넣어야겠다는 생각이 든다고요!

류싼이 한숨을 내쉬며 말했다. 뭘 집어넣어도 다 소용 없어. 저런 사람의 문제는 질에 있는 게 아니라 머리에 있으니까. 바로 저런 사람들이 고발의 명성에 먹칠을 하는 거야.

그 후로 첸메이쯔는 몇 차례 류싼을 찾아갔으나 류싼은 한사코 그녀와의 만남을 거부했다. 첸메이쯔는 약간 실망스러웠으며 속으로 뭘 그렇게 빼기나 싶은 생각도 들었다. 하지만 그녀에게 아무런 수확도 없었던 것은 아니었다. 그날 밤 류싼과 출판사에서 책을 낸다는 이야기를 하면서 문득 영감이 떠오른 것이다. 나는 출판사에서 일을 하면서 어째서 책 한 권 내 볼 생각은 못 한 거지? 책을 내면 이름도 얻고 돈도 생기는데, 그럼 좋은 일 아닌가?

첸메이쯔는 자신의 아이디어에 감격하여 며칠을 마음이 가라앉지 않았고, 결국 어느 날 사장 다커의 사무실에 들어가 이야기를 꺼냈다. 사장님, 저 작가가 되고 싶어요.

다커가 깜짝 놀라며 말했다. 자네가 작가가 되고 싶다고?

첸메이쯔가 고개를 끄덕이며 말했다. 남들도 작가가 되는데 저라고 왜 작가가 못 되겠어요?

다커는 의구심이 가득한 얼굴로 말했다. 자네 작가가 뭔 줄은 아나? 어쩌다가 그런 생각이 든 건가?

첸메이쯔는 다커의 무시하는 태도에 격분해서 말했다. 작가는 사람 아녜요?

다커가 말했다. 작가는 물론 사람이지. 하지만 재능도 필요하고 여러 종합적인 소양도 필요해. 자네처럼 고작 글자나 좀 아는 정도에 평소 옳은 말과 그른 말도 제대로 구분하지 못하는 사람이 작가가 되고 싶다고?

첸메이쯔가 더 해명하려 했으나 다커는 손을 내저으며 그녀를 내쫓았다. 지금 바쁘니까 가서 문서 수발이나 제대로 하게. 터무니없는 생각 그만 하고.

이번 대화는 첸메이쯔에게 큰 충격을 주었다. 하지만 그녀는 전혀 기죽지 않았다. 그녀는 스퉈를 찾아가 같은 뜻을 전달했다. 스퉈는 다른 말은 하지 않고 손을 뻗으며 말했다. 책은? 자네가 쓴 책은 어디 있나?

첸메이쯔는 문서 수발실로 돌아왔다. 그렇지. 책은? 작가는 신청해서 되는 것도 아니고 누군가의 허가를 필요로 하지도 않는다. 하지만 책이 있어야 한다. 책을 써서 들고 있으면 다른 말은 할 필요도 없다.

하지만 무엇을 쓰지? 어떻게 쓰지?

첸메이쯔는 진정한 난제와 맞닥뜨렸다. 글쓰기에 관해서라면 그녀는 전혀 아는 바가 없었다. 그리하여 그녀는 엄청난 양의 소설책과 시집, 산문집 등을 찾아와 죽기 살기로 뒤적거렸다. 접수실에 앉아 단기간에 필사적으로 지식을 보충하느라 도처를 기웃거리며 엿보는 것도 그만두었다. 퇴근하고 집으로 돌아갈 때도 책을 가지고 가서 밤새 뒤적였다. 결국 머리가 어지럽고 눈앞이 빙빙 돌았다. 남편도 놀라며 물었다. 뭘 찾는 거야? 첸메이쯔는 대꾸도 하지 않고 퍽퍽 소리를 내며 책장을 넘겨 댔으며 밤새 십수 권의 책을 뒤적뒤적 뒤졌다.

하지만 첸메이쯔는 글을 어떻게 써야 하는 것인지 감이 오지 않았다. 그녀는 종이를 깔고 펜을 든 채 책상 앞에 앉아 무언가 써 보기로 했다. 하지만 한참을 고심한 뒤 고작 한 구절을 완성했다. 바람이 불고, 비가 내리고……

첸메이쯔의 눈앞에 자신을 비웃는 출판사 사장 다커의 잔인한 얼굴과 편집장 스퉈가 책은? 하면서 내밀던 손이 떠올랐다.

며칠째 실성한 사람처럼 지내다 보니 첸메이쯔는 허탈해졌다. 그녀는 거의 절망에 이르렀고 매일같이 전달실에서 의기소침해진 채 신문을 뒤적이며 시간을 보냈다. 신문에는 스캔들도 있고 전쟁에 관한 소식도 있고 희한하고 기이한 사회적 뉴스들도 있었다. 이런 것들은 원래 그녀가 평소 즐겨 보던 내용이었으나 이제 눈에 들어오지 않았다. 마음속은 여전히 책을 내는 것에 대한 생각으로 가득 차 있었다.

그러던 어느 날 첸메이쯔는 문득 신문에 실린 생활 상식과 생활 유머란을 발견했는데 아주 재미있었다. 이것을 짜깁기해서 책으로 낸다면 좋지 않겠는가?

1초 동안 어떤 일들이 일어날 수 있을까?

1초 동안 사람은 93밀리리터의 공기를 들이마실 수 있다.

1초 동안 구름무늬표범은 초원 위를 28미터 달릴 수 있다.

1초 동안 지렁이는 0.17밀리그램의 흙을 삼킬 수 있다.

1초 동안 식물 중 가장 빨리 성장하는 대나무는 10마이크로미터를 자랄 수 있다.

1초 동안 하와이 군도는 일본 쪽으로 2.9나노미터를 이동한다.

1초 동안 지구 대기 중에서 140억 인구에게 하루 동안 공급할 수 있는 양의 산소가 감소한다.

1초 동안 전 세계에서 252톤의 석화 연료가 사용된다. 이는 대형트럭 63대의 적재량과 맞먹는다.

1초 동안 전 세계 산림 중 5100평이 사라진다.

1초 동안 지구상에서 0.002종의 동물이 멸종된다. 즉 7분마다 1종의 생물이 멸종된다.

1초 동안……

그리고 이런 생활 유머도 있었다.

1. 부친이 탁아소에 아이를 데리러 갔더니 보육 교사가 물었다. "누가 당신 아들인가요?"

부친이 말했다. "아무나 상관없어요. 어쨌든 내일 아침에 다시 데리고 올 테니까!"

2. 어느 젊은이는 모친의 말을 몹시 잘 들었다. 매번 여자를 만날 때마다 집에 데려와 모친에게 의견을 구했으나 번번이 퇴짜를 맞았다. 이 여자는 너무 뚱뚱하고, 저 여자는 너무 말랐고…… 결국 아들은 모친과 생김새와 성격, 습관까지 완전히 똑같은 여자 친구를 찾아냈다. 그런데 이번에는 그의 부친에게 퇴짜를 맞았다.

……

첸메이쯔는 그녀가 드디어 금빛 찬란한 길을 찾아냈다고 믿었다. 책을 내다니, 얼마나 대단한 일이야! 최소한 자신이 진짜 지식인이 될 수 있는 길이다. 그녀는 일단 이 책을 출판한 뒤 편집자를 시켜 달라고 요구하기로 마음먹었다. 그러면 문서 수발원보다 훨씬 체면이 서지 않겠는가!

요즘 들어 량차오둥은 줄곧 심신이 편치 않았다. 마치 마음속에 무거운 돌덩이가 들어가 있는 듯했다. 그는 한 번도 이런 적이 없었다. 매사에 건성건성 진지한 구석이라고는 없었으며, 무슨 일이든 마음에 담아 두는 법도 없었다. 하지만 지금은 달랐다. 며칠 동안 스튀를 미행했으나 도무지 그의 속사정을 짐작할 수 없었고, 오히려 풀리지 않는 의혹들만 더해 졌으며, 이로 인해 그는 까닭 없이 걱정이 되고 속이 탔다. 그는 스튀의 여러 행동들을 자세히 따져 보기 시작했다. 거기에는 구쯔를 보내 그 차이면이라는 작가를 찾아오게 한 것도 포함되어 있었다. 구쯔가 무청을 떠난 지도 한참이 지났으나 아무런 소식도 들리지 않았다. 량차오둥은 그녀가 매우 걱정스러웠다. 구쯔는 취직한 지 얼마 되지 않아 휴대폰조차 가지고 있지 않았다. 그러니 그녀에게 연락을 해 보고 싶어도 연락할 방법이 없었다. 그는 당초 휴대폰을 사서 그녀에게 들려 보내지 않은 것이 몹시 후회가 되었다. 하지만 그때는 그녀가 나가서 이처럼 오래 머물게 될 줄은 몰랐으며 그저 며칠이면 돌아올 것이라 생각했었다. 지금 그녀는 어디에 있는 것일까? 무슨 곤란한 일이 생긴 것은 아닐까? 차이면에 관한 단서는 찾았을까? 구쯔는 이제 막 학교를 졸업하여 사회 경험이라고는 없는데, 곤란한 일이나 위험한 일을 만나면 어떻게 대처하겠는가? 량차오둥은 영 마음이 편치 않았다. 그는 그동안 그처럼 많은 여자들과 교제했으나 그중 누구도 걱정해 본 적이 없었다. 하지만 지금은 기름에 지지고 불에 덴 듯 속이 탔다. 스스로도 그런 자신이 이해되지 않았다.

　량차오둥은 생각하면 할수록 걱정이 커졌고, 결국 제2 편집실의 쉬 주임을 찾아가 이를 털어놓았다. 쉬이타오가 말했다. 나도 구쯔 씨가 걱정되던 참이었어요. 왜 이렇게 기별도 없는 걸까요? 구쯔 씨가 갈 때 휴대폰이라도 하나 사 줬어야 하는데, 내가 생각이 짧았어요. 그러면서 그녀는 근심이 가득한 얼굴로 말했다. 편집장님께 가서 상의해 봐야겠어요.

　두 사람이 스튀의 사무실 문을 열고 들어갔을 때 스튀는 나무 의자에 앉아 졸고 있었다. 이는 매우 보기 드문 일이었다. 그는 무척 피곤해 보였다. 쉬이타오는 어리둥절했다. 하지만 량차오둥은 속으로 짐작되는 바가 있었다. 그는 그가 전날 밤에도 밤늦게까지 도로에 망치질을 한 것이 틀림없다고 생각했다. 량차오둥은 아직 자신이 한동안 스튀를 미행한 것에 대해 쉬이타오에게 말하지 않았다. 그는 쉬이타오를 깊이 신뢰하고 있었지만 그래도 그는 더 많은 사람들이 이 일을 알게 되는 것을 원치 않았다.

쉬이타오가 다가가 나무 의자를 두드려 스튀를 깨웠다. 그녀가 말했다. 편집장님, 내려와 보세요. 드릴 말씀이 있어서 왔어요.

스튀는 눈을 비비며 상대방을 확인하고는 하품을 하며 나무 의자 아래로 내려왔다. 그가 말했다. 무슨 일인가?

쉬이타오가 말했다. 구쯔 씨를 보내 놓고 시간이 이렇게 많이 지났는데, 소식이 있었어요?

스튀는 멍해진 채 한참을 생각에 잠겼다. 아마도 그 일을 까맣게 잊어버린 모양이었다. 량차오둥이 고개를 내저었다. 량차오둥은 스튀가 이 일을 기억하지 못한다고 확신했다. 그는 충분히 그럴 수 있는 사람이다. 량차오둥은 스튀가 평소 몽유병과 같은 상태로 자신이 무엇을 하고 있는지 명확히 인식하지 못한다는 것을 알고 있었기 때문이다.

하지만 쉬이타오는 화가 났고, 그를 향해 큰 소리로 쏘아붙였다. 이렇게 중대한 일을 설마 잊어버리셨어요? 나이 어린 아가씨를 이렇게 오래 내보내 놓고 걱정도 안 되세요? 어떻게 그럴 수가 있어요!

스튀가 뒤통수를 치더니 무언가 떠오른 듯 말했다. 그런 일이 있었지. 구쯔…… 구쯔라, 그러니까 그게…… 생각났다. 차이먼을 찾으러 간 사람이구나. 그런가?

쉬이타오가 스튀를 흘겨보며 말했다. 다행히 생각은 나셨나 보네요! 구쯔 씨는요? 지금 어디에 있는지 소식 들으셨어요?

스튀는 고개를 들고 천장을 바라보며 기억을 더듬어 보았다. 아마 전화가 한 통 왔던 것 같아. 어디라더라…… 그…… 청두…… 그래 청두에 있다고 했어. 그때 전화 연결 상태가 안 좋아서……

쉬이타오가 량차오둥에게 시선을 돌렸다. 눈빛의 의미는 이러했다. 이 사람 좀 봐요. 정신이 하나도 없잖아요.

량차오둥이 쓴웃음을 지으며 말했다. 편집장님, 어떤 것 같으세요? 이렇게 오랫동안 소식이 없는데, 구쯔 씨에게 무슨 일이 있는 건 아니겠죠?

쉬이타오가 눈을 부릅뜨고 스퉈를 쳐다보며 말했다. 이런 상사는 본 적이 없어요. 책임감이라고는 없으시잖아요!

스퉈는 잘못을 저지른 어린아이처럼 말했다. 그러면 …… 그러면 …… 내가 찾으러 가겠네.

쉬이타오가 말했다. 어디로 가실 건데요? 일을 어떻게 만들어 났는지 좀 보세요. 구쯔 씨를 보내서 차이면을 찾으라고 했지만 차이면은 찾지도 못하고 구쯔 씨까지 잃어버렸잖아요. 편집장님이 구쯔 씨를 찾으러 갔다가는 편집장도 잃어버리게 생겼어요!

량차오둥이 웃음을 터뜨리며 말했다. 쉬 주임님 말이 맞네요. 편집장님께서 나가시면 100퍼센트 잃어버리죠!

스퉈가 눈에 힘을 주며 말했다. 지도를 가져가면 되지.

쉬이타오는 웃을 수도 울 수도 없었다. 그녀가 말했다. 지금 지도가 문제가 아니에요. 솔직히 말씀드리면 저는 차이면이라는 작가가 정말 있기는 한 건지도 의심스러워요. 다커 사장님 말씀처럼 그 사람은 아예 존재하지 않을지도 몰라요. 차이면은 편집장님 상상 속에서 만들어 낸 인물일지도 모른다고요!

스퉈는 곤혹스러운 듯 쉬이타오를 쳐다보고, 다시 량차오둥을 쳐다본 뒤 중얼거렸다. 그럴 리 없어. 그럴 리 없어! …… 자네들까지 나를 의심하는 건가? ……

스퉈가 그런 이야기를 할 때 그는 마치 힘없는 어린아이처럼 막막한 얼굴이 되었다.

쉬이타오는 차마 더 이상 그를 몰아붙일 수 없어 량차오둥을 끌고 그의 사무실을 나왔다.

다시 이틀이 지났다. 량차오둥이 갑자기 신문 한 부를 들고 쉬이타오를 찾아왔다. 그는 싱글벙글하면서 신문을 그녀 앞에 놓더니 말했다. 쉬 주임님, 이 기사 좀 보세요!

쉬이타오는 이를 가져다 제목을 확인했다. 《미 국방 장관 올해의 횡설수설 발언상 수상》. 그녀가 말했다. 이걸 왜요?

량차오둥은 잔뜩 신이 난 모양새였다. 쉬 주임님, 내용을 보시라고요. 어서요, 어서 보세요!

쉬이타오는 영문을 모르겠다는 듯 말했다. 나 이 사람한테 관심 없는데.

량차오둥이 말했다. 보시라니까요, 재미있어요!

쉬이타오는 하는 수 없이 억지로 기사를 읽어 내려갔다.

본지 종합 소식: 미국 국방부 장관 럼즈펠드가 슈워제네거와 펑딩캉(彭定康)[29]을 제치고 영국 쉬운 영어 쓰기 운동 본부가 선정한 올해의 '횡설수설 발언상'의 주인공이 되었다. '횡설수설 발언'상 신사 위원의 소개에 따르면 이 강경 매파 지도자는 2002년 2월 12일의 제1차 기자 회견장에서 자신에게 수상을 안겨 준 명언을 발표했다. 당시 그는 이렇게 말했다. 저는 늘 이라크 대량 살상 무기가 발견되지 않은 것과 관련한 보도에 관심을 가지고 있었습니다. 우리는 세상에 우리에게 이미 알려진 아는 것들이 존재한다는 것을 알고 있습니다. 즉 어떤 것들에 대해서는 스스로 알고 있다는 것을 안다는 것이지요. 또한 우리는 세상에 우리에게 알려지지 않은 모르는 것들이 존재한다는 것도 알고 있습니다. 즉 어떤 것들에 대해서는 자신이 모른다는 것을 안다는 겁니다. 동시에 세상에는 우리에게 알려지지 않은 모르는 것들이 존재합니다. 즉 우리는 자신이 모른다는 것을 모른다는 말입니다 …… 그날 그 자리에 있던 모든 기자들은 그의 말에 말려들어 혼란에 빠졌다. 그들은 럼즈펠드가 도대체 무슨 말을 하고 싶은 것인지 도무지 알아들을 수가 없었다.

---

29 마지막 홍콩 총독이었던 크리스 패튼(임기:1992~1997)의 중국식 이름

영국 쉬운 영어 쓰기 운동 본부는 매년 유명 인사의 담화에 근거하여 올해의 '횡설수설 발언상'을 선정한다. 유명 인사들이 대중에게 정보를 제공할 때 간명하고 이해하기 쉬운 언어를 사용하게 하자는 취지다. 본부는 럼즈펠드의 담화야말로 그들이 강력히 반대하는 방식이라고 설명했다. BBC는 럼즈펠드의 이 발언을 반복하여 방송한 뒤 이렇게 결론 내렸다. "그가 발언을 하고는 있으나, 스스로 무슨 발언을 하고 있는지 진짜로 알고 있는지는 모르겠다."

쉬이타오는 이를 끝까지 읽은 뒤 웃음이 터지고 말았다. 그녀가 말했다. 이 기사 너무 재미있네요!

량차오둥이 웃으며 말했다. 쉬 주임님, 우리도 스퉈 편집장님께 이런 상을 드릴 필요가 있다고 생각하지 않으세요?

쉬이타오가 웃음을 그쳤다.

쉬이타오가 말했다. 그러게요. 편집장님께서 말씀하신 그 차이먼이라는 사람은 어떻게 된 일일까요? 이 작가야말로 이라크 대량 살상 무기나 다를 바 없잖아요. 도대체 있긴 한 걸까요? 나는 그것도 모르겠어요. 량쯔, 편집장님이 정신적으로 문제가 있는 건 아니겠죠?

량차오둥은 잠시 생각에 잠겼다. 그리고는 결국 자신이 스퉈를 미행한 것과 그러면서 스퉈의 수많은 기괴한 행동들을 발견하게 되었다는 사실을 털어놓았다.

쉬이타오는 너무 놀라 한동안 아무 말도 하지 못했다.

량차오둥이 말했다. 쉬 주임님, 이 일은 다른 사람들에게는 절대로 알리지 마세요. 저도 스 편집장님이 도대체 어떤 사람인지 아직 확실히 파악하지 못했어요.

쉬이타오가 말했다. 걱정 마세요. 나는 말하지 않을 테니까, 량쯔도 다른 사람들에게 말하지 말아요. 이 일은 좀 복잡해요 …… 그 말을 듣고 보니까 편집장님의 평소 행동이 확실히 좀 이상한 데가 있었던 것 같아요. 다만 깊이 생각하지 않았던 것뿐이죠. 이제 보니 스 편집장님은 비밀을 깊이 감추고 있는 사람이었네요. 아마도 일생을 평탄치 않은 삶을 살아온 것 같고요. 하지만 일부러 뭔가를 숨기는 것 같지는 않거든요. 마치 무의식 상태에서 하는 행동 같아요, 몽유병처럼. 맞네! 전에 편집장님이 몽유병 환자 같다고 말하지 않았어요?

량쯔가 웃으며 말했다. 저도 잘 모르겠어요.

쉬이타오가 말했다. 량쯔, 그렇게 세심한 사람인 줄 몰랐어요. 어찌 됐든 편집장님은 우리의 도움이 필요해요. 량쯔는 남자고 가사에 대한 부담도 없으니까 시간이 되면 저녁에는 좀 따라가 보세요. 그렇게 자꾸 도로에 망치질을 하다가는 결국 잡히고 말 거예요. 그럼 곤란하잖아요. 공공 기물을 파손했으니 심하면 실형까지 선고될 수 있어요.

량쯔가 말했다. 구쯔 씨는 어쩌죠? 그냥 이렇게 가만히 기다려도 될까요?

쉬이타오는 잠시 멍해졌다. 그러게요. 구쯔 씨를 어떡하죠? 진짜 너무 걱정스러워요.

량쯔가 말했다. 편집장님께 당장 무슨 큰일이 생기지는 않을 거예요. 몇 년간이나 계속 해왔는데요 뭐. 도로에 망치질을 하는 것도 아무 생각 없이 하는 게 아니라 항상 후미진 골목에서 조심스럽게 하세요. 사람들은 보통 신경도 안 쓰고요. 제 생각에는 구쯔 씨를 찾는 게 우선인 것 같아요. 아무래도 구쯔 씨에게 무슨 일이 생긴 것 같은 느낌이 들어요.

쉬이타오가 말했다. 왜 그래요, 사람 겁나게.

량차오둥이 말했다. 솔직히 말씀드리면 그제 밤에 제가 악몽을 꿨는데, 꿈에 구쯔 씨가 늑대들에게 둘러싸여 있는 거예요. 장소는 아주 멀고 외지고 인적도 없는 곳이었고요. 구쯔 씨가 울면서 살려 달라고 소리를 지르는 통에 놀라서 깼어요.

쉬이타오는 량차오둥을 뚫어져라 쳐다보며 말했다. 량쯔, 설마 이번에는 또 구쯔 씨를 좋아하게 된 건 아니겠죠?

량차오둥이 황급히 대답했다. 아녜요, 그런 거. 구쯔 씨는 출판사에 나온 지 얼마 되지도 않았을 때 출장을 갔잖아요. 나랑은 몇 번 마주치지도 않았어요. 그런데 어떻게 그런 일이 생기겠어요?

쉬이타오가 웃으며 말했다. 당황한 것 좀 봐요. 얼굴까지 빨개지고. 그런데 이상하네요. 어째서 그렇게 구쯔 씨를 마음에 담아 두고 있었어요? 악몽까지 꿀 정도로? 구쯔 씨에게 정말 무슨 일이 생긴 거라면, 미신에 그런 말이 있잖아요. 가까운 가족들만 조짐을 느낄 수 있다고.

량차오둥이 난처한 듯 머리를 긁적이며 말했다. 아마도 그건 …… 구쯔 씨가 고아니까. 가까운 가족이 없잖아요. 그래서 제 꿈을 빌려서 나타났나 보죠.

쉬이타오는 한숨을 내쉬었다. 정말 불쌍한 아가씨예요. 아이, 그래서 어쩔 셈이에요?

량차오둥은 뜻밖에 망설임 없이 대답했다. 쓰촨에 가려고 준비 중이에요. 반드시 찾아낼 거예요!

쉬이타오가 말했다. 언제 가려고요?

량차오둥이 말했다. 오늘 밤에 바로 출발하려고요! 이유는 모르겠지만 도무지 불안해서 안 되겠어요.

쉬이타오가 고개를 끄덕이며 말했다. 량쯔, 남자답네요!

량차오둥이 말했다. 이미 다 생각해 뒀어요. 편의를 위해서, 또 안전을 위해서 경찰 한 분께 부탁해서 함께 가려고요.

쉬이타오는 의아하다는 표정이었다. 경찰이오?

량차오둥은 웃었다. 여경이오? 예전에 보셨잖아요. 그때 제가 출판사에 데리고 왔던.

쉬이타오가 생각났다는 듯 오 하고 외쳤다. 알겠어요, 누군지. 이름이 뭐였죠?

량차오둥이 말했다. 황리요.

쉬이타오가 말했다. 같이 가겠대요?

량차오둥이 말했다. 걱정 마세요. 이런 일을 황 형사가 거절할 리 없어요. 다만 편집장님이 여기 계시니까 주임님이 신경 좀 써주세요.

쉬이타오는 감동한 듯 자리에서 일어나 그의 어깨를 툭 치며 말했다.

량쯔, 걱정 말고 가세요!

그날 밤, 량차오둥은 무청을 떠났다. 황리 또한 그와 동행했다.

톈주는 자신의 녹화 사업대를 이끌고 20여일 만에 40리 길이에 달하는 쯔우대로 전체에 나무를 심었다. 향장목은 물론 간격을 두고 자등과 무궁화, 영춘화 등의 관목도 심었다. 이 방안은 그 쯔우대로의 녹화 사업 토론회의 성과로, 조경국 국장이 책임지고 나서서 결정한 방안이었다. 사전에 광범위하게 의견을 청취한 덕에 나무를 심는 과정은 매우 순조로웠다. 건달 몇몇이 기회를 틈타 문제를 일으켜 보려는 심산으로 찾아오기는 했으니 톈주와 그의 아래에 있는 수백 명의 녹화 사업대 대원들이 기세등등하게 한 줄 한 줄 쯔우로 양쪽으로 나무를 심는 모습을 보고는 휘파람을 불면서 익살맞은 얼굴을 하며 자리를 떠나 버렸다.

저우 국장은 최근 몇 년간 녹화 사업에서 이룬 업적과 민주적인 태도 덕분에 무청시의 부시장까지 올라 도시 녹화와 환경 보호, 교통 등을 관장하고 있었다. 그러면서도 그는 여전히 조경국 국장의 직무도 겸했다. 그는 그 일을 좋아했고, 톈주와 그의 녹화 사업대를 좋아했으며 그들과 접촉하기를 원했다. 그들은 순박한 농민들이었다. 도시에 들어오자마자 두 눈에 불을 켜고 돈을 쫓거나 돈을 위해 무슨 일이든 닥치는 대로 하는 그런 사람들이 아니었다. 그들에게도 물론 돈은 중요한 부분이었으나 그들은 욕심을 부리지 않았다. 녹화 사업대는 큰돈을 벌 수 있는 일은 아니었다. 죽기 살기로 일을 해도 한 달 수입이 1000위안 남짓이었으나 그들은 그것으로도 만족했다. 그들은 여전히 땅에 무엇을 심는 일에 열중했으며 도시의 자잘한 조각의 땅들도 모두 소중히 여겼다. 다른 농민공들이 도시에 들어오자마자 곧바로 자신의 근본을 잊어버리고 땅을 잊어버리는 것과는 달랐다. 보통의 농민공은 주머니에 돈도 몇 푼 없으면서 괜히 있는 척하고 좋은 옷을 걸치고 친구들에게 뽐내고 도시 사람들 앞에서 과시하면서 남들이 자신을 무시하고 농민공이라고 할까 봐 두려워한다. 또 그런 이야기를 들으면 곧바로 얼굴을 붉히고 심지어 사이가 틀어지며 심하면 칼부림까지 난다. 더 많은 돈을 벌고 좋은 자리를 얻기 위해 굽실거리고, 비열하게 구는 것도 서슴지 않으며, 음모를 꾸미는 일도 흔하다. 일부 소수의 사람들은 돈을 벌려다 도둑질과 강도, 납치와 같은 나쁜 길로 빠지기도 한다.

하지만 톈주와 그의 녹화 사업대는 농민의 본분을 지키며 도시에서 여유롭게 살아갔으며, 마치 자신들의 농지에 있는 듯 여유로웠다. 그들은 아침 일찍 일어나 어둠 속에서 나무와 화초를 심고 화분을 가꿨다. 부지런하고 성실하게. 한번은 밤 10시가 넘은 늦은 시간에 어느 골목을 산책하다가 톈주가 자신의 낡은 지프차를 끌고 심각한 얼굴로 다가오는 것을 발견했다. 저우 국장은 황급히 차를 불러 세운 뒤 물었다. 톈주, 자네 이 늦은 시간에 무슨 일인가? 톈주는 차를 세우고 겸연쩍은 듯 머리를 내밀었다. 저우 국장님, 제가 오후에 저쪽 공원에 큰 설송 한 그루를 심었는데 원래 있던 자리에서 채취해 온 흙의 토질이 약간 흰색을 띄는 겁니다. 집에 돌아가 생각해 보니 아무래도 뭔가 잘못된 것 같더라고요. 아마도 거기 흙 속에 백색 석회 가루가 섞여 있었던 모양이에요. 예전에 건설 공사를 하면서 오염됐겠지요. 만약 그대로 묻어 두면 설송 뿌리가 썩어 들어갈 겁니다. 그래서 제가 쑤쯔춘에서 좋은 흙을 좀 가져다가 흙을 갈아 주려고요. 저우 국장은 이를 듣고 몹시 감동했다. 이렇게 늦은 시간에 말인가? 내일 바꾸면 될 텐데! 톈주가 말했다. 안 돼요. 설송은 백색 석회 가루에 하룻밤 부식되는 것으로도 충분히 죽어 버릴 수 있어요. 오늘 밤 안에 꼭 흙을 갈아 줘야 합니다. 저우 국장은 고개를 뻗어 지프차 안을 살펴보았다. 앞의 조수석에도 한 사람이 앉아 있었다. 어! 자네 원쉐였구먼! 저우 국장은 이 수재도 알아보았다. 그는 다시 뒤쪽을 살펴보았다.

과연 트렁크에는 몇 마대의 흙이 놓여 있었으며 온통 흙먼지가 풀풀 날렸다. 저우 국장이 말했다. 차가 다 더러워져서 어쩌나. 톈주가 웃으며 말했다. 어차피 고물차인데요. 그러면서 출발할 채비를 했다. 저우 국장이 서둘러 물었다. 두 사람으로 되겠는가? 톈주가 차에 시동을 걸고는 큰 소리로 말했다. 국장님 걱정 마십시오. 두 사람이면 충분합니다. 나무 한 그룬데요. 일도 아니지요! 그리고는 차를 몰고 떠났다.

이런 일들을 그는 수도 없이 보았다. 저우 국장은 톈주를 절대적으로 신뢰할 수 있는 사람이라고 믿게 되었다. 감독하는 사람이 없는데도 그는 마음 깊은 곳으로부터 나무를 아끼고 나무들을 감각과 영혼이 있는 생명체로 대하다 보니, 설송이 괴로울까 봐 날이 밝을 때까지 가만히 기다릴 수 없었던 것이다. 그런 사람이 녹화 사업대 대장을 맡고 있으니 일이 계획한 대로 착착 진행될 수밖에 없었다. 저우 국장은 부시장이 되었으나 톈주는 여전히 그를 저우 국장님이라 불렀고, 저우 시장도 이를 언짢아하지 않았다. 톈주의 녹화 사업대는 이미 녹화 사업 공사가 되었고 톈주 역시 사장이 되었으나 저우 시장은 여전히 그의 공사를 녹화 사업대로, 톈주를 녹화 사업대 대장으로 불렀다. 톈주가 저우 시장에게 항의했다. 저우 국장님, 저 사장입니다. 아직도 대장이라고 부르시다니, 무슨 생산대 대장같이 들리잖아요. 저우 시장이 웃으며 말했다. 나도 부시장이 된 지가 언젠데, 자네 아직 나를 저우 국장이라고 부르지 않나? 두 사람은 동시에 껄껄 웃었다. 톈주가 말했다. 저우 국장님, 솔직히 말씀드리면 저는 10년 이상 생산대 대장을 맡았지만 아직도 서운하고 아쉽습니다. 저는 대장이라는 호칭이 마음에 들거든요! 사람들이 저를 대장이라고 부르면 저는 땅이 떠오르고, 농사가 떠오르고, 나무와 화초가 떠오르고, 가축들이 떠오르고, 마치 차오얼와를 떠나지 않은 것처럼 마음이 푸근해져요. 사람들이 저를 사장님이라고 부르면 아직도 저를 부르는 것 같지가 않고요. 길에 널린 게 사장님이니 누구를 부르는지 알 수가 있나요? 하지만 대장은 다르지요. 워낙 드물어서 딱 들으면 저를 부르는 걸 알 수 있거든요! 저우 시장이 웃으며 말했다. 톈주, 자네가 무청에서 농사를 지으면 되지 않나. 이 말에 톈주는 멈칫했다. 하지만 곧 그를 향해 눈을 끔뻑거리며 말했다. 저우 국장님, 글쎄요, 혹시 언젠가 손이 근질근질하면 진짜 농사를 짓게 될지도 모르지요. 저우 국장은 당시 이를 진지하게 생각지 않았으며 그저 농담처럼 여겼다.

하지만 뜻밖에 그해 늦은 가을, 톈주에게 빌미를 제공하고 말았다.

어느 날 저우 국장은 톈주를 불러들여 이야기를 꺼냈다. 무청이 지금 전국 위생 도시 신청을 준비 중인데 오늘 갑자기 보름 뒤에 상부에서 조사를 온다는 통지를 받았네. 다른 일이야 자네가 신경 쓸 필요 없고 나무도 괜찮은데 다만 시내의 잔디밭이 문제네. 예전에 우리가 들여온 것은 외래종인데 아무래도 무청의 토양이나 기후와 맞지 않는 것 같아. 죽지는 않지만 늘 저렇게 마르고 시들어서 비실비실한 것이 활기라고는 찾아볼 수가 없으니 도시 미관에까지 영향을 주지 않는가. 자네가 보기에 다른 풀로 바꿔서 잔디밭에 생기를 줄 수 있는 방법이 없겠나?

톈주가 말했다. 어떤 풀로 바꾸라는 말씀이신지요?

저우 시장이 말했다. 어떤 풀이든 상관없네. 윤이 나는 진한 초록색에 생기 있는 풀이라면.

톈주는 머리를 움켜쥐고 고개를 숙인 채 한참을 생각해 보았으나 아무래도 어려울 것 같았다. 그가 고개를 들고 말했다. 시간이 너무 촉박해요. 시 전체에 크고 작은 잔디밭이 361개인데, 작업량이 너무 많아요.

저우 시장이 말했다. 시간이 보름밖에 없어. 오늘 빼면 14일이고. 반드시 그 안에 완성해야 하네! 나는 내일 다른 지역으로 회의를 하러 갔다가 일주일 뒤에 돌아올 텐데, 와서 진행 상황을 점검하겠네. 잊지 말게. 반드시 임무를 완성해야 해. 이것은 무청이 위생 도시에 선정되느냐 마느냐가 걸린 중대한 일일세!

톈주는 집으로 돌아온 뒤에도 극심한 부담감에 시달렸다. 이렇게 중대한 임무를 이처럼 짧은 기간 동안 어떻게 완성시킨단 말인가? 그는 이 일을 텐윈과 원쉐 등 몇 사람에게 이야기해 보았으나 다들 마찬가지로 양 눈썹을 잔뜩 찡그리며 아무런 주장도 내세우지 못했다.

텐주는 자신의 세퍼드 차오랑을 데리고 어슬렁어슬렁 걸어서 쑤쯔춘을 벗어나 개울가로 향했다. 그곳에서 그는 눈앞에 펼쳐진 넓은 들판을 바라보다가 문득 아이디어가 떠올랐다.

그는 들판의 밀싹을 보고 순간적으로 영감이 떠올랐고, 너무 들뜬 나머지 큰 소리로 웃어 대기 시작했다. 쑤쯔춘의 개발이 보류된 후로 마을과 집들이 방치된 것은 물론 쑤쯔춘의 모든 땅도 방치되었다. 수백 묘의 땅을 눈앞에 두고도 텐주가 그것을 그냥 황무지로 내버려 둘리 만무했다. 처음 쑤쯔춘에 들어와 살기 시작한 해에는 그들도 파종할 엄두를 내지 못했으며, 마을 근처에 채소를 조금 심은 것이 전부였다. 이듬해가 되자 텐주는 사람들을 데리고 온 땅에 밀을 심었다. 그 이후로 매년 파종을 계속했으며 1년에 한 번만 경작하고 밀을 수확한 뒤에는 반년은 휴경했다. 수확한 밀은 애초에 수백 명이 다 먹을 수도 없을 만큼 많아서 남은 것은 팔아서 다함께 나눠 가졌다. 텐주와 그의 녹화 사업대는 식량과 주거에 모두 돈이 들지 않았으므로 실제 수입은 보통 농민공들보다 많았다. 그들에게 약간의 전답을 부치는 일이야 크게 시간이 들지 않았으며, 유유자적하면서 편안하고 여유로운 나날을 보내기에 충분했다.

지금 텐주의 눈앞에는 몇백 묘의 푸릇푸릇하고 싱싱한 밀밭이 펼쳐져 있었다. 늦가을이면 밀은 한 달 이상 자라나 빽빽하고 무성할 뿐 아니라 아무런 잡색이 섞여들지 않은 깨끗한 푸른빛을 띠었다. 텐주는 문득 기발한 아이디어가 떠올랐다. 이 밀싹을 무청의 잔디밭에 옮겨 심으면 푸르고 생기가 넘치지 않을까? 무청에 위생 점검을 하러 오는 사람들이라면 분명 더 큰 도시 출신일 텐데 무엇이 풀이고 무엇이 밀싹인지 무슨 수로 구분하겠어!

텐주는 자신의 기발한 아이디어에 흥분하여 펄쩍펄쩍 뛰고 싶을 지경이었다. 줄곧 무청에서 농사를 짓고 싶었는데, 이야말로 하늘이 내린 절

호의 기호가 아닌가!

하겠다고 마음을 먹었으니 해 보는 거다.

그 후 며칠 동안 그는 녹화 사업대의 인력을 총동원하여 전부 잔디밭을 깨끗이 정리하고 밀싹을 파내고 운반하고 심는 일에 투입했다. 고물을 줍는 왕장구이 역시 동원되었다. 톈주가 왕장구이에게 말했다. 장구이 형님, 무청에서 고물 줍는 친구들을 불러와 작업을 좀 거들어 주세요. 제가 날짜대로 돈을 쳐 드리겠습니다. 고물 하루 줍는 것보다는 훨씬 많이 벌 수 있을 거예요. 왕장구이는 그날 오후에만 200명이 넘는 고물주이들을 불러 모았다. 그들은 모두 농촌 출신이라 이런 일은 눈 감고도 척척 할 수 있었다.

톈주는 그래도 일손이 부족한 것이 걱정되어 인력 시장에서 100명 넘는 농민공을 끌어들였다. 이 밖에도 무청에서 일하는 농민이 300만 명이 넘었는데 대부분 저녁에는 일이 없었다. 톈주는 각종 인맥을 동원하여 저녁에만 작업할 사람 300명을 따로 구했다. 이들을 모두 합치면 1600명에 달했다. 이제 충분하다!

사람들은 하나같이 손이 근질근질하던 차에 잔뜩 신이 났다.

밀싹을 무청의 잔디밭에 옮겨 심으면서 농민공들은 고향에 대한 향수와 흙과 씨를 뿌리고 곡식을 심는 일에 대한 그리움이 되살아났다. 이제 당당하게 무언가를 심을 수 있게 되었으니 얼마나 좋은가! 쑤쯔춘의 들판에서 밀싹을 파낼 때는 밀싹 하나를 꺾어 그대로 먹는 사람도 있었다. 입은 온통 녹색 즙으로 물들고 입안에는 침이 잔뜩 고였다. 밀싹이 식용 가능하다는 것은 농사꾼이라면 다 아는 사실이었다. 역사적으로 큰 흉년이 들었을 때면 집에 먹을 것이 없어 밀이 익을 때까지 기다릴 수가 없었다. 결국 겨울과 봄 두 계절을 밀싹으로 배를 채우는데, 이를 '풋바심'이라고 불렀다. 이처럼 불가피한 행위는 무수한 농사꾼들의 생명을 구한 동시에 농사꾼들에게 가장 비참하면서도 가장 잊기 힘든 기억을 남겼다.

톈주는 1600명을 밭에서 밀싹을 파는 사람, 전문적으로 운반하는 사람,

잔디밭에 심기만 하는 사람, 물을 주는 사람 등으로 일사분란하게 나눠 배치했다. 막 심은 밀싹은 다소 어수선했으나 화학 비료를 뿌리고 물을 준 뒤 하룻밤이 지나면 날이 밝자마자 생기가 넘쳤다. 파릇파릇하고 무성하며 윤이 흐르는 초록빛 밀싹이 미풍 속에서 잔잔하게 출렁이면서 싱그러운 향기가 거리와 골목으로 느릿느릿 퍼져 나갔다.

톈주에게 가장 뜻밖의 일은 이것이었다. 어느 날 밤 그가 한 잔디밭 개선 작업 현장을 순시하던 중에 스튀를 발견한 것이다! 스튀는 이번에도 푸른색 장삼을 입고 안경을 낀 채 차에서 밀싹 한 판을 내려 두 팔로 안고 잔디밭으로 걸어가고 있었다. 그는 온몸과 얼굴이 진흙투성이였다. 톈주가 다가가 그를 붙잡으며 말했다. 편집장님이 여기는 어떻게 오셨습니까? 스튀는 한눈에 톈주를 알아보고는 신이 난 목소리로 말했다. 우연히 발견하고 와서 거드는 중이오! 톈주가 말했다. 안 됩니다, 안 돼요. 이 일은 너무 힘들어서 못 하십니다. 스튀가 말했다. 벌써 사흘째 밤마다 와서 하고 있었소. 톈주, 나는 보자마자 자네의 생각일 거라 짐작했다오. 아주 대규모로 사업을 시작했구려! 밀싹을 도시 전체의 수백 개의 잔디밭에 옮겨 심다니, 내가 도로에 망치질을 하는 것보다 훨씬 고명하오. 앞으로 이런 일이 있으면 반드시 나도 불러 주시오! 톈주는 깜짝 놀라며 말했다. 편집장님도 밀싹을 알아보셨습니까? 스튀가 말했다. 왜 몰라보겠소. 어려서 시골에서 자랐는데 밀싹도 못 알아볼까 봐? 한번 맡아 보시오. 얼마나 싱그러운 냄새가 나는지. 내년 초여름에 밀이 익을 때가 되면 곳곳이 황금빛으로 물들겠구려. 하하하! …… 그는 말을 채 맺기도 전에 밀싹을 안고 잔디밭으로 달려갔다. 그 모습이 어린아이처럼 즐거워 보였다. 톈주는 그의 구부정한 뒷모습을 보며 순간 눈가가 축축해졌다.

일주일 뒤 저우 시장이 타지에서 회의를 마치고 돌아왔을 때 시 전체의 361개의 크고 작은 잔디밭들은 이미 대부분 개선 작업이 마무리되었다.

저우 시장은 톈주의 낡은 지프차를 타고 도시 곳곳의 개선 작업이 끝난 잔디밭을 점검했다. 곳곳에 짙푸른 물결이 일어 더없이 아름다웠다. 저우 시장은 얼굴에 웃음꽃이 활짝 핀 채로 말했다. 톈주 자네 정말 대단하구먼. 이렇게 빨리, 이렇게 잘 해낼 줄은 몰랐네!

톈주도 웃으며 말했다. 저우 시장님, 이제 안심이 되셨지요? 차는 줄곧 앞으로 내달렸으며 잠시 세우는 시늉도 하지 않았다.

한 잔디밭을 지날 때 저우 시장이 말했다. 톈주, 차 좀 세워 보게. 내려서 좀 둘러보세.

톈주가 말했다. 차에 앉아서 보시면 좋지 않습니까? 저 앞에도 또 있으니 계속 보시지요! 그는 저우 시장이 차에서 내리면 비밀이 탄로 날까 두려웠다.

저우 시장이 말했다. 다른 잔디밭은 더 안 봐도 괜찮네. 자네를 믿겠네. 지금 차를 세우고 여기 잔디밭을 좀 보지!

눈앞에는 무청에서 가장 큰 잔디밭이 펼쳐져 있었다. 면적이 거의 20묘에 달하고 매우 번화한 지역에 위치했으며, 주변의 나무와 조각상, 석가산, 돌의자 등과 함께 도로 중앙에 기다랗게 공원으로 조성되어 있었다. 조사단이 오면 이곳에 와 볼 것이 자명하니 저우 시장도 이를 소홀히 넘어갈 리 없었다. 그는 차에서 시민들이 삼삼오오 잔디밭 앞에 모여서 허리를 숙인 채 관찰하거나 무언가 의론을 펼치는 것을 보고 의구심이 들었다. 다들 잔디밭을 감상하고 있나? 아니면 잔디밭에 무슨 문제라도 있나?

톈주는 계속 앞으로 내달렸다. 아예 속도까지 올리면서 말했다. 저우 국장님, 저 앞에 잔디밭을 안 보시겠다면 제가 다시 모셔다 드리겠습니다!

저우 시장은 그의 행동을 보자 더욱 의심스러웠다. 그가 큰 소리로 명령했다. 톈주, 차 세우라고 했잖아!

톈주는 고개를 돌려 그의 화난 얼굴을 본 뒤 하는 수 없이 자신의 낡은 지프차를 세우고 속으로 생각했다. 틀렸어. 다 탄로 날 거야.

저우 시장은 차에서 내려 잔디밭 앞으로 걸어간 뒤 허리를 숙여 자세히 살폈다. 뭔가 이상하다는 표정으로 손을 뻗어 만져 보고 이파리 몇 개를 꺾어 코에 가져다 대고 킁킁거리기도 했다.

그때 톈주는 바로 옆에 서서 그의 일거일동을 주시하면서 한편으로는 애써 아무렇지 않은 척 딴청을 피웠다. 심장은 터질 듯이 두근거렸다. 톈주는 저우 국장을 속이기 힘들 것이라는 것을 알고 있었다. 언젠가 그와 저우 국장이 함께 식사를 하면서 술을 마시는 자리에서 저우 국장이 자신에게 지식청년[30] 경험이 있다고 말한 적이 있었다. 그렇다면 분명 그는 시골에 있는 동안 밀을 본 적이 있을 것이며 심지어 밀을 심어 보기도 했을 것이다. 지금 그가 이처럼 자세히 관찰하고 감별하는 것은 아마도 톈주가 무청의 잔디밭에 있던 서양풀을 밀싹으로 바꿔 놓았다는 사실을 믿을 수가 없어서일 것이다. 이는 그야말로 대담하기 그지없는 짓이 아닌가!

과연 저우 국장은 천천히 고개를 돌린 뒤 톈주를 향해 손에 쥐고 있던 한 줌의 이파리를 흔들어 보이며 말했다. 자네, 이게 뭘 심은 건가?

톈주는 그래도 잡아떼고 싶었다. 그가 말했다. 풀을 심었지요.

무슨 풀?

일종의 …… 그러니까 …… 일종의 …… 풀이오.

저우 국장은 주위의 시민들을 둘러보고는 돌연 격분하여 이를 갈면서 목소리를 낮추어 말했다. 무슨 풀이냐고 묻지 않는가!

톈주가 갑자기 능청스럽게 웃으며 말했다. 저우 국장님, 가시지요. 제가 술 한잔 대접하겠습니다! 뤼스 골목 …… 아니 위쓰 골목에 괜찮은 술집이 있는데 ……

저우 국장이 말했다. 그 입 다물게! 그리고는 그의 손을 끌고 낡은 지프차를 향해 걸으며 말했다. 자네 나와 같이 조경국으로 가지!

톈주는 그가 얼굴색까지 바뀌며 화를 내는 모습에 더 이상 이야기를 할 엄두가 나지 않았다. 그저 곤두박질치듯 지프차에 올라타 곧장 조경국

---

30 문화대혁명 시기 마오쩌둥의 하방 운동 또는 상산하향(上山下鄕) 운동에 참여하여 변방이나 시골에서 농사를 짓거나 노동에 종사했던 젊은이들을 이름.

을 향해 내달렸다. 가는 내내 누구도 말을 꺼내지 않았다. 톈주는 화산 폭발 직전의 적막을 느꼈다. 하지만 그 순간 그의 마음은 오히려 차분해졌다.

과연 조경국 사무실에 도착하자 저우 시장은 손에 들고 있던 한 줌의 이파리를 책상 위에 내동댕이치면서 말했다. 차이톈주, 자네 사실대로 말하게. 이게 도대체 뭔가!

톈주는 책상을 사이에 두고 서서 조그마한 목소리로 대답했다. 그게…… 밀싹입니다.

저우 시장은 노기로 얼굴이 새파랗게 질렸다. 자네…… 간도 크지…… 자네가 감히…… 이렇게 나를 속이다니…… 무청이 위생 도시를 신청한 것이 이미 3년이고, 도시 전체가 수많은 준비 작업 끝에 드디어 상부의 검수를 받게 되었는데, 자네가 한 짓 때문에 다 망쳐 버리게 생긴 걸 아는가 모르는가? 자네는 무청이 무슨 차오얼와인 줄 아는가? 자네 논밭인 줄 아냐고!

저우 시장은 갈수록 화가 치미는 듯 마지막에는 탁자까지 요란하게 내리쳤다.

톈주는 눈을 내리깔고 묵묵부답이었다.

저우 시장은 손가락으로 그를 지목하며 단호히 명령했다. 차오톈주! 자네 반드시 잔디밭에 있는 밀싹을 옮겨 심게. 5일 안에 다른 잔디로 바꿔 놔!

톈주가 고개를 들며 말했다. 저우 시장님, 화내지 마십시오. 처음에 저에게 임무를 주실 때 14일 내에 시 전체의 361개의 잔디밭을 새로운 풀로 바꿔 놓으라고 하셨습니다. 애초에 실현 불가능한 임무였어요. 지금 같은 계절에 어디서 그 많은 잔디를 구해오겠습니까? 그렇게 많은 양이라면 응당 미리 예약을 했어야지요. 저로서는 그 방법밖에 없었습니다! 밀싹으로 바꿔 놓고 일단 조사단의 점검을 통과한 뒤에 다시 생각하자. 제가 데리고 있는 일꾼들이 일주일간 밤낮으로 잠도 못 자고 일한 끝에 겨우 이만큼 만들었는데, 이제 와서 저에게 다시 5일 안에 밀싹을 옮겨 심고 또 다른 잔디로 바꾸라고 하시면 저로서는 그렇게 해 드릴 수가 없습니다. 저희 일꾼들도 철인이 아니고요. 정 문제가 된다면 제가 감옥에 들어가겠습니다!

톈주는 말을 마친 뒤 그대로 걸음을 옮겼다.

저우 시장은 잠시 멍하게 있다가 황급히 그를 불러 세웠다. 이리 오게!

톈주가 다시 돌아왔다. 그의 표정과 태도는 당당했다. 죽은 돼지는 뜨거운 물에 델까 겁내지 않는다는 식이었다.

저우 시장은 그의 핼쑥해진 얼굴을 바라보면서 한숨을 내쉬며 말했다. 300개가 넘는 잔디밭에 전부 밀싹을 옮겨 심었다는 말인가?

톈주가 고개를 끄덕였다. 전부 밀싹입니다.

저우 시장은 눈을 게슴츠레하게 뜨고 잠시 생각에 잠겼다가 돌연 웃음을 터뜨렸다. 너무 기가 차서 웃음이 터진 것이다. 그가 말했다. 어떻게 그런 생각을 하게 된 건가?

톈주는 쓴웃음을 지은 뒤 말했다. 시장님께서 밀어붙이셔서요.

저우 시장이 말했다. 그러고 보니 생각이 나는군. 자네 전에 무청에서 농사를 짓겠다고 말했던 것 같은데, 이번에 그 기회를 잡았군 그래. 그렇지 않은가?

톈주가 머리를 긁적였다. 저는 임무를 완성하려는 마음이 컸습니다.

저우 시장이 말했다. 그런 빤히 보이는 소리는 하지도 말게. 그래서 자네는 이 정도로 조사단을 속일 수 있을 것 같은가?

톈주가 말했다. 그 사람들이 차에서 내려 자세히 보게 하지만 않는다면 분명 속일 수 있을 겁니다. 대도시 사람들은 절대 구분 못 해요. 밀싹은 수입 잔디와 모양이 아주 비슷하니까요.

저우 시장이 말했다. 그럼 시민들은? 내가 방금 시민들이 잔디밭 앞에서 이러쿵저러쿵하는 것을 봤는데, 아마도 알아챈 사람이 있을 걸세. 알려고만 든다면 도시의 중년배나 노인 중에 시골 출신이 적지 않으니까.

톈주가 말했다. 그 사람들이 설령 알아챘다고 해도 반대하지 않을 거라고 믿습니다. 그들도 아직 농사에 애정을 가지고 있을 테니까요.

저우 시장이 말했다. 자네 너무 쉽게 생각하는군. 이건 도시의 잔디밭이네. 잔디밭에 밀을 심다니 그야말로 황당한 일이 아닌가. 중년배나 노인은 반대하지 않는다 치더라도 젊은 사람은 또 어쩔 텐가? 방송 매체는? 게다가 무청에는 엄청난 숫자의 고발족까지 있지 않은가. 그들은 이를 상부 기관을 속이고 기만한 것으로 여길 것이고, 여기에 무슨 어두운 내막이 있거나 횡령과 부패에 연루되었을지도 모른다면서 일을 크게 벌이고 소란을 피울 걸세!

톈주는 입이 떡 벌어졌다. 그는 그런 부분까지는 생각지 못했던 것이다. 그는 남들이 자신을 비난하는 것은 두렵지 않았으나 이 일로 저우 시장이 피해를 입을까 겁이 났다. 하지만 이왕 이렇게 된 이상 모든 것은 하늘의 뜻에 맡길 수밖에 없다. 그가 말했다. 저우 시장님, 걱정 마십시오. 만에 하나 무슨 일이 생기면 시장님께서는 그냥 있는 그대로 말씀하시고 다 저에게 떠넘기십시오. 저는 두렵지 않습니다. 어쨌거나 저도 횡령하지 않았고 시장님께서도 안 하셨잖습니까. 시장님께서 저에게 주신 특별비용 300만 위안은 한 푼도 수령하지 않았습니다. 임금은 모두 저희 녹화 사업 공사에서 지불했고, 밀싹은 쓰쯔춘에서 파온 것이니 돈은 한 푼도 쓰지 않았습니다. 저 또한 한 푼도 건드릴 생각이 없고요.

저우 시장은 그들이 쓰쯔춘에 사는 것을 알고 있었으며 그들이 쓰쯔춘에서 밀과 채소를 재배하는 것도 알고 있었다. 그는 이 농사꾼의 지혜를 잘 알았으나 그가 겁도 없이 수백 묘에 달하는 밀밭을 엎어서 잔디밭을 정비할 것이라고는 꿈에도 생각지 못했다.

저우 시장은 적잖이 감동했다. 그가 말했다. 자네들은 그럼 내년에는 뭘 먹나?

톈주가 웃으며 말했다. 그 문제라면 걱정하지 마십시오. 밀밭은 원래부터 버려져 있던 것을 주운 것이고 거저 얻은 것입니다. 저는 땅을 그냥 버려두고 보고만 있을 수 없었던 거고요. 지금은 밀밭이 망가져도 상관없습니다. 내년 봄이 되자마자 봄옥수수를 심으면 그런대로 먹을 것은 생기지요. 저우 시장이 말했다. 앞으로도 계속 농사를 지을 생각인가?

톈주가 말했다. 그 땅 몇백 묘는 시에서 아직 개발에 들어가지 않은 곳 아닙니까? 계속 비어 있기만 하면 저는 계속 심을 생각입니다.

저우 시장은 다시 방 안을 두 바퀴 더 돈 뒤 고개를 들어 그를 바라보며 말했다. 자네는 가 보게. 이 일은 내가 더 생각을 해 봐야겠네. 기억하게, 조사단이 오기 전까지 자네들은 절대로 우쭐하여 경거망동해서는 안 돼. 시민들과 접촉도 하지 말고 어떤 매체의 인터뷰도 받아들이지 말게. 작업이 끝나면 인력을 쑤쯔춘으로 철수시키고 문을 걸어 잠그고 자거나 쉬게 하게!

톈주는 고개를 끄덕인 뒤 자리를 떠났다. 저우 시장은 톈주의 두 눈에 온통 핏발이 선 것을 보았다.

하지만 바로 다음 날 일이 터지고 말았다.

무청석간에 짤막한 기사가 떴는데, 한 시민이 전화를 걸어와 개선 작업을 마친 잔디밭에 새로 심은 풀이 너무 밀싹 같다는 반응을 보였다는 내용이었다. 수많은 사람들이 그날 밤 밖으로 나와 잔디밭을 살폈다. 300개가 넘는 잔디밭마다 모두 시민들로 둘러싸였다. 사람들은 의론이 분분했다. 어떤 사람은 밀이 아니라고 하고 어떤 사람은 분명 밀이라고 했다. 무청에 있는 10여개의 신문과 텔레비전, 라디오 방송의 기자들이 모두 출동했고, 잔디밭 근처에서 현장 중계를 하거나 다양한 장면을 촬영하여 밤새 방송에 내보냈다. 이번에는 시 위원회의 서기와 시장까지 깜짝 놀라 저우 시장에게 전화를 걸었다. 저우 시장은 상황을 종합하여 이렇게 말했다. 이것은 오해입니다. 내일 아침에 출근하면 조경국에 지시하여 기자 회견을 마련하고 시민들에게 해명하도록 하겠습니다. 걱정 마십시오. 이 일은 제가 잘 처리하겠습니다.

저우 시장은 이를 덮어 둘 수 없을 것이라는 것을 잘 알았다. 그는 곧바로 전화로 톈주를 불러들이고 조경국 연구소의 책임자와 기술자들도 불러 대책을 논의했다. 조경국 연구소의 기술자들은 처음에는 동의하지 않았다. 저우 시장은 상황이 심각하니 일단 위생 도시 검수라는 고비만 넘기고 나면 자신이 나서서 모든 책임을 지겠다고 말했다. 그러자 기술자들도 더 이상 뭐라고 할 수가 없었다. 톈주는 그제야 일이 정말로 커져 버렸다는 것을 인식했다. 그가 말했다. 저우 시장님, 제가 진상을 설명하겠습니다. 제가 벌인 일이니 어떤 처벌이든 제가 받겠습니다. 저우 시장이 그에게 손을 내저으며 큰 소리로 호통 쳤다. 지금은 책임을 따질 때가 아니네. 시민과 조사단을 속이는 게 급선무라고!

다음 날 아침 9시, 조경국 회의실에서 무청시의 모든 보도 기관이 다 참석한 가운데 기자 회견이 열렸다. 연구소장, 기술자, 녹화 사업 공사의 대표 차이톈주가 앞자리에 앉았다. 연구소장이 사람들에게 설명했다. 개선 작업을 마친 잔디밭에 새로 심은 것은 일종의 밀풀(麥草)이며, 외형은 확실히 밀과 흡사하지만 밀이 아닙니다. 이것은 연구소에서 3년간 연구하여 육성한 신품종입니다. 이 품종은 밀의 유전자를 가지고 있어 겨울에도 신선하고 연한 초록색을 유지할 수 있으며, 밀의 형상을 가지고 있으므로 전원과 같은 풍광을 연출할 수 있습니다. 여러분께 억측을 멈추시고 연구소를 신뢰해 주시기를 부탁드립니다.

무청석간의 기자가 그 자리에서 의문을 제기했다. 신품종을 연구하고 있다는 사실을 왜 아무도 사전에 듣지 못한 겁니까?

연구소장이 말했다. 이것은 과학 연구 과제입니다. 사전에 사회에 공포할 필요는 없습니다.

그 기자가 다시 질문했다. 이렇게 대량의 풀을 어디서 육성한 겁니까?

톈주가 자리에서 일어나 말했다. 이 품종의 육성은 우리 녹화 사업 공사가 담당했으며 쓰쯔춘의 버려진 황무지에서 재배했습니다.

이후에 다른 기자들도 몇몇 문제를 제기했다. 이를테면 이 품종에 어떤 특성이 있는지, 도시 오염을 해소하고 환경을 미화하는데 어떤 작용을 하는지 따위의 대수롭지 않은 내용들이었다. 하지만 분위기는 조금씩 누그러졌다. 소장은 몹시 그럴듯한 말투로 참을성 있고 친절하게 대답했고, 결국 모든 사람들을 믿게 만들었다. 이는 애초에 무슨 큰일도 아니었다.

다음 날 보도 기관들은 무사 평온했으며, 각 신문은 딱히 눈에 띄지 않는 자리에 두부만한 크기의 기사를 실어 기자 회견 소식을 전했다.

그날 밤, 더욱 많은 시민들이 잔디밭을 보러 나왔다. 하지만 이미 목적은 참관으로 바뀐 뒤였다. 모두들 몹시 들떴다. 그처럼 신선하고 연한 풀을 보고 있으니 확실히 눈과 마음이 즐거워졌다. 물론 여전히 이것을 밀 싹이라 의심하는 사람도 있었다. 노동자로 보이는 노인 한 사람이 허리를 굽히고 풀을 쓰다듬어 보더니 의미심장한 웃음을 지으며 말했다. "누굴 속여?"

한 젊은이가 말했다. "어르신, 어르신께서 보시기에는 밀풀이 아닙니까?"

노인이 웃으며 말했다. "내년 5월에 밀을 수확하는 것만 기다리게!"

하지만 어찌 됐든 이 일은 당장 큰 풍파를 일으키지 않았다. 저우 시장과 톈주는 그제야 한숨을 돌렸다.

검수단이 무청에 점검을 하러 오기 며칠 전, 저우 시장이 다시 잇달아 몇 가지 조치를 취했다. 도시에서 검은 연기를 뿜어내는 공장들의 작업을 모두 중지시키고, 무청의 모든 차량에 대해 2부제를 실시했다. 홀수 날에는 홀수만 운행하고, 짝수 날에는 짝수만 운행하면서 차량 통행량은 단번에 절반으로 줄어들었다. 두 가지 강경한 조치가 내려지고 겨우 며칠 만에 무청의 공기는 크게 달라졌다. 비록 불만을 표시하는 사람이 없지 않았으나 대부분의 시민들은 이를 반겼다. 어쨌든 공기는 아주 많이 깨끗해졌다.

며칠 뒤 조사단이 예정대로 도착했다. 저우 시장은 전 일정을 그들과 동행했다. 도로와 거리는 깨끗이 청소를 마쳤으므로 전혀 문제가 없었다. 공기의 질 또한 나쁘지 않았다. 잔디밭은 크게 칭찬을 받았다. 그들은 많은 도시를 점검해 보았으나 무청처럼 아름다운 연녹색 잔디밭은 본 적이 없다고 입을 모았다. 물론 저우 시장은 그들을 차에서 내려 주지 않았으며 차에 태운 채로 잔디밭을 한 바퀴 도는 것으로 그쳤다.

위생 점검은 순조롭게 통과했다.

하지만 조사단이 무청을 떠날 무렵 조사단장이 저우 시장을 한쪽으로 끌고 가더니 귀에 대고 속삭였다. 저우 시장, 잔디밭이 아주 창의적이네요!

저우 시장이 말했다. 단장님께서 지시를 내려 주십시오.

단장이 그의 어깨를 두드리며 말했다. 밀 작황이 나쁘지 않더군요.

저우 시장은 깜짝 놀랐다. 그리고는 몹시 난처한 얼굴로 말했다. 단장님께서는⋯⋯

단장이 웃으며 말했다. 시장께서 낮에 차에서 내려 주시기 않기에 저녁에 산책을 하면서 잔디밭을 자세히 살펴봤습니다. 제 눈을 속일 수는 없어요. 저는 원래 농업과 임업 전문입니다. 솔직히 말씀드리지요. 무청의 조경은 갈수록 잡목림에 가까워지고 있더군요. 이것이 좋은 것인지 나쁜 것인지는 더 연구를 해 봐야 할 것 같습니다. 다만 잔디밭에 밀을 심은 것은 좀 지나쳤습니다. 시장께서 상부를 구워삶는 솜씨가 보통이 아니시네요. 하지만 이번 한 번은 봐 드리지요. 대신 앞으로 시민들에게 어떻게 설명하는가 하는 문제는 그리 간단치 않을 겁니다. 말이 끝나자 그는 바로 차에 올라탔다.

저우 시장은 한참을 멍하게 그 자리에 서 있었다. 그렇지. 이제 이 361개의 밀밭을 어떻게 처리한단 말인가? 톈주 이 사람이 정말로 엄청난 일을 벌였어.

그날 오후 저우 시장이 전화를 걸어 톈주를 불러들였다. 톈주가 문을 들어서자마자 말했다. 저우 국장님, 정말로 좋은 지도자십니다. 제가 사람을 제대로 본 거지요. 아랫사람이 저지른 일도 용감하게 책임지시다니요.

저우 시장이 손을 내저으며 말했다. 됐네, 됐어. 그런 혼을 빼놓는 소리는 그만두게. 바로 그 문제를 상의하려고 자녀를 부른 걸세. 이제 조사단도 떠났고 자네의 밀싹도 그만하면 공적을 세운 셈이네. 내 생각에는 이제 그것들을 다시 쑤쯔춘으로 돌려보내는 것이 좋을 것 같은데.

톈주가 말했다. 저우 국장님, 그럴 수는 없습니다! 밀싹을 쑤쯔춘으로 옮기는 것이야 간단합니다. 하지만 기자 회견을 한 지 며칠 되지도 않았고, 시민들도 다들 이것이 새로 육성한 밀풀이고, 우수하고 장점이 많다고 알고 있지 않습니까? 제가 요 며칠 잠이 오지 않아서 여기저기 잔디밭을 돌아다니면서 시민들의 반응을 관찰했더니 다들 아주 좋아하더군요. 그런데 갑자기 이것을 옮겨 가 버리면 시민들에게는 뭐라고 말씀하실 겁니까? 게다가 밀싹을 옮기고 나서 잔디밭을 그냥 비워 두실 겁니까? 이제 계절은 곧 겨울인데 어디서 풀을 사오겠습니까?

저우 시장은 의심스러운 눈초리로 그를 바라보며 말했다. 톈주, 그래서 안 된다는 뜻인가?

톈주가 말했다. 어차피 다 심어 놓은 것인데요.

저우 시장이 말했다. 내년 봄에 밀 이삭이 패면 결국 다 탄로 나지 않겠는가?

톈주가 말했다. 그때까지는 아직 몇 달의 시간이 있지 않습니까? 천천히 생각해 보시지요. 어쨌든 이렇게 급히 옮길 필요는 없습니다.

저우 시장이 생각해 보니 맞는 말이었다. 그가 말했다. 어쨌거나 나도 자네 해적선 위에 올라탔으니 쉽게 내리기는 틀렸군. 기다리자면 기다려야지. 하지만 이 말은 해야겠네. 자네 이 일을 절대 우습게 생각하지 말게. 제대로 처리하지 못했다가는 시민들 손에 무청에서 쫓겨날 거야. 그렇게 되면 나도 자네를 구해 줄 수가 없네!

톈주가 약삭빠른 웃음을 지으며 말했다. 저우 국장님, 마음 놓으세요.

저우 시장이 말했다. 마음을 놓기는 개뿔. 내가 지금 자네 때문에 마음을 못 놓는 걸세!

첫 전투에서 승리한 뒤 톈주는 몹시 흥분했다. 그는 무청에서 몇 년간 일한 것이 지금에야 성과로 나타나기 시작했으며, 이야말로 자신이 진정 원했던 일이라는 생각이 들었다. 361개의 밀밭이 당당히 무청에 입성했으니 그야말로 대박이 난 것이다!

톈주는 기분도 좋은 김에 위쓰 골목에 가서 술을 한잔 마시기로 결정했다. 그는 이미 여러 날째 전통주점에 신경을 쓰지 못했으며 샤오미가 어떻게 지내는지도 모르고 있었다. 오늘은 무슨 일이 있어도 그녀를 들여다보아야 한다.

톈주는 저우 시장의 사무실을 나와 담장 밖 도로에 세워 둔 낡은 지프차를 몰고 곧장 위쓰 골목으로 향했다. 매번 저우 시장을 만나러 올 때마다 톈주는 자신의 차를 바깥에 세웠다. 담장 안에 세우면 안 되는 것은 아니지만 아무래도 워낙 누추한 차라 저우 시장의 체면이 깎일까 걱정스러웠던 것이다. 바깥에 세워 두는 것도 도시 경관에 악영향을 미치기는 했다. 그래도 교통경찰들은 모두 그의 고물차를 알고 있었다. 톈주는 교통경찰을 만날 때마다 고개를 내밀고 인사를 했다. 녹화 사업대에 가시죠. 화분 몇 개 드릴게요! 만약 정말로 녹화 사업대에 가는 사람이 있으면, 그도 정말로 그에게 화분 몇 개를 선물했다. 어쨌거나 녹화 사업대는 매년 수만 개의 화분을 재배하고 있었으며 대다수는 명절이나 기념일에 가져다 도시 경관을 미화하는 데 사용되었다. 물론 모두 평범한 꽃들이었으며 값나가는 물건도 아니었다.

톈주는 위쓰 골목 입구에 차를 세우고 아주 기분 좋게 전통주점으로 향했다.

문은 닫혀 있었다.

톈주가 문을 두드려 보았으나 아무 대답도 돌아오지 않았다.

톈주는 의심이 들었다. 샤오미가 줄곧 몸이 약했던 것을 알고 있었기 때문이다. 혹시 병으로 입원한 것은 아닐까? 순간 너무 오랫동안 그녀를 찾아오지 않은 것이 후회가 되었다. 그는 황급히 몸을 돌려 이웃 주점의 사장에게 물어보았다. 사장은 샤오미가 이미 20일 넘게 문을 닫았으며 어디로 갔는지도 모른다고 말했다. 톈주는 깜짝 놀라 곧바로 사숙을 찾아 갔다. 하지만 노시인에게서도 같은 대답이 돌아왔다. 노시인의 말에 따르면 그는 어느 날 전통주점에 술을 마시러 갔다가 문이 닫힌 것을 보고 그녀가 피곤해서 일찍 문을 닫고 쉬는 것이라 생각했다. 하지만 아무래도 마음이 놓이지 않아 다음 날 낮에 다시 가 봤더니 문은 여전히 닫혀 있었다. 7일을 잇달아 찾아갔지만 한 번도 사람을 만날 수가 없어 속으로 친척집에 갔나 보다 하고 말았다. 그즈음 사숙이 너무 바빠 따로 챙길 수가 없었고, 자연히 샤오미의 소식도 몰랐다.

톈주는 다시 전통주점 문 앞으로 돌아가 한참을 계단에 앉아 있었다. 하지만 샤오미가 어디로 간 것인지 도무지 짐작이 가지 않았다. 그는 돌연 샤오미가 집에서 무슨 변을 당한 것은 아닌가 하는 생각이 들었다. 병으로 쓰러졌거나…… 자살이나…… 이런 것들 또한 가능한 일이었다. 그녀는 원래 몸이 약했다. 만에 하나 병으로 쓰러졌다 해도 아무도 이를 알 수 없을 것이다. 샤오미는 원래 내향적인 성격인 데다 사장 쑨 씨가 세상을 뜬 뒤로는 기댈 곳마저 사라졌으니 절망하여 자살을 했을지도 모른다. 톈주는 거기까지 생각이 미치자 머리에서 식은땀이 흘렀다. 그는 얼른 자리를 털고 일어나 대문을 쳐다보았다. 문은 잠겨 있었다. 다시 보니 밖으로 나간 것 같기도 했다.

톈주는 아무래도 마음이 놓이지 않아서 결국 경찰에 신고하기로 마음 먹었다.

경찰은 도착한 뒤 먼저 좌우의 이웃들과 시내 주민위원회를 조사했으나 모두 아는 바가 없다고 대답했다. 그제야 자물쇠를 따고 안으로 들어 갔으나 마당과 집 안에는 아무런 이상이 없었으며 깨끗하고 가지런하게 정리되어 있었다. 무슨 일이 생긴 것보다는 먼 곳으로 떠난 것 같았다. 톈주는 그제야 한시름을 덜었다.

하지만 경찰은 톈주에게 그는 누구인지, 왜 경찰에 신고했는지, 샤오미와는 어떤 사이인지 따위를 한참 동안 꼬치꼬치 캐물었다. 또한 관례적인 절차라면서 톈주의 협조를 요청했다.

톈주는 감출 것도 없었으므로 있는 그대로 이야기했다. 경찰은 이를 기록한 뒤 떠났다.

톈주는 차로 돌아간 뒤에도 머릿속이 복잡했다. 그는 여전히 샤오미가 걱정되었다. 그는 샤오미에게 무슨 친척이 있다거나 친구를 만난다는 이야기를 들어 본 적이 없었다. 그런데 어디로 갔단 말인가? 혹시 여행이라도 간 걸까? 혼자 바람을 쐬러 가는 것도 불가능한 일은 아니다. 하지만 샤오미는 왜 내 전화번호도 알면서 가면 간다고 미리 전화도 한 통 하지 않았을까?

톈주는 쓰쯔춘으로 돌아왔다. 그는 밤새 답답하고 울적했으며 줄곧 샤오미 생각에 빠져 있었다. 만약 샤오미에게 무슨 일이 생긴다면 그 책임이 자신에게 있다는 것을 그는 스스로 잘 알고 있었다.

몇 년간 서로를 알고 지내면서 그는 자신을 향한 샤오미의 애틋한 마음을 이미 느끼고 있었다. 샤오미는 어려서부터 몸이 약하고 병치레가 잦아 몸과 마음이 모두 여리고 약했다. 부친은 장애인으로 사회적으로 지위가 낮았고, 이는 샤오미를 더욱 겁이 많고 위축되게 만들었다. 그녀는 일 년 내내 대문 밖을 나서는 법이 없었고, 어느 누구와도 감히 접촉한다거나 하고파하지 않았다. 그녀는 친구가 없었으며 심지어 소꿉친구조차 없이 종일 홀로 외롭고 고독하게 지냈다. 스물일곱 살이 되도록 남자 친구를 사귄 적도 없었다. 그녀는 아무도 자신을 좋아하지 않을 것이라 생각했다. 자신은 건강한 몸을 가지지도 못했을 뿐 아니라 여자로서의 매력도 없다고 생각한 것이다. 주점에 와서 술을 마시는 사람들은 중년배나 노인들이 대부분이었고 간혹 오는 젊은 사람들도 연인이나 부부가 많았으며 그들 중 어떤 남자도 그녀의 몸에 시선을 두지 않았다. 하지만 톈주는 달랐다. 그는 처음 술을 마시러 오던 날부터 마치 옆집 오빠처럼 굴었고, 털털하게 쑨 씨와 농담을 주고받았다. 그가 말했다. 아저씨, 여기서 술을 마시니 꼭 집에서 마시는 것 같네요. 앞으로 여기를 아예 제 전용 주점으로 정해야겠어요! 톈주는 털털하게 샤오미에게 이름을 묻더니 이렇게 말했다. 샤오미 아가씨는 어쩜 이렇게 미모가 빼어나신가? 그림에서 튀어나온 것 같네! 그 한마디에 샤오미는 얼굴이 붉어졌다. 하지만 그녀는 속으로 몹시 즐거웠다. 샤오미는 사실 맑고 빼어난 용모를 가지고 있었지만 대쪽처럼 마른 탓에 그동안 그녀를 치켜세워 주는 사람이 없었던 것이다.

톈주는 과연 자신의 말에 책임을 지고 매번 혼자 오든 사람들과 함께 오든 위쓰 골목에만 오면 곧장 그녀의 전통주점으로 왔다. 다른 주점의 문 앞에는 통상 예쁘고 야한 아가씨 한둘이 서서 손님을 끌었다. 하지만 그녀들이 뭐라고 소리를 지르고 추파를 던져도 톈주는 그쪽으로 눈길 한 번 주는 법이 없었다. 그리고는 주점에 들어와 아저씨 하고 부르거나 샤오미 하고 불렀는데 그 친근하고 다정한 모습이 정말로 집에 돌아온 사람 같았다.

한번은 톈주가 사람들과 함께 술을 마시러 왔다가 젊은 사람 셋이서 소란을 피우는 광경을 목격했다. 그들은 술에 취해 가짜 술을 먹었으니 돈을 낼 수 없다고 말했다. 쑨 씨가 나서서 따지려다가 따귀를 얻어맞았는데, 쑨 씨는 원래 한쪽 다리가 불편한 데다 워낙 세게 맞는 바람에 그대로 바닥에 쓰러져 시뻘건 피를 토했다. 그때 샤오미는 너무 놀라 울음을 터뜨리며 부친을 부축했다. 세 사람이 가게를 나서려는 찰나 마침 톈주 일행이 술을 마시러 왔다가 이 장면을 보고 달려들어 주먹을 날렸다. 취객 중 한 사람이 싸우던 중에 품에서 큰 칼 하나를 꺼냈다가 곧바로 톈주에게 빼앗겼다. 톈주는 두 손으로 칼을 쥐고 힘을 주어 칼을 활처럼 구부린 뒤 그에게 던져 주며 말했다. 너 인마, 그걸 다시 펴면 내가 오늘 술값을 대신 내 주마! 상대는 겁을 먹었으나 그래도 끝내 잘못을 인정하려고 들지 않았다. 그가 말했다. 당신은 뭐하는 사람이오? 누군데 여기 와서 남의 일에 끼어드는 거요! 톈주가 웃으며 말했다. 우리는 농민공이다. 내 밑에 1000명이나 더 있는데, 한번 붙어 볼 테냐? 그걸로 부족하다면 무청에 농민공이 300만인데 다 불러 볼까? 상대는 하는 수 없이 순순히 돈을 꺼내 바닥에 내려놓은 뒤 휘어진 칼을 주워 들고 후다닥 도망쳐 버렸다. 톈주가 그 뒤에 대고 소리를 질렀다. 인마, 뛰지 마!

샤오미는 톈주의 몸을 통해 무엇을 강인함이라고 하는지 처음으로 알게 되었다. 또한 태어나 처음으로 마음이 편안해진다는 것이 무엇인지도 느끼게 되었다.

샤오미는 금세 톈주에게 애틋한 감정을 품게 되었다. 이 애틋한 감정은 그저 남녀 간의 사랑으로만 설명할 수 없었으며, 일종의 감동과 신뢰, 가족 같은 마음에 더 가까웠다. 톈주 오빠는 순식간에 그녀의 정신적 보호자가 되었으며, 톈주 오빠만 있으면 안전한 느낌이 들었다. 그녀의 움츠러든 생명과 정신은 톈주로 인해 편안하고 안락해졌다.

그 이후로 톈주가 주점에 오기를 기다리는 것은 샤오미의 중요한 일과가 되었다. 톈주가 올 때마다 그녀는 감격하고 흥분했으며 기쁜 마음에 얼굴까지 달아올랐다. 샤오미는 여전히 내향적이고 많은 말을 하지 않았으나 그녀의 눈빛에서 내면에 물결치는 행복을 읽어 낼 수 있었다. 매번 샤오미의 그런 눈빛을 마주할 때마다 톈주의 마음은 괴로웠다. 너무나도 불쌍한 아가씨가 아닌가. 자신은 그녀에게 아무것도 해 준 것도 없고, 자신은 그저 농민공일 뿐인데, 그녀는 자신을 비바람을 막아 줄 커다란 나무처럼 여기고 있는 것이다.

후에 톈주는 자신을 바라보는 샤오미의 눈빛에 변화가 생긴 것을 알아차렸다. 예전의 친절과 신뢰가 담긴 순수하고 편안하던 눈빛은 당황하고 회피하는 듯 촉촉하게 젖은 복잡한 눈빛으로 바뀌었다. 톈주는 경험이 많은 사람이라 자신을 향한 샤오미의 감정이 그리 단순하지 않다는 것을 느낄 수 있었다. 그 순간 톈주 또한 당황했다. 하지만 그는 이 일은 거기서 멈춰야 한다는 것을 잘 알고 있었다. 계속 감정을 키워 나간다면 상처를 받는 쪽은 결국 샤오미일 것이다. 자신은 그녀에게 어떠한 대답도 해줄 수 없는 처지였다. 그는 그저 모르는 체할 수밖에 없었다. 또한 가능한 혼자 술을 마시러 오는 것을 피하고 샤오미와 단독으로 마주할 기회도 만들지 않았다.

톈주는 샤오미의 원망에 가득 찬, 비참하고 고통스러운 눈빛을 보았다.

대략 20일쯤 전의 어느 밤이었을 것이다. 시간은 자정에 가까웠고 톈주는 누워서 잠을 자고 있다가 돌연 차오랑이 짖는 소리에 놀라 잠에서 깼다. 톈주가 자세히 귀를 기울여 보니 누군가 밖에서 문을 두드리고 있었다. "쿵쿵! 쿵쿵! ……"

소리는 크지 않았으며 들릴 듯 말 듯 끊어졌다가 다시 이어졌다.

톈주는 옷을 걸치고 자리에서 일어났다. 밖에는 달빛이 물처럼 흐르고 있었다. 위층 창문으로 내다보니 대문 밖에 가냘픈 여인이 서 있었다. 어렴풋하기는 했으나 분명 샤오미였다. 톈주는 깜짝 놀랐다. 이 늦은 시각에 그녀가 어떻게 찾아왔을까? 샤오미는 자신과 함께 몇 차례 쑤쯔춘에 놀러 온 적도 있었고, 톈주의 집에서 밥을 먹기도 했다. 그녀는 톈주가 혼자 이곳에 살고 있다는 것을 알고 있었다. 이 야심한 시간에 찾아온 것을 보면 무언가 큰 결심을 내린 것이 분명했다.

문을 두드리는 소리는 여전히 이어졌다. "쿵쿵! 쿵쿵! ……"

하지만 톈주는 마음을 억누른 채 끝내 내려가 문을 열지 않았다. 그는 오늘 밤 샤오미를 들어오게 하면 상황을 수습할 수 없게 되리라는 것을 알고 있었다.

결국 샤오미가 몸을 돌렸다. 그녀는 마치 깃털처럼 흔들거렸다.

톈주는 샤오미가 얼마나 큰 상처를 받았을지 짐작할 수 있었다. 그녀는 분명 온몸에서 용기를 쥐어짜내어 찾아온 것이리라.

다음 날, 톈주는 혹시 샤오미에게 무슨 일이 생긴 것은 아닐까 걱정이 되어 일부러 그녀를 찾아가 술 두 량을 마셨다. 그는 지난밤의 일을 입에 올리지 않았으며 아무것도 모르는 것처럼 행동했다.

샤오미도 지난밤의 일을 꺼내지 않았다. 겉으로는 평소와 다를 바 없었다. 평소처럼 그를 위해 술을 가져오고 회향콩을 가져왔으며, 미소를 지으며 그를 톈주 오빠라고 부르는 등 더없이 친절했다. 다른 이야기는 전혀 하지 않았다.

이제 와서 생각해 보니 그날 그녀는 아무렇지 않은 척하고 있었지만 속으로 몹시 절망하고 있었던 것이다. 샤오미가 떠난 것은 분명 그 일과 관련이 있을 것이다.

톈주는 밤새 잠을 이루지 못하고 담배를 두 갑이나 피워 댔다. 방 안은 온통 담배 연기로 자욱했다.

다음 날 날이 밝자마자 그는 지프차를 몰고 룽취안사를 찾아갔다. 예전에 그는 톈이를 찾기 위해 룽취안사의 고승을 찾아가 가르침을 청한 적이 있었다.

그는 그 고승을 신뢰했다.

룽취안사는 깊은 숲 속에 있어 엄숙하고 신비로웠다. 톈주는 지프차를 멀찍이 대고 걸어서 사찰 안으로 들어갔다. 뜻밖에 고승이 입구에서 그를 기다리고 있다가 톈주를 보자 두 손을 합장하며 말했다. 아미타불, 시주님, 드디어 오셨군요.

톈주가 깜짝 놀라며 말했다. 스님, 제가 올 것을 어찌 아셨습니까? 저를 기억하십니까?

노승은 그의 말에 대답하는 대신 이렇게 말했다. 축하드립니다, 시주님.

톈주가 말했다. 곤란한 일이 있어 가르침을 청하고자 스님을 찾아왔는데, 축하라니요?

노승이 말했다. 지금 찾으시는 사람은 찾을 필요가 없습니다. 그 여자는 이미 불가에 입문했으니 괜히 방해하지 않으시는 것이 좋습니다. 예전에 찾으시던 사람은 시주님과 이미 여러 번 만났습니다. 어서 가서 서로를 알아보시지요.

톈주는 순간 멍해졌다. 지금 찾는 사람이라면? 샤오미를 말하는 것이다. 샤오미가 불가에 입문했다고? 이는 전혀 뜻밖의 일이 아닌가! 예전에 찾던 사람이라면 …… 바로 톈이 형님인데, 어째서 …… 나와 이미 여러 번 만났다는 거지? 그렇다면 톈이 형님이 아직 살아 있다는 뜻이구나. 내가 정말로 톈이 형님을 찾을 수 있게 된 거야!

톈주는 노승에게 더 묻고 싶었으나 노승은 이미 절 안으로 들어가 버린 뒤였다. 그는 노승이 해 줄 수 이야기는 그 정도뿐이라는 것을 알고 있었다.

그는 서둘러 오던 길을 되돌아갔다. 걸음은 술에 취한 사람처럼 비틀거렸다. 그는 미친 듯이 기쁘면서도 무언가에 홀린 것 같기도 했다. 고승이 나에게 빨리 가서 서로를 알아보라고 했으니, 내가 아는 사람이 분명한데, 그게 누굴까?

그게 누굴까?

그게, 그게, 그게······ 톈주는 순간 깨달았다. 그래. 분명 그분이야! 그분 말고 또 누구겠어!

톈주는 갑자기 눈물이 샘처럼 솟구쳤다. 톈이 형님, 제가 진즉 그럴지도 모른다고 생각했습니다. 정말로 톈이 형님이셨군요!······

제11편
스튀=뎬이?

스튀는 일주일째 출근을 하지 않았다.

다른 사람들은 아무도 눈치채지 못했다. 평소 스튀는 출근을 해도 사흘도 좋고 닷새도 좋고 사람들 눈에 띄지 않는 경우가 허다했다. 그가 사무실 밖으로 나가지 않는 탓이었다. 사장 다커조차도 스튀와 마주치는 일이 드물었다. 두 사람은 각자의 일을 할 뿐 서로 상의하는 일도 없고 회의는 더더욱 열지 않았다. 하지만 그것이 두 사람 사이에 대단한 갈등이 있다는 것을 의미하지는 않았다. 사실상 그들 사이에는 아무런 갈등도 없었다. 지난번 차이면의 문집을 내는 일로 의견의 차이를 보이기는 했으나 평상시에는 어떤 일로도 논쟁을 벌이지 않았다. 다커는 스튀와 논쟁을 벌이고 싶어도 논쟁이 되지를 않았다. 스튀는 편집 업무를 제외한 회사의 다른 모든 업무에 대해 아는 바가 없었으며 관여도 하지 않았다. 모든 것은 다커의 뜻에 따라 결정되었다. 다커는 스튀를 좋아하지 않았으나 꼭 싫어한다고 말할 수는 없었다. 가끔은 이런 사람과 함께 일하는 것이 차라리 속 편하다고 생각할 때도 있었다.

스튀가 출근을 하지 않은 첫날 쉬이타오는 바로 이를 알아차렸다. 량차

436

오둥이 스튀를 미행한 이야기를 들려준 날부터 쉬이타오는 마음을 졸이면서 스튀의 일거일동을 주시했다.

그날 그녀는 의논할 것이 있는 척 스튀의 사무실을 찾아가 문을 두드렸다. 하지만 안에서는 아무 소리도 들리지 않았다. 문을 밀어 보았으나 잠겨 있었고, 그제야 그가 출근하지 않았음을 깨달았다. 하지만 당시 그녀는 이를 심각하게 여기지 않았다. 이는 자주 있는 일이었으나 그에게 어디에 가서 무엇을 하는지 물어본 적이 없을 뿐이었다. 그것은 그녀가 묻고 말고 할 일도 아니었다. 쉬이타오의 남편 톈밍이 무청 기율 위원회 서기로 화려한 지위에 있는 듯 보이지만 쉬이타오의 눈에 그것은 그저 업무에 지나지 않았다. 게다가 그녀는 그가 그런 업무를 맡는 것을 전혀 좋아하지 않았다. 왜 좋아하지 않는지는 설명하기 힘들었다. 그녀는 그저 그것이 너무 중대한 업무라는 생각이 들었다. 그것은 한 사람 더 나아가 한 가정의 운명과 생사까지 결정할 수 있는 일이다. 그녀는 남편이 그런 일에 종사하는 것을 달가워하지 않는 사람이다 보니 자연히 다른 높으신 사모님처럼 안하무인으로 득의양양하는 나쁜 습관이 있을 리 없었다. 오히려 그녀는 그런 신분을 회피하려 했으며 자신이 먼저 톈밍의 이야기를 꺼내는 일은 더더욱 없었다. 때때로 다커가 톈밍을 의식하여 그녀에게 지나치게 격식을 갖출 때면 쉬이타오는 도리어 불편함을 느꼈다. 평소 출판사에서 그녀는 온화하고 겸손했으며 남의 마음을 잘 헤아려 주는 큰언니 같은 사람으로 편집자들로부터 존경을 받았다.

스튀의 결근이 이틀 사흘로 길어졌을 때도 쉬이타오는 크게 신경 쓰지 않았다. 하지만 일주일째 출근을 하지 않자 그녀는 불안해졌다. 처음에 그녀는 또 시 정치협상회의가 열린 것은 아닌가 생각했다. 하지만 알아보니 정치협상회의는 열리지 않았다. 쉬이타오는 온갖 추측을 다 하기 시작했다. 량쯔가 그녀에게 스튀가 밤에 도로에 망치질을 한다는 이야기를 해 줬는데, 혹시 그 일로 잡혀간 것은 아닐까? 아마 아닐 것이다. 만약 잡혀갔다면 직장에도 연락이 왔을 것이며 적어도 다커는 알고 있을 것이다. 아침에 엘리베이터에서 다커를 만났을 때 다커에게서 전혀 특별한 낌새를 느낄 수 없었다. 그는 평소와 다름없이 그녀에게 웃으며 말했다. 쉬 주임, 벌써 출근하는가? 그는 늘 친절한 말투로 그녀를 쉬 주임이라 불렀다.

그러다 쉬이타오는 스튀가 병이 났으며 병세가 심각한 것 같다는 생각이 들었다. 그녀는 이 일을 다커에게 보고하고 어떻게든 그를 찾아가야 한다고 생각했다. 평소 편집부 직원 중 아픈 사람이 생기면 쉬이타오가 항상 병문안을 갔다. 다른 사람은 안 가도 그녀는 반드시 갔다. 게다가 자기 돈으로 선물까지 준비해 갔다. 하지만 문득 가장 큰 문제가 떠올랐다. 스튀는 어디에 살지? 어디로 찾아가야 하지? 량쯔는 빈민가까지 스튀를 미행했으나 그가 사는 곳은 끝내 알아내지 못했다고 말했다. 만약 이 일을 다커가 알게 된다면 일이 꼬이지 않을까? 량쯔는 이 일을 아무에게도 알리지 말라고 하지 않았던가.

쉬이타오의 마음이 타는 듯 초조하고 갈피를 잡지 못하고 있을 때, 톈주가 헐레벌떡 출판사로 뛰어들어 왔다.

톈주는 절에서 나온 뒤 거의 조금의 망설임도 없이 곧바로 결론을 내렸다. 스튀가 바로 대와옥 일가에서 수십 년간 애타게 찾아 헤매던 톈이 형님이다! 바로 그 오래전 실종된 톈이 형님이다! 바로 그 어리보기 톈이 형님이다!

분명 그 사람이다. 틀릴 리 없다!

그 순간, 톈이의 뜨거운 피가 요동치고 뜨거운 눈물이 줄줄 흘러내렸다. 모든 것이 너무 신기했다. 자신이 여러 해 동안 무청에서 버텨 온 것은 바로 이날을 위해서였다. 이날이 기어이 오고 만 것이다!

백부와 백모께서 일찍이 자신에게 말씀하시기를, 당시 톈이 형님이 베이징에서 실종됐을 때 한 여자를 따라갔으며 선생님과 학생들의 분석에 따르면 그 여자는 그에게 러시아어를 가르쳤던 메이 선생님일 가능성이 크다고 했다. 메이 선생님의 집이 바로 성정부 소재지인 무청이었다. 톈주는 이를 바탕으로 톈이 형님의 소재를 파악하기 위해서는 반드시 무청으로 가야 한다고 결론을 내렸다. 밖으로 일하러 나가면서 선택할 수 있는 지역이 수없이 많았지만 그는 다른 곳은 제쳐 두고 차오얼와를 떠나자마자 곧장 무청으로 향했다.

무청에 도착하고 처음 한두 해 동안 톈주는 일을 하러 다니는 와중에도 틈틈이 여기저기로 메이씨 성을 가진 사람에 대해 알아보고 다녔다. 이 큰 도시에서 아는 사람도 없고 길도 모르는 상태로 사람을 찾는 일은 쉽지 않았다. 나중에 누군가가 알려 주었다. 우선 파출소에 가서 찾아보시오. 거기 가면 호적 기록부를 볼 수 있으니까. 톈주는 그제야 꿈에서 막 깬 듯했으며 그때부터 파출소마다 찾아다니기 시작했다. 파출소는 뜻밖에 성심껏 도와주었고, 파출소마다 그에게 협조하여 메이씨 성을 가진 사람을 제법 찾아낼 수 있었다. 하시만 여러 조건이 모두 부합하지 않았다. 스물몇 번째 파출소에 갔을 때 톈주는 문득 백부가 하신 말씀이 떠올랐다. 톈이 형님 학교 친구의 기억에 따르면 메이 선생님의 부친이 장군이었다고 했다. 톈주가 이러한 사정을 이야기하자 파출소에 있던 경찰이 말했다. 그럼 어서 군관구로 가서 물어보세요. 군관구에서는 분명 알고 있을 겁니다. 그때는 이미 1년의 시간을 허비한 뒤였다.

나중에 톈주는 군관구로 가서 우여곡절을 겪은 뒤 결국 몇 가지 사실을 알아냈다. 군관구에 과연 메이 성을 가진 장군이 한 분 계셨는데 이미 퇴직한 지 오래며, '문화대혁명' 중에 적발되어 비판을 당한 뒤 어느 깊은 밤 총을 쏴서 자살했다고 했다. 톈주는 또한 메이 장군에게 분명 딸이 하나 있었다는 사실도 알아냈다. 하지만 아무도 그녀를 본 사람은 없었다.

톈주가 이런 소식을 듣기까지 또다시 거의 1년 이상의 시간이 소요되었다. 군관구의 담장 안에는 아예 들어갈 수조차 없었고, 문 앞에는 보초를 서는 병사까지 있어 경비가 삼엄했다. 증명서나 소개장이 없이는 군관구 정문 앞 안내실의 통행 허가를 받을 수가 없었다. 톈주는 틈만 나면 가서 떼를 썼고, 안내실의 직원들이 모두 그를 알아보기에 이르렀다. 톈주는 아예 대놓고 그들에게 물어보았으나 그들은 아는 것이 없었다. 군영은 쇠로 만든 듯 견고하게 버티고 있으나 병사는 물 흐르듯 떠나고 들어온다는 말처럼, 한 세대 또 한 세대를 거치며 수십 년이 흐르자 군관구에는 메이 장군이 누구인지 아는 사람이 아무도 남아 있지 않았다. 안내실 직원들은 그의 고집을 보고 측은지심이 동했는지 다시 그에게 알려 주었다. 어디어디에 가면 군대 퇴직간부휴양소가 있는데, 거기 가면 나이 든 양반들이 많으니 거기 가서 알아보시오. 톈주는 속으로 생각했다. 이 자식들이 그런 게 있으면 진즉 말을 해 줬어야지. 내가 언제부터 이러고 있었는데. 하지만 그러면서도 그는 매우 기쁜 마음으로 서둘러 퇴직 간부 휴양소를 찾아갔다. 퇴직 간부 휴양소는 군관구처럼 들어가기 어렵지 않았다. 그가 입구에서 검문을 당하고 있을 때 몇몇 퇴역 군인들이 어슬렁어슬렁 다가오더니 자신들이 먼저 무슨 일로 왔냐며 말을 걸어왔다. 그들은 매우 친절해 보였으며 퇴직 간부 휴양소에 있는 것이 따분한 모양이었다. 또 그들은 이야기하는 것을 좋아했으며, 옛일을 돌이켜 보는 것을 좋아했다. 그날 톈주는 더없이 성실하게 톈이와 메이 선생님이 실종된 사연을 이야기했고, 그들은 이를 듣고 몹시 안타까운 마음을 표했다. 그들이 톈주에게 알려 준 내용은 이러했다. 군관구에 분명 메이 장군이라는 분이 계셨다. '문화대혁명' 이전에 정년퇴직을 하시고 무청 시내에 있는 작은 양옥에 거처를 마련했다. 하지만 '문화대혁명' 시기에 끌려나와 비판 투쟁을 받았는데, 사람들은 그를 국민당의 항장이라고 하면서 애초 투항한 것은 거짓이었고 실은 우리 군 내부로 몰래 침투한 국민당의 비밀 스파이라고 말했다. 메이 장군은 며칠 뒤 스스로 목숨을 끊었다. 죽기 전 남긴 유서에는 자신은 결백하며 항일 전쟁 중에 전공을 세웠노라고 적혀 있었다. 사람들은 왁자지껄 한마디씩 거들었다. 그가 미국에서 유학한 적이 있다, 웨스트포인트에서 훈련을 받았다, 사람이 학문이 깊고 점잖았다는 등 메이 장군과 관련한 수많은 이야기들이 쏟아져 나왔다. 그의 자살을 놓고 사람들은 군인을 죽일지언정 욕되게 해서는 안 된다며 깊은 동정과 경탄을 표했다. 메이 장군은 후에 명예가 회복되었다. 또한 분명 그에게 딸이 하나 있었다고 했다. 외지에서 학생들을 가르친다는 이야기를 듣기는 했으나 그녀를 직접 본 사람은 없었다. 메이 장군은 미국 유학 시절 결혼을 했으며 부인은 미국 국적의 러시아인이었다. 그들은 1950년대 초 이혼했고, 그 러시아 여인은 미국으로 돌아갔다. 그녀는 중국 생활을 견딜 수가 없었다고 한다. 메이 장군은 자신의 딸을 끔찍이 아꼈으며 이혼한 뒤 재혼도 하지 않았다. 그가 작은 양옥집에서 살던 시절 잡역꾼과 경비원 등을 제외하면 그의 집안일을 맡아하는 린(林)씨 성을 가진 가정부 한 사람만이 함께 있었다. 그는 평소 집 밖으로 나가는 일이 매우 드물었으며, 주로 집에서 책을 읽거나 피아노를 쳤다. 그들은 메이 장군의 피아노 연주가 수준급이었다고 했다. 아무튼 사람들은 너도나도 나서서 메이 장군에 관한 이야기를 한마디씩 늘어놓았다.

톈주는 매우 감격했으며 몹시 흥분했다. 그는 이곳에서 메이 일가에 대해 이처럼 많은 정보를 얻게 될 줄 몰랐다. 하지만 그가 가장 관심을 가지고 있던 장군의 딸에 대해서는 그들도 아는 것이 거의 없었다. 오직 한 노장군만이 그녀가 네다섯 살쯤 되었을 때 만난 적이 있었는데, 도자기로 빚은 인형 같았고, 그때는 그녀의 엄마도 아직 미국으로 돌아가기 전이었으며 그 후로 다시는 보지 못했다고 말했다.

톈주는 거듭 감사 인사를 드린 뒤 퇴직 간부 휴양소를 떠났다. 그리고 며칠 뒤에는 메이 장군이 살았다는 작은 양옥을 찾아냈다. 시내 근처에 있는 작은 양옥은 번화함 속에서도 차분함을 간직하고 있었으며 주변 환경 또한 매우 고아했다. 커다란 담장 바깥으로 굵은 플라타너스가 늘어서 있고, 담장 안쪽으로도 자등을 비롯하여 제법 많은 나무들이 보였다. 대문은 굳게 잠겨 있었다. 톈주가 다가가 문을 두드리자 안에서 젊은 남자가 하나 나오더니 톈주를 위아래로 훑어보았다. 그는 한눈에 시골 사람인 것을 알아보고는 냉랭하게 물었다. 무슨 일이시오? 톈주가 말했다. 사람을 찾고 있습니다. 그자가 말했다. 누구를 찾는다는 거요? 톈주가 말했다. 여기에 메이씨 성을 가진 여성분이 살고 있지 않습니까? 그자는 화를 내며 말했다. 메이씨 성을 가진 여성분이라니? 그런 사람 없소! 그가 쾅 소리를 내며 대문을 닫아 버리는 통에 톈주는 화들짝 놀랐다.

톈주는 쉽게 단념하지 않았다. 그는 다시 대문을 두드렸다. 몇 차례 두드리자 다시 그 젊은이가 문을 열고 나와 톈주에게 고함을 질렀다. 누군데 여기서 소란을 피우는 거요? 또 문을 두드리면 사람을 불러서 잡아가라고 할 거요!

톈주가 애원하듯 말했다. 저는 정말로 사람을 찾고 있어요. 제 형님이오. 제 형님께서 메이씨 성을 가진 여성분과 함께 사라졌는데, 실종된 지 30년이 넘었어요 ⋯⋯

젊은이가 말했다. 뭐라고 횡설수설하는 거요? 가시오, 가가! 그리고는 마치 파리를 내쫓듯 팔을 내흔들고는 다시 쾅 하고 대문을 닫아 버렸다.

톈주는 하는 수 없이 그 근처를 돌아보았다. 후에 한 노부인을 붙들고 물어본 결과, 그 집에는 왕씨 성을 가진 퇴직한 부성장(副省長)이 살고 있다고 했다.

실마리는 그곳에서 끊어졌다.

메이 장군의 딸이 어디로 갔는지 더 이상 알아볼 곳이 없었다.

하지만 톈주의 마음은 훨씬 편안해졌다. 어찌 됐든 그는 많은 양의 정보를 얻었다. 메이 장군이라는 사람이 확실히 존재했고 그 장군에게 딸이 있었으며 게다가 그녀는 타지에서 학생들을 가르쳤다는 등은 톈이 형님이 메이 선생님과 함께 떠났다는 소문과도 상당 부분 일치했다.

중요한 사실은 메이 선생님의 집이 분명 무청이라는 것이다.

그렇다면 톈이의 행방은 분명 무청과 관련이 있을 것이다.

당초 그가 택한 탐색 방향이 틀리지 않았던 것이다.

톈주는 그 후로 다시 반년을 알아보았으나 여전히 아무런 단서를 찾지 못했다. 그는 조급한 마음에 도시 근교의 룽취안사를 찾았고, 잇달아 두 번을 찾아가자 노스님께서 그에게 말씀하셨다. 당신과는 인연이 있을 수도 있고 없을 수도 있습니다.

이는 아무 말도 하지 않은 것이나 다름없는 소리였다.

하지만 톈주는 낙담하지 않았다.

오히려 그는 더욱 믿음을 굳혔다. 메이씨의 집을 찾아냈으니 메이 선생님도 찾을 수 있을 것이며 톈이 형님도 찾을 수 있을 것이다. 그들이 인간 세상에서 증발하지는 않았을 것이니, 살았으면 만날 것이고, 죽었으면 시체라도 보게 될 것이다.

최근 몇 년간 톈주는 처음 탐색을 시작했던 시절처럼 조급해하지 않았다. 그는 기회와 인연이 닿아야만 하는 일들이 많다고 믿었다. 기회와 인연이 닿지 않으면 조급증을 내 봐야 소용이 없다.

하지만 그는 오랫동안 노승이 한 말의 의미를 되새겨 보았다. 그는 톈이 형님이 대와옥 일가의 영혼을 가지고 갔다고 말했다. 영혼이라니? 그러던 어느 날 그는 문득 커다란 깨우침을 얻었다. 대와옥 일가의 영혼이라면, 바로 땅이 아닌가?

당연히 그렇다!

땅은 대와옥 일가의 종교다. 이는 증조모이신 차이구가 세운 종교고, 차이구는 대모며 그녀의 자자손손은 모두 충실한 교인들이다. 차이구를 배반할 사람은 없으며, 땅을 배반할 사람은 더더욱 없다. 노승이 톈이가 대와옥의 영혼을 가지고 갔다고 한 것은 이를 말하는 것이다.

하지만 그게 무슨 뜻일까? 가져갔다니, 무엇을 가리켜 가져갔다고 한 것일까?

톈주는 노승의 말을 들은 뒤 아주 오랫동안 분노에 차 있었다. 그는 톈이를 도둑으로 취급했다. 자신에게 아무런 인상도 없는 당형이, 사실 차오얼와에서 살았던 시간은 얼마 되지 않았으며 어느 날 갑자기 실종되었는데 무슨 대와옥 일가의 영혼까지 가지고 가 버렸다니. 뭘 믿고? 누구의 지시로? 그 무렵 톈주는 줄곧 만약 언젠가 톈이를 찾아내면 그의 멱살을 잡고 실컷 두들겨 패 주겠다고 벼르고 있었다. 예전에 어른들이 하신 이야기에 따르면 톈이 형님은 어려서부터 늘 얻어맞고 다녔으며, 맞아서 온 바닥을 나뒹굴고, 머리며 얼굴이며 피범벅이 되기 일쑤였다고 했다. 사람들이 그를 때리는 것은 그가 무슨 잘못을 해서가 아니고 그가 아픔을 느끼지 못해서였다. 얻어맞고도 아프다고 소리를 지르지 않는 것을 사람들은 모두 이상히 여겼고, 너나 할 것 없이 그가 소리를 지르나 안 지르나 시험을 하려고 들기 시작한 것이다. 하지만 그는 그래도 소리를 지르지 않았다. 차오얼와에는 그를 때려서 소리를 지르게 한 사람이 아무도 없었다. 톈주는 줄곧 이를 믿을 수가 없었다. 말도 안 되는 소리. 언젠가 내가 찾기만 해 봐라. 흠씬 두들겨 패서 곡소리를 하면서 살려 달라고 애원하게 만들어 줄 테니까.

하지만 어느 인적이 드문 깊은 밤, 톈주는 다시 고통스럽게 노승의 말을 곱씹어 보다가 문득 노승의 말에 다른 뜻이 있을지도 모른다는 생각이 들었다. 가령······ 가령 이런 것이다. 톈이 형님이 실종이 되기는 했으나 대와옥 일가의 땅에 대한 감정이 여전히 그의 몸속에 깃들어 있으므로 그는 자신의 본성을 잃지 않았을 것이다. 그는 어디에 있든 땅을 잊을 리 없으며 대지를 잊을 리 없다. 그래, 그렇게 해석해야 한다! 톈이 형님이 어찌 자신의 근본을 잊어버리겠는가? 집안의 어르신들께서도 예전에 증조모께서 살아계실 때 가장 아끼던 증손자가 바로 톈이 형님이라고 말씀하셨다. 이는 꼭 그가 첫 번째 증손자여서만은 아니었다. 더 큰 이유는 그가 늘 돌집 문지방에 기댄 채 조용히 증조모를 바라보면서 한참을 넋을 놓고 있었기 때문이다. 그의 핏줄 속에는 증조모의 피가 흘렀다. 비록 아득히 먼 하늘가 바다 끝에 가 있다 해도, 자신이 누구인지조차 잊었다 해도, 그는 결코 땅을 잊었을 리 없다!

톈주는 생각이 거기까지 닿자 일순간에 모든 것이 명확해졌다. 그는 더 이상 톈이의 일로 화내지 않았다. 오히려 그에 대한 근심이 깊어졌다. 그는 스무 명이 넘는 당형제 중 맏형이다. 어려서부터 말이 어눌한 탓에 수없이 설움을 당하다가 나중에는 영문도 모르고 남의 손에 이끌려 사라졌으니 지금은 어느 곳을 떠돌고 있을까? 그 메이 선생님이라는 사람은 아직도 형님과 같이 있을까? 그처럼 말주변이 없는 사람이라면 자신을 잘 돌볼 리가 없는데, 이 오랜 세월 누가 챙겨 주는 사람이 있었을까? 밖에서도 누군가 때리는 사람이 있을까? 이런 생각 저런 생각에 톈주의 가슴은 다시 꽉 막힌 듯 답답해졌다.

그날 밤 그는 거의 잠을 이루지 못했다. 나중에는 아예 침대에서 일어나 옷을 걸쳐 입고 쑤쯔춘 밖의 땅 위를 날이 밝을 때까지 걸어 다녔다. 땅의 숨결을 느끼며 그는 문득 어떤 예감이 들었다. 톈이 형님이 살아계시기만 한다면 자신과 형님은 땅 위에서 서로를 만나게 될 것이다. 땅의 숨결이 그들을 한곳으로 이끌어 줄 것이다.

그날 절을 나서면서 톈주는 노승의 이야기에 충격을 받아 쓰러질 것 같았다. 내가 이미 톈이 형님을 여러 번 만났으니 어서 가서 서로를 알아보라니. 세상에! 절을 빠져나가는 동안 마치 영화처럼 무청에서 만났던 사람들이 스쳐 지나다가 몇 차례 화면이 깜빡이더니 갑자기 스퉈가 나오는 장면에서 정지했다.

톈주는 스퉈와의 몇 차례의 만남을 떠올렸다. 처음은 팡취안린과 함께 야경을 볼 때 그가 혼자 망치로 도로를 두드리고 있는 것을 발견한 것이다. 그것이 첫 만남이었으나 첫 눈에 그에게 마음이 이끌렸다. 두 번째는 쯔우대로의 녹화 사업 토론회장에서였다. 그의 발언에 톈주는 크게 찬성했다. 세 번째는 바로 그날 밤 그가 자발적으로 와서 일꾼들과 함께 잔디밭에 밀싹을 옮겨 심을 때였다. 그는 이미 진흙과 흙탕물 속에서 사흘 밤을 일하고 있었다. 이 세 차례 모두 톈주는 기이한 느낌을 받았다. 친근하면서도 어딘가 시대에 뒤떨어지는 사람 같기도 했고, 도시 사람 중에도 뜻이 맞는 사람이 있고 땅에 연연하는 사람이 있구나 싶기도 했다. 바로 그 토론회 이후 그는 저우 국장을 통해 스퉈에 대해 알아보았고, 그가 출판사의 편집장이자 시 정치협상회의의 위원이라는 것을 알게 되었다. 또한 그가 해마다 고층 건물을 허물고 도로를 뜯어내자는 의안을 제출한다는 것을 듣고는 톈주의 머릿속에 한 가지 생각이 스쳐 지나갔다. 이 사람이 설마 톈이 형님은 아니겠지? 게다가 나이도 엇비슷하지 않은가. 하지만 이 생각이 스치고 지나가자마자 곧바로 쓴웃음을 짓고 고개를 가로저으며 스스로 부정했다. 그럴 리가 없잖아? 그렇게 높은 자리에 계시고 학식을 갖추신 분인데. 그의 상상 속에 톈이는 실종된 사람이자 떠돌이였고, 곤궁하고 가난한 사람이었다. 만약 누군가 그에게 길가에서 구걸하는 거지를 가리키며 저 사람이 바로 톈이라고 한다면 그는 아마도 믿을 것이다. 그런데 지위가 높고 학식이 있는 분이라는 사실이 오히려 그로 하여금 감히 그런 생각조차 해 볼 수 없게 만든 것이다.

하지만 오늘 노승의 말은 그에게 용기를 주었다. 왜 안 된단 말인가? 대와옥 일가의 사람은 지위가 높고 학식이 있으면 안 되나? 하물며 형님은 메이 선생님과 함께 갔다는데, 그분은 장군의 딸에다 미국 국적의 러시아인 어머니까지 있으니, 그가 귀인을 만나 서로 도움을 주고받은 것이 아니겠는가! 다시 되짚어 생각해 보니 스퇴의 행동 방식은 또 소년 시절의 톈이 형님과 얼마나 흡사한가. 얼마나 흡사해! 고층 건물을 허물고 도로를 뜯어내자는 이야기는 무청을 완전히 뒤집어엎고 대지가 가진 본래의 모습을 회복하자는 것이다. 이는 분명 시대에 뒤떨어지는 황당한 소리이지만, 대와옥의 사람들만이 이처럼 고집스럽고 대담할 수 있다. 자신 역시 무청 전체에 농작물을 심을 계획을 세우지 않았던가? 우리 두 사람은 사실 같은 생각을 하고 있었으며 같은 일을 하고 있었던 것이다.

우리는 정말로 땅 위에서 서로를 만나게 되었다!

형님, 우리는 수십 년간 형님을 찾아 헤맸습니다. 얼마나 애타게 찾았는지 모릅니다! 그런데 형님께서는 어쩌다 스씨가 되신 겁니까?

톈주는 허둥지둥 출판빌딩의 엘리베이터에 뛰어들었다. 엘리베이터는 쑥쑥 위로 솟구쳐 올랐으나 톈주에게는 여전히 느리게 느껴졌다. 그가 엘리베이터의 안내양에게 말했다. 좀 더 빨리 갈 수는 없습니까? 안내원은 그를 흘긋 쳐다보고는 대꾸도 하지 않았다.

드디어 99층에 도착했다.

그는 이미 아래에서 꼼꼼히 묻고 스튀가 99층의 사무실에 있다는 것을 확인했으나 막 엘리베이터에서 내리자마자 첸메이쯔에게 붙들리고 말았다.

첸메이쯔의 문서 수발실은 엘리베이터 바로 옆에 있었는데 그녀는 낯선 사람을 보면 곧장 달려 나와 큰 소리로 물었다. 저기요, 잠깐만요! 누구시죠?

톈주가 말했다. 사람을 찾으러 왔습니다. 그리고는 계속해서 앞으로 걸어갔다.

첸메이쯔는 밖으로 나와 손으로 그를 막으며 말했다. 출판사가 아무나 함부로 쳐들어갈 수 있는 곳인 줄 알아요? 누굴 찾는데요?

톈주가 말했다. 우리 큰형님이오!

첸메이쯔가 말했다. 누가 그쪽 큰형님인데요?

톈주가 말했다. 스튀 씨가 우리 큰형님입니다!

첸메이쯔가 그를 훑어보는데 갑자기 시큼한 땀 냄새가 끼쳐 왔다. 그녀가 손을 뻗어 그를 밖으로 밀어내며 말했다. 어디서 감히! 가세요, 가가, 안 가면 경찰을 불러서 잡아가라고 할 거예요!

톈주는 화가 치솟았다. 이 여자가 뭘 잘못 먹었나! 경찰서를 어디 당신 집에다 차렸소?

두 사람이 언쟁을 벌이는 소리에 몇몇 편집자들이 모여들었다. 쉬이타오도 이를 듣고 놀라지 않을 수 없었다. 편집장님께 동생이 있다고? 그녀는 황급히 달려 나와 첸메이쯔를 말리며 말했다. 미스 첸, 수발실에 들어가 있어요. 이 일은 나한테 맡기고요. 내가 처리할게요. 그리고는 돌아서서 톈주에게 말했다. 저를 따라오시겠어요?

톈주는 쉬이타오와 함께 그녀의 사무실로 들어갔다. 쉬이타오는 몸을 돌려 문을 닫은 뒤 톈주에게 차를 따라 주었다. 그녀가 미소를 지으며 말했다. 앉으세요. 저는 여기 편집부 주임이에요. 이름은 쉬타오고요.

톈주가 고개를 끄덕였다. 아아, 쉬 주임님이시군요. 그는 몹시 초조하고 불안해 보였다.

쉬타오는 이를 알아채고는 물었다. 선생님께서는 성함이 어떻게 되시는지요?⋯⋯ 오, 죄송해요. 스 편집장님께서 선생님의 형님이라고 하셨으니 성은 스씨겠고⋯⋯

톈주가 말했다. 제 성은 차이입니다. 이름은 차이톈주고요. 무청 녹화 사업 공사에서 일하고 있습니다.

쉬타오가 이상하다는 듯 말했다. 차이씨라면, 형님께서는 어째서 스씨인가요? 이종사촌지간이세요?

톈주가 곧바로 머리를 가로저으며 말했다. 우리는 당형제입니다. 다 차이씨지요. 제가 지금 답답한 것도 바로 그겁니다. 어쩌다 성이 스씨가 된 걸까요?

쉬타오는 더욱 혼란스러워졌다. 두 분이 얼마 동안이나 못 만나셨던 거예요? 형님께서 성을 스씨로 바꾼 것도 모르셨다니? 두 분은⋯⋯ 도대체 무슨 일이 있었던 거예요?

톈주가 말했다. 어릴 적에 형님을 뵌 적이 있기는 할 텐데, 기억은 잘 안 나요. 형님이 실종된 지도 수십 년이 지났고요. 온 식구가 줄곧 형님을 찾고 있었어요.

쉬타오는 크게 놀랐다. 편집장님은 과연 평범하지 않은 인생을 살아온 거야! 그녀가 이상하다는 듯 물었다. 그렇다면 편집장님이 형님이라는 것을 어떻게 알게 되신 거예요?

톈주가 단호한 어조로 말했다. 분명히 우리 큰형님입니다! 지금 어디 계세요? 제가 당장 만나 봐야겠어요! 그러면서 불쑥 자리에서 일어났다.

쉬타오는 그의 다급해하는 모습에 어쩔 수 없이 말했다. 편집장님은 오늘 출판사에 안 나오셨어요. 이미 일주일째 출근하지 않으셨고요. 어디에 가셨는지도 몰라요. 저도 지금 찾고 있는 중이에요.

텐주는 곧바로 그 자리에 얼어붙었다. 두 눈에는 눈물방울이 맺힌 채 앞에 놓인 벽만 뚫어지게 쳐다보았다. 그가 더듬더듬 말했다. 형님은 어디로 가신 걸까요? ……

쉬이타오는 그 속에 복잡한 이야기가 숨어 있을 거라 직감하고는 그를 위로하며 말했다. 차이 선생님, 너무 걱정 마세요. 편집장님께서는 몸이 아파서 출근을 못 하시는 걸 거예요.

텐주가 다급하게 물었다. 쉬 주임님, 형님께서 어디 사시는지 좀 알려 주세요. 제가 가 볼게요!

쉬이타오가 말했다. 바로 그게 문제예요. 출판사에 편집장님께서 사는 곳을 아는 사람이 아무도 없어요. 그분도 말씀하신 적이 없고요 …… 이렇게 할까요? 길 건너편에 찻집이 하나 있는데, 아주 조용하고 이야기를 나누기에도 적당할 거예요. 거기로 자리를 옮기시죠. 세가 차를 대접할게요. 같이 방법을 찾아보자고요. 괜찮으시죠?

텐주는 잠시 생각해 보았으나 당장 성급하게 굴어 봤자 소용도 없을 듯했다. 그가 말했다. 그러시지요.

곧바로 두 사람은 함께 아래로 내려가 맞은편 찻집으로 갔다.

그들이 엘리베이터에 타자마자 첸메이쯔는 98층에 있는 다커에게 전화를 걸어 떠들어 댔다. 농민공 한 사람이 편집장님을 찾아왔는데, 그 사람 말이 편집장님이 자기 큰형님이래요. 그러면서 소란을 피우다가 방금 쉬 주임님이랑 같이 내려갔어요.

다커는 대꾸도 하지 않고 뚝 하고 전화를 끊어 버렸다. 그는 속으로 생각했다. 이 여자는 정말 별 쓸데없는 일까지 참견하고 드는군. 하지만 생각해 보니 이 일은 조금 수상쩍은 구석이 있었다. 스뛰에게 형제가 있다는 이야기를 어째서 한 번도 들어 본 적이 없을까? 쉬이타오는 그를 데리고 나가서 뭘 하려는 걸까? 그는 그제야 며칠째 스뛰를 보지 못했다는 사실을 떠올렸다. 전화기를 집어 들고 쉬이타오의 핸드폰에 전화를 걸었다가 신호가 세 번쯤 울렸을 때 바로 끊어 버렸다. 그는 쉬이타오가 오해하게 만들고 싶지 않았다. 그렇게 직접적으로 묻는 것은 좀 경솔했다. 다커는 잠시 생각하다가 미술편집자 샤오자에게 전화를 걸었다. 편집장이 오늘 출근을 안 했는가? 샤오자가 잠시 머뭇거리다가 말했다. 한 일주일쯤 못 뵌 것 같은데요.

다커는 수화기를 내려놓으며 문득 여기서 무슨 일이 벌어지고 있다는 생각이 들었다. 그는 평소 스튀를 포함한 모든 편집부 직원들의 느슨한 근무 태도에 대해 알고 있었다. 그들은 근무 시간에 외출을 하거나 아예 하루나 이틀씩 출근을 하지 않기도 했다. 다커는 매우 근엄하고 진지하게 이 문제를 스튀에게 이야기한 적이 있었다. 편집부에 너무 질서가 없군. 자네가 관리 좀 하게! 그때 스튀는 나무 의자에 앉아 원고를 보고 있었는데 그 자리에 없는 사람이나 마찬가지였다. 다커는 잔뜩 성이 난 채 돌아나가 버렸다. 다음 날 그는 사무실을 아래층으로 옮겨 버렸으며, 이 막돼먹은 인간과 다시는 상종하지 않겠노라 맹세했다.

그는 자신이 스튀에 대해 별로 아는 것이 없음을 인정했다. 세상에 어떻게 그런 사람이 있을까? 그는 도대체 어떤 사연이 있는 걸까? 설마 외계인은 아니겠지? 이제 됐다. 형제라는 사람이 찾아왔다는 것은 그가 뿌리도 있고 가지도 있는 사람이라는 뜻이 된다. 하지만 스튀가 일주일이나 출근을 하지 않았고 형제까지 찾아왔다면 분명 뭔가 문제가 있는 것인데, 어째서 아무도 나에게 알리지 않았을까? 다른 사람은 그렇다 치더라도 쉬이타오가 이를 모를 리 없는데. 만에 하나라도 스튀에게 정말 무슨 일이 생긴 거라면, 그걸 어떻게 감당하려고?

다커는 약간 화가 났으며 약간 의기소침해졌다.

길 건너편 찻집에서 두 사람은 격리된 룸을 요구했다. 쉬이타오의 친절하고 성실한 태도는 톈주의 이질감을 금세 해소시켰고 그의 말하고 싶은 욕구도 촉발시켰다. 사실상 톈주는 극도의 흥분 상태였다. 큰형님이 실종된 지 수십 년이 되었다. 마치 증발이라도 한 것처럼 인간 세상에서 자취를 감추었다. 그런데 돌연 망망한 사람들의 물결 속에서 그의 그림자를 발견한 것이다. 이제 몇 걸음만 더 가까이 가면 그의 팔을 붙들 수 있을 것 같은데, 누군들 흥분하지 않겠는가? 흥분으로 숨이 넘어갈 지경인데!

쉬이타오가 묻기도 전에 톈주는 주절주절 이야기를 늘어놓았다. 그의 말은 몹시 빨랐고 내용은 어수선했다. 톈이가 실종된 이야기, 차이구 이야기, 대와옥 일가 이야기, 톈이가 어린 시절 늘 얻어맞고 말이 어눌했다는 이야기, 메이 선생님과 메이 장군 이야기, 몇 차례 절에 찾아간 이야기까지…… 쉬이타오는 그의 이야기를 듣고 눈이 휘둥그레지고 입이 떡 벌어졌다. 한 인간이 이처럼 유서 깊은 집안에서 이처럼 예사롭지 않은 경험을 할 수 있다니. 만약 스퉈가 정말로 그 시절의 톈이라면, 그것으로 그의 모든 행동 방식이 단번에 설명되었다.

하지만 그녀는 여전히 쉽게 이를 믿을 수가 없었다. 그녀가 톈주를 바라보며 말했다. 차이 선생님…… 톈주가 그녀의 말을 끊었다. 쉬 주임님, 그냥 톈주라고 부르세요. 그게 편해요.

쉬이타오는 멈칫했으나 곧 웃으며 말했다. 내가 한두 살 많은 것 같으니까, 그래요. 톈주라고 부를게요. 톈주 씨, 내가 하고 싶은 말은 이거예요. 당신이 한 이야기에 나 감동했어요. 특히 당신 가족들이 대를 이어 지켜온 땅에 대한 애정과 고집, 그리고 그것을 위해 치러야 했던 고통스러운 대가를 들으니 정말 가슴이 먹먹해졌고요. 하지만 당신이 말한 상황들은 스 편집장님의 어떤 행동 방식이 소년 시절의 톈이와 유사한 점이 있다는 것을 설명할 뿐예요. 그것만으로는 스 편집장님이 바로 톈이라고 말할 수 없어요.

톈주는 답답한 듯 말했다. 그 사람이 분명해요! 스님께서 우리가 이미 몇 번이나 만났다고 하셨어요. 저는 무청에 아는 사람도 몇 명 없어요. 편집장님이 가장 잘 부합하는 데다 나이도 잘 맞아요. 확실해요!

쉬이타오가 말했다. 그 노승의 말을 완전히 믿고 있는 거예요?

텐주가 말했다. 나는 믿어요. 수십 년이 지났으니 큰형님도 나타날 때가 됐지요. 쉬이타오가 고개를 끄덕이며 말했다. 저도 편집장님이 텐주 씨 큰형님이었으면 좋겠네요. 그러면 편집장님께도 가족이 생기는 거니까. 솔직히 말씀드리면, 편집장님은 정말 불쌍한 분이세요. 자폐증에 걸린 사람처럼 평소에는 누구와도 교류가 없어요. 저희도 편집장님에 대해 아는 바도 거의 없고, 그저 혼자 외롭게 지내시는 모습을 지켜보기만 했어요. 하지만 지금 문제는 편집장님을 텐주 씨의 큰형님이라고 확정하기에는 텐주 씨 말만으로는 부족하다는 거예요. 텐주 씨도 아직은 추측일 뿐이니까요. 이 일은 편집장님께서 직접 말씀하셔야 해요. 그분이 그 실종된 텐이인지, 실종된 후에 그렇게 긴 세월 동안 어떻게 살았는지, 그 긴 세월을 왜 집에 돌아가지 않았는지, 하다못해 편지 한 통 없이, 도대체 왜 그러셨는지 물어봐야 한다고요.

텐이도 조금 차분해졌다. 그가 중얼거렸다. 그러게요······ 왜 집으로 돌아오지 않았을까요. 전갈이라도 한 번 보내 줬으면 될 것을······

쉬이타오가 말했다. 지금은 편집장님을 찾는 게 급해요. 7~8일이나 출근을 안 하신 건 분명 무슨 이유가 있는 거예요.

텐주가 그녀를 바라보았다. 편집장님의 주소를 전혀 모르는 거예요?

쉬이타오가 말했다. 그저 아마도 빈민가에 살 거라는 것밖에 몰라요. 이것도 얼마 전에야 알게 된 사실이고요. 그리고는 며칠 전 량차오둥이 스뤄를 미행했던 이야기를 들려주었다.

텐주는 다시 기뻐하며 말했다. 그럼 간단하죠. 빈민가로 가서 한 집한 집 물어보면 언젠가는 찾을 수 있겠네요!

쉬이타오가 말했다. 저도 같이 가요.

텐주는 좋아서 펄쩍 뛰며 그녀의 손을 붙잡았다. 쉬 주임님, 제가 사람을 제대로 봤네요. 정말 좋은 분이세요!

쉬이타오는 그의 손을 놓은 뒤 웃으며 말했다. 두 형제분이 다시 만나게 된다면 그것보다 더 좋은 게 있겠어요? 그리고는 고개를 돌려 종업원에게 손을 흔들어 계산하겠다는 뜻을 전했다. 톈주는 재빨리 그쪽으로 가서 돈을 지불했다. 쉬이타오가 말했다. 제가 차를 대접한다고 했으니 제가 내야죠. 톈주가 웃으며 말했다. 이까짓 게 뭐라고요. 저 돈 많습니다.

쉬이타오는 무언가 생각난 듯 말했다. 무청 녹화 사업 공사에서 일한다고 하셨죠? 톈주가 머쓱해하며 말했다. 제가 사장으로 있어요.

쉬이타오는 깜짝 놀란 듯 그를 바라보며 말했다. 톈주 씨, 진짜 대단하네요! 아, 맞다. 얼마 전에 상부에서 위생 도시 점검을 나왔을 때 거기서 도시의 수백 곳의 잔디밭을 새 풀로 바꿨잖아요. 당신들이 잔디밭에 심은 게 전부 밀싹이라고 왈가왈부하는 시민들도 있었고요. 당신이 한 거 맞죠? 톈주가 머리를 긁적이며 말했다. 쉬 주임님도 들으셨어요?

쉬이타오가 말했다. 진짜 밀싹이에요?

톈주는 직접적으로 대답하는 대신 웃으며 말했다. 밀싹인지 아닌지는 내년 봄이 되면 밝혀지겠지요.

쉬이타오가 말했다. 만약 정말 밀싹을 심은 거라면 편집장님의 생각과 꼭 맞아떨어지네요. 그분이 몇 년간 바라던 일을 당신은 단 며칠 만에 해내셨네요.

톈주가 말했다. 편집장님도 나흘 밤을 와서 거들었어요. 어느 밤에, 자정도 지난 시각에 우연히 저와 마주쳤는데, 온몸에 진흙과 흙탕물을 뒤집어 쓴 채로 몸을 사리지 않고 일을 하고 계시더라고요. 편집장님 본인이 발견하고 직접 참여하신 거였어요. 그런데 안타깝게도 그때까지만 해도 그분이 제 큰형님이라는 사실을 몰랐어요!

쉬이타오가 갑자기 생각난 듯 말했다. 바로 그 며칠간 무리한 탓에 병이 나신 건 아닐까요?

톈주가 허벅지를 탁 치며 말했다. 충분히 그럴 수 있겠네요! 감기에 걸렸는지도 모르고요. 그 며칠 동안 날이 엄청 추웠거든요.

쉬이타오가 말했다. 편집장님 몸으로 잇달아 나흘을 밤새 일하셨다면 분명 버텨 내지 못했을 거예요.

톈주와 쉬이타오는 빈민가에 도착했다. 더러운 진흙과 흙탕물로 뒤덮인 거리는 확실히 그들을 놀래게 만들었다. 스뤄가 이런 허름한 곳에 살다니, 참으로 믿기 힘든 일이었다.

그를 찾는 일은 쉽지 않았다.

빈민가의 주민들은 외부 사람들에게 천성적으로 경계심을 가지고 있었다. 톈주와 쉬이타오가 몇 사람에게 물어보았으나 아무도 대꾸해 주지 않았으며, 기껏해야 고개를 내저었을 뿐 한마디의 대답도 돌아오지 않았다. 쉬이타오는 그들의 눈빛 속에서 적의를 느꼈다. 그녀는 이런 부류의 사람들과 이야기를 나눠 본 경험이 없었으므로 긴장이 되지 않을 수 없었다.

하지만 톈주는 조금도 겁먹은 기색이 없이 그녀를 잡아끌며 말했다. 우리 저 앞쪽으로 가 보죠. 얼마 걷지 않았을 때 문득 누군가 톈주를 부르는 소리가 들려왔다. 톈주! 톈주!

톈주는 이를 듣고 자신의 귀를 의심했다. 여기에 나를 아는 사람이 있을 수 있나? 그가 의아해하는 찰나 갑자기 한 골목에서 누군가 튀어나오더니 소리를 지르며 그를 향해 달려왔다.

톈주가 고개를 돌려 쳐다보니 그는 바로 왕장구이였다! 톈주가 놀라며 물었다. 장구이 형님, 여기는 어쩐 일이세요?

왕장구이가 말했다. 나야 자주 여기 와서 고물을 수집하지. 톈주 자네는 여기 어쩐 일인가?

톈주가 웃으며 말했다. 장구이 형님 정말 신출귀몰하십니다! 그는 고개를 돌려 영문도 모른 채 서 있는 쉬이타오를 쳐다본 뒤 서둘러 소개했다. 이쪽은 우리 마을의 왕장구이 형님입니다. 전문적으로 고물을 줍는 분이세요. 돈도 많이 버셨고요.

쉬이타오가 고개를 끄덕이고는 미소를 지었다.

왕장구이는 항의했다. 톈주, 자네 무슨 말을 그렇게 하나? 고물을 줍던 것은 옛날 일이지. 요즘은 고물 수집을 하고 있어!

톈주가 웃으며 말했다. 그게 다른가요?

왕장구이가 말했다. 완전히 다르지! 지금 내 밑에서 일하는 사람이 7~8명이야. 사장하고 삯일꾼이 같을 수 있나?

톈주가 호탕하게 웃으며 말했다. 장구이 형님, 제가 큰 실수를 했네요. 미안해요, 미안해요.

쉬이타오도 웃었다.

왕장구이는 쉬이타오를 흘긋 쳐다보았다. 그녀는 톈주와 비슷한 연배에 풍만한 몸매를 가졌으며 피부는 희고 얼굴은 복스러웠다. 그는 손을 뻗어 톈주를 한쪽으로 끌어당긴 뒤 조그맣게 속삭였다. 톈주, 애인이라도 생겼나? 그런 짓 하면 못 써!

톈주가 그의 손을 뿌리치며 말했다. 무슨 생각을 하시는 거예요? 우린 사람을 찾으러 왔어요.

왕장구이는 여전히 못 믿는 눈치였다. 그럼 이분은 누구신가?

톈주가 말했다. 말씀드려도 이해 못 하실 거예요. 함부로 넘겨짚지 마세요. 지금은 급한 일이 있어요. 그는 말을 채 맺기도 전에 걸음을 옮겼다.

왕장구이가 말했다. 됐네, 됐어. 나도 더 안 물을게. 아이, 그런데 자네들 누구를 찾나? 이 골목 사람이라면 내가 다 아는데. 내가 데려다 줄 테니 같이 가세.

톈주가 반색하며 말했다. 그럼 너무 좋지요!

쉬이타오가 말했다. 그럼 부탁 좀 드리겠습니다.

왕장구이가 말했다. 자네들이 찾고 있다는 사람이 도대체 누군가?

톈주가 말했다. 장구이 형님, 기쁜 소식을 전해 드릴게요. 제가 곧 톈이 형님을 찾게 될 것 같아요!

왕장구이는 잠시 멍해지더니 아무런 반응도 없었다. 하지만 곧이어 펄쩍 뛰며 말했다. 아이고 아이고 아이고! 톈이? 자네 톈이라고 했나? 톈이를 찾았어? 지금 어디 있는가? 이 빈민가에? 톈주, 그게 정말인가? ……

톈주는 그가 놀라고 기뻐하는 모습을 보고 황급히 그를 진정시키며 말했다. 우선은 너무 기뻐하지 마세요. 아직 완전히 확정적인 건 아녜요. 스튀라는 분이 있는데, 무청 출판사의 편집장님이세요. 아, 이쪽은 쉬 주임님이시고 그분 밑에서 일하시고요. 스튀라는 분이 아마도 바로 톈이 형님인 것 같아요. 나이는 50대에 등이 좀 구부정하고 키가 크고 안경을 꼈어요. 그렇지, 평소에 항상 푸른색 장삼을 입고 있어서 꼭 페인트공처럼……

톈주가 말을 다 끝마치기도 전에 왕장구이가 끼어들었다. 됐어, 더 얘기할 것 없네. 알겠어, 스 선생님 말이구먼! 어디 사는지 내가 알고 있어. 요 며칠 병을 얻은 것 같던데. 스 선생님이 바로 톈이라는 건가?……

바로 그때였다. 톈주는 한 무리의 사람들이 그들을 에워싸는 것을 알아차렸다. 심상치 않은 분위기를 감지하고 서둘러 왕장구이를 끌어당기며 눈짓을 보냈다. 쉿, 잠시만요.

쉬이타오는 열 명이 넘는 사람들이 다가오자 불안한 듯 소리를 낮춰 말했다. 톈주 씨, 빨리 가요.

왕장구이도 그들을 발견했다. 그는 곧바로 웃음 띤 얼굴로 앞으로 걸어 나가며 말했다. 별일 아냐, 별일 아냐……

텁석부리 사내 하나가 손을 뻗어 왕장구이의 멱살을 움켜쥐더니 험악하게 말했다. 왕장구이, 무슨 개수작이야! 저 둘은 모르는 사람인데, 여기서 뭐 해?

왕장구이가 황급히 말했다. 모르는 사람이 아니야. 내가 아는 사람이야. 남자는 나와 같은 동네 사람이고, 저 여자는……

톈주가 다가가 말했다. 형씨, 장구이 형님은 놔 주시지요. 내가 이야기하겠소.

텁석부리는 톈주의 범상치 않은 기개에 잠시 우왕좌왕하다가 결국 손을 놓고 고개를 돌려 톈주를 노려보며 말했다. 뭐 하는 놈이냐!

톈주는 웃었다. 그렇게 뻣뻣하게 나올 것 뭐 있소? 여기에 무슨 남한테 보이면 안 되는 일이라도 있는 거요?

열몇 명의 사내가 우르르 몰려와 떠들썩하게 소리를 질렀다.

무슨 소리냐!

개소리!

사복 경찰이지?

두들겨 패 버리자! ……

쉬이타오는 어디서 그런 용기가 났는지 돌연 톈주에게 달려들어 그를 비호하며 큰 소리로 말했다. 무슨 짓이에요? 사람을 때리면 안 되죠!

왕장구이도 허둥지둥 손을 펼쳐 가로막으며 말했다. 이 사람들은 정말 사람을 찾으러 온 거야. 오해하지 말라고!

텁석부리는 왕장구이를 밀치고는 쉬이타오를 향해 기괴한 웃음을 지으며 말했다. 때리면 또 어쩔 건데?

톈주가 쉬이타오를 한쪽으로 밀어낸 뒤 말했다. 사람을 때리면 복잡해지지요. 만약 내가 정말 사복 경찰이라면, 상황은 더 복잡해질 테고. 형씨, 안 그렇소?

텁석부리는 멈칫하더니 사람들에게 움직이지 말라는 신호를 보내고 다시 톈주를 훑어보며 말했다. 당신들이 찾는 사람이 누구요? 한결 누그러진 말투였다.

왕장구이가 말했다. 스 선생님을 찾고 있대.

스 선생님? 스 선생님과는 무슨 사이요?

톈주가 말했다. 나는 고향 사람이고, 여기 이분은 같은 회사의 직원이오. 몸이 편찮으시다고 해서 보러 온 거요. 다른 뜻은 없소.

왕장구이가 말했다. 이렇게 하자고. 내가 보증하겠네!

텁석부리가 톈주를 쳐다보며 말했다. 그래 좋소. 스 선생님을 찾아가 보시오. 하지만 경고하는데, 다른 일에는 참견 마시오! 그리고는 손을 한번 휘젓자 사내들이 모두 자리를 떠났다.

쉬이타오는 그들이 한참 멀어진 뒤 입을 열었다. 저 사람들은 왜 조폭처럼 구는 거예요?

왕장구이가 목소리를 낮춰 말했다. 빈민가에는 추잡한 일이 많거든요. 위조품 제작, 위조품 거래, 위조품 판매, 밀수, 매음, 아무튼 나쁜 짓이라면 다 있지요. 저 사람들은 낯선 사람을 특히 경계해요.

톈주가 말했다. 저 사람들 신경 쓰지 말고 어서 사람을 찾으러 가시죠!

왕장구이가 말했다. 좋아! 하지만 여기서 뭘 보든 그냥 못 본 체하게.

세 사람은 나란히 앞으로 걸어갔다. 가는 내내 본 풍경은 며칠 전 량차오둥이 본 풍경과 크게 다르지 않았다. 왁자지껄하고 지저분했으며 수시로 악취가 풍겨 왔다.

200미터쯤 걸었을 때 톈주는 문득 소 울음소리를 들은 듯했다. 하지만 약간 변형된 소리였다. 음침하고 떨렸으며 몹시 처절하게 느껴졌다.

쉬이타오도 이를 듣고 말했다. 뭔가 울고 있는 것 같은데, 왜 이렇게 무시무시한 소리가 나는 거예요?

왕장구이가 낮은 소리로 말했다. 소 울음소립니다. 저 앞에 도살장에서 소 배에 물을 채우고 있어요.

쉬이타오가 말했다. 물을 채워요? 물을 왜요?

톈주는 무슨 말인지 알아들었으나 아무 말도 하지 않았다. 다만 표정은 흉하게 일그러졌다.

왕장구이가 말했다. 소에게 물을 채우면 고기가 더 많아지거든요. 죄받을 짓이지요.

그런 이야기를 주고받는 사이 어느덧 도살장 앞에 이르렀다. 과연 세 사람은 대문 앞을 지나다 소 두 마리가 사지를 나무 기둥에 묶인 채 각각 고무호스를 입에 끼고 배에 물을 주입당하는 장면을 보고 말았다. 소들은 고통스러운 듯 고개를 비비 틀면서 온몸을 부들부들 떨었다. 하지만 고무호스를 입 밖으로 뱉어 버리지는 못했다. 분명 호스는 아주 깊숙이 꽂혀 있을 것이다. 그들은 그저 낮은 소리로 고통스럽게 울고 있었다. 마치 흐느끼는 것 같기도 하고 구슬프게 울부짖는 것 같기도 했다. 사내 두 사람이 각각 소 옆에 서서 끊임없이 호스를 소의 입 속으로 밀어 넣었다.

쉬이타오는 재빨리 얼굴을 가리고 빠른 걸음으로 걸었다.

톈주는 순간 얼굴이 새파랗게 질리고 온몸이 떨렸다. 그것은 그가 한 번도 본 적 없는 광경이었다. 농사꾼의 소에 대한 감정은 다른 사람들은 이해할 수 없는 것이었다. 그 순간 그는 정말로 도살장 안에 달려들어 칼을 빼앗아 두 사내를 도살하고 싶은 심정이었다.

왕장구이는 톈주가 손가락을 부드득 소리가 나도록 움켜쥐는 것을 보고는 황급히 그를 밀어내며 말했다. 어서 가자고. 여기서 지체해서 더 큰 일을 그르치면 되겠는가.

톈주가 몸을 돌리려는 순간 두 눈에서 갑자기 눈물이 솟구쳤다. 그는 이 처참한 광경을 평생 잊을 수 없으리라는 것을 직감했다.

그곳은 아주 깊숙한 골목이었다.

골목 입구에는 새 차도 헌 차도 아닌 택시 한 대가 서 있었다.

왕장구이가 안쪽을 가리키며 말했다. 스 선생님 댁은 바로 제일 안쪽에 있는 작은 집이네.

톈주의 눈빛이 눈앞에 놓인 비좁고 기다란 골목을 탐색해 들어갔다. 그는 깊이 숨을 들이마셨다. 실종된 지 수십 년이 된 큰형님이 바로 여기 살고 있단 말인가? 온 식구가 형님을 찾아 헤맨 지 수십 년이다. 너무도 먼 길을 돌고 돌았으며 너무도 오랜 시간이 흐르고 흘렀다. 백부님과 백모님은 모두 돌아가시는 순간까지 그 걱정을 놓지 못했다. 오랫동안 대와옥 사람들은 톈이 형님이 이미 죽었을 것이라 생각했다. 그런데 지금 그가 이 허름한 작은 집 안에 숨어 있을지도 모른다는 것이다.

톈주는 다리가 후들거리고 힘이 빠졌다.

그는 차마 안으로 들어갈 용기가 나지 않았다. 아니라면, 혹시라도 아니라면 자신이 이를 받아들일 수 없을까 두려웠다.

쉬이타오는 이미 톈주 내면의 긴장과 흥분을 감지하고 있었다. 톈주에게 이것은 결정적인 의미가 있는 일이라는 것을 그녀는 알고 있었다.

그녀는 톈주가 막 골목 안으로 걸음을 옮기려다가 다시 몸을 돌려 자신을 바라보는 눈빛에서 마치 도움을 청하는 듯 나약해진 마음을 읽었다. 쉬이타오는 웃음을 지으며 그를 격려했다. 너무 긴장하지 말고 마음을 가라앉히세요!

톈주는 왕장구이의 뒤를 따라 성큼성큼 골목 안으로 걸어 들어갔다. 쉬이타오가 그 뒤를 바짝 따라 걸었다.

골목 안은 매우 조용했다. 골목길을 따라 늘어선 열몇 가구는 모두 대문이 굳게 닫혀 있었고, 사람은 한 명도 보이지 않았다. 그저 몇 사람의 발자국 소리만 울렸다.

저벅! 저벅! 저벅! …… 저벅! 저벅! 저벅!

결국 집 앞에 도착했다. 마치 아주 먼 길을 걸어온 것 같았다.

몹시 추운 날씨에도 톈주는 땀으로 범벅이 되었다.

왕장구이가 손을 들어 대문을 쾅쾅거리며 요란하게 두드렸다. 잠시 후에 문이 열리며 서른일곱이나 여덟 살쯤 되어 보이는 여인이 밖으로 나왔다. 여인은 가냘프고 우아했으며 다만 피부가 약간 까무잡잡했다. 한눈에 보아도 유능하고 노련한 사람이라는 것이 느껴졌다. 톈주는 약간 놀란 듯했으나 쉬이타오는 짐작이 가는 바가 있었다. 골목 입구에 서 있는 택시를 봤을 때부터 량차오둥이 그녀에게 해 준 이야기가 떠올랐던 것이다. 그날 스튀가 교외의 산 위에서 밤을 새고 날이 밝은 뒤 산을 내려왔을 때 택시를 모는 여인 하나가 마중을 나와 있다가 그를 등에 업어 차에 태웠다는 이야기를. 그렇다면 이 여인은 바로 그 사람일 것이다.

여인은 세 사람이 문 앞에 서 있는 것을 보고 말했다. 누구를 찾으세요? 하지만 오래지 않아 왕장구이를 알아보고는 깜짝 놀라며 물었다. 장구이 아저씨, 이게 …… 무슨 일인가요?

왕장구이가 어떻게 말을 해야 할지 몰라 망설이고 있을 때, 쉬이타오가 한 걸음 다가가 미소를 지으며 말했다. 제 성은 쉬고요, 스 편집장님께서 근무하시는 출판사의 부하 직원이에요. 요 며칠 편집장님께서 출근을 하지 않으셔서 다들 혹시 어디가 편찮으신 건 아닌가 걱정하던 중에 제가 대표로 오게 됐어요.

여인은 다시 텐주를 쳐다보았다. 그녀는 약간 망설이는 것 같았다. 당신들은······ 알겠어요, 들어오세요.

그곳은 표준적인 농가의 가정집이었다.

세 칸짜리 안채와 세 칸짜리 동쪽의 사랑채, 서쪽에는 작은 부엌이 하나 있었다. 마당은 매우 넓었으며 마당 중간에는 커다란 오동나무가 한 그루 서 있었다. 오동나무 위에는 오래된 까마귀 둥지가 하나 있었다. 또한 마당의 작은 채소밭에는 마늘이 자라고 있었는데, 싱그러운 초록색을 띠는 것이 몹시 사랑스러웠다.

스뤄는 과연 병이 났으며 여전히 몸져누운 채 꼼짝도 하지 못했다. 그는 텐주와 쉬이타오를 보고는 몹시 반가운 듯 몸을 일으켜 보려고 애썼다. 하지만 여인이 손을 뻗어 그를 다시 눕히며 말했다. 함부로 움직이지 마! 다정하면서도 위엄이 느껴지는 말투였다.

스뤄는 순순히 자리에 누운 채 움직이지 않았다. 그가 그 여인의 말을 얼마나 잘 따르는지 짐작할 수 있었다.

쉬이타오가 말했다. 정말 죄송해요. 오면서도 댁을 찾게 될지 확신이 없어서 선물도 못 사왔어요.

여인이 말했다. 어떤 사람인지 잘 아실 텐데요. 원래 그런 것을 따지는 사람이 아니잖아요.

쉬이타오가 말했다. 편집장님은 어디가 편찮으세요? 병원에는 다녀오셨어요?

여인이 말했다. 한 번도 병원에 간 적이 없는 사람이라 제가 평소에 집에 약을 좀 준비해 뒀어요. 며칠 전에 나흘 연속 집에 들어오지 않다가 진흙 인형 같은 꼴로 나타났는데, 기진맥진하면서도 잔뜩 흥분한 상태였어요. 그러면서 텐주는 정말 재주가 좋다, 장편 대론의 문장을 쓴다 한들 자신은 따라갈 수 없다, 뭐 그러더라고요. 또 나에게는 그런 능력은 없다, 매년 의안을 써도 아무도 거들떠보지 않는데, 톈주 그 사람 한마디에 1000명이 지시대로 움직이고 무청의 수백 개의 잔디밭이 온통 밀밭으로 바뀌었다, 그런 말도 하고요. 무슨 밀밭이니 톈주니 하는 말은 저는 하나도 못 알아들었고, 이마를 짚어 보니 손이 델 것처럼 뜨거웠어요. 저는 그 사람이 헛소리를 하는 줄 알았어요. 열이 너무 많이 나서 얼른 약을 줬고요. 약을 먹고 나서는 곧바로 잠이 들었는데, 온몸에 진흙이 묻어서 침대도 다 엉망이 됐어요. 하는 수 없이 옷을 벗기고 젖은 수건으로 몸을 닦아 준 뒤에 침대 시트도 갈아 줬어요. 그러는 동안에도 그 사람은 아무것도 모르고 침대에 누워 깨지도 않고 정신없이 잠만 잤어요. 그 사람이 약해 보여도 평소에는 거의 병에 걸리는 법이 없는데, 일단 병이 났다 하면 엄청 심각해지거든요. 그날은 저도 겁이 나서 중의학 선생님을 모셔왔어요. 선생님이 보시더니 감기에 과도한 피로까지 겹쳐서 그렇다면서 약을 지어 주셨어요. 저는 매일 약을 달여 먹이고 선생님께서 시키신 대로 냉장고에 얼음을 얼려서 얼음찜질도 했어요. 일단 열을 내리려고요. 안 그랬으면 더 큰일이 날 뻔했어요. 처음 사흘 동안은 진짜 대단했어요. 열이 나서 입술이 터지고 껍질이 일어나면서 계속 뭐라고 헛소리를 중얼거리더니 극도로 흥분해서 고함을 질러대다가 오열을 하면서 흐느끼기도 하고요. 요 며칠은 그래도 열이 내리면서 죽도 좀 먹고 의식도 회복했어요. 아직 말은 못 하고 그냥 침대에 멍하니 누워만 있는데 너무 조용해서 없는 것 같은 착각이 들 정도예요.

쉬이타오는 이 여인이 스퉈와 함께 생활하면서 분명 매우 쓸쓸했으리라는 것을 짐작할 수 있었다. 하지만 그녀의 이야기 속에서 깊은 애정이 묻어났다. 스퉈는 잠시 그녀를 바라보았다가, 톈주를 바라보았다가, 쉬이타오를 바라보았다. 얼굴에는 시종 소박하고 단순한 미소가 걸려 있었다. 그는 마치 남의 이야기를 듣는 듯했다.

왕장구이는 줄곧 스퉈를 쳐다보고 있었다. 마치 무언가를 회상하는 듯했다. 한참을 쳐다보다가 톈주를 끌고 밖으로 나와 조용히 속삭였다. 톈주, 내가 보기에 저 사람은 톈이가 맞는 것 같아! 톈이가 어렸을 때 본 적이 있는데, 저 사람 얼굴에 어릴 적 모습이 아직 남아 있구먼. 게다가 큰 키하며 피부하며 자네 백부이신 차이즈추와 꼭 닮지 않았나! 조금 있다가 자네가 찬찬히 물어보게. 나는 먼저 가 봐야겠어. 저쪽에 모아 놓은 고물을 얼른 옮겨야 해서. 그리고는 총총히 자리를 떠났다.

톈주는 다시 방 안으로 돌아왔다. 그 여인이 물끄러미 톈주를 바라보다가 입을 열었다. 당신이 톈주라는 분이세요? 아마도 쉬이타오가 방금 그녀에게 알려 준 모양이었다.

톈주가 말했다. 그렇습니다. 제가 바로 톈주입니다.

여인이 말했다. 정말로 사람들을 데리고 수백 개의 공공 잔디밭을 밀밭으로 바꿔 놨어요?

톈주가 말했다. 스튀 형님께서 나흘 밤을 같이 도와 주셨지요.

여인이 고개를 끄덕였다. 그래서 그렇게 흥분했던 거군요.

톈주가 갑자기 손을 비비며 물었다. 실례지만 …… 어떻게 부르면 될까요?

여인이 말했다. 성은 린(林)이고요, 이름은 린쑤(林蘇)예요.

아, 린 …… 동생, 내가 스튀 …… 형님께 몇 가지 물어볼 게 있는데, 괜찮을까요?

여인은 약간 의심하는 듯했으나 그래도 고개를 끄덕였다. 물어보세요.

톈주는 걸상을 끌어다 스튀의 침대 가에 놓고 앉아 그의 손을 잡았다. 마음속에서 참을 수 없는 격동이 일어났다. 그가 말했다. 형님, 제가 누군지 아시겠어요?

스튀가 웃으며 말했다. 자네는 톈주가 아닌가. 당연히 알고 있지.

톈주가 말했다. 제 말은 그런 뜻이 아녜요. 제 말은 그러니까 …… 어릴 적 이름 생각나세요?

스튀는 웃음을 거두었다. 어릴 적 ……

형님 어릴 적 이름이 혹시 톈이 아니셨어요?

스퉈는 곤혹스러운 표정으로 톈주를 바라보았다. 입술은 달싹거렸으나 아무런 소리도 입 밖으로 나오지 않았다. 너무 갑작스러운 질문이었는지 그는 마치 벼락을 맞은 듯 머릿속이 백지상태로 변해 버렸다.

톈주는 이미 감정을 걷잡을 수 없었다. 그가 절박하게 물었다. 형님, 차오얼와를 기억하고 계세요? 차오얼와요!

스퉈가 그를 바라보며 더듬더듬 말했다. 차오얼와…… 차오얼와…… 차오……

그래요! 차오얼와요. 차오얼와 앞에 란수이 강이 있는데, 형님께서 어린 시절 자주 란수이 강에서 뤄 영감님과 같이 지냈잖아요. 뤄 영감님이오! 기억나세요? 그분은 대영웅이셨어요. 다들 그분이 제1차 세계 대전에서 승전하고, 나중에는 일본놈도 무찔렀다고 했어요. 그분이 하룻밤에 기관총 한 자루로 백 명도 넘는 일본놈을 쏴 죽였다고요! 기억나세요? 그 뤄 영감님이오! 그 기관총은 나중에 사라져 버렸고요. 기억나시냐고요! 그분이 제일 아끼던 사람이 형님이잖아요! ……

스퉈의 얼굴에 고통스러운 표정이 떠올랐다. 뤄 영감님 …… 란수이 강 ……

네네! 란수이 강이오. 형님이 자주 수영하던 곳이오. 그 란수이 강은 엄청 오래된 강이라 안에는 온갖 희귀한 물고기와 물짐승이 다 있었어요. 다 태곳적부터 이어져 온 것들이고요. 다른 사람들은 감히 물속에 들어가지도 못했는데, 형님만 용감하게 들어갔어요. 어르신들은 그 기괴한 물고기와 물짐승들이 형님을 해친 적이 없다고, 형님과 함께 놀았다고 하셨어요. 가끔 혼자 물속에 자맥질해 들어가서 한참 동안 나오지 않을 때도 있었대요. 어르신들이 란수이 강은 깊이를 알 수 없을 만큼 깊고 바다 밑으로 통한댔어요. 그러면서 형님께서 강바닥 깊은 곳에서 수많은 고대 유물과 독목주[31], 목선 따위를 발견하고도 그걸 입 밖에 내지 않는다고 하셨고요 ……

스뤄는 놀라고 겁먹은 얼굴로 두 눈을 부릅뜨고 톈주를 노려보았다. 마치 톈주가 이야기를 이어 나가는 것이 두려우면서도 그가 이야기를 계속해 주기를 바라는 것 같았다.

톈주는 스뤄를 잡고 있던 손에 더욱 힘을 주고 거세게 흔들며 울먹였다. 형님, 다 잊어버리셨어요? 대와옥의 가족들, 수백 년 된 오래된 돌집, 증조할머니께서 사시던 곳도요. 일 년 사계절 붉은색 수의를 입고 계셨잖아요. 형님은 자주 증조할머니를 보러 가서 문지방에 기대고 있었어요. 증조할머니는 눈꺼풀이 엄청 길게 내려왔어요. 연세가 너무 많았으니까요. 할머니는 백 살이 넘게 사셨어요. 사람을 볼 때는 손가락으로 눈꺼풀을 벌려서 뜨셨고요 …… 형님은 대와옥 가문의 제4대 종가예요. 정통 후계자요 …… 형님! …… 형님 이름은 톈이고, 제 이름은 톈주예요. 우리 제4대 종형제들 스물 몇 명의 이름이 다 톈자로 시작해요, 형님! 저는 형님의 동생이고, 형님은 제 진짜 큰형님이에요! 우리는 같은 혈통이라고요! 온 가족이 수십 년간 형님을 찾고 있었어요! …… 형님! 톈주는 횡설수설하다가 결국 목 놓아 울기 시작했다.

스뤄의 얼굴은 이미 뒤틀리고 일그러졌으며 놀라고 두려워 어찌할 바를 모르고 있었다. 그는 톈주를 똑바로 쳐다보다가 갑자기 목구멍에서 음침한 소리를 뱉어냈다. 괴이하고 오싹한 소리였다. 그리고는 하얀 거품을 토하며 정신을 놓아 버렸다.

여인은 순간 너무 놀라 굳어져 버렸다. 눈앞에서 무슨 일이 벌어졌는지 퍼뜩 판단이 되지 않는 것 같았다.

쉬이타오가 황급히 달려들어 톈주의 손을 떼어 내고 있는 힘을 다해 스뤄의 인중을 눌렀다. 동시에 고개를 돌리며 말했다. 어서 젖은 수건을 가져와요!

여인은 그제야 꿈에서 깨어난 듯 허둥지둥 젖은 수건 하나를 짜서 가져

---

31 통나무를 파서 만든 작은 배

와 스뒤의 이마 위에 얹었다.

톈주는 너무 놀라 그 자리에 얼어붙은 채 손발을 어디에 둘지 몰랐다.

쉬이타오가 말했다. 겁낼 것 없어요. 충격을 받고 놀라신 거예요. 조금 지나면 괜찮아지실 거예요.

여인이 고개를 돌려 톈주에게 눈을 부라리며 말했다. 당신 어쩌자고 그랬어요! 무슨 이상한 소리를 하는 거예요? 당신 어디서 왔어요? 어디서 별 괴상망측한 이야기를 지어내서 사람을 놀래 자빠지게 만들어요! ……

톈주는 더 이상 무슨 말도 할 엄두가 나지 않았다. 그는 자신이 너무 난데없이 급작스럽게 이야기를 퍼부었다는 것을 알아차렸다. 그가 지금 가장 걱정하는 것은 정말로 그가 너무 놀라 죽어 버리는 것은 아닐까 하는 것이었다. 수십 년을 헤맨 끝에 겨우 찾아낸 사람을 놀래서 죽게 만든다면 얼마나 스스로를 원망하게 되겠는가.

톈주는 고개를 쭉 빼고 가까이 가서 살폈다. 그리고는 청자색이었던 그의 얼굴이 천천히 돌아오고 호흡도 점점 평온해지는 것을 발견한 뒤에야 한숨을 내쉬었다. 그리고는 조심스럽게 쉬이타오에게 물었다. 쉬…… 쉬 주임님, 심각한 건 아니죠?

쉬이타오가 인중에서 손을 떼며 길게 숨을 몰아쉰 뒤 말했다. 의식은 돌아오셨어요. 그녀는 손등으로 이마를 훔친 뒤에야 자신이 긴장으로 땀범벅이 된 것을 알아차렸다.

여인은 젖은 수건으로 스뒤의 입가에 묻은 흰 거품을 조심스럽게 닦아내고, 수건을 깨끗이 빤 뒤 다시 그의 얼굴을 닦아 주었다. 그리고 나서야 허리를 펴고 한숨을 내쉬었다.

스뒤는 깊은 잠에 빠졌다.

여인이 쉬이타오와 톈주를 쳐다보며 말했다. 자게 두고 우리는 다른 방에서 얘기해요.

다른 방은 바로 동쪽 사랑채였다.

쉬이타오는 뜻밖에 동쪽 사랑채가 아주 널찍하고 평소 사람이 드나든 흔적이 거의 없다는 것을 알아차렸다. 안에는 검은색 벨벳 천으로 덮인 피아노 한 대가 놓여 있었는데, 한눈에 보아도 매우 값비싸고 귀한 물건 같았다. 아주 고급스러운 가구들도 있었다. 자단 의자 두 세트, 자단 화분대 한 세트, 자단 부인용 침대, 강향단 긴 책상과 피아노 의자 등등. 쉬이타오와 남편 레밍이 모두 명청 시대의 고가구에 관심이 많아 집에도 일부를 소장하고 있었던 까닭에 그녀는 이를 알아보았다. 방 세 칸은 모두 사람이 묵은 흔적이 없었으나 먼지는 조금도 쌓이지 않은 것으로 보아 이 가구들을 주인이 얼마 소중히 여기는지 짐작할 수 있었다. 처음에 쉬이타오는 의문을 품었다. 이런 더럽고 냄새나는 빈민가에, 이처럼 깊숙이 숨은 골목 안 농가 가정집 안에 어떻게 이런 물건들이 있는 것일까? 하지만 곧 톈주가 자신에게 들려준 메이 장군의 이야기가 떠올랐다. 이 물건들은 혹시 메이 장군과 관련이 있지 않을까? 그렇다면 스튀와 메이 집안이 정말로 관계가 있다는 뜻이고, 만약 메이 집안과 관계가 있다면 스튀가 바로 톈이일 가능성도 아주 높아진다! 그런 생각이 들자 쉬이타오는 톈주 생각에 기분이 좋아졌으며 스튀를 생각하자 더욱 기뻤다.

톈주는 이 물건들의 가치와 그 속에 숨은 뜻을 전혀 모르고 있었다. 그저 대충 둘러본 뒤 자단 의자 위에 걸터앉았다. 그는 마음이 딴 데 가 있는 듯했으며 온 마음은 여전히 방 안에 있는 스튀에게 쏠려 있는 것 같았다.

린쑤가 병을 들고 와 그들에게 각각 차를 따라 주었다. 톈주는 물론 차에 대해서도 잘 몰랐으나 쉬이타오는 그것이 최고급 보이차라는 것을 알아보았다. 속으로 이 여인의 생활 수준이 상당하다고 생각했다.

세 사람은 자리를 잡고 앉았으나 처음에는 아무래도 어색함이 흘렀다.

결국 린쑤가 대치 국면을 깨트리며 톈주에게 말을 건넸다. 아까 제가 너무 놀라서 화를 냈던 거 마음에 담아 두지 마세요.

톈주가 황급히 말했다. 아니에요, 아니에요. 제가 너무 성급했지요.

쉬이타오가 말했다. 동생, 화가 난 게 아니라면 됐어요. 이렇게 됐으니 내가 제대로 얘기할게요. 나는 정말 편집장님을 보러 온 거예요. 편집장님께서 7~8일이나 출근을 안 하셔서요. 저는 그분 직속 부하인데, 혹시 무슨 일이 있는 건 아닌지 걱정하고 있었어요. 그런데 마침 톈주 씨가 출판사로 자신의 형님이신 톈이를 찾으러 왔고, 그래서 같이 여기 오게 된 거예요.

린쑤는 뭔가 마음이 편치 않은 듯 보였다. 그녀가 톈주에게 물었다. 어째서 스튀가 당신 큰형님이라고 확신하는 거예요? 무슨 증거라도 있어요?

톈주가 말했다. 아무 증거도 없어요. 하지만 내 큰형님이라고 확신해요!

쉬이타오가 톈주에게 말했다. 저에게 했던 이야기를 동생에게도 다시 한 번 들려주세요. 방금은 너무 뒤죽박죽으로 말하는 바람에 제대로 알아듣지 못했을 거예요.

그리하여 톈주가 다시 톈이의 이야기와 톈이를 찾아 헤맨 이야기를 읊어 내려갔다.

린쑤는 줄곧 묵묵히 듣고 있었다. 톈주의 이야기가 끝난 뒤에도 그녀는 한참을 아무 말이 없었다. 마치 무언가를 따져 보며 결정을 내리려는 것 같았다. 분명 그녀는 망설이고 있었다.

톈주는 기대에 가득 찬 눈빛으로 그녀를 바라보았다.

쉬이타오는 톈주의 조급한 마음을 알고 있었다. 당장 모든 사실이 명확히 밝혀지기를 바라는 것이다. 하지만 그녀가 보기에 이 일은 이미 그리 간단치 않았다. 린쑤라는 여인은 분명 상세한 내막을 알고 있을 것이다. 하지만 낯선 두 사람을 앞에 두고 있으니 그녀의 마음속에 장벽이 남아 있는 것이다. 쉬이타오는 웃으면서 린쑤에게 말했다. 어떤 일들은 이미 너무 오래되어서 동생도 아마 곧바로 생각나지 않겠죠. 천천히 한번 생각해 보세요. 우리는 다음에 다시 올게요. 그러면서 그녀는 자리에서 일어나 톈주에게도 밖으로 나가자는 신호를 보냈다.

톈주는 자리에서 일어나기는 했으나 여전히 멍하니 그곳에 서 있었다. 그렇게 떠나기는 아무래도 아쉬운 모양이었다.

바로 그때, 린쑤가 자리에서 일어서 바깥을 향해 소리쳤다. 언니, 언니 …… 가지 마세요!

쉬이타오는 이미 문밖으로 나간 뒤였으나 자신을 부르는 소리를 듣고 걸음을 멈춘 뒤 몸을 돌리며 말했다. 동생, 나를 부른 거예요?

린쑤가 말했다. 언젠가 이런 날이 올 줄 알았어요. …… 아마도 저는 …… 저는 제가 알고 있는 것들을 말씀드려야 할 것 같아요.

쉬이타오가 다시 방 안으로 돌아와 곧바로 차 시중을 자처했다. 그러면서 말했다. 동생, 너무 갑작스러울 거예요. 큰 실례를 끼쳐 미안해요.

톈주는 손을 비비며 말했다. 맞아요, 맞아요.

린쑤가 말했다. 스튀의 고향이 어딘지 그리고 어린 시절의 일들에 대해 본인이 직접 얘기한 적은 없어요. 저도 다른 사람이 하는 얘기를 들어본 적도 없고요. 하지만 1967년 여름에 메이 언니가 외지에서 무청으로 돌아왔을 때 분명 열예닐곱쯤 먹은 남자아이를 하나 데리고 왔어요. 그 남자아이가 바로 스튀예요.

톈주가 말했다. 메이 언니가 누구죠? 혹시 선생님 아니었나요?

린쑤가 말했다. 메이 언니의 이름은 메이핑이었어요. 메이 장군님의 딸이고요. 언니는 러시아어 선생님이었고 당시에 북쪽 어느 현성의 중고등학교에서 교편을 잡고 있었어요. 사실 언니는 영어를 러시아어보다 더 잘했어요. 다만 그 시절에는 쓸데가 없어 러시아어를 가르쳤던 거죠.

톈주가 불쑥 말했다. 뭔가 안 맞아요. 톈이 형님은 1966년 겨울에 실종되셨어요. 그때 베이징에서 메이 선생님이 데려갔고요. 그런데 어째서 그 이듬해 여름에야 무청으로 돌아왔죠? 그 사이에 반년이 넘는 시간 동안 어디로 갔었던 걸까요?

쉬이타오가 손짓으로 톈주에게 신호를 보내며 말했다. 끼어들지 말아요. 그건 사소한 문제니까. 일단 동생이 이야기하게 해 주세요.

린쑤가 말했다. 나중에 엄마에게 이야기를 듣기로는 메이 언니가 그 남자아이를 데리고 무청에 돌아왔을 때는 메이 장군님께서 이미 돌아가신 뒤였어요. 언니를 기다린 건 아버지의 유골함뿐이었죠.

쉬이타오는 무언가 마음에 걸렸다. 미안하지만, 궁금한 게 있는데……모친이 누구시죠?

린쑤는 잠시 망설이다가 말했다. 저희 엄마는 메이 장군님의 가정부였던 린 씨예요. 당시 엄마 나이는 겨우 서른둘이었고요.

쉬이타오가 고개를 끄덕였다. 이미 그녀가 짐작한 대로였다.

린쑤가 말했다. 메이 장군님께서 돌아가신 후에 그 건물에는 잠시 평화가 찾아왔어요. 더 이상 쳐들어오는 사람도 없었고요. 저희 엄마는 그곳을 지키면서 메이 언니가 돌아오기만 기다렸어요. 집 안에 메이 장군님의 유산이 남아 있으니 직접 언니에게 전해 주려던 거였어요. 메이 장군님의 유산은 이 가구들 말고도 30개 이상의 금괴와 보석, 장신구, 서화 따위가 더 있었어요. 현금도 적지 않았고요. 그건 다른 사람들은 전혀 모르는 거였죠. 오직 엄마만이 어디에 숨겨 뒀는지 알고 있었어요. 메이 장군님께서 자살하기 며칠 전 우리 엄마에게 알려 주셨거든요. 그 며칠 동안 엄마는 줄곧 불길한 예감이 들었대요. 메이 장군님께 무슨 일이 생길 것만 같아서요. 장군님은 매일 비판 투쟁을 당하고 돌아온 뒤에 몹시 침통해하셨고 아무와도 이야기를 나누지 않으셨대요. 그리고는 한밤중에 가끔 피아노 앞에 앉아 피아노 건반을 두드리다가 제대로 연주도 하지 않고 그만두곤 하셨대요.

엄마는 아래층에서 지냈는데 잠도 이루지 못하고 줄곧 위층의 동태에 귀를 기울였어요. 메이 장군님은 때때로 방 안을 서성이다가도 역시 몇 걸음 옮기지 않고 그만둬 버렸대요. 엄마가 쉬는데 지장을 줄까 봐 걱정한 거죠. 장군님은 참 세심한 분이셨대요. 그 무렵 엄마는 저를 임신한 뒤 아직 출산은 하지 않은 상태였어요. 엄마는 마음이 놓이지 않아서 가끔 위층으로 올라가 문을 두드린 뒤 이렇게 말했대요. 장군님, 주무세요. 너무 늦었어요. 엄마는 어떻게 그분을 위로해야 할지 몰랐어요. 하지만 메이 장군님의 마음이 몹시 외롭고 처량하다는 것은 알았죠. 아내는 진즉 미국으로 가 버렸고 1000리 밖에 있는 딸은 연락도 닿지 않으니, 가까이서 고통을 함께 나눠 질 살붙이가 하나도 없으니까요. 세상천지에 무슨 일이 일어나고 있는지 그분은 전혀 알 수가 없었어요.

어느 깊은 밤, 대략 2시쯤 되었을 때 메이 장군님이 아래층으로 내려와 엄마 방의 문을 열고 들어오더니 봉투 하나를 엄마에게 주면서 그러셨대요. 안에 중요한 내용이 적혀 있으니 열어 보지 말고 딸 메이핑이 돌아오면 전해 주게. 당시 엄마는 곧바로 울음을 터뜨렸대요. 장군님, 대범하게 생각하셔야 해요. 메이 장군님이 웃으면서 말씀하셨대요. 내 걱정 말게. 엄마가 그랬대요. 메이 아가씨가 돌아오면 직접 주시면 되잖아요? 메이 장군님이 말씀하셨대요. 내가 갖고 있으면 안전하지 않아. 자네가 잘 감춰 뒀다가 다음에 …… 그리고는 저희 엄마에게 입을 맞추고 바로 위층으로 올라가셨고요. 30분쯤 뒤에 위층에서 총소리가 들렸대요. 아주 둔중한 소리요. 엄마는 너무 놀라 혼비백산해서 허둥지둥 위층으로 올라가 보니 메이 장군님이 꼿꼿하게 침대 위에 누운 채로 머리에서 피를 흘리고 있었대요. 비단 천으로 감싼 권총 한 자루가 베개 옆에 떨어져 있었고요.

메이 장군님은 겨울에 목숨을 끊으셨어요. 메이 언니는 이듬해 여름에 돌아왔고요. 그때 엄마는 이미 장군님의 건물에서 반년 넘게 버티고 있었고, 나는 태어난 지 한 달 남짓 되었을 때였죠.

메이 언니가 돌아온 뒤 엄마는 장군님께서 목숨을 끊으신 경위를 언니에게 알려 주고 그 편지도 전달했어요. 메이 언니는 눈물만 흘릴 뿐 아무 말도 하지 않았대요. 언니는 위층에서 부친의 유골을 지키며 일주일이나 내려오지 않았어요. 8일째 되는 날 언니는 결심을 내렸어요. 장군님의 건물을 떠나 우리 집으로 이사하기로요.

톈주가 말했다. 그게 바로 여긴가요? 그럼 스퉈 형님은요?

린쑤가 말했다. 바로 여기예요. 물론 스뭐도 함께 데려왔죠. 스뭐는 목석같은 사람이었어요. 아무것도 모르고 아무것도 묻지 않았어요. 메이 장군님은 엄청난 양의 책을 남기셨는데, 스뭐는 하루 종일 책만 읽었어요. 우리 엄마가 메이핑 언니에게 물은 적이 있었어요, 어디서 저런 멍텅구리를 주워 왔어요? 언니가 그랬죠. 저 아이는 천재예요. 그냥 책을 읽게 두세요.

우리 집은 원래 버려둔 곳이라 두 칸짜리 초가집도 내려앉아 버리고 흙담만 빙 둘러져 있는 상태였어요. 외할아버지와 외할머니께서 차례로 돌아가시면서 엄마는 고아가 되었는데, 소개를 받아 열여섯 살에 메이 장군님 댁에 가정부로 들어가게 되었어요. 처음에는 청소를 주로 하다가 나중에는 살림을 맡아 하면서 메이 장군님의 시중을 드느라 거의 집에 가 보지 않았고요. 메이핑 언니가 장군님의 건물을 떠나기로 결정한 뒤 돈을 들여 새로 이 작은 집을 지었어요. 그때부터 이곳에서 살기 시작했고요.

쉬이타오는 다시 미심쩍은 구석을 발견하고 떠보듯 물었다. 부친께서는……

린쑤는 잠시 침묵한 뒤 말했다. 나는 아버지가 없어요. 엄마는 결혼을 하지 않으셨거든요.

톈주가 입이 떡 벌어지더니 돌발적으로 말이 튀어나왔다. 그럼…… 어디서 나온 거요?

쉬이타오가 얼른 눈짓으로 막아 보려 했으나 이미 늦은 뒤였다.

톈주도 자신의 말이 너무 무례하다는 것을 깨닫고 곧바로 사과했다. 미안해요, 미안해요. 내가 워낙 무식해서 그만.

린쑤는 화내는 기색도 없이 말했다. 그러게요. 제가 어디서 나왔을까요? 저는 어려서부터 한 번도 아버지를 본 적이 없어요. 엄마도 이야기를 꺼낸 적이 없고요. 엄마에게 물어보면 아버지는 이미 돌아가셨다고만 하셨어요. 엄마가 병으로 돌아가시기 전에야 저에게 알려 주셨어요. 제 아버지는 메이 장군님이고 저는 두 분의 사생아라고요. 그해 제 나이가 열 여섯이었어요. 엄마가 그랬어요. 나를 원망하지 말거라. 메이 장군님은 더욱 원망해서는 안 돼. 우리가 같이 있었던 것은 사랑이 아니었어. 나는 사랑이 뭔지도 몰랐단다. 내가 알았던 것은 그분이 여전히 사모님을 사랑하고 있다는 것과 그분과 미국에 계신 사모님께서 매년 편지를 주고받으셨다는 거야. 그분에 대한 내 감정은 그저 공경과 존경이었어. 우리가 함께한 건 서로 위안을 찾기 위한 것이었을 뿐이야. 나는 어려서 부모님을 잃고 마음이 괴로웠거든. 그냥 그렇게 된 거야. 너도 크면 알게 될 거다. 그분은 스스로 목숨을 끊기 전에 내가 널 가졌다는 걸 알고 계셨어. 하지만 너를 책임져 줄 수는 없었지. 그분은 존엄하게 죽고 싶으셨던 거야. 장군으로서 그것이 더 중요했던 거지. 엄마는 말씀하셨어요. 그분은 너에게 유산 일부를 남겨 주는 것 말고는 할 수 있는 게 없으셨어. 그분이 자살하기 전 엄마를 시켜 메이핑 언니에게 전달하게 했던 그 편지 봉투 안에는 사실 유언장이 들어 있었어요. 그분은 유언장을 통해 린 씨가 임신한 아기는 너와 같은 아버지를 가졌으니, 내가 남긴 재산을 함께 나누라고 전한 거죠.

메이핑 언니는 장군님의 건물을 떠나기로 결정하기 전 저희 엄마에게 메이 장군님의 유언장을 보여 주고 벽 사이에 숨겨 둔 현금과 금은보화를 함께 꺼냈어요. 언니는 진즉 내가 언니의 배다른 동생이라는 사실을 알고 있었어요. 하지만 무슨 이유에서인지 엄마는 언니에게 그 사실을 나에게 말하지 못하게 했어요. 메이 언니는 마음씨가 착해서 우리 모녀에게 함부로 하지 않았어요. 언니는 우리 엄마를 새엄마로 대접했어요. 비록 우리 엄마가 언니보다 고작 몇 살이 더 많았을 뿐이지만요. 저한테는 더 잘해 줬어요. 정말 자기 친동생처럼 대했고요. 엄마가 돌아가신 뒤에는 온 가족에 대한 무거운 책임이 모두 언니에게 지워졌어요. 말이 좋아 온 가족이지, 메이 언니와 스튀, 나 세 사람이었는데, 사실 굉장히 기괴한 조합이죠. 그래도 우리는 아주 사이가 좋았어요.

스튀는 말도 없고 어리보기였지만 공부에는 분명 재능이 있었어요. 지난 세기 70년대에 대학 입학시험이 부활하자 그는 딱히 힘도 들이지 않고 무청대학에 합격했어요. 저는 학교에 들어가자마자 이미 싹수가 노랬어요. 성적도 늘 엉망이었고요. 엄마가 돌아가시던 해에 중학교를 졸업한 뒤 고등학교 시험에 떨어졌어요. 메이 언니는 1년 더 공부해서 다음 해에 다시 시험을 보라고 했지만 저는 죽어도 싫다고 버텼어요. 제가 그랬죠. 나를 학교에 보내는 건 돈 낭비라고. 메이 언니는 나 때문에 화가 나서 며칠간 잔소리를 했지만 결국은 내 고집을 꺾지 못했어요. '문화대혁명' 이후로 메이 언니는 줄곧 1000리 밖에 있던 그 현성에 수업을 하러 돌아가지 않고 직장을 포기해 버렸어요. 하지만 언니가 그냥 놀았던 것은 아니에요. 당시 무청에는 해외로 유학을 가는 사람들이 생겨나기 시작했고, 메이 언니는 그 사람들에게 영어를 가르치고 가정 교습을 하면서 이집 저집을 돌아다니느라 고생을 많이 했어요. 언니가 번 돈으로 우리 세 사람이 충분히 먹고살았어요. 메이 장군님이 남긴 유산에는 거의 손대지 않았고요. 메이 언니처럼 온실 속 화초로 자란 사람이 그런 고생을 버텨 내리라고는 생각도 못했죠.

때때로 언니가 나에게 부친의 유산에 대해 이야기를 꺼내면 저는 그랬어요. 난 필요 없어. 나는 내가 일해서 먹고살 거야. 언니가 그랬죠. 왜 필요 없어? 제가 말했어요. 그건 내 돈이 아니니까. 언니가 말했어요. 좋아. 일단 네 몫은 잘 보관하고 있을게. 그럼 네가 뭘 하고 싶은지 말해 봐. 제가 말했어요. 나는 자동차를 좋아하니까 운전을 배울 거야. 얼마 지나지 않아 언니가 나를 운전 학원에 데려가 줬어요. 반년 뒤에 운전을 할 수 있게 됐고요. 운전 학원을 졸업하던 날 언니가 새 차 한 대를 몰고 와서 문밖에서 저를 기다리고 있더라고요. 저한테 주는 선물로요. 그게 제 첫 번째 택시였어요. 그전까지 저는 언니가 운전을 할 줄 안다는 것을 전혀 모르고 있었어요. 나중에 물어보니 언니는 열몇 살 때부터 운전을 할 줄 알았다더군요. 아버지의 지프차로 몰래 연습했대요.

쉬이타오가 조금 이상하다는 듯 물었다. 세 사람은 평소에 어떻게 지냈어요?

린쑤가 미소를 지으며 말했다. 무슨 뜻으로 하신 말씀인지 알아요. 메이핑 언니와 스뤼가 도대체 어떤 관계인지 궁금하신 거죠? 솔직히 말씀드리면 저도 잘 몰라요.

텐주는 갑자기 화가 나는 듯 따졌다. 메이 선생님도 너무 하셨네요. 텐이 형님을 데려가 수십 년을 놓아주지 않으면서 어째서 우리 집 식구들이 걱정하고 있을 거라는 생각은 못 하셨대요?

쉬이타오가 얼른 그를 말렸다. 텐주 씨, 그렇게 말씀하지 마세요.

린쑤가 말했다. 상관없어요. 만약 제가 스뤼의 가족이었다면, 저분보다 더 많이 화를 냈을 거예요. 정말요. 처음 메이 언니가 스뤼를 데려왔을 때 저희 엄마도 엄청 놀랐어요. 어디서 버려진 남자아이를 주워 온 줄 알고요. 나중에 제가 점점 자란 뒤에도 처음에는 메이 언니가 왜 그에게 그렇게 잘해 주는지 이해하지 못했어요. 가족도 친구도 아닌 사람에게, 저렇게 말도 제대로 못하고 세상 물정도 전혀 모르는 사람에게요. 하지만 메이 언니는 정말 스뤼에게 잘해 줬어요. 먹을 것을 만들어 주고, 입을 것을 사 주고, 빨래도 해 주고, 스뤼에게는 아무것도 못하게 하고 오직 마음 편히 공부만 하게 했어요. 그를 대학에 보내 주더니 나중에는 아예 미국으로 가서 박사 공부까지 하게 해 줬고요. 거기에 든 돈은 전부 메이 장군님의 유산 중 일부였어요. 나중에 메이 장군님의 명예가 회복된 후에 추가로 거액이 더 나오기도 했고요. 스뤼가 미국에서 마음 편히 공부할 수 있게 하려고 미국에 계신 어머니까지 동원해서 자주 스뤼에게 가서 돌봐 주게 했고요.

안타깝게도 스뤼가 미국에서 돌아왔을 때 메이 언니는 이미 이 세상 사람이 아니었어요. 스뤼는 언니를 보지 못했어요.

텐주와 쉬이타오는 깜짝 놀란 듯 서로 얼굴만 쳐다보다가 거의 동시에 소리를 질렀다. 메이 선생님께서 돌아가셨다고요?!

린쑤가 말했다. 저도 나중에야 알았어요. 언니가 스튀를 위해서 출국 수속을 처리하던 때에도 언니는 이미 자신이 자궁암에 걸린 걸 알고 있었어요. 하지만 언니는 우리에게 그 사실을 숨기고 혼자 몰래 치료를 받으면서 계속 가정 교사 일을 했어요. 진짜 병이 깊어져서 쓰러진 뒤에야 저도 그 사실을 알게 됐고요. 저는 왜 일찍 알리지 않았냐고 원망했지만 언니는 그저 웃으면서 말했어요. 알려 줬으면 어쩌려고? 걱정하는 것 말고는 아무것도 할 수 있는 게 없는데. 저는 언니를 원망했어요. 무엇 때문에? 이렇게 오랜 세월을 아무 상관도 없는 사람을 위해서 소처럼 말처럼 노예처럼 일만 하고, 도대체 왜 그런 거야? 메이 언니가 그러더군요. 운명으로 정해져 있었나 봐. 악연인지도 모르지. 학교에서 그 아이와 알고 지낸 기간은 길지 않았지만 나는 그 책밖에 모르는 소년에게 사로잡혀 버렸어. 그 아이의 몽롱하고 멍한 모습을 보면서 나도 모르는 사이에 강렬한 충동에 사로잡혔어. 그것은 정신적인 것이기도 하고 생리적인 것이기도 했어. 나도 그것이 변태적이라는 것을 알고 있었지만, 도무지 억누를 수가 없었어. 그래서 학교를 빠져나가 무턱대로 베이징으로 가서 그를 데리고 간 거야. 우리는 거의 반년 가까운 기간 동안 수많은 곳을 돌아다녔어. 명승고적, 숲과 초원, 모래밭과 사막, 어촌과 섬들…… 매번 어딘가에 닿을 때마다 돌아다니며 구경하거나 아니면 미친 듯이 섹스를 했어. 내가 그 아이를 유혹한 거야. 모래밭에서, 사막에서, 숲 속에서, 섬에서, 아무도 없는 곳에서 나는 종종 옷을 다 벗어 던지고 알몸으로 걷고 뛰었어. 그 아이는 그때마다 놀라 멍하게 굳어졌다가 매번 나를 안고 바닥에 쓰러트렸지. 우리는 마치 원시인처럼 망설임도 염치도 금기도 없었어. 정말 행복한 시절이었어. 나는 그가 실종되어 가족들이 얼마나 걱정하고 있을까 하는 생각이 들었어. 하지만 우리는 이미 서로에게서 떨어질 수가 없었어. 나도 내가 이기적이라는 거 인정해. 하지만 한편으로는 그 아이가 언젠가는 실종될 사람이라는 것도 알고 있었어. 내가 그 아이를 데려가지 않았다고 해도 그 아이는 결국 어느 날 사라져 버렸을 거야. 그 아이와 함께한 시간 동안 나는 그 아이의 마음이 줄곧 억눌려 있는 걸 느꼈어. 무언가 그 아이를 내리누르고 속박하고 있어서 벗어나고 싶어 했어. 비록 그 아이는 아무 말도 하지 않았지만. 나는 그 아이가 어떤 가정에서 태어났는지, 유년과 소년 시절에는 무엇을 경험했는지 몰라. 하지만 그 아이는 그것을 벗어나 날아올라야 했어. 그 아이의 겉모습은 순박해 보이지만 내면에는 자유와 야성이 숨어 있어. 그 아이는 고향의 작은 땅에 종속되어 있을 수 없어. 그 아이에게는 대지와 하늘이 어울려. 내가 그 아이를 데리고 무청에 온 것도, 미국에 유학을 보낸 것도 그 아이가 더 많은 것들을 보고 듣게 해 주려고 그런 거야. 그 오랜 시간 우리는 사제지간이면서 오누이였고, 연인이었고, 어미와 아들이었어. 나는 그 아이의 삶에 들어 갔다고 생각했지만 사실 조금도 그러지 못했어. 그 아이의 내면은 여전히 굳게 닫혀 있고 독립적이어서 어느 누구도 그 안에 들어갈 수 없었어. 그 아이는 돌덩어리처럼 완고하고 스스로에게 귀속되어 있었어. 맞다, 메이핑 언니가 이런 말도 했어요. 스뤄라는 이름은 그가 황무지를 떠나면서 지은 거라고. 그때 메이핑 언니가 물었대요. 왜 그런 이름을 지었느냐고. 그러자 그가 그랬대요. 제 먼 조상의 성이 스(石)씨예요. 석공이었어요. 나는 돌멩이가 좋아요.

톈주는 멍하게 있다가 돌연 허벅지를 내리치며 크게 깨달았다. 그렇지! 우리 대와옥의 시조가 바로 스씨가 아닌가. 그는 유명한 석공이었다. 당시 전국 곳곳의 수많은 석조 건축물들이 모두 그의 손을 거쳐 탄생했다. 듣기로는 지금도 수많은 곳에 보존되어 남아 있다고 했다. 우리 집안에는 오래된 돌집도 있다. 그것은 그가 생의 가장 마지막에 지은 건축물로, 가늘고 긴 돌을 쌓아 올려 만든 볼품없고 작은 건물이지만 매우 튼튼해서 5000년이 더 지나도 절대 쓰러질 리가 없었다.

쉬이타오는 몹시 감동을 받았다. 세상에는 정말 기이한 일들이 너무나도 많네요!

톈주가 잔뜩 흥분한 채 자리에 일어나 린쑤의 손을 덥석 잡았다. 그렇다면, 스튀가 바로 톈이 형님이라는 말이지요? 내가 정말로 우리 큰형님을 찾아냈군요!

린쑤가 손을 빼며 멍한 눈으로 그를 바라보다가 돌연 눈물을 쏟아 내며 말했다. 당신…… 그 사람을 데리고 가실 건가요?

제12편
별빛 아래의 무청

    그날 구쯔는 류쑹의 지프차에 올라타면서 다시 그의 백조 여관에 들어가는 것 같은 기분이 들었다. 비록 좀 더 작기는 했으나 마찬가지로 편안한 느낌이었다. 지프차는 틈새가 잘 막혀 있지 않아서 사방팔방으로 바람이 통했으며 수시로 찬바람이 새어 들어왔다. 그러나 구쯔에게는 따스하게 느껴졌다. 이는 심리적으로 느끼는 따스함이었다. 류쑹은 단단히 채비를 한 모양이었다. 차 안에는 군용 솜 외투 두 벌이 있었는데 아주 두껍고 깨끗했다. 류쑹은 몸을 돌려 뒤에서 한 벌을 끌어와 구쯔의 품에 안겨 주며 말했다. 얼른 입어요. 여기는 추운 고지대예요. 어림잡아도 해발 4000미터 이상은 될 거예요. 구쯔는 그의 오른쪽에 앉아 쭈뼛거리거나 사양하지 않고 이를 툭툭 털어 펼친 뒤 몸에 걸쳤다. 그녀는 옅은 비누 향기를 맡았다. 몸은 빠른 속도로 따뜻해졌다. 시외버스에서의 경험과 악몽과 쓸쓸함이 그녀로 하여금 곧바로 이 남자의 물건을 받아들이게 만들었다. 이는 예전이라면 절대 있을 수 없는 일이었다.

    지금 그는 그녀의 옆에 앉아 진홍색 스웨터를 입고 핸들을 꼭 붙잡은 채 눈앞의 구불구불하고 험준한 산길을 노려보고 있었다. 그 모습은 그녀에게 안전함을 느끼게 해 주었다. 하지만 여전히 호흡은 다소 곤란했다.

류쑹은 고개를 돌려 그녀에게 웃어 보인 뒤 운전에 집중했다. 구쯔는 그에게 왜 자신을 쫓아왔는지 묻지 않았다. 그녀는 그의 주의력을 분산시킬까 두려웠다. 또한 이렇게 서둘러 그에게 무언가를 물어보려다 자칫 말이 엇나간다면 자신이 과분한 대접을 받아 오히려 불안에 떠는 것처럼 보이거나 그에게 자신이 그를 믿지 못하는 것처럼 느끼게 할까 걱정스럽기도 했다. 그녀는 그에게 이런 감정을 느끼게 하고 싶지 않았다. 그렇다면 차라리 아무 말도 하지 않고 아무 것도 묻지 않는 것이 낫다.

사실 시외버스가 출발할 때 그녀는 불현듯 류쑹이 자신을 따라올지도 모른다는 생각이 스쳤었다. 백조 여관을 떠날 때 그를 보지 못했기 때문이다. 하지만 이는 잠시 스쳐간 뒤 곧바로 잊었다. 그녀가 이미 전날 그에게 단호히 거절했으니 그도 더는 쫓아올 이유가 없었다. 하지만 지금 그는 정말로 자신을 쫓아왔다. 같은 일이지만 상황은 달라졌으며 심경도 달라졌다. 그녀는 더 이상 그를 배척하지 않았다. 오히려 고마운 마음까지 들었다. 하지만 그녀는 여전히 또렷한 정신을 유지하고 있었으며 마음속 깊은 곳의 경계심도 완전히 사라지지 않았다.

날은 서서히 저물었다.

온통 시커먼 산체와 산비탈, 산봉우리였으며 전부 모호하고 흐릿하여 구분도 할 수 없었다. 이따금 이름을 알 수 없는 커다란 새가 산비탈을 스쳐 지나가는 것이 보이곤 했는데, 마치 급강하하는 검은 비행기 같았다. 지프차의 소음을 제외하면 완전히 정적이 흘러 더욱 당혹스러웠다. 구쯔는 다시 불안해지기 시작했다.

차는 간선 도로를 빠져나가 작은 길로 돌아 나가는 것 같았다. 길은 몹시 좁아서 차 한 대가 겨우 지나갈 정도였으며 노면이 고르지 않고 깨진 돌도 많아서 차는 줄곧 덜컹거리며 아래로 내달렸다. 류쑹이 말했다. 손잡이 꼭 잡고 움직이지 마세요! 구쯔는 황급히 손잡이를 붙잡았다. 그와 동시에 오른쪽을 바라보았다. 그곳은 낭떠러지 같았는데 얼마나 깊은

지는 알 수가 없었다. 구쯔는 덜컥 겁이 나서 물었다. 류쌍, 우리 지금 어디로 가는 거예요? 류쌍이 말했다. 왜 류 사장님이라고 안 불러요? 얼마나 듣기 좋았는데요. 구쯔가 말했다. 진짜 류 사장님이라고 부르는 게 좋아요? 류쌍이 웃음을 터뜨렸다. 농담이에요. 구쯔가 말했다. 아직 농담할 기운이 있으신가 봐요. 류쌍이 말했다. 제가 보기에는 그쪽이 너무 긴장하신 것 같은데요. 구쯔가 말했다. 긴장이 안 될 리가 있어요? 우리 왜 간선 도로를 벗어나서 이런 좁은 길로 가는 거예요? 노면은 또 왜 이렇고요! 류쌍이 말했다. 보세요, 날이 저물었잖아요. 계속 산길로 가서 밤중에 어쩌려고요? 위쪽에는 공기가 너무 희박해서 잠자기도 힘들어요. 일단 산허리까지 내려가야 나무도 있고 풀도 많고, 혹시 가축을 방목하는 인가가 있으면 하룻밤 묵어갈 수 있을지도 모르잖아요. 구쯔가 들어 보니 맞는 말이라 더는 토를 달지 않았다. 속으로는 이렇게 된 이상 그를 믿는 수밖에 없다고 생각했다. 하지만 여전히 신경이 곤두서 있었다.

대략 30분쯤 지났을까, 날은 완전히 어두워졌다. 어렴풋하게 나무의 형체만 보이는 것이 마치 거대한 원시 산림 같았다. 류쌍이 말했다. 산 정상은 너무 높아서 작은 관목과 화초들만 드물게 자라요. 교목 산림이 보이기 시작했으니 우리는 이미 3000미터 정도까지 내려왔다는 얘기예요. 구쯔가 말했다. 여기가 더 무시무시한데요? 온통 시커멓기만 하고요. 류쌍이 말했다. 무서울 것 없어요. 내가 있잖아요. 분명 인가를 찾을 수 있을 거예요. 구쯔는 인가를 찾을 수 있을지는 확신할 수 없었으나 그래도 분명 호흡은 훨씬 편안해졌음을 느낄 수 있었다.

지프차를 모는 것은 여간 까다롭지 않았다. 앞쪽으로는 길이 맞는지 의심스러울 정도로 울퉁불퉁한 길이 이어졌다. 류쌍은 아까부터 전조등을 밝히고 반쯤 서다시피 머리를 쭉 내민 채 천천히 차를 몰고 있었다. 앞에서 무슨 상황이 벌어질지 전혀 짐작할 수도 없어 앞으로 나갈 수도 없고 나가지 않을 수도 없었다. 구쯔는 그가 조급해할까 봐 그를 안심시켰다. 류쌍, 급하게 생각할 것 없어요. 인가를 못 찾으면 그냥 차에 앉아

서 하룻밤 보내도 괜찮아요. 류쌍이 말했다. 조금만 더 가 보고요. 그는
핸들을 굳게 움켜쥐고 조금씩 아래로 차를 몰았다. 차는 높은 곳에서 아
래쪽으로 향하고 있었는데 경사가 너무 심해 조금만 실수를 해도 차를
제어하기 힘들어 질 상황이었다. 구쯔는 긴장으로 온몸에 식은땀이 솟았
다. 그녀가 큰 소리로 말했다. 류쌍, 우리 차 세우고 그냥 여기 있다가
날이 밝으면 다시 가요!

그런데 그 순간 지프차가 돌연 말을 듣지 않더니 빠른 속도로 아래로
미끄러지기 시작했다. 구쯔가 비명을 내질렀다. "악! ……"

류쌍은 맹렬히 브레이크를 밟았고, 지프차는 커다란 나무와 부딪힌 뒤
멈춰 섰다. 왼쪽 전조등이 나무와 부딪히면서 꺼져 버렸다. 류쌍이 손전
등으로 비춰 보니 전조등 하나가 충격으로 완전히 박살이 나 있었다. 구
쯔가 말했다. 괜찮은 거죠? 류쌍은 이마의 땀을 닦아 내며 괜히 밝은 목
소리로 말했다. 괜찮아요. 등만 하나 망가졌는데요. 하지만 그가 손전등
으로 앞쪽을 비췄을 때 자신도 모르게 헉 하고 숨을 들이마셨다. 고작
10여 미터 떨어진 곳에 계곡이 가로지르고 있었던 것이다. 깊이는 수십
미터쯤 되어 보였고 폭은 열 길이 넘었다. 만약 나무에 부딪히지 않고
계속 미끄러져 내려갔다면 정말 상상조차 하고 싶지 않은 일이 벌어질
뻔했다!

구쯔도 이를 보고는 입을 가로막은 채 온몸을 부르르 떨었다. 너무 놀
라 아무 말도 나오지 않았다. 마치 얼이 빠져 버린 것 같았다.

류쌍은 그녀가 크게 놀란 것을 알고 서둘러 말했다. 미안해요, 미안해
요. 다 내 탓이에요. 내 잘못이에요.

한참 뒤에야 구쯔는 정신이 돌아왔다. 그녀가 말했다. 당신 탓이 아니
에요. 아마 우리가 운이 좋은가 봐요.

류쌍이 말했다. 구쯔, 저만큼 떨어져 있어요. 내가 차를 뒤로 옮겨 놓
을 게요. 여기 걸려 있는 건 너무 위험해요. 혹시라도 차가 미끄러지면
손을 쓸 수가 없어요.

구쯔가 곧바로 물었다. 그게 가능해요? 날이 밝은 뒤에 다시 얘기하는 게 나을 것 같은데!

류쑹이 손전등을 들고 차 주위를 한 바퀴 돌아본 뒤 말했다. 문제없어요. 이 차가 고물 같아도 마력은 엄청 세요. 후진하면 충분히 가능해요. 그러면서 손전등을 구쯔에게 넘긴 뒤 말했다. 이것 좀 비춰 주세요. 그리고는 천천히 차 위에 올라탔다.

구쯔는 옆에 서서 손전등으로 그에게 길을 비춰 주었다. 류쑹은 가볍게 숨을 내뱉으며 마음을 가라앉혔다. 그는 지금 가장 중요한 것은 긴장하지 않고 순서를 헷갈리지 않는 것이라는 사실을 알고 있었다. 특히 전진과 후진을 착각해서는 안 된다.

차는 다시 시동이 걸리고 생명을 구해 준 나무를 벗어나 천천히 후진했다. 구쯔는 뒤에 서서 왔던 길을 비춰 주다가 같이 뒷걸음질 치면서 수시로 크게 소리쳤다. 왼쪽으로! 왼쪽으로! 그 모습이 마치 지휘관 같았다.

지프차는 거의 50미터 가까이 후진한 뒤에야 위험 지대를 벗어났다. 류쑹은 조금 널찍한 곳을 골라 차머리를 돌린 뒤 그곳에 차를 세웠다.

그날 밤, 그들은 차 안에서 밤을 보냈다. 류쑹은 앞자리에 앉고 구쯔는 뒷좌석에 누워 각각 솜 외투를 덮었다. 처음에 구쯔는 잠을 이루지 못했다. 차 안에서 잠을 청하는 것은 태어나 처음이었다. 게다가 그처럼 황량하고 외진 곳에서 젊은 남자까지 함께 있으니 아무래도 마음이 편치 않았다. 하지만 누워 있다 보니 어느새 잠이 들고 말았다. 사실 그녀는 너무 지쳐 있었다.

그날 밤, 류쑹은 잠시 졸았을 뿐 거의 잠을 자지 못했다. 그는 뜻밖의 위험이 닥치지는 않을까 겁이 났다. 그가 특히 걱정한 것은 야생 동물의 출몰이었다. 그는 이쪽 숲 속에 곰과 표범, 늑대 등 몸집이 큰 동물들이 있다는 것을 알고 있었다. 구쯔가 잠든 뒤 그는 트렁크에서 큰 칼을 꺼내 몰래 앞에다 놓았다. 뜻밖의 재난에 대비하기 위해서였다. 날이 밝은 뒤에는 다시 이를 조용히 좌석 아래에 숨겨 놓았다. 그는 구쯔가 이를 알게 되는 것을 원치 않았다.

구쯔가 잠에서 깨어났을 때 류쑹은 차 안에 없었다. 그녀는 곧바로 창밖을 두리번거리던 중에 류쑹이 마침 숲 속에서 걸어 나오는 것을 발견했다. 손에는 작은 물통도 들려 있었다. 구쯔가 차에서 펄쩍 뛰어내려 그를 맞으며 말했다. 이렇게 일찍 일어났어요? 류쑹이 웃으며 말했다. 그쪽은 곯아떨어졌던데요. 구쯔는 무안한 듯 말했다. 나도 모르겠어요. 어느 순간 잠이 들었는데 지금껏 잤네요. 류쑹이 말했다. 물 한 통 떠왔어요. 세수도 하고 이도 닦아요. 구쯔가 그가 나온 숲 쪽을 바라보며 말했다. 저쪽에 물이 있어요? 류쑹이 말했다. 저쪽에 작은 개울이 있는데, 물이 엄청 깨끗해요. 구쯔는 잠시 주저하다가 입을 열었다. 그럼 개울에 가서 씻을래요. 류쑹이 말했다. 그래요 그럼. 이 물로는 세차나 좀 하죠 뭐.

구쯔는 세면도구를 챙겨 개울가로 향했다. 사방을 둘러보니 완전히 가려져 있었다. 그녀는 먼저 볼일을 봐야 했다. 너무 오랫동안 소변을 참았던 것이다. 이 또한 그녀가 류쑹을 피해 개울가에 씻으러 온 이유 중 하나였다. 구쯔는 나무 뒤에 쭈그리고 앉아 소변을 보면서 곰곰이 생각해 보았다. 앞으로도 화장실은 이렇게 해결하는 수밖에 없을 것 같았다.

아침 햇살이 나무 틈새로 새어 나와 부채의 살처럼 퍼졌다. 오색찬란한 빛줄기는 마치 동화 속처럼 아름다웠다. 개울은 맑고 투명해서 물을 보자마자 물장난을 치고 싶은 생각을 억누를 수가 없었다. 구쯔가 손을 뻗자마자 뼛속이 시릴 정도의 차가움이 느껴졌다. 그래도 그녀는 좋았다. 그녀는 이를 닦고 세수를 한 뒤에도 무언가 아쉬운 마음이 들어 다시 옷을 걷어 올리고 젖은 수건으로 가슴과 등을 한 번 닦아 냈다. 곧바로 기분까지 상쾌해졌다.

구쯔가 차 앞에 돌아왔을 때 류쑹이 웃으며 말했다. 왜 이렇게 오래 걸렸어요? 흑곰한테 잡아먹힌 줄 알았잖아요.

구쯔가 말했다. 거짓말, 이 숲 속에 흑곰이 있다고요?

류쑹이 진지하게 말했다. 왜 없겠어요? 곰은 물론이고 표범도 있고 늑대도 있어요. 다 사람을 해칠 수 있는 놈들이에요.

구쯔가 고개를 돌려 주위를 살핀 뒤 겁에 질린 듯 말했다. 왜 빨리 말 안 했어요!

류쑹이 웃으며 말했다. 우리는 지금 숲 가장자리에 있는 데다 대낮이니까 별일은 없을 거예요. 가요! 뭐 좀 먹자고요. 먹고 어서 출발해야죠.

류쑹은 정말로 세심한 사람이었다. 빵, 과자, 소시지, 통조림, 생수 등 먹을 것까지 잔뜩 챙겨 온 것이다. 방수포 한 장이 풀밭 위에 깔려 있었고, 그 위에는 있어야 할 것이 다 있었다.

구쯔는 기분이 찢어졌다. 지난밤 아무것도 먹지 못해 몹시 배가 고프던 차였다. 그녀가 말했다. 류쑹, 여행 경험이 많은가 봐요. 류쑹이 말했다. 이런 곳에 올 때는 반드시 만반의 준비를 해야죠. 어서 먹어요. 나도 배고파 죽겠어요.

두 사람은 아침을 먹은 뒤 다시 차에 올랐다. 얼마 지나지 않아 지프차는 다시 산 위의 간선 도로에 접어들었고, 계속해서 앞으로 나아갔다.

그 후로 많은 날 동안 그들은 계속해서 가다가 서기를 반복하면서 산간 지대의 초원 위를 여기저기 한가롭게 누볐다. 때로는 차에서 자기도 하고 때로는 목축민이나 산사람의 집에서 묵기도 했다. 때로는 작은 객잔에서 지낼 때도 있었다. 구쯔는 자신이 산수의 풍경을 감상하러 온 것이 아니라는 사실을 잘 알고 있었으므로, 가는 곳마다 잊지 않고 차이먼의 행방부터 확인했다. 하지만 아무도 아는 사람이 없었으며 작은 단서도 찾을 수 없었다. 이는 구쯔에게 자신의 판단이 잘못된 것은 아닌지 의심을 품게 만들었다. 류쑹은 끊임없이 그녀에게 격려의 말을 건넸다. 낙담할 것 없어요. 이렇게 넓은 곳에서 사람 하나 찾는 일이 쉬울 리 없잖아요. 구쯔는 몹시 미안해했다. 당신과는 아무 상관도 없는 일인데, 당신까지 시간을 쓰고 힘을 쓰고 돈을 쓰게 만들었네요. 사업까지 다 내팽개치게 하고요. 류쑹이 웃으며 말했다. 나 돈 많이 벌었어요! 그 핑계로 그 많은 곳을 돌아보고 당신 같은 특급 미녀까지 모시게 됐으니 가슴이 뻥 뚫리고 기분도 최고예요!

 구쯔도 웃었다. 그녀는 이제 완전히 그를 신뢰하게 되었다. 여러 날을 함께 지내며 류쌍은 가는 곳마다 그녀를 보살펴 주고 지켜 주었다. 다른 목적이 있는 것 같지도 않았다. 여정 내내 그들은 많은 이야기를 나눴다. 구쯔는 자신의 고아 신세에 대해서도 털어놓았다. 이는 류쌍에게 더 많은 동정심을 유발시켰다. 류쌍 또한 자신의 과거에 대해 이야기했다. 그는 자신이 문학에 오랫동안 미련을 두고 있었다고 말했다. 하지만 그가 문학을 단념한 이유는 뜻밖에 간단했다. 문학은 그를 꿈꾸게 만들었을 뿐, 어떤 문제도 해결해 줄 수 없었던 것이다. 그리하여 그는 문학을 포기하고 채소 장사부터 시작하여 작은 식당과 양곡 판매점을 거쳐 작은 여관을 열기에 이르렀다. 이제 먹고사는 것에는 아무런 걱정이 없으나 마음속에는 여전히 문학에 대한 그리움과 시에 대한 그리움이 남아 있었다. 그는 그것이 일종의 성스러운 전당이라 자신은 영원히 그 속으로 들어갈 수 없음을 알고 있었다. 하지만 그는 들어가 보고 싶어 했으며, 모든 문학 관계자들을 존경하고 동경했다. 구쯔는 웃으며 말했다. 그게 줄곧 저에게 잘해 주신 이유예요? 류쌍은 고개를 끄덕이며 말했다. 당신이라는 사람 때문이기도 하죠. 구쯔가 놀라며 물었다. 내가 왜요? 류쌍이 말했다. 나도 말로 표현은 못 하겠어요. 그냥 편안한 느낌이 들어요. 구쯔는 무언가 눈치 챈 듯 말했다. 나한테 그런 말 하지 마요. 듣고 싶지 않아요. 류쌍이 말했다. 오해하지 마세요. 그런 뜻이 아녜요. 나는 내세울 것 없는 사람이에요. 다리까지 절고요. 그런 헛된 생각은 하지도 않아요. 그가 그렇게 말하자 구쯔는 그에게 상처를 준 것 같아 황급히 말했다. 당신 사실은 능력 있잖아요. 춘흥처럼 빼어난 미녀도 당신을 사랑하는 걸요. 류쌍이 쓴웃음을 지으며 말했다. 그 사람은 내 돈을 사랑했어요. 그 사람은 원래 아미추어 모델이었고, 우연히 알게 됐어요. 그 사람과 어느 정도 애정이 쌓였을 때 결혼을 했는데, 나중에야 내가 애당초 그 사람 눈에 차지 않는 사람이라는 것을 알았어요. 구쯔가 이상하다는 듯 물었다. 두 사람 아직 갈라선 건 아니잖아요? 게다가 춘홍은 아직 카운터에서 수납도 하고 돈 관리도 하고요. 류쑹이 말했다. 나와 그 사람이 합의한 게 있어서 그래요. 여관에서 2년간 생기는 이윤과 수입은 다 그녀 몫으로 하고, 2년 뒤에 떠나기로요. 그 사람이 지금 관리하는 건 자기 돈이에요.

그렇게 된 거였다. 그래서 류쑹이 여관을 내팽개치고 떠날 수 있었던 것이다. 그 2년 동안 백조 여관은 사실 춘홍의 소유나 다름없었다.

구쯔는 그들 사이의 일에 대해 더는 알고 싶지 않았으며, 이미 자신이 너무 많은 것을 알게 된 것 같았다. 만약 계속 이야기가 이어진다면 자신까지 그 속에 엮여 버릴지도 몰랐다.

그날 두 사람은 어느 작은 읍내에서 이틀째 쉬고 있었다. 류쑹은 사람을 시켜 자동차 전조등을 수리하고 기름 두 통을 구입했으며 먹을 것과 마실 물 따위를 잔뜩 보충한 뒤 이를 포장하여 일부는 뒤쪽 트렁크에 싣고 일부는 앞쪽 트렁크에 실었다.

사흘째 되는 날, 두 사람은 다시 길을 떠났다.

출발하기 전 류쑹은 잊지 않고 춘홍에게 전화를 걸어 자신의 여정과 행선지를 보고했다. 춘홍의 반응은 시큰둥했다. 그녀는 류쑹이 이미 손님으로 온 여자에게 푹 빠졌다고 믿고 있었다. 그러니 전화를 받는 태도가 친절할 리 없었다. 하지만 또 딱히 화를 내지도 않았다. 그녀와 류쑹 사이에는 한 장의 계약서를 제외하고는 이미 아무 것도 남아 있지 않았다.

량쯔와 황리가 청두로 날아왔다. 그들은 단 하루 만에 구쯔가 묵었던 백조 여관을 찾아냈다.

이는 거의 황리의 활약 덕분이었다.

황리는 형사답게 일 처리가 유능하고 노련했으며 단도직입적이었다. 그녀는 량쯔를 데리고 먼저 청두시 공안국으로 가서 자신의 신분과 목적을 밝힌 뒤 협조를 요청했다. 세상 경찰들은 다 한 식구인 데다 상대가 황리처럼 아리따운 여형사니 그들도 흔쾌히 나서서 도와주었다. 곧바로 인력을 배치하고 청두시 전체의 크고 작은 여관과 객잔을 다 뒤져 당장 구쯔라는 여자의 숙박 기록을 찾아내라고 지시를 내렸다. 그리고 오후 무렵 결국 백조 여관을 찾아냈다.

황리와 량쯔는 곧장 백조 여관으로 향했다. 청두 경찰 측에서 파견한 여경 한 명도 그들과 동행하며 업무 수행에 협조했다. 그들을 맞이한 사람은 역시 춘훙이었다. 숙박 기록과 춘훙이 묘사한 정황에 근거하여 량쯔는 이 숙박 기록에 적힌 구쯔가 바로 자신이 찾던 사람이라고 결론을 내렸다. 춘훙은 무슨 일인지 몰라 약간 겁을 먹은 듯했다. 황리가 말했다. 겁낼 것 없어요. 또 무슨 일이 있었는지 사실대로만 이야기해 주면 돼요. 춘훙은 다시 류쑹이 구쯔를 따라 아바로 간 사실과 사흘 전 한 차례 통화한 일을 털어놓았다.

이 소식을 듣고 량쯔는 뜻밖의 수확에 몹시 기뻐했다. 그는 이처럼 일이 순조롭게 풀리리라고는 기대하지 않았던 것이다.

황리는 즉시 춘훙을 시켜 류쑹에게 연락해 보았으나 전화기 너머에서는 서비스 지역이 아니라 연결이 되지 않는다는 안내만 들려왔다. 잇달아 7~8번이나 전화를 걸었으나 모두 신호가 가지 않았다.

청두의 여경이 말했다. 아바는 고산 밀림 지역이라 인적이 없는 곳이 많아요. 전화가 되지 않는 건 정상적인 일이에요.

량쯔가 황리에게 물었다. 어쩌죠? 그냥 기다리고 있을 수는 없잖아요. 그는 다급해졌다. 젊은 남자 사장이 구쯔와 함께 있다는 사실에 그는 생각이 복잡해졌다.

황리는 잠시 생각해 본 뒤 입을 열었다. 당연히 그냥 기다리고 있으면 안 되죠. 그리고는 여경 쪽으로 몸을 돌려 말했다. 이곳 경찰국에 요청합니다. 우리를 아바 지역으로 데려가 수색에 협조해 줄 경찰차 한 대를 파견해 주시죠.

여경은 머뭇거리다가 대답했다. 경찰차에 여유가 없을 텐데요.

황리가 말했다. 여유가 없더라도 파견해 주셔야 해요. 이미 형사 사건이 발생했을지도 몰라요. 이렇게 하시죠. 저와 함께 경찰국으로 가서 상황을 보고합시다. 경관님이 마음대로 결정할 수 있는 일이 아닌 것 같네요.

여경이 말했다. 그게 제일 좋을 것 같아요.

세 사람은 부랴부랴 경찰국으로 돌아갔다. 황리는 무청 경찰 측 명의로 재차 원조를 요청했고, 형사대의 샹(向) 대장은 두말없이 이에 동의했다. 그가 말했다. 황 형사님, 내가 부대장을 파견해서 안내해 드리라고 하겠습니다!

황리가 말했다. 정말 감사합니다. 오늘 밤 안에 바로 출발할 수 있을까요?

샹 대장이 손목시계를 들여다보았다. 이미 오후 5시였다. 그가 말했다. 곧 저녁 먹을 시간인데, 내가 가서 알아본 뒤 다시 말씀드리지요.

저녁은 구내식당에서 해결했다. 그 여경도 함께였다. 막 식사를 끝냈을 때, 샹 대장이 종종 걸음으로 다가와 말했다. 차량은 이미 준비가 끝났습니다. 쑨(孫) 부대장이 밖에서 기다리고 있습니다.

쑨 부대장은 마흔이 넘은 중년 남성이었는데 마치 잠이 덜 깬 것 같은 표정으로 경찰모를 손에 들고 있었다. 머리숱도 많지 않았다. 샹 대장의 소개가 끝난 뒤 황리가 그를 흘긋 쳐다보고는 다시 30대로 보이는 샹 대장을 쳐다보며 말했다. 어쩌자고 저런 어설픈 사람을 보내시는 겁니까? 영 굼떠 보이는데, 괜찮겠어요?

쑨 부대장은 아무 대꾸도 하지 않았다. 샹 대장이 웃으며 말했다. 저분이 잠이 덜 깬 것처럼 보여도 두 눈이 아주 밝으십니다. 이곳에서는 범인 검거의 고수로 통해요. 또 한 가지 특장점은 밤샘이 가능하다는 겁니다. 사흘을 자지 않고도 끄떡없으세요. 뿐만 아니라 아바 지역도 훤히 꿰고 있으니 사람을 찾는 데 아주 큰 도움이 되실 겁니다.

황리도 더는 할 말이 없었다. 그는 먼저 손을 내밀며 샹 대장에게 작별 인사를 했다. 휴대폰을 꼭 켜 두세요. 제가 수시로 연락드릴게요.

샹 대장이 미소를 지으며 말했다. 명심하겠습니다. 미스 황.

세 사람은 함께 길을 나섰다. 황리는 앞쪽 조수석에 앉았다.

쑨 부대장이 운전을 하며 말했다. 미스 황, 제가 운전하는 것이 불안하면 눈을 크게 뜨고 있으시고, 안심이 되면 그냥 주무십시오. 제가 책임지고 안전하게 모시겠습니다.

황리가 말했다. 샹 대장님께서 꽃봉오리 묘사하듯 극찬을 하셨으니 저도 믿지 않을 수 없지요.

쑨 부대장이 웃으며 말했다. 이런 꽃봉오리도 있습니까?

황리도 못 참겠다는 듯 웃음을 터뜨렸다. 쑨 부대장님, 일단 운전해서 가시다가 피곤해지시면 제가 운전할게요.

쑨 부대장이 말했다. 할 수 있겠어요?

황리가 말했다. 농담하신 거죠? 운전도 못하는 형사가 어디 있어요?

량차오둥은 뒷자리에 앉은 채 줄곧 대화에 끼어들지 않았다. 그의 마음은 이미 아바 지역을 향해 날아가고 있었다. 그는 오직 세상 물정 모르는 구쯔가 젊은 사장의 계획에 끌려가지 않았기만 바랐다.

세 사람이 돌아가며 차를 몬 끝에 이튿날 정오 무렵 춘흥이 말한 그 작은 읍내에 도착했다. 그 작은 읍내는 100여 가구가 전부였으며 집들은 도로가에 줄지어 늘어서 있었다. 읍내의 주민들은 모두 지나가는 차량과 행인들을 대상으로 장사를 하는 사람들이었다.

쑨 부대장은 곧장 차를 작은 읍내의 파출소로 몰았다. 그는 경찰을 통해 금세 류쑹과 구쯔가 묵었던 객잔을 찾아냈다. 대조 확인해 보니 춘흥이 제공한 단서들과 다르지 않았다. 류쑹은 춘흥에게 자신과 구쯔가 쓰구냥 산(四姑娘山) 일대로 갈 계획이라고 알린 바 있었다. 여기서 쓰구냥 산까지는 고작 100킬로미터 거리였다. 객잔 주인의 말에 따르면 그들은 이미 사흘 전에 이곳을 떠났다고 했다.

황리는 춘흥이 알려 준 류쑹의 휴대폰 번호로 전화를 걸어 보았으나 여전히 전화는 연결되지 않았다.

량차오둥이 초조한 듯 말했다. 이제 어떻게 하죠?

쑨 부대장이 말했다. 산으로 갑시다!

세 사람은 대충 끼니를 때운 뒤 곧장 쓰구냥 산으로 내달렸다. 현지 파출소에서 파견한 경찰 두 사람도 한 대뿐인 경찰차를 타고 그들의 뒤를 따랐다.

현지 경찰까지 합세하자 량차오둥은 다소 마음이 놓였다. 하지만 이제 그의 유일한 걱정은 구쯔가 이미 위험에 처했으며 자신이 너무 늦은 것일지도 모른다는 것이었다.

구쯔는 정말로 이미 위험에 처해 있었다. 그리고 류쑹도 마찬가지였다.

두 사람은 사흘 전 작은 읍내를 떠나 쓰구냥 산으로 향했다. 지프차는 줄곧 4000미터 높이의 산길을 달리다가 잠시 쉬고 또다시 위쪽을 향해 달렸다. 고공의 찬바람이 뼛속으로 파고들고 산소까지 부족하여 숨쉬기도 힘들었다. 하지만 그들은 결국 6000미터에 위치한 빙하를 보았다.

거대한 빙하!

산에 오르기 전 그들은 쓰구냥 산의 빙하가 이미 200만 년 이상의 역사를 가졌다고 들었다. 과연 멀리서 바라보니 빙하는 이미 약간 노란 빛을 띠고 있었다. 그것은 세월이 남긴 흔적이었다. 빙하 위로 한 겹의 고색이 덧발라진 것이다. 저만치 멀리 떨어진 곳에서도 거기서 뿜어내는 사무치는 냉기를 느낄 수 있었다.

200만 년, 하늘과 땅은 말이 없다. 빙하는 말이 없다.

구쯔는 그곳에 서서 고개를 들어 멀리 빙하를 바라보고 있노라니 두 눈에 눈물이 가득 차올랐다. 그녀는 차이먼도 이곳에 와서 그녀처럼 고개를 들고 빙하를 바라보았을 것이라 확신했다. 자신이 느낀 것은 천지의 망망함과 생명의 짧고 미미함이었다. 차이먼이 깨달은 것은 무엇이었을까? 그도 자신처럼 눈물을 흘렸을까?

류쑹이 감상한 것은 빙하의 풍경이었다. 그는 한쪽에 서서 끝없이 감탄을 늘어놓다가 까치발을 하고 서서 빙하를 향해 고래고래 소리까지 질렀다. 아아아! ……

두 사람은 차를 타고 산을 내려오다 길을 잃었다.

차는 어느 협곡으로 접어들었고, 날은 이미 어두워지고 있었다.

구쯔가 말했다. 또 아무 데나 들이받지 마세요. 까딱하다간 계곡으로 떨어질 거예요.

두 사람은 차 안에서 하룻밤을 버티고 날이 밝은 뒤에 다시 생각해 보기로 결정했다. 구쯔가 차에서 내려 소변을 보다가 문득 멀지 않은 곳에서 녹색의 작은 불빛을 발견했다. 몹시 아름다웠다. 다시 주위를 둘러보니 적지 않은 녹색 불빛이 더 눈에 띄었다. 불빛은 전혀 움직이지 않았다. 구쯔는 그것을 개똥벌레라고 생각했다. 그녀는 무청에서 자라서 책에서 개똥벌레를 본 것이 전부였으며 실제로 본 적은 없었다. 그녀의 기억에는 이런 색깔이 아니었던 것 같기는 했으나 아마도 큰 산의 개똥벌레는 다를 수도 있을 것이다. 구쯔는 흥분하여 차를 향해 소리쳤다. 류쑹, 빨리 나와 봐요. 여기 주변이 온통 개똥벌레예요. 초록색이오!

류쑹이 그 소리를 듣고 차에서 내려 주위의 깜깜한 어둠 속을 주시하다가 코를 벌름거렸다. 순간 그의 머리털이 쭈뼛 솟아올랐다. 그는 구쯔를 잡아끌어 차 안으로 밀어 넣고 곧바로 자신도 차에 뛰어오른 뒤 쾅 소리를 내며 문을 닫고 잠금장치까지 눌렀다.

구쯔는 영문을 몰라 물었다. 류쑹, 뭐 하는 거예요?

류쑹이 말했다. 저 녹색 불빛이 뭔 줄 알아요?

구쯔가 말했다. 개똥벌레 아녜요?

류쑹이 말했다. 저건 늑대예요! 늑대 눈알이라고요!

구쯔가 "아" 하고 소리를 내질렀다. 겁주지 마세요.

류쑹이 말했다. 노린내 못 맡았어요?

구쯔가 말했다. 맡기는 …… 맡았어요. 나는 그냥 내가 …… 소변을 봐서 ……

류쑹이 말했다. 바보같이! 사람 오줌에서 어떻게 그런 냄새가 나요? 그건 늑대에서 나는 노린내예요! 주위가 온통 늑대예요. 우리 지금 늑대 떼에 포위당했다고요!

구쯔는 놀라 까무러칠 것 같았다. 그저 두 눈을 부릅뜬 채 류쑹을 바라보며 말했다. 그럼 어떡해요? ······ 빨리 차를 몰고 도망쳐요!

류쑹은 차 실내등을 껐다. 차 안은 순식간에 깜깜해졌다. 밖에는 오히려 희미한 빛이 남아 있었다. 두 사람은 차 안에서 밖을 관찰했다. 여기저기 무리를 지은 아득한 녹색 빛이 보였다. 불빛은 천천히 이동하면서 조금씩 차를 향해 다가오고 있었다. 이미 어렴풋이 늑대 떼의 형체까지 알아볼 수 있을 정도였다.

류쑹이 대충 헤아려 보니 최소한 1~200마리는 될 듯했다!

구쯔도 이를 발견했다. 그녀는 온몸에 힘이 빠지고 호흡도 곤란해지는 듯했다. 의식마저 혼미해졌다.

류쑹은 오히려 냉정을 잃지 않았다. 그가 말했다. 녀석들은 이미 차를 포위했어요. 이렇게 깜깜하니 길도 보이지 않고 뚫고 나갈 방법이 없어요.

구쯔의 입술 사이로 몇 마디가 겨우 새어 나왔다. 우리 이제 ······ 죽기만 기다리는 거예요?

류쑹이 말했다. 차 문만 꽉 닫고 있으면 녀석들이 들어올 수 없을 거예요. 이렇게 버텨 보다가 날이 밝은 뒤에 다시 생각해 보는 수밖에 없어요.

구쯔는 좌석 위에서 몸을 잔뜩 웅크린 채로 놀라고 겁먹은 두 눈으로 밖을 주시했다. 그녀는 똑똑히 보았다. 커다란 늑대 한 마리가 발톱으로 차 앞머리를 긁어대다가 훌쩍 뛰어오르더니 방풍 유리 앞 보닛 위에 내려앉았다. 구쯔는 비명을 지르며 류쑹의 가슴에 와락 안겼다.

류쑹은 한 손으로는 그녀를 끌어안고 다른 한 손으로는 좌석 아래에서 그 큰 칼을 꺼내며 말했다. 구쯔, 겁내지 마세요. 녀석은 못 들어와요. 내 손에는 칼도 있어요.

그 커다란 늑대도 차 안에 사람이 있다는 것을 아는 모양이었다. 녀석은 코를 방풍 유리 앞에 바짝 들이 밀었다. 안쪽의 냄새를 맡으려는 것 같았다. 류쑹이 녀석을 향해 칼을 휘둘렀다. 칼날에서 빛이 번쩍 하자 늑대는 약간 물러나는 듯하다가 몸을 뒤로 젖히며 늑대 떼를 향해 소리로 신호를 보냈다. 그러자 늑대 떼들이 즉각 신속히 주위를 에워싸더니 잇달아 발톱으로 차체를 긁어 댔다. 차 안에서도 끼익끼익 하는 소리가 똑똑히 들렸다. 지프차는 눈 깜빡할 사이 늑대 떼의 공격 대상이 되었다. 그때 기세라면 금방이라도 차를 갈기갈기 찢을 수 있을 것 같았다.

류쑹은 다급한 마음에 갑자기 클랙슨을 울렸다. 늑대 떼가 놀라 뿔뿔이 흩어지더니 10여 미터쯤 떨어진 곳에서 멈춰 섰다. 녀석들은 어째서 이놈도 짖을 줄 아는 것인지 모르겠다는 눈치였다.

클랙슨 소리에 놀라 늑대 떼가 물러나자 류쑹과 구쯔는 겨우 한숨을 돌렸다. 그들은 알고 있었다. 어떻게 해서든지 녀석들이 차를 물어뜯도록 내버려 둬서는 안 된다.

그날 밤, 류쑹과 늑대 떼는 서로 지혜와 용기를 겨뤘다. 늑대 떼가 에워싸고 다가오면 맹렬히 클랙슨을 울리거나 갑자기 시동을 걸어 몇 미터쯤 돌진했다가 다시 제자리로 돌아왔다. 그는 감히 멀리 차를 몰고 갈 수가 없었다. 앞쪽의 지형을 전혀 짐작할 수가 없어서였다. 하지만 그러면서 늑대 떼와 차는 어느 정도 거리를 유지할 수 있었다.

날이 점차 밝아 왔다. 늑대 떼는 여전히 차 주위를 에워싼 채 떠나지 않았다. 그제야 그들은 야생 늑대가 족히 200마리에 달하는 것을 확인했다. 밤새 대치한 탓에 녀석들은 약이 오를 대로 올랐는지 아예 차와 끝까지 겨루기로 작정을 한 것 같았다.

그날 밤 고도의 긴장 상태로 인해 두 사람은 모두 완전히 지쳐 버렸다. 류쑹은 휴대폰으로 경찰에 신고해 보려고 시도했으나 신호가 잡히지 않았다. 이는 짐작했던 일이다. 산은 너무도 깊었다.

류쑹은 상자 안에서 과자 몇 개를 꺼내며 말했다. 먹어요. 이제 포위망을 뚫고 나갈 거예요.

구쯔가 말했다. 못 먹겠어요. 그러면서 생수 한 병을 집어 들어 뚜껑을 돌려 딴 뒤 한 모금을 마셨다. 그리고는 이를 류쏭에게 건넸다. 그녀는 물조차 마실 엄두가 나지 않았다. 물을 마시면 소변을 봐야 하는데 차 안에서 무슨 수로 소변을 본단 말인가?

류쏭은 그녀의 생각을 알아차리고는 화를 내며 말했다. 지금이 어떤 시국인데, 몸이 중하지 부끄러운 걸 따질 때예요? 그는 손을 뻗어 단단한 재질의 컵라면 하나를 꺼내 안에 든 것을 빼냈다. 그리고는 빈 그릇을 그녀의 품에 밀어 넣으며 말했다. 밤새 참았잖아요. 뒤에 가서 오줌 싸요! 오줌 싸는 게 뭐 부끄러운 일예요?

류쏭은 일부러 오줌이라는 두 글자를 두 차례 내뱉었다. 그는 대놓고 분명히 말해 버리고 나면 오히려 부끄러움도 사라질 거라 믿었다.

구쯔는 여전히 망설이고 있었다. 얼굴도 새빨갛게 달아올랐다. 이는 부끄러움 때문만은 아니었으며, 이미 방광이 터지기 직전까지 참은 탓이기도 했다.

류쏭이 큰 소리로 말했다. 며칠 동안이나 보고도 아직 나를 못 믿어요? 내가 그렇게 한심한 놈이에요?

구쯔는 난감해졌고 결국 그릇을 집어 들고 뒷좌석으로 넘어갔다. 그리고는 부들부들 떨면서 소변을 보았다.

류쏭은 고개를 돌리지 않고 뒤로 손을 뻗어 그릇을 건네받은 뒤 말했다. 뒷좌석에 앉아 있어요. 그리고는 창문을 조금 열고 그릇을 바깥으로 던졌다. 그때 200여 마리의 늑대들은 차를 포위한 채 뿔뿔이 흩어져 있었다. 가장 먼 것은 수십 미터쯤 되었고, 가장 가까운 것도 십여 미터쯤 떨어져 있었으며, 대부분 풀밭이나 도랑 위에 앉아 차 쪽을 관망하고 있었다.

류쏭은 녀석들과 밤새 대치하면서 경험이 축적된 덕분에 녀석들이 돌발적인 상황이 발생하면 혼란을 느낀다는 것을 알게 되었다. 녀석들은 잠시 생각에 잠겼으며 경솔하게 움직이지 않았다. 그는 모든 늑대들이 정지 상태로 관망하는 것을 자세히 관찰한 뒤, 차에서 내려 소변을 보기로 결정했다. 사실 그도 방광이 터지기 일보 직전이었다. 그는 구쯔에게 부끄러워하지 말라고 훈계했으나 막상 다 큰 사내가 아가씨 앞에서 오줌을 누자니 아무래도 적절치 않게 느껴졌다.

그는 한 차례 모험을 강행하기로 마음먹었다. 또한 늑대 떼의 반응도 탐색해 보기로 했다. 그리하여 그는 살며시 차 문을 열어 약간의 틈을 만들었다. 구쯔가 이를 보고 말했다. 류쑹, 무슨 짓이에요? 미쳤나 봐!

류쑹이 웃으며 말했다. 괜찮아요. 당신은 그냥 눈 감고 가만히 있어요. 말을 하는 동안 그는 이미 차 문을 반쯤 열어젖히고 한쪽 다리는 차 위에 두고 다른 한쪽 다리는 땅에 내려놓은 채 오줌을 싸기 시작했다.

늑대 떼는 곧바로 그의 거동을 알아차렸다. 십여 마리의 늑대가 우르르 자리에서 일어났다. 류쑹은 녀석들에게서 시선을 떼지 않고 일거일동을 주시했다. 그는 자신이 허둥대서는 안 된다는 것을 알고 있었으며, 이미 오줌을 싸기 시작한 이상 끝을 봐야만 했다. 그는 얼른 따져 보았다. 가장 가까운 늑대가 대략 12미터 거리에 떨어져 있었다. 녀석이 일어나 달려든다 해도 적어도 3초는 걸릴 것이다. 하지만 자신은 2초 이내에 차로 돌아가 문을 닫아걸 수 있다.

늑대 떼는 이 인간이 한쪽 다리를 밖에 짚은 채 무엇을 하는 것인지 판단이 서지 않는 모양이었다. 그러다 녀석들은 사람의 살 냄새를 맡고 3분쯤 망설이며 생각하는 듯싶더니 몇 마리가 갑자기 펄쩍 뛰어오르며 류쑹을 향해 돌진하기 시작했다.

류쑹은 마침 볼일을 다 본 뒤였으며, 과연 2초 만에 차 안으로 돌아온 것은 물론 덜컹하는 소리와 함께 차 문도 닫았다. 늑대 몇 마리가 미처 걸음을 멈추지 못해 분분히 차 트렁크에 와 부딪히면서 널컹널컹 소리가 울렸다. 가장 마지막에 와서 부딪힌 것은 몸집이 큰 늑대였다. 녀석은 아마도 늑대들의 우두머리인 것 같았으며, 어젯밤 차 보닛에 위에 기어 올라온 것도 바로 그 녀석 같았다.

류쌍은 짓궂게 웃어 대기 시작했다.

구쯔도 웃었다.

이는 그들이 어젯밤 이후로 처음 웃는 것이었다.

하지만 늑대들은 수치심과 분노로 더욱 성이 났다. 특히 그 우두머리가 그랬다. 녀석은 꼿꼿하게 서서 유리 위를 할퀴고 물어뜯었으나 물어뜯을 것이 없으니 미친 듯이 발톱을 휘둘러 댔다. 자신이 놀림을 당했다고 생각하는 것이 분명했다.

류쌍은 녀석의 기분은 신경 쓰지 않고 고개를 돌려 구쯔에게 말했다. 꽉 잡아요. 돌파해 보자고요.

그는 이제 길이 똑똑히 보였다. 앞쪽은 울퉁불퉁한 웅덩이와 두둑이라 첫날밤에 조난을 당했을 때처럼 왔던 길을 되돌아가는 수밖에 없었다.

류쌍은 클랙슨을 울려 늑대 떼를 저만큼 떼어 놓은 뒤 시동을 걸고 제자리에서 차머리를 돌려 뒤쪽으로 차를 몰았다.

구쯔는 한숨을 내쉬었다. 드디어 늑대 떼를 벗어날 수 있게 된 것이다.

하지만 일은 그리 간단치 않았다.

200여 마리의 늑대들은 우두머리의 인솔 하에 세찬 바람처럼 쫓아와 차 앞을 막아서고 뒤를 추격했다. 함부로 차의 속도를 올릴 수도 없었다. 지면의 높이가 고르지 않아 뒤집힐지도 모른다는 생각이 든 것이다. 차는 순식간에 다시 늑대 떼에게 포위되었다.

녀석들은 지능 지수가 매우 높은 치밀하고 조직적인 늑대 떼였다.

류쌍과 구쯔는 모두 이를 알아차렸다. 구쯔의 가슴이 다시 두근거리기 시작했다. 류쌍은 차의 속도를 늦추고 천천히 앞으로 나아갔다. 그는 차를 멈춰서는 안 되며 그렇다고 너무 빨리 가서도 안 된다는 것을 알고 있었다. 그 흉악한 우두머리는 열몇 마리의 늑대를 이끌고 앞을 막아섰다. 만약 그대로 녀석들을 밀고 나간다면 차는 전복될 것이 분명했다.

그렇게 20분여 분이 지난 뒤에도 차는 겨우 몇 킬로미터를 이동한 것이 전부였다. 게다가 늑대 떼는 여전히 필사적으로 들러붙으며 놓아줄 생각을 하지 않았다.

그때 끔찍한 일이 일어났다!

차에 기름이 떨어진 것이다.

전날 하루 종일 운전을 하면서 류쑹은 저녁 무렵 쉬면서 기름을 더 넣을 생각이었다. 나중에 길을 잃으면서 이미 일이 틀어졌고, 늑대 떼를 만나면서 아예 그 일은 잊어버리고 말았다. 뒤쪽 트렁크에 기름 두 통이 있기는 하지만 늑대 떼에 둘러싸인 상황에서 차에서 내려 기름을 가지러 가는 것은 불가능했다.

류쑹은 머리를 세게 얻어맞은 듯했다. 이제 일이 정말로 골치 아파진 것이다.

구쯔도 상황을 인식했다. 그녀가 말했다. 혹시······ 기름이 없는 거예요?

류쑹은 대답도 하지 않고 연료 계기판을 노려보며 자신의 다리를 사정없이 내리쳤다.

넷째 날, 황리와 지원군이 협곡을 찾아낸 뒤 그들의 지프차를 발견했을 때도 늑대 떼는 여전히 포기하지 않고 남아 있었다. 하지만 남은 녀석들은 수십 마리 정도였다. 다른 늑대들은 이미 인내심이 바닥난 모양이었다.

경찰차 두 대가 달려들며 사이렌을 동시에 울리자 순식간에 온 협곡에 섬뜩하고 무시무시한 소리가 울려 퍼졌다. 황리는 권총을 뽑아 들고 고개를 내밀어 늑대 떼를 조준하더니 잇달아 총알을 발사했다. 늑대 몇 마리가 총소리와 함께 바닥에 쓰러졌다. 현지의 경찰 한 사람이 다른 차에서 소리를 질렀다. 총을 쏘지 마십시오. 늑대는 보호 대상 동물입니다! 황리는 이에 아랑곳하지 않고 총에 든 총알을 다 쓴 뒤에야 악을 썼다. 헛소리! 이 몸께서 잡으려는 게 바로 늑대예요!

남아 있던 수십 마리의 늑대들은 순식간에 뿔뿔이 흩어졌다. 우두머리는 한 암석 위로 도망친 뒤 분이 안 풀린 듯 고개를 돌리며 바라보았다. 그리고는 산봉우리를 향해 한 차례 울부짖고는 이내 사라졌다.

누구도 요 며칠간 얼마나 많은 무시무시한 일들이 일어났었는지 알지 못했으며, 아무도 그들이 어떻게 버텨 냈는지 제대로 설명할 수 없었다.

지프차는 이미 심하게 훼손되어 있었다. 타이어는 전부 늑대가 물어뜯어 찢어지고 터졌으며 차체는 물고기 비늘처럼 상처로 뒤덮여 있었다. 차의 유리도 깨지고 구멍이 났는데 늑대 머리 하나가 드나들 수 있을 정도였다. 차 밑에는 열 구 이상의 늑대 시체가 널려 있었다. 모두 큰 칼에 목이 잘린 시체였으며 땅에는 곳곳에 피가 고여 있었다.

류쑹과 구쯔도 얼굴과 머리가 온통 피로 범벅이 되고 머리카락도 마구 헝클어져 있었다. 류쑹은 칼 한 자루를 쥐고, 구쯔는 펜치를 쥐고 있었다. 두 사람의 표정은 절망적이고 경직되었으며 생기가 없고 사나웠다. 두 눈은 벌겋게 충혈되어 있었다.

경찰차 두 대가 늑대 떼를 쫓아내고 사람들이 차에서 내려 달려오는 것을 보고도 두 사람은 멍하니 그들을 쳐다보고만 있었다. 흥분도 하지 않았고, 아무 말도 없었다.

량차오둥이 가장 앞서 달려와 있는 힘껏 차 문을 열고 구쯔를 안아 올렸다. 구쯔는 놀란 눈으로 그를 한번 쳐다보고는 곧바로 그의 품에서 정신을 잃었다.

류쑹은 경찰들을 보자 손에서 힘이 풀리며 쥐고 있던 큰칼을 떨어뜨렸다. 그는 더듬더듬 말했다. "저도 알아요. 늑대가······ 보호 대상 동물인 거, 그런데 ······ 녀석들이 ······ 머리를 들이밀고 들어와서 ······ 저도 어쩔 수 없이 ······ 칼로 잘라 ······ 잘라서 ······ 숨통을 끊었어요 ······"

쑨 부대장이 말했다. 당신을 탓하는 사람 없습니다. 어서 내려오세요. 이제 구조됐어요!

현지 경찰 한 명이 다가와 그를 부축하여 차에서 내려 주며 말했다.

어쩌자고 야생 늑대 계곡으로 들어온 겁니까? 여기는 야생 늑대들이 우글거려서 현지 사람들도 감히 못 오는 곳이에요. 하지만 류쑹은 대답이 없었다. 그도 정신을 잃은 것이다.

황리가 고개를 절레절레 흔들었다. 그 광경은 그녀에게도 충격이었다. 그녀가 중얼거리듯 말했다. 여러분들께서 산속 사정에 밝으셨으니까 망정이지 반나절만 더 늦었더라면 이미 이 세상 사람이 아니었을 거예요.

또 다른 현지 경찰이 말했다. 얼른 차에 타시지요! 늑대 떼가 다시 돌아올지도 모릅니다. 그럼 총으로도 당해낼 수 없을 거예요.

사람들은 허둥지둥 구쯔와 류쑹을 경찰차에 태우고 이미 고철 덩어리로 변한 지프차를 버려둔 채 사이렌을 울리며 야생 늑대 계곡을 빠져나갔다.

일주일 뒤, 구쯔는 황리와 량쯔를 따라 비행기를 타고 무청으로 돌아왔다.

청두에서 치료를 받으면서 구쯔의 피부에 난 상처들은 빠르게 아물었다. 하지만 정신적으로는 여전히 얼떨떨한 상태였다.

다커 사장은 구쯔가 겪은 일을 알게 된 뒤 크게 분통을 터뜨렸다. 그가 말했다. 완전히 야단법석을 떨었군 그래! 내가 뭐랬나. 차이먼인지 뭔지 하는 작자는 존재하지도 않는다니까. 그냥 스튀의 머릿속에서 나온 인물이야. 자네들이 좀 보게. 무턱대고 찾아오라며 구쯔를 밖으로 내몰아서 하마터면 목숨까지 잃을 뻔했지 않나! 차이먼의 문집을 내면 어떻겠냐고? 만 세트를 찍어 봐야 주문은 고작 수백 세트 정도 들어오겠지. 전부 헛소리뿐인데 그걸 누가 사겠나?

량차오둥이 말했다. 사장님도 너무 그렇게 화내지 마세요. 차이먼을 못 찾았다고 꼭 그 사람이 있다는 뜻은 아니잖아요. 구쯔 씨가 둔황의 객잔에서 분명 톈이라는 사람이 숙박 등록을 했었다는 이야기를 들었대요. 종업원 말로는 그 사람은 작가였고 수십 일간 머물면서 매일 글을 썼대요.

다커가 말했다. 그건 차이먼과 아무 관계도 없지 않나. 자네가 말한 그 사람은 톈이라면서, 구쯔가 찾던 사람은 차이먼이고. 그런데 무슨 상관인가!

쉬이타오는 속으로 깜짝 놀랐다. 톈이라면 스튀의 어릴 적 이름 아냐? 어떻게 이런 우연이, 또 톈이라는 사람이 나타나다니!

물론 쉬이타오는 이를 입 밖에 내지 않았다. 그녀는 나중에 량쯔를 데리고 구쯔를 보러 가는 길에 그날 톈주와 함께 스튀가 사는 곳을 찾아간 일을 이야기해 주고, 전후 사정에 대해 자신이 들은 내용을 전달했다. 량쯔는 그 이야기를 듣고 거듭 놀라며 말했다. 세상에 이런 기이한 일이 있을 수가 있을까요? 편집장님에게서 늘 기괴한 분위기가 느껴졌는데, 과연 그런 사정이 있었네요!

쉬이타오는 잠시 중얼거리며 머뭇거리다가 이야기를 꺼냈다. 걱정스러운 건 그 기괴하고 황당한 일들이 그걸로 끝이 아닌 것 같다는 거예요.

량차오둥이 말했다. 기괴하고 황당한 일이 아직도 남아 있다고요?

쉬이타오가 말했다. 방금 구쯔가 둔황의 객잔에서 톈이라는 이름의 작가를 찾았다면서요. 편집장님의 어릴 적 이름이 톈이잖아요?

량차오둥은 어리둥절해하며 말했다. 그게 어때서요? 세상천지에 이름이 같은 사람이 얼마나 많은데, 그리고 어쨌든 그 톈이라는 사람은 편집장님일 리도 없고요.

쉬이타오는 더 이상 말하지 않았다. 그녀는 속으로 생각했다. 그러게, 편집장님은 줄곧 출판사에 출근하셨는데. 요 며칠 갑자기 안 나오신 게 전부인데, 둔황까지 가서 수십 일간 묵었을 리가 없잖아. 편집장님이 분신술을 쓰시는 게 아니라면. 속으로 그런 생각을 하다가 문득 그녀는 다시 어떤 강렬한 예감에 사로잡혔다. 이 일에는 아직도 수상쩍은 부분이 많이 남아 있었다. 구쯔를 만나면 이를 잘 따져 물을 필요가 있었다.

구쯔는 출판사에서 그녀에게 마련해 준 50평짜리 집에 머무르고 있었다. 무청으로 돌아온 뒤 마음이 훨씬 편안해지고 정신적으로도 많이 회복되었다. 그녀는 류쑹이 조금 걱정스러웠다. 그가 완전히 회복되었는지도 궁금했다. 만약 그가 아니었다면, 그의 그 고물 지프차가 아니었다면, 그녀는 분명 돌아오지 못했을 것이다.

쉬이타오와 량차오둥이 그녀를 보러 왔을 때 구쯔는 몹시 기뻐했다. 그녀가 쉬이타오에게 웃으며 말했다. 쉬 주임님, 어떻게 여기까지 오셨어요?

쉬이타오가 말했다. 웃음이 나와요? 늑대에게 잡아먹힐 뻔했다면서. 구쯔 씨 진짜 간도 크다. 어떻게 늑대 소굴에 뛰어든 거예요?

량차오둥이 말했다. 쉬 주임님이 못 보셔서 그래요. 구쯔 씨 엄청나게 용감했어요. 딱 구쯔 씨를 봤을 때 머리카락은 풀어 헤치고 얼굴에는 온통 핏자국인 데다가 두 눈에는 살기가 등등하더라고요. 손에는 펜치를 쥐고 있었는데 그 위에는 온통 늑대 피가……

구쯔는 얼굴이 붉어지며 말했다. 어쩔 수 없이 그런 거죠. 늑대와 싸우지 않으면 진짜 죽을지도 모르는 상황이었어요.

쉬이타오가 말했다. 됐어요, 됐어. 구쯔 씨가 차이먼을 찾아간 이야기부터 좀 해 봐요. 구쯔는 차이먼을 찾아 헤맨 과정을 죽 들려주었다.

쉬이타오가 말했다. 둔황에 있을 때 객잔 종업원에게 그 톈이라는 사람 생김새에 대해 물어봤었어요?

구쯔가 기억을 되짚어 본 뒤 말했다. 물어봤어요. 키가 아주 크고 머리카락이 헝클어져 있고 허리가 좀 구부정하고 두꺼운 근시용 안경을 끼고 있었대요. 맞다. 푸른색 장삼을 입고 있었는데 늘 꾀죄죄했대요.

쉬이타오와 량차오둥이 서로를 쳐다보았다. 깜짝 놀란 표정이었다.

구쯔가 말했다. 왜요?

량차오둥이 말했다. 구쯔 씨, 정말 종업원이 그렇게 말하는 걸 들었어요?

구쯔가 말했다. 그럼요. 그분을 만나지는 못했더라도 항상 그분의 생김새와 특징을 잘 물어봐야겠다고 생각했어요. 그래야 나중에 찾을 때 목표를 설정할 수 있으니까요.

쉬이타오가 말했다. 구쯔 씨, 그 사람 생김새나 특징이 누구랑 비슷한 것 같지 않아요?

구쯔가 말했다. 그 당시에는 환각이 보이면서 이 사람은 왜 그렇게 낯이 익을까 싶었어요. 엄청 친근감도 들었고요. 전혀 낯설게 느껴지지가 않더라고요. 그러다 나중에는 그런 생각이 사라졌어요.

량차오둥이 목이 잠긴 듯 떨리는 목소리로 말했다. 그…… 톈이라는 사람…… 우리 편집장님이랑 비슷한 것 같지 않아요? 스퉈 편집장님?

구쯔의 입이 서서히 벌어지더니 잠시 멍해졌다. 그러다 갑자기 소리를 질렀다. 비슷해요! 너무 비슷해요! 왜 나는 진즉 그 생각을 못했을까요? 너무 비슷해요. 키며 생김새며 입은 옷과 행동까지 다 비슷해요!

쉬이타오와 량차오둥이 다시 서로를 바라보다가 거의 동시에 외쳤다. 진짜 이상한 일이네!

구쯔는 마치 짙은 안개 속에 빠진 기분이었다. 그녀가 말했다. …… 어떻게 이상한데요?

쉬이타오가 말했다. 혹시 객잔에서 그 사람이 놓고 간 물건 같은 거 발견한 거 없어요? 옷 한 벌이나 책 한 권, 펜 한 자루, 양말 한 짝, 아니면 머리카락 하나라도요.

구쯔가 말했다. 그런 건 없었어요. 제가 묵었던 방은 그 사람이 실제로 묵었던 방이었거든요. 다른 것은 발견하지 못했고 서랍 안에서 낡은 쪽지한 장을 찾은 게 전부예요. 위에는 지명들이 적혀 있었고요. 저는 그 쪽지에 적힌 지명을 보고 청두에 갔다가 아바에 갔어요.

쉬이타오가 기뻐하며 말했다. 그 쪽지 아직도 가지고 있어요?

구쯔가 말했다. 분명 아직 있을 거예요. 그러면서 몸을 일으켜 상자를 가져와 열더니 포켓 안에서 한 묶음의 영수증을 꺼냈다. 차표와 숙박 영수증 따위가 바닥에 수북이 쌓였다.

쉬이타오와 량차오둥이 그녀와 함께 영수증 뭉치를 뒤적였다. 한참을 뒤적이다가 량차오둥이 소리를 지르며 말했다. 구쯔 씨, 둔황을 떠나서 또 어디로 갔던 거예요?

구쯔가 말했다. 아무 데도 안 갔어요. 곧장 청두로 갔어요.

량차오둥이 말했다. 아닌데요. 그러면서 차표 한 장을 집어 들었다. 그런데 여기는 어째서 네이멍으로 가는 기차표가 있는 거예요?

쉬이타오가 말했다. 여기 신장으로 가는 차표도 있어요.

량차오둥이 말했다. 이건 저우산으로 가는 차표예요. 배표도 한 장 있고요.

구쯔는 영문을 모르겠다는 표정으로 직접 전국 각지의 숙박 영수증과 차표, 기차표 따위를 찾아냈다. 그녀는 고개를 들어 두 사람의 의심스러운 눈빛을 쳐다보고는 울음을 터뜨리며 말했다. 저는 정말 이 영수증들이 어디서 나왔는지 몰라요. 제가 주워 온 게 아녜요. 경비를 허위로 과대 보고하려던 게 아녜요. 정말이에요!……

량차오둥은 멍해졌다.

쉬이타오가 말했다. 무슨 생각을 하는 거예요. 구쯔 씨가 허위로 보고하려고 했다는 걸 의심하는 게 아니에요. 잘 생각해 봐요. 저런 곳에 간 적 없어요?

구쯔가 말했다. 간 적 없어요.

량차오둥이 말했다. 가지도 않았는데 어째서 이런 표와 영수증이 나왔을까요?

구쯔가 고개를 가로저으며 말했다. 저도 모르겠어요. 그녀는 여전히 무구한 표정이었으며 얼굴에는 눈물이 매달려 있었다.

쉬이타오가 고개를 내저었다가 다시 끄덕였다. 기괴한 일이 한 가지 더 추가된 모양이었다. 그녀는 구쯔가 거짓말을 하는 것이 아니라고 믿었다. 하지만 이 표와 영수증들의 내력을 알 수가 없으니 그저 구쯔가 일정 기간 기억을 잃었던 것이라 짐작할 수밖에 없었다. 말하자면 차이몐을 찾아 헤매는 중에 어떤 신비한 힘이 그녀의 기억을 빼앗아 간 것이다.

이는 터무니없는 소리다.

하지만 그런 일이 정말로 벌어져 버렸다.

구쯔는 결국 그 낡은 쪽지를 찾아냈다. 량차오둥이 이를 빼앗듯 가져가 한번 훑어보고는 바로 긴장한 표정으로 쉬이타오에게 전달했다. 마치 그것이 주술이라도 되는 것처럼.

쉬이타오는 그것을 손에 쥐고 자세히 들여다보았다. 마찬가지로 심상치 않은 표정이었다. 그녀는 정신병에 걸릴 것 같은 기분이었다. 그 쪽지 위의 필적은 명명백백 스퉈의 것이었다! 그녀와 량쯔는 그의 글씨를 너무도 잘 알았다. 용이 날고 봉황이 춤을 추듯 생동감이 넘치고, 거칠고 크며, 어떠한 규범과도 합치되지 않았다. 게다가 구쯔의 표와 영수증 위에 적힌 지명들은 그 쪽지 위에도 다 적혀 있었다.

그야말로 상식적으로는 이해할 수 없는 일이다!

쉬이타오는 불안해하는 구쯔의 얼굴을 바라보면서도 그녀에게 많은 이야기를 해 주지 않았다. 그녀는 구쯔를 놀래게 할까 두려웠다. 한바탕 공포에서 막 깨어난 사람을 다시 더 큰 공포로 몰아넣을 수는 없었다. 그것은 늑대 떼보다 더 무시무시한 공포일 것이다.

량차오둥이 구쯔에게 물었다. 다른 게 더 있어요?

구쯔가 잠시 생각해 보더니 작은 책상 아래에서 감색 도자기 그릇 하나를 가져왔다. 이건 둔황의 그 객잔에서 가져온 물건인데, 기념 삼아 얻어 왔어요. 그 텐이라고 하는 사람이 그걸 재떨이로 썼다는데, 객잔 종업원 말로는 그 사람이 담배를 엄청 피웠대요. 밤에는 늘 기침을 했고요.

이번에는 또 들어맞지 않는다.

스퉈는 담배를 핀 적이 없다. 그럼 이 텐이는 그 텐이가 아닌 걸까?

량차오둥과 쉬이타오는 각각 번갈아 가며 그 물건을 손에 쥐고 살펴보았다. 막막한 얼굴이었다. 결국 쉬이타오가 구쯔에게 말했다. 이 쪽지와 도자기 그릇은 일단 내가 가지고 갈게요. 쓸데가 좀 있어요. 나중에 다시 돌려줘도 괜찮죠?

구쯔가 고개를 가로저으며 말했다. 돌려주실 필요 없어요 …… 여기에 엄청나게 많은 현묘한 이치가 숨어 있는 거죠?

두 사람은 깜짝 놀랐다.

량차오둥이 말했다. 벌써 알고 있었어요?

구쯔가 고개를 끄덕였다. 둔황에 있을 때 조금 알게 됐어요. 하지만 깊이 생각하지는 않았고요. 그리고는 위먼관에서 무당처럼 보이는 노파와 검은 얼굴의 노인을 만난 일을 이야기했다. 구쯔가 말했다. 저는 그분들께 아무 얘기도 하지 않았는데도 그분들은 마치 제가 누구를 찾고 있는지 다 알고 계시는 것 같았어요. 그때부터 뭔가 이상하다는 생각이 들더라고요.

쉬이타오가 말했다. 알겠어요. 구쯔 씨는 며칠 푹 쉬어요. 우리는 가봐야겠어요.

두 사람은 구쯔의 숙소를 떠나 스튀를 만나러 빈민가에 가 보기로 했다. 스튀는 아직 몸이 회복되지 않아 여전히 집에 머무르고 있었다.

량차오둥은 느릿느릿 차를 몰았다. 깊은 생각에 잠긴 듯했다. 쉬이타오도 침묵을 지켰다. 그녀는 무슨 말을 해야 좋을지 알 수가 없었다.

량차오둥이 끝내 입을 열었다. 누님, 누님은 유신론자세요?

쉬이타오가 잠시 생각해 보더니 말했다. 나도 모르겠어요. 나는 그냥 이 세상에 우리가 알고 있는 것들은 사실 극히 일부에 지나지 않는다는 생각이 들어요.

도착할 때까지 두 사람은 더 이상 아무 말도 하지 않았다.

스튀의 병세는 호전될 기색이 보이지 않았다. 거의 매일 한 번씩 신열이 올랐으며 전혀 기운이 없었다.

린쑤가 말했다. 오랫동안 건강을 돌보지 않아서 몸이 너무 많이 망가졌어요.

두 사람이 스튀의 집에 도착했을 때 린쑤는 막 스튀에게 주사를 놓은 뒤였다. 그녀는 예전부터 주사 놓는 법을 알고 있었다.

쉬이타오가 말했다. 동생이 수고가 많네요.

린쑤가 쓴웃음을 지었다. 어쩔 수 없죠. 병원에는 가지 않으려고 하니까요.

스튀는 그들을 보고 매우 기뻐하며 말했다. 량쯔, 자네 어디 갔었나? 왜 요 며칠 통 찾아오지 않은 거야? 쉬 주임은 몇 번이나 왔었는데.

량차오둥이 웃으며 말했다. 편집장님, 편집장님께서 그런 말씀을 하시는 걸 듣게 될 줄은 몰랐네요. 원래 편집장님도 인간미가 있는 분이셨군요.

린쑤가 말했다. 그런 말을 하다니, 저까지 놀랐어요. 저한테는 한 번도 그런 이야기를 한 적이 없거든요. 하지만 실은 속정이 깊은 사람이라는 건 저도 잘 알고 있어요. 스튀가 미국에서 돌아온 뒤에 메이핑 언니가 세상을 떠난 걸 알고 저한테 자기를 교외의 샹비 산으로 데려다 달랬어요. 그리고 메이 언니의 묘지를 찾아갔어요. 메이 언니의 묘지에는 사실 무덤이 없어요. 언니가 죽기 전에 저에게 당부했거든요. 자신의 유골을 나무 아래에 묻어 달라고. 그러면 생명이 계속 이어질 테니까 언니가 스튀를 계속 지켜 줄 수 있다고요. 저는 샹비 산 위에서 향장목 한 그루를 찾아내 유골을 그 아래 묻었어요. 스튀는 그 나무를 끌어안고 큰 소리로 울부짖고 어린아이처럼 엉엉 울었어요. 그때 저는 스튀가 우는 걸 처음 봤어요. 그게 처음이자 마지막이었고요. 그 뒤로 스튀는 자주 샹비 산을 찾았어요. 항상 깊은 밤 인적이 끊어진 시각에요. 그리고 장미꽃 한 송이도 잊지 않고 챙겨 가서 밤새 그곳에 앉아 있었어요. 스튀가 한밤중이 되도록 집에 돌아오지 않으면 예외 없이 샹비 산으로 간 거였죠. 날이 밝을 무렵 제가 차를 몰고 산 아래에 가서 기다리고 있으면 반드시 그를 만날 수 있었어요. 봄이나 여름이나 가을이나 겨울이나 마찬가지였어요. 아무리 덥거나 추운 날씨에도 그는 빠짐없이 그곳을 찾았어요. 여름과 가을에 산 위에서 밤을 새우고 나면 온몸이 모기에 뜯겨 온통 붉은 자국이 생겼어요. 겨울에는 이슬이 얼음으로 변하고 산바람이 칼날처럼 불어 닥쳐도 스뛰는 앉은 채로 밤을 지새웠어요. 산에서 내려올 때면 걸음조차 제대로 걷지 못했고요. 그 모습을 보면 가슴이 아파서 말려 보기도 했지만 소용이 없었어요.

량차오둥과 쉬이타오는 크게 감동했다. 그들은 스뛰가 그처럼 순정파일 줄은 상상도 하지 못했다.

린쑤가 말했다. 스뛰가 온몸에 병이 든 것도 그래서 그런 거예요. 중의학 선생님도 중병이라고 하셨고요. 메이 언니와 스뛰 두 사람의 정이 너무 깊어서 서로의 마음속에 다른 사람은 담을 수도 없었어요. 심지어 두 사람의 아이까지도요.

두 사람은 동시에 까무러칠 듯 놀랐다. 량차오둥이 말했다. 아이가 있었다고요?

린쑤가 말했다. 편집장님이 미국으로 가던 해에 메이 언니가 여자아이를 낳았어요. 하지만 언니는 조금도 망설이지 않고 스뛰에게 아이를 보내주라고 했어요.

쉬이타오의 가슴이 덜컥 내려앉았다. 그게 몇 년도였어요?

린쑤가 말했다. 1982년이오. 저희 엄마가 세상을 떠나고 며칠 되지 않았을 때예요. 나중에 스뛰는 미국으로 가고, 메이 언니도 병으로 쓰러졌고요. 제가 언니에게 물은 적이 있었어요. 언니, 스뛰에게 아이를 보내게 한 거 말이야, 그때 이미 언니가 아픈 걸 알고 그랬던 거야? 메이 언니는 고개를 가로저으면서 말했어요. 내 마음속에는 이미 다른 사람이 들어올 수가 없어. 아이가 눈앞에 있으면 내 마음이 너무 복잡했을 거야. 그때 저는 언니를 핏줄에 대한 정도 없는 사람이라고 비난했어요. 언니는 비참한 웃음을 지으면서 말했어요. 나는 더 이상 아이에게 줄 수 있는 사랑이 없어. 차라리 어딘가로 보내는 게 나아. 나는 좋은 엄마가 될 수 없으니까. 제가 말했어요. 아이가 나중에 부모를 찾지 못하면 무슨 생각이 들겠어? 메이 언니가 말했어요. 각자 자신의 운명이 있는 거니까. 그 말을 했을 때 언니는 마치 얼음덩어리 같았어요.

쉬이타오가 다급한 목소리로 물었다. 그 아이를 어디로 보냈대요? 편집장님이 나중에 찾아갔었대요?

린쑤가 말했다. 스튀가 안고 가서 보내고 왔어요. 고아원으로 보냈다고 했고요. 그 후로 그 아이에 대한 이야기는 꺼낸 적도 없어요. 아예 그런 일이 있지도 않았던 것처럼요.

쉬이타오의 심장이 두근거리기 시작했다. 그녀가 다시 물었다. 어느 계절이었어요?

린쑤가 말했다. 여름이오.

확실해요? 잘못 기억하고 있는 거 아녜요? 다시 한번 잘 생각해 봐요.

여름이었어요. 제가 똑똑히 기억해요. 아주 더운 여름이었어요.

쉬이타오는 살며시 두 눈을 감았다. 약간 실망한 것 같았다. 그녀가 재차 확인한 이유는 문득 구쯔가 떠올랐기 때문이다. 구쯔는 예전에 자신이 고아이며 고아원에서 자랐다고 말한 적이 있었다. 그녀 역시 1982년생이었다. 하지만 그녀는 어느 겨울 큰 눈이 내리던 밤에 누군가 고아원 대문 밖에 자신을 버렸다고 말했다. 모든 정황이 다 들어맞는데, 계절이 맞지 않았다. 그녀는 다소 실망스러웠다. 하지만 그 순간 그녀는 한 가지 결심을 내렸다. 구쯔가 자신의 부모님을 찾을 수 있도록 도와주자!

량차오둥은 비록 구쯔가 고아라는 것을 알고는 있었으나 쉬이타오처럼 자세한 사정까지는 몰랐으므로 그런 쪽으로는 생각이 닿지 않았다. 하지만 쉬이타오의 표정이 심상치 않자 그녀에게 물었다. 누님, 괜찮으신 거죠?

쉬이타오는 태연히 웃으며 말했다. 난 괜찮아요. 응? 편집장님 다시 잠드셨어요?

스튀는 과연 잠이 들어 버렸다. 두 손으로 머리를 감싼 채 잔뜩 웅크린 자세였다.

린쑤가 말했다. 항상 저러고 자요. 꼭 무언가에 잔뜩 겁을 먹은 것처럼. 보고 있으면 가슴이 짠해요. 이 사람은 정말 평소에 자기를 아끼는 법을 몰라요. 나를 아껴 줄 줄도 모르고요. 아무리 좋은 옷을 사 줘도 입지 않고 항상 그 푸른색 장삼만 입어요. 그래서 푸른 장삼만 몇 벌째 사다 줬어요. 그나마 번갈아 가며 입을 수 있게요. 저한테도 다정한 말 한마디 한 적이 없어요. 이렇게 오랜 세월을 함께 지냈는데도 나무토막과 사는 것이나 다름없어요. 가끔 그런 생각하면 화가 날 때도 있었는데, 밤에 저러고 자는 모습을 보면 그냥 화가 풀려 버렸어요. 그녀는 그런 이야기를 하며 머리를 감싸고 있는 스튀의 손을 풀어 주었다. 스튀는 문득 잠에서 깨어 쉬이타오와 량차오둥을 발견하고는 순간 얼떨떨해졌다. 그는 잠시 생각한 뒤 말했다. 자네들 아직 안 갔나?

쉬이타오가 가방에서 쪽지를 꺼내고는 웃으며 말했다. 편집장님, 두 가지를 보여 드릴 건데, 우선 이 쪽지에 적힌 글자 좀 보세요. 누가 쓴 건지 아시겠어요?

스튀가 그것을 받아 들고 쓱 훑어본 뒤 말했다. 내가 쓴 것이군.

린쑤도 다가와 쳐다보더니 말했다. 그러네요. 스튀의 글씨네요, 크고 거칠잖아요. 음. 위에 뭐라고 쓴 거야? 다 지명 같은데.

량차오둥이 말했다. 편집장님, 언제 어디서 쓰셨는지도 기억나세요?

스튀는 고개를 저으며 말했다. 기억이 안 나. 하지만 여기 적힌 곳들은 다 가 봤네.

세 사람은 모두 깜짝 놀랐다. 린쑤가 말했다. 여기를 언제 가 봤어? 그동안 무청 밖으로 나간 적도 없는데.

스튀가 말했다. 젊을 때 일이야. 메이 선생님이 나를 데리고 갔었어.

세 사람이 멀뚱히 서로를 쳐다보았다.

린쑤가 말했다. 맞다. 그럼 메이핑 언니가 스튀를 데리고 베이징을 떠난 이후인가 봐요.

쉬이타오는 다시 작은 도자기 그릇을 꺼내며 말했다. 이것도 좀 보세요. 알아보시겠어요?

스퉈의 눈이 반짝이더니 이를 덥석 잡으며 말했다. 이건 내가 아는 물건이야. 어디서 봤더라. 자네들은 이걸 어디서 찾았나? 하하, 이거 참 재미있는 물건이지. 안에 작은 개구리도 있고 말이야.

량차오둥과 쉬이타오의 눈이 서로를 바라보았다. 심장은 다시 세차게 뛰었다. 세상에, 도대체 이게 어떻게 된 일이지?

쉬이타오가 말했다. 한 가지 더 알려 드릴 게 있어요. 구쯔 씨가 돌아왔어요. 아주 여러 곳을 돌아다녔지만 차이먼은 못 찾았대요.

스퉈는 곧바로 자리에 일어나 앉았다. 그리고는 한참을 멍하게 있다가 혼잣말처럼 중얼거렸다. "잃어버렸어. 잃어버렸어. 찾을 수가 없어 …… "

세 사람은 스퉈의 눈에 눈물이 비치는 것을 보았다. 얼굴은 절망과 고통으로 일그러졌다.

돌아가는 길에 쉬이타오와 량차오둥은 다시 침묵에 빠졌다. 마치 마구 엉킨 삼실처럼 뒤죽박죽인 기괴한 일들에 그들은 좀처럼 엉킨 실타래를 풀 수가 없었다. 쉬이타오가 중얼거렸다. "스퉈 …… 차이먼 …… 톈이, 이 세 사람은 도대체 무슨 관계일까?"

량차오둥은 곧바로 대답하지 않았다. 그는 생각하는 바가 있었으나 감히 입 밖에 낼 수가 없었다.

쉬이타오가 갑자기 말했다. 내가 무리한 예측을 해 봤어요, "스퉈가 바로 차이먼이고, 차이먼이 바로 톈이고, 톈이가 바로 스퉈예요! 이 세 사람은 분명 같은 사람이에요. 량쯔 생각은 어때요?"

량차오둥이 흥분하여 말했다. "쉬 주임님 말은, 스퉈가 구쯔에게 찾아오라고 한 사람이 사실은 바로 자신이었다는 거죠?"

쉬이타오가 말했다. "맞아요. 그러니 차이먼은 영원히 찾을 수 없겠죠."

량차오둥은 다시 의혹을 제기했다. "나도 그렇게 생각해요. 하지만 그게 어떻게 가능하겠어요? 편집장님은 한 번도 무청을 떠나신 적이 없는데, 어떻게 둔황에 그렇게 오래 머무르실 수 있었겠어요? 게다가 여태껏 차이먼은 전국 각지의 출판사와 무청출판사에 투고할 때 늘 다른 지역에서 원고를 보냈어요. 그때 편집장님은 계속 무청에 계셨고요. 밖으로 나가신 적이 없어요. 만약 편집장님께서 직접 하신 일이라면 도무지 설명이 되지 않아요. 분신술을 하신 게 아닌 이상이오. 아니면 유체 이탈처럼 편집장님 영혼만 밖으로 떠돌아다녔거나."

쉬이타오가 고개를 흔들었다. 나도 어떻게 설명해야 할지 모르겠어요.

량차오둥이 한 손으로 관자놀이를 문지르며 말했다. 머리가 터져 버리겠어요.

쉬이타오가 말했다. 나도 머리가 아파 죽겠어요. 됐어요, 량쯔. 우리이 얘기는 그만하고 노래나 틀어 봐요. 분위기 좀 띄우게요.

량차오둥이 말했다. 잘됐네요. 친구 하나가 막 미국에서 가져온 음반이 있거든요. 엄청 웃기다고 하던데 아직 못 들어 봤어요. 같이 들어 봐요.

쉬이타오는 흥미를 보였다. 웃기는 음악도 있어요?

량차오둥이 말했다. 기억나세요? 내가 예전에 신문을 보여 준 적 있잖아요. 미국 국방부 장관이 '횡설수설 발언상'을 받았다는 보도였는데.

쉬이타오가 말했다. 기억나요. 엄청 웃겼잖아요. 또 무슨 후속편이 있어요?

량차오둥이 웃으며 말했다. 누가 그 사람이 한 말을 노래로 만들었나 봐요. 그는 수납공간에서 정교하게 만들어진 카드 한 장을 꺼내며 말했다. 보세요. 이게 배경 자료예요.

쉬이타오가 이를 받아서 읽어 내려갔다.

《AP통신 로스앤젤레스 5월 12일》로스앤젤레스의 두 음악가는 국방부 장관 럼즈펠드가 펜타곤에서 열린 기자 회견장에서 한 발언을 듣고 자연스럽게 한 가지 결론에 도달했다. 럼즈펠드의 발언에 사용된 어구는 19세기 오페라의 어조나 시구를 인용한 것이 분명하며, 이를 실내악으로 바꾸

면 매우 잘 어울릴 것이라 생각한 것이다. 그리하여 그들은 럼즈펠드의
연설에 곡을 붙여 경쾌한 스타일의 클래식 음악 작품을 완성했다.

《도널드 럼즈펠드의 시 작품 및 그 밖의 신 미국 가곡》에는 이름하여
《모르는 작품》이 수록되어 있다.

쉬이타오는 이를 다 읽은 뒤 말했다. 량쯔 빨리 음악 틀어 봐요!

량차오둥은 이미 준비를 마친 뒤였다. 버튼을 누르자 곧바로 아름답고
경쾌한 여성의 목소리가 흘러나왔다.

> 내가 아는 바에 따르면,
> 우리는 이미 어떤 것들을 알고 있어요.
> 우리는 우리에게 이미 알려진 것들을 알고 있어요.
> 우리는 또 알고 있어요.
> 우리에게는 전혀 모르는 것들이 있는 것을.
> 다시 말해서,
> 우리는 알아요. 어떤 일들은,
> 우리가 아직 모르고 있다는 것을,
> 하지만, 또 어떤 일들은,
> 우리는 우리가 모른다는 것을 전혀 몰라요.
> 우리가 모르는 것들을,
> 우리는 몰라요.
> ……

노래가 끝나기도 전에 두 사람을 허리를 구부리며 웃어 댔다.

"하하하하! 하하하하하! …… "

"깔깔깔깔! …… 아아아아! …… "

쉬이타오는 웃다가 눈물까지 흘렸다. 하지만 한참을 웃다가 쉬이타오
의 얼굴이 점점 굳어지기 시작했다. 딱딱하게 굳은 얼굴에는 막막함과
두려움이 비쳤다. 그녀는 몸이 오싹해지면서 닭살이 돋는 것을 느꼈다.

첸메이쯔는 갑자기 정신이 나가 버렸다.

그동안 첸메이쯔는 각종 지식을 수집하여 출판을 준비하는 동시에 몇 차례 고발계의 영웅 류싼을 찾아갔다. 그녀는 고발을 그만두자니 아무래도 미련이 남았다. 게다가 그녀는 마음속 깊은 곳으로부터 류싼을 숭배했으며, 그에 대한 연정으로 마음속에 세찬 물결이 출렁거리고 있었다. 하지만 류싼의 말투는 차갑고 쌀쌀했으며, 그녀를 몹시 성가셔했다. 나중에 결국 참다못한 류싼이 버럭 소리를 내질렀다. 꺼져! 꺼져, 꺼져!……

첸메이쯔는 닭똥 같은 눈물을 흘리며 돌아왔다. 그녀는 억울해서 견딜 수가 없었다. 자신은 첫사랑을 찾았다고 생각했는데, 그 첫사랑이 류싼의 발길질 한 번에 납작하게 찌그러진 것이다.

첸메이쯔는 다시 자료를 수집하기 시작했으나 의욕은 다소 사그라졌다. 그날 그녀는 한 무더기의 신문을 들고 집으로 돌아와 이를 천천히 뒤적거리다가 문득 어느 신문에서 이런 제목을 발견했다. 《지구상에 인류가 생존할 수 있는 기간은 고작 250만 년》. 이는 첸메이쯔의 가슴을 덜컥 내려앉게 만들었다. 세상에, 인류가 고작 그 정도밖에 생존할 수 없다고?

인류가 사라지고 20년이 지나면 도로와 농작물들도 잇달아 사라진다. 농촌의 거리는 야생 식물들로 뒤덮일 것이다. 도시의 도로와 골목이 소실되는 데는 약간의 시간이 더 소요된다. 하지만 런던과 같은 도시에서도 도로와 골목이 사라지는 데는 50년도 채 걸리지 않을 것이다.

인류의 건축물도 빠른 속도로 부식된다. 목조 가옥이 가장 먼저일 것이며 모든 목조 가옥들은 100년 이내에 사라질 것이다. 또한 유리와 철근으로 지어 올린 고층 빌딩들도 200년 이내에 무너져 내릴 것이다. 뉴욕과 같은 번화한 대도시 또한 완전히 와해되기까지 그리 오랜 시간이 걸리지 않을 것이다. 뉴욕은 온통 외래 식물들에게 점령될 것이고, 나무뿌리들이 거꾸로 뻗쳐올라 도로면을 파 뒤집고 하수도관을 파열시킬 것이다. 뉴욕의 센트럴 파크에는 야생 늑대 무리가 출몰하고 비즈니스 바의 맥주 풀장

514

은 개구리 소리로 가득 찰 것이며 도로는 참호로 변할 것이다. 마치 1906년 이전의 맨해튼처럼 뉴욕에는 최소 40미터가 넘는 강줄기가 생겨날 것이다. 공기 오염이 사라지고 도시의 끊어진 담장 위로 푸른 이끼와 담쟁이덩굴과 독전갈들이 가득할 것이다. 인류의 소중한 식재료였던 당근, 콜리플라워, 양배추, 고추, 가지 등은 모두 들풀로 전락한다.

인류가 소위 길들여 놓은 동물들은 원시 상태로 퇴화하여 말은 야생마가 되고 개는 들개가 되고 고양이는 들고양이가 되고 쥐는 초대형 쥐로 변해 지구상에서 위협적인 존재가 되어 도처를 들쑤시고 다닌다⋯⋯

첸메이쯔가 일생을 살면서 유일하게 두려워하는 것이 바로 쥐였다. 거기까지 읽었을 때 그녀는 돌연 날카로운 비명을 내질렀다. 그 소리에 놀라 집에 있던 고양이도 몸을 둥글게 말아 세우며 울부짖기 시작했다. 그녀와 고양이는 동시에 미쳐 버렸고 광분하여 거리로 달려 나갔다. 그녀의 남편이 쫓아왔을 때 고양이는 이미 어디로 갔는지 찾을 수 없었고, 첸메이쯔는 거리 위를 벌거벗은 채 뛰어다니며 고래고래 소리를 지르고 있었다. "쥐다, 쥐다!⋯⋯" 수많은 사람들이 그녀를 쫓아가며 구경했다. 남편은 몇 차례 그녀를 붙잡았다가 놓치자 하는 수 없이 주먹을 날려 그녀를 기절시킨 뒤 들쳐 업고 집으로 내달렸다.

봄이 오자 무청의 361개의 잔디밭에서는 밀이 바람을 맞으며 무성히 자라 점점 그 형체가 드러나기 시작했다.

무청에는 한바탕 큰 풍파가 일었다.

시민, 매체, 정부가 모두 이에 휩쓸려 들어갔다. 논쟁의 격렬함은 이루 말로 설명하기 힘들 정도였다.

저우 시장과 톈주는 가장 격렬하고 첨예한 논쟁의 장으로 내몰렸다.

하지만 샅샅이 조사한 뒤에도 아무런 횡령이나 유용이 발견되지 않았다.

논쟁이 오간 뒤 밀밭을 보존하자는 쪽으로 의견이 기울었다.

그것은 농작물이고 식량이다! 말할 것도 없다. 아무래도 풀보다는 식량이 귀중하지 않은가! 우선 60세에서 80세까지 노인들이 나섰다. 그들은 매일 무리를 지어 새벽부터 해질 무렵까지 잔디밭 근처에서 운동을 하면서 사람들이 밀밭을 훼손하지 못하도록 감시했다. 그들 중 다수가 원래 어릴 적에 시골을 떠나온 사람들이었다.

그 후에는 50세 전후의 중년배들이 나서며 말했다. 얼마나 좋은 밀인데, 망가뜨려서는 안 되지. 예전에 우리가 시골에 내려가 있을 때도 이렇게 좋은 밀은 심어본 적이 없어. 그들 중 대다수는 지식청년을 경험한 사람들이었다. 이로써 문제는 절반 이상 해결되었다. 일반적으로 볼 때 도시에서는 중년배와 노인들만이 사회 문제에 관심을 기울이며 그들은 참여하려는 열정이 몹시 컸다. 그들의 태도는 이 일에 결정적인 역할을 했다. 젊은이들에게는 자신들만의 더 큰 관심사가 있기 마련이라 잔디밭에 밀을 심는 등의 황당한 일에는 딱히 끼어들 생각도 하지 않았다. 부모님과 할아버지, 할머니들이 좋으시다면 그분들 뜻대로 하라는 식이었으며, 굳이 성가시게 반대하지 않았다.

누구도 예측하지 못한 것은 밀밭 보존을 가장 강력하게 지지한 것이 학교와 아이들이라는 사실이었다. 봄 내내 중학교와 초등학교, 유치원 아이들이 끊임없이 밀밭에 견학을 나왔다. 밀의 줄기마디가 길게 자라날 때부터 꽃가루가 흩날리고 이삭이 팰 때까지 선생님을 따라 온 학생들의 참관이 이어졌다. 아이들은 원래 오곡을 구분하지 못했으나 그제야 이를 감성적으로 인식할 수 있게 되었다. 선생님들은 기뻐했고, 아이들은 더욱 기뻐했다.

시정부는 줄곧 공개적으로 태도를 표명하지 않았다. 태도를 표명하지 않는 것으로 태도를 표명한 것이다. 매체는 워낙 여론을 살피면서 눈치를 보는데 능하다 보니 점차 방향을 바꿔 다양한 화면을 통해 도시 곳곳에 밀밭이 흩어져 있는 낯선 풍경을 보여 주기 시작했다. 튼튼한 줄기와 묵직한 이삭, 금빛 찬란한 밀알을 보면서 사람들은 즐거워했다. 그러는 중에 방송국에서는 일본 교토 거리에 자리한 논에 관한 특집 프로그램을 방영하기도 했는데, 마치 이로써 무청의 밀밭이 아주 드문 케이스가 아니라는 것을 증명하는 듯했다.

밀을 수확해야 할 계절이 오고야 말았다. 풍성한 햇밀의 향기가 무청 구석구석까지 흘러넘쳤다. 그 향기에 사람들은 편안함을 느꼈다. 온 도시가 명절처럼 웃고 떠드는 소리로 가득했으며 폭죽을 터뜨리는 사람까지 있었다. 밀을 수확하려면 톈주가 데리고 있는 인원만으로는 일손이 턱없이 부족했다. 하지만 톈주는 상황을 주시하면서 섣불리 행동에 들어가지 않았다. 그저 사람들에게 대량의 낫을 구입하여 361개의 밀밭 옆에 놓아 두고 도시 사람들이 스스로 수확하도록 맡겨 버렸다. 이는 다소 엉큼한 수를 둔 것이었다. 이를 통해 도시 사람들에게 농사에 대한 애정을 심어 주고 땅에 대한 기억을 불러일으키려 한 것이다.

그 결과는 엄청났다. 밀이 하룻밤 사이에 흔적도 없이 다 베여 버린 것이다! 머뭇거리다가 한발 늦은 사람들은 낱알 하나 가져가지 못했고, 여기저기서 불공평하다며 불만이 터져 나왔다. 밀을 획득한 이웃들이 그들을 다독였다. 됐네, 됐어. 내년이 있지 않은가. 내년에는 빨리 움직이라고.

사실 내년까지 기다릴 것도 없었다.

사람들은 밀 수확이 끝난 뒤에야 문득 깨달았다. 도시의 모퉁이마다, 조금이라도 흙이 있는 곳마다 이미 각종 농작물이 자라고 있었던 것이다. 수수, 옥수수, 콩, 토란, 조, 기장, 깨, 땅콩…… 그리고 오이, 가지, 고추, 수세미, 제비콩, 청경채 등의 채소도 있었고, 심지어 수박, 호박, 참외 따위도 발견되었다. …… 순식간에 이는 무청 사람들의 가장 중요한 화젯거리로 등극했다. 예전에는 장씨가 어떻고 리씨가 어떻고 하던 것이 이제 수수가 어떻고 가지가 어떻고로 바뀐 것이다. 사람들은 몹시 흥분했다. 퇴근하자마자 서둘러 집에 돌아와 서둘러 식사를 마치고 마누라를 불러 자전거에 태운 뒤 온 도시를 돌며 거리와 골목을 샅샅이 뒤진다. 그러다 간혹 어느 후미진 모퉁이에서 수박 한 덩어리를 발견하기도 한다. 줄기가 이미 길쭉하게 자라나고 노란 꽃도 송이송이 피어 있다. 저것 봐! 크고 넓적한 잎사귀 아래로 이미 주먹만한 크기의 수박이 자라고 있다. 솜털이 보송보송한 것이 사랑스럽기 그지없다. 마누라는 어린아이처럼 좋아하면서 이를 만져 보려고 한다. 남자는 황급히 그녀를 저지하며 말한다. 만지지 마! 그는 잘 아는 것처럼 그녀에게 알려 준다. 절대 손으로 만지면 안 돼. 만지면 털이 빠지면서 더 자라지 않아!

저우 시장이 톈주를 사무실로 불러들여 말했다. 온 도시에 곡식이며 채소며 과일들을 심은 게 자네들인가?

톈주가 말했다. 억울합니다. 그중 아주 일부만 우리가 심은 것이고, 대부분은 다른 사람들이 심은 겁니다.

다른 사람? 또 누가 그런 걸 심었다는 건가?

저우 국장님, 잊지 마십시오. 무청에는 300만이 넘는 농민공들이 있다는 것을요. 그 사람들은 이미 오래전부터 손이 근질근질 했어요.

저우 국장이 말했다. 톈주 자네 정말 지독하구만! 무청을 이 모양 이 꼴로 만들고 나니 속이 시원한가?

톈주가 미안한 듯 그를 쳐다보며 말했다. 저우 국장님 …… 저를 탓하시는 건 아니시지요?

저우 시장이 의미심장한 말투로 말했다. 내가 자네를 탓하고 말고는 중요하지 않네. 세월이 지나면 무청 사람들이 나는 잊어도 자네는 기억하게 될 테니까.

톈주는 눈만 끔벅거렸다. 얼굴에는 곤혹감이 가득했다. 그는 저우 시장의 말이 무엇을 의미하는지 알 수 없었다.

하지만 얼마 지나지 않아 무청에는 일련의 조치들이 정식으로 시행되었다.

환경을 오염시키는 기업은 기일 내에 개선하지 않으면 생산을 중단시킨다.

더 이상 도시에 야경을 조성하지 않으며 현재의 네온사인과 장식등을 일률적으로 철거한다. 각 기관 앞에 설치된 고발함도 일률적으로 철거한다.

승용차는 올해 제한된 수량만 판매하고, 내년부터는 더 이상 늘리지 않는다. 기존의 자동차는 월요일부터 금요일까지는 2부제로 운행하고, 경적 사용을 금한다. 주말 이틀 동안은 (소방차, 구급차, 경찰차를 제외한) 모든 자동차의 도로 통행을 금한다. 걷기와 자전거 타기를 제창하고, 당나귀수레와 말수레의 도시 진입과 운송 수단으로 사용을 허용하고 장려한다. 특별한 경우에는 반드시 사전에 허가를 구해야 한다. 5년 후에는 버스, 소방차, 구급차, 우편 배달차, 경찰차를 제외한 모든 자동차의 통행을 금한다.

......

이번에 정식 시행된 일련의 관제 조치는 한차례 대지진과 마찬가지였다. 이는 또 한바탕 큰 파문을 불러 일으켰으며 논쟁은 또다시 몹시 격렬해져 이를 실제로 집행하는 데는 상당한 어려움이 뒤따랐다. 저우 부시장에게 관련 부서들의 문의가 쇄도했다. 저우 부시장은 단호한 어조로 말했다. "이는 시정부의 결정이니 반드시 집행하시오!"

누군가 애가 타서 큰 소리로 물었다. 무슨 근거로 그러십니까?

저우 부시장이 정색하며 말했다. "근거는 없소!"

정치협상회의의 마완리 의장이 이를 듣고 큰 소리로 갈채를 보냈다. 대답 한번 잘 했소!

누군가 마 의장에게 물었다. 그렇게 잘한 대답입니까?

마 의장은 엉뚱한 대답을 했다. 외국의 한 도시에 이런 규정이 있었답니다. 밖에서는 항상 미소를 지어야 한다. 어떤 사람이 길에서 시장을 막아서며 물었답니다. 집에 초상이 났는데도 밖에서는 미소를 지어야 됩니까?

시장이 미소를 지으면서 말했답니다. 그렇습니다.

그 사람이 큰 소리로 물었답니다. 이유가 뭡니까!

시장이 어깨를 들썩한 뒤 미소를 지으면서 말했답니다. 이유는 없습니다.

그 사람도 어깨를 들썩한 뒤 미소를 지으면서 자리를 뜰 수밖에 없었답니다.

초가을이 되자 스튀는 드디어 열에서 벗어났다. 하지만 몸은 아직도 허약했다. 다커도 와서 그를 보고 간 뒤 말했다. 단시간에 좋아지기는 힘들겠더군. 린쑤와 톈주 모두 그가 다시 출근하는 것은 무리일 것이라 생각했다. 그리하여 린쑤가 사직서의 초안을 작성하고 스튀의 서명을 더해 출판국으로 보냈다. 출판국은 곧바로 이를 비준하고, 그 즉시 쉬이타오 주임을 무청 출판사의 편집장에 임명했다.

쉬이타오가 편집장에 부임한 다음 날 구쯔와 막 제2 편집실의 주임이 된 량차오둥이 몹시 당황한 얼굴로 그녀의 사무실로 찾아왔다. 그들은 두꺼운 원고를 들고 있었는데, 원고의 제목은 《대지의 어머니》였고, 저자로 서명한 사람은 뜻밖에 차이몐이었다!

쉬이타오는 깜짝 놀라 자리에서 벌떡 일어나며 말했다. 언제 받은 거예요?

구쯔가 말했다. 지금 막 받았어요. 제 앞으로 왔고요. 아직 내용은 읽어 보지 않았어요. 너무 이상해요. 왜 저에게 보냈을까요?

량차오둥이 봉투를 가리키며 말했다. 소인을 보니까 이 원고는 우리 시 안에서 보낸 거네요.

그렇다면 차이몐이 다시 나타났다는 말이다. 게다가 바로 무청에!

쉬이타오는 아무 말도 하지 않고 급히 원고를 넘겨 보았다. 한 장 한 장 흰 종이 위에 손으로 쓴 것으로, 역시 용이 날고 봉황이 춤을 추듯 생동감이 넘치는 글씨였다!

스튀는 사직 후 시간이 많아지자 자주 톈주의 녹화 사업대를 찾아가 거들었다. 그는 자신이 톈이라는 것은 줄곧 인정하지 않았다. 하지만 그는 톈주를 좋아했다. 때로 그는 나와서 산책을 했다. 하지만 그는 사람들을 쳐다보지 않았다. 그의 주의력은 온통 나무와 화초와 새와 나비에 집중되었다. 무청의 나무 구성에 변화가 생기고 대량의 곡식과 과일과 채소가 재배되면서, 특히 대기 오염과 빛 공해, 소음 공해에 대한 일련의 관제 조치가 시행된 후로 무청의 환경은 눈에 띄게 정화되었다. 누군가의 통계에 따르면 도시 지역에 수십 종의 조류가 나타났고, 백로와 까치 등이 나무 위로 날아들었다. 수많은 나무 위, 심지어 가정집 베란다 위에도 새 둥지가 생겨났다. 과거에는 본 적도 없는 나비와 벌들이 무리를 지어 나타나 화초 사이를 바삐 돌아다녔다. 스튀는 거대한 야생 벌집이 공원의 가려진 너무 위에 걸려 있는 것을 발견하기도 했다. 그는 탐험을 나온 어린아이처럼 풀숲에 엎드려 한참을 관찰하고 즐겁게 콧노래를 흥얼거렸다.

어느 날 그가 막 공원을 나서다가 누군가에게 가로막혔다. 그는 고개를 들고 한참을 바라본 끝에 황리를 생각해 냈다. 황리의 옷차림은 완전히 달라져 있었고, 멀지 않은 곳에 젊고 똑똑해 보이는 경찰관이 한 명 서서 미소를 지으며 자신을 바라보고 있었다.

스튀는 어리둥절해져서 물었다. 황리, 저 사람은…… 누구요?

황리가 웃으며 말했다. 스 선생님, 저 결혼했어요. 저 사람은 청두의 샹 경관이고요. 좋은 소식 하나 더 알려 드릴게요. 량쯔와 구쯔도 곧 결혼할 거예요.

스튀가 말했다. 오오! 그는 갑자기 몹시 흥분한 듯 보였고, 중얼중얼 혼잣말을 시작했다. 구쯔…… 구쯔……

황리가 말했다. 스 선생님, 사직하셨다면서요?

스튀가 고개를 끄덕였다. 표정은 다시 조금 어두워졌다.

황리가 말했다. 저한테 차 사 주기로 했었잖아요.

스튀가 갑자기 생각난 듯 말했다. 그렇지요! 그가 허둥지둥 주머니를 뒤적였으나 돈은 한 푼도 들어 있지 않았다.

황리가 웃었다. 샹 경관도 웃으며 다가왔다.

황리가 말했다. 스 선생님, 차는 제가 대접할게요!

스튀가 고개를 가로저었다. 집에 가야 해요. 린쑤가 기다리고 있소.

황리가 말했다. 제가 선생님께 가르침을 청하려는 거예요. 이론의 기본 속성이 무엇인지, 그 문제 기억하세요? 전 아직 답을 찾지 못했어요.

스튀가 담담하게 말했다. 일방성이지요.

아! 그렇군요. …… 그럼 남자와 여자의 근본적인 차이는요? 알아내셨어요?

스튀는 고개를 내저으며 막막한 표정으로 말했다. 수많은 책을 읽으면서 그 문제를 연구했지만, 도저히 한마디로 정리할 수가 없었소.

황리가 웃음을 터뜨리더니 돌연 얼굴을 붉혔다. 그녀는 고개를 돌려 남편에게 자리를 비켜 달라고 한 뒤 스튀의 귀에 대고 작은 소리로 말했다. 사실 세 글자면 돼요. 바로 ×××요! 그녀는 그 말을 남긴 뒤 사악한 표정을 지어 보이고는 고개를 돌리고 뛰어가 버렸다. 그 뒤로 깔깔거리는 웃음소리가 이어졌다.

스튀는 눈이 휘둥그레지고 입이 떡 벌어졌다. 그렇지. 그렇게 간단한 것을!

그날 톈주가 린쑤를 찾아와 말했다. 형님을 모시고 고향집에 다녀올까 하는데요.

린쑤는 곧바로 긴장한 듯 말했다. 뭘 하시려고요?

톈주가 말했다. 차오얼와를 보여 드리고 우리 오래된 돌집도 보여 드리고, 란수이 강도 보여 드리려고요. 혹시 기억을 되찾는데 도움이 되지 않을까 해서요.

린쑤가 잠시 망설이다가 입을 열었다. 꼭 다시 데려오겠다고 약속하셔야 해요.

톈주가 웃으며 말했다. 걱정 마세요. 다시 도망치게 놔두지는 않을 테니까. 아! 아니면 같이 갈래요? 한번 가 볼 만한 곳이에요!

린쑤는 아이처럼 좋아하며 펄쩍 뛰었다. 그럼 너무 좋죠!

다음 날, 세 사람이 함께 길을 떠났다. 스튀는 아무것도 묻지 않고 두 사람을 따라 기차에 올랐다. 마치 어디로 가는지 이미 아는 것처럼 다소 흥분한 표정이었다.

그때는 어느 가을 늦은 밤이었다.

초승달 하나가 일찍부터 솟아올랐다. 달은 몹시 또렷하게 빛났으며 건물 꼭대기 위를 서서히 지나고 있었다. 무청에서는 이미 수년째 달을 볼 수 없었다. 심지어 달이란 아주 촌스럽고 오래된 것으로 이미 사라져 버렸다고 여겨지기까지 했다. 그런데 오늘, 여전히 그 자리를 지키고 있는 달을 발견한 것이다. 참으로 좋았다. 노인들이 말했다. 예전에 시골의 이야기는 모두 달빛 아래에서 생겨났지. 수수밭과 옥수수밭 안에서 말이야. 오늘 밤에도 무슨 이야기가 만들어지려나?

주말이라 도로 위에 자동차는 없었다. 하지만 말수레와 당나귀수레가 손님을 태우고 바쁘게 오가고 리듬에 맞춰 또각또각 소리도 울려 퍼졌다. 수레를 모는 사람의 호령 소리도 들렸다. "이랴!" 몹시 분주한 모습이었다.

당나귀 한 마리가 앞서 수레를 끄는 당나귀를 발견하고는 돌연 흥분하여 힘차게 울었다. "히이잉! …… 히이잉! …… "

길을 지나던 행인들은 그 소리에 깜짝 놀랐으나 곧이어 다함께 크게 웃었다.

초승달은 금세 넘어가고 이어서 하늘 가득 별들이 반짝였다. 날도 금세 어두워졌다. 대지 위의 모든 것이 몽롱하고 신비롭게 변했다.

황야의 바람이 천천히 무청으로 불어 들었다. 크고 작은 나무와 옥수수밭 사이로 쏴아 하는 소리가 울려 퍼졌다. 300개가 넘는 밀밭에 수확이 끝난 자리에는 다시 여름옥수수를 심었다. 옥수수 줄기는 마치 소뿔처럼 굵고 단단하게 자라나 곧 수확을 앞두고 있었다. 옥수수밭 안에는 사람

그림자가 어른거리는 듯했다. 누군가 몰래 정을 통하는 것인지 몰래 옥수수를 훔치는 것인지는 알 수 없었다.

또한 길모퉁이와 구석진 곳에 흩어져 있던 수수 열매들이 바람을 타고 가볍게 흔들릴 때면 사람들은 그 안에 누군가 숨어 있는 것은 아닌지 의심을 품었다. 이런 곳에서의 데이트는 술집에서 하는 데이트와는 그 느낌이 완전히 달랐다.

무청에는 오직 가로등 불빛이 비추는 작은 공간만큼의 빛만 존재했다. 도시는 온통 하늘빛으로 푹 젖어 들었다. 어둠으로 가득한 세상은 실로 두려움을 자아내기도 했다. 무청 사람들은 다시 대자연에 대한 경외의 마음을 조금 회복하게 되었다.

하지만 온통 반짝이는 별빛 아래의 무청은 유례 없이 차분했다. 바쁜 하루를 보낸 사람들의 마음이 드디어 평온을 찾았다. 그날 밤 거의 모든 사람들이 편안하고 달콤한 잠에 빠져들었다.

다음 날, 《무청석간》에 놀라운 소식 두 개가 실렸다.

첫 번째 소식 : 당나귀수레를 모는 한 노인장의 이야기에 따르면 어젯밤 새벽 세 시경 수만 마리의 족제비가 쯔우대로 위에 모여들었고, 놀란 당나귀는 감히 앞으로 나가지도 못했으나 30분이 뒤 족제비들은 다시 홀연히 사라졌다고 한다.

두 번째 소식 : 인터넷에 보도된 바에 따르면 중국의 다른 10여 개의 크고 작은 도시에서도 옥수수와 수수, 콩 등이 잇달아 발견되고 있으며 ……

2007년 7월 24일 오후 5시 59분 난징 헤이모잉(黑墨罃)
2007년 8월 10일 새벽 3시 30분 수정 완료
2007년 8월 16일 22시 재수정 완료

　빌딩과 아스팔트로 가득한 도시의 풍경. 중국은 고작 수십 년 만에 완전히 새로운 모습으로 거듭났다. 온 세계가 중국을 주목했고, 사람들은 이를 성장과 발전이라 부르며 환호했다. 하지만 찬사와 더불어 의혹과 우려도 쏟아졌으며, 화려한 도시의 이면에 드리운 그림자는 도시의 성장만큼이나 빠르게 자랐다. 환경 오염, 빈부 격차, 지역 및 계층 간의 갈등, 중국 사회가 당면한 많은 문제들이 급작스러운 경제 발전이나 무분별한 개발과 연관되어 있다는 것은 이미 알려진 사실이다. 하지만 작가는 여기서 더 나아가 정부 주도의 급속한 현대화와 경제 성장 과정에서 인간과 자연이 멀어지고 욕망이 억압되면서 더 큰 문제가 발생할 수 있음을 이야기한다.

　현대화나 도시화로 인한 문제는 이제 새삼스럽지도 않고 한두 국가나 지역의 문제도 아니다. 그러나 이를 그대로 두고 볼 수 없다는 데는 대부분 뜻을 같이 하면서도 명확한 해결책을 제시하는 사람은 찾아보기 힘들다. 여기에 복잡하게 얽힌 이해관계만 따져 보아도 이것이 얼마나 어려운 문제인지 알 수 있을 것이다. 그러니 도시를 무너뜨리고 농경지로 만든다거나 현대적인 기술과 편리한 삶을 포기하고 전근대적인 생활로 돌아간다고 하는 것은 무모하고 황당한 이야기처럼 들린다. 과연 얼마나 많은 현대적인 것들을 포기하면 그 원시적이고 자연적인 삶에 도달할 수 있는 것일까? 그리고 그것이 꼭 좋기만 한 것일까? 이는 단순한 문제가 아니며 쉽게 결론을 내릴 수 있는 일도 아니다. 하지만 이에 대한 고민조차 없이 산다는 것 또한 심각한 문제가 아닐 수 없다.

이 문제에 대한 작가의 메시지는 간명하고 강렬하다. 현대인들이 잊고 있던 자신의 뿌리를 찾아보고, 삭막한 도시에 생명을 불어넣는 등 작은 것에서부터 시작하여 현대 사회의 병폐를 치유하고 인간의 본성을 회복하자는 것이다. 작가는 '여정'의 형식으로 독자들을 수수께끼 속으로 초대한다. 소설 속에서는 언뜻 특이하고 시대에 뒤떨어진 듯 보이는 천재 편집자 스튀가 베일에 싸인 작가 차이먼을 찾아나서는 것을 중심으로 친부모를 찾아 자신의 뿌리를 확인하고 싶어 하는 구쯔와 어려서 잃은 사촌 형님을 찾는 톈주, 그리고 그의 조력자 팡 촌장의 여정이 펼쳐진다. 하지만 그들이 찾아 헤맨 사람들에 대한 의문은 끝내 풀리지 않고 독자의 몫으로 남는다. 아마도 인간이 다 헤아릴 수 없는 자연과 우주의 많은 일들처럼 그 답을 찾기 위해서는 더 많은 고민과 기다림의 시간이 필요한 모양이다.

작품을 번역하는 것 또한 어렵고도 행복한 여정이었다. 가볍지 않은 주제를 흥미롭게 풀어낸 작품인 만큼 작가의 의도를 전달하는 데 집중했으며, 원작에서의 해학적이고 풍자적인 느낌, 간명하고 힘이 있이 넘치면서도 리듬감이 있는 문체를 번역에서도 잘 살리고자 했다. 이러한 역자의 노력이 독자들에게도 전달되기를 희망한다. 또한 작품에 여러 차례 등장하는 '土地'라는 단어는 작품 속에서 흙바닥, 땅, 토지 등 다양한 의미로 사용되었으므로, 번역에서도 이를 일괄 통일하지 않고 문맥에 맞게 해석했음을 밝힌다. 아무쪼록 한국의 독자들이 이 작품을 통해 자연과 인간, 발전과 공존의 의미를 되새기고 우리가 잊고 살았던 소중한 것들에 대한 기억을 되살려 보는 기회를 가지게 되기를 고대한다.

| 지은이 |

자오번푸(趙本夫, 1948-   )는 장쑤성 펑셴현 사람으로 1971년 사회생활을 시작했다. 장쑤
펑셴 방송 센터에서 편집자로 근무했으며, 펑셴 문화관의 창작원, 펑셴현 현장 비서(임시),
쉬저우시 문련 주석, 장쑤성 작가협회 전임 부주석, 《중산(鐘山)》 편집장, 중국작가협회
제5,6기 전체 위원회 위원, 중국작가협회 제7기 주석단 위원을 두루 역임했다. 대표작으로
《천하무적(天下無賊)》, 《무토시대(無土時代)》 등이 있다.
《무토시대》는 2008년 1월 인민문학출판사에서 출판되었다.

| 옮긴이 |

문희정은 타이완 국립정치대학 타이완문학연구소에서 수학했으며, 부산대학교 중어중문
학과 박사 과정을 수료했다. 전공 분야는 중국 현대문학이며, 현재 부산대학교 현대중국문
화연구실에서 활동하며 타이완과 홍콩 문학에 대한 연구와 번역을 진행하고 있다. 역서로
《시바오 이야기》, 《회오리바람 1,2》, 《침몰하는 섬 1,2》, 《여생》, 《동생이면서 동생 아닌》
(공역)이 있다.

무토시대 無土時代

초판 인쇄 2017년 2월 10일
초판 발행 2017년 2월 20일

지 은 이| 자오번푸
옮 긴 이| 문희정
펴 낸 이| 하운근
펴 낸 곳| 學古房

주   소| 경기도 고양시 덕양구 통일로 140 삼송테크노밸리 A동 B224
전   화| (02)353-9908 편집부(02)356-9903
팩   스| (02)6959-8234
홈페이지| http://hakgobang.co.kr
전자우편| hakgobang@naver.com, hakgobang@chol.com
등록번호| 제311-1994-000001호

ISBN   978-89-6071-643-8   03820

값 : 28,000원

이 도서의 국립중앙도서관 출판예정도서목록(CIP)은 서지정보유통지원시스템 홈페이지
(http://seoji.nl.go.kr)와 국가자료공동목록시스템(http://www.nl.go.kr/kolisnet)에서 이용
하실 수 있습니다. (CIP제어번호 : CIP2017003100)